史夢蘭集

八

永平詩存

（清）史夢蘭◎選輯

石向騫　王　雙　劉博倉

景紅録　孫春青◎點校

天津出版傳媒集團

天津古籍出版社

同治辛未嘉平

永平詩存

鐵嶺楊儒題

永平、古營州域其地負山
據海極峻崠嵂峭崒濤盪
滂湃之觀地絡彌漫濊貊
千里雄偉甲燕薊故其人
多礨砢英崻意氣激宕雄

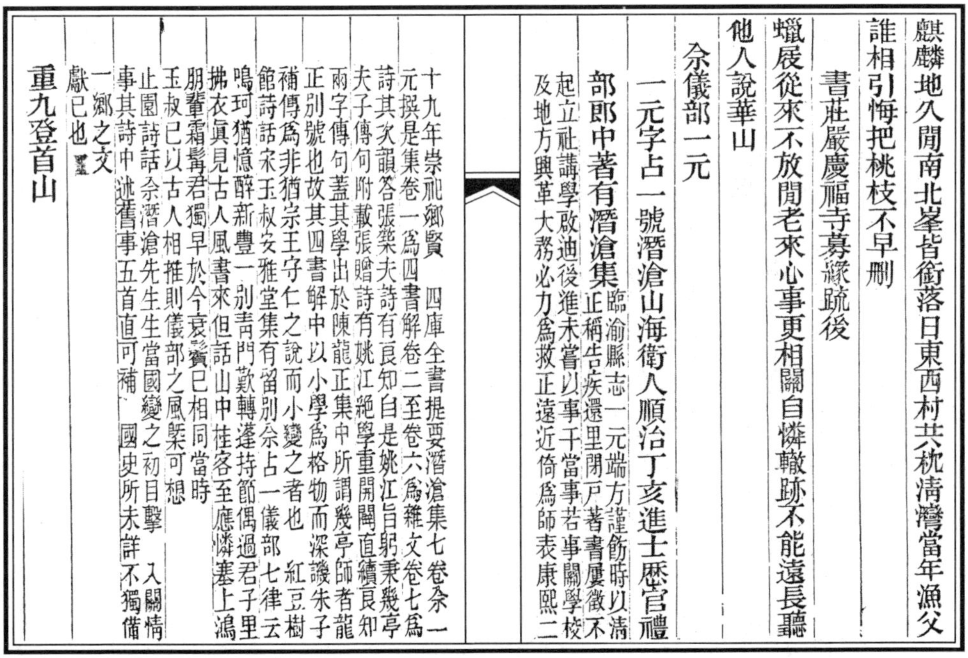

麒麟地久間南北峯皆銜落日東西村共枕清灣當年漁父
誰相引悔把桃枝不早删
書莊嚴慶福寺募緣疏後
蠟屐從來不放閒老來心事更相關自憐轍跡不能遠長聽
他人說華山
佘儀部一元
一元字占一號潛滄山海衛人順治丁亥進士歷官禮
部郎中著有潛滄集臨渝縣志一元端方謹飭時以清
正稱告疾還里閉戶著書屢徵不
起立社講學啟迪後進未嘗以事干當事若事關學校
及地方興革大務必力爲救正遠近倚爲師表康熙二
十九年崇祀鄉賢　四庫全書提要潛滄集七卷佘一
元撰是集卷一爲四書解卷二至卷六爲雜文卷七爲
詩其次韻答張葉夫詩有良知自是姚江旨躬秉幾亭
夫子傳句附載張贈詩有姚江絕學重開闢直續良知
兩字傳句蓋其學出於陳龍正集中所謂幾亭師者龍
正別號也故其四書解中以小學爲格物而深譏朱子
補傳爲非猶宗王守仁之說而小變之者也　紅豆樹
館詩話宋玉叔安雅堂集有留別佘占一儀部七律云
鳴珂猶憶醉新豐一別青門歎轉蓬持節偶過君子里
拂衣眞見古人風書來但話山中桂客至應憐塞上鴻
朋輩霜髯君獨早於今衰鬢已相同當時
玉叔已以古人相推則儀部之風槩可想
止園詩話佘潛滄先生生當國變之初目擊　入關情
事其詩中述舊事五首直可補　國史所未詳不獨備
一鄉之文
獻已也
重九登首山

◎《永平詩存》書影

目録

序……一
凡例……三
永平詩存卷一
劉鴻儒……一
李成性……二
石　申……二
佘一元……五
喻成龍……九
李集鳳……一二
王運恒……一三
林徵韓……一四
永平詩存卷二
張　霖……二四
張　霔……二五
永平詩存卷三
張　坦……四五
張　壎……四八
豈惟訥……五二
閻　瑄……五三
蔡　珽……五三
郭如柏……六六
李　蘭……六七
牛天貴……六八
李承恩……六八
永平詩存卷四
李明生……六九
李養和……七〇
張　琯……七〇
張　鯉……七二

陳　篁……七三
倪上述……七五
史秉德……七六
衛　鈍……七七
鄭家屏……七八
鄭家興……七九
吴　誾……七九
惠景陶……八〇
姚愷戭……八一
姚永錫……八二
傅以德……八三
郭堡宗……八四
郭陛宗……八五
齊喬年……八六
李恩捷……八八
韋經良……九〇

永平詩存卷五

李掖垣……九一
李星垣……一〇二
李詞垣……一〇三
張映斗……一〇三
甯岐昌……一〇四
甯長年……一〇五
李　美……一〇八

永平詩存卷六

薛國琮……一一一

永平詩存卷七

閻公銑……一二五
温如玉……一二六
王士升……一三〇
李廷儀……一三一

永平詩存卷八

劉徵泰……一四四
汪誠若……一四六
劉元吉……一四七
辛大成……一四九
宋　赫……一五二
郭陛宗……一五七

趙　桐……一五八
李　法……一五八
石祖安……一六〇
王　昌……一六一
鄭　悌……一六二
甯羲年……一六三
郭　瑾……一六三
張　遜……一六五

永平詩存卷九

高占魁……一六七
李　綸……一六八
劉之睿……一六九
衛理元……一七〇
馬學賜……一七〇
蔣　第……一七一
楊開基……一七一
龐克昌……一七四
汪　鑑……一七七
田種玉……一七九
李中淑……一七九
吴蔭松……一八〇
高作桂……一八一
魏元烺……一八二
李恩繹……一八三
李　筌……一八六

永平詩存卷十

李廣滋……一八七
李恩綬……二〇八
張　焜……二一〇
石　煦……二一〇

永平詩存卷十一

王瑞徵……二一二
陰振猷……二一六
李昌舒……二二一

永平詩存卷十二

高繼珩……二三三
李銘恩……二五〇

永平詩存卷十三
魏亨逵……二五二
魏亨培……二五三
程儒珍……二五六
王 煦……二五七
楊培第……二六四
李善滋……二六六
傅德謙……二六九
永平詩存卷十四
馬 恂……二七一
永平詩存卷十五
馬 恂……二九三
永平詩存卷十六
吴占鼇……三一三
倪 炆……三一四
潘文本……三一五
李蔭滋……三二五
甯元灝……三二六
高 偀……三二七
魏亨進……三二七
魏亨基……三二八
魏亨璽……三二八
永平詩存卷十七
畢 梅……三三〇
王一翰……三四一
李昌裔……三四五
王承吉……三四八
王 權……三四九
永平詩存卷十八
王 册……三五〇
王一士……三五二
郭長治……三五三
温序斌……三五四
李 雍……三五九
郭上林……三六四
高作楓……三六六
王保庸……三七三
張光齋……三七三

趙書林……三七四

永平詩存卷十九

馬宗沂……三七五
臧維城……三七六
馬　恬……三八〇
鄭　芃……三八六
李清淑……三八六
楊寶樹……三九三

永平詩存卷二十

楊在汶……三九四
杜　詹……四〇九
王一晉……四〇九
童　柱……四一五
李培元……四一五

永平詩存卷二十一

常守方……四一六
張　堂……四三七
郭天培……四四四
魏亨埰……四四六
高銘鼎……四四六
計樹棠……四四八
王宗謨……四四八
王汝訥……四五〇

永平詩存卷二十二

藺士元……四五一
高文煜……四六八
鄭　東……四七〇

永平詩存卷二十三

張九鼎……四七五
陳晉三……四八六
甯元常……四八七
崔際昌……四八八
袁嘉敖……四八九
王士琛……四九二
魏錫祜……四九二
高承基……四九三

永平詩存卷二十四

蔡　琬……四九九

王竇氏……五〇四
陰李氏……五〇九
鄭　淑……五一〇
宋　氏……五一三
高順貞……五一四
李　氏……五一八
鄭　氏……五二〇

跋……五二二

永平詩存續編卷一

趙　翽……五二三
王　庚……五二四
周連仲……五二四
王　樸……五二九
郭長清……五三七
王鳳森……五四九
張鳳翔……五五〇

永平詩存續編卷二

崔樹寶……五五三
李昌時……五六七
王佩行……五七八

永平詩存續編卷三

張　山……五八一
陰振潛……五九九
鍾　梁……六〇二
王　樟……六〇五

永平詩存續編卷四

李茂春……六一二
李潤霖……六二一
王金相……六二三
倪　垣……六二四
趙建邦……六三三
金古香……六四五

序

永平，古營州域。其地負山據海，極峻崥峭崒、洊盪滂湃之觀。地絡彌漫，獭猭千里，雄偉甲燕薊。故其人多磊砢英峙、意氣激宕、雄直清奇之概。壹發於詩，無茶靡不振之習。顧剛介自喜，不爲翕翕熱，尤不自相表暴。雖自漢以來稱詩之士不乏，而箸録闕如，其傳者蓋尠矣。余奉命視學畿輔，擬明年案試其地，事竣即當走盧龍、訪孤竹、出令支、觀遼渤，一攬山海之勝，並以求奇傑而采聲詩。迺旋拜巡撫山右之命，未得竟此役。而吾同年郭廉夫比部以《永平詩存》見授，蓋其郡史香厓孝廉選輯有年而廉夫助之搜采以成編者。義例周備，卷軸繁富。余匆匆辦嚴，瀏覽一過，於燈下僅得卒業。余雖未至永平，讀此詩不啻其導吾游，而益歎史君編輯之苦心之不可及也。夫山川蘊蓄之氣無所洩則昌之於詩，文字孤微之緒無所承則重於所託。自寫詩官廢，輶軒失采，嘗有名山耆宿晦聲剷迹，幽吟苦調，不欲與世見、世亦無欲見之者。至於弄風月、抒情性，自聲自息，滅没牖下，姓字翳如者，尤不可枚數。所賴一二英絶領袖，義心古抱，於桑梓間劬諮度、殫搜采，上自搢紳簪笏之彦，下逮山林枯槁之儒，旁及於方外閨中之雋，蒐亡訂墜，不溢不漏，斐然成一家言。而山海之扼塞，文獻之興替，風俗之純駮，舉於一編乎驗之。昔人以刊遺集、録亡詩比於瘞枯拯溺，知所係非小也。且由此一編之傳，而莘莘學子感勸悱憤、孟晉策勵，皆漸漬於風雅，而不欲以佝愗婞陋自畫。彬彬閭里間，絃歌鄒魯，即風氣亦日臻於懿厚。異日采詩北地者，必自永平始無疑也。則此之一編，豈獨爲功於一郡之詩而已哉！

同治十年歲次辛未孟冬之月和州鮑源深序於京城宣南廣舍之補竹軒。

凡例

◎永平先哲首推夷齊。余嘗欲取《采薇歌》冠首，仿胡杲堂[二]《甬上耆舊詩》、劉時菴《曲阿詩綜》之例輯成一書。無如代止一二人，人止一二詩。而遼金以上之人或云籍幽州、籍平州、籍營州、籍昌黎棘城，以古核今，沿革互易，亦不能確指爲今永平之地之人。且寥寥數詩，不能成卷。故止就國朝得百餘家，分二十四卷先付梓人。所云前書仍有志未逮也。

◎《畿輔詩傳》不收旗籍，亦以八旗分駐京畿，不歸州縣统轄。嘉慶九年，欽定《熙朝雅頌集》專録滿蒙漢旗籍之詩，至百有八卷，蒐羅可云宏富。即其後作者日增，不難重編續集。若攔入畿輔集中，未免喧客奪主，亦其體例有所限制應爾也。第滿蒙曩無屯居；今漢軍之屯居者，在國朝以前原係民籍，聚族於斯歷有年所，與滿蒙不同，故其詩一例收入，以免向隅。

◎吾郡之人僑寓他鄉而仍注籍本邑，或寄籍他郡而仍還居故鄉，如撫甯張方伯霖昆季之僑寓天津、遷安高鹾尹繼珩橋梓之寄籍寶坻，終與土著無殊，故其詩一例收入。至若翁尚書叔元、李庶常鋮，皆以南人寄籍者，初未嘗久居於此，不在此例。

◎所録詩人皆以蓋棺論定者爲準。或以詩存人，或以人存詩。淺深高下，各就其人之擅長者録之。

絶不敢區唐界宋，存選家門户之見。

◎每人名下必詳其字號、爵里與著有何書。其有嘉言懿行見於墓志、家乘及本集序文、名人詩話、府州縣志書者，亦必摘録數語於前以表梗概。後以《止園詩話》繼之。要令後世誦其詩即可髣髴其人。亦元遺山《中州集》之遺意也。

◎編次先後率斷以科第，無科第者則按其世次約畧敘入。

◎詩中故實有關永平文獻者，並存原註，或間附徵引。若已見於古書者，概不複贅。

◎吾郡文人刻有專集者甚尠。佘儀部一元《潛滄集》已久佚不傳。編中所録，除林山人徵韓《忘餘草》，温諫議如玉《靜淵齋詩存》，李刺史廷儀《杏瓊齋集》，王明府煦《愛日堂集》，李明經美《清華堂詩鈔》，張明經九鼎《得未曾有齋詩鈔》，王宜人竇氏《蘭軒未訂草》得見刻本，李太守掖垣《敬慎堂存稿》，薛明府國琮《伊川百詠》【二】，李侍御廣滋《雪泥鴻爪集》《保陽》等集，陰學博振猷《亦愛吾廬存稿》，李明府昌舒《挂雲山房詩草》《西行草》，高鹺尹繼珩《培根堂詩鈔》，馬學博恂《此中語》，高明經作楓《鶴鄉吟草》，李學博清淑《味無味齋詩鈔》，楊學博在汶《鋤經草堂詩草》，常孝廉守方《半禪詩草》《臨溟游草》《昌圖游草》，藺文學士元《棃雲館詩草》得見全稿外，餘皆採諸總集，訪之故家斷簡零篇，難免遺漏。後有同志君子，尚其廣搜遠寄，彙成大觀。庶足備吾一鄉之文獻云。

校按：

【一】『胡杲堂』似應爲『李杲堂』。李杲堂，名鄴嗣，鄞縣人，順治中諸生。文淵閣本《四庫全書》集部八總集類收《甬上耆舊詩》三十卷，其《提要》云『國朝胡文學輯，而其友人李鄴嗣爲之敘傳者也。文學字道南，鄴嗣號杲堂，俱鄞縣人。」又云：「鄞嗣嘗撰《甬上耆舊傳》，紀其鄉先哲行事頗詳。文學因即其傳中之人，搜錄遺詩，論定編次，而各以原傳系之。』黃宗羲《李杲堂先生墓誌銘》云：『先生愍郡中文獻零落，仿遺山《中州集》例，以詩爲經，以傳爲緯，集《甬上耆舊詩》，搜尋殘帙，心力俱枯。』今人林宏作（ハヤシ コウサク）著《〈甬上耆舊詩〉編著考》，認爲詩、傳皆出李鄴嗣之手。

【二】本書卷六『薛明府國琮』條下作『伊江雜詠』。《永平府志》卷四十八藝文志作『伊江雜詠』，卷六十三列傳文學『薛國琮』條下作『伊江百詠』。《盧龍縣志》卷二十二文藝『薛國琮』條下作『伊江百詠』。

永平詩存卷一

樂亭史夢蘭香厓編輯
臨渝郭長清廉夫參訂

◎劉都憲鴻儒

鴻儒字魯一，遷安人。順治丙戌進士，官至都察院左都御史。著有《四留堂集》。《畿輔通志》：鴻儒父光裕，有行誼。鴻儒登進士，官户科給事中。國初額賦未定，吏胥因以爲奸，派擾滋甚。鴻儒疏請頒賦制以甦民困，詔從之。又條上京東鹽法，語極切直。其在通政，有《遵諭陳言疏》；在兵部，有《請開海禁疏》。及官都憲，疏免逋賦。復論封疆大臣不宜拘以文法，驟任事之心，請敕部破例以收實效。爲科臣所劾，罷歸。卒祀鄉賢。◎陶鳧薌《紅豆樹館詩話》：秀水高寓公承埏宰遷安，於魯一有國士之目。魯一典學八閩，甄拔所及，杞梓林立，洵爲不負賞識。而《高公去思》一碑，於師弟淵源，尤惓惓云。

重遊龍泉寺

溽暑鬱我懷，攜朋尋高爽。出城見南山，幽況夙所賞。龍泉久神異，風雨靈澤廣。別來二十年，老健喜重往。密樹結層陰，峭壁當沆漭。峆岈窅窱入，薜蘿分披上。躡翠陟其巔，大千指諸掌。法王寶地尊，霞光羅萬象。景趣猶如昔，理會頓殊曩。探無悟無極，閱有謝有壤。臨茲諸緣空，耳目餘清響。留連恣遐矚，浩浩神氣朗。桃源勿勞思，舍此將焉訪。

◎李明府成性

成性字存之，遷安人。順治丙戌進士，官山東新城知縣。《永平府志》：成性撫綏殘邑，克著循聲。未幾乞休歸，隱居讀書，耄年弗倦。鄉人推爲理學先型。

秋日續遊黄臺山

白帝行新令，黄臺憶舊遊。山河仍古昔，歲月已遷流。鳥向洲中集，雲依天際浮。投竿垂小釣，載酒泛輕舟。目醉石疑虎，形忘客似鷗。放開江海量，收盡水天秋。

◎石侍郎申

申字仲生，灤州人。明副使維嶽子。順治丙戌進士，歷官吏、户、刑三部左侍郎，贈吏部尚書。著有《寶笏堂遺集》。《永平府志》：申視學江南，搜拔孤寒，所取士多掄大魁。歷遷學士，經筵久資啓沃。擢吏部左侍郎。矢公無欲，門絶苞苴。以抗中忌奪職。後事定，起補刑部左侍郎。上《慎刑疏》，天下傳誦。丁繼母艱，服闋，補户部左侍郎，總督倉場。舊例廚饌交際取資，斗級銜儈藉恣吞啗。公一切罷去，綜核無遺，釐清夙弊。值慈母訃聞，歸里，嬰疾而卒。敕賜祭葬，祀鄉賢。先是，世祖章皇帝稽古制，選漢官女備六宫。申女及笄，承恩賜居永壽宫，冠服用漢式，封恪妃。◎王漁洋《池北偶談》：世祖章皇帝恪妃石氏，灤州人，户部侍郎申之女也。申父維嶽，明萬曆庚戌進士，官某省副使。會王府中官某鴆其王，反誣其妃某弑逆。撫按以下皆納其賄，將具獄矣。維嶽獨持不可，力雪妃冤。至是申生恪妃，竟入宫掖，人以爲救妃之報云。　◎高陽李坦園相國霨序云：仲生爲人，曠朗無城府。顧好樹牙頰，多微詞，雌黄臧否無所假。酒酣耳熱，議論泉湧。彈射古今人詩文，少當意者。於世所稱踞壇坫、執牛耳者，往往指摘唾棄之，不忍道。人或爲之掩耳。仲生益傲然自得，以爲常。以此取忌於世。及其操筆爲文，幽折瑰麗，都非尋常蹊徑。不屑苟同今人，亦不肯一語寄古人籬下。詩則劌鉥鏤剔，矯岸不群。洵能自成一家言者。顧不自珍惜，草成多緣手棄去，以故知交中得其詩若文藏弆者絶少。猶記初爲庶常時，閣試之典未廢也。一日内院集試，擬『待漏院記』。諸人爭摹宋調，獨仲生起語云：『天子無日不視朝，宰相無日不入對。此待漏院之所由設也。』余服其老成，已而果第一。其後，屢應御試，仲生必占高等。其文人多傳誦之，今皆不見集中，固知其散軼者多矣。

雨中作

千巖爭雪瀑，聚向尺檐過。衆籟飄孤寂，繁華洗幾多。石猶來暗海，津豈問明河。今日西山下，泉聲響珮珂。

送人

豈有七旬外，猶然事遠征。江湖兒女意，鄉國友朋情。衡雁題新字，江鷗識舊盟。臨歧贈老淚，發棹水盈盈。

早發平城

曉氣餘寒在，一鞭濟亂流。晴雲辭夜曙，遠火帶星浮。混混分天地，勞勞役馬牛。壯懷何所極，古道足春秋。

八月廿六日西山暫歸

去去欲無還，幽憂可駐顔。此生貪白業，不死看青山。善友能相共，浮雲且自閒。風塵燕市在，留與鬢毛斑。

秋日同芝麓諸公集黑窯廠分賦

車馬紛城闕，尋秋此地偏。路深鐘響出，臺古燒痕圓。老樹侵沙苑，饑鷹獵歲田。與君期盡醉，休問戰爭年。

失題

自來魚鳥不相猜，況出塵雲水一隈。釃酒千江南夢遠，排空六鷁北風回。祇今歌舞盈燕市，猶許蘭棠繫越臺。共醉且澆寒浞子，誰能再盪巨舟來。

十七日北山松下長眺

高踞松崖數亂山，丹黄碧緑染霜斑。盡過鴻雁天逾淨，不卧麒麟地久閒。南北峰皆銜落日，東西村共枕清灣。當年漁父誰相引，悔把桃枝不早删。

書莊嚴慶福寺募緣疏書後

蠟屐從來不放閒，老來心事更相關。自憐轍跡不能遠，長聽他人説華山。

◎佘儀部一元

一元字占一，號潛滄，山海衛人。順治丁亥進士，歷官禮部郎中。著有《潛滄集》。《臨渝縣志》：一元端方謹飭，時以清正稱。告疾還里，閉户著書，屢徵不起。立社講學，啓迪後進，未嘗以事干當事。若事關學校及地方興革大務，必力爲救正。遠近倚爲師表。康熙二十九年崇祀鄉賢。◎《四庫全書提要》：《潛滄集》七卷，佘一元撰。是書卷一爲《四書解》，卷二至卷六爲雜文，卷七爲詩。其《次韻答張築夫》詩有『良知自是姚江旨，躬秉幾亭夫子傳』句，附載張贈詩有『姚江絶學重開闢，直續良知兩字傳』句。蓋其學出於陳龍正。集中所謂『幾亭師』者，龍正别號也。故其《四書解》中，以小學爲格物，而深譏朱子《補傳》爲非，猶宗王守仁之説而小變之者也。◎《紅豆樹館詩話》：宋玉叔《安雅堂集》有《留别佘占一儀部》七律，云：『嗚珂猶憶醉新豐，一别青門歎轉蓬。持節偶過君子里，拂衣真見古人風。書來但話山中桂，客至應憐塞上鴻。朋輩霜鬢君獨早，於今衰鬢已相同。』當時玉叔已以古人相推，則儀部之風概可想。《止園詩話》：佘潛滄先生生當國變之初，目擊入關情事。其詩中《述舊事五首》直可補國史所未詳，不獨備一鄉之文獻已也。

重九登首山

佳節宜登高，杖履首山隅。冠蓋集僚友，紳儒接歡娱。大海亙蒼茫，層巒積崎嶇。一水紆曲流，怪石蟠覆盂。樵採互來往，煙雲乍有無。古廟羅盤餐，亭趾飛濃醽。樵豎向我言，猛虎初負嵎。醉後膽愈壯，叱咤憑高呼。薄暮聯鑣散，山空秋月孤。

霖雨感懷

陰雲瀰四野，霖雨滋連緜。百感從中來，憂思惄且煎。天道無從問，人情何太偏。忠言頻見拂，苦心祇自憐。落落餘清靜，忉忉罷糾纏。無怪古達人，醉裏躭逃禪。閉户移高枕，銜杯玩往編。朱華明灼灼，碧草鬱芊芊。寓目瞻遊鱗，傾耳聽鳴蟬。得句即疾書，烹茗汲洌泉。是非委諸世，成毀聽於天。嘿嘿守吾素，聊以盡餘年。

詠史

天生嚴子陵，特存一字耻。耻爲寵利羈，耻爲浮名餌。耻稱故人臣，耻玷千秋史。加足不知僭，幣聘不知喜。客星太史占，釣臺天下企。秦士賤成風，漢興未能已。先生一奮間，舉世卓然起。共知名義尊，奸雄失所倚。假使用當時，不過曳青紫。巍巍軒冕榮，有成終有毀。何如歸富春，萬古肅綱紀。先生節莫儔，光武識罕比。以大遂其高，吾無間然矣。

述舊事五首

明季干戈起，普天亂如麻。厄運甲申歲，秦寇陷京華。暮春徹遼民，塹倚關爲家。吴帥提一旅，勤王修轉轂。進抵無終地，故主已升遐。頓兵不輕進，旋師渝水涯。遣人東乞師，先皇滋歎嗟。案：是時世祖即位踰年，詩作於康熙初年，故稱先皇。墨勒方攝政，前期飭兵車。馳赴千餘里，一戰靖塵沙。

吴帥旋關日，文武盡辭行。士女爭駭竄，農商互震驚。二三紳儒輩，蚤晚共趨迎。一朝忽下令，南郊大閱兵。飛騎唤吾儕，偕來預參評。壯士貫甲胄，健兒擁旆旌。將軍據高座，貔貅列環營。相見申大義，誓與仇讐爭。目前缺犒賚，煩爲一贊成。

倉庫淨如洗，室家奔匿多。關遼五萬衆，庚癸呼如何。事勢不容諉，捐輸兼斂科。要盟共歃血，士民盡荷戈。逾日敵兵至，接戰西石河。僞降誘賊帥，遊騎連北坡。將令屬偏裨，盡殲副城阿。遥望各喪魄，逡巡返巢窩。我兵亦退保，竟夜警巡呵。

清晨王師至，駐旌威遠臺。平西招我輩，時吴帥已封平西伯。出見勿遲回。馮祥聘呂鳴章暨曹時敏程印古，偕余五騎來。相隨謁攝政，部伍無宣蹙。范公文程致來意，萬姓莫疑猜。煌煌十數語，王言實大哉。諭畢復賜茶，還轡向城隅。虎旅三關入，桓赳盡雄材。須臾妖氛埽，乾坤再闢開。

平西封王爵，大兵遂進征。群醜皆宵遁，一舉收燕京。朝廷録微績，親友俱叨榮。莒州乏刺史，承乏促我行。母制適未闋，具請代剖明。銓部憐垂鑒，允遂蓼莪情。丁亥博一第，筮仕心怦怦。秋署歷儀曹，病免服農耕。長願干戈戢，萬載頌昇平。

南城眺望

山城臨海嶠，遼塞拱燕京。王氣來東土，雄關肇北平。三韓雖罷賦，九有未休兵。瞻眺生餘感，興懷今古情。

哭李赤仙二律有序

甲申之役，流寇陷京師。平西伯中途聞變，旋師山海。各官星散。寇氛日熾，聲言攻關甚急。維時内無軍需，外無援旅，人心洶洶，不保朝夕。余友茂才李赤仙倡義，同高輪轂、譚邃寰、劉泰臨三茂才，劉臺山、黄鎮莽二鄉耆，願身赴京師説綏其師。行至三河，卒與寇遇，乃羈六人於營。至關，與平西接戰竟日。次晨，大清兵至，寇遁去。赤仙與四人没於軍。高輪轂亦余友也，身被重創，幸免得歸，録功授縣令，陞郡丞。赤仙暨四人無聞焉。是冬，其嗣傳天、翙升、文祥輩製櫬招魂，葬於其祖塋側。余爲作詩以哭之。

十八年前天地更，書生走馬赴軍營。但求問鼎干戈息，豈料焚岡玉石傾。草木含悲朝日慘，邱園隱恨暮煙横。賢郎製櫬招魂葬，淚灑西風故友情。

憶昔同遊幾歷年，誰知中道運顛連。先聲已致敵兵遁，左袒誰持將令傳。時平西傳令係我兵白布蟠肩。興漢莫伸紀信績，破齊難保酈生全。諸郎繼起皆英傑，福善冥冥應有天。

祝太乙將軍

丈夫意氣貫虹霓，勳業鴻開振鼓鼙。天寵頻承三錫重，大猷堪與六韜齊。滇南幕府銘鐘鼎，薊北蘭交阻澗谿。萬寶告成逢令旦，一杯遥上五雲西。

按《盛京通志》：『胡亮字太乙，遼東人，榆林籍。隨父寄居山海關，材勇過人。爲將校，累建奇功，歷官副總戎。明末寇陷都城，關門舉義，亮與其謀。石河之戰，出奇制勝，績載盟府。擢光禄大夫、哈思哈尼哈番，卒謚忠敏。』先生有贈太乙詩云『歃血要盟演武堂，矢志合謀約共舉』，又云『書生原不諳軍機，措餉抒籌供指揮』，則太乙爲先生舉義時同事也。

次韻宋荔裳之浙憲任

野人私願在年豐，疎節趨承任首蓬。秉憲一方施化雨，荷鋤百畝被仁風。近聞行色攜琴鶴，别後音書託塞鴻。君自壯猷吾退老，湖山遥憶兩情同。

追述二首

夙備儀曹一小臣，每從朝廟望清塵。大婚侍宴鵷班喜，親政恩頒鳳詔新。較藝南宫司藻翰，典闈東閣奉絲綸。病餘甘赴邱園老，回首寅恭愧古人。

五年郎署謀猷淺，兩代褒封誥命隆。增秩已隨卿尹後，廕男復育辟廱宫。天顔瞻仰欽高厚，地勢懸違限異同。身退鼎湖龍去遠，追號迸淚灑西風。

夏日閒居

暑月坐前軒，白雲散清晝。誰謂爾無心，出岫仍還岫。

◎喻制軍成龍

成龍字武功，灤州人，漢軍旗籍。由廕生、知縣累官湖廣總督。《灤州志》云：「龍祖父從龍定鼎，遂卜居灤州。」按：《漁洋詩話》作「金州人」，當是祖籍金州，由關外遷入者。《灤州志》收入。◎《漁洋詩話》：喻武功總制成龍，金州人。余官刑部尚書時，喻爲侍郎。余嘗定其《塞上集》，前後《出塞》諸篇，酷擬少陵。如「秋風入代郡，萬籟聲蕭蕭」「崑崙十日雨，星海宜汎漲」「丈夫既捐軀，豈能依骨肉」「立馬望黄河，天青塞雲紫」，又「風雲灑邊塵，天際暮雲紫。山銜落照明，戈鋋寒光裏」，語多警絶。◎《欽定大清一統志》云：喻成龍知臨江府時，漕米解户多累率破産，成龍令悉領於官，百姓便之。尤鼓舞學校，購經籍數千卷，置尊經閣以授學者。所表章忠節爲多。

紫霞關

蒼翠落層巖，高原失炎暑。鬱紆望煙霞，盤旋無處所。危巢迹樵蹤，深林聞人語。蕭瑟吹山風，落花紅寸許。

盤谷贈拙菴和尚

飛錫響震蓮花峰，澄潭如鏡安毒龍。避俗遠在盤之谷，萬壑千崖枕茅屋。夜静天香繞法壇，松風明月溪水寒。有時鐘磬出林表，曇鉢浮光金翅翻。近復幽人時來往，與公結社推公長。今夕何夕讀公詩，況瞻標格真高爽。

銅陵瑞龍洞

別饒山水興，落日更停槎。遠戍孤煙起，平沙曲徑斜。洞藏經歲草，石長寄生花。不問城中客，來遊興獨賒。

銅陵棲雲寺

數峰迴望合，一徑入平林。幽壑泉聲細，荒臺鳥跡深。江湖連夜雨，臺榭故園心。坐久禪房靜，寥寥絶世音。

暮春登銅陵天王山

攜筇來北郭，攬勝正酣遊。山靜情疑古，松聲冷欲秋。野花隨地發，江水到門流。雨歇荒原暮，平田起白鷗。

登小孤山和梁大司農韻

放眼江天遠，寒光萬里流。山分吴楚地，波接漢湘秋。野氣虚村火，荒煙冷客舟。風塵多瘴癘，一望不勝愁。

客楚有感

只此悲三楚，歸期尚渺茫。多情惟宿雨，不了是思鄉。荒戍嘶征馬，清笳吹夜霜。檢詩燈下讀，無過謫仙狂。

菊江送舍甥白東生之令粤東

汝今從此去，江海幾時還。飄影夕陽盡，濤聲古渡閒。一家隨異路，萬里向青山。惟有羅浮月，相思兩地間。

登陽邏山不果

迢迢高閣白雲隈，鳥道微茫曲棧開。小院斜通禪舍遠，短牆飛出落花來。頻年勝覽餘詩債，到處清歡賴酒杯。此日不應閒裏過，定期歸看嶺頭梅。

端陽後三日發櫂皖江限韻

斜陽猶在菊亭西，煙景蒼茫入望迷。野渡殘雲歸遠寺，荒村疎柳接長堤。沙頭舟影人來晚，岸上風聲草不齊。五月江天南雁少，青山一路鷓鴣啼。

登萬壽閣

古寺荒涼草木平，十年人到倍傷情。滿城黄葉飛秋色，虚閣寒濤作雨聲。賦税何勞頻仰屋，關山惟願早休兵。依然故國音書絶，潦倒風塵白雁横。

聞笛

夢裏悠揚横笛聲，高天露下共凄清。愁來江漢人何處，望裏關山月倍明。萬里孤舟隨絶漠，十年羸馬更長征。誰知一曲中宵怨，霜雪無端兩鬢生。

江行早發

潮迴浪走沙，風急雲穿樹。空江悄無人，颿檣出煙霧。

舟中不寐

急雨驚濤漲緑溪，片颿收處暮雲低。舟中不作遼西夢，卧聽枝頭宿鳥啼。

◎李先生集鳳

集鳳字翽升，山海衛人。順治十二年拔貢生，官洛陽縣丞。著有《春秋註》六十卷。《臨渝縣志》：李集鳳生有異質，年十五籲於庠，有聲。屢蹶場屋，由拔貢爲洛陽丞。卒於官，年六十有六。公性方嚴，不慕權勢。其初應京兆試也，寓中貴宅。懷宗幸别殿，供帳甚設。中貴邀往縱觀，歸則自悔，責曰：『若輩其可與爲緣乎？』遂絶不與通。洎爲丞，丞故卑位，毋得專治民事，守若令有以事委者，率以賄成。公力矯之，以廉明稱。於學無所不窺，尤深《春秋》，嘗手註之，凡六十五卷。論者推爲《麟經》之功臣。◎《畿輔通志》：集鳳幼即端嚴，以聖賢自期。及長，淹通群籍，凡濂洛關閩之書無不究悉。尤善《春秋》，彙先儒經解，討辨詳核。歷三十年，凡四易藁，然後成書，名曰《春秋辨疑》，海内稱之。後官河南洛陽丞，卒，邑人請從祀周公廟。直隸於康熙五十三年祀鄉賢。◎王漁洋《蠶尾集·跋〈春秋集解〉》云：洛陽縣丞李集鳳，字翽升，山海衛人，貢生，研精三傳，撰《春秋集解》四十卷。余門人汪檢討楫出守河南府，雅重其書，欲爲刻之梓以傳。十五年前，有青浦縣丞施鴻者，字則威，閩侯官人，以部運至京師，投余所著《史測》若干卷，論南北朝事，亹亹可聽。皆下吏之有經學、史學者也。

和韻弔趙烈女墳

不獨姜墳古，聞風感倍深。冰操一處子，霜烈入寒林。英爽渾如昨，馨香直到今。年年片石下，夜月對孤心。

◎王明經運恒

運恒字貞一，撫甯人，明進士調元次子。順治末歲貢生。

紀徐孝子詩十章章四句 孝子名進孝

兔峰之西，鄉曰翟田。淳龐萃止，孝子生焉。

猗歟孝子，徐氏之息。皇錫嘉名，能稱其實。

父病沈篤，藥石無人。傍徨號泣，求援於神。

哀哀祝愿，刲豕刲羊。父病復作，刓腹以償。

捧肉薦神，神心亦痛。鑒兹血誠，拯其父病。

肉懸樹間，感乎物類。弗啜弗餐，鷹饑蠅穢。不敗不腐，數月如新。天存懿物，以示世人。載拜敬書，一字一淚。高山景行，俯仰含愧。至孝流芳，編中數見。以身代牲，古今獨擅。敻哉絶德，邑乘光垂。不慚銀管，有道之碑。

遊棲霞寺

棲霞遺蹟久，幽僻未知名。洞有鶴鸞侶，橋無車馬聲。風吟林樹靜，月印勺泉清。願結山農耦，優游此處耕。

◎林山人徵韓

徵韓字退思，昌黎人。著有《忘餘草》。《永平府志》：徵韓其先閩人，舊家海濱。國初避海寇之亂，薄遊章水。會逆藩不靖，國家有事東南，乃梯黔航楚，浮家郢下。寓京師，愛畿東山水，卜居昌黎禪伏山，謀終老焉。性灑落，少負不羈，生平足跡幾遍天下。年過半百，息影蕭齋，徜徉自適。喜吟詩，著《忘餘録》以紀其遊。◎尤悔菴侗序云：子美之沈雄，退之之博奥，往往於斯見之。勿謂吾道之不北也。◎王湝厓煦序云：禪伏山人，閩人也。生於明季，至昭代順治間，知閩將有兵事，隻身遠避，爲親王及督撫上客，馳驅蜀粵黔雍江湖間。磨盾作檄，矢口成詩，稿脱輒棄去。不樂仕進，晚家昌黎。◎馬瑟臣恂序云：禪伏山人夢徵韓昌黎而生，才力横絶。足迹所至，江山助之；矢口成吟，涉筆成趣。◎魏耐軒[一]制府元煜序云：予總角時與諸兄從書巖李夫子學，每於燕閒談及於詩，謂世講之家有遺稿未刊者，惟禪伏山人《忘餘草》爲最。尤西堂見其詩，亟稱之。諸弟繼侍夫子，亦屢云然，蓋心乎愛者。

督。

校按：【一】據《清史列傳》及《永平府志》，魏元煜字升之，號愛軒，乾隆癸丑進士，曾官漕運總督、兩江總督。

《止園詩話》：禪伏山人《忘餘草》，王湝厓先生爲之付梓。其中佳句甚多。《嘉陵江舟中作》云『岸從沙際斷，舟向石中行』，《還山》云『室小能容膝，山多不擇隣』，又云『白髮催人老，青山待我歸』，《草涼驛》云『盤空看走馬，掠雨見飛鴻』，《早起》云『林稍月色團霜氣，石隙天光印水痕』，皆不愧名家。

丙穴魚

丙穴有嘉魚，爲狀異他族。鱗差同鱸細，項不似鯿縮。暖戲暮春天，群喣溪陰緑。隨流無遠近，出山水不復。垂手下急湍，舉網動盈簏。寧供上客餐，徒厭野人腹。誠哉風味佳，無以名自鬻。

山齋落成

劚石斷雲根，誅茅髡山麓。行復操斧斤，直斬陰崖木。乘時集衆材，立地成小築。壁但塗黄泥，窗不施綺縠。卑陋良有然，安居抵華屋。即此課兒孫，殘編會且讀。鄰里慶新成，相過半樵牧。留坐話桑麻，趁吾春酒熟。

挑野菜歌

日穿花影碎，村犬花外吠。一起南村來，婦女裝成隊。小兒懷在懷，大兒背在背。右手持彎弓，左手張闊袋。下我村北田，挑我田中菜。菜花香可憐，菜葉青可愛。但苦根不肥，天旱失灌溉。飢多難普療，人多不一輩。得挑時且挑，盡我此田内。三五村東頭，誰家鄰姊妹。相邀鬬草來，各擷幽芳在。金釵落翠鬟，坐地成賭賽。嫣然一笑間，春風生萬態。那知挑菜人，當年亦粉黛。

換馬行

馬蹄落地滾塵埃，道是天使天上來。未許郵符先及見，直呼換馬聲連催。馬到當換故不換，下馬索取常例看。但須一貫就腰纏，無語飽飫郵亭飯。飯罷曾不少遷延，上馬還須惜馬錢。走馬城邊立馬上，手折楊柳當馬鞭。前跕前去不須臾，後到一起是行厨。朝廷供給有正項，額外别尋達剌蘇。醉後向人口譊譊，是人遇之遭鞭敲。稍有不如需索意，拚死騎將驛馬跑。天使後來無一語，只是顔色多驕倨。公然下馬坐縣堂，换馬從容上馬去。

寄答過大元圃短歌

飲不擇酒交擇友，好友自無不好酒。酒後往往見交情，不在杯酒在長久。我家詩卷君家杯，兩不相厭各在手。别君能得幾何時，手插柔條攀成柳。徒貽兒女以飢寒，一别七載家何有。金盡從教顔色枯，數奇不與時人偶。君豈不見孟嘗君，出入門下皆雞狗。丈夫會須有所爲，寧同碌碌事奔走。滿擬歸來明月中，席地就君傾五斗。

喜遇陳二天鈞留同客邸夜話

此會成真境，非從夢裏尋。一開千里面，重對十年心。俠客青萍劍，佳人緑綺琴。撫懷難獨遣，情至共沾襟。

草涼驛

客路當春晚，林昏鳥競譁。野田初著雨，山隝半桃花。種植無多地，生存只數家。不知今夜酒，端欲向誰賒。

益門

八百連雲棧，經過始益門。水乾溪有路，煙冷樹無村。怪石頻驚馬，空山獨唳猿。可堪林莽下，清晝也黄昏。

扁道

百尺清溪上，陰崖石磴懸。水聲人語亂，山骨馬蹄穿。世路偏多險，風塵獨有年。那能無間阻，書劍自飄然。

樵舍阻風登岸閒步

徙倚湖山外，空濛立晚晴。鳥銜江霧溼，雲拭岸花明。水長春三月，舟行日數程。不因風雨阻，應早過吳城。

同陳天鈞夜話

欲去回燈坐，清吟興益狂。酒杯忘歲月，毛髮志風霜。座上無新客，天涯有故鄉。那堪寒夜裏，愁逐杵聲長。

漢江曉發

漢江陰雨後，秋水白雲多。趲路宜清早，浮舟向碧波。岸沙留虎跡。村浦斷漁歌。在處餘兵火，淒涼忍獨過。

同方爾玉夜話

自期天下士，生不愧侯門。慷慨常爲客，殷勤未報恩。丈夫輕意氣，兒女重寒温。轉盼同遊者，而今若箇存。

攜家之郢

客歸時未幾，又見整行裝。挾策投開府，攜家去武昌。風塵猶昔日，兒女尚他鄉。且莫言辛苦，天涯路正長。

送別周子奕世買棹南歸

別離常事耳，翻爲別離驚。濁酒姑留醉，梅花折送行。莫愁歸路遠，猶喜客裝輕。滿載春風去，知君日幾程。

螺川晚泊

別路三千里，彈秋一劍輕。感恩深意氣，安分薄功名。歲月勞虛度，風波悵遠行。柳陰時繫艇，孤坐聽蟬鳴。

黔西道中

暗雨黔西路，淩晨結伴行。馬蹄循虎跡，人語雜猿聲。舊里餘荒井，空山冷廢城。不毛嗟此地，禁得幾鏖兵。

己巳秋仲山妻信至卻寄

昨逢河北使，驚讀寄來書。別後多酸楚，家中少積儲。看雲生遠岫，聽雨守空廬。爭説餐無廢，溪毛尚可茹。

一身輕萬里，偕隱志多違。八口饑無告，三年客未歸。野厨鳴落葉，荆户掩斜暉。想見秋風裏，山妻正采薇。

新硎峽

策馬投深峽，紆徐路轉長。石開天一線，雲鎖木千章。壁陡山疑合，橋頽水欲荒。不知經過者，猿斷幾人腸。

還家

萬里從軍路，還家記舊過。太平經見少，奇險歷來多。匹馬黄茆嶺，扁舟紫帶河。丈夫能不死，談笑出干戈。

山居

宦途多捷徑，充隱竟無人。林壑寧虚設，樵漁自有真。千峰環碧落，一水隔紅塵。似别開天地，從吾置此身。

久藉林棲穩，何須更買山。草萊依舊闢，文字出新删。夜月杯常舉，春風户不關。地偏塵迹埽，雞犬亦雲間。

少有人知處，空山獨我家。嶺欺茅屋矮，門對夕陽斜。曲徑迴芳草，疎籬散落花。就中多畫意，難繪是烟霞。

一貧清自足，於世我何干。間亦磨樵斧，時恒把釣竿。性慵書廢讀，年老飯加餐。野客如相過，詩成好共看。

雨後

雨後探春圃，煙光想更妍。睡餘成獨往，情至動多牽。女索花爲飾，孫扶杖取憐。始知娱老景，非特是林泉。

上馬時

殘月挂松枝，淩晨上馬時。恰乘嬌女睡，還怕小孫知。去路千鄉雪，行人兩鬢絲。不無傷老大，猶自走京師。

過大元圃遠訪山中有作

昔時詩酒伴，今復幾人存。只許夢懷友，誰期君到門。相看驚白髮，回笑喚青尊。三十年來別，吟髭賸幾根。

大溢灘

大溢灘上下灘舟，爲試風波入亂流。千嶂日昏三楚雨，一潭雲冷九溪秋。當年去國家曾破，別路依人志未酬。何事丈夫長慷慨，身輕萬里當閒遊。

星沙道上

苦遭生世亂離頻，遠向干戈度此身。深樹鳥猿茶嶺道，斷橋風雨醴陵津。飄零自是吹簫客，慷慨誰爲捫蝨人。爭説洞庭經百戰，祇今猶未息煙塵。

哭陳天錫

昨夜聞君與世捐，驟驚風雨淚淒然。身名有數何須惜，母弟無歸更可憐。爲吏僅嘗荒邑水，買棺猶賴故人錢。明朝萬里如相憶，自註：時有軍前之行。一紙書難寄九泉。

輓孫豹人先生

已視榮名作等閒，辟書何事下松關。葛巾野服朝天去，明月清風引杖還。冠蓋豈能羈白髮，墓門猶喜對青山。憑誰題碣留私謚，好置先生夷惠間。

盱川夜泛

兩行疎柳夾河橋，且就輕波試短橈。船小不容多載酒，月明何處一吹簫。沙鷗水次依眠穩，野鶴天空入夢遥。終夜自醒還自醉，那關愁長與愁消。

除夜

萬里從教滯此身，廿年爲客慣風塵。寧須濁酒澆殘夜，且與寒花作比鄰。歸去夢魂知路遠，老來兒女覺情真。家家守歲明燈坐，我亦他鄉度歲人。

蟲聲

百蟲聲裏坐孤亭，入夜啾啾那可聽。何處鼓鼙生戰伐，爲誰風雨泣飄零。黄花谷口狼煙黑，白草原頭鬼火青。悲咽不隨砧杵歇，暗吹繁露冷秋星。

雜詠

不用尋詩過嶺西，日來幽事頗堪題。松間拾菌雲遮路，雨後罾魚水滿溪。偶乞瓶花從野衲，時需斗酒問山妻。行將策杖看禾去，只恐磽田緑未齊。

元日

日月相催苦太頻，寸陰空度去年人。還家昨夜三更夢，失意他鄉萬里身。白髮難饒纔覺老，黄金易散不辭貧。天涯莫歎謀生拙，破硯殘書尚可親。

釣魚

雖是釣魚人，不入漁人夥。時與牧牛兒，溪頭爭石坐。

賣花詞

桃花歷亂李花殘，又見街頭賣牡丹。人爲價高都不買，一肩春色好誰看。

永平詩存卷二

樂亭史夢蘭香厓編輯
臨渝郭長清廉夫參校

◎張方伯霖

霖字汝作，號魯荇，晚自號卧松老衲，撫甯人。康熙二十年例貢，歷官福建布政使。著有《遂閒堂稿》。《永平府志》：霖幼孤，嗜學。弱冠遊庠，以貢生任工部營繕司主事。母老告歸，顔其堂曰『愛日』，色養曲至。居憂哀毁盡禮。起補原官，尋陞陜西驛傳道。時陜饑民多流亡，霖設法捐賑，全活甚衆。遷江南上江按察使，治獄多平反。會皖江兵冗，議裁，軍士洶洶譁當事門。霖推誠諭慰，遂輯。遷福建布政使。舊錢糧解藩庫有羡耗陋規，悉除之。生平慷慨，樂解推，待以舉火者不下千百家。尤喜爲詩古文詞，與四方知名士唱酬無虚日。加意桑梓人文，於邑之學宫旁創義塾十餘間，多所成就。◎《天津府志》：霖幼岐嶷，讀書十行俱下。爲詩古文詞，卓然成家。由歲貢生歷官福建布政使。家饒於貲，推解不倦。中緣事落職，遂搆問津園爲偃息地，招大江南北名流觴詠其中。如梅定九、朱竹垞、姜西溟、查夏重、趙秋谷諸前輩，咸主其家。時人擬之月泉吟社、玉山草堂，差不愧云。《止園詩話》：張魯荇方伯，臨榆城西傅家店人。國初地屬撫甯，故稱撫人。渝水之西十餘里興富莊有方伯封翁墓，豐碑林立，坊表巍然。北二里許爲惠源莊，方伯墓在焉，其偏爲花園舊址。因子孫僑寓津門，故津志收爲津人，然其實仍隸舊籍也。余輯《永平詩存》，於方伯子坦、壎，孫琯、鯉，曾孫映斗之詩皆收入，至其後改隸天津，則不復録矣。

寄懷念藝弟 時在皖江

江上不宜秋，秋容動深省。南岸楓葉丹，北岸荻花冷。天空無碧雲，鴈字排高影。舉頭送鴻鴈，目斷關山迴。豈不羨奮飛，同群苦未整。吴江接楚江，愁思徒耿耿。

瀛津晚煙

萬家炊不止，煙起半天横。海氣東來合，雲林北望平。風寒疑作雨，月黑早關城。小艇歸何急，漁燈一路明。

雪後梅花

凍雲初散曉風微，幾樹寒香靜不飛。落落向人多白眼，沈沈無語惜珠璣。骨於傲後何曾瘦，夢到清時不可肥。兩兩孤清水乳合，一尊相對莫相違。

◎張舍人霔

霔字念藝，號笨仙，又號笨山，撫甯人，霖弟。康熙四十年歲貢生，考授内閣中書。著有《帆齋逸藁》《晉史集》《欸乃書屋集》《緑豔亭集》。陳儀龍《東溟傳》云：笨山兄爲方伯，門第甲三津，而笨山蕭然無與焉。嘗科頭趿履行市中。居如村舍，題曰『帆齋』。又營別室於帆齋之右，亦曰帆齋。客徵其故，笨山曰：『吾所居則帆齋也。既曰帆齋，容有常處乎？』人皆怪之。獨東溟心知其意。笨山蕭然淡泊，如山林間人。草書全得張顛神骨；詩似青蓮，天馬行空，不可羈靮。◎朱彝尊《得張舍人霔皖江書卻寄》詩云：『六年不見張長史，忽誦秦遊一卷詩。韓孟元劉無定格，尤蕭范陸有餘師。歸逢灤鲫堆盤日，到即江花夾岸時。試計合并何地好，須憑來雁慰相思。』

《止園詩話》：張笨仙舍人晚自號秋水道人，詩集甚富。佳句如《風》云『雲流無滯影，花動有餘情』，《菊》云『到汝秋難老，從前花一空』，《出都》云『雲接峰千里，沙寒水一村』，《墨葵》云『蝶作漆園吏，花封即墨侯』，《與瞿莽話舊》云『文字舌猶在，風塵力已殫』，《題小青遺像》云『桃影一龕魂有待，梨雲半枕夢無香』，《獨飲黄鶴樓》云『十年烽火留遺淚，兩度登臨歎壯年』，《之都別黄六吉》云『曉色似難圓客夢，秋光何處著詩魂』，《贈王紫泉道者》云『鬢邊風雨花三朵，眼底功名水一杯』，俱有風流自賞之概。

古相思辭

郎是天上雲，隨風東西南北遊。妾是杯中水，瀉地東西南北流。雲遊去作何方雨，水流但溼庭下土。土生相思草，恨郎歸不早。雨溼合歡花，忘妾獨在家。

東來軒分韻得坐字

感士不遇日，大道多轗軻。閒居求苟安，遂已成驕惰。搔首柴門前，深柳一鶯坐。春風愛好音，吹向誰家墮。虛名竟何用，生計常相左。時還弄毫素，心隨書畫舸。海上足煙波，一竿無不可。豈爲武昌魚，乃鼓瀟湘柁。

幽思

促促復促促，日月雙轉轂。百年遂安棲，幾間白板屋。人生慕榮利，我心同草木。搔首獨踟躕，顧瞻徑之曲。左蓺孤生蘭，右蓺孤生竹。佳人渺天末，閉門如空谷。

聞李大拙處士遠遊

太上遊象外，其次遊山水。其次遊名蹟，三遊同一軌。緬邈古高隱，疇能外乎此。今人具古情，乃見李夫子。閉户將十年，塵事屏弗理。日日但堅坐，元化存内視。性耽金石奥，夢豔邱壑美。曠遊貴寓目，獨處鄙食耳。久製遠遊冠，新編飛雲履。遊具無不具，可以出遊矣。鴻鴈天正高，鯉魚風漸起。此遊不自輕，徒步數千里。昨日設罍樽，話别重知己。借問何處遊，歷歷爲屈指。一月遊三晉，雲捲太行徙。一月遊三秦，雪壓太華巋。一月遊三吴，照江梅花喜。一月遊三楚，繞洲芳草薿。兩京路蕭涼，六朝地華靡。習俗自不同，山水自終始。遊則安所悦，頓則安所止。名跡雖云多，一半或糠粃。是在能選者，如選古圖史。之子經年遊，慎密非苟爾。昔爲向子平，今爲許道士。學仙乃學隱，吾將悟斯旨。

大雪中夢遊仙詩

手招大蝴蝶，身騎白鳳凰。上視天蒼蒼，下視雪茫茫。嶽失五點青，煙凝萬里黄。經過羅浮山，但聞梅花香。

望津門晚煙

家在海門住，不知海門煙。遠歸望海門，海門煙中懸。此時日初晚，羃䍥蒼蒼然。萬象影出没，孤城勢蜿蜒。微聞欵乃聲，不辨魚鹽船。自顧襆被狀，風塵多拘攣。殘陽在馬背，煙路阻歸鞭。大海去百里，蜃氣相糾纏。八月起霜風，力勁可破堅。吹煙煙不散，轉騖如湧泉。邈入煙霧窟，恍遇鴻濛年。秋槎寂無聲，無乃迷張騫。俯仰三危山，乃在縹緲邊。振衣不可淩，難比仙人肩。因鼓煙中棹，獨扣煙中舷。雖非煙爲車，行水如行天。星月復何賴，一路漁燈連。客久倦行役，到家勝登仙。

寄王野鶴四首

有客客長安，而無塵事擾。相對機心人，焉能測其巧。仰視冥鴻飛，愛留雪中爪。一旦落樊籠，稻粱何日飽。

遠遊抱甕子，顛毛已種種。朝上紅螺巘，其力一何勇。暮行烏龍潭，其心一何恐。舊廬胡不歸，歸路風波湧。

遥傳仙觀中，主人愛爽塏。素心戀高士，一榻留半載。日聞簫韶聲，彈琴志不改。傳琴如得人，遺之向東海。

書來風林前，林葉書中隕。拂葉讀君書，心事言外隱。北望徒傷神，南遊計未窘。早趁梅花天，飽食春江筍。

讀李處士遺札號茹蘗

培之易茹蘗，苦名良足副。有生八十餘，鰥寡而孤獨。受命命無權，仰天不敢哭。吾廬任往來，足音於空谷。與人言不妄，懷袖書一束。前月惠我書，書字常三復。嗟世多僞學，因人成碌碌。依經古佛亡，況彼尼山矗。欲鑄陽明像，朝夕供茗粥。左配王與羅，右中郎老秃。大儒骨不腐，壯士眼不肉。筆須有劍鋒，鋒須有荼毒。甯忍男子軀，下同閨中淑。所以萬山阿，思結一茅屋。中供虬髯公，藥師與紅拂。題曰三俠菴，千古同穆穆。負義人之頭，一歲一享祝。創舉不可磨，老骨不可斸。斯人既已死，斯願復誰續。

蒼龍嶺

朝發青柯枰，暮過蒼龍嶺。仙人杖早投，謝公屐空整。三峰不可登，半天松雪冷。

空林巢

空林無留葉，落地片片黄。巋然見鳥巢，孤懸林中央。嗟彼巢中鳥，四顧何徬徨。寒風四面來，衰羽難禁當。思銜地上葉，欲蔽天上霜。落葉銜入巢，依舊隨風揚。

送吴天章還蒲州

君昔到海門，動即經年住。今來未帀月，束裝便歸去。結交知無益，來隱或有遇。高高太華峰，白雲想如故。

少年行

五花驄上騎少年，春風吹處美且鬈。往來香陌如飛煙，照耀桃李生芳妍。紫遊韁繩輭玉鞭，青絲絡頭寶花韉。華衣豔服不自鮮，平時與馬常周旋。有時挾弓馳郊田，黄金彈子珍珠圓，側身欲落雲中鳶。不聞射虎南山前，不聞一擲百萬錢。但見呼酒杏花邊，紅樓影下看鞦韆。十五吴姬坐並肩，狂歌縱飲無拘攣。硯底空壓鴛鴦箋，懷中偶撥鵾鷄絃。鸚鵡螺輕終日傳，芙蓉帳暖通宵眠。馬痦明月嘶纏緜，少年少年胡不憐。

巫娥

煖翠小屏深疊疊，巫娥斜倚雲花裂。青絲亂雨飛欲光，七十二峰羅空脁。魚冠仙佩丹霞裳，鸞旌倒曳靈風香。天潢老女隔水泣，冷綃霧薄湘煙溼。

青城引

翠尾鳳子飛無聲，半天紫雲垂青城。玉樓小立衣煙輕，撲來短袖團花明。香泉不斷下冷峽，跳珠走雪鳴琮琤。溼霞欲醉春螺紅，騎羊小兒吹鸞笙。

天門洞

天門之高高何窮，石階萬級升蒼穹。横空一木勢將墜，飛身直度如輕鴻。洞口陰黑不可測，劈面欲倒生雷風。每懼虎羆藏其下，前導亂張松火紅。舉頭欻豁閶闔開，天門反在洞之中。明兩日月夾左右，海光一帶當其東。虛碧俯仰咫尺間，呼吸相與氣始終。帝閽何必叩，帝座若可通，天地一日一混沌。吾將卜居此洞，日日觀洪濛。

聞李生將遊盤山

十年只喜讀書人，一朝忽發遊山志。遊山先自何山始，此去盤山二百四。憶我春風躡屩時，杏花開遍無閒枝。滿山歷亂飛晴雪，吹面松濤寒不知。别來幾月天已秋，毒熱淫雨阻重遊。七十二菴總名勝，白雲長夢尋清溝。爾去正逢秋氣爽，山空好聽百泉響。李白句攜謝宣城，遠公書寄許都講。碌碌於今胡爲哉，世人幾个憐君才。有峰便是問天處，此山況有舞劍臺。爾雖不慕劍俠名，登時且發長嘯聲。空谷疎林易震動，奔泉鐫石防摇傾。八石五峰皆其概，千古積來惟一翠。嵐氣到地苔溼天，秋光那得不長對。山水情深賦遂初，移書或卜巖中居。古人有志不可及，遊盡名山讀盡書。書亦何能讀之盡，山亦何能遊之盡？遊山讀書過一生，千萬莫學終南隱。

聽苦瓜上人説黄山歌即送南還兼懷南邨宗長

昔逢宗人南邨叟，爲遊名山成白首。名山遊多談始快，中有黄山不離口。千語萬語總一奇，形容拮据終難剖。正欲細細問其詳，草草南歸遂分手。七年以來絶消息，黄山亦在無何有。豈云遊者乏其人，抑乃奇山難乎友。苦瓜上人本奇士，身在廬山住已久。一旦得識黄山奇，反覺廬山面目醜。黄山之奇在何處，爲余快談十八九。其要不過在在瘦，斧劈劍削毫不苟。瘦到絶頂奇乃出，天風撼動山靈守。俯視群峰無不然，芙蓉三十二其母。有時雲氣如水翻，采蓮船欲凴虚走。其下豈有神鼇戴，其上但聞天風吼。惆悵難渡溪逍遥，往來直踏海前後。饕餮煙霞藴奇秀，睥睨他山盡芻狗。怪師詩畫不猶人，氣象與之同不朽。昔聞南邨談黄山，黄山之奇或可扣。今聞吾師談黄山，黄山之奇真乃負。他年奮志下江帆，定遊奇山覓奇偶。吾師吾師且歸矣，南邨南邨無恙否？

觀石濤上人畫山水歌

石公奇士非畫士，惟奇始能得畫理。理中有法人不知，茫茫元氣一圈子。一圈化作千萬億，煙雲形狀生奇詭。公自拍手叫快絶，洗盡人間俗山水。人間畫師未經見，舌撟不下目光死。公之畫也不媚人，出乎古法由乎己。古法尚且不能拘，沾沾豈望時人喜。憶我初得見公畫，亦但謂其游戲耳。豈料觀其捉筆時，一點不苟乃如此。既於意外得其意，又向是中求不是。儻有痕迹之可尋，猶拾古人之渣滓。奇氣獨往以獨來，奇筆大落復大起。人間絹素徒紛紛，只畫宋明舊府紙。知公之畫世爲誰，公但搖頭笑不止。

酬龍在田作笨仙歌

我豈不欲仰青天、覩白日，又豈不欲排金門、歷元闕？仙思茫茫天地間，自歎此身無仙骨。我號笨仙已十年，笨未至極不能仙。平生欲作笨仙歌，十年不就笨奈何。天津龍子聰明資，知我勝於我自知。笨仙心事歷歷寫，一歌使我驚且疑。龍子好舞劍，讀書賦詩並飲酒。劍仙古已古，書仙今何有？詩仙其誰耶，酒仙君是否？觀君好酒亦非真，粗遠世故全其身。詩書無益劍無用，不如飲酒過千春，勸君飲酒莫辭頻。天上欲爲真酒仙，世間須作真酒人。真酒人醉亦狂、醒亦狂，天地人我俱歸無何有之鄉。莫似我多事不能混沌付之於酒觴，被君笨仙一歌歷歷知行藏。

北邙山上行

北邙山上傷心路，松柏摧殘禿無樹。今人掘盡古人墳，墳土隨風入城去。洛城車馬不畏塵，往來城中忘苦辛。功勳未必及古昔，只有墳墓追古人。古人墳何高，今人墳何卑。時時欲覓古人跡，處處但見今人碑。

飲周家墓下作

有酒便可飲，何必平原君。有土便可澆，何必劉伶墳。白楊風蕭蕭，吹來五陵雲。五陵雲氣出復没，人生百年一飄忽。生前杯酒及時樂，餘名豈足潤枯骨。

夜讀聲百姪江南詩卷

今夜夜長得消遣，東海草堂詩一卷。江南山水冰雪囊，把吟不倦寒燈剪。北風簾外何其驕，滿林霜竹聲蕭蕭。恍似皖江孤舟夜，卧聽萬里空江潮。

祝劉珍之應孫伯繩

七十年人劉珍之，可杖於鄉與杖國。不惟不杖杖且無，是翁是翁何矍鑠。伯繩稱是少年交，至今骨氣猶如昨。令我祝之我未能，祝詞豈可憑空作。伯繩東海之雪樵，顔色如童髮如鶴。不自壽己先壽人，我既壽君亦壽若。他年攜手崑崙巔，一唱一和空碧落。

玉簪花歌仿六如體

玉簪玉簪花不凡，花神倩得天公劖。海棠妝就不成戴，細腰時反帖地銜。綠雲堆裏玉生香，佳人喜插烏雲旁。頭上玉釵玉色藏，更比玉人色有光。問郎花玉孰可憐，郎道不如玉值錢。佳人默默鄙其言，玉簪玉簪雙手搴。何者不堅何者堅，可擲石上與郎看。

土燕

土燕土燕豈無翼，欲飛下地落不得。老鵞老鵞豈無翼，欲飛上天總無力。不如穿簷野麻雀，上天下地滑如賊。牆頭瓦縫無遺粒，飛飛終日無菜色。燕兮鵞兮休太息，東家張羅西家弋。

題馮貞莽所畫蜀道難送張爾燕先生之名山任

噫嘻咄哉！蜀道之難也，豈遂如斯而已乎？馮子擲筆笑，拉我試遠視。君不見十二峰，連雲之棧相表裏，陰壑時欲作風雨？又不見九折坂，曲似羊腸薄似紙，捫蘿只受一人趾？噫嘻咄哉！蜀道之難也，不過如斯而已矣！中有行者誰之影？曰乃爾燕先生是。一行六人相依倚，蕭然去作名山使。名山之邑巔何居，猶向千峰萬峰雲外指。噫嘻咄哉！蜀道之難也，果遂如是而已乎？爲囑先生暗記取，他日山行行且止，開圖面與蜀山比。何處不似何處似，歸來細細質馮子。

楊部山至

百年幾聚散，一見一悲歌。聲氣久已矣，鬚眉將奈何。風塵賢令暇，貧賤故人多。把手河梁望，依然水篆波。

晤朱贊皇

一代集唐手，才力吾所欽。讀盡古名句，乃成良匠心。色比七襄錦，聲同百衲琴。大雅寓大巧，痕迹誰能尋。

送朱錫鬯檢討南歸

夫子官雖罷，相逢無戚顔。久知金馬貴，不及布衣閒。帆近海邊鳥，雲歸湖上山。竹垞高卧穩，那復夢燕關。

武清投祖夢巖

趨車入武清，門軍詰姓名。可知賢宰治，更慰故人情。麥氣散千畝，棗花香一城。玆來亭咫尺，彷彿有琴聲。

石槽

石槽投宿早，崖畔駐鳴騶。亂石開平野，圓沙送細流。松寒不近蝶，山淺忽聞鳩。一徑蘼蕪緑，攜笻思獨遊。

晤贈姜西溟

直道存先輩，真堪作史才。北門艱一晤，東海喜重來。心事春雲散，聲華晚菊開。高歌人莫測，呼我上繁臺。

汎溪

日落村邊路，風涼溪上舟。居人多草食，釣叟幾羊裘。一葉平生志，空江五月秋。客星今寂寞，煙水共誰遊。

春日雜詩同龍東溟王野鶴宋又京汪槎客孫君選查漢客分韻二首

我欲聽黄鸝，黄鸝何處啼。春潮一日長，漫過大橋西。岸岸蘼蕪緑，村村楊柳迷。雙柑與斗酒，多少少年攜。
歲歲東海上，殘春始見春。閒吟夢草句，老作看花人。風雨三沽水，輪蹏十丈塵。槎飛仙島近，不問五陵津。

輓王有詒

老友能餘幾，傷哉哭到君。一抔成大夢，萬卷葬孤墳。早似鄧伯道，終非揚子雲。誰編高士傳，不使墮清芬。

贈人

應笑嵇中散，辛勤論養生。雲邊攜笛去，海上築樓成。水靜珠飛白，天秋鳳語清。飄飄仙意足，敝屣視功名。

秋夜水亭

燈殘月復落，歷歷閃秋星。高枕新涼夜，三更舊水亭。露深初警鶴，風定乍流螢。幾訝虛窗外，梧桐破曉青。

聞大拙南遊

千古遨遊客，如君信可當。乾坤雙鬢雪，風雨一詩囊。桃葉非無渡，荷花自有鄉。臨清人近報，親見布帆揚。

之都留别六吉

出門原不慣，況復向長安。一路分禾黍，千村漲水灘。別憐秋月白，客耐雨聲寒。握手無多囑，新筠子細看。

歸來

歸來先看竹，有筍俱成孫。十日俗難浣，歸來清可捫。閉門親僕語，抽筆放詩魂。讀罷思山谷，飛鴻送葛村。

歸來三四日，竹色亦生香。啟户逢詩瘦，懷君得月光。山林我輩事，天地幾人狂。無語離情者，西風坐草堂。

贈李培之處士

自以仙爐額，仙哉可樂饑。狂名難得老，傲骨不容肥。東海書爲約，西山飯是薇。閉門秋與卧，風雨哭江妃。

聞道

聞道褚老子，新歸自趙州。故園春後別，津水夢中遊。何事關花鳥，東風笑馬牛。相思誰較苦，不減去年秋。

憶藕絲居

老雨晴難得，居空憶藕絲。數更東道主，屢阻看花期。蕉夢清移枕，苔光緑上墀。閒心躭寂歷，飯罷一枰棋。

由新安至靈寶連日行土山中有作

風景連朝改，閒關欲奈何。民居茅屋少，官道土山多。遼闊登樓賦，荒涼出塞歌。壯遊方努力，愼莫歎蹉跎。

秋槎

勞勞車馬滿人間，便是檣帆亦未閒。何似枯槎無阻滯，每當秋漲泛潺湲。碧雲冷卧千江雨，紅葉晴看兩岸山。但得筆牀茶竈興，風波以外不相關。

西風蕭瑟起蒹葭，隨意中流一放槎。幻術漫疑浮竹葉，多情猶欲採蓮花。龍魚自古秋爲夜，鷗鷺從來水是家。忽憶當年河伯語，扣舷朗朗誦南華。

晴

細雨初過絶點埃，晴簾高捲倚書臺。雲千萬片白將散，竹兩三竿青欲來。忽向遠樓聞弄笛，早思平渚捉流杯。年來歌嘯春風裏，愧煞閒居作賦才。

寄懷蘇州宋采城山人

洞庭春酒酌來醕，忽憶吴城隱士庵。千里鶯花羞杜牧，十年湖海老何戡。家風雖素還須守，世事多違枉自諳。可記倦游津水日，時時欲唱望江南？

送慧林上人南還兼寄石濤輪

霜冷蕭蕭黄葦枝，不堪手折送尊師。心空海月悟何早，頭白江天歸已遲。萬恨人間輕惜别，半生世外重心知。清湘客子寒谿老，相見憑君寄遠思。

抱甕園偕龍東溟季霖臣孫君選王野鶴作殘春詩值馬大龕自都至

幾坐津頭春水船，滔滔流水暮春天。偶逢京國飄蓬客，話到山人種杏田。積雨半庭雙海鶴，浮雲千里一風鳶。神仙富貴都休問，且醉桃花酒甕邊。

偶成二首

當年曾伴白雲夫，遊屐吟鞭興不孤。春澗鳴禽閒共聽，秋山歸路醉相扶。風塵老大功名薄，田畝荒涼心計粗。漫向長安搔首望，青雲一箇舊交無。

西風七月欲飛霜，千里懷人雁一行。甯可聞笳當塞上，莫教吹笛過山陽。餓來方朔還成笑，老去馮唐只自傷。手把素書秋竹下，不知辟穀更何方。

過退院

風塵擾攘復風波，碌碌歸人扣薜蘿。煙柳迷來官路遠，春花開向草堂多。香分淨土久如此，累到閒身又奈何。放鶴支公合惆悵，碧空萬里盡雲羅。

青雨山房詩

三年知欲不窺園，小築新成學閉門。懸榻早如陳仲舉，藏書多似李長源。春雲入座江峰立，秋水當簾海月翻。念我疎狂全未改，竹林難忘舊琴樽。

王都閫爲難女擇配周守戎

蓮花作幕久專城，常向轅門聽鼓聲。紅粉豈教都薄命，英雄未有不多情。朱絲暗繞三更夢，先是，周守戎夢紅絲三帀繞其身。白璧雙聯百歲盟。我道一時傳勝事，武陵溪口亞夫營。

遊水西黃蘗道場

黃蘗遺壇擁翠屏，千年獅象聽談經。山名青獅白象。白雲分出三層屋，分上中下三寺。紅葉鋪深一箇亭。煙雨亭乃青蓮醉吟之所。護郭沙洲秋草緑，隔城煙火遠山青。我來欲結蓮花社，日向松關醉不醒。

和贈祖武清

使君甯不厭狂名，百里清風結遠情。花縣蝶堪偕吏隱，柳衙蟬亦學琴鳴。能詩何必推光禄，好酒還須讓步兵。他日相逢休負約，海門咫尺接蓬瀛。

楊村道中

又向楊村道上行，閒關能不動幽情？野花一路開無主，水國千帆列作城。雙燕偶然同客語，數蟬隨處作秋聲。漫云馬上渾無事，敲遍西風句未成。

讀史

澹澹三徑菊，依依五株柳。高風緬可懷，不在詩與酒。陶潛

胸中有父書，豈但十八拍。不料一曹瞞，憐才到巾幗。文姬

氣飛易水虹，血灑秦庭雨。一死報燕丹，成敗復何語。荆軻

絶色竟胡塵，琵琶怨殺人。安知青塚色，不是漢宫春。王嬙

絶句

踏踏隨香緑，飛飛避輭紅。雙鳩林外雨，一蝶水邊風。

上元道院看月作

十二瓊樓不挂燈，一壺明月冷於冰。阿誰能擲仙人杖，化作虹橋到廣陵？

小遊仙詩

昨夜麻姑招我遊，梅花如雪開羅浮。身騎大蝶逐明月，四百三十二峰頭。
多情無奈遇方平，設席松間不放行。一曲雲璈心已醉，還將十二玉壺傾。
桃源深悔問迷津，瑶圃瓊枝别有春。誰許花姑來藝子，修書記謝魏夫人。

坐朱錫鬯先生舟中值梅子定九適至

訪舊同來梅處士，樓居不羡羡舟居。脱然無累江天遠，風雨歸帆任著書。

讀吴天章寄贈松陵陸石麟詩同南豐梁質人皖江眚元彦漢陽王孟穀宿松朱字緑

名士如雲共酒卮，百年風雅慎交時。座中爭問松陵客，爲見吴郎手寄詩。

伏枕

連朝歸雁急相呼，伏枕懷人信有無。記得梅花江上客，雪窗同看輞川圖。

仙院

十二樓邊九子鈴，垂簾人誦蕊珠經。白鸞紫鳳無消息，鳥啄松釵滿地青。

僧房

燕子龕前蝶影斜，禪房日日學趺跏。莫教天女偷將去，如意瓶開無量花。

懷揚州苦瓜上人

遥傳好事清湘老，大滌堂中隱作家。風雨淮南秋色冷，閉門只是寫黄花。

長江舟中

緑楊小艇曬魚罾，大李將軍繪未能。明月不來人欲醉，一江斜日照巴陵。

送王爾溶還浙

同醉長沙酒一巵，送君不覺動歸思。六橋明月中秋近，是我孤舟北上時。

聽夜泉

松館燈寒夜睡遲，流泉聲裏獨支頤。令人忽憶秋江上，明月湘靈鼓瑟時。

贈陳健夫

湖海曾遊幾十霜，眼中名士半存亡。吟成一卷懷人集，頭白西風舊草堂。

築欄

方塘引水接長竿，藕種新泥四月寒。未識今年花盛否，周圍先築柳欄干。

夾馬營

異香此地生雄主，千載風雲古殿空。莫歎重重龍幔黑，傷心猶怕燭搖紅。
兩京宮闕已成塵，夾馬營中廟尚新。太祖騎龍何處去，華山應訪墮驢人。

永平詩存卷三

樂亭史夢蘭香厓編輯
臨渝郭長清廉夫參訂

◎張舍人坦

坦字逸峰，號青雨，撫甯人，霖子。康熙癸酉舉人，官内閣中書。著有《唤魚亭詩稿》。《天津縣志》：坦原籍撫甯，祖明宇貫天津，遂家焉。性嗜學，於書無所不讀，博覽窮搜，叩之立應。著有《履閣詩集》《唤魚亭詩文集》若干卷。幼學詩於王司寇阮亭，學書於趙宫贊執信，其淵源有自云。◎《紅豆樹館詩話》：逸峰昆季承其父魯莽、叔笨山之學問，與同時諸名士游，故所作皆清逸妥帖，彬彬乎質有其文。《止園詩話》：張青雨舍人《詠野花》云『有香還自惜，在野不須名』，頗有寄託。

遂閒堂詩

鑿池不在廣，但容勺水清。悠然臨石鏡，大海明月生。緑綺漾文鱗，喜無綸餌驚。坐客可五六，流觴相與傾。談諧盡幽事，吟詠無俗情。晨昏用以永，酒罷一濯纓。

水石瀠洄中，隨池搆小亭。清風四面來，嘐嘐動疏櫺。遠浪渾一碧，萬木攢高青。雖然臨塵市，分寸四時怵。簾幕冰雪寒，春和亦惴慄。何以博歡顔，提命無敢失。詩禮重千秋，趨庭多暇日。靖節五男兒，不知好紙筆。常恐饜粱肉，遂躭紈绔逸。霜露一燈青，滿目皆陽春。曲榭環縈屋，不與輪奂倫。萬彙各懷私，吾自全吾真。古人種樹法，推之可樹人。嘉木良足惜，不辭斬荆榛。長養應有候，疎密亦有因。繁香透衣袂，不異棲崖扃。耳目一以曠，身心一以寧。此外何所求，丹藥延遐齡。

題白雪圖

昝家兄弟白雪圖，見者寒慄生肌膚。茅屋參差老樹枯，中坐數老皆白鬚。外有一老孤筇扶，卻似久出歸來尋故吾。昝子掩涕聲嗚嗚：此爲吾親全而歸之地與！康熙庚午，江南一月雪，封巖埋屋松柏折。堂上皤皤八十翁，趺坐召與家人别。乃言吾生有明萬曆癸丑年，大雪經旬不開天，有人送我過溪來翩翩。今日皎潔適如前，吾欲不歸何待焉！噫嘻！來騎玉龍攜縞帶，去跨白鶴歸瓊田，將毋是藐姑射山中之神仙？我聞醒者不同醉，潔者不取污；仁知樂山水，反是則不樂。翁之平生可以想見其大畧。嗚呼！皇天風雨暗昏朝，雪時萬里纖塵消，昝子視之淒雲慘霧身飄飄。嗚呼！一歲大雪有幾時，昝子視之茅簷柳絮日離離。曾讀蓼莪岵屺詩，人子思親何時何地而無之。君不見青天渺渺生白雲，狄公遥望淚紛紛。又不見雨雪庭闈盼不到，曾子爲作梁山操。

程高士穆倩見過寺寓

翛翛杖履往來輕，載酒看花逐隊行。門掩舊京千里客，交論古寺百年情。世傳駿骨多歌泣，君借蟲書識姓名。歎息信陵人散後，興亡猶得問侯生。

邗上遲費燕峰先生不至

遥想城南水竹居，滄桑歷徧近何如。興酣載酒難留客，貧到關門只著書。芳岸飛花閒畫舸，朔風吹雪阻柴車。相逢共躡金山頂，萬里江天落照餘。

訪鄭汝器簠隱居

久從谷口想風期，果得登堂慰所思。書法八分追漢魏，人高六代見鬚眉。名花別院逢春早，芳草他鄉去夢遲。欲訪當年歌舞地，石頭城下雨如絲。

秋夜寓齋偶招抱雪叔才省雲赤抒書宣穎儒小酌時叔才南旋賦别分得年字

小酌秋燈亦偶然，送行詩就當離筵。名傾京國才如海，酒載淮揚月滿船。通籍亦知非得意，論交深喜得忘年。津門煙柳春風暖，遥望征帆北鴈邊。

佟蔗村以其姬人豔雪自製鈔[一]囊見贈酬以小詩

天巧應從織女分，鈔[二]囊繡就笑回文。黄金散盡身將隱，擬向蓬萊貯白雲。

校按：

【一】『鈔』原作『紗』，據高淩雯輯《天津詩人小集》所收《履閣詩集》改。

【二】『鈔』字原缺，據高淩雯輯《天津詩人小集》所收《履閣詩集》補。

◎張舍人壎

壎字聲百，撫甯人，霖子。康熙癸酉舉人，官内閣中書。著有《秦游詩》一卷。姜宸英序云：張聲百同年寄余《秦游詩》。秦游者，張子覲其尊甫觀察公於西安使署之作。辭義飄渺恍惚，若不可測。寄興所在，求之嗣宗以下，射洪、曲江以上，要各有磊磊不可磨滅者。

秦中詠古

輞水何淪漣，王山頗清峭。中有幽人居，齋心契樞要。或爲北垞行，不作敧湖釣。春澗一鳥鳴，夏圃百花笑。飯僧得淨侶，燒藥依閒竈。我聞此巖巒，考功託清嘯。幾時輒易主，維摩闢堂奥。無知謂我宅，豈識如風纛。布金作祇園，鹿苑永丹嶠。始信千載後，藏舟此爲妙。得失究誰是，去住從所召。遥遥華子岡，犬吠尚如豹。

驅車樂遊原，東下鴻門阪。草木半黄落，淒其歲云晚。當年宴會處，衰柳拂行幰。古人竭智勇，機事如環轉。南鄭幸西歸，彭城竟東返。歧路在須臾，得失迥懸遠。歎息俱陳蹟，徒旅去偃蹇。且就夕陽中，野人原上飯。

前有樽酒行

和氣拂水冰初薄，燕子雙雙來畫閣。眼前萬事付春風，前有一樽且爲樂。人生百年如電影，兒童鬢忽霜華錯。名垂史册亦何爲，吐鳳文章空寂寞。不如一醉付山村，便勝武陵桃花源。滿胸磊塊澆欲盡，靜中得意果忘言。劉伶荷锸行，畢卓甕頭眠。古人自放君莫笑，君到醉鄉方識此中之趣真恬然。

君子有所思

天壤何寥廓，萬物皆自然。所貴適我願，無用愁憂煎。若使生才必有用，聖賢應不倫庸衆？商山如何復采芝，魯叟伐檀還過宋？行藏在我事在人，人自勞勞我自真。且對梅花同酌酒，莫問人間有屈伸。

咸陽畢陌弔古陵墓作

雲黯黯，雪霏霏，北渡渭河寒生衣。攬轡還向咸陽西，十里畢陌墳纍纍。何年墳上鐫豐碑，云是文武成康之所葬，附以元公之墓於其隈。樵采不禁陵户散，狐狸鼯鼠群相追。數千年事是耶非，茫茫一望生悲哀。我聞文武周公葬於畢，畢在鎬京南社中。史遷、劉向有明據，皇覽晉書皆符同。畢原本與畢陌别，古之祭者但於鎬與豐。元和修祠在渭北，乾德因之，遂以陵墓相追崇。又聞秦之惠文悼武墓，乃在咸陽畢陌依荒楚。世之祀者無乃謬，安得考古君子折其衷？雪霏霏，雲黯黯，歸來薄暮天色慘。周秦真僞復何如，寂寞邱陵同一覽。

潼關

巨靈劈山通黄河，河流一線山罅過。倚山截河築關隘，雄城險絶摧嵯峨。山如削壁河如箭，萬人仰攻一人捍。嗚呼！宜守不宜戰，慎勿檄催哥舒翰。

懷王崑繩

文章得失係千古，作者寥寥無幾人。有明一代稱絶盛，鴥然熙甫聞江濱。吾子夙昔抱鴻志，遠紹如火傳諸薪。搜奇獵異恣所獲，不肯庸妄空效顰。自出海涵地負手，上軼兩漢追先秦。賤子志古亦有素，每逢好友傾心神。幸獲同譜時晤語，脱略形迹呈天真。如探懸圃采瑶實，不須遠覓桃源津。别來觸物每相憶，知子讀禮方酸辛。大孝事在垂不朽，名山便足揚吾親。況復暇時蓄益厚，行當弁冕觀光賓。東望浩歌寫煩鬱，不見叔度胸生塵。

江南曲

别君復幾日，葵稽當門多。刀錢重腰帶，秋風動綺羅。七綵芙蓉帳，紅衾疊寒波。秋夜長如此，寂寞金閨裏。梁上難同紫燕飛，鏡前擬作青鸞死。思君憶君不見君，江南夢化隴西雲。前日緘書渾是淚，不須更驗石榴裙。

春宫詞

宫井新梧緑，雲樓起睡鴉。幾番添鳳髻，曾不見羊車。恨瀉芙蓉粉，愁生蜥蜴砂。昭陽春早入，定有合歡花。

曲徑和字緑

碧篁遮曲徑，習隱可年年。適意即爲道，齋心亦類禪。蘆深人語寂，花密磬聲傳。渺渺山禽下，飛來破暝煙。

暮春

飛煙無處宿，趨曉落高林。只道青猶淺，誰堪緑已深。桃花香燕嘴，柳絮亂琴心。多少當年事，縈懷惑不禁。

送吴蓮洋歸河中

柳絮飛無賴，君歸灞水東。溪臨衫影緑，花踏屐痕紅。此去風生袖，重來詩滿筒。飄飄笑韓衆，空老嶽蓮中。

春日遊梁園

石徑當門薜荔長，藥欄隱隱見垂楊。風移蝶翅翻輕粉，花鬬蜂鬚落淺黄。坐久方知城市遠，烹來惟覓野蔬香。臨池小酌休惆悵，無限春光到草堂。

遊沈氏舊園 姬人墓在焉

蘚石盤坳細路分，高松蔥藹帶晴雲。到來蒼鼠幾回出，坐久竹雞時一聞。鈿柱抛殘思錦瑟，繁花開處想羅裙。亭西彷佛題名在，尚有風流記此君。

深秋偶成

攤書淡無營，朝光上花嶼。秋風何處來，吹落山禽語。
舊里煙波遠，鄉心日夜生。只愁蘆荻岸，漸次作秋聲。

灞橋

水碧沙明没斷橋，霜前葭菼亦蕭蕭。當年贈别人何處，依舊東風上柳條。

◎豈明府惟訥

惟訥字敏公，盧龍人。康熙丙子舉人，官四川洪雅縣知縣。著有《洪雅公詩存》。

熨斗

能平物不平，一片熱心横。若值持威柄，休成炮烙名。

爲尹祥百題供神紗燈

屋漏本難愧，況乎神鑒之。影形交映照，孰是可欺時。

◎閻孝廉瑄

瑄字亦如，昌黎人。康熙丙子舉人。

秋日雨後再登水巖寺

踏徧崎嶇路，重來訪舊遊。晴嵐迎日翠，深樹護雲稠。澗落雷霆險，泉含風雨秋。相攜坐危石，樽酒快交酬。

◎蔡制軍珽

珽字若璞，號禹功，盧龍人，漢軍旗籍，襄敏公從孫。康熙丁丑進士，歷官吏、兵兩部尚書，直隸總督，降奉天府府尹。著有《守素堂詩集》。《永平府志》：珽性剛介，不能容人過，人亦不敢干以私。博文廣識，工詩古文詞。翱翔詞館者二十年，後進無不推爲宗匠。又力能挽强，善騎射，擊劍、運矛皆其餘事。老年更究心禪理，淹通釋典。有所註《楞嚴經》及《金剛經》，人以爲夙慧云。

宿段家嶺

晨興發皇域，夕息依荒岑。遠峰没餘景，寒郊生重陰。山明見夜燒，悲響聽風林。中宵不遑寐，懍懍霜氣侵。居貧知物力，丁難得平心。衣食苟無慮，奚事千黄金。歲月慨易擲，輾轉獨長吟。

宿廣泉寺【一】

牛羊下孤嶺，落日暗遠川。暝色入幽谷，山翠冷暮煙。涼風吹户牖，歸鳥棲簷前。疏林度清磬，一鐙僧舍懸。深山少更漏，獨向西窗眠。靜坐見明月，攲枕聞寒泉。巖壑鎖閴寂，轉覺百慮煎。良時不再得，胡爲塵绁牽。

校按：【一】徐世昌編《晚晴簃詩彙》所録該詩題爲『宿廣惠寺』。

病起

朝陽照户宇，庭院無塵埃。值此新病起，含情獨徘徊。開窗望遥天，澹蕩春風來。草色萋已緑，鳥鳴亦喈喈。即事多所感，惻然中心哀。佳期渺無方，躬耕豈易諧。何當絶物役，揮手歸蒿萊。養真東陵廬，全此擁腫材。

寄張萬石

時節當仲夏，草木滋華榮。空堂日清宴，澹然幽居清。緬懷同心子，飄颻事遐征。萬物各有適，之人獨無營。杳杳道路遠，悠悠我心驚。方知別離苦，乃自親愛生。封書寄雙鯉，努力崇佳名。

釣臺村南坡

朝陽上東嶺，草樹含輝光。愛此南坡行，澹然松露香。林禽囀幽哢，澗陰餘夜涼。徙倚坐白石，沈吟戀衆芳。青山寂無事，素心機亦忘。清賞妙兩愜，鎮日同徜徉。

擬玉谿生燕臺詩

東風日日城西道，吹散芳心柳緜老。落花無力只依風，鶗鴂一聲春未曉。愁紅怨緑迷遠天，點盡金釭冷列錢。銀箏倒柱亂瑶席，十二玉樓沈水煙。雲邊漏咽天邊月，荷葉香珠杜鵑血。莫將錦字寄芭蕉，宛轉空心不成結。卻把蓮峰憶纖手，肯聽紅顔成白首，消受人間一盃酒。

大風行

朔風吹雲雲上天，老蛟穴泣黄河翻。東皇太乙朝上元，青靈縮項蒼虎蹲。窮邊秋盡落日黄，平原衰草昏茫茫，五步十步難相望。氊帳寒衾更淒緊，人間有夢愁不穩，多渴相如正孤枕。

吴道子水陸歌

高堂懸雲雲不流，陰風颯颯愁深秋。吴生妙筆古罕儔，靈神八臂而九頭，蒼虎結栗龍蚴蟉。三元十帝紫霓軒，天王執斧守帝閽。手指足節攢精神，眉毛眼睫光景存。兩髻仙人顔如花，雙雙童子持紅紗。驅煙擁霧來誰家，微風吹雲旌旗斜。猛火成牢刀作谷，鋼齒稜稜鋸皮肉。熒熒碧血灑滿天，大鬼猙獰小鬼哭。寒玉映庭如水紋，神音怪語徹夜聞。闍黎瓣香朝啟門，匣前黑氣猶氤氳。

過漳河

琅璫征鐸戒徒馭，夾道濃陰滌塵慮。肩輿南下邯鄲南，又過西陵歌舞處。玉顏霸業都成灰，石火電光安在哉。寥落荒臺長荒草，一樹野棠臺上開。我欲吟愁愁日遠，漳水東流流不返。水邊古渡夕陽斜，風捲黃沙眯人眼。

擬神絃曲

風吹紙幡聲窸窣，大巫流汗小巫立。夜叉執斧蝕上階，銅鈴亂響神靈來。雌狐嗥風鬼嘯雨，香鑪無灰紙錢舞。石馬盤雲色如墨，漆鐙欲死一殿黑。雞豚食盡滿案塵，塵上分明見神蹟。

平城留别元臣五弟

山城曉鼓寒無聲，青龍河邊橋已成。西風獵獵玉鞭影，驪歌唱罷吾將行。欲行不行住不住，幾日勾留朝復暮。不信離愁能繫人，枉教怨殺長亭路。淒淒衰柳不堪折，人生何事有離别。杜鵑頭上叫一聲，短葉長條總成血。虛舟忘情自謂久，誰知今日成情藪。望府臺西一杯酒，不爲斜陽自回首。

巴淳菴學士招飲望海樓按詩内海畔城句即今澄海樓

我家本居此海濱，生平未嘗獲見海。世塵宦網兩難排，騰騰已近五十載。今年奉使幸過此，一觀始雪夙昔悔。探奇頓有賢主人，同遊更復饒佳賓。初從檻下窺浩淼，已覺胸次吞乾坤。旋見微風磨紫轂，漸看碧浪推朱輪。固知大小生眼界，未免渾濩驚心神。小僧作態勸清酤，旋轉能爲八風舞。含杯不語對高春，冷醉微吟思獨苦。人間惟有恨難消，打浪翻潮自今古。君不見十里堆埼海畔城，可憐猶是秦時土。

偶題水雲寺因贈湛水

松風滿幽谷，落日暗遠山。飛鳥去已盡，幽人常自閒。種芋巖石下，采藥白雲間。闃寂忘塵事，蕭然獨閉關。

月夜

空谷當秋夜，悠然愜此情。澗攲危石落，砌壞小蟲鳴。風靜樹聲歇，月明人影清。跏趺閒坐久，寂寞會無生。

沅州道中

放櫂逐谿行，連朝眼倍明。雲開巴嶺出，日落楚江清。魚蝌橋邊市，樓臺水上城。悠然愜情愫，那復厭猿聲。

經桃源

停舟聊小憩，散步野隄邊。獨樹下歸鳥，寒江多晚煙。坡頭僧斸藥，渡口客呼船。知是仙源路，風光別一天。

微雨曉坐

衰草緣荒砌，朝扉冷不關。暗風吹柿葉，寒鐸響秋山。野鳥背人下，谿雲帶雨還。灑然塵意盡，杖屨自閒閒。

舟行口占

遠郙紅葉樹，野岸夕陽天。風景今如此，煙波意渺然。徒誇濟舟楫，愧乏買山錢。回首東陵路，思歸年復年。

登焦山

浩浩潮聲急，森森萬木披。江從洲外闊，天向樹邊垂。閣啟雙峰迥，雲閒一鳥遲。披襟獨延伫，不語正移時。

有感

草色依然好，故山終未歸。幾回搔首望，愁見暮雲飛。往事逐煙散，好音和夢稀。山川徒滿目，不覺淚沾衣。

秋日

九月西風冷，籬邊菊又黃。幾回思舊雨，只是對斜陽。抱膝心千轉，看雲淚萬行。也知非老大，那復耐悲傷。

送四兄之涼州

西風吹落照，不獨别離情。無復有腸斷，那堪還送行。人歸秋樹遠，鴈入暮雲平。竚立悄無語，啾啾絡緯鳴。

雨花臺

花雨今何有，荒臺對寂寥。西風吹落日，白眼看南朝。水瘦山容苦，天空雲意遥。古來金粉地，吟罷轉無聊。

秋感

一雨逐秋色，涼風滿碧柯。最憐寒意急，無那暮山何。雲幻從爲狗，星沈不見河。閉門深念久，連日斷經過。

午至退谷

古寺深林裹，蕭然晝閉關。泉聲隨亂石，落日照秋山。遠嶺牛羊小，高原禾黍閒。自然心目爽，塵慮一時删。

由退谷至廣泉道中

曲曲緣坡道，脩然策杖登。亂谿惟見石，半嶺忽逢僧。徑轉已無路，山開又一層。祇園鐘鼓靜，何處覓秋鐙。

來青軒

野色秋來迥，悠然坐此亭。兩山中斷處，一片遠峰青。獨鳥日邊没，孤蟬靜裏聽。無人問興廢，鈴語自丁寧。

登壽安絶頂

極目何空闊，蒼茫對落暉。野花隨處發，好鳥趁人飛。夕露草初溼，閒雲晚不歸。下方鐘磬寂，相對共忘機。

明公主墓

猶説埋香地，悲涼土一邱。百年人事謝，幾樹海棠秋。斷碣欹新壠，殘霞憶故樓。西風與黄葉，歲歲不曾休。

喀爾沁山口

緣谿横小彴，隔阜隱雙旌。不見坡邊幕，應忘塞上行。高崖殘日影，空谷馬蹄聲。何處來人語，前頭驛騎迎。

過漢江經峴山

峴峰仍北向，漢水自東流。今古不相待，江山空復愁。天遥歸鴈急，春晚暮煙稠。欲覓羊公石，萋萋草滿邱。

春日遊甲秀樓

探春來郭外，夾澗一樓横。谿水清見底，山花紅到城。竹間僧梵細，柳外夕陽明。更向高層望，煙嵐接翠甍。

擬玉谿無題作

箔細深深見，簾烘的的過。未能拋枕簟，只是隔煙波。桂好難離月，星愁莫近河。王昌消息斷，獨自閲春多。

過黔陽縣

楚天煙水暮，一望一含情。往事已疇昔，江山又晚晴。坡邊明遠燒，嶺上見深耕。孤戍無人跡，清時久太平。

釣臺村居

茅屋與塵隔，雲峰自一關。五株陶令柳，數畝謝家山。晴嶺卧黄犢，幽溪下白鷳。如何垂釣客，日暮不知還。

偏涼汀

徙倚對雲汀，徘徊戀翠甍。亂山當户牖，一鷺入空明。芳草春城路，斜陽倦客情。吟餘無箇事，心與暮江清。

寒食偶成

碧楚煙蕪一望平，杏花消息是新晴。緣谿野葛郵邊長，背郭山田雨後耕。原上人歸棲鳥下，墦間巫拜冷風生。香餳白粥孤郵酒，漸愧年年負此情。

對庭前海棠有感

海棠一樹翻紅雪，竟日相看曲榭前。詞客有情憐永晝，繁枝無語對晴天。開當春暮偏多思，吟到斜陽獨惘然。燕子不來天又晚，楝風吹夢入愁邊。

大湯山

獨上湯岑最上巔，參差新緑滿平川。天垂四野圓如蓋，雨過遥郵白似煙。斜景半開雲斷處，好山都在夕陽邊。歸鴉欲盡寥空碧，吟罷無悰意惘然。

送李天然東歸

東便門東雨滿天，贈言惜別意淒然。莫嫌退守潛如蠖，最忌高鳴潔似蟬。欲采芳蘺江淼淼，不逢神女恨緜緜。青山腳下騎驢客，依舊空歸似去年。

秋日寄懷高十六章之

簷下風輕落葉稠，緘情遠寄正深秋。誰教隴水東西別，不禁參辰朝暮愁。雞肋已知無眷戀，牛衣那復爲勾留。近來事事都忘卻，只有懷人夢未休。

蕭蕭竹樹暮窗疏，鎮日孤吟嘆索居。滿地落花人去後，一天寒雨鴈來初。馮生有鋏家何在，蘇子無田願久虛。薄宦窮愁成底事，一回搔首一躊躇。

大患無多只一囊，未全消處是清狂。故人別後閤常閉，今雨來時秋正長。五畝未尋陶令樂，幾年空笑范公忙。鈞天固是無情奏，一到人間便斷腸。

愛煞鷦鷯笑大鵬，浮沈大小果何憑。閒中舊事都如水，夢裏前身竟是僧。堪自信時惟有嬾，最長人處是無能。一枝腹滿吾求已，斂翼榆枋好避矰。

山房即事

簇簇秋峰刮眼明，朝來事事愜幽情。偶拈柏子當清供，旋拾松枝煮野羹。谷裏人聲僧對語，樹邊鳥語客閒行。何年得遂還山願，日日看山過此生。

留别友人

商飈獵獵動高旌，别緒倉皇獨遠行。自古風霜惟大漠，從來迂拙是儒生。張儀舌在慚妻子，阮籍途窮仗老兵。得失原知無定數，何須咄咄愴心情。

雲岡寺

層樓突兀仰神工，翠嶺岧嶢出半空。遶座人瞻巖際佛，背山鈴語殿前風。秋灘雨歇寒聲急，遠岸僧歸落照紅。獨自蹁跹幽意愜，好將詩句付奚童。

歸家作

參差身世未如何，底事無聊恨則那。雪片似鵶過大漠，水聲如吼涉黄河。八千邊路逢人少，九月秋風出塞多。百日長途獨來往，未成寂寞是吟哦。

旅夜

野靜邨孤犬吠休，雪殘燈燼動離愁。疏星入牖夜如水，涼月當門人飯牛。處世已知無長物，浮生真覺類虚舟。東陵亦有田堪種，慚愧應官不自由。

宿虚舟菴

頓覺清涼暑氣微，祇園四面水週圍。橋邊待月風吹樹，竹裏題詩翠撲衣。拂枕羽聲雙鳥過，衝煙人語一僧歸。素心已共鷗盟久，好濯塵纓息世機。

五谿舟中

緑波滚滚急於煎，一葉扁舟浪裏穿。野果熟時頻見狖，高林斷處忽瞻天。山魈嘯雨騎楓樹，谿女披雲折木棉。今日承平無一事，微雲閒步視飛鳶。

重經香界寺

曳杖披衣到上方，重來舊路賸凄涼。斷碑砌屋依荒井，野蔓牽花上廢牆。出嶺一樵行礫确，背簷孤鐸語郎當。斜陽華表千年樹，摇落西風意自傷。

石隄曲

不愁流水急，但愁流水深。水深不見影，教妾若爲心。

雞特扣山

哀泉流琤琮，風林動蕭瑟。幽徑悄無人，半峰帶殘日。

題聽蕉圖

四山摇落影蕭條，獨向虚堂坐寂寥。薄暮涼風吹急雨，一庭秋意在芭蕉。

送張萬石下第歸廉州

黄陵廟裏題詩去，賈傅祠前酹酒過。莫把相思寄湘水，楚山明月夜猿多。

題畫

木落平湖秋滿天，丹楓黄荻引寒煙。山長水闊寥空碧，飽看斜陽不下船。

送高十六章之督學山右

離歌初唱已潸然，又見飛花落别筵。一種情懷兩難遣，送行時節暮春天。

秋暮聞天然有疾

目送歸雲寄遠思，閒窗寥落酒杯遲。那堪秋雨秋風夜，卻是聞君卧病時。

◎郭孝廉如柏

如柏字新甫，號廓莽，山海衛人。康熙甲午舉人，考取内閣中書，未供職卒。

《止園詩話》：郭新甫孝廉性孝友，習易工詩，制義尚清真，於王唐爲近。嘗批《顔氏家訓·教子篇》云：『須知孝從畏慎來。』又云：『讀《内則》嘗疑骨肉之間其禮太煩。今讀至「不可以簡，簡則慈孝不接」，始豁然。』其生平學問務實，大率類此。錢唐王雲廷爲立傳。

自題目送飛鴻小影用劉夢得歲夜有懷韻

年今餘半百，所業更如何。迴憶青雲志，不禁華髮多。吟詩銷日月，教子補蹉跎。奚計世途險，飛鴻目送過。

◎李方伯蘭

蘭字汀倩，號西園，樂亭人。康熙戊戌進士，官安徽布政使。《樂亭縣志》：李蘭蚤失怙恃，奉繼母至孝。家貧無措，率諸弟芸、蕆等力學不倦。康熙丁酉科由廩膳領順天鄉薦第一，戊戌成進士。選庶常，授翰林院檢討，飲食服用如布衣時，且勤於館職。所撰詩文無不穩中體裁。尋擢户科給事中，諫議能持大體。主眷特隆。外補江西督糧副使，遷湖南按察使。歷江西按察使、布政使，改安徽布政使。所至威望嚴重，正己率屬，吏無容奸，民皆安枕。年四十有五卒於官。蘭學問淵邃，崇尚雅正。雍正甲辰科典試江南，癸卯、甲辰兩次分校南宮，所得士皆名俊。任江南時，定議開江浦朱家山河，吴人至今賴之。

《止園詩話》：李西園方伯去今百三十年，所存筆墨無多。其元孫續曾從甯氏舊書中得詩七首，謹登其一以見一斑。

春日承松山李先生見招同人雅集寓齋漫成拙句誌謝

忽忽擲韶光，三月如一鄉。我友折柬招，駕言欣過訪。君本李青蓮，夙推文壇將。才華復絶倫，薦牘陳天上。御屏特書名，牧民資保障。開宴召同儕，啟甕傾新釀。齋頭鮮雜喧，閒門閉深巷。晝永藉敲棋，勝負亦互償。落葉角群雄，不令俗情妨。諸公物表姿，奇懷多跌宕。觴咏意從容，賓主歡相向。雅集遇良辰，晴光翻墨浪。酒闌踏月歸，衆心共酣暢。賤子漫賦詩，拋甎聊用倡。

◎牛教授天貴

天貴字永齋，山海衛人。雍正庚戌進士，官奉天教授。著有《學庸講義》。

贈别朝鮮使臣洪啟禧

當年雅望説金翁，今日儀型又見公。華國文章無俗韻，照人顏色自春風。情殷稽古邱墳富，意切憐才道誼隆。折柳關門增别感，何時尺素寄飛鴻。

案：朝鮮使臣有金昌業號稼齋者，於康熙中嘗遊角山，有《遊山記》一篇。其往來關門，與孝廉郭廓莽有唱和詩。此詩「金翁」應謂稼齋也。◎又案：朝鮮使臣明末有金尚憲。

◎李孝廉承恩

承恩字紹衣，灤州人。雍正壬子舉人。著有《致遠堂詩稿》。

舊居

松菊淒迷小徑荒，清宵獨步意徬徨。月光不肯隨人去，時送花陰上粉牆。

永平詩存卷四

樂亭史夢蘭香厓編輯
臨渝郭長清廉夫參校

◎李先生明生

明生字天碧，號鏡湖，山海衛人。由監生選授江南歙縣巡檢。《臨渝縣志·孝行傳》：明生孝友純篤。母死，廬墓三年。工右軍書法。雍正十一年選江南歙縣巡檢司，未臨任卒。《止園詩話》：李鏡湖孝友純篤。母卒，廬墓三年。與其弟標生、慶生皆以能書名。標生府學增生，慶生拔貢生。

訪玉笈道士適坐有他客未獲暢談作此柬之

林嵐蒼秀綠陰深，一水盈盈繞碧岑。客至不驚籬下犬，雲歸欲護樹間禽。飛仙已悟梯霞訣，遊子徒慚獻璞心。安得金丹換凡骨，十洲勝處任狂吟。

漫成

歛盡雄心且學癡，清狂天縱意何私。平章花月金尊酒，收拾煙霞玉管詩。鯨海未償投筆志，鱸鄉偏動挂帆思。臨卭車服誇都麗，正是相如病渴時。

◎李明經養和

養和字恒齋，山海衛人。雍正八年歲貢生。

春日遊桃花菴

菴裏夭桃勝錦紅，年年歌舞醉春風。花開花謝春常在，人去人來歲不同。流水有源終入海，白雲歸洞又横空。回翔繡嶺多啼鳥，似説榮枯紫陌中。

永佑寺

參差樓閣壓潮頭，突兀危檐界斗牛。天上祇聞傳貝闕，世間何處訪瀛洲。層雲暗展庭前畫，孤棹斜飛鏡裏舟。到此幾忘歸路遠，心隨鳧鷺晚悠悠。

◎張處士琯

琯字元伯，撫甯人，坦子。

送陳立夫之江左訪家石麟題秋林送客圖卷後

友愛如君少，情深内顧憂。救貧無善策，忍淚發孤舟。陟壹羞新遇，陳雷續舊遊。雲煙含草木，觸處漫悲秋。

憶昔

祖德昭垂在皖江，靜中回念倚閒窗。伸冤曾解黄金印，下士先傾白玉缸。珠履三千留舊跡，清歌十載記新腔。可憐病發經年卧，夜雨殘燈影作雙。

己酉將屆初度排悶

學劍學書總未成，行年六十一狂傖。浮家潦倒天津市，故里荒涼碣石城。文社酒壚曾浪跡，皖江閩海舊題名。隨先方伯公宦遊安徽、福建。前身應是寒山子，老坐蒲團送此生。

過問津園有感

荏苒韶光去不留，畫橋曲檻已成邱。兒孫誰復承先業，父老相攜感舊遊。紅樹枝頭啼好鳥，碧溪蘆畔牧耕牛。從來興廢尋常事，欲問當年話不休。

聞條弟返津

老病頽唐步履遲，每依南鴈憶微之。小春梅報歸來信，定有懷人絶妙詞。

◎張太學鯉

鯉字禹門，號子魚，撫甯人，坦子。監生。《津門詩鈔》：禹門善書畫，工詩文。書學趙秋谷贊善，畫法高且園侍郎。歿年三十九。

春日集橫經草堂分韻得碧字

晴暄烘草作濃碧，辟疆名勝來遊屐。入門春色爾許深，文杏夭桃多綽約。酒行到手意不懌，爭道狂生厭杯酌。爲語曾隨先孝廉，畫船載酒邀賓客。回首於今三十年，風流前輩成消歇。眼前亭榭尚依然，坐對斜陽憶疇昔。座中有客老而狂，笑指落花浮大白。君看幾日春風吹，枝上穠華亦摇落。丈夫有酒且須斟，瞬息榮枯何足惜。

案：此詩韻兼藥、陌，似與今韻通轉不合。然觀何劭《遊仙詩》，合覺、藥、陌三韻用之。此正未可輕議。

高默村曹秀藏見訪村中值小步河干未及欵延賦此見意

偶沿流水去，竟與友人違。聞説雙藤杖，同來叩板扉。癡兒驚古貌，野犬吠深衣。似不厭荒落，徘徊至夕暉。

過潘五哲堂亦囂書屋時哲堂久客京中

巷陌依然過客稀，緑蘿如幕障斜暉。盈階落蕊春前積，挂壁蝸涎雨後肥。綾刺幾曾容字滅，畫輪空自逐塵飛。京華僕僕勞生地，回首幽居志易違。

◎陳明經管

管字雪嶺，樂亭人，歲貢生。

《止園詩話》：陳雪嶺明經，濟周先生季子也。昆季四人。其三兄簣、菡、籥俱雋才，早卒。管性高潔，志趣風雅，工書善畫，好爲詩歌。初爲名諸生，數試有司不利，遂絶意進取。製遠遊冠，遇佳山水輒流連憑弔不忍去。晚年學道，慕韋應物之爲人，居常閉户焚香，席地而坐，罕與俗接。意有所觸，惟以書畫寫之。與倪損齋先生爲契交，以名節相重。其詩有『好將名節報先人』句，實肺腑語也。詩有奇氣，不以聲律自拘。其佳句如『枕上家山空歷歷，窗前冷月故遲遲』『深澗餘叢猶曬緑，疏林落葉已鋪黄』『山城有客孤燈悶，銀漢無聲片月過』『藥鐺煮遍畿東水，夢枕横環冀北山』『沙鳥月明呼客夢，野花風定伴僧閒』，頗得唐人三昧。

賀蘭山邊塞秋懷

三載秦川賦壯遊，賀蘭山下又逢秋。磧聲陣陣邊城起，鴈影重重天際浮。萬里風催張翰駕，一天霜冷仲宣樓。鄉關屢寄平安字，季子歸期竟莫籌。

此片寒氊真怪哉，豪華場裏竟難猜。一燈静待天邊月，滿酌常思夢裏杯。歸鴈笑儂還未去，黄花見汝又重開。疏窗透露雲千片，敬謝西風且漫來。

過邯鄲有序

是日風沙不辨天日。至邯鄲縣始訪吕祖祠，則已過矣。蓋祠在邯鄲縣北，去縣尚有數十里之遥也。然果心慕玄宗，觸處皆是，寧必泥於風塵古跡，與凡流共切瞻仰哉！雪嶺儒服儒冠，偕妻孥結廬塵世，而矢口不離空玄家言，不自相矛盾乎！然海角天涯，山巔水湄，終冀有一日之遇也。

學道曾經數十春，隨風忽漫陷紅塵。此番仍逐紅塵去，羞見黄粱夢醒人。

醒夢吟百首有序；録六首

北海散人陳雪嶺，不甚讀書，粗知筆墨。中有所感，遂爾成聲。未免塵情，敢言天籟？見者幸勿律之以詩。時乾隆庚寅菊月也。

也問生涯也問名，也隨歡會作閒情。行藏一段難言處，獨坐深更星斗横。

無酒無茶夜轉清，寒窗輾轉動詩情。高吟一任妻孥笑，好句多從枕上成。

文章漫負舊家門，多把綱常紙上論。愛煞農家知孝友，詩書真脉野人存。

尼山灑盡悲天淚，一部春秋萬狀呈。但向心頭求了了，那能眼底盡清清。

迷離煙火幾千年，本色江山向那傳。明月清風全不見，總成一箇利名天。

一紙新詩用意深，吟成原欲問知音。殷勤寄去無人看，依舊詩人獨自吟。

◎倪先生上述

上述字損齋，[一]樂亭人，諸生。

校按：【一】《永平府志》卷六十三：『倪上述，字又彭，號損齋。』

《止園詩話》：倪損齋先生蚤歲入學，甫通《孝經》《論語》即以古人自期。所學務求心得，不局局以記誦爲能。患《尚書》爲漢儒輯次，多所難通。因分段碎讀，錯綜參會，著《尚書存疑》一書。凡諸經義藴，歷代文章源流，以及天文、樂律、算法、音韻之類，莫不究心其間。所著有《孝經集註刊誤辨説》《河洛五行圖説》《洪範圖説》《詩説存疑》《等韻經緯》《律吕大略》《算法指南》及雜記數十條、古詩一卷。乾隆甲戌，邑侯晉江陳公重修邑志，李潤川先生會同邑諸生舉公儒行。公具呈辭，作《自訟詩》以寄之。其爲人恬淡不博聲譽類如此。

石隙松二首寄李潤川表弟

亭亭石隙松，見者多奇之。詞人詩作畫，丹青畫作詩。不知松心中獨苦，願君各贈一抔土。但懼身隨秋草萎，空教詩畫傳千古。

孤根生客土，土淺根亦微。中道恐不保，後彫焉可知。主人誠見愛，移植南山陂。千載無人賞，此心良不疑。

和齊河范公對菊原韻

芬馥東籬下，離披几案幽。相逢殊適願，那復更驚秋。

夢母

伏枕朦朧百慮清，忽聞阿母喚兒聲。忽忽不及言佗事，但問書曾作得成。

有感

歲暮歸來意興遲，寒侵翠羽下風枝。門前對植雙桐樹，會有朝陽鳴鳳時。

◎史先生秉德 後學郭長清填諱

先曾王父，字性生。乾隆初補樂亭縣學生。

《止園詩話》：先曾王父和平醇慤，終身不與人忤，遠近稱長者。弱冠補邑庠，一試京兆不第，遂棄去。家居授徒，問字者恒屨滿户外。持家勤儉，平生最服膺於林退齋『學喫虧』一語。嘗有句云『爲惡都緣小智慧，喫虧自有大便宜』，蘭至今猶拳拳斯言，惟恐失墜。詩不多作，偶有感發，亦皆布帛菽粟，不得徒以韻語視之。

采棉歌

連夜西風吹槭槭，原上棉花開似雪。淩晨婦子約成群，循壠分行競采掇。一采盈我把，再采盈我囊。三采盈襟袖，四采盈籠筐。采歸深院攤荻箔，白雲捲地烘秋陽。秋陽烘乾付彈手，軋車札札施關紐。左旋右轉手足忙，棉子墜左花墜右。雙弓戛擊絮飛空，一燈絡緯月窺牖。錯綜配挈各有法，梭來梭往綫分綹。從此衣被偏天下，人人挾纊得温厚。舊聞此花名吉貝，禹貢織貝果是否？紡織之法教者誰，黄道婆是崖州婦。若準先農先蠶例，也應廟食共長久。從來美利推桑麻，此較桑麻利倍奢。姹紫嫣紅空自好，有田莫種閒花草。

讀呂近溪呂新吾兩先生小兒語書後

赤子心當存，童心不可有。人非慎始基，窮經空皓首。

◎衛文學鈍

鈍字玉鏘，號癯仙，灤州人。諸生。

《止園詩話》：衛玉鏘先生，灤之隱君子也。慕王新建之學，潛躬味道。家無儋石儲，晏如也。性愛山水，每出，以一竿自隨，樂而忘歸，歸則以詩畫寫之。其《石門口》詩云『林盡雙巖豁，溪流一峽吞。短松覆石磴，聚水護雲根』，《贈佛洞山僧》云『巖空人去後，江淨月來時。此際拈花笑，靈山已在茲』，《偏涼汀》云『煙迷遠嶺飛靈鷲，江撼危亭起睡龍』等句，俱有瀟灑出塵之概。吴□□嘗爲作贊云：『不營營於世，無戚戚於形。優哉悠哉，有得於中。無恒產而有恒心，惟士爲能。斯爲先生。』

題畫

逝者不停滯，此翁喜得依。攜根長竹子，披領短蓑衣。山雨侵蘆岸，江雲護釣磯。朦朧横一艇，默坐已忘機。

喜館地清幽

夙耽巖壑趣，茲館慊平生。境静因心静，山清復水清。春林滑鳥語，秋月泠溪聲。四序多幽事，優遊移我情。

晚眺

晚山自淡煙，夕月在清瀏。江浦白沙明，依稀歸釣叟。

◎鄭明府家屏

家屏字文宸，號葵圃，灤州人。由四庫館議敘，累官饒平縣知縣。

《止園詩話》：鄭葵圃明府蚤歲豪華自喜，負氣甚盛，居官所至有能聲。晚歲家居，斂華就實。方山子之馳馬角勝，别是林巒風味矣。

春日灤江泛舟口占

一艇泛春江，横空鴈幾雙。舟人撑畫槳，欸乃自成腔。

未遇順風時，舟行祗怪遲。偏涼望不見，且看一枰棋。

日落晚山青，長天數點星。崆巄山對面，但聽水泠泠。
犬吠前村暗，燈明隔岸深。闃如惟一事，無月照波心。

◎鄭文學家興

家興字喜堂，灤州人。諸生。

《止園詩話》：鄭喜堂談詩論古，每自出機杼，奕奕動人。少生於華胄，不以門祚相高，而山水寓意，詩酒陶情，胸中益別有邱壑。後因省親卒於粵。

偶成

搆得書齋大如斗，子美之椽剛八九。圖書几案置其中，此外吾廬復何有。客來時與共清談，笑我無茶亦無酒。一卷陶詩讀未終，又向華胥覓睡叟。夢回階下自徘徊，閒倚西風看斜柳。

◎吴文學闓

闓字立中，灤州人。諸生。

《止園詩話》：吴立中論事有識。因爲先人卜葬地，遂棄舉子業，習青烏術。術久愈精，吾鄉之言堪輿者多取衷焉。

灤江泛舟

閒從河上泛漁槎，行到偏涼興更奢。天意若隨人意暢，笛聲欲靜鳥聲譁。一灣緑水浮紅日，兩岸青山走白沙。傍晚空明看不足，夾津漁火自横斜。

◎惠文學景陶

景陶字起潛，灤州人。諸生。著有《松菊詩草》。

《止園詩話》：谷奇峰學博名希賢，易州人也。前司鐸海陽時，與學中諸友相酬唱。一日限韡字韻，頗逼狹，惟學博與惠先生景陶押韻最佳。學博云『度歲預支新俸廩，臨丁重粉舊朝韡』，惠先生云『瘦同梅鶴空餘骨，典盡衣裘將到韡』，皆妙切當時情事。

過高尚書白雲樓遺址

勝地依然在，危樓何處尋。幾添新樹木，無復舊登臨。雪滿山空白，舟横水自深。依依斜日下，相對幾沈吟。

◎姚文學愷戭

愷戭字仲和，樂亭人。諸生。

《止園詩話》：姚仲和性疎狂，好大言。嘗以詩豪自命，因自號曰「詩虎」。至今邑之學者多不能舉其名與字，而詩虎之號則藉藉人口。詩多警句。五言如「柳眠鶯欲唤，花病雨能醫」「月昏燈影外，秋老鴈聲中」「地寒關樹少，天遠塞雲多」「鴈唳邊城月，蟲吟塞草秋」「五夜不須望，千秋如此明」「年光詩裏盡，春色笛中來」「三杯傾月色，一榻坐蟲聲」「關山三弄笛，今古一登樓」「露盡枵蟲腹，霜多冷鴈肩」，七言如「澗水一瓢和鹿飲，山田數畝共僧耕」「數著閒棋雲裏寺，一聲長笛月中樓」「三杯菊酒千峰對，萬里霜天一鴈孤」「釀成今古三杯酒，叫破雲煙一笛風」，《夷齊廟》云「臺高不著新朝士，松老猶留故國春」，《右北平懷古》云「和龍宫外春蕪緑，射虎山前夕照紅」，《閨思》云「繡得鴛鴦剛一半，願君化作半邊絲」。俱不失爲雅音。若世俗所傳「五峰雙屐下，七里一杯中」等句，皆其惡劣之作，則真不值一噱矣。七里謂七里海。嘗聞人誦其《登南臺寺題壁》詩，有「萬里風沙迷大漠，九邊烽火照西京」之句。適值學使按臨永郡，有告其題反詩者，幾以此掇禍，逃匿乃免。然其實只圖詩句雄壯，非有意訕謗也。亦足以徵其狂態矣。

過紅坡孟秀才宅

犬吠空山靜，尋聲到草廬。慚無元亮酒，將過子雲居。書史羅秦漢，盤餐雜筍蔬。更承止宿意，塵夢盡消除。

宿隆安上人房

樵人遥指處，清磬隔溪聞。到寺先參佛，逢碑又看文。旛摇臺上月，鐘叩嶺頭雲。今夕同誰宿，僧房席共分。

過雲居寺

萬疊煙嵐抱寺青，蒼藤攀盡結金繩。已行山半方聞磬，直到雲間始見僧。花院敲棋松落子，石龕分火夜懸燈。瀑泉聲裏安禪榻，夢入香爐最上層。

春草

野色空濛一望時，東風還向舊根吹。愁生南浦江淹賦，夢到西堂謝客詩。露溼青鞵人步滑，煙迷繡陌馬蹄遲。眼前猶是長亭路，去日王孫有所思。

淮陰侯

國士寧終餓，微時一飯難。南昌亭長婦，錯當乞人看。

◎姚文學永錫

永錫字恒軒，樂亭人。歲貢生，欽賜舉人。

落花

草自含煙柳帶絲，小園獨立正愁思。已拌春色匆匆去，況復風聲陣陣吹。倦蝶有情還戀樹，殘鶯無力尚啼枝。傷心最是尋芳客，獨向旗亭貰酒卮。

◎傅別駕以德

以德字克昭，號止庵，盧龍人，祖籍浙江。州同銜。

《止園詩話》：止庵老人，傅星源給諫之曾祖也。嘗聞之給諫云：老人壽九十有一，無疾而終；易簀之時，玉筯雙垂，殆所謂有夙根者也。今觀其《辭世》詩云云，當非虛語。

贈張開老

乍語即傾蓋，悠然空谷音。詩文才子筆，意氣古人心。道以尋常合，交從冷淡深。甘貧吾輩事，感遇亦沾襟。

效御製秋閨怨限韻限數之體

二月聞郎過五溪，計程應到六橋西。八行待寄三秋鴈，百夢偏驚半夜雞。七夕雙星一河隔，十年孤恨兩峰齊。九迴腸斷愁千萬，四壁蕭蕭淚暗啼。

余年八十有八甫得一孫口占誌喜

假我殘年日已昏，何當德薄齒偏尊。追思善果承先世，明季都門黑眚災，吾祖捐費多金，以針痧治法活人無算。

吾父在滇，積糧數百石，值吴逆變亂，城困民飢，散以濟衆。注念書香屬後昆。卻愧克家無令子，焉能繩武有慈孫。

於今萬事堪稱足，富貴浮雲總莫論。

辭世

昔自那邊來，今從那邊去。問余何所之，西望雲深處。

◎郭文學堡宗

堡宗字拱辰，號竺洲，臨榆人。諸生。

《止園筆談》：郭文學堡宗父喪，偕弟廬墓三年，以孝稱。【一】

校按：【一】查《止園筆談》中無此條。『止園筆談』應爲『止園詩話』之誤。

祀竈口占

不緣求富薦黄羊，一盞清泉一楪糖。好送竈君天上去，平生無媚是馨香。

◎郭文學陞宗

陞宗字躋賢，號陟軒，臨榆人。諸生。

《止園詩話》：郭陟軒先生，廉夫比部之祖也。文思敏捷，下筆如風檣陣馬。院試冠軍，宗師疑而面試之，先生揮毫如宿構，宗師大加歎賞。後秋闈屢蹟，遂以詩酒自娱。嘗曰：『酣飲美酒，熟讀快書，吾無事矣！』先生之祖廓菴孝廉有古硯，傳是宋雅州刺史金夢麟之故物，遺言子孫有登第者畀之。歷三世，硯存先生手。先生病革，以硯付比部之父曰：『祖硯期屬後人，而群從之鄉舉者皆宦遊，故我代爲守。今付爾慎藏，或者其在吾孫乎？』比部以咸豐丙辰登第，果應其言，距先生之没葢已六十餘年矣。比部以『承硯』名齋，即謂此也。

九日聚金陶村別業登高集詩牌分韻

蕭蕭風雨欲成旬，晴日登高逐逸人。滿地黄花初埽徑，數家紅葉自爲鄰。題餻有客循遺躅，刻燭無才繼後塵。獨覺曠懷差不愧，丰標想見葛天民。

贐吴伯盉世講入都

玉樹臨風器宇深，相交何必計黄金。寶刀持助英雄膽，略寫平生一片心。

案：吴伯盉名鼎臣，臨渝人，由進士官部郎，出守贛州府。未第時窘甚，或不舉火。先生時給以薪米，語人曰：『吴生豈終困者？』卒如其言，人稱藻鑑。

◎齊文學喬年

喬年字松五，昌黎人。諸生。著有《北山詩草》。

《止園詩話》：昌黎北面皆山，仙臺峰爲最，左龍潭，右鳳巘。齊氏松五少讀書水峪，長設帳水岩，終身蹤跡不離北山，故其所作詩即以北山名之。聞其性情恬淡，學識淹通，固非借終南爲捷徑，致煩人作《北山移文》者比也。詩長於五言。佳句如「漁燈添野火，海月近孤城」「岸深孤艇急，燈亂野風高」「好山閒對户，明月静依人」「雲氣浮山動，泉聲落壁空」「琴抱山當面，樽開月滿樓」「嚴霜浮客路，遠水淡秋客[一]」「人家寒緑外，城郭暮煙中」「庭空惟有月，香静卻無花」「海潮秋雨急，山影夕陽多」「雲静依潭白，沙明映海青」，俱足嗣響唐音。其從兄鵬年，號齊雲，歲貢生，宫保軍門大勇次子也。工書法，亦能詩。嘗見其斷句有云「秋雨有時盡，江濤何處深」「萬松寒没嶺，一徑曲通湖」「猿聲啼夜月，秋色淡煙波」「黄柑紫蟹誰攜酒，紅葉青山我醉眠」，頗有句法。惜未見其全璧。

校按：【一】「客」當爲「容」之誤。

寄懷曹大如璧

殘雪挂層巒，寒風號萬樹。君子意何如，悵望日已暮。高齋寂寞時，梅花應乍吐。嗟我意中人，寒山苦難住。東西隔一峰，兩地常相顧。何時王子猷，扁舟衝雪路。無那酌郫筒，明月穿薄霧。醉後一狂歌，夢逐白雲度。

對月

天邊秋月迴，相對似相知。萬里澄清夜，空庭獨坐時。蛩聲鳴砌急，花影向窗移。愛爾情無倦，明宵到莫遲。

登北平城樓

西風吹朔漠，白露下遥天。日落千峰靜，河流一帶煙。采薇歌尚在，射虎事空傳。不盡蒼茫意，低徊念古賢。

秋興

渺渺江村起暮砧，西風吹動旅人心。煙收野寺千溪靜，月入蓬門一徑陰。病裏吟詩情慘淡，夢中把剑氣蕭森。百年事業嗟何在，細酌瘿樽對遠林。

日暮

夕雨過峰頭，漠漠蒼煙起。寒泉繞澗回，響澈空山裏。

秋夜獨坐

簷前風乍定，窗上月初斜。何處幽香發，空庭一樹花。

過龍泉寺尋養貞禪師不遇

門前溪水流，石砌眠雲鶴。蘭若寂無人，林空松子落。

歸山

落日春風四野煙，幽人歸去興翩然。杏花十里青山外，人在青山花外邊。

◎李典籍恩捷

恩捷字春圃，灤州人，漢軍旗籍。候補國子監典簿。著有《洛中草》《白下吟》等稿。

《止園詩話》：李春圃先生少習舉業，聰穎絶倫。隨先任於豫，遂援例入太學。試秋闈，屢薦不售。報捐府經廳，以旗籍無開缺之例，改捐七品筆帖式。又以非本色京旗，户部、内府互相推諉，無處行俸。嗣經汪左憲承沛入奏，對品補用。先生自量其力，就職典簿，然亦卒未銓敘也。晚年家居，課子孫，話農桑。興來作丹青小幅，設色頗佳。詩天趣盎然，得擊壤遺意。佳句如《夜飲》云『地白霜凝重，窗虚月上多』，《晚步》云『亂泉鳴曲澗，古寺隱深山』，《春溪》云『肥添三月雨，青蘸半山雲』，《喜友人遠來》云『天地留青眼，風塵認白眉』，《雨後對酒》云『詩消長日景，酒助老年顔。竹引風穿牖，雲移樹疊山』，《春日閒詠》云『門静始知貧有趣，才疏好在事無多』，皆得晚唐風味。

春遊

門外柳條青，陌上草芽短。乘興快遨遊，于野邀同伴。雨霽振衣輕，風和吹面暖。山翠淡籠煙，水流春漲滿。好鳥鳴嚶嚶，小蝶飛欸欸。入目動詩情，頓遣三冬懶。野色夕更佳，戀吾歸屐緩。誰惠此清娱，天實使閒散。

有懷

殘燈照虛幌，落葉鳴空階。竟夕不成寐，不寐因所懷。所懷在遠方，急切不可見。見之惟有夢，夢驚北來鴈。聞鴈能寄書，吾書可有無？披衣起瞰之，微雲天一隅。

和盧鏡亭瓶梅原韻

一枝春自在，嶺上漫勞尋。對影容青眼，聞香契素心。案頭塵不到，門外雪初深。莫入江城笛，愁聽五月音。

喜司九叔祖歸里二首

憶昔從游日，秋期得桂先。己亥同試秋闈。一官身遠別，千里夢常牽。方計聲揚播，誰知事變遷。因公被議。荷戈仍奉命，塞上幾經年。

自經聞被議，深識官途難。日月如川逝，關山耐歲寒。鏡中愁鬢改，塞上喜身安。六載歸鄉里，猶蒙聖澤寬。

對酒漫成

閒倚晴窗酒自斟，榮枯世事漫相侵。山川生色詞人筆，松竹淩寒達士心。惟鮑能分管仲富，非鍾誰和伯牙琴。胸中但使無纖累，何必長吁古勝今。

述懷

悠悠一片雲，乘風向空舉。不肯遽歸山，猶思作霖雨。

◎韋布衣經良

經良號蓉江居士，臨渝人，布衣，原籍浙江。著有《燕塞詩鈔》。

偶詠即呈吳雲門秀才

幽居風雨獨牀眠，不學參禪不學仙。得句每從欹枕後，驚心常在落花前。人生憂樂原無極，天付功名定有緣。只此慰君還自慰，毛生捧檄豈徒然。

弈棋口號

機關參透見人情，誰在名場不好名？直到推枰斂子後，悔將黑白太分明。
當局從來最易迷，偶因失著便傾敧。旁觀且莫閒評論，再看從頭另起時。

永平詩存卷五

樂亭史夢蘭香厓編輯
臨渝郭長清廉夫參校

◎李太守掖垣

掖垣字南浦【一】，樂亭人，西園方伯次子。由廕生歷官河南彰德府知府。著有《敬慎堂存稿》。金筑張日晸序云：北平李南浦先生，文章政績卓然有聲。其季子良圃出余門，因得悉其梗概。先生早歲服官，歷官名郡。乞養後以筆墨自娛，所著甚富。此雖吉光片羽，而戀闕之誠，閒居之樂，老當益壯、好學不倦之心俱可想見。

校按：【一】《樂亭縣志》卷九：『李掖垣，字司直，號南浦。』

《止園詩話》：李南浦太守歷官湖南、廣西、河南三省，清積案，平徭賦，才名藉甚。以不合於世被劾歸。太守工詩文，所作制義余已刻入《樂亭四書文鈔》中。古近體詩清氣往來。《游靈巖寺》七古一章最爲曹地山先生所擊賞。近體佳句，如《過大難》云『波翻鳴衆籟，水急失層巒』，《金山》云『藤蘿縹緲裴公洞，煙水蒼茫郭璞墳』，皆鍊句有法。

題三友圖

青松云後彫，緑竹稱有斐。梅亦具貞姿，淩寒獨韡韡。譬彼孤窮人，抱道不自菲。三友命茲圖，戒哉傷比匪。

國子監古槐歌有引

彝倫堂石階下古槐一株，有元許先生手植也。閱數百年，久無生意。越辛未，仲冬，恭逢皇太后六十萬壽，普天同慶。忽焉萌蘖重生，新枝旁達。春夏之交漸至葉密陰深，芃芃然有偃蓋之象。大司成異之，命所屬人士各賦詩以紀盛。

成均中庭古槐樹，一株合抱十丈强。夜深雷雨洗枯榦，皺皮剥落空昂藏。肥磽雨露豈不齊，良工大匠長悽悽。辟雍鐘鼓自朝夕，宫牆桃李紛東西。高標孑立無光澤，祇歎當年好風格。豈知天地有盈虛，一氣鼓盪憑吹噓。有元種植風雲會，兩代兵戈塗炭餘。聖朝應運天人歸，撥亂反治一戎衣。偃武脩文及四世，英才師濟生光輝。國家育才養士氣，太平草木亦葳蕤。矧是靈根勿剪伐，猶有生機曾未歇。恭逢天開聖母辰，甲子甫週仲冬月。公孤卿相進瑶觴，羅拜荆蠻迄甌粤。黄鐘律管一陽回，多士盡沐新恩培。彝倫堂下春光徧，萌蘖重發屯蒙開。司成一見輒心喜，詰朝騎馬報天子。謂此濃陰不足奇，老幹扶疎亦猶是。所欣孝治格天心，兩間自遂生生理。伏願聖母壽無疆，萬歲千秋永兆此。君不見八千春秋富莫比，靈椿萬年猶不止。又不見松柏後彫霜雪新，青蔥蓊鬱無冬春。槐兮槐兮老且堅，將與松栢之壽共長年。菁莪棫樸雖云盛，未若此槐之盛良足傳。

春燕歌有序

舊婢春燕，山東濟寧人也。年未笄，從故宜人孔氏來歸。越庚午，余監督潞倉，岳家以兩廝見遺。其一王成，年較長，遂妻以燕。甫踰月，成竊金以遁，莫知所之。燕時惶且泣。宜人慮其不自安也，仍携以歸孔。孔亦慮其不能守也，欲爲之配以安其心。燕乃誓死不從，涕泣請命，願隨侍終身。居數年，竟有茹蘗自甘之意。主人益重之。甲申冬，余罷郡歸，過孔舍，燕出叩頭，流涕。時宜人久即世，婢猶惓惓不忘，是其忠誼之篤有足識者。且覘其容止，依然新寡，益信人言之不謬云。歲壬辰，余載游東省，乃聞其夫前年自外歸，孔亦念婢之賢，許以成室，迄舉一子。吁！天之福善固若是其不爽乎！燕爲人婢，乃能有此異行乎！余以爲此不獨爲婢女勸，即古豫讓之漆身呑炭，欲以愧天下後世之懷二心者，奚以加此！因敘其事，且爲之歌詞曰：

季隗能守義，緑珠不辱身。懔然千載上，志節存乎人。卓哉孔氏婢，儗之或其倫。少小從嫁時，所事櫛與巾。夙不攻女訓，安知不字貞。嫁夫夫背義，委棄如泥塵。婢也蒙主恩，居賤食不貧。胡爲天作孽，徒傷人不仁。嗟乎！春容未改秋顔摧，梁燕雙棲去不回。欲叩天關憑一訴，幾從山石望夫來。矢志區區不敢發，殘機理罷猶蓬髮。可憐枕上積春冰，檐前一片孤明月。婢也傷如何，主人恩愈多。豈敢忘信義，之死矢靡他。婢有願，僕無知，寧死不嫁弄潮兒。低頭老作閨中婢，奚論死别與生離。婢兮婢兮真難得，人間何貴傾城色。苧蘿青冢豔當時，何如箕帚之間全婦德。況乎天道有虧盈，人事難欺神默默。無何天遣鏡重圓，回首光陰二十年。夫辜百身恐莫贖，茹荼敢復望人憐？嗟乎！此事久堪肅風紀，豈惟門内徵嘉祉。可獨休聲里巷傳，千古應留孔氏婢。

遊靈巖寺作

勾吳迤西山水勝，翠屏錯互紛相應。買舟竟日恣遨遊，漫擬靈巖趨捷徑。靈巖仙窟接天關，別開生面甲諸山。綠溪蕩漾不數里，早聞石瀨聲潺湲。偎岸喧闐日中市，空山誰復輕投趾。此行竊喜興蘧蘧，二三僕從一肩輿。嶔嶔崱屴通幽仄，茂林蔽澗陰扶疎。須臾排空陟輦道，林風浥露供灑掃。居然步履向天行，眼底培塿失巨島。山外町畦錯繡鋪，寒流不絕帶縈紆。金閶萬家煙火密，虎阜一撮拳掌孤。攬衣拾級策高步，梵語森森出重霧。瓊宮貝闕日光輝，碧漢天章藻彩飛。山僧指引窮幽僻，怪石林立虬松垂。俄頃飛鳥直下視，穹窿萬丈亦低眉。太湖浴日波光動，窅渺帆檣自迎送。天涯海市晚霞生，樓閣迢迢騰五鳳。

和李眉山先生看菊原韻

妙賞非凡豔，秋園自一班。人情憐寂寞，天與遂優閒。酒興成高詠，花香襲醉顔。何當塵勝地，小步竹籬間。

庽青山人惠菊再疊前韻伸謝

世有愛菊者，秋來各幾班。我翁亦云愛，愛之非等閒。人有清冷氣，花無顛頳顔。殷勤折盈把，珍重寄人間。

查倉紀恩二首有引

某自庚午承乏潞倉。壬申將及瓜，朝廷以臺諫言特遣大臣星夜盤丈，缺額九千餘石。事聞，忽奉明詔，預給王公官員三季俸米，令盡出所藏以覈虛實，並遣尚書侍郎科道等官專管稽察。時某與御雲靈公協力奔走其間，殫精竭力，苦心垢面，凡六十餘日。幸克蕆事，而米竟復盈餘。暨奏，上特寬免。嗟乎！虎兕出於柙，龜玉毀櫝中，是誰之過！以天庾正賦數十萬畀之二人，責綦重矣！缺而不實，咎將奚歸？仰荷聖天子明察毫末，不惜盡發廩藏，務得確實，而事賴以剖白。則自今以後之年皆出聖明所賜，室家飽暖之樂皆天恩高厚所遺也。雖天地之大，覆載無私，而含生賦性之倫，一草一木必各出其欣動之誠以相應。某誠謭陋無狀，又限於官資，不能上達天聽，而欣幸感激之意豈能已於有言乎！是爲記。

奄忽三春際，春當隔世看。此生真夢寐，中道阻波瀾。默默天心著，恢恢帝網寬。仁恩深覆載，洗拔出艱難。

繼世神明主，中天睿聖資。淵衷合於穆，朗鑑燭毫釐。道國思無逸，爲臣戒勿欺。捫心惟感泣，深荷聖人知。

留别西倉廳事前老槐

老此官亭下，蒼然竟幾尋。清風千尺影，旭日一庭陰。蔭暍經多少，盤根自古今。三年將别汝，珍重使君心。

山行

目逐羊腸去，身經鳥道回。亂泉隨石轉，絶棧想天開。橋畏中心逼，山疑半面裁。此行非蜀道，跋涉亦難哉。

百拜任城外，相違日幾程。至濟寧拜别慈顔，分程南下。依稀望南國，瞬息過東京。漸覺雲山異，全非驛路平。敢嗟行役苦，陟屺動心情。

舟行江上偶作時由星沙回桂陽任

澄江真見底，石子細磷磷。北去水聲急，南來秋色新。雲心時繚繞，山脚亦嶙峋。似箭歸舟上，萱堂倚户頻。

十一月廿日舟泊衡山城下霧中對月偶成

夜色薄寒空，江天霧氣同。月殘如見食，潮退不生風。燈火巖城閉，漁歌野岸通。重開仙世界，人坐碧紗籠。

君山

君山遥在目，雲水正悠悠。日落峰巒湧，秋空煙雨收。仙源疑可溯，過客竟難留。何日排塵網，終須愜壯遊。

遊趵突泉二首

仙觀依南郭，春泉效地靈。天花翻玉蘂，甘露瀉銀缾。梵響山頭應，對面十里許即千佛山。松風水面聽。居然塵市外，耳目爲全醒。

千古開生面，誰施搏激功。疑穿滄海窟，似對雪山融。幻象留仙蹟，元機識化工。鸞旂常潤色，汲引向齊東。康熙三十三年至今屢蒙駐蹕，其地益覺改觀。

小院納涼

地窄圍方井，天低近屋簷。疎星枰落子，圓月鏡開奩。興至杯頻換，情多韻更拈。晚涼堪滌暑，不畏勢炎炎。

赴桂陽州任有序

乾隆丙子，奉母之官楚南。出都登驛，念雍正乙巳母從先大夫初任豫章，道經於此。今母春秋六十有六，又以某叨微禄，就養南行。前後三十餘年，曠乎若接。今日所歷之區，皆吾母舊經之處。追懷往事，不覺情傷。顧此詒謀，益深惕勵。即成一律，用誌弗諼。

板輿親侍又南征，三十年前有此行。燕翼分明垂世緒，豚兒敢道振家聲。煙開楚水二湘遠，地接蠻都萬壑晴。職忝分憂重自問，如何方不負專城。

見新月有感

新月如眉亦枉然，廣寒慘淡隱神仙。雲端已拆雙回錦，天上還抛兩截弦。萬里關山應自渡，百年心事向誰傳。蘇臺朽骨煩私照，冷魄何時得再圓。

故明户部主事節愍陳公有序

崇禎甲申，闖賊入城，陳公捐軀殉難。先是，已以直言左遷順天府知事。副室王氏有所生子曰崑生。當節愍殉難日，王闔門自焚。將爇，王取節愍小像付崑生曰：『兒持此亟往興化李氏依以終身，可使爾父宗祀勿絶。』崑生年甫十歲，慟哭不行。王固遣之，乃奔。妾婦有此遠謀，尤不可及。乾隆十四年【一】，奉敕褒明末遺忠，賜謚節愍。距公殁一百三十餘年，卒荷本朝搜入志乘，可識天心佑善之篤。有《陳氏家傳》，爲秋帆畢制軍手製，本末極詳。閲之油然起敬，爰各題一詩。

校按：【一】『乾隆十四年』應爲『乾隆四十年』。是年，乾隆帝詔令旌謚、褒揚明末死事臣民；次年，廷臣撰成《欽定勝朝殉節諸臣録》。

舍生取義有前師，大節初臨志不移。素位自能行患難，官階原不計崇卑。煌煌國典蒐遺烈，默默天心補數奇。更得名賢文字顯，輶軒端不藉陳詩。

節愍公副室王氏 前韻

妾婦寧非百世師，幽光不與歲時移。藐孤獨遺謀何遠，苦節常伸志豈卑。粉黛久消香在宇，從容甘蹈命多奇。殘灰一掬酬夫子，慟絶共姜守義詩。

過嵇侍中祠懷古

勤王苦節著湯陰，祠宇多年氣象森。日月爭光千古事，經常獨振一時心。澣衣猶有村名在，掃墓全無子姓尋。幸賴緇徒給香火，依稀食報到而今。

登金山

神濤環拍金山寺，禪室平連玉帶橋。萬里江天曾駐蹕，千秋風月幾觀潮。雲開塔影中流現，夜靜鐘聲上界遥。煙火蒼蒼憑一覽，聖祖特書『江天一覽』四字刻石山巔。百靈簪笏盡來朝。

層巒飛閣入氤氳，動地江聲語不聞。日月高懸金殿額，蛟龍常護御碑文。崢嶸霞起三山曉，錦繡晴開萬壑曛。瞻就永懷謨烈顯，觀民餘暇更操軍。

夜發江陰舟行無寐口占

安危一命仰舟師，欸乃輕操櫓柄遲。深夜鼾眠人語靜，小船摇曳夢魂知。岸頭犬吠中流客，枕上鐘敲獨寐時。遮莫五更殘月起，容光的歷隙中移。

與熊月三出都迎鑾旅次同作

潦倒車塵欲六年，誰知君已著先鞭。斷雲歷落開晴煦，遠水空明散暮煙。客邸不孤今日興，宦情重話舊時緣。沽來濁酒杯杯勸，此去彈冠近日邊。

山行

此去爭如蜀道難，秋風相引出長安。乍同舞蹈山高下，不憚紆回路曲盤。犬吠始知村落近，馬嘶誰念客途寒。野人無識還驚避，似把炎涼一樣看。

宿大荆驛

風雨連晨夕，遷延駐大荆。眼前雲似幕，耳底浪如鉦。地接巴陵近，山隨嶽麓平。殷勤趨舊館，彷彿憶南征。陟屺今宵意，驅車往日情。何當歸夢就，旅思正盈盈。

睡鳥

能言多致謗，兹以睡全真。孰是忘機者，悠悠世上人。

紅花鋪

日落鄉關遠，途長馬力殫。山東今一宿，明日是江南。

夢覺成吟贈同宿熊友

夢覺秋窗月轉明，蕭蕭風起柝無聲。飄零一陣南飛雁，嘹唳天涯亦弟兄。

舟中即事

得意高懸水上帆，平明舟子各詁諵。鳴鉦一過千艘避，認取荆南刺史銜。
水驛平過數日程，一帆風正一舟輕。卻慚私祝天心順，可有甘霖沛楚荆。

聞孔宜人病歿姑蘇幼女玉華繼殤江右悲而有作

無限幽思暗恨生，儘他人見也傷情。玉徽磨滅絃聲絶，欲放歌喉咽未成。
大江東望望姑蘇，臺上秋風聽鷓鴣。撇卻一棺菴院裏，分香難信女師徒。
十年辛苦虀鹽内，一旦生離死别間。遠道孤魂應不散，泉臺好作望夫山。
玉芽珠顆纔三歲，抛向荒江野岸頭。母在蘇臺能自覓，須隨江水向東流。

八月廿九日夜江上阻風偶作

北風吹水動江干，序入深秋氣更寒。不見黄花空對酒，低篷籠火宿湘潭。
雁過船頭尚有聲，滿江風浪少孤征。夜深不敢吟長句，恐有蛟龍水面聽。
蛩因雨重吟聲細，水爲風行響瀨多。未覺藏身漁隊裏，夢回數問夜如何。

自漢口登陸道上偶成

翠屏環映一重重，細草濃花碧間紅。可惜山居好風景，儘容消受客途中。
纔過山巔又水涯，夕陽人影興偏嘉。一般終日爲形役，較勝更深未放衙。

◎李上舍星垣

星垣字函元，【二】樂亭人。監生。西園方伯長子。

校按：【二】《樂亭縣志》卷九：『李星垣字涵元。』

寄樹滋兒六首

一幅離詩萬種悲，思兒不見淚空垂。遥憐幼小無知識，不解傷心卻爲誰。
骨肉雖親命不同，年年父子各西東。但期好命都歸汝，莫像而翁一世空。
馳驅我已負詩書，四十餘年志未舒。莫怨我嚴勤逼爾，將來恐爾悔當初。
汝已成童各立身，莫悲有父不相親。若言爾祖相捐日，屈指年華痛殺人。
今世天倫樂已稀，家庭莫問我歸期。爾心未解余心苦，事到臨頭也自知。

私心常念爾身孤，欲作團圓難自如。回首家園如夢裏，千山萬水一封書。

◎李吏目詞垣

詞垣字掌絲，樂亭人。廩生，官雲南晉寧州吏目。

《止園詩話》：李掌絲，西園方伯季子也。由廩貢生官山西長子縣尉，再官雲南晉寧州佐。放達不羈，睥睨一世。善詩歌，工書法。雖風塵鞅掌，不廢文翰。喜陶成後進，在晉寧時，有從學而成進士仕至顯宦者。以子貴，贈奉直大夫。

乙巳午日憶南浦仲兄

光陰倏忽又端陽，萬里遊人憶故鄉。親眷去年同樂聚，而今南北各分行。
承先啟後仗伊誰，孝友情真弟自知。猶憶去年分袂地，東門步送意遲遲。

◎張明經映斗

映斗字南杓，撫甯人，琯子。貢生。

《止園詩話》：南杓，魯莽方伯曾孫也。臨渝河西惠源莊爲方伯葬地，花園遺址在焉。南杓詩所指之惠源莊爲渝西之惠源無疑。《畿輔詩傳》及《津門詩鈔》並作「思源」，誤耶？抑以故莊僑置異地遂改「惠」爲「思」耶？

惠源莊落成同二弟拱之賦

惠源莊在盧龍北，今向津湄築草堂。結搆豈能如故里，登臨權擬到家鄉。須栽綠竹看新笋，更種黄花待晚香。素願與君何日遂，耦耕隴畝老農桑。

◎甯文學岐昌

岐昌字鼪喈，號支山，樂亭人。諸生。著有《又新堂詩稿》。

《止園詩話》：甯鼪喈有《秋日雜詠》數首。《秋鴈》云『夜驚短夢新霜冷，晚度長空落照斜』，《秋笛》云『關山夜弄三更月，楊柳寒飛一院霜』，《秋蜨》云『月枝有夢空依樹，霜葉無香漫認花』，《秋花》云『落蕊何心沾暮雨，孤根加意鍊秋霜』，皆有句法。

山行雜述

山行人不厭，況復趁春和。虎露崚嶒石，龍分大小河。無名林鳥語，隨意嶺雲過。忽有樓臺現，平城夕照多。

六十四歲自壽

花甲餘年四度逢，鬢毛都改舊時容。算同羲卦何曾減，數比顔齡恰已重。老去心情閒似鶴，瘦來形狀古於松。人生百歲皆由命，那用麻姑酒半鍾。

◎甯上舍長年

長年字芝亭，樂亭人。監生。著有《芝亭詩草》。楊亦聞先生序云：吾婣芝亭甯翁，幼厄於痘，失厥明。而志趣高遠，脱然於素封酣豢之習。大懼無所表見，而思以藝鳴，爰從諸兄授讀。於經書既成誦，皆創通大義。因舉漢魏六朝三唐詩，一一耳熟焉，服膺玩索，默識其竅竅。嘗試爲之，出語已驚其座人。暇則口占自遣，或隨緣酬答，倩人代書。歲月所積，多隨手散去。翁既没，令子通軒收其遺稿，徵序於余。余受而卒讀。其蹊徑不專主一家，靈府瑩徹，纖塵不染，藹然孝弟之思，悠然風月之趣，撫時感物，俱從淵默篤摯中來。翁遘天之奇厄，塞其視竇，而慷慨自奮，與命相衡。能以耳視，能以不見見，斡旋造化，卒卓然成一家言。吾人五官完具，仰荷鴻鈞，曾不深自爲謀，而晏安溺志，坐以待盡。援翁自鑑，能施其面目否耶？噫！依古以來，名山著述皆散亡淪没，百不一二存。謂翁之必以詩傳，所不敢知；而其學足以自成，品足以風世，則斯編之必以人傳也審矣。

《止園詩話》：無目而能讀書屬文者，於前代得二人焉。宋楊克讓子希閔，字無間，史稱其生而失明，聽誦經史輒不忘，屬文善緘尺。明季唐汝詢，字仲言，瞽而工詩，通古今；曹能始嘗合甬上李埈爲《二異人傳》：『古云無目則不成人，今無目而能讀書，且卓卓以詩文自見，視天下之有目者何如哉。噫，誠異人矣！』吾邑甯芝亭上舍四歲失明，六歲就傅，口授四子書一部，全詩韻一部。稍長，遂盡通經史大旨。作有韻之文，輒得新語，著有《芝亭詩草》一卷。方之楊唐兩君，洵堪鼎足。子二，元享、元灝，俱名諸生；孫申吉領道光辛巳鄉薦。

小亭避暑

盛暑熱難當，葛衣須早换。攜琴過東園，隨意到池畔。荷花最可人，入酒香不散。沈醉夜方歸，蟾娥自來伴。

早秋病中偶述

殘暑晝猶長，早涼秋尚嫩。露荷散清香，風竹含疏韻。幽閒竟日卧，衰病無人問。薄暮宅門前，槐花深一寸。

春日偶成

蓽門春草色，終日無俗客。倦眠長日曛，兀坐每更末。弄笛花鳥知，題詩風月和。偶步長松林，無朋惟引鶴。寂寞到僧家，談元開茅塞。

春感

吟詩覺索然，思緒復緜緜。句拙猶前日，愁深勝去年。花香朝雨後，鳥語晚風前。如此芳春景，蹉跎亦可憐。

自述

目盲雖墨墨，幽事足娛心。倦枕書同睡，閒庭鳥共吟。知人惟仗耳，寫意但憑琴。每到無聊處，良朋自可尋。

秋夜懷易齋兄

冷露濕疏林，蕭蕭秋氣侵。鄉書憑雁翼，別恨寄琴音。月色一千里，愁人方寸心。可憐風雨夕，不得對床吟。

送陰甥之中州

聽唱驪歌倍黯然，風吹別淚灑秋天。愁隨郟縣三千里，恨滿溟洲五六年。灤水瀠洄勞夢想，嵩山迢遞隔雲煙。匆匆此後無多囑，早寄平安字一箋。

即事

倦時一卧到黄昏，醒後呼童掩蓽門。玉笛聲中來酒伴，素娥影裏引詩魂。留賓正起新茶竈，扶我猶存老竹根。即此清閒多樂趣，何須得意始忘言。

自述

茫然兩目竟何之，半榻閒吟一枕思。樽内頻傾新釀酒，案頭常設晚唐詩。但將短笛消長日，何用浮名慮後時。知足從來多樂事，怨天竊自笑人癡。

早春

東風臬臬律初回，小院梅花解意開。忽聽呢喃簾外燕，定啣春色過窗來。

夜雨訪友人

歸來兩屐帶新泥，風雨瀟瀟到竹西。獨立庭中無一語，恐驚宿鳥恰雙棲。

憶女

觸物無情偏有情，傷春豈獨爲清明。忽聞柳外黃鶯囀，疑是呱呱喚母聲。

◎李明經美

美字純之，號醒莽，盧龍人。貢生。著有《清華堂詩鈔》。

《止園詩話》：李純之明經家貧好學，尤耽吟詠，人稱樂吟先生。所著《清華堂詩》，殁後温别駕序斌爲之選刻。《雨中》云『人事看雲變，鄉心聽雨孤』，《早發》云『倩人牽瘦蹇，治具聽鄰雞』，《一柱峰》云『峭回樵客步，危壓榜人頭』，《平州雜詠》云『沮連大小南通海，城冠峰巒北護邊』，《對月》云『憐兒不解思千里，憶婦何能照九泉』，《書懷》云『關心此日螟蛉遠，入夢當年桃李多』，皆楚楚有致。

榛子鎮

雨後沙路平，夕照明村堡。驅車過石橋，泉聲殊浩浩。近指炊煙生，遠望山雲掃。翹首渺赤峰，離緒縈懷抱。衰柳更呼風，秋滿灤陽道。

感興

品物無高下，適用即爲良。珊瑚持作鈞，寧及竹竿長。秋蟾朗千川，青銅理晨粧。買月群笑癡，鑄金取值昂。潘妃步生蓮，井臼勞孟光。人天胥如此，徘徊動慨慷。

古別離

三年伉儷期偕老，生女未週君遠道。姑逝翁衰信久疏，視妾更不如蒿草。弱息六齡解梳妝，每當憶父勤問娘。撫女爭如撫兒好，尋親可使還鄉早。

柬孟炎初

詩社飄零感舊遊，貧居咫尺罷相求。韶光此日花飛座，宦況當年月載舟。笑我經營皆畫虎，多君閒暇且盟鷗。何能把袂歸山麓，吟徹松風水上樓。

雜體

蛇無足行迅，雞有翼飛難。論世過拘執，古人多恨端。
動以事徵夢，寧知夢鮮徵。有徵亦夢耳，徵夢復何憑。

寄劉玉臺

猶憶山村踏雪時，冰姿含笑索題詩。只今回首羅浮遠，春到梅花第幾枝。

紅坡即景

閒聽鳴蟬過柳溪，雨餘沙路潤無泥。居人應愛斜陽好，一帶柴門總向西。

曉行

雲擁蒼山缺月明，蝦蟆更裏啟嚴城。行行欲問秋深淺，滿地霜華蟋蟀鳴。

永平詩存卷六

樂亭史夢蘭香厓編輯
臨渝郭長清廉夫參校

◎薛明府國琮

國琮字魯直，盧龍人。乾隆己【一】卯舉人。官山西樂平縣知縣，因事謫戍伊犁，放歸，卒於家。

校按：【一】「己」原誤刻爲「巳」。《永平府志》「選舉表」注明薛國琮爲乾隆己卯科舉人，「己」亦誤刻爲「巳」。《盧龍縣志》卷二十二文藝「薛國琮」條下稱薛氏爲乾隆乙卯科舉人，由遵化州訓導陞任山西樂平縣知縣。乾隆二十四年（己卯）與乾隆六十年（乙卯）均舉行了鄉試。據《遵化通志》載，薛國琮於乾隆三十四年至四十四年任遵化州訓導。據《昔陽縣志》載，薛國琮曾於乾隆年間任樂平縣知縣。據《伊江雜詠》中「窮極工詩氣未磨」「博雅群推王白沙」「温都斯坦馭雲幢」「鯨鯢戮後幾人存」等詩下自註，薛氏謫戍伊犁的時間當在乾隆末嘉慶初。

《止園詩話》：薛魯直明府有《伊江雜詠》百廿首，余删存百首，刻入《永平詩存》。其中有一絶云：「異類俄成大體雙，懷春心事播伊江。何勞吉士頻相誘，感悅由來在吠尨。」自註云：「蘆草溝兵丁某女，年十五，與犬交。家入見之，急不得脱，以水沃之始解。壻家離婚，見公牘。案此是人妖，可入《五行志》。』其事正與紀文達公所詠烏魯木齊人與豕交事作對。《槐西雜志》云：『烏魯木齊多狄邪。冶蕩者惟所欲爲，官弗禁，亦弗能禁。有寧夏布商何某，年少，美風姿。貲累千金，亦不甚吝，而不喜爲北里游。惟畜牝豕十餘，飼極肥，濯極潔，日閉門而沓淫之。豕亦相摩相倚，如昵其雄。僕隸恒竊窺之，何弗覺也。忽其友乘醉戲詰，乃愧而投井死。余作是地雜詩，有云「石破天驚事有無，後來好色勝登徒。何郎甘爲風情死，纔信劉王愛媚猪」，即詠是事。』案文達遺集《烏魯木齊雜詩》百六十首，此詩不在其數；亦以事涉猥褻，不便收入詩集，故附載於《槐西雜志》中。余於《伊江雜詠》不列是詩，猶此志也。薛詩云『感帨由來在吠尨』，紀詩云『始信劉王愛媚猪』，其事既相類，而其運思之巧亦工力悉敵。

伊江雜詠

崑崙西上盡堯封，拜舞同聽紫禁鐘。關吏不須頻問訊，年年長荷聖恩濃。回羌各部台吉、宰桑三年輪流入覲，名曰年班。

欃槍埽盡繪淩雲，萬里關河百戰勳。廟食千秋紛灑淚，回羌猶識舊將軍。平定準夷將軍、參贊及歷任將軍功德及人者，建祠北門內，春秋致祭，載在祀典。

宮亭高聳入雲根，萬國嵩呼仰至尊。班末蕃王齊叩首，兩朝雨露滿西崑。萬壽亭在北門內。每逢令節，將軍率滿漢文武官員及外藩酋長於此朝賀。

揭地掀天怒吼聲，居然列子御風行。憑君挾石移山力，填徧人間路不平。塞上風高，飛沙走石，時所常有。而闢展、吐魯番爲尤甚。風初起，聲如地震。俄頃間高山屭贔捲地而來，人馬遇之，騰空四起。即千金車載，一經吹倒，貨物散如秋葉，不可尋覓矣。其地有風穴，理固然與？

驚風裹雪雪飀飀，戈壁無人天盡頭。舒爾漢隨花犢出，請君談虎莫談牛。舒爾漢譯言風戈壁。哈布他海山中有花犢一，小於常牛，見則風雷大作，人畜傷損。厄魯特呼爲阿爾布圖呼爾，至其地祭禱而後行，甚敬畏之。

陰森冰雪積山隈，甲拆勾萌鬱不開。一自皇威揚萬里，戎羌三月盡聞雷。伊犁舊無雷，自乾隆四十年後始發聲。夷人驚爲天吼，鷄眊魚愕，四處躲藏。今則動諧霖澍，習以爲常矣。此可見聖朝號令行於遐荒，天人感應之機捷於桴鼓。

涓涓露滴五更霜，鴈信聲傳曉角涼。不道午晴邊日好，滿城玉樹屑飛揚。冬霜如雪，挂樹封條，銀堆玉砌。

至煙消日出，猶舞絮顛狂，盈人衣袂。白日飛霙，内地所未見也。土人呼爲明霜。

雪嶺高高天半分，雪蠶雪轂冷斜曛。青山底事頭爭白，我欲攜壺問塞雲。天山即雪山，亘古未消，四望白雲彌漫無際。中産雪蓮、雪蟾、雪蠶、雪轂。而喀什噶爾雪鷄群飛，尤極肥美。

海上三山信有無，卻從塞外見蓬壺。巖花結子殷紅色，知是蟠桃第幾株。菓子溝在他爾奇，爲往來大路。奇峰插天，怪崖傾日；萬松排翠，積雪連雲。奇葩碩果點綴，青黄不可名狀。不解邊隅荒陬何以得此佳境。杜工部詩『始知五嶽外，别有他山尊』，歐陽文忠詩『可憐勝境當窮塞，翻使流人戀此邦』，殆爲是詠與？

冰山矗矗曙光寒，萬壑千巖著腳難。百二斧斤齊得手，曉來神獸踏層巒。穆肅爾達坂譯言冰山也。在伊犂、烏什之間，爲南北孔道，相距一百二十里。無土沙無草木，玉岫銀峰，崚嶒峭崿。有時崩裂，震若雷霆。下視黑水，聲澎湃，不見其底。陡絶處鑿有冰梯，官設回民一百二十户主之。蜎縮蝸緣，少縱即墜。冰上有石，小者如掌，大者如樓屋，徑尺冰柱支撐而立，行旅必經其下。設日暮難行，須擇穩厚大石伏於其上。夜静，聞有鉦鐃鐘鼓之聲、絲竹管絃之奏，則遠近冰裂之音也。其冰長落無常，時或突起，則高三五百丈；時或沈陷，則下三五百丈。路更無準，轉眼即非。有神獸一，非狼非狐，每晨視其跡之所往，踐而循之，必無差謬。又有神鷹一，大如鵰，色青白，有迷路者輒聞鷹鳴，尋聲而往即歸正路。益西則峰巒矗矗，林立如筍，望之深青，不可登陟矣。至他木哈他什台，河流浩瀚，皆自冰山湧出，再東南五千里支分派别，盡歸星宿海。

賽里謨邊海不波，片鱗纖芥淨於羅。西泠别後潺湲水，比似春愁何處多。賽里謨淖爾（淖爾譯言海子）在三台界，淼淼洪波，涵天蕩地，琉璃萬頃，中一島煙浮。荇藻不生，魚蝦絶影。間投一物，頃刻浮岸上。人稱爲淨海，然陰森之聲氣竦人毛髮，味復乖剌，不堪飲注。徒然澈底澄清，終成廢棄耳。

蕩雲沃日匯靈源，迎岸真成雪浪翻。瑶海羨他天上水，人間枉自溯崐崙。雪海在克噶察哈爾台南，一望無際。冬雪極深，夏亦冰雪泥淖，人畜皆於山坡側嶺羊腸曲徑而過。失足落海中，不可復見矣。過此二十里即冰山。

鄂博高高石作堆，雲旗風馬集靈臺。蕃兒較獵陰山下，日把金錢擲幾回。山頭磊石插標，謂爲神所憑依，名曰鄂博。厄魯特、土爾扈特等過之，必投財物於其中。雖至窮乏，不敢探取一文，且時時宰牲祭之。

海上重樓入目頻，珠宫貝闕記前因。而今山市朝朝見，幻境由來莫認真。南北兩山缺處每於日出入時，非煙非霧，陡然而起，燦若城郭，倏若樓臺。宫觀罘罳，舟車絡繹，應接不暇。是爲山中幻市。

十三年跡竄逃間，卻道乘槎海上還。見説張騫碑有據，尚留片石在南山。張騫碑相傳在南山，去城四百里。

其文剥落，可讀者『去鴻鈞以七五，遠華西以八千。南達火藏，北接大宛』纔二十字。張騫偕堂邑父使大宛，被留匈奴，再逃而歸，何暇立碑？文既剥落，何四句獨全？其爲後人附會無疑。但漢唐皆通西域，此碑非漢則唐，亦古蹟之可貴者也。

慈雲片片覆山隈，座上蓮花並蒂開。鎮日香風吹不散，兩行紅粉對歌臺。菩薩廟各省流人所建，費萬金，規模壯麗。二、六、九月俱有社會，士女如雲，秉蘭贈芍之風同於《溱洧》。

半畝方塘水蔚藍，繞廊花木碧毵毵。雞豚滿院人蹤少，斗閣繙經憶柳南。斗母閣在東門内，杭州施太守光輅建，爲禮斗誦經之所。其中池塘花木，曲檻迴廊，頗稱佳搆。施歸，光禄署正豐公居之，蕪穢不治，牛溲馬勃，種種具備。柳南，施太守别號也。

十里春風散嫩寒，滿林桃杏錦團圞。德園芍藥開來徧，又倚成欄看牡丹。繞郭七十二園，無不蒔花種菜。德協領興性嗜花木，足跡所到，極力搜羅。伊江嘉卉皆其由内地捆載而來，牡丹芍藥徧滿園中，頗自寶護。近爲鄰園竊取，或以子分種，爭芳鬬麗，不僅成園一牡丹矣。

杏花春雨酒初酣，人影衣香見兩三。强把鞭絲深巷指，斷腸依約到江南。江南巷在北門外，本江南流人僑寓之所，今爲煙花萃集之區矣。

分手河梁萬里遥，不禁别緒幾魂銷。瞢騰記得來時路，秋雨秋風過灞橋。通濟橋在城北五里，爲伊江送别之地。天涯折柳，倍覺神傷。

四塞冰消草色侵，牛羊包裹列亭陰。天家百寶如山積，柔遠寧羌一片心。貿易亭在城西。每當雪消草長之時，哈薩克驅其牛羊駝馬入關貿易，草枯而止。所需惟南路回布，綺羅綢緞非其王公不能用也。地極寒苦，無奇貨，上下亦無統屬。交易畢即星散而去，無任恤扶持之誼。

萬疊關山萬頃流，放懷天地一登樓。浮槎本是人間客，我欲乘風問斗牛。望河樓即鑑遠樓，在南郭外，伊河北岸。碧樹週圍，雪峰環擁，亭臺上下花木芬芳，爲伊疆勝遊之所。河水西流，驚濤直瀉，爲塞外第一。

元宵結伴踏春燈，贔屭鼇山十二層。金縷鞋高香印窄，防他石磴滑於冰。元宵關聖廟燈火甚盛，婦女成群，遺鈿拾翠，具見太平景象。

四絃切切韻紛哤，新舊梨園玉筍雙。聽到銀臺明燭曲，吟詩究勝唱崑腔。伊伶分新舊二部，俱秦腔，以五福班爲勝。五福姓張。丹徒殷寶山來伊，能詩善歌，教五福崑曲數齣，遂稱獨步。殷後回籍，五福遠送綏定，厚贐之。殷贈詩云『送我行程張五福，吟詩不及唱崑腔』，蓋悼交遊之薄也。然余觀五福《刺虎》一折，字半秦音，矜持過度，反不如諸戲之娬媚瀏亮，則餘可知矣。

高卷牙旗值退班，晝長無計耐清閒。車聲馬跡誰家院，點點梅花話故山。點子湖承值公府，每旬休沐一二日，謂之退班。同人雅集，詩酒而外，半以牙牌葉子消磨長晝。

輕於划舫小於艖，匝地冰霜騎影斜。何似故園買新犢，百花時節碧油車。爬犂似車無轅輪，冬日積雪成冰，以馬曳之如飛。此塞上製也。車無輗軏，亦有可行之區。

車蓋高高車軸長，任他推挽過山梁。可憐騏驥傳宛馬，一例鹽車困太行。高脚車式如内地，而軸長八尺，輪高五尺有奇，拙笨異常。且輪高則轅低，千斤重載，牽以一馬曳之，力頗難任。御者從而推挽之，人畜俱憊。新疆到處皆然，莫知何意。古云高車部殆謂是與？

茜衫黃帽語啾嘈，法鼓鼕鼕駕六鼇。匝地戎羌齊下拜，這回堪布誦聲高。跳布扎普化寺爲喇嘛聚集之所。每臘二十八日，裝扮天神惡鬼，寺前跳舞。堪布大喇嘛擎蓋高坐，誦佛經，祓除不祥。即古儺禮，京師謂之打鬼。是日，各部落貴賤男女觀者甚衆。

無生無滅萬緣空，刀鋸何來滅頂凶。博得佛天大歡喜，髑髏千載泣秋風。噶布拉，截人頂骨爲之，形如仰盂，貯水以充佛供。余於普化寺堪布喇嘛處見之。云得自西番，番人捨身奉佛，以木夾額，用鋸解之，死可獲福。

檻車轣轆謝鉛華，哀怨如聽五夜笳。多少氈廬金粉伴，只知馬上撥琵琶。韓張氏，陝西榆林人，以夫殺繼母，緣坐來伊。性貞潔，主人欲納之，氏舉刀斷指自誓。初氏夫之肆逆也，氏潛以其謀告知夫弟，使避之。鄰證原供亦有氏孝其姑之語。將軍聞其貞操，爲之咨部請釋。氏素工詩，塞上題詠甚多。余曾見其七律二首：『檻車轣轆謝鉛華，嘉峪關前撲面沙。半臂尚存猶有命，側身四望已無家。愁堆華嶽三峰峻，腸折黃河九曲斜。何日承恩歸故國，餘生願寄一袈裟。』『自幼憐兒怯怯身，芳心生怕落風塵。九原未伴孤魂客，萬里難辭薄命人。塞柳迎春眉黛淺，野花經雨淚痕新。文姬十八悲笳拍，一拍歌殘一愴神。』

窮極工詩氣未磨，獨彈古調老婆娑。鐵樵得力何人會，患難文章感慨多。徐鐵樵，江西武寧人，廣德參軍。恃才負氣，緣事謫山西。贖歸，又緣事發伊犂。遣其子叩閽，並戍烏魯木齊。初與余不相識，見余《送謝理園回川》詩，因造訪。時年逾七旬，步履康强，雙眸炯炯，議論風生。自言在晉五年，向友人借杜詩手鈔一過，於詩始有所得。在伊十四年，詩學益進。蓋經顛沛而後遂志讀書者。『患難文章感慨多』，其己未留別句也。

博雅群推王白沙，一生書裏度年華。江南文物知多少，天遣才人泛斗查。王白沙，安徽太和人，辛卯孝廉，緣事戍伊。學問淵深，研究經史，諸達官爭延致爲子弟師。在伊十年，未嘗一日賦閒居也。著《西征録》，於新疆山川形勢、風土人情以及昆蟲草木，考證精詳，識者珍之。戊午遇赦歸。

舊業青箱半寂寥，王郎東去路迢迢。星評那及詩評好，雪壓紅山獵馬驕。宛平王愛蓮秀才，文靖公孫也，隨伊叔荔園觀察來伊。喜談星數，人目爲命王。而詩句清新，『雪壓紅山獵馬驕』，在烏魯木齊寄友人句也。

古調新彈獨擅場，曾登大雅譜宫商。疲驢破帽空山客，一曲文書淚萬行。古芝山，浙江鄞人，任游戎。善説南詞，挾瑟侯門，雅制軍亟賞之。雅歸，改派銅山，不無知希之感。

烘傳徼外破天荒，花案評來姓字香。斜背銀缸鳴珮解，有人低唤狀元郎。辛文焕，雲南人；妻蘇氏，同夫配伊。性聰慧，美談笑，文雅風流，一時有狀元之目。友人述其春聯云：柳繫軍門馬，花迎太守車。想見當年之盛。

鴞張豕突久憑陵，埽蕩妖氛斥堠增。信是北門嚴鎖鑰，白蠅無路附青蠅。塔爾巴哈台爲伊北界，與哈薩克、阿羅斯鄰，屏藩重地也。舊爲阿睦爾撒納巢穴。設參贊，統滿漢兵守之。初駐雅爾，地寒，冬雪盈丈；夏多白蠅，飛觸人畜眼角輒遺蛆而去，非以膠粘之不出。後移楚呼楚，始免害。

蛇鳥風雲偪絳霄，漢家勳業起嫖姚。王師久已無征戰，雪壓平沙好射雕。平定準夷後，移涼州、莊浪、熱河滿洲兵四千駐大城，西安滿洲兵二千駐巴彦岱；由關東移洗伯兵一千駐伊犂河南，索倫兵一千駐霍木果斯之西。惟察哈爾蒙古兵一千及厄魯特兵三千則逐水草游牧，無定居。星羅棋布，永鞏金湯。

秋麃初長雉初肥，控馬韝鷹大合圍。邊靖不忘修武備，太平元老總戎機。哈什圍場在伊東南三日程。每歲仲秋，將軍率八旗勁旅及漢番兵馬行圍以講武事，來往二十日。此年例也。

十萬貔貅駐塞雲，漢家戊己舊屯軍。輓輸不藉關中力，歲歲收成三十分。大兵移駐後，於綏定城、蘆草溝、清水河、塔爾奇、城盤子、霍爾果斯移陝甘漢兵三千户分駐屯田。其收成以籽糧爲度。伊疆泉甘土肥，可至二十七八分或三十分不等。如種一斗，得穀三石即爲及格。非如内地收成以十分爲率也。

雪消春煖水潺潺，紅杏青蒲萬畝間。趙過代田傳妙法，一年種植一年閒。伊疆沃壤平疇，雪水春融，溝渠四達。屯民仿趙過代田之法，歲易其處，不薅不糞，五穀豐登。是以食賤而工貴。

木石深山没草萊，萬家煙火斷雲隈。竺蘭去後東方少，誰向昆明辨劫灰。南北各山産煤，極旺，色黑，非石非土非木，價廉而用普。余在滇南時，見所産之煤與此相類，惟色帶土黄耳。

瀹茗清泉色味嘉，松風花乳潑新芽。白頭那及紅封好，琥珀融融試府茶。府茶出湖廣，即安化之粗者。販至蒲郡四坡底，蒸而爲塊，用官印者爲紅封，不用印者爲白頭封。白遜於紅，統名之曰府茶，以湯作琥珀色者爲佳。關外水濁，與府茶爲宜；以之瀹雨前諸茗，色味全非。

值得劉郎荷鍤隨，半千沽較湧金宜。醉來忽憶山陰道，細雨斜風颺酒旗。伊江越酒俱來自烏魯木齊，湧金號每斗千錢。近流人劉蓋諾仿其法釀之，價減半，惟色味稍遜耳。

關門絡繹走鹽車，積雪飛霜盡變霞。煮海何須循舊法，山前片片簇桃花。紅鹽産阿克蘇。地有鹽山，自麓至頂皆紅土夾石。内産明鹽，似冰而色紅。《北户録》：琴湖桃花鹽，色如桃花。【一】殆其類歟？山頂産者色白如雪，食之並香美。每曉暮，日光映射，紅白交暉，如玉屑飛空，丹葩糁地。

校按：【一】段公路《北户録·紅鹽》：『鄭公虔云：「琴湖池桃花鹽，色如桃花，隨月盈縮，在張掖西北。」』

鑿硔熬砂百鍊工，黔山鉛汞蜀山銅。金戈鐵甲年來息，九府泉刀四塞通。南山哈爾海圖産銅，沙拉博和齊産鉛。遴委廢弁，率遣犯數百，分廠開采，以供寶伊錢局鼓鑄之用。

萬點燈光石穴殷，火州西去火雲山。焦頭爛額成何用，采得硇砂著屐還。硇砂産土魯番火燄山。山多石洞，春夏秋有火，夜望如燈光萬點，光燄薰灼，人不敢進。冬夜火息，赤身而入，著木屐可采。若著常履，皮肉皆焦矣。土魯番即古火州。

零風碎雨溼花鈿，麥飯何人奠墓田。究竟泉刀抛不得，冥行猶藉太平錢。陳遊戎王凱好狹邪遊。清明夜遇雙鬟挑燈而行，燈式如錢，上書『太平通寶』。暱之不就。詰朝過之，雙塚巍然。見《病鶴山人雜録》。

邂逅相逢夜未央，錦衾角枕玉生香。金環得協刀環約，我亦蘋蘩薦巧娘。流人薛鋐將歸綏定，日暮，望林中燈火投之。晤一麗人，年二十許。問其郡，曰義渠；姓，曰天水。問生庚，豕渡河、鵲填橋時也。戲叩其名，顔頳，摘鬢上金花以示。薛意動，誦《子兮》。笑曰：『何不誦《尨也》？』賦《茹蘆》，不答。既而賦《山樞》，則低眉若有所思。久之歎曰：『天涯淪落，雨當誰屬！吾不能如江妃之謝交甫也。且君非《采葛》，我異《褰裳》，今夕之遇，毋亦有夙緣乎？』於是委身相就。脱臂上雙玉環，出鈿盒朱絲繫其一以贈，曰：『後當有驗。』未幾，荒鷄唱曉，麗人急起入内。薛從之，闃其無人，惟見角枕雙横，瓶蓮半墮而已。薛愕歸。異日跡之，乃荒垣古屋，中塑一妙相。問之土人，云有趙姓宦此，閨中奉以乞巧者，名曰巧娘，趙去後祠無主矣。薛徘徊傷悼，攜酒醴奠之。不數月而賜環之音至。見王白沙《西征録》。

塔爾奇邊舊戰場，頹垣猶是漢金湯。農夫掘得干邪劍，拜賜當年出上方。塔爾奇古城在今城西三里，居人掘地得銅甕刀劍諸器，古色斑斕，皆非近制，不知其何代也。或曰即漢貳師城。

方銅赤仄土花鮮，圈乙分明出閏年。圜法近來邊塞遠，幾人識得藕心錢。伊城掘地得赤銅方塊千百枚。長五分，闊三分，厚一分，重一錢四分。夾二面破痕三縷。其横頭有陽文，作一圈一乙相連，似哈薩克及西蕃之字。未知何物。按李孝美《錢譜》及《宣和博古圖》有藕心錢數種，皆上下通缺，若藕挺中破狀，其殆是與？據其形模，與漢之辟邪錢雖大小不同，但方而不圓，皆古刀布之變也。伊屬掘古物者，遇閏年則多獲，餘則否，莫明其理。

爔熄煙銷浩劫殘，人離水火易爲安。天涯別有然灰地，滅趾纔知立腳難。伊烏之交有地，圍九十餘里，望之如雪地。皆鹹鹵，雨後堅實，擲大石於中，如以木擊鐵，人畜誤入者數武之外即沈陷滅頂。俗謂之灰陷阬。

蔡侯佳製本無倫，都護城邊製更新。借問如椽誰健筆，天書一紙降秋旻。己未六月，風起紙落，五色俱備。聞南路一紙大盈畝。見王白沙《西征録》。

春雨柔桑緑葉含，馬頭誰解祀先蠶。垂垂椹子知多少，盡付新槽酒半酣。地多桑而無蠶。流人自内地攜子育之，終不成繭，地寒故也。夏初椹子熟，回人取以釀酒，家各數石。男女於樹陰草地歡然聚飲，酣歌醉舞，徹夜通宵。路途所遇無不醉之回子矣。椹子多者，曝乾亦可爲糧。

花氣氤氳露氣濃，不隨桃李媚春風。焉支山下多顏色，萬顆珊瑚別樣紅。伊里哈穆克生山谷中，結實如相思子，色赤，味甘，以之浸酒絶佳。

空傳海上大如瓜，葉白枝垂肉似沙。好是花開當佛誕，旃檀世界梵王家。沙棗葉白色，枝下垂，肉薄無味。回人嗜之，殊不可解。惟夏初作花，香風十里，如丹桂成林，襲人襟袂。

瓜期日日盼雲霓，迢遞伊吾路欲迷。飽食三年饞不滅，羨他生近玉門西。哈密瓜有數種，緑皮緑瓤而清肥如梨、甘芳似醴者爲上；圓扁如阿渾帽形、白瓤者次之；皮淡白，多緑斑，瓤紅黄者爲下，然可致遠久藏，回人謂之冬瓜。新疆處處種之。

橘奴荔子簇丹黄，西域葡萄碧玉涼。大小珍珠齊錯落，分甘羅列到孫行。葡萄産自西域，較北地粒小而味厚。一種大小相間，如棗栗芡實駢生合體，尤爲可愛，予名之曰公孫葡萄。

萬樹參天翠巘排，斧斤無禁與民偕。朝來咿啞江邊水，知是南山放木簰。南山樹木叢生，干霄蔽日。自古未經翦伐，青柯碧榦，與蒼雪白雲日相掩映。商民募匠裹糧，砍運江邊，縛木簰四出。棟梁之木僅值百錢。

平沙偃蹇伴蒿蓬，清淚涔涔滴石叢。羨爾不才生意足，休隨爨下泣梧桐。胡桐樹徧生沙灘，綿延數十里，而横斜曲側不任器用。回人呼爲胡桐，譯言柴也，俗訛爲梧桐。夏日炎蒸，津液自樹杪流出，凝如琥珀，名胡桐淚，入藥，見《本草》。

緑楊門巷燕爭巢，渠水縈洄翠浪交。怪底鶯梭織不得，滿林鉤結盡蚊包。土宜樹柳，城内外溝渠夾道徧植。梢頭結包，大如盎，小如拳，纍纍下垂，折之盡屬蚊蝱。

香火因緣往事空，柔腸折盡綺羅叢。女兒木是相思子，縷縷心情一綫通。女兒木色白質堅，紋理光潤。居人製爲煙袋桿，長短咸宜。

白雪連山一抹青，松身杉葉影亭亭。桐君未録煎膏法，只解根前斲茯苓。南北兩山多樠木，松身杉葉，高數十丈，一望菁葱，杳無涯際。皮厚一二尺，熬爲膏，可療血疾。又名萬年松。烏孫突厥古稱行國，無需棟梁，斧斤不至。誠千百年物也。

秋塍次第吐寒葩，雪蕚驚隨八月槎。怪底家家多種菊，此花開後果無花。伊江四時寒煖與都門略同，惟寒氣早，中秋後即可飛雪，百卉俱萎。移菊入室，可至冬初。過此不見一花，非至清明不知春信也。

雌雄倚伏合歡蓮，雪裏花開别有天。昨夜月明涼似水，幾番錯喚木蘭船。雪蓮生雪山中，紫梗七葉，一梗一花。似玉蘭，色黄蕊青。凡蓮生處，週圍尺餘無雪。又一種狀如洋菊，其生必雙，雄大雌小，相去丈餘，見其一則覓其一，無不得者。凡見此花，默往采之即得；若指以相告，則縮入雪中，即劚雪求之，不可得矣。性熱，治寒疾。

楚帳歌殘劍血深，斷腸春色到而今。西來品比雙南重，愧煞長門買賦金。新疆虞美人花最盛。初夏與罌粟同植，爭妍獻媚，艷溢園林，而黄色尤奇。惟空谷含芳，無人灌溉，爲可惜耳。

滿園風雨亂塗鴉，不改丹心向日華。應是班生投筆後，墨痕輕染一籬花。墨葵梗高葉圓如常葵，惟花開墨色，曝乾可以染皁。書窗環植，亦如松使者供人几席。

動植俄分冷熱中，果然大化啟鴻濛。西來風物中原別，莫向嚶嚶誤草蟲。夏草冬蟲生雪山中。夏則葉歧出，類韭根，如朽木；淩冬葉乾，則根蠕動化爲蟲。

不受陽和雨露恩，更無片土寄邱樊。挖泥帶水人多少，輸爾淩空度玉門。溼萎乾活草，性類瓦松。根大如棗，以綫繫室中，抽條吐葉，菁蔥可愛。五月開小花，隨其綫色，經冬不萎。

天邊繒繳避來難，倏忽林梢逐彈丸。託足不知何處穩，請看飛鳥寓風湍。寓風湍，小鳥也。棲必深林幽硐，擇大樹之柔條下垂者結窩其上，離水面五六尺，一絲懸挂，隨風摇曳。窩長尺許，極精緻，如罽如蘮，週遭渾圓，中穿一孔以通出入。冰霜風雪均不能侵，上下四旁臨深阻險，人物不能近，故從無毀室之虞。殆飛族之武陵源也。

秋去春回去復回，關門無禁網羅開。與君結夏緣非淺，爲愛天山積雪來。夏鴈在在有之，人家院落畜同鵝鴨。然惟夏月爲居停，嗷嗷盈耳；餘三時則作賓於南，不復聞矣。

斗酒雙柑聽栗留，落花時節澀歌喉。可人楊柳關門樹，四月鶯聲直到秋。內地黃鸝鳴於二月，至夏初即有鶯老花殘之恨。塞上則鳴於初夏，至秋猶聞嚦嚦也。

壓油油滿滑於酥，欵欵依人把握初。太息蘭膏焚自急，何如小鳥識乘除。壓油鳥大如鷄雛，肥則集人肩袖，捉而握之，油自糞門出。油盡，仍縱之去。古云：壓油之鳥，以石壓之取油，仍飛去。即此鳥也。

蜯蛤胎生合浦前，月華蕩漾蛋人船。笑他剖腹藏珠拙，爭似微禽被體圓。珍珠鳥回人名曰哈拉和卓，以其色黑品貴也。徧身抹漆，有紅緑光，白點如珠。探雛養之，聲圓滑，土人言其久亦能言。惟不習內地，入關即斃，未知然否。

鷄竿計日下天衢，大地春回草木蘇。馬角不須重問卜，家家屋上白頭烏。雪鴉半身灰白，集人牆宇，飲啄不驚。三五爲群，白頭者時時有之，未爲異也。

卵裂雛飛凍殼空，一生長養冽寒中。趨炎附熱情何急，恨不銜冰語夏蟲。岔口鳥，小鳥也，似鶉而觜爪皆紅。生冰山中，千百爲群。卵遺冰上，極寒之時，卵自綻裂，鳥飛出矣。

排雲蕩日勢炎炎，駝圓聲高羽翼添。十二相中看不定，直教飛走一身兼。劉郁《西域記》：富浪有駝鷄鳥，高丈餘，食火炭。《北史》：波斯有鳥如駝，能飛不高，日行七百里，亦能噉火。[二]今深山中有骨岔鵰，高數尺，翎健多力。又巴達克山黑鵰尤大而猛，飛則兩翼垂雲，宿山頭，高如駝象，所過之處，人皆避屋中，往往攫去牛馬。駝於十二屬相中各有所似，古人載之極詳。圖，駝聲，音碣。

校按：【一】《北史·列傳第八十五》『西域』：『波斯國……土出名馬、大驢及駝，往往有一日能行七百里者……有鳥形如橐駝，有兩翼，飛而不能高，食草與肉，亦能噉火。』

葡萄天馬頌聲揚，漢代爭傳汗血良。今日貳師城畔過，始知史筆太鋪張。大宛即今哈薩克，産馬以谷量。每年貢獻及貿易，千百爲群，率皆高大多力。然求所謂汗血，則杳無聞見。《漢史》：『李廣利將數萬之衆，出燉煌萬里，殺大宛王，取汗血馬三千匹，身膺侯封，是以有天馬之歌。』虛誕甚矣。盡信書不如無書，非親履目覩，烏能知之！貳師城在大城東北三十里，即今他爾奇，遺址尚存。

三百群中別擅場，冠裘美餙價高昂。胎生跪乳尋常事，骨種空傳海上方。骨種羊産布哈拉，其羊短小，肉薄而骨重。初亦不甚牧養，自通中國以後，大獲其利。今安集彦西南諸國，填山塞谷皆骨重群也。俗傳以羊骨種地而生，妄矣。

居然人面好頭顱，劍戟森森頦下鬚。終以畜鳴招物議，看來伎倆祇黔驢。人面羊生深林叢葦中，色青白，毛長被體，大如驢，面似人形。頦下鬚長六七寸，亦類落顋鬍。回人謂其神異，不敢殺也。

看到人儇實可羞，一家老幼似獼猴。憐渠也解春光好，紅柳花時插滿頭。人儇高尺許，巢深山中，男女老幼鬚眉毛髮與人無異。紅柳吐花時，折之盤爲小圈，著頂上作隊躍舞，音呦嚘，如度曲。或至行帳竊食，捉之則跪而泣，至不食而死。縱之去，行數尺必回頭；叱之，仍跪泣。度人離遠不能返，始驀澗越山而去。以其似小兒而喜戴紅柳，呼爲紅柳娃。或曰此《山海經》所謂竫人也；或曰此《神異經》所謂山獇也。

衣錦斑斕品第高，銀灰不數舊皮毛。紛紛鼠輩哮如虎，金穴原來屬爾曹。金鼠色黄而小，山谷間有之。《埤雅》所不詳也。

如蛛沿壁走乘風，嚙鐵聲聲腹欲充。堪笑流人忘典故，祇知八蜡祀昆蟲。八蹠蟲形似土鼅鼄，灰色，八爪微短，紫口四歧，嚙鐵有聲。生溼地溝渠及多年土壁中，大者如雞子，小者如核桃。每大風則出，逐風而行，入人屋宇，行急如飛。怒則八足聳立，逐人。尋常於人身上往來，不可動，亦竟無恙；少觸之輒噬人，痛徹心髓，須臾不救，潰爛而死。或曰茜草擣汁服之並敷瘡口，可活。究之中其毒而生者，百無一二。居人畏之。城中有八蜡廟，本以祈年，群曰：『此八蹠神也。』報祀日盛。

頭角崢嶸氣似霓，錦鱗片片日華迷。毒蛇蘊毒偏攻毒，格物爭傳骨篤犀。兩角蛇，深山中有之，巨如柱，向日曬鱗，斑斕若錦，頭角長尺許。性最毒，能以氣吸禽獸，入口吞之。而其角反能解毒，鋸爲片，可貼癰疽。捕蛇者多燒雄黃於上風，即委頓易制。按，曹昭《格物論》云：『骨篤犀，碧犀也，色如淡碧玉稍黄，文理如角，扣之聲清越如玉磬，齅之有香，燒之不臭。』即此物也。往年霍斯果斯駐防索倫兵鎗斃一蛇，與此相同，以駝載之，蟠曲駝背凡三折，而兩旁皆垂地，角蒼碧。據云傷牲甚多，今始除之耳。

卓立騰蛇首倒埋，追風掣電志全灰。欲從赤帝求長劍，斬斷妖氛市駿回。伊城東北山名莫懷圖，生土蛇，見馬則以頭入土，其身筆立。馬腹即膨脹，不能行。倒則蛇鑽馬鼻而鹽其腦。

雪開紅甲長春蔬，冰泮流分燕尾渠。漫道秋風蓴菜美，街頭二月賣鱸魚。清水河産魚，長不盈尺而四顋，如松江，巨口細鱗，宛然江鄉風味，土人名爲鞊鞨魚。伊江産魚更夥，每冰消凍解之時，街市堆積，盈尺之魚不過二三文，人人饜飫。

一年十二月痕新，入則持齋又浹旬。正朔自從頒帝闕，不將八栅記元春。回人無正朔，以望見新月爲月初，三十日爲一月，無小建。十二月爲一年，無閏。每七日八栅爾一次。八栅爾，日中市也，百貨俱陳。每八栅爾五十二次爲一年，計日三百六十有四。過年前一月即把齋起，黎明後不得飲食，日落星全方恣飲啖。男女悉以淨水徧身洗濯，日夜禮拜。至見新月即開齋過年，謂之入則。今漸革舊俗矣。

馬牛腹笥本空空，砟答爭傳造化工。蕃呪誦來人不解，祈晴祈雨更祈風。砟答生牛馬驢駝腹中，肉囊裹之，非骨非石，破之層層作片，色青黄赤白緑黑不一。凡畜孕此即病，久則死。生剖得者靈。喇嗎阿渾用之祈雨，則以柳條繫之，浸淨水中淘漉玩弄。祈風則囊盛懸馬尾上，祈陰則納置腰橐間。各有所祈之呪，無不立應。夏日回鬼用之辟暑，尤便行旅。統謂之下砟答。或云生野豬頭、蜥蜴尾者尤佳。

嗎哈遺經貝葉繙，横排鳥跡印沙痕。一生休咎憑誰定，白布纏頭老阿渾。回經三十篇名曰闊爾罕，爲先賢嗎哈木窨敏所傳。能通文義而爲衆所敬服者曰阿渾，凡一切大小動作惟阿渾是聽，即男婚女嫁無不唯命。回字有二十九頭二十九音，配合連絡以成語句。書字用木籤染墨横排，若鳥跡蟲篆，連蜷可愛。

隻雞斗酒誓生平，物薄何由將至誠。刺血滿喉君莫詑，古來刎頸見交情。回人於過年後赴所信奉之人墳墓，禮拜諷經，以刀穿咽喉浮皮，貫以布縷，血流徧體。謂之烏蘇爾，言以身祭也。

拊胸低首手頻叉，台吉銜連伯克銜。見説輸糧官斛準，不須更較帕他嘛。回人無衡量。穀米以布袋計，小者爲他噶爾，大者爲帕他嘛。伊疆設台吉一，督衆回户種地納糧，輸將恐後。其大頭目曰阿奇木伯克，次曰伊什罕伯奇。伯奇，回官也，各有等差。回人見官起立，以兩手當胸而頓其首。與卑幼見，無論男女，皆以接脣爲禮。

温都斯坦馭雲幢，碧眼虬髯駿馬雙。信否十年曾面壁，達摩一葦渡伊江。買斯達呢，温都斯坦部落之海蘭達爾也。嘉慶己未，由吐魯番咨送來伊。坳面昂鼻，濃眉卷鬚，雙眸碧色，光芒射人，黄髪齊肩，黑顏似漆。赤雙足，披氈衲，拄鐵杖。言語不通，見人作笑色，反覺嫵媚，宛然世俗所繪達摩象也。其國在大海中，舟楫通閩粵，殆即黑白鬼之屬與？所執乾隆五十年喀喇沙爾路照一紙，騎坐馬二。

蘇王呼里戎王子，玉樹臨風亦可兒。怪底齒牙明似雪，朱脣香脃嚼松脂。蘇王呼里，哈薩克台吉之子也。己未、庚申貿易來伊，時年甫十六七，容止秀麗。衣冠與回回同，而帽高無翅，分四瓣籠頭，著花衣。紅皮鞾頭尖，跟下襯木如棊子，内地婦人高底式也，行走如飛。每與人談，香氣馥郁，松脂滿口，不解何以下咽。

車書文軌萬方同，西北屏藩甌脱雄。宛馬近來充歲貢，更無人數貳師功。哈薩克在伊西北界，即古大宛，極恭順；産馬，歲時入貢。《漢書·匈奴傳》：『隙地置守處曰甌脱。』

打包駝馱雪痕斑，慕化東來欵玉關。四十萬人爭内徙，何勞三箭定天山。土爾扈特本鄂羅斯屬國。鄂羅斯與控噶爾搆怨，徵兵於土爾扈特，屢敗，議添兵。衆懼，遂謀内徙。自伊犂蕩平，其零星逃竄之鄂魯特俱投鄂羅斯，俾屬於土爾扈特。至是，率其愛曼共四十六萬户起行，途中爲哈薩克布魯特殺掠及病疫死者過半。乾隆辛卯春抵伊境，獻其先世所得明永樂八年頒封玉印。上悦，封其酋長烏巴錫爲卓里克圖汗，餘授親王、貝勒、貝子有差。賞給土地，令各游牧，均爲扎薩克，不相統屬，至今蕃衍。

剽悍由來性未馴，縱然同類不相親。自從向化輸誠後，那敢奸蘭近卡倫。布魯特在伊西界，其人不蓄髪，不食猪肉，略與回同。惟性剽悍，以劫掠爲事，不置田廬，千百爲群，隨其遊牧，各爲部落，不相統屬。《漢書》：『無符傳而私出市曰奸蘭。』卡倫，隘口也。

果報相因往復回，策淩詭計託良媒。誰知殺壻寒盟日，翦族傾巢結禍胎。康熙、雍正年間，準噶爾數爲邊患。迨策淩立，利前後藏之富也，誘拉藏王之子北來，以女妻之，旋索藏地。弗許，襲之弗利，遂殺其壻。時女已有孕，共議生男則殺之。及生女也，養之，適於人，生阿睦爾撤納，偏體皆血，性陰賊。策淩死，庶子喇嗎達拉扎弑嫡子阿扎而自立。其屬達瓦齊攻之，敗走。阿睦爾撤納簡精鋭潛襲之，遂迎達瓦齊爲汗。恃功恣縱，達瓦齊弗能堪，欲圖之。阿睦爾撤納懼，潛率其屬款關投誠。上命將出征，各愛曼望風崩角，擒達瓦齊送京師。阿睦爾撤納以未得爲汗旋叛。大兵進討，棄巢北竄。鄂羅斯執而戮之，獻其屍。伊疆盡入版圖。

鯨鯢戮後幾人存，又見沙場長子孫。旗籍新編同禁旅，雷霆雨露總天恩。厄魯特阿逆之叛也，將帥以其人反復，盡誅之，男女少長數逾百萬。其逃竄山谷者，倖免無幾。後稍稍來歸，特編八旗，置官授甲，設領隊大臣一員統轄之。今長養三十年，衆可盈萬。

巍巍銅柱記堯年，舊是丁零古塞邊。莫笑盲詞女兒國，人頭高髻認番錢。鄂羅斯在伊北界，與塔爾巴哈台鄰，即古丁零塞。稱王曰汗。自察罕汗没，無子，國人立其女，相傳至今。猶襲號爲察罕汗，凡有所幸，期年或數月則殺之。生女立嗣承統，高髻漢妝，惟不纏足。鑄銀爲錢，像其汗之面，重七錢三分，即内地行用之人頭番餅也，彼地呼爲阿拉斯朗。國極富饒，尊君親上，自古無篡奪之患。有銅人二，一乘龜，一握蛇。前有銅柱，蟲篆不可辨。彼人云唐堯所立，柱上則『寒門』二字。再北則寒氣中人即死，不可近矣。

漢唐遺跡久模糊，禮教猶能守賈胡。應是家山在三晉，一生活計效陶朱。安集彦在南路，距伊本遠，俗重懋遷，往來諸部落以營什一。哈薩克來伊交易之貨，除羊馬外俱出安集彦回商，而哈薩克分其餘潤，以故年年踵至其地。人户約五萬餘，婦不巷走，老不步行。市無乞匄，野無竊盜，耕戰之具亦優於别部。言語衣服與回相仿，惟帽係方頂，傳爲漢唐之遺。

萬三千里逐郵亭，半載輪蹏水上萍。仕宦須知誰會得，長安道上度人經。伊犂至京一萬三千里，計程六月。楊雙梧廉訪次其道路遠近，編爲一冊，名曰《仕宦須知》。

永平詩存卷七

樂亭史夢蘭香厓編輯
臨渝郭長清廉夫參校

◎閻明府公銑

公銑字丹赤，號惺甫，昌黎人。乾隆丙辰進士，官貴州獨山州知州。《永平府志》：公銑天性孝友，博極群書，工詩文。爲諸生即名噪一時。雍正乙卯膺選拔，遂舉於鄉，丙辰成進士。歷任浙江縉雲、麗水、嘉興、平湖諸縣令，陞貴州鎮寧、威獨山【一】等州牧。精於吏治，臨大事而不眩。令嘉興時，捕拐匪富大，搜其舟，得採生折割兇具、骨殖藥物等類，究其黨與富子文等數十人置之於法，士民稱快。其令平湖也，訪陸清獻之裔，緜其奉祀；倡修當湖書院，用廣理學之傳。其牧鎮寧也，雪陷獄之沈冤。其牧獨山也，清積年之舊牘。去之日，士民泣送於道，勒碑記石，設祠以祀。

校按：【一】『威獨山』，《永平府志》卷五十八及《昌黎縣志》卷六『閻公銑』條下原亦如此。『威』字疑衍。

水岩寺下院

山行六七里，一徑入叢林。鳳彩騰青漢，龍湫隱碧岑。鳳彩、龍湫，山寺之左右翼也。閣寒蟠老樹，僧定滌塵心。前路煙橫處，層臺更可尋。

秋日遊蓮臺寺

寺古臺空在，池荒蓮已枯。林聲疑過雨，日色冷平蕪。野水緑於染，遥山青欲無。高天望不極，秋逼海雲孤。

◎温諫議如玉

如玉字尹亭，撫甯人。乾隆乙丑進士，歷官刑科給事中。著有《靜淵齋詩存》。王庭紹序云：先生詩和平恬雅，不事叫囂，一歸醇粹。

贈茅心友用昌黎孟生詩韻

良馬無逸足，志士多苦心。雲龍況韓孟，託契重古今。一别幾寒暑，天地激商音。北來駐行旆，漂泊空書琴。無適信浩蕩，所遇多浮沈。君才豈量斗，君直不枉尋。蒼松鬱澗底，雲上張高森。筆落得神助，悲來難自任。鴈字叢旅興，蜨夢曠幽襟。文豹自澤霧，清霜徒變簪。人事雖代謝，險遇尤差參。忽其風木警，痛此日月侵。長安既習近，於越匪崎嶔。季偉我同志，將毋懷故林。詎謂北堂萱，各謝青春陰。君愴報本獺，我泣待哺禽。我淚觸君淚，斷腸當君臨。憶昔坐齋寂，相思得高吟。君書三歲袖，愁絶桂枝南。知勤夜陳篋，殊乏出游金。漸於世俗遠，益惟古人欽。命意切墳典，摛詞規雄歆。誰言長離翼，不揚丹山岑。逢君如時雨，挹注滄溟深。聆君再三誨，敬以當銘箴。長劍倚狂客，短檠對書淫。莫披游子衣，更聽西風礁。

長途苦旱。衡山令黄芝園禱祝融峰得雨，來致胙，因言七十二峰之勝。用昌黎《宿嶽廟》韻贈之

農甿插柳呼龍公，炎炎赤日當天中。陰雲蓊鬱不垂脚，赤氣久渴虹雌雄。火維南鎮閟神物，賢宰露禱靈源窮。偷湫再拜致一掬，阿香叱馭鞭回風。驚蛇閃閃山石裂，七十二峰蒼煙通。排簷拉檻跳珠入，但見浩白翻秋空。盪胸翫嶽麓，高標沈祝融。香雲浮泱漭，彷佛開琳宫。金支翠旗隱光怪，俯仰一氣駢青紅。自緣上界足官府，側聞請命哀寒衷。迎牲奠璧視崇秩，蘋藻亦欲將余躬。歸途走馬踏石廩，倉庾快覩一笑同。王程先喜解煩渴，松濤萬斛來無終。夜深坐聽蕉葉歇，涼蟲暗壁吟神功。猶緘皓月誤清曉，推窗靜倚天曈曨。茅茨有人語刺促，晚禾力作勤於東。

觀太學題名碑用東坡石鼓歌韻

文體遞尚如子丑，哲科爭爲誇童叟。丈夫金石比忠貞，獨飲香名不脛走。太學之庭碑峨峨，作人得士譽衆口。勝國初規立激勸，垂輝更重慈恩後。憶昔衣冠盛曲江，長安坊市空十九。御樓天子重春熹，一旦風開及第柳。巖巖贔屓高插雲，深鐫姓字聯珠斗。當時自命待朱塗，彈指黄金堪繫肘。詎謂榮名無幾時，來者於斯辨苗莠。青雲紫陌猶須臾，標榜安能長我友。軟紅纔過雕櫨來，陳羽已化新彀敎。阿婆絡繹不相識，同文之書若蝌蚪。星形月魄始見真，强胡老嫗尊黄耇。守官豈必依津要，譖言亦復興唧嗾。子孫共保一个臣，千秋俎豆馨尊卣。我聞元和神武姿，豐功自欲歌矇瞍。淋漓大筆元氣俱，韓碑公論配岣嶁。或仆或易由老卒，難言珉勒貞高厚。螭盤龍蓋總銷磨，麄砂大石留誰某。方今

聖主恭明堂，十臣八士惟周有。破格搜奇陋揣摩，藝林特爲開拘杻。一名自欲誇龍虎，來遊豈復陳芻狗。冰心玉尺更歐梅，聞喜拜黄光儕偶。橋門重見舊制新，而我挂名隨舉首。儒紳蹌濟列雙序，如金出鎔玉攻掊。凱旋夢好王夕魂，得意馬蹏恣疾取。昔論子美應早廢，津津反爲賢者垢。隱則求志用則行，窮視不爲達視守。放懷卓犖觀古曹，立德言功三不朽。摩挲片石誰共語，人生自延非汝壽。

書田園真樂畫卷

樹頭巧婦嗁春煙，荷鋤吾欲歸南阡。緇塵化衣更歲年，披圖恍過羲皇前。誅茅一畝屋數椽，木直自楹曲自枅。先生何者名不傳，抱膝吟風閶闔天。家有童烏與我玄，大婦織素一疋全。帶經課農樂意便，催科不擾完租錢。日昨膏雨漲新泉，游鯈嚵嚼有鮪鱣。飭修魚具登小鮮，罛罶罺罩網罟筌。歸來釃酒開賓筵，山樵雜坐羅豆籩。放柯談虎色勃然，先生大笑狂欲顛。屋角輕陰柳初眠，杏花低亞含清妍。更請細話石室仙，如棗分我佐粥饘。先生有道取中賢，先生有壽同彭籛。世途歧出多湲涓，是非不到牧犢川。桃源遠近安溯沿，耦耕相召合執鞭。淮陰好事工朱鉛，曷不貌我坐青氈。素心同井牛峪連，時看浮鼻流濺濺。乘去休著書五千，飯罷休歌南山邊。惟宜卷之雜於兔園編，展之即與崑崙方壺之圖同在金堂玉室縣。

初晴放舟

新漲酣秋雨，奔雲散曉晴。曙光猶淡蕩，寒意入經營。帶溼炊煙重，移程樹色明。推篷高興發，首路緑楊城。

雨中望焦山

羅浮風雨鎮難逢，滅没從看隱象龍。峰色雙沈滄海日，江聲四會曙煙鐘。奠鼇自欲臨無地，瘞鶴須來訪舊封。好識山靈招客意，文身豹霧鬱重重。

過惠泉喜晴

側笠欣逢一日晴，秋暉極目洗空明。山含積潤嵐光嫩，水達靈源碧意成。鳥外青雲層閣迴，鏡中烏榜六朝清。品泉盡得天隨意，鼓枻蒼茫軫道情。

題畫

鬱金香散曉光侵，破夢無端怨不任。前殿按歌聞白紵，上林新寵屬青琴。判花風是催花力，懷扇恩餘棄扇心。莫便將縑來比素，看他飛燕語春深。

玉階苔色勝昭陽，恰避穠華媚靜芳。幺鳳去人春解老，圓蟾迎夜月終狂。千金但買添愁賦，一隙曾無駐景方。底事乘鸞秦女願，畫工休作紫簫長。

題友人桐陰課子圖

濯濯初引桐，涓涓桐上露。清風吹蘭襟，流光照緗素。

涓涓桐上露，寸寸桐下陰。課兒珍刻晷，中有千古心。

游虎邱四絶句

虎阜蒼涼劫屢新，劍池寒氣若爲神。我來應拜生公石，猶是當年解悟人。
曲徑幽關入定時，巡檐未已繞階墀。緣知仙桂根難覓，但愛香浮短簿祠。
風鈴七級上全吴，絶頂茫茫見太湖。試取鴻濛開鑿意，屧廊娃閣自荒蕪。
七里山塘絶點塵，明眸皓齒截肪新。爲思好句傳江永，未敢微辭賦洛神。

◎王明府士升

士升字鶚薦，號碣峰，昌黎人。乾隆壬申舉人，官湖南咸豐縣知縣。著有《復性堂遺集》。《家傳》云：咸豐公姓王氏，系出太原。早歲試冠一軍，補博士弟子員，爲趙學齋學使所器，旋食廩餼。乾隆壬申登賢書，會試屢薦不售。少承梅繩波先生指授，文生秀有法；詩學大曆十子，尤嗜少陵。

不寐

不寐何爲者，勞勞送此生。夜長支濁酒，夢短攪雞聲。慘淡將沈月，參差欲曉更。披衣時坐起，風雨暗孤檠。

館中

旅館寒燈寐不成，蕭蕭風葉作秋聲。關心最是他鄉雨，滴滴空階入耳明。

香斷爐煙酒不濃，羊裘被體盡蒙茸。家人若問清寒況，已著秋衣過半冬。

◎李刺史廷儀

廷儀字石帆，灤州人。乾隆壬午舉人，官安徽亳州知州。著有《杏瓊齋詩集》六卷。潘英序云：石帆先生詩芬芳悱惻，幽思緜邈，大抵皆發於性情之真，此古風人之旨也。◎張葆序云：先生詩格高律細，卓然可傳。◎朱珪題詩云：李侯灤陽秀，群舉冀北廉。哦詩必杜甫，松濤發虯髯。君昔宰陽高，民歌邑中黔。揭來令灊皖，秣馬不用箝。我覯子於晉，愛其知養恬。廿載會江皋，舊雨隨鈴幨。春鋤咨彝稌，秋水憂葭蒹。肝鬲洞相照，無事窺翳簷。臭味久而知，不必投酸鹹。君既悃無華，我矢廉不嗛。三年治雄緊，安靜得所懕。即今擢譙亳，施澤渦淝漸。訟清好坐嘯，毋擾市與閻。蘇州更道州，聽爾風雅兼。鞠謀如保赤，報汝含飴甜。

《止園詩話》：李石帆《杏瓊齋詩集》，諸體俱備，不名一家；唐音宋調，時時間作。近體佳句，五言如「閒雲橫嶺斷，野水入村流」「孤村屯落葉，野水削平沙」「幽傳孤寺磬，寒布一潭星」「流星過雲漢，斜月上山峰」「風捲雲消半，燈明焰起雙」「煙深聞犬吠，山靜應人聲」「江遠天隨盡，山高雲與齊」「十年退風鷁，五夜應潮雞」「高人隨所適，飛鳥遺之音」「曉行人步健，風轉鴈行偏」「秋陰生曠野，日氣隱平橋」「路險人忘倦，天寒馬不驕」「官貧私惠少，法密遁情多」「庭虛風落葉，簾靜月當門」「破窗風力勁，空室火光微」，七言如「萬疊山光雲放出，一欄花影月將來」「遍訪異書將酒讀，頻攜詩稿就花刪」「樹老卧波垂釣坐，檐摧滲雨徙牀眠」「身老已無千里志，家貧反爲一官忙」「事過思量機變拙，貧來閱歷世情真」「癡想慣從閒處起，機心近向病中消」「一片野心千里寄，半牀冷夢萬花烘」「亭館月寒松夢醒，池塘春到柳眉鬆」「遇有月時先覓酒，恰當山處便開窗」「水明殘夜樓陰直，燈透疎櫺月影虛」「失隊夏雲歸岫急，過田野水到池渾」「意中有畫隨時作，指下無琴愛客彈」「山移入牖常懸榻，池不通舟可種蓮」「書能引睡無全夢，酒解消愁只半宵」「身如駢拇真難用，心似洪波未肯恬」「風飄別葉歸深澗，雨洗空山滴翠陰」「暑祁維我關冬夏，箕畢從他問雨風」「衰柳池塘殘月曉，夕陽石壁晚霞紅」「石壁護巢蒼隼叫，水田呼侶野鳧飛」「天半朱霞明畫棟，雨中黃葉暗松關」「溝水翻紅楓柏雨，野田飛白鷺鷥風」「酣戰幾宵棋博采，逃禪三日病除葷」「往事上心都是悔，舊詩成帙半宜刪」「拍草有聲驚蜨翅，簇花無力亂蜂腰」「棲鶴樹留千點雪，插雲山截半身青」「亂樹擁煙屯谷口，四山環月浴波心」「琴古夜調孤鶴怨，劍寒秋作病龍聲」「紅友豈能留死後，黃粱誰肯悟生前」「林樹晚煙投倦鳥，池塘新雨集飛鳧」，《秦宮》云「八荒狼藉遭騎虎，六國逡巡僅飼蠶。空見車前刑假父，不聞海上返童男」。俱新穎可喜。

又，《漳河弔曹孟德》云『已見命歸新世子，何勞人表故將軍。腋旁狐媚忘司馬，眼底英雄識使君』，又云『世間無我幾稱帝，天下何人敢負君』，不煩褒譏，而曹瞞之身分自見。

和陶飲酒詩二十首

古今此一理，賢愚統同之。五常各有端，神具未發時。人事幾代謝，斯道還如兹。迷途惑指南，辨析翻生疑。寸心偶有會，一杯聊自持。

我聞神禹書，乃在岣嶁山。赤簡字緑色，文是先天言。自從九疇敘，於今五千年。河洛仍渺渺，元妙誰爲傳。

人心苦不盡，交物乃移情。乾餱成一愆，千乘博一名。自反竟何得，擾擾戕此生。溘如朝露逝，俯仰空自驚。百物遂厥性，斯人反無成。

北溟有大鵬，搏風南溟飛。蜩鷽爾何知，嘲笑良可悲。決起控於地，榆枋將焉依。不見江湖水，滔滔向若歸。巨壑相委輸，吞吐永無衰。胡爲封其蔀，大小量相違。

午夜群動息，岑寂止囂喧。舉頭見明月，清輝照我偏。翹翹雲外松，挂月對南山。列宿秋逾高，孤雲閑自還。妙契實在兹，欲罄予何言。

我觀齊物論，彼此非與是。聖道不同科，斯民行毁譽。達人固大觀，余情猶不爾。養性卧邱園，松風奏緑綺。

秋天高且長，白雲何英英。愛此舒卷美，將以移我情。勸酒無所聞，舉觴聊一傾。側耳聽明月，如聞霜杵鳴。清虚諒無地，桂樹何由生。

種菊在東園，翹翹凝霜姿。青松列高嶺，凜凜舒寒枝。花木亦無限，獨此爲稱奇。植物尚稟秀，人生空爾爲。願效清標子，不受世網羈。

村居寡歡笑，柴門晝不開。展卷晤古人，還得慰我懷。前後同一揆，時代誰云乖。世縱不我與，豈必林巖棲。蓮花出淥波，亭亭不染泥。貴賤各有役，性情各有諧。往聖垂大訓，實爲覺群迷。所以剛直士，經德秉不回。

有客好奇古，藏修砥廉隅。心欲往從之，泥潦阻我途。有生皆任力，營營誰爲驅。獨爾無事事，蕭然如有餘。古人與之稽，今人與之居。

賦畀億萬衆，處置各有道。性本愛幽閒，企躅商山老。釣渭與耕莘，豈不甘枯槁。奈何功名士，祇知目前好。一朝逢際會，利濟施其寶。萬古仰勳猷，巍巍在雲表。

伏龍卧南陽，躬耕養晦時。猥蒙三顧誼，遂與草廬辭。淡泊與寧靜，大統成在兹。體用本一原，顯微更何疑。如何盜名士，的然耳目欺。勗哉衆君子，趨尚審所之。

聞有桃花源，迥隔塵凡境。漁父偶逢之，留宿睡復醒。歸計舊道途，心目一一領。先世避嬴秦，攜族效箕潁。至今入詩歌，煥然雲日炳。

秋成有佳趣，雞豚會踵至。田父話偏長，飲酒不知醉。筵席既有禮，長幼復以次。兀然傲羲皇，安知王侯貴。用告力穡夫，桑麻有餘味。

破屋五六間，乃如仲蔚宅。草厚蓄鳴蛩，苔生印行跡。家計日蕭疏，行年過半百。駐顔飯青精，星星鬢已白。懷抱向誰開，獨坐長自惜。

古人會讀書，皓首窮一經。今人務淹貫，愛博反無成。不思不朽立，冉冉歲屢更。長生詎有術，安事觀黄庭。反舌夏至嘿，鶗鴂先秋鳴。苟非寓巧智，何以慰衷情。

匹夫慕一節，千載激清風。下士馳美譽，不出蝸廬中。斯民攸好德，意氣真能通。堂堂七尺軀，勿負懸桑弓。

由來賢達人，囂囂各自得。雖當困窮日，志趣不迷惑。道味甚濃腴，那因變通塞。利見乘時興，霖雨活邦國。此意人不知，吾寧終默默。

軒冕非所榮，爲貧初學仕。直道身齟齬，徇人則辱己。屢空詎能甘，喪寶實可耻。欲使郢和多，偏宜歌下里。浮沈不得意，雲煙忽一紀。習坎固無方，兼山明有止。金蘭信可投，冰山戒勿恃。

在昔羲軒世，萬物保其真。下逮殷商際，風俗尚養醇。江河雖日下，日月光常新。澆薄肇首禍，由來罪暴秦。法律爲治要，詩書成灰塵。漢代集諸儒，採訪誠殷勤。洙泗微言絶，大義誰知親。五經辨同異，若涉水無津。卓哉彭澤叟，餔啜酒漉巾。得趣在天禄，希蹤上古人。

秋夜吟

秋風吹户牖，摇撼雙金環。舉頭見明月，玉鈎輝彎彎。空階露氣重，苔蘚痕斕斑。此時群動息，大氣正往還。潞酒滴珍珠，松色映酡顔。東南一片雲，舒卷意何閒。冉冉來檐際，似與余相關。何當拂衣去，嘯傲松喬間。

擬古

落葉響空階，涼風起天末。長廊静無人，檐角晴霞抹。美人望不來，憂思如饑渴。自作一封書，路遠恐不達。夢中想儀形，暫聚還遼闊。終朝出采藍，一掬不遑啜。仰視天宇清，西顥景流豁。暫解煩溽襟，松花滿椀潑。

感遇

秋風入夜清，秋草夜滋露。碧天絶雲跡，寥寥鴻鴈度。隔壁起江濤，颼飀松柏樹。荷葉捲枯莖，美人傷遲暮。庭有雙菊花，幽香時一顧。濯濯冰雪姿，零霜君始悟。

山館即事

岩扉雨初霽，虚庭涼意侵。柳黄霜氣重，山翠煙光深。溪流雲日輝，秋林雞犬音。幽獨自生會，懷人聽素琴。

椿樹岡

憶余戊申春，征軺於此駐。夜深星月輝，單衣怯風露。時驚征柝鳴，燈火出荒戍。兹來觸舊懷，風景都非故。人煙霽色中，新草亭皋路。不見古大椿，夭桃開滿樹。

夏日憶惠景陶用清虚堂韻

黑雲壓山風捲沙，松頂盤龍舞衙衙。急風驅雲雨忽注，洗徧青冥山腰花。雨後支笻陟山頂，遥望石佛處士家。石佛處士濠濮侣，老鳳清噦啽野鴉。心竅通靈筆巨麗，清芬焕爛流天葩。去年臘月到君舍，汲水飲我松蘿茶。高談如聽古鐘磬，逢逢何用鼉鼓撾。取我詩篇爲點定，棼絲比櫛紛梳爬。横塗亂抹總精當，使我心折口咨嗟。歸去作歌寫窗下，石榴花發蒸紅霞。

鴈門關謁馬服君祠

綸巾韋甫，白面書生。披堅執鋭渠不能，胸有數十萬甲兵。匈奴來，閉門守城；匈奴去，縱民雜耕。弗侵爾塞，勿犯吾邊。謹斥堠，清郊原，布營設陣相鈎連，掠無所得戰無權。椎牛享士鼓喧闐，斬伐逐北賞功懸。以整以暇方略全，永絶邊釁四十年，趙人安枕息烽煙。行人過此肅觀瞻，關門古廟常巍然。

滇山行和湯公韻即以送別

滇山之高高插天，上見日星雲漢相劘旋。直疑陸渾火雲度山麓，遂令千里赤土無人煙。不然祖龍驅山填海觀日時，至此力憊停神鞭。因之坦夷無寸土，重重峰勢相牽連。千年老樹不落葉，蠻雨欲來林似墨。苔深石滑馬踟躕，野鳥如云行不得。迴峰怪石餓虎伏，蒼狐嘯風斷猿哭。嵐光中劃氣吐虹，如象老鼉晴出曝。石欹地忽陷，山旋天亦轉。東西兩茫茫，前路何由辨。蠻花瘴卉不知名，觸眼猩紅時一見。荒草寒雲日云暮，肩輿載馳入昏霧。迷茫野水阻征途，如鬼獠蠻馱客渡。鐵鎖低聯過澗梯，石階横疊通雲路。化力不到天無功，下蟠雷雨知何處。俯看激流鳴潺潺，天風著人肌骨寒。滇山之高高若此，區區蜀道何曾難。憐君五載常碌碌，一官萬里羈微禄。蘿薜碎衣襟，石棱傷馬足。幾番彈淚復吞聲，身孤未敢嗔奴僕。無端觸誤挂彈章，南望故國心魂傷。聽訴沾袖淚浪浪，檐雨催兮風復狂。送將歸兮慨以慷，落葉滿山鴈南翔。嗚呼！人生遇合亦安常？

賦得後人來葬前人穴

秋風起，白楊死，北邙哭聲何呢呢。同爲白骨豈殊理，奈何侵奪人居圖葬已！余曾奪人居，渠復來葬此。來葬此，休歡喜，後來葬者殊未已，轉眼之間渠又徙。

長城懷古

邊聲四起，胡騎至矣。亡秦者胡鋒莫攖，西築長城萬餘里。荷鋤來，抱鋤死，此民之死心歡喜，白骨猶在長城裏。

古長安行

長安自古天子都，控制三晉吞全吴。西有長城萬里爲險固，東有潼關百二之雄圖。宜乎秦皇始稱帝，六國諸侯受挾制。向使秦非自滅亡，安見不能千萬世？乃銷鋒刃焚詩書，更邀童男入海市。身爲天子壽萬年，豈非人間最快事！赤帝無何提劍起，兵戈盡在長城裏。馬上相持曾幾年，山河不是秦疆里。天道靡常良可哀，有德則興無則灾。阿房寥落空荒草，十二金人安在哉！勸君蒲萄之酒金巨羅，聽我爲歌長安歌。馬嵬坡下死妃子，宣武門中埋銅駝。前車之傾未旋踵，後車不戒將如何，眼中惟有終南山色長嵯峨。

留侯廟

本爲報韓來，與韓相終始。烏江斷逝騅，封侯願足矣。功人下獄功狗烹，乃翁踞牀罵不已。黄石公、赤松子，仙人應惜韓侯死。斯時甪里久歸來，門掩商山眠未起。

晚步

炎蒸餘落日，緩步歷前灣。蟬聒林風細，苔深石徑斑。雲形隨目變，水色與心閒。不厭溪行遠，層層如笏山。

元夜

令節傳柑夜，蕭然似野僧。地寬窗有月，邨小市無燈。煨栗添爐火，抄書化硯冰。梅花慰幽夢，紙帳透層層。

秋夜

值此秋如洗，兼之夜景偏。樹疎風剔葉，澗豁石當泉。夢境寒能到，鄉心月可憐。閒情無寄處，露草碧芊芊。

不寐

夜柝不堪聽，起行霜滿庭。高梧深見月，密竹暗藏星。反哺慙烏鳥，飛鳴愧鶺鴒。撫躬時寤擗，寒逼曙燈青。

首夏幽居

餘春足幽景，息靜掩岩扉。過雨生清氣，流雲開翠微。雜花三徑滿，亭午一蜂飛。屋角茶煙出，悠然琴韻希。

希夷故里

希夷本大俠，頗似虬髯公。不作扶餘主，乃成初九龍。對言皆藥石，鼾睡任愚蒙。華嶽峻嶒頂，松濤謖謖風。

送馮芳洲

知君兒女累，不忍更留君。況是同爲客，應難久作群。雪深迷馬路，山峻繞邊雲。别後相思否，鴻音願屢聞。

楊柳洲

日色啣西嶺，騶輿返道周。野花垂古岸，宿鴈聚圓洲。郵樹扶煙出，江帆逆浪收。皖城形勢峻，一塔鎮中流。

雜詩示春山

黄卷隨時把，青山是處看。清閑非落寞，安穩出艱難。身世雖多故，修名匪一端。春山學道者，應不念饑寒。
餘齡真嚼蠟，良友且論心。不得伯陽訣，空談崔亮箴。燈花方簇簇，簷雨自淫淫。風葉空階響，紞如漏鼓沈。
斯文非小道，一片古人心。渺慮神方接，忘言意轉深。空香無遠近，虚白散幽陰。風定聞天籟，從前愧審音。
神仙如不死，於世亦牽情。懷抱視人遠，天真根性生。牽牛阻清漢，化鶴悵空城。似此殊非樂，徒矜羽化輕。

濳山道中

地僻居人少，衡茅三五家。孤村屯落葉，野水削平沙。竹徑門深掩，松毛嶺半遮。黄雲收晚稻，婦子慶汙邪。

晚興

斜月娟娟半入扉，草頭螢火弄輝輝。孤雲走勢依山盡，野鳥無心傍水飛。著腳未安皆悔吝，聞聲得解盡箴規。連朝不爲齋厨禁，雨後連畦菜甲肥。

望終南山

壁立芙蓉迥不群，晴簾高捲碧氤氳。競拖長練泉分月，各吐奇峰嶺鬭雲。輦路舊痕埋細草，烽煙遺恨入斜曛。宦途捷徑今何在，好語天台處士聞。

花香

密柳輕煙護一籬，虚齋無地不相宜。魂疑倩女來何處，夢妬莊生醒最遲。淡月簾籠欹枕夜，曉風庭院倚欄時。慣知潘令能憐汝，暗遞清芬入酒巵。

汴梁懷古

夷門何處訪侯生，萬古梁園舊擅名。人散玉津莎滿徑，烏啼官渡月臨城。秋風瓠子歌聲起，春雨淇泉竹韻清。對此茫茫交集日，欲將筳篿問君平。

偶成

漫言貢禹慶王陽，冷眼如今换熱腸。室不高明無鬼瞷，官雖清苦有書香。竿頭百尺真難進，婪尾三春信可將。寄語同門營術客，比來枘鑿混圓方。

詠史

養士深恩自古無，空教厚禄滿侏儒。累朝榮遇馮元老，一代人才莽大夫。劍氣秋原横曉月，簫聲中夜起江蘆。至今風雨喧長樂，猶自聯群唤午烏。

無題次韻

市頭更盡寂喧囂，爐火微温酒力銷。冷被似冰秋入夢，閒愁成海夜生潮。鴻飛洛浦空留枕，鳳去秦樓漫憶簫。凡骨自知仙路遠，從今無意問藍橋。

輓無爲州刺史蘇雪堂親家

分襟皖水未踰年，舟璽何期一旦遷。身苦病侵空蓄藥，生爲俠誤不餘錢。魂歸吴市悲千里，淚灑燕雲各兩天。君太翁没於京。南北可堪重極目，亂山愁黛斂寒煙。

病骨珊珊苦未舒，可憐壯志已終虚。百年以後誰相憶，兩月之前尚有書。少婦在帷無嗣續，老親停櫬乏田廬。素車丹旐雲山遠，腸斷春風淚滿裾。

過漳德府

天然襟帶舊山河，勝地匆匆客裏過。石骨冷飛秋暮雨，江心紅走夕陽波。銅臺人去遺荒址，古墓碑傾卧淺莎。霸業茫茫何處是，不堪墻外野樵歌。

和友人見寄之作

知爾湖山蕭散人，性情原自遠風塵。欲尋九轉還丹訣，伴此百年多病身。巧至棘猴良復拙，夢如蕉鹿得無真。赤松定笑功名士，不識桃花洞裏春。

觀身已了三生業，養性方知萬物情。膏可沃光恒苦灼，羽能折軸漫言輕。神仙有訣惟忘我，天地無私最忌名。料得春風歸岫幌，磵芳如繡谷鶯鳴。

子夜歌

朝來試新粧，憂心猶悄悄。儂自不如花，郎謂儂顔好。
郎見月初生，嗔儂不拜月。儂拜欲何爲，拜亦常時闕。

偶題

荆榛宣武没銅駝，誰向秋風泣黍禾。無數客星驚太史，富春江上釣竿多。
北平南詔兩迴環，剛出重山又見山。莫更倚樓吹鐵篴，異鄉無曲不陽關。

永平詩存卷八

樂亭史夢蘭香厓編輯
臨渝郭長清廉夫參校

◎劉刺史徵泰

徵泰字階符，號東村，臨渝人。乾隆癸未進士，由庶常改山西繁峙縣知縣，歷官沁州、絳州知州。著有《東村詩稿》。

甲子季春過廣甯望醫巫閭山紆道謁北鎮廟恭紀

大舜功何巍，百神俱受制。封兹閭山靈，爲此一方衛。我來過廣甯，縱轡極盼睇。周行百餘里，莫可窮其紀。峰巒未峻嶒，氣體獨雄厲。譬彼聖哲人，敦艮無乖戾。下馬謁荒祠，列列碑莫計。遍觀頌禱文，神功真非細。豈惟鎮封疆，並可祈陰霽。吁嗟彼南山，巖巖石若礪。既無霖雨功，徒有崇高勢。

寄王裕德

別來消息定何如，草草春歸夏又初。翹首恨無千里目，相思空寄十行書。文章歷久應彌老，詩興經春想更餘。詎識長安淪落客，繩牀蕭索賦離居。

石門雜詠

鄉村四月罷春農，少婦家家鍼線同。縫得新衫薄於翼，相邀齊踏藥王宮。藥王廟每於四月内燒香。

城東城北繞清波，撩角山隈飲馬河。日半柳陰停浣女，碧灣秋水照新蛾。飲馬河源在撩角山下，繞城北而東而南入石河。明季屯兵引此水以飲馬，因以名焉。

八月霜飛早製棉，夜窗軋軋五更寒。斷成幾疋家機布，裁作冬衣好禦寒。邑出布號家機布。

六琯吹灰那解迎，女郎深院鼓雙鳴。時清不作漁陽弄，小字斜書記太平。俗有耍鼓子戲。深院少女兩兩相逐，旋轉婆娑，其聲錯落。每於十一月起，至後尤盛。其風不知所始，或即古人吹豳擊鼓導迎陽氣之意。鼓面多畫太極圖，寫『天下太平』四字。

鴨子河邊秋水清，漁人夾岸放歌行。夜來網得金鱗鯽，未到天明已入城。鴨子河，城東南六里；産鯽魚，鮮美異常。

大王莊面大溪斜，十里陽坡五里瓜。待得瓜時齊上市，生涯不羡故侯家。

東南層疊萬山青，曲水迢迢儼碧汀。安得幽人尋譜志，鑿山重葺四宜亭。孤山之東，山明水碧，景物宜人。舊有亭名『四宜』，今已廢。

蟲王廟下唱驪歌，歲歲秋風觸恨多。送上官橋齊執手，那教思想不成河。蟲王廟在城東，居人往關外貿易，秋來多餞於此。東行里許名官橋，送者皆臨河而返。邑人王静川有送人詩云：『祇言相送不相留，瑟瑟西風淡淡秋。他日相思須記取，一樽清酒大橋頭。』

隔河煙火見人家，緑柳紅桃遍岸斜。底事花園名字好，村中生女盡如花。石河岸東有莊名花園。

三春好踏豔陽天，到處風光劇可憐。最愛西山桃百樹，酒酣人卧落花眠。西山下人家多種桃爲業，每春花開，一望夭灼，滿山皆是，人謂爲桃花屏。

邊城雨過日初晞，處處桑麻帶露霏。爲語秋來勤薙草，山田爭似隰田肥。

瓜棚豆架接平沙，水轉山迴似若耶。爲愛蟠桃山寺近，佗年結伴欲移家。城東南十里即大山，有谷口，石河所經也。渡水里許，山勢忽開，有平田千餘畝。東山有寺，名蟠桃寺。西山麓有莊，名蟠桃峪，居人二十餘家，雞犬桑麻，迥非外地。

◎汪明府誠若

誠若字繼和，號梅叶，灤州人。乾隆乙酉副榜，官四川榮昌縣知縣。著有《願學集》四卷。

穀雨口占寄家人

天涯飄蕩一身輕，萬里家書問死生。薄宦未成彭澤隱，思歸無那少游情。春寒自覺牛衣薄，夜雨愁聞蛙鼓鳴。爲報妻孥勤苦甚，老夫隨處已埋名。

歸田

海棠香國古名區，報政深慚治譜迂。老馬應知羞棧豆，微軀空自笑侏儒。風流無計隨琴鶴，霜雪驚看滿鬢鬚。數十年來甘苦甚，故山歸去伴樵夫。

◎劉觀察元吉

元吉字中文，號芝圃，臨渝人。乾隆乙酉舉人，歷官開封府、曹州府知府。著有《嵩洛吟》。

《止園詩話》：劉芝圃觀察，初由教習授河南唐縣知縣。縣屬湖河，乃湖北教匪自楚入豫門户。地近唐子山，賊久欲據之，以扼唐邑往來之衝。先生招募鄉勇數百名，防堵嚴密，賊衆不敢北侵；並捕獲搶犯逆匪多名。録功以同知提補，即以知府升用，歷開封、曹州二郡，署河陜道。

勘災温縣

湯年固有旱，堯年亦有水。偶值氣數偏，豈爲聖明累。温邑濱大河，水患素難抵。況經秋雨頻，黄河漸北徙。泥沙捲地來，波浪掀天起。奔突抗百川，瀧沆失所恃。故道爲黄奪，高岸爲黄毀。沿河之居民，半爲魚蝦侶。禾麻已無秋，室廬忽傾圮。嗷嗷鴻鴈鳴，去就鮮所倚。惟爾賢有司，誠求保赤子。登之衽席上，急拯水火裡。饋食濟以舟，全活者衆矣。大府憂民憂，飢溺視猶己。飛章急入告，翹首望恩旨。拯溺兼拯飢，不愧撫豫使。

丁卯初夏陪侍馬撫憲謁中嶽廟禱雨禮成賦三十六韻

山以五嶽尊，峻極惟嵩獨。峰峰都秀絶，天外浮空緑。法界由漸登，脱然遠塵俗。逶迤石磴遥，一步一回目。巖壑各爭雄，天然展畫幅。盤空入少林，萬木影攢簇。慈雲護離宫，芝草生幽谷。箕山潁水間，千古仰芳躅。乃知造化奇，益信靈秀毓。憶昔達摩佛，卓錫於此卜。九年不回頭，石壁全神伏。更有那羅師，金身裝嚴肅。屹立張空拳，本具靈根足。徘徊興未闌，誠懼白日促。行疑路欲窮，直上愁顛匍。二室峰相連，崎嶇踰巴蜀。絶頂入雲霄，四顧雙眉蹙。極北眺太行，東指扶桑木。黄河一線流，翠嶺千層矗。煙嵐改朝暮，氣候换寒燠。形狀面面殊，何曾肯重複。諸天小結搆，到處恣遐矚。怪哉天門開，鬼斧劈地軸。突兀起崇巒，華蓋空外覆。芙蓉青到根，地脈益清淑。深潭隱蛟龍，神柏棲鸞鵠。敕建中嶽宫，金碧光燿煜。宸遊對此歡，天章頒賜復。維嶽鍾靈奇，降神生良牧。奉命撫中州，行仁周蔀屋。偶值雨澤愆，再拜叩嶽麓。丹誠貫日星，夙夜勤齋沐。鉅典幸趨陪，藉以了清福。搜奇頗覺貪，好山未嫌酷。只恐十日寒，聊爲一日暴。我因公及私，遂此閒緣夙。

香山遇雪

杖策步雲端，重裘尚怯單。一天風色厲，滿徑月光寒。驢背詩成易，陽春曲和難。蒼生方待命，未許卧袁安。

登少林寺二首

迢遞幽林隔暮煙，翠峰忽到馬頭前。乘鸞人自懷梅福，拜石吾將學米顛。雲水生涯尋舊夢，山川遊覽信前緣。一聲疎磬從空落，棒喝當頭頓悟禪。

叢林獨步晚雲披，最喜山光處處奇。拔地重巒超萬壑，參天古柏聳千枝。宸遊曾記登峰句，純皇御製楹聯有『登峰何必全規李』之句。佳賞猶傳面壁詞。前撫憲何有《達摩面壁》詞。塵吏何緣能到此，中嵩襄祀幸追隨。

◎辛明府大成

大成字蘿村，盧龍人。乾隆丙戌進士，官四川昆寧[一]縣知縣。

校按：【一】『昆寧』應爲『冕寧』之誤。《永平府志》：『辛大成字展亭，號羅村，又號達夫……出爲四川冕寧縣知縣。』

晚步壩上

霽色開芳甸，山泉繞壩流。晚霞紅照水，疎木緑平樓。寺邇聞清磬，人稀羨野鷗。寒蟬何處響，歷歷報新秋。

勝水寺遠眺

茫茫秋空迥，憑高酒乍醒。峰羅千點翠，海劃一痕青。塞鴈低平楚，晴煙接杳冥。此心天地外，何事苦勞形。

遊雙泉寺

數年絶遊跡，今復快登臨。一水清塵抱，層巒豁遠心。路穿高鳥外，杖入亂雲深。恨少驚人句，峰頭恣嘯吟。

登南臺山寺

著來雙不借，拾級古招提。地接灤江近，山迴孤竹低。雄風生大壑，落日滿長堤。弔古情何極，蒼茫塞草迷。

閒居書事

幾年辛苦走天涯，攬鏡徒驚兩鬢華。南國未遺姬伯樹，東陵且種邵平瓜。終饒清夢朝丹闕，敢學羞顏問白麻。草莽依然歌帝力，微臣不遺到長沙。

蒲月南窗納涼讀漁洋山人集因成一律

倚著南窗夢不成，禪房寂歷道心清。香消金鴨花亭午，風動湘簾雨乍晴。松徑人稀山匼匝，野塘草滿水縱橫。新詩半卷長吟罷，時聽黃鸝一兩聲。

老而家居，無所事事。追回往蹟，流覽當時。昨則已非，今未必是。聊成長句以誌一時之慨

風雪柴門徹骨清，尋常茶飯養殘生。三年睡覺黃粱夢，十載魂銷白帝城。湖海經綸歸劍鋏，漁樵歲月老楸枰。商山自是煙霞侶，悔被人間識姓名。

九折蠶叢叱馭過，邛崍萬里近牂牁。朝廷嘉惠從來遠，臣子微勞未足多。越巂已非秦日月，越嶲郡

封自先秦。臺登不改漢山河。昆寧，漢臺登。風霜歷盡今非昔，巴字江干問逝波。

十月揚帆出益州，全家歸計思悠悠。煙花吴楚三春景，雨雪東南萬里舟。采石江空閒弔古，武昌鶴唳醉登樓。而今穩卧茅廬裏，恰好安排老骨頭。

歸來日日倒清樽，十載滄桑變里門。馬上吴鈎憐俠少，壙中金椀弔王孫。交遊徒挂延陵劍，老友俞菊村、張虹溪先後即世。騷雅難招宋玉魂。宋東野與余文字交最篤，客歲赴春官，歿於京邸。老去不堪再回首，任佗風雨送黄昏。

秋日郊望

雨罷涼生鴈影遥，蓼花未謝緑楊凋。詩情畫意溪南望，煙鎖秋江第幾橋。

夏日書龍泉寺

杳靄巖扉薄暮天，長廊人静娲晴煙。微涼不用蒲葵扇，一枕斜陽雨後蟬。

春日兩山道中看花

崎嶇無路訪招提，欲訪石佛寺不果。野草春深信馬蹄。淡抹斜陽花萬樹，五峰東畔兩山西。

野棠如雪小桃紅，半放蘋婆醉晚風。彷佛趙昌新著色，黄鸝無語坐花叢。

◎宋孝廉赫

赫字東野，撫甯人。乾隆戊子舉人。著有《東野詩草》。《紅豆樹館詩話》：梅樹君録寄永平詩廿餘家，詩境之樸老蒼秀者首推東野。其詩得諸樂亭訓導韓瑟白兆桐，瑟白得自樂亭諸生甯綺瀾元顥。甯云：少年時曾及見宋公之爲人，蓋骨鯁古君子也。生平一介不妄取，言行方正，與時不合，境愈窮詩愈工，卒抑鬱客死。

《止園詩話》：宋東野先生性耿介，不與俗諧。久困名場，以舌耕爲業。《讀新會墨》有句云：『一自王維登第後，新聲都愛鬱輪袍。』其懷抱之抑塞可想見矣。聞詩集甚富，惜没後多散軼。近體如『小立淡將夕，輕寒渾似秋』『鳥歸籬外樹，人倚笛中樓』『魚鱗煙外水，鹿尾雨中山』『世味同僧淡，吟情與菊閒』『鴈聲經雨斷，帆影抱雲流』『斷鴻風送方呼侶，踈柳風吹尚曳秋』，絶似晚唐名家。

出門

爲養反離親，登堂拜老母。母意不欲離，闇淚倚窗牖。恐傷遊子意，不言但揮手。幼女牽我衣，問我今來否。依依在我傍，多方遣之走。念此繫中腸，出門更回首。

宿山中

爲看瀑布來，恰到棲雲屋。奔濤生夜寒，山月照幽谷。榻在水聲中，一枕共雲宿。幸此息營營，清心拂塵服。

西橋晚釣

溪水秋更明，月色秋更好。微風吹釣絲，淡蕩如煙草。我意不在魚，聊效抱竿老。歸去笛一聲，長天淨如埽。

虎頭石

衰草槭槭秋欲暮，落葉蕭蕭埋荒路。殘碑剥落戍煙横，云是昔人射虎處。當年射虎人已去，此石依然卧林隝。引絃注矢石飲羽，石猶如此況其虎。飛將軍，北平守，虜騎望風盡北走。盧龍祠廟何其多，從無人與澆杯酒。衛青天幸輒有功，李蔡爲人僅下中。將軍善射空猿臂，七十餘戰終不利。豈是吾相不當侯，至竟耻對刀筆吏。將軍才氣雄無雙，將軍數奇不肯降。太息爲靡草中石，千載悠悠空灤江。我生何幸罷烽燧，攜樽今日真大醉。歸去不須覓封侯，何物知有灞陵尉。

答辛蘿村

碧天涼雨歇，離索更逢秋。眠食勞相憶，雲山動我愁。疎鐘煙際寺，長笛月中樓。寥落懷人客，蕭蕭欲白頭。

有感

向老翻爲客，傳經心事違。謀身吾計拙，秋燕爾知歸。世態疎任昉，才名愧陸機。祇應守寂寞，還食故山薇。

初至山中作

振衣尋鳥道，高步躡雲根。松隱來時路，溪流轉處村。草痕青到寺，山色碧侵門。不盡登臨興，開軒對酒尊。

暮雨

鑄錯依人計，孤奔鎮掩扃。秋風雙鬢白，暮雨一燈青。影隻情難遣，愁多夢易醒。浮生老絶塞，一爲看青萍。

寄辛蘿村二首

旅館青山外，青燈細雨中。蕭蕭當此際，清興可誰同。作客驚三月，吟詩愧二馮。那堪知我者，復此各西東。

春日閒園靜，窗中花木低。荷錢初貼水，柳絮半沾泥。村接西山近，煙含北舍齊。思君不可説，殘照又沈西。

初館卧雲山房

山館開於寺，移居卻當歸。開窗延月入，倚樹看雲飛。農圃時相遇，親朋到自稀。此中有夙契，梟壑各依依。

與學博李秋汀先生

冷署秋蕭灑，偏宜講席安。士須端學術，時正重儒官。隔屋書聲歇，當軒月影殘。他年應有憶，曾此築文壇。

晚霽

綠楊郭外夕陽餘，放眼郊坰敞碧虛。鹿尾山明微雨後，鹿尾山在遷安東北。鴨頭水漲晚風初。攜笻僧入煙中寺，曬網人歸柳外廬。久矣疎慵忘世法，此身終合伴樵漁。

寄楊敘九

禪榻茶煙颺鬢絲，舊遊回首繫人思。中年絲竹添惆悵，落日雲山感別離。蕭寺孤燈春夢後，疎簾新雨夜寒時。可能結伴來蓮社，乘興同參玉版師。

寄懷張虹溪

相思兩地各悠悠，憶枉佳篇問舊遊。「兩地相思一樣愁」，虹溪見懷句也。予時在卧雲山房，亦以詩酬之。攜室梁鴻仍寄跡，依人王粲故多愁。夕陽芳草橋邊路，暮雨飛花柳外樓。回首故人今阻絶，不堪寂寞對春流。

清明念先慈墓不得瞻拜感嘆書此不自知淚之承睫也

草色纖纖曉徑微，寸心無復報春暉。采蘭補後遊還遠，捧檄生前願已違。滿陌輕陰人上塚，一簾細雨客沾衣。去年此日逢寒食，尚倚門閭望我歸。

三屯營

城壓群山勢鬱盤，曾聞少保舊登壇。戚少保鎮此。少年習射猶蹲甲，宿將揮戈欲據鞍。自古三邊須鎖鑰，於今萬國盡衣冠。太平不廢防邊策，爲解吴鈎一笑看。

建昌營觀王軍門閲兵

玉帳牙旗向曉開，軍麾一轉掣雲回。龍蛇結陣堅於壁，鵝鸛分行動若雷。柔遠不忘嚴武備，承平仍自重邊才。須知聖主憂危意，曾御雕弓自挽來。

晚渡

渡口西風暮，前山渺雲樹。但聞煙際鐘，僧向林中去。

松鴨

囑爾能言鳥，依人好自棲。轉喉多觸諱，切莫盡情啼。

建昌郭外

嫩柳重重照客顔，風光淡沱最相關。不知射鴈村邊草，緑過溪橋第幾灣。

雙鳳山寺

閒來暫許叩巖扉，樓閣雲深接翠微。三面青山一面水，隔林隱隱見僧歸。

秋夜獨坐

雲斂涼天雨乍收，滿階碧影晚來秋。閉門夜靜無人到，時有流螢照客愁。

與張素端郭外閒步

枯坐經時未出城，風光暫見逼清明。新愁恰似春來草，一路緜緜不斷生。

過前明一顯宦墓，斷碑横道，石馬侵田，不得其姓氏矣。爲之慨然

人生直得幾朝昏，華屋山邱莫再論。堪笑平泉李相國，苦將花石誡兒孫。

◎郭學博陛宗

陛宗字覲丹，臨渝人。乾隆戊子舉人，官清苑縣教諭。

小松

小松倚怪石，新栽集勝場。肯羨大夫官，而薄君子鄉。碎影走蛟蛇，貞蕤拒雪霜。工度須異日，骨相已昂藏。翻厭雜花草，狼藉滿階香。

◎趙刺史桐

桐字搴岡，盧龍人。乾隆己丑進士，官安徽滁州直隸州知州。

滁州誌別

三十年來薄宦遊，何堪解組滯滁州。慚無惠澤周民隱，幸乏災祲免聖憂。釀水清含泉石古，豐山香滿桂花秋。而今曳杖閒行樂，把酒持螯野渡頭。

◎李經歷法

法字憲文，號竹嶼，灤州人，漢軍旗籍。乾隆庚寅舉人，歷官安徽合肥、東流縣知縣，終都察院經歷。

偶感

泉水有濁清，樹木異曲直。一本難兩齊，豈云屬異物。百憂感我心，中夜頻蹙額。先澤五世緜，千金一羽掣。何得縱斧尋，方寸滋芽櫱。葛藟不庇根，枝葉何由發。此理可冥參，難爲愚者説。仰彼西山岑，皎焉志薇蕨。
毒蛇處深谷，黑質而白章。外理可欽悦，烏覩惡中藏。同類恣啖食，谿壑飽無量。寧知赤帝子，仗劍來其旁。莫謂可當道，自古戒强梁。獨有采樵人，憂思結中腸。
波蕩無恬鱗，風怒無靜柯。豈獨惡寧息，莫由將奈何。淮陰黜蒯生，敵盡嬰禍羅。七雄尚龍鬭，金玉被巖柯。此術懼終宣，衽席隱矛戈。遂成附骨疽，欲去傷實多。攘攘永無歇，何時已痛痾。
平明囑命駕，東郊俯青村。再過已爲墟，大抵階利昏。維彼九仞山，何辭搶揭辛。我事忠厚率，我志和睦敦。區區雞鶩爭，浮云淡不親。惟務一心安，福澤何足論。

余家夙有研山一枚，故松雪翁物也。其陽有自鐫『白雲出岫』四字，明文衡山又鐫八分『積素』二字於其根。汪丈樹村見而贈詩，有珍重愛惜之意，賦此答之

古人不可見，古迹在人間。悠然對此石，如對古人顔。瘦骨拔秋旻，靈根漱清湍。積雪移太白，六月生嚴寒。疊嶂壓匡廬，晴嵐未可餐。奇章品甲乙，南宫别洞天。有力益嗜好，迄今散荒田。適意亦瞬息，身豈隨石堅。文趙應解此，空自費題鐫。有得必有失，此理乃循環。我今嗤往昔，後視今亦然。對之但長酌，此外付潺潺。

秋日山中即景

我性愛山居，秋光復窕窈。人行樹杪微，雲影空潭繞。楓老帶殘霞，煙沈破孤鳥。推窗暮色清，隔嶺鐘聲渺。

暑月對冰有贈

一堂懔懔銷炎烈，青蠅逃遁蚊蚋滅。愛爾千秋一片心，對之洗我肝腸熱。滿貯玉壺倛【二】玉堂，調和金鼎生清涼。何如深藏石磵底，本來完我無鄞傷。

校按：【二】『倛』疑爲『供』之誤。

秋色與同研諸子共賦

玉露飄零萬里秋，無邊景色上危樓。四圍古淡雲林筆，一帶蕭疏杜甫愁。空翠欲從天半落，蒼煙還向雨中浮。相攜彳亍登東麓，點點生紅入眼稠。

春柳

亭臺處處緑芊緜，百尺柔條濯露鮮。灞岸已迎行客馬，春江初繫釣魚船。微風燕舞縈青浪，細雨鶯啼鎖翠煙。漢苑隋隄今已矣，惟宜五樹種門前。

◎石學博祖安

祖安字砥如，灤州人。乾隆辛卯舉人。

《止園詩話》：石砥如先生，灤之名宿也。家貧好學，博通經史，從游者屨滿户外。及門决科之英，鄉會兩闈皆一遵其繩尺。選河間府任邱學博，將履任，卒。

和莫乳泉刺史夷齊廟原韻

何須逐世掠浮名，窮到西山節義成。讓繼唐虞因以孝，忠同箕比益之清。宸遊掞藻揚芳潔，吏治崇廉訪志行。盛世不曾湮古逸，幾回憑弔動遥情。

◎王明府昌

昌字耀東，灤州人。乾隆辛卯舉人，歷官山東曲阜、黄縣知縣。

《止園詩話》：王耀東先生性穎悟，篤於學，操守甚堅。平生不輕與人交，交則皆純士。嘉慶初，由舉人大挑一等歷宦山左，所至皆以實心爲實政，紳民多愛戴之。嗣因不合時好，投劾歸。急流勇退，有陶靖節之風焉。制義理法清真，純平先正。詩非所長，然亦有德之言也。

戊申年六月廿八日灤江湧漲，邑南村俱成澤國，禾稼室廬漂没幾盡，非常之災也。感賦

屈指門閭幾百家，算來都是斷生涯。空堂不住年前燕，冷竈惟餘井底蛙。杌隉墻根堆腐草，摧殘籬落罥枯花。何人忍向東灘望，半是荒沙半水窪。

竟日無聊酷類囚，夜來獨坐暗生愁。一身露氣疑爲雨，滿地蟲聲漸入秋。沙岸水崩驚宿鷺，流鶯

風度戀孤舟。波濤盡在衡門外，爲問何年免枕流。

對鏡

是我形容非爾欺，一鬚一髮爾全知。可曾見我心腸否，多少思量對爾時。

勸學

檢點新聞與舊聞，不愁累黍不成斤。光陰過我同駒隙，驚看簷前日又曛。

◎鄭别駕悌

悌字仲張，號春潭，灤州人。乾隆甲午舉人，官慶雲縣教諭、陝西商州州同。

《止園詩話》：鄭春潭先生司鐸慶雲，官無衙署，僦屋而居，俸金外無以舉火。三俸滿而後赴部需次，於嘉慶二十年秋選陝西商州州同，時年已六十有六矣。爲人近木訥而風期磊落，於友于誼最篤。其名曰悌，循名責實，殆無愧色云。

灤江泛舟四絶

又從舟子問崆巃，峭壁嶙峋一徑通。不道雲梯還有路，頓教眼界海天空。

臨風挹酒話從容，棹轉方知抵雪峰。緑水四圍山對面，清幽占盡嶺頭松。

纍纍高塚傍邱園，水繞山環鳥自喧。漫説風流全歇絶，於今猶得識西軒。

歌酣晚棹下漁汀，冷落荒臺得未經。不見當年垂釣客，獨留千古一峰青。

◎甯明府羲年

羲年字易齋，號南薰，欒亭人。乾隆甲午舉人，官山西屯留縣知縣。

學山園別業

習靜平生願，新成半畝宫。忘機看竹雨，得意聽松風。亭後一峰秀，階前三徑通。坐談忘出處，長此愜幽衷。

丙寅夏月小臥前庭偶見壁聯對句即作起句限韻述懷

竹梧風月得春秋，肯使閒心老白頭。角枕涼生南牖静，瑶琴曲奏北窗幽。願承祖父長耕讀，不與兒孫作馬牛。屈指來年週甲子，安貧守分總優游。

◎郭明府瑾

瑾字懷珍，號玉亭，臨渝人。乾隆丁酉舉人，歷官湖北麻城、棗陽、宜城、黄梅等縣知縣。著有

《清貽堂賸藁》《西淮課餘録》等集。

《止園詩話》：郭玉亭明府，由舉人大挑一等歷官湖北縣令，潔己愛民，所至有廉明之譽。戊申分校鄉闈，得士最盛，主司余秋室太史亟器重之。生平無書不讀，尤長於詩。

鄢陵秋興

我來當冦警，漫謂試牛刀。四野鳴征鼓，三年裹戰袍。安危惟守土，晝夜敢辭勞。屈指前年事，潘仁已二毛。

迂腐真堪噱，微痾訟暫停。斯人皆讀律，顧我尚談經。積案閒中閲，書聲静裏聽。日來秋雨霽，恐客止長亭。

仕貧因守拙，未敢詡官廉。水懦民多玩，愁深病轉添。一庭秋月冷，千里羽書嚴。清苦誰憐我，三年嘆久淹。

寂寞悲秋晚，含愁欲問天。已聞堂有客，旋看竈無煙。政拙人皆笑，心勞我自憐。還輸彭澤宰，高挂杖頭錢。

宜溝

衛國有端木，東山是舊遊。能言傾列辟，東錦動諸侯。不奉宣尼教，終成策士流。故鄉猶俎豆，祠宇歷千秋。

南陽

真主起南陽，雲龍定四方。偶行新野縣，遥望貴人鄉。豁達同高祖，宗支本靖王。功臣三十六，誰復歎弓藏。

夜行

水中星乍白，雲際月初明。不辨輕帆影，惟聞短棹聲。行程逾百里，停泊到三更。家近心偏亂，終宵夢不成。

立春

又見青陽轉，春回人未回。折梅堪寄信，此地奈無梅。

早起二首

撥棹驚殘夢，春寒勝似秋。遥聞船上語，十里又停舟。

晨起立船頭，殷殷問去路。榜人笑不言，遥指大江樹。

◎張明經遜

遜字守謙，號韻髯，臨渝人。乾隆丁酉拔貢生，癸卯副榜。

仲冬留孫塞叟小飲盤中有藕即事遣興

詩以言志毋剿説，相與爬羅復剔抉。吟成那覓阿買書，冷淡生活自咀嚼。我囊好吟苦索居，何人指南傳祕訣。翁來倒屣出户迎，坐聆清言如霏屑。可憐人間一謫仙，鬱鬱同我心藴結。且從無樂尋至樂，劈箋分韻手不輟。殷勤留客酌白酒，愧乏羊曼珍烹設。佐盤惟有西施腕，卻怪我家厨膳拙。嗟藕鏤玉是同心，平生清骨凝冰雪。庖人不治湮其才，空有七星羅胸列。我亦未作席上珍，得毋天公故挫折。物邪人邪兩莫悲，祇在泥中全白潔。

永平詩存卷九

樂亭史夢蘭香厓編輯
灤州王　庚申之參校

◎高刺史占魁

占魁字約齋，號亭嵐，遷安人。乾隆丙午舉人，歷官山東濟寧州知州。著有《三味齋稿》。《紅豆樹館詩話》：約齋宰霑化，十年不調。霑化地瘠，約齋以清静治之。衙齋蕭寂，幾欲比迹萊蕪。嘉慶癸亥，邑大水。約齋躬親履勘，洪濤没馬腹，不辭勞瘁。捐俸賑給，全活無算。霑地濱海，漁户日供官魚，歷任以爲常。約齋至，卻之。人曰：『官日食一魚，取於漁者廉甚，何卻爲？』約齋曰：『吾食一魚，吾幕食焉，吾僕又食焉，吾胥吏又食焉，漁之日供者恐百魚不給也，何爲而不卻！』鐵冶亭宫保撫山東，廉其清慎，以卓異薦調冠縣，旋升濟寧牧。甫三月，以病引去，卒於濟南。囊篋無長物，人尤稱其清介云。

送竹樓歸合肥即步留别韻

仕路崎嶇蜀道難，期君砥柱挽狂瀾。纔覘濟世書生業，頓解雄心老將鞍。薄宦竟同雞肋棄，浮名誰作豹皮看。壯懷不爲塵緣淡，别墅圍棋仿謝安。

癸亥季冬病劇李半山先生醫治經旬始愈感賦以謝兼志病狀

浮生原是鏡中人，病裏偏多未了因。空誦杜詩驅瘧鬼，誰披韓集送窮神。驚心幾徧籠中藥，苦口難嘗海外珍。料得玉樓無位置，蜉蝣暫寄百年身。

晨夕蒙茸擁敝裘，盤餐淡薄厭珍羞。丹田火冷新芽暖，銀海光飛曉霧收。壑掩虛舟風乍定，身無媚骨體偏柔。何時杖履離禪榻，好與先生伴勝遊。

◎李孝廉綸

綸字春卿，遷安人。乾隆丙午舉人。著有《賓翠軒遺稿》。

《止園詩話》：李春卿先生天性醕篤，學問淵雅，讀書外無他嗜好。六上公車，五薦不售。後會試大挑一等，以知縣籤分浙江，引疾不赴。閒居課子弟，立文社，延郡邑名宿爲師友，會文講藝無倦容。晚於宅畔闢賓翠軒三楹，爲養閒之所。四山環翠，百鳥鳴春，書架筆牀，吟嘯竟日。生平愛才虛己，遇有佳詩文，隨手鈔録，記誦無遺。至於自作篇章，多不存稿。遺稿止七律八首，兹録其四。

雅集園新亭落成二首

元龍意氣未消磨，屈指年來竟若何。廿歲風塵猶毾㲪，一編螢雪尚摩挲。談經聊比揚雲宅，遣興還同邵子窩。好是一犁新雨後，晴窗側耳徧農歌。

芸閣陰陰暑氣輕，最宜酒興與詩情。江楓雅贈多朋友，池草清吟幾弟兄。日轉雕欄濃蔭滿，苔侵芳徑緑茵成。雞蟲得失尋常事，消遣良辰且聽鶯。

送金德音之仁和兼懷鄭肅卿

又復攜簦賦遠遊，柳絲無力繫驊騮。文章更得江山助，意氣寧爲兒女柔。湖上鶯花白傅曲，江邊雲樹仲宣樓。遥知夜雨秋風裏，共倒清樽破旅愁。

惆悵韶光似逝波，詩情酒興半銷磨。交游星散已如此，身世蓬飄可奈何。南浦神傷芳草没，西堂夢醒遠山多。只今意境蕭條甚，愁看春風到碧蘿。

◎劉明府之睿

之睿字濬川，遷安人。乾隆己酉進士，官陝西鎮安知縣。

輓馬葵園

文章經濟紹前徽，餘韻猶然在遠畿。殘局棋終春日永，閒庭花落訟書稀。千金結客迎珠履，一劍從戎著鐵衣。歎息風流今已逝，渭川楊柳自依依。

◎衛明經理元

理元字功釐，一字燮乾，灤州人。乾隆己酉拔貢生。

泛舟登崆巃山

見説崆巃不可躋，於今尋得白雲梯。石壁鐫『白雲梯』三字。一灣水抱山村小，萬丈峰迴寺宇低。別有洞天深處見，更無俗相靜中棲。同人共入通幽徑，穩步須防最險谿。

◎馬明府學賜

學賜字葵園，遷安人。乾隆癸丑進士，官陝西渭南知縣。

《止園詩話》：馬葵園明府幼而岐嶷，立志不群。以家事中落，年十一始就外傅。十七入邑庠，且讀且耕。乾隆戊申舉於鄉，癸丑成進士，以二甲第六名授縣令。歷任藍田、涇陽、渭南等縣，所至愛民教士，興利除弊。韓城王文端公嘗稱爲陝西第一好官。卒時五十三。所著有《玉照軒詩【一】文》行世。道光十九年以藍田士民之請，奉旨入祀名宦祠。二十三年以遷安同鄉之請，奉旨入祀鄉賢祠。

校按：【一】『詩』原作『時』，據《永平府志》改。

題高笘三小照

風雪黯征袍，悲歌撫孟勞。客星沈畡浦，遺像活添毫。門閥桐枝衍，楹書鶴錦韜。百年傷逝賦，頵頵玉山高。

◎蔣司馬第

第字次竹，號問樵，盧龍人。乾隆癸丑進士，官山東青州府同知。著有《楚遊草》。

送家我懷赴京兆試

袖裏詩皆席上珍，漫攜行卷踏緇塵。如椽巨筆能扛鼎，若水虛懷尚問津。衣鉢此生垂白感，雲霄幾輩出藍人。槐花柳汁須臾事，莫負青青兩鬢春。

◎楊教授開基

開基字亦聞，一字復莽，樂亭人。乾隆乙卯進士，官奉天教授。著有《家塾問業》《共學編》《琴律》《算學》等稿。

《止園詩話》：楊亦聞先生生而聰穎，讀書有奇悟。陰陽數術無不旁通，講學以姚江爲宗。乾隆乙卯登進士，釋褐選奉天教授。將赴官，門人請撮論學大端留備參考，乃著《家塾問業》一編。其綱領云：學者，學爲人而已。從《中庸》探源而後人可識，以《大學》爲則而後人可爲。於《論語》窺家風，於《孟子》看作手。約得七千言。到官作《儒學明倫篇》普告四庠，以維世道、正人心爲己任。時比之蘇湖教授焉。詩不出白沙、定山一派，然亦無『太極圈兒大，先生帽子高』習氣。

贈豈猶龍

人人自長生，箇箇會不死。欲作不死人，須識長生理。藐藐五尺軀，區區一腔子。生則炯炯然，死則變滅矣。真種自先天，浩浩無涯涘。見聞尚不及，語言安可指。途路極幽微，一塵隔萬里。山窮水盡時，乃見吾真體。學人只怕空，誰肯尋到此。傷哉無價珠，棄之如敝屣。依違形器中，立基鬼窟裏。非無安樂法，未是還丹旨。一息命裏絶，茫然無所倚。至聖有微言，反經在原始。生必有自來，來從何處起。死必有所往，往於何處止。兩頭所棲泊，即今當下是。來去未分明，現今瞶瞶耳。知解總成迷，意見信爲累。直須開正眼，勿勞多摹擬。象步涉洪波，一踏直到底。工夫到此間，謂之真踐履。

題心月居

一物渾成光皎潔，萬有八荒俱照徹。天人造化統其中，千經萬典無餘説。老者不辨大易先，漫析龍虎尋丹訣。釋者不識妙覺源，只躭空寂超生滅。儒者無復問明誠，但向殘經事剽竊。人生習氣本難除，何人因指去見月。執指認指爲實功，翻疑所指是虚設。到頭畫餅難充饑，趨末逐流自跛鼈。嗟予迷悶四十春，一朝驀見空明穴。山河大地湧金波，金精不向山河結。雲霧陰霾混玉華，玉質不因雲霧缺。月變日化無盈虧，人隨所見生分別。得來全不費功夫，護持防閑須真切。於中忘象合自然，諸緣過處洪鑪雪。斯語近玄亦類禪，聖學誠明真骨血。莫云容易泄天機，的的當前悟不徹。

登第後司教奉天示舊從遊兼呈諸同學

曾抱遺經費仰鑽，當年意氣拂雲端。但成張綽千名佛，空餌許裳孤進丹。志學依然期共學，入官何以稱當官。斯人亘古心如昨，漫説人材造就難。

疊前韻

神仙字飽蠹魚鑽，脉望形仍化簡端。雲裏虛隨鵷鷺隊，鼎間癡説虎龍丹。或憐白髮初登第，且賀青衫晚得官。仕宦科名粗了局，到頭終是了心難。

將之奉天留諭子姪

賢否從何問定評，反身自問最分明。縱無遠見涵千古，那便真心昧五更。天地生人須有用，爺娘養子望成名。含毫諄切無多語，莫負恩勤爾許情。

題燈罩

藜光分綠桂分紅，送喜新花次第同。不用綵旛高處挂，四圍卓立玉屏風。

餤吐蘭缸隔碧紗，閒庭深護晚風斜。誰家帷頂煤全黑，敢玩清宵擲歲華。

◎龐明經克昌

克昌字思聖，號花村，臨渝人。乾隆乙卯副榜，著有《嶺雲編》。

《止園詩話》：龐花村明經博學好爲詩。家居授徒，成材以去者甚衆。晚年以副車終，壽九十餘。其中副榜有詩云『誤中偶然同博浪，題名仍自外孫山』，極爲典切。其他佳句，如《望海詞》云『蓬島仙人境，梯航萬國舟』，《咏豆腐》云『潔白原非染，清芬自有香。何須嫌軟弱，最好是端方』，《喜晴》云『岫雲微帶雨，溝水遠通河』，《登高》云『鴈迷紅葉路，人醉菊花天』，《冬曉》云『峰高遲日影，野闊淨霜痕』，《山居夏日》云『簾開風影動，階響雨聲來』，《晚晴》云『煙開猶戀樹，雲霽自歸山』，《曉渡》云『人聲喧野渡，蛩語冷秋塘』，《卧病連日陰雨》云『蟻封槐下國，蛙坐井中天』，《小園春日》云『褪花梅子小，冒壠豆苗肥』，《秋柳》云『憔悴一行風際影，蕭疎幾縷月中痕。紅襟燕語方辭社，白項烏啼恰繞村。柴桑拂意歸田日，官渡傷心作賦年。尚可因依惟夜月，最難消受是秋霜』，《鴈字》云『幾點無端爭畫野，一行何事漫書空』，《落花》云『鶯啼小苑春光暮，客散高樓夕照閒』，《竹扇》云『得手便能消溽暑，抗懷隨處有清風』，《印臺觀海》云『山紫千重盤塞遠，海青一片入天低』，《山房夏日》云『寄傲有風來北牖，忘情無夢到南柯』，《卧病》云『日當長至寒難敵，人到衰年病易生』，《重九望陶然亭》云『紅葉山寒人乍到，白沙水淺雁初飛』，大有晚唐風味。

閒居偶成三首

習習谷風至，吹我鬢成絲。富貴等浮雲，何用苦求思。聖人罕言命，勤者福之基。力學與力田，功修在及時。先難而後獲，吾道本如斯。蹉跎虛歲月，無成復怨誰。

太古日以遠，淳龐日以稀。誰是葛天民，朱紫亂是非。幸有田家樂，飽煖勝輕肥。清晨披衣往，日暮荷鋤歸。矯首步南岡，山山落翠微。此中多佳趣，相賞莫相違。

我愛陶淵明，門前植五柳。彭澤挂冠歸，折腰鄙升斗。婦饁夫復耕，一介不妄取。抗懷想古人，胸襟無不有。敢云步後塵，貧窮士所守。偶然值鄰翁，閒與話畎畝。

春草篇

東風又緑芳洲草，惹霧含烟生意早。苒苒香浮公子袍，萋萋碧染王孫道。王孫公子愛閒遊，腰懸錦帶佩金鉤。金勒馬嘶長埒外，玉樓人醉大堤頭。大堤女兒行步緩，尋芳拾翠多結伴。旖旎裙腰一道斜，芊眠鈿朵雙眉滿。鈿朵裙腰色色新，游絲落絮遶文茵。東堂已夢添詩句，南浦還傷送別人。南浦東堂皆如此，極目菁葱更千里。盧龍塞上緑初肥，昭君塚邊青未已。蕩子從軍去不歸，南園蝴蝶雙雙飛。鶗鴂聲中春欲暮，寸心何以報晴暉。

刨錢行有序

乾隆四十七年，歲在壬寅。春二月，石門城西山及城北角土人刨地，得時錢數貫。嗣後所在刨之應念而有哄動，數百人擁擠搶奪，三日乃止。余感之，因作《刨錢行》，誌異也。是歲春夏大旱，秋大風，大水山起，水泡傷人甚多，災異不可勝記焉。

石門城頭赤狐號，白日黯淡妖氛高。頹垣敗址風颯颯，何來金錢滿空壕。土人紛紜掘地取，揚塵直欲迷晴皐。男女擁擠不復別，搶奪踏盡蓬與蒿。如此三日忽然止，泥塗垢面空焦勞。百歲老翁亦驚倒，問之不解心鬱陶。爲災爲祥定有數，誰能先事窮釐毫。我聞富貴天所命，臨財苟得非人豪。囊中造孽空積累，杖頭沽酒且酕醄。君不見鄧通昔日稱錢癖，賜之嚴道銅山最堅牢。寵移愛奪溝壑死，錢乎錢乎，性命不救輕鴻毛！

咏菊

疎翠非關雨，清寒不畏霜。品高惟爾淡，節晚共誰香。籬外迎秋老，樽前送酒涼。素懷甘寂寞，不是傲群芳。

曉起

曉起渾無事，當窗曙色涼。鳥聲偏傍舍，春夢不離鄉。看劍心猶壯，攤書味自長。生涯原上草，極目任芬芳。

寒夜

幽人先鳥起，數問夜何其。一歲將殘候，三星欲没時。言詩能悟可，學易假年遲。誰作更深伴，高寒獨自知。

柳絮

柳色依依媚遠天，東風吹絮正暄妍。香盈翠閣晴雲外，影颭紅橋晚照邊。素質自憐明似雪，柔情誰信輭於綿。桃花流水休相妒，不作輕狂上舞筵。

鄧林釣臺

明永平兵備道鄧林朱國梓以流寇陷京，涕泣誓死。母夫人曰：『死固其分。顧吾幾七旬，汝死吾亦死；徒無益，盍隱忍爲復讐計乎？』於是奉母歸石門山村，即釣魚臺之北魏家莊也。常垂綸於臺上，當事屢薦不出。後人傳之，名鄧林先生釣臺焉。

槐槍滿目痛何言，家國飄零泣淚痕。就養有方全母命，復讐無計答君恩。殘山剩水孤臣跡，落日寒煙隱士魂。搔首釣臺人不見，空留明月照芳蓀。

◎汪太守鑑

鑑字愚泉，灤州人。嘉慶辛酉進士，歷官柳州府知府。

灤州十二景詩和吴庚亭刺史韻録六首

灤水龍翔

一帶灤洄抱海陽，恬波化日共舒長。蜿蜒曲勢趨三島，夭矯靈源下五潢。沙岸風柔痕漲雨，漁汀月冷影欺霜。使君政暇饒遊興，高詠應驚老蜧翔。

長春古淀

盤馬彎弓莅此州，邊庭烽火幾春秋。至今遺址留行殿，伊昔長驅恣獵遊。帝業遂基耶律相，戰功空紀冠軍侯。千年興廢歸陳迹，淀水蒼茫日夜流。

風洞飛虹

洞門常倩白雲關，洞口飛花自滿山。終古風聲含穴底，有時虹影挂崖間。煙嵐縹緲籠千界，沙溆瀠洄抱一灣。我欲淩虛探勝蹟，好攜仙侶步螺鬟。

金泉菓月

一彎月影照澄泓，鐵甲曾擐十萬兵。此日鸛鵝空結陣，當年龍虎徧爲營。池蓮燦燦疑荼火，堤柳依依舞斾旌。幸際昇平方偃武，勝遊無意羡勳名。

横井煙浮

爲訪名山過石鼉，潺湲流水逝無波。鐘聲遥指珠宫近，霧氣時連貝雨多。千里灤流拖白練，四圍峰影簇青螺。探奇試覓崖巔井，靈蹟還須問跋那。

湫嶺松雲

曠懷隨處寄遊蹤，峻嶺嵯峨自倚筇。颯颯松濤常帶雨，濛濛雲氣欲遮峰。巖巔刹古飛靈鷲，湫底波澄穩蟄龍。倦拂石衣聊小憩，遥天陡落一聲鐘。

◎田明經種玉

種玉字璞山，昌黎人。嘉慶辛酉、甲子、丁卯副榜。

口占勗同學

君其騏驥歟，一日可千里。奈何伍狸狌，腐鼠甘如醴。君言學海浩無邊，行到天邊即海邊。桂我棹，蘭我船，但行莫問幾何年。方丈蓬瀛指顧前，前路方賒莫息肩。君不見五十學詩有高適，廿七發憤有老泉。

◎李教授中淑

中淑字致軒，號陶山，樂亭人。嘉慶壬戌進士，歷官大名、正定府學教授。

《止園詩話》：李陶山先生爲人方正，言笑不苟，事親以孝聞。乾隆丙午登賢書，嘉慶辛酉大挑一等以知縣用，告降。明年成進士，以知縣用，又告降，選大名府教授。丁内艱歸。侍父疾，累月不解衣帶。父嘗泣謂曰：『人言久病牀前無孝子，今吾以病久知孝子矣！』旋丁外艱，邑侯呂公聘於書院主講席。出入必以禮自持。生徒有以訟事欲求代爲緩頰者，以百金爲壽，先生峻拒之。服闋，選正定府教授。在官務以講學明倫爲先，凡學中應得規費，皆聽其人自予，絶不與争。副學不悦曰：『子亦赤貧，何沽名若此，獨不爲他人計乎？』先生笑謝曰：『吾輩俸銀每日一錢一分，買豆腐喫不了，何必與窮秀才較錙銖哉！』其廉介率類此。道光二年卒於官，貧不能治櫬。有王生以其家柏棺殮之，諸生醵金送之始得歸。所著有《歷元》《地輿考辨》《古人生辰備覽》《明文新機》《槐西詩話》《石佛菴問業》《陶山詩稿》《集唐百首》，殁後俱散失無存。所録三詩乃得諸昌平楊復莽學博手抄本，蓋復莽嘗秉鐸樂邑，與先生時有唱和云。

同年楊復莽學博以家藏潛籟軒詩卷見示因步錢謝盦韻賦贈二首

數載江南客，高風展卷餘。詩中真有畫，名下自無虚。倡和原天籟，嶔嵜見古書。傳家欣得此，詎止比璠璵。

幸展名賢蹟，相看興未闌。於斯存大雅，何必耻微官。盛事留潛籟，餘香付畹蘭。墨華真可寶，玩賞莫輕刊。

和寄復莽雨夜見懷原韻

薄宦三年契闊深，他鄉無自結知音。忽來故侶相思札，得悉良朋莫逆心。長夜消殘誰共語，新詩改就只孤吟。一官匏繫同金馬，避世何妨頌陸沈。

◎吴明府蔭松

蔭松字聯厓，【一】撫甯人。嘉慶壬戌進士，官河南襄城縣知縣。

校按：【一】《永平府志》：『吴蔭松字景嵐。』

水仙

藐姑仙子下瑶京，玉骨珊珊削不成。幻作名花冰雪豔，移來綺几水雲清。洛川香泛淩波影，漢浦人留解珮情。翠袂霜膚誰是伴，相憐惟有許飛瓊。

◎高學博作桂

作桂字馥堂，昌黎人。嘉慶甲子舉人，官隆平縣教諭。

和靜心上人酬馬星園原韻

虎溪風月兩無邊，拾得寒山舊屋椽。心擬蓮花求佛品，手翻貝葉作詩箋。自來吾道多三益，非是楞嚴又一天。座接詞壇聯好句，從今何處不參禪。

秋氣

最高樓上挹晴暉，爽氣來時暑氣微。著我舊衫常覺怯，看他新鴈共爭飛。西山静對幽懷愜，北牖涼飄小簟違。斂就浮華先去躁，文章最忌是癡肥。

對秋

促膝能消一局碁，無煩重訴別離悲。願將小閣論文意，常在高樓聽鴈時。並坐看花心莫逆，一窗剪燭影交馳。平生鄙吝從今滌，叔度風清慰我思。

悲秋

蕭蕭落木楚江頭，一部離騷總賦秋。公子椒蘭原有佩，美人遲暮是何愁。已將春色歸紅葉，無復閒情數白鷗。把酒自憐徒老大，韶華三月憶皇州。

◎魏尚書元烺

元烺字實夫，號麗泉，昌黎人。嘉慶戊辰進士，由知縣洊陞福建巡撫。内召，歷官兵部尚書，謚勤恪。

和靜心上人酬馬星園原韻有序

甲戌春暮，偕諸同人遊北橋寺看牡丹，並欲覓精舍數間爲姪輩讀書之所。適見靜心方丈之北壁有《蓮華詩》一絶，爲把玩者久之。夏日，星園先生攜姪輩寄硯平山，贈答甚富。而靜心所和之作尤覺灑脱可嘉。余既高其品兼愛其才，一時諸同人及子姪輩俱樂和之。余亦不揣荒疎，勉和一律，用博大師之一噱云爾。

選得祠塲近佛邊，白雲深護數間椽。清明有約依初地，菡萏留題擘素箋。阿買幸分平等慧，支公許住一方天。西來大意今參著，記取庭前柏子禪。

◎李中丞恩繹

恩繹字巽甫，號東雲，灤州人。漢軍旗籍法子。嘉慶戊辰進士，由編修歷官江西、廣西布政使，署江西巡撫。著有《讀易備解》《古韻備考》《東雲鄙言》《東雲未焚草》《佃芸詩草》。《行狀》略：府君自罷官後，不問家事，經年靜坐一室，讀書自娱。於《周易中庸大學衍義》《五子近思録》《性理精義》諸書尤篤好不倦，摘其精粹語及歷代名臣言語行事，折紙手録，黏諸壁間，常用省覽，一室徧滿。自奉儉約，每餐不過二簋，晡後率素食。而歲時祭祖必躬親烹飪，務致豐潔。喜培植花木，或親加灌溉，階庭之際勃然蓊鬱，早晚拄杖逍遥玩其生趣。自號佃芸老農，又稱佃芸老拙。

《寄心盦詩話》：東雲先生最深於易，有《讀易述知》一篇，中云：『象外而生象，巧喻極物類。即使能妙合，徒供文墨戲。聖人之解經，辭達無餘字。況於教勸方，更復何所試。』足掃漢以來無限支離駁雜之弊。

雜詩二首

鼇戴豈云重，蟻戴誰言輕。輕重不以物，各能受任行。借問負山者，爾來行幾程。

夏蟲焉知冰，秋蠶未解暖。龜伏恒不死，蚓行亦殊緩。願君得其長，仍復念其短。

野望遣懷

生平何所喜？喜從勁直游。生平何所厭？厭近鄙瑣儔。高嶺來清風，長松古幹遒。荆棘無人種，結根偏道周。同由大造産，胡爲迥不侔。意欲多種松，土美殊難求。欲盡刈荆棘，斧缺卻自休。默默褰裳去，勿爲芒棘留。遥遥引領望，歲寒常相投。

湯敦甫協揆枉過小飲攜游龍杖爲贈詩以致謝

游龍異青藜，國風賦隰有。近水濯清姿，臨風似弱柳。十月霜雪來，晚節氣獨厚。化爲九節杖，握入賢人手。手自植此仗，翩然臨甕牖。目賞薜蘿陰，小飲杯中酒。道味裕談次，不覺傾聽久。瀕行贈此杖，感謝拜而受。導以逍遥游，豈第矜衰朽。草木有臭味，相投亦非偶。同憐勁草心，忘懷步林藪。履道得坦坦，艮止免或苟。自從别江湖，風波夢覺後。枉羨持竿人，甘作支笻叟。試問御龍氏，安於倚杖否。桃竹學化龍，又誰執其咎。不如此杖佳，相期慰白首。

么鳳行

粤東有珍鳥，身小五彩備。其音勝百舌，悦目異翡翠。土人呼曰鳳，謂其貌相類。以貌相類得其名，朝朝暮暮學鳳聲。鷹隼不敢擊，鳶烏不敢爭。可以學鳳舞，可以學鳳笙。既知鳳食竹實飽，當思鳳飲醴泉清。醴泉清，貪泉濁。高飛千仞不飲濁，網羅雖張誰汝捉。

讀放翁詠武侯諸作

行藏有道推林宗，幼安避亂遊遼東。逍遥遠引效閔子，天下不敢輕儒風。南陽有士吟抱膝，泥蟠自在居隆中。卷懷有似蘧伯玉，嘉遯可侶龐德公。隱窺飢溺懷有素，先覺覺後天人通。三顧適符三聘數，去桀就湯將毋同。宣仁仗義國無小，衆正不必師有功。東周不能用宣聖，春秋筆削驚臣工。滕文小利重王道，俯視七國如飛蓬。赫然反手扶漢祚，對勘操懿真奸雄。但使乾坤正倫紀，皋謨伊訓同孤忠。潔身高蹈豈不易，長沮桀溺焉敢從。天生聖賢爲救世，爲我毋乃淪虛空。優優敷布傳正統，蹇蹇王臣勞匪躬。森森正氣教孫子，翩翩出處依中庸。江都繁露未施措，北海秋霜賢不容。求志達道嗟未見，千古風流仰卧龍。

樂志歌

首夏日益長，嘉樹自成陰。成陰非一日，不知歲已深。杖策忘所適，信步入平林。朝露尚未晞，悠然淨我心。心既怡，意亦足，南牆薜荔北階竹。日日天光棲草木，草木無情似有情，細布清陰向老屋。人語既遠，天機覺多。琴酒不設，可卧可歌。惟物與我，同養天和。環堵半畝，不樂如何。

伯兄八旬南遊未歸詩以誌憶

月冷人宵立，風寒雁夜飛。弟兄經久別，雨雪幾時歸。已感壎篪缺，頻驚齒髪非。願隨扶竹杖，相賞在餘暉。

小齋漫詠

欲使心如水，常防水有波。及時循性理，隨處認天和。寒燠生機溥，風雲變態多。不知還不識，熟聽野民歌。

詠燕

掠水銜泥繞畫樓，高飛雲影更誰投。炎涼歷盡歸何處，去住原來得自由。

早起

曉色溟濛柳影疎，日輪初轉尚徐徐。名花帶露皆含笑，一過淩晨總不如。

◎李明府筌

筌字存旨，樂亭人。嘉慶戊辰舉人，官河南上蔡縣知縣。

《止園詩話》：李存旨明府爲人純孝，嗜讀書，居官清廉。公暇每以課士爲務。戊寅鄉試，解元劉沂水、第三名魏林芳皆出其門。

水仙花

仙容爭識洛川神，供養偏宜玉女盆。那許塵氛侵皓質，全憑水石妥芳魂。扶持清夢梅無力，洩漏春光月有痕。竹屋紙窗頻領略，騷人掩卷伴黄昏。

永平詩存卷十

樂亭史夢蘭香垞編輯
臨渝郭長清廉夫參校

◎李侍御廣滋

廣滋字卷山，樂亭人。嘉慶己巳進士，由編修歷官福建道監察御史。著有《窗南草》《塞遊草》《閒中吟草》《雪泥鴻爪集》《保陽集》。袁潔《習静軒偶記》：永平李卷山侍御，工書法，詩多清雋之作。其《雪泥鴻爪集》紀載關内外風景，每爲余《出塞詩話》之所未及。

《止園詩話》：李卷山侍御，西園方伯之孫。在諫垣，抗直敢言。嘉慶末東巡興役，以言事忤旨，謫戍烏魯木齊，到戍所浹旬即賜環。素性高爽脱俗，風味似晉人。放歸後益肆情觴詠，不問世事。道光初，直隸制軍蔣礪堂先生聘主蓮池書院講席，一時名士多從之遊。余題其《雪泥鴻爪集》有云「所嗟屈軼同芳草，不在堯階二十年」，蓋不獨爲先生惜也。詩古體縱横跌宕，瓣香青蓮；近體在隨州、柳州之間。佳句五言如「鳥啼深院午，雲過小窗陰」「鳥歸秋鏡裏，鐘響暮煙中」「日東林腰紫，霞飛水面紅」「天空雲失影，船急水生棱」「老知腰腳重，貧仗友生多」「愛月眠常廢，貪涼坐屢移」，七言如「花開小徑聞鶯候，雨歇迴廊見月初」「日淡四時山駐雪，地寒五月柳飛棉」「鋪地晚蕎開淡白，圍村老柳帶微黄」「依依楊柳嬌春色，草草鶯花送客程」「征途最好逢三月，宦跡無端已十年」「春如短夢醒何速，山似奔濤怒未平」「葡萄春熟千蕃醉，苜蓿秋肥萬馬閒」「野店有窗皆映雪，山屯無竈不燒松」「千里河流環塞曲，五泉山勢壓城低」「春謝殘紅沾馬足，山深嵐翠撲人衣」「去途爭似歸途好，出險寧忘人險時」「馬上名山如讀畫，輿中清課只敲詩」，俱耐人尋味。

春雪

春雪挾春風，風定雪未止。紛紛空中來，到地旋成水。鳥雀靜不喧，微聞打窗紙。何處午雞啼，幽人初睡起。

溪上

偶然乘興至，愛此溪上幽。月影初墜地，溪雲涼似秋。清風水上來，襟懷蕩夷猶。乃知熱因人，人定暑亦收。

雪後

斜陽下高木，逗此雪後寒。寒氣一以劇，況值歲將殘。凍雲停户外，暮雀鳴檐端。彼美天一方，撫琴不成彈。

夜宿鹽窩聞海嘯

海聲中夜喧，枕上攪清睡。空際吼天風，雷鳴殷動地。又如萬馬奔，甲兵驀然至。我求即次安，聞此心轉悸。窗外雨直傾，波濤聲無二。孤燈向客寒，蘆酒不成醉。輾轉茅店中，離愁一時積。

歡喜嶺

出關二里餘，便是歡喜嶺。塞外人歸來，此處見鄉景。靄靄半空中，蒼蒼五峰影。渺渺白雲下，歷歷有廬井。我方離故鄉，到此亦延頸。早讀齊物篇，一視順逆境。長邊積翠多，步步快遊騁。來去總歡然，此心虛以靜。

關外即景

芒種時已過，新晴當再補。關外節候遲，薄暄日當午。行行近海濱，厥田半斥鹵。地溼易生雲，氣涼先作雨。有時雨氣腥，疑是蛟龍吐。衣冷更添綿，海風硬似弩。

步行車道嶺

亂山擁如波，煙雲變俄頃。驛路盤修蛇，蜿蜒挂高嶺。俯上覺尻高，陡臨忽氣屏。左旋復右行，欲縱不得逞。延賞晴屢移，貢奇意默領。峰迴返照濃，澗窅溪風冷。村坳蔽煙樹，豁然開異境。紅霞綻夭桃，絳【一】雪垂文杏。點綴青山姿，一笑明粧靚。平楚斂暝色，蒼茫多暮景。海天皎月升，清光浸人影。

校按：【一】『絳』當爲『絳』之誤。

觀海歌

管窺者不可與觀天，蠡測者不可與觀海。我家瀕居北海濱，需此奇遊已十載。四月十日天氣清，同人邀我海上行。未至數里見白浪，洶湧迸作殷雷聲。蓬壺員嶠不可見，但見渾茫一氣騰晴空。乾坤晝夜恣噓噏，蕩星浴日涵空濛。陽侯乍出天吴擁，川後欲發冰夷從。變幻翕忽生萬狀，潮汐往來無終窮。天際一墖小如豆，恍惚海市開雲岫。舟人指點云是吳粵萬斛船，千里風帆如馳驟。乃知大地空浮萍，滄桑變幻何人經。此中橐籥參不得，蒼茫東望雲溟溟。丈夫志氣淩八極，齋居索莫傷偪仄。到此翻疑天地寬，一片愁心蕩空碧。開襟痛飲海雲邊，欲落不落夕陽殘。睥睨乎島嶼，邂逅乎天關。醉後狂歌暮煙紫，咫尺欲到三神山。詩成徑騎赤鯉去，不見蓬萊之水半清淺，天風浩浩超塵寰。

遊聞仙洞醉後放言

四月南風麥未黄，淩溪一曲清波長。青鞋布韈事遊覽，隔河山色多蒼蒼。扁舟一葉勞相送，亭亭疊立雲中鳳。犖确麒麟壓近郊，謂鳳凰、麒麟二山。翠微中有仙人洞。仙人騎鹿遊鴻濛，至今遺蹟空山中。畫棟雕欄增碧巘，曉雲風散流微紅。手拂雲關開岫幌，扶階天蹬俯而上。幽花旖旎靜禪房，緇徒混沌棲方丈。梁燕初乳草初肥，月臺高敞薰風微。巖前林影青如畫，天際嵐光碧四圍。山勢東水水北折，孤嶼沙汀半明滅。坐看城郭萬魚鱗，雙塔撑空煙外凸。開樽揖群仙，群仙不可招。醉卧松亭夢松語，雲車恍惚淩風飈。仙乎仙乎非凡骨，手把芙蓉朝帝闕。賸有斜楊伴醉眠，一聲長嘯清林樾。我非太上能忘情，不然久已乘蒼精。但使清泉白石日在眼，好山與爾爲要盟。君不見大還丹、能不死，安期生、羨門子。從古真仙誰在矣，人生亦衹行樂耳。百年三萬六千場，古來萬事東流水。用青蓮句。

燕平劉召棠爲余篆刻圖章歌以奉贈

摹漢印，仿秦章，青田昌化同琳瑯。刀爲筆，石作紙，爛銅破玉無堅壘。安道雞碑嗟神肖，中郎鳥篆人稱妙。牢籠萬態窮雕鎪，六丁鑿開渾沌竅。如切如磋如琢磨，蛟螭蟠異蚪與蝌。怒猊抉石顯初脱，印花宛然石態活。嗚呼！雕蟲小技，壯夫不爲；聊以爲戲，亦足稱奇。十月風隕籜，雪花如掌落。小窗兀坐爲我揮郢斤，獨愧東塗西抹不稱郇公五色雲。先生蚤歲工柔翰，筆鋒犀利廉且悍。見說庖丁善解牛，刀發於硎神采煥。異日宰天下，不當如是乎？看君彤廷珥筆淋漓墨，華濡文章碑版佐軒虞。

鎮羌驛大雪

戊寅重陽之次日，旅宿平番鎮羌驛。北風一夜釀嚴寒，萬里同雲飛六出。始集維霰聞爬沙，漸如柳絮飄輕花。頃刻鵝毛大於掌，玉龍戲舞紛橫斜。車行犖确迷轍跡，征駒蜎縮難鞭策。莊浪河流一線青，馬牙山色千堆白。冰花故故點征袍，禦寒聊復沽村醪。但有羌童煨榾柮，何來番酒壓葡萄。我尋土人詢所以，六月天陰常如此。君馬西來欲到天，兹方近北又臨邊。明晨定越烏梢嶺，吹衣更覺罡風冷。天時地氣本無常，古浪却比涼州涼。

出嘉峪關作

天地之大乃如此，目盡千里與萬里。太古以前戈壁灘，至今唯有石而已。霜風獵獵鳴初冬，砂磧半雜黃羊蹤。中間驛路直於矢，但見雪山蜿蜒西折如白龍。人言出關莫迴顧，兩扇鐵門春不度。我覺崑崙頂上行，奇氣翻與奇境遇。疏勒河凍冰牌流，鳴沙山響聲如牛。沙州鳴沙山每天晴則聲聞數里。驚心動魄不恒有，遊覽差喜娱雙眸。我朝開疆邁前古，葱嶺龍沙歸鎮撫。二萬里地解春耕，三十六城歌樂土。出塞入塞皆坦途，不持寸鐵行無虞。男兒欲酬桑弧蓬矢志，籌邊投筆宏前模。

春日村中漫興

閑館春仍到，幽居少俗緣。裁詩删冗字，煮茗試新泉。松菊開三徑，鶯花共一天。十年文史客，猶戀舊青氊。

春陽方澹沱，人意總相於。林靜聞驅犢，溪喧看撲魚。山光依閣近，草色到門初。吟過横橋去，村雞唱午餘。

籠鳥

應悔言多累，寧如默最良。此中虚歲月，何日遂翱翔。春妒鶯聲麗，秋窺鴈影長。鵬程萬餘里，詎必藉餱糧。

池魚

吹花菱鏡裏，已勝飲貪泉。與以潛爲樂，何如躍在淵。影隨舟泛泛，陰重葉田田。不妄吞芳餌，終能縱巨川。

晚歸齋中

晚凉初過雨，禾熟未登場。一水明殘照，孤蟬咽夕陽。暮煙無近遠，古路認微茫。賴有彎彎月，相隨到草堂。

寒夜偶成

閒館月猶明，霜風簷外生。爐灰寒午夜，燈焰吐三更。酒爲銷愁飲，詩多就枕成。中宵頻起舞，誓不負雞聲。

喜晤張孚若片時即别悵然而作

爾我同爲客，經年隔往還。相逢秋日裏，話别夕陽間。疑義誰當質，高情未易攀。何時重握手，莫遣一樽閒。

重九日思親感賦

又是一重陽，思親重感傷。秋風原上淚，衰草客中霜。未享生前福，空牽死後腸。泉臺今日節，誰奉菊花觴。

城南

我愛城南好，年來此避喧。好山都入眼，野鳥不離村。水淨雲留影，沙平雨過痕。人生行樂耳，隨處有桃源。

寒食

小雨初沾袂，西郊省墓行。百年幾生死，此日逼清明。隔樹春煙溼，侵堤緑水平。村村傳冷節，腸斷賣餳聲。

寧遠道中

一雨愁泥滑，籃輿跋涉艱。途紆盤嶺背，村隱靠溪灣。寒塞農功晚，清時戍壘閒。夜投茅店宿，山月照彎彎。

松山杏山左寧南立戰功處

明侯司徒恂識良玉於卒伍中。時大凌河圍急，夜發兵符，拜良玉爲總兵官，幾於一軍皆驚。連捷松山、杏山，下圍遂解。復征流寇，以功封寧南侯。良玉後偃蹇，時復縱賊，其子夢庚竟叛。人謂良目不識丁，臣節不純，殆亦不讀書之過與？因感而賦此。

山勢嵯峨處，曾傳戰血紅。千金重知己，一旅建奇功。天地兵戈滿，騰驤意氣雄。十年戎馬計，輾轉竟成空。

麾下多材武，中原遍虎狼。此行當破敵，良玉語。厥志未終償。偃蹇非全節，嫌疑少預防。青蓮誠識士，千載憶汾陽。

安定道中

西指崑崙路，長安尚在東。殘燈孤驛裏，淋雨亂山中。客夢愁窗白，家書喜紙紅。似聞故園菊，爛漫倚秋風。

岔口驛書懷

霜落西涼早，亭皋木葉飛。野田羌水漫，古驛亂山圍。霪雨欺征路，秋風黯客衣。刀鐶如有約，不負釣魚磯。

晚行

鴉背斜陽閃，行人晚著鞭。飢驢銜路草，倦僕盼村煙。沙迴風鳴野，山高雪障天。客懷拚一醉，皎皎月臨邊。

木壘

木壘河邊望，荒原樹影稀。迅流連石走，殘雪帶沙飛。路向千峰轉，春隨萬里歸。酒泉應計日，桃李正芳菲。

天山

日光不到地，雲氣擁千峰。怪石危蹲虎，長松倒卧龍。寒飛六月雪，高倚一枝笻。欲覓唐碑讀，仙靈絕頂封。頂有唐侯君集平高昌碑，封固不令人讀，讀則風雪立至。

入嘉峪關晤管治庵

忽忽春將半，川途跋涉勞。山腰晴雪溼，馬首夕陽高。路接金城近，關横玉塞牢。歡逢東道主，酌我醉葡萄。

曉行

晨雞第三唱，孤客發清吟。殘月不離水，明星初出林。鐘聲經雨溼，人語隔煙深。翻羡岩棲者，能安物外心。

小憩山中遇老丈閒話

縣遠官差少，山深古木全。杏花紅近屋，春水碧通田。身世漁樵裏，年華甲子前。忘機狎鷗鳥，疑是武陵仙。

博野道中弔顏習齋

未雨風先起，飛塵滿一襟。柳栽官路細，沙擁女牆深。瘠土殫民力，長途悵客心。習齋綿道學，遺澤竟銷沈。

對月書懷

悲秋獨起倚危欄，雲淨長空玉宇寒。句好每從愁裏得，月圓多是客中看。命宮磨蠍三生定，身世蝸牛一笑安。兀自長虹千尺吐，狂歌爭放酒杯寬。

菊花

轉眼群芳已過期，黄花晚節占東籬。一枝冷豔初開日，三徑秋容正淡時。傲態自能存氣骨，孤叢竟不受扶持。天心特許高情遠，爲問風霜知未知。

賦得花影

色空已悟夢中身，豈有天香解襲人。素月慣爲花寫照，寒燈尤勝筆傳神。參差乍見疑生活，幻相終須辨假真。最是更闌吟興好，孤標隨地有芳隣。

初夏即事

晝長人定晝簾垂，天氣清和四月時。户外風微花力倦，簷前日暖鳥聲遲。晴窗習静時臨帖，小鼎烹茶正課詩。藉此消磨閒歲月，閒中歲月況如馳。

閨情並序

《離騷》興美人之思，平子有定情之什。聊寄懷於綺語，豈專爲乎豔詞？然而徐陵新詠，每賦閨情；韓偓香匳，專工麗句。興之所至，情見乎詞。則豔姬清畔，不害昌黎之剛正；雲鬟玉臂，時關子美之窮愁。偶因縱筆，漫爾效顰。

新粧遠翠入顰眉，管領春風只自知。天與情多偏解恨，人因慧極每成癡。薰香細寫簪花格，刻燭新翻漱玉詞。珍重秦嘉猶遠道，秋來紅豆足相思。

其二

鉛華不御懶登樓，提起新愁與舊愁。每背人時垂玉筯，最關情處對銀鈎。鴛鴦繡罷翻增妒，蛺蝶圖成未解羞。惆悵春花與秋月，蕭郎底事不封侯。

出湯泉口

湯泉口外即長邊，奉省京華路接連。百八路遥通紫塞，由錦州至朝陽百八十里。萬千峰上插青天。黍田錯落依山轉，茅舍參差逐水偏。信是風寒節候晚，行人五月欲裝綿。

夏日攜友遊聞仙洞

洞在朝陽縣東五里，昔有仙人隱此，常聞摸魚之聲，故名。乾隆初建寺，依山面河，四望如畫圖，朝陽勝景也

精藍高築翠微中，洞口尋幽小徑通。大地雲山千里共，他鄉朋好一樽同。看碑剔蘚消殘暑，試茗烹泉坐晚風。我欲卧遊圖此景，倩誰呼起米南宫。

虞美人花

此身端不負重瞳，名姓猶存霸業空。嫩葉紛披歌袖緑，芳叢髣髴舞衫紅。英雄淚盡秦關外，月夜魂歸楚水東。吕穢戚冤成底事，也應一笑付春風。

易州趙象菴栻號菊隱中書持圖索詩因次蔣簡圃農部韻二首

晚香亭子鳳城陰，修竹翛翛接茂林。北苑臨摹三徑小，南垣位置數峰深。人如菊淡何妨隱，客有花緣取次尋。新著頭銜殊不俗，一籬秋影映朝簪。

一官京雒苦吟身，上下斜街幸接隣。洒脱名場須我輩，寂寥陶後有斯人。難忘月白風清夜，記取霜寒木落晨。花若有情應首肯，相逢知己倍精神。

戊寅上元後二日喜楊復莽至寓口占奉贈

落燈時節春猶淺，訪我來尋接葉亭。接葉亭在爛麪胡同。十載心知誰聚散，三年宦跡尚飄零。君銓選需時。談深不覺窗升月，坐久相看鬢有星。書法縱横詩格健，邇來兩眼爲君青。

潼關

百二雄關據上游，曈曨曉日淨高秋。西瞻華嶽三峰竦，東下黄河萬古流。幾代興亡爭險要，五陵風雨暗山邱。即今玉塞烽煙息，吏卒閑閑倚戍樓。

咸陽懷古

西風禾黍滿平疇，憑弔偏增異代愁。野草幾經秦苑雨，暮煙遥接漢宫秋。迴思煊赫車千乘，誰問荒凉土一抔。惟有便橋清渭水，滔滔兀自向東流。

自六盤至隆德作

淒風冷雨瓦亭關，策馬千峰翠靄間。按驛遄行萬里路，穿雲飛度六盤山。詩因出塞聲彌壯，學到知非意自閒。野宿渾忘身是客，宵來猶夢點朝班。

涇陽驛

逐日鈴聲聒耳邊，離家兩見月輪圓。重巒疊嶂涇陽路，冷雨淒風隴右天。歷鍊寧非天意厚，量移況荷主恩偏。新詩百首書蠻布，相國風流五十年。吾鄉紀文達公《烏魯木奇雜詩》百六十首，作於庚寅歲，即我生之年也。

江城晚眺

山正當門水繞莊，數株垂柳半踈黃。雲歸衆壑飛殘雨，鴉返前林閃夕陽。晚種紅蕎猶被野，新收青稞未登場。不因番語車邊近，錯認他鄉是故鄉。

武威驛重陽

說到登高亦等閒，西來無日不躋攀。清憐莊浪河邊水，雄愛平蕃縣裏山。幾處黃花霜後瘦，一林紅葉雨中殷。恩波自不分中外，醉飲茱萸出玉關。

猩猩峽

亂峰缺處戍樓明，知是軍台百里程。峽口誅茅招客住，岡頭累石引人行。雲飛大漠寒無影，雪墜穹廬夜有聲。誰向中宵歌水調，關山一曲動鄉情。

由苦水至格子煙墩過戈壁

格子煙墩百四程，裹糧攜水且宵征。輪臺萬里沙無際，戈壁千春草不生。客爲思鄉憐月色，詩因出塞帶邊聲。東歸也是爲農圃，不敢辛勤怨遠行。

過天山宿松樹塘

山南峭壁翠横天，山北盤空鳥道旋。下馬番人尊鄂博，番人積石成堤，歲時皆祭於此；遇之下馬必拜，名曰鄂博。從軍羈客過祁連。青松秀拔千峰頂，白雪深埋太古前。坐徹寒宵渾不寐，一丸涼月爲誰圓。

曉行南山口

八千里外紀郵程，撲面寒風向北行。亂我鄉愁惟月色，攪人旅夢是雞聲。車輪壓轍冰紋裂，蹄鐵登山石火明。莫笑書生太寒儉，也堪磨盾賦西征。

戊寅十二月恩命賜環喜而有作

聖主如天萬物春，用東坡句。不將讒語罪孤臣。即今西戍無多日，便得東歸有幾人。會拜金雞辭遠塞，好依木佛説前因。海陽雲樹欒溪月，一卷殘書一釣緡。

山行即景

舍車而步更支筇，旋轉如螺嶺數重。來路錯疑爲去路，後峰轉認作前峰。危橋跨澗難容足，奇石凌空欲壓胸。一角紅樓天半出，回頭又被白雲封。

途中漫興

經年塵海作勞薪，絶域奔馳亦夙因。三月鶯花隨逝水，五更風雨惱歸人。故園別久青山在，明鏡朝看白髮新。惟有吟懷差勝昔，翻因爲客得閒身。

五十年華轉瞬同，浮萍泛梗任西東。迴看隴阪如天上，重對秦川似鏡中。芳草有心終戀雨，落花無語但隨風。茫茫前路誰知己，著手成春付化工。

牽牛花上樹頭開内子語也因足成之

疏畦築圃任安排，鴨嘴親攜手自栽。逐馬丹參別名藥從盆内種，牽牛花上樹頭開。別無經濟堪酬世，亦有兒郎佐舉杯。小坐豆棚消溽暑，休教襁褓欵門來。

泊五龍口

葦塘夜泊風蕭蕭，卧聞大魚東西跳。驚濤撼夢夢斷續，急浪擁船船動摇。皎皎漸生海口月，微微欲上津門潮。丁沽網集足蝦蟹，會須泥飲停輕橈。

撥悶

杏花掩屋柳遮樓，潑眼韶光散客愁。小圃分畦攜鴨嘴，晴窗洗硯寫蠅頭。閒看世事如棋變，靜覺年光似水流。熱宦冷官憑一笑，此心久已作虛舟。

重赴深州

出門春色未闌珊，兩月征途任往還。舊蹟重尋鴻爪外，新吟偶得馬蹄間。鞭絲緩漾風前絮，林影晴開雨後山。掃榻故人應我待，聊將鉛槧寄餘閒。

擬禁體詩

春花

菁華不自藏，天亦工柔翰。一部大文章，其初總絢爛。

春鳥

本非不平鳴，天機自可喜。美哉戴公言，借以砭俗耳。

春草

點綴放白羊，難免白羊食。何如明道窗，不改青青色。

春柳

章臺多冶遊，灞橋遭攀折。不受紅塵欺，長依陶靖節。

春山

千古不易方，終朝對几席。幻作文君粧，簇簇眉峰碧。

春水

濠上觀魚心，别自有其樂。溶溶明鏡中，金鱗時一躍。

春雲

當其出岫時，不是無心者。膚寸起泰山，爲霖徧天下。

春雨

望杏復瞻蒲，待澤人已久。慰得三農心，帝力亦何有。

春月

夏多暑氣蒸，秋冬太孤孑。光潤而神融，對此心怡悦。

春風

梅花迎君歸，楝花送君去。吹噓遍大千，來去渾無跡。

垂釣

郭外斜陽柳外風，游魚潑剌碧波中。一竿挑動玻璃影，水底霞光千丈紅。

雨中萬壽閣望華

倚欄縹緲望三峰，玉女盆傾雨氣濃。一幅畫圖天際展，倒垂雲海浸芙蓉。

宿沙井

屋後河流連枕動，階前雨點徹宵鳴。燈殘酒渴夢初醒，喔喔晨雞四五聲。

永昌逢賜環人

一條驛路兩班情，君是歸程我去程。畢竟皇恩無彼此，露雷風雨荷生成。

嘉峪關

沙磧茫茫黑水環，長邊盡處峙雄關。夜深一片城頭月，分照華夷兩界山。

惠回堡即目

赤金西去盡荒原，但有流泉即有村。禽鳥也知人氣暖，棲鴉爭樹繞柴門。

玉門寄内

平安兩字寄君知，飲酒觀書亦賦詩。偏是玉門關外月，便從初夕畫蛾眉。西域地高，初夕即見纖月。

哈密

一城如斗控西邊，歲轉軍需萬億錢。唐代吐番今赤子，百年久已靖烽煙。
城南紅柳碧條纖，城北青山翠撲簷。怪得深宵涼似水，月明積雪壓峰尖。
東陵佳種舊誰傳，臘月長安始進鮮。水色澄明沙性暖，綠畦一帶種瓜田。

烏魯木齊

雲山一派瀉甘泉，滿漢城分列市廛。三十六屯民樂業，渾忘雪地與冰天。城東博克達山三峰入雲。滿漢二城相距十里，中隔大溪。水甘土沃，繁富甲於關外。
縹緲三峰列玉屏，卷簾積翠落空庭。寒雲老木依然在，誰問當年秀野亭。坤同知所建秀野亭，今已久圮。
創田不恃水泉澆，萬頃雲連益富饒。人事既興天運轉，居然春雨長禾苗。歲或不雨，惟恃雪水澆田，故紀曉嵐先生詩云『頭白番王年八十，不知春雨長禾苗』。今則春夏之雨漸多。民有旱田矣，俗謂之創田。

晚次秤鈎驛

朦朧月色路迂迴，纔到山巔忽水隈。身在險中渾不覺，回看已過大山來。

客中送春

千紅萬紫各嫣然，慰我東行意可憐。底事臨歧無一語，再相逢又隔明年。
偏是春歸我未歸，客中作别倍依依。萬花似感東君意，無數殘紅傍馬飛。

歸途見尹乂庭和韻因答其意

偶然疥壁笑踈狂，慚愧詩人有和章。聖主從來恕言者，去年遷客已還鄉。

硤石驛

兩崖壁立勢崚嶒，怪石撑途馬怯登。手拄危笻斜戴笠，一天風雨過崤陵。

洛陽古塚纍纍相望感而賦此

城郭依然枕北邙，荒原古塚盡侯王。可憐片碣無存地，春鳥秋蟲弔夕陽。

盧生祠題壁

蘧然一枕午陰移，歷盡繁華已覺遲。畢竟神仙能解脱，世人翻羡未醒時。

塵夢何須問假真，鴻泥重印總前因。余以髫齡過此，閱今已四十一年矣。歸家飽喫黄粱飯，便是羲皇以上人。

題丁大夫人尚拙詩集

謝才桓範兩堪師，喜讀蘋秋絶妙辭。夫人居蘋秋書室。俗豔全删真格出，梅花位置可相宜。集中《梅花詩》甚佳。

有弟眉山一代雄，夫人即船山先生之姊。蹔輪今更見良工。雪泥鴻爪懷人集，持較宣文拜下風。

舟行雜詠赴津門作

水宿風餐不計程，緑楊垂處繫舟輕。夢回篷背廉纖雨，錯認蕉窗數點聲。

淀河風景似江南，小小瓜皮坐兩三。一樣熟梅好天氣，秧針抽碧水拖藍。

一痕清淺没魚梁，小雨初晴麥欲黄。旗腳翻風帆腹飽，隔林風送棗花香。

家家門泊打魚船，網得河魚不值錢。七十二沽通海路，蒼茫何處覓桑田。

◎李吏部恩綬

恩綬字來軒，號定山，灤州人，漢軍旗籍。嘉慶辛未進士，由庶常改官吏部文選司主事。著有《朗齋詩草》《閩游小草》。

哺雛吟偶步檐間，見雙雀穴瓦哺子，往來無停，予感之爲賦

哺雛兮哺雛，更迭如追逐。雄者甫往焉，雌者旋已復。問爾欲奚爲，唯恐歸不速。不速可奈何，痛哉飢兒腹。朝銜草上蟲，暮啄空倉粟。祇求長吾兒，遑計身僕僕。幾時羽翼成，兒成即吾福。此意良足哀，誰解汝衷曲。但虞轉瞬飛，未必能汝畜。

有感

迂拙不必效，流俗不願同。吾自行吾素，遇事輒返躬。忍將直道民，一試機械工。世乃鮮解人，轉疑矯過中。溺惑難户説，使我心怦怦。安得入荒陬，行行山水窮。犬吠見人家，熙皞多古風。

除夕同舍弟純仁緒之東雲作

雪後輕寒旅思牽，爐中炙炭暖無煙。燭輝炯炯酒盈缶，斗柄摇摇星滿天。卅載追維傷往日，四人相對已明年。春光莫遣隨流水，好向長途共著鞭。

生公講臺

生公去虎邱，花落鳥聲休。空有臺前石，無人令點頭。

絶句

送上早潮魚白白，曲連遥浦柳青青。鶯聲果否留春住，攜得雙柑坐短亭。

白月横空江萬里，青山遥對樹千村。芳洲杜若今仍在，無復襄陽楚客魂。

◎張明府焜

焜字曜南，號闇菴，昌黎人。嘉慶辛未進士，官雲南永平縣知縣。

迤西路

故鄉渺冀北，新任赴迤西。一條亂石路，萬里層雲梯。夷險身所值，寒暄候不齊。曉月數人逕，晨霜記馬蹄。重裘有時寒，涼蔭忽欲栖。趨下懍淵深，陟高覺天低。晝行犬亦吠，夜宿猿每啼。相逢無一識，問途還自迷。感慨念知己，熙穰皆蒼黎。蒼黎何所托，春日草萋萋。

◎石明府煦

煦字曉田，灤州人。嘉慶癸酉科拔貢，官荆州府松滋縣知縣。

送本郡伯長樂梁茝林先生即題七子賦詩圖後

政績隆三楚，恩綸沛九天。豸冠新寵賜，虎觀夙精研。客歲清和月，樞臣爰發年。公由軍機處特承簡命。清才出華省，福地迓星躔。澤國風初布，江城德徧宣。保民先導水，公疏沔、監積水，指授方略，並捐助千金。弭盜更巡廛。公整飭捕務，常深夜出巡，盜風頓息。判牘勤丹筆，荆郡獄訟繁積，公下車甫閱月，牘一清。興賢助俸錢。壬午秋試，捐廉爲士子贐。慈心真似佛，雅度總如仙。屬吏推誠待，寅僚雅意聯。公以誠待人，僚屬無不敬愛之者。即駐防城中，自將軍、副都統以次官弁不下百餘人，亦無不齊聲稱盛德。樗材蒙謬賞，駑足轉加憐。頗許芻蕘獻，公明無不照，而虚衷下問，常若不足。相期柱石肩。春風容久坐，化雨本無偏。不薄風塵吏，如栽弟子員。煦蒙訓誨，不啻師徒。龍門方幸托，鴻羽已高騫。濱海資雄略，中朝識大賢。河隄須保障，州府望軺輧。燕寢留香篆，驪歌動綺筵。一琴隨處好，萬卷壓裝便。公行橐無多，惟載書至數十簏。眷愛情如見，賡酬句許傳。身應隨轍卧，心已共旌懸。棨戟看前導，帡幪結後緣。離懷逐江水，極目望淮壖。贈策徒煩爾，回舟共黯然。不才感知遇，建節佇公旋。

永平詩存卷十一

樂亭史夢蘭香厓編輯
昌黎崔樹寶子玉參校

◎王廉訪瑞徵

瑞徵字甫田，號紫瀾，撫甯人。嘉慶甲戌進士，歷官貴州按察使。著有《滇黔吟草》。

《止園詩話》：王紫瀾廉訪有折獄才。官刑部時，訊斷明決，獄無留滯，人呼爲王一堂。蔣礪堂相國亟器重之。詩才清麗，不染浮囂。佳句如《桃園縣夜行》云『翠堿臨風樹，青肥飽露禾』，《邯鄲道中》云『寒鴉爭繞樹，倦馬屢窺鞭』，《舟中早起》云『露横江面白，天壓樹頭青』，《襄江》云『漢皐人遠空啼鳥，峴首碑殘有牧牛』，《舟中不寐》云『臨波捲幔窺星近，背樹開窗受月明』，《夜泊》云『野寺鐘聲來伏枕，隣船燈影透行窩』，《常德道中》云『芳草緑肥宵露重，遠山青暗夏云封。船迎渡口人聲雜，燈過堤頭樹影重』，《泛舟近華浦登大觀樓遠眺》云『流水聲中船載酒，晚禾香處客登樓』，《渡烏江》云『兩岸危峰攢碧落，一江秋水捲黄沙』，《修文縣道中》云『金黄半染桐油樹，粉白平鋪蕎麥花』，《登黄鶴樓》云『帆檣亂攬雲烟碎，江漢奔流天地忙』，俱足嗣響唐人。

飛雲巖貴州道中

女媧煉石補天漏，五色斑斕石如繡。餘石化爲朵朵雲，飛落人間集岩岫。岩岫層層曲蹬連，别開仙境聳危顛。赤白蒼黄相掩映，結作琉璃影倒懸。懸來箇箇大如斗，奇形詭狀靡不有。將墮未墮呼吸間，風前不敢頻仰首。其餘四面各玲瓏，凹者爲窟凸爲亭。鏤金錯綵堆古器，光怪陸離森落星。中間湧出蓮花臺，大士莊嚴生面開。卓立上方屹不動，遥向南海望蓬萊。蓬萊縹緲在何處，此山隨意堪遊豫。須知是山即是雲，但願飛來莫飛去。君不見積翠排空百尺松，之而鱗甲蟠蒼龍。又不見白練條條垂瀑布，半天冷雨繞晴峰。

即事

山川仍楚國，風土紀荆州。野岸飛沙鳥，清溪卧水牛。女郎多戴笠，童子解操舟。竹裹茅簷在，人家古渡頭。

順風

鳴蟬聲不斷，一棹下江頭。順水搏飛鷁，乘風逐遠鷗。岸容疑倒退，帆影自中流。前路頻相問，停船第幾洲。

新店驛山行遇雨步容堂比部原韻

禱雨鼓聲消，甘霖降九霄。塵清山洗面，風裊樹彎腰。美潤霑花萼，奇香釀藥苗。新晴雲未斷，隨處撲征軺。

白霧洞在沅陵白霧岩下

直上數千尺，南來第幾峰。此巖名白霧，有洞對青松。磊磊石如砌，蒼蒼烟自封。箇中誰得入，疑是古仙踪。

臨洺道中即景

策馬出洺關，燕南趙北間。遥村惟見樹，斜日又依山。面與朔風敵，心隨高鳥還。板橋經過處，羡煞水流閒。

郵亭早起

長夜客無寐，侵晨衣有稜。吟情濃似酒，旅況冷於冰。聲斷重門柝，光殘一穗燈。主人應識我，七度舊行縢。

邯鄲道中盧生祠

盧生祠畔説前因，一枕黄粱事已陳。富貴無非身外物，神仙也是夢中人。萬千劫後都成幻，四十年來錯認真。試問古今名利客，誰能醒眼看紅塵。

功業文章事事真，分明一代棟樑臣。誰言夢裏皆虚境，乍覺醒來是後身。石證三生多變相，丹成九轉幾仙人。我今亦作邯鄲客，空飽黄粱四十春。

武侯故里步蓉塘比部元韻

嵩高毓秀將星臨，諸葛勛名冠古今。六出已寒司馬膽，三分未了卧龍心。江山西蜀煩籌筆，風雨南陽憶撫琴。指點草廬何處是，漫將俎豆託清吟。

夏日夜行步容堂元韻

一鞭殘照下樓台，又是郵程次第催。送我清光宜趁月，破他伏暑喜聞雷。雄關雉堞排空起，遠戍雞籌入夢來。底事停輿香滿袖，水邊亭館有花開。

山程夜發

嵐氣氤氳夜氣俱，行人行處總模糊。峰巒擁擠天疑窄，澗壑縱横路欲無。樹裏穿來燈影亂，雲中放出月輪孤。泉聲蟲語如相答，直送前旌到坦途。

登黄鶴樓

滚滚長江一帶横，武昌城對漢陽城。群山翠向層樓湧，萬户烟隨夕照平。豪傑勛名流水去，神仙蹤跡片雲輕。登臨不爲招黄鶴，遠樹閒花自有情。

滹沱河懷古

風捲濤聲萬馬過，金湯險要此滹沱。於今渡口烽烟静，當日沙場戰骨多。祭配黄河先玉帛，冰扶赤帝定干戈。漫將逐鹿誇前事，千載興亡總逝波。

春夜

自煨鑪火試新茶，小閣書聲祇一家。坐久不知更漏盡，滿庭明月讀南華。

◎陰學博振猷

振猷字子翼，樂亭人。嘉慶丙子舉人，歷官復州學正、平山教諭。著有《庭訓筆記》《女士奇行傳》《亦愛吾廬詩文集》。

《止園詩話》：陰子翼先生少孤，伯父景韓公嗣爲己子。氣體素清弱，而嗜書不輟。年十六七，喜讀哀豔之文，塾師雖數規之，若性成然。作詩文務爲奇博。以《周禮》有奇字一刻，因旁求諸經，集五經奇字若干，自加詳註，殆欲兼子雲、侯芭之學。爲諸生，受知於學使吴健菴、杜石樵兩公，試必優等。丙子捷於鄉，後入會闈，屢薦不售。筮仕初得復州學正。其地方行蓋州票，以空紙取物，農商俱困。乃作書數千言，向蓋令極陳其弊。蓋令深然之，出示嚴禁，積弊始革。訓誨生徒，文行兼重。著《女士奇行傳》，以表彰節義。砥礪廉潔，振拔單寒，復之多士咸愛戴之。在任六年，以丁内艱歸，服闋，又選得平山訓導，甫抵任，遂卒於官。賦古服勁裝，不沿時調；詩好作昌谷語，其豪宕詼譎處時有冰柱雪車風味。

感遇

抱影吟中夜，幽思與夜永。皓月照空梁，光砭肌膚冷。花枝顫涼颸，動揺無定影。側耳聽蟪蛄，喞喞弔馳景。
臨渴而掘井，掘井計已窮。九仞不及泉，況復輟其功。蟻封知陰雨，枯枝生天風。沈幾坐觀化，我心怦以忡。
適意鏡中花，癡人竟作真。如何靈臺鏡，闇淡著緇塵。我觀秋霜飛，緑籜抱青筠。墨池與雪嶺，其權不在人。

芟木莫芟棘，芟草莫芟臼。芟臼臼刺衣，芟棘棘傷手。蕭瑟西風起，搖落理難久。待看采樵人，斬伐計自有。

虎爲百獸尊，誰敢觸其怒。么麽封城狐，玩之無所怖。接武過林莽，朝朝復暮暮。引入陷穽中，至死仍不悟。有欲皆可制，此理誰復顧？

先聖垂遺訓，因不失其親。舉世皆知己，形骸亦路人。故我已澌滅，何辨越與秦。努力告君子，夙夜懔惟寅。

洗兒詩有引

甲申七月己卯，舉第四子。又翼日，僕婦捧浴盆於牀，爲洗三也。撫首咳而名焉。忽憶髯蘇『養子望聰明』之句，俯仰棖觸，悄然不自知其悲從中來也。用託毫素，感而賦此。

青瓷漾井華，雲影穐羅縠。呼婦來洗兒，褓開解幅幅。肥白把如瓠，漆黑髮如暴。膚滑不留手，徹底紅映肉。啼聲滿四隅，捧水初盈掬。一洗洗兒口，再洗洗兒目。生垢銘記三，發機塵戒六。再洗洗兒手，當柄毋伸縮。再洗洗兒足，當污莫踐蹴。周身洗之徧，使兒浴兼沐。恨無洗心方，有手空櫚【二】漉。告兒以庾言，權作長生祝。汝父一措大，死書空百讀。妄冀成幹人，負氣爭馳逐。見笑小夫智，曳輪遂脱輻。緣茲且學癡，愛廬誦抱璞。可惜十年心，減彊轉添木。歲壯髯如戟，氣衰鬢已秃。鵬扶畏雄飛，蛛拳甘雌伏。出門染惹多，入世挂礙簇。放眼望九垓，雲山徧川陸。莫因世味惡，纔來便長哭。語兒事寬然，期兒非茀禄。名場競傾軋，利藪逾踖踧。不如作閒人，抱中自守獨。村外數畝田，歲歲能望熟。架上千卷書，日日不廢讀。早完太平税，閉户休出屋。留我青箱氊，禦窮亦旨蓄。縱然長菽水，殊勝長匍匐。其人真能庸，任他笑鹿鹿。此外毋多求，求多更不足。從來分外物，得遲失卻速。更遭神鬼瞯，奇禍來閃倏。世間難了事，有力長空戮。天垂圓似甕，人正居中覆。呼透此中音，千古有幾族。隨緣且自了，亦須立如矗。來是赤條條，去亦淨淥淥。還此清白身，一笑返初服。思此地與天，沕沕復穆穆。洗兒因語兒，語餘心觫觫。

校按：【一】『㰐』疑爲『獨』之誤。

山家

柴門枕流水，危橋通略彴。四顧闃無人，雞犬戲籬落。鐘磬發清音，泉石鳴澗壑。淨目豁遠心，解衣獨盤礴。

秋杪王祐堂招遊九蓮菴

浮生苦塵羈，良辰快尋勝。況多素心人，佳境相持贈。奕奕妙蓮花，久與心香證。子弟亦復佳，各有探奇興。屐影印蒼苔，掩映入曲徑。

題張春亭織素圖

羲馭碾冰流素影，蟾車軋露迷圓景。霜風著力撲深閨，機絲欲僵垂素領。手挽天孫成報章，萬緯交錯雙梭忙。十二樓開紫府曙，錦雲燦爛難裁裳。冰絲皎晶藕絲輕，春絲柔韌秋絲生。絲絲無力愁絲斷，千頭萬緒一絲成。絡緯啼秋促織徙，壁燈無燄紅花紫。空閨無處著柔情，夢逐殘絲撲天起。

題史書莽所畫深山高隱圖

長嘯四顧心茫茫，爲君慷慨歌數章。手披此圖極目望，是何境界嘉且臧。遠山一抹雲欲翔，近山高插散平岡。遠山近山色蒼蒼，中有茅屋三間强。前蔭榆柳後垂桑，其間恰有圃與場。追呼不擾世相忘，雞犬歲月亦舒長。此中高卧樂羲皇，科頭散髮束衣裳。秋穫春耕自在忙，兒癡婦蠢正不妨。束袴纐縢振兩襠，我欲從之道阻長。惄如愞如幾恇懹，爲之把卷心悵悵。阿誰大笑指其傍，標題原是無何鄉。

陽山極巔

鬱鬱危峰石，層層太古苔。横空盤野馬，浩氣接中台。絶塞平沙迴，孤城畫角哀。憑高一晞髪，長嘯暝雲開。

過楊霽溪墓

已苦煩車馬，蒼黄日又曛。秋風悽斷鴈，衰草泣孤墳。天外誰憐我，雲中若有君。殘霞迴望處，鳶鶩正紛紛。

睡起

昏昏一枕睡，兀坐閉柴關。大夢何時覺，浮生鎮日閒。臨風晞緑髪，對鏡惜朱顔。薄暝望松際，煙雲正滿山。

春日客都中雜感

小住隨緣是處同，偶來寄跡梵王宮。心閒地僻詩情瘦，風靜簾疎夢境空。未許成藍誇出隊，且將守黑抱虛衷。豔陽天氣春如許，多少遊蜂撲亂紅。

我自平生愛我癡，敢將智慧說乘時。諦觀世事堪搔首，莫詫時人盡相皮。塵暗風飛長滾滾，閒雲野鶴任遲遲。夕陽西下殘春盡，獨立蒼茫自課詩。

少年意氣愛輕肥，走馬京華悟昨非。有客纏綿魂欲斷，幾人顛倒醉扶歸。樓臺月暗迷行館，城闕春深泣令威。王謝舊堂何處是，呢喃語燕正交飛。

敢說從來與世疎，懷歸吾自愛吾廬。篋箱有藥三年艾，祖父傳家一卷書。春老金臺桑柘暗，夢回角枕夜窗虛。幽思無限著無處，杜宇聲聲倍警予。

秋日感興

默對紅絲硯，孤燈坐寂寥。秋心如春柳，踠地一條條。

涼颸襲人衣，襟袖軒軒舉。起立望閒階，不知秋幾許。

復州絶句

淒迷雪影上窗紗，起立空庭涼月斜。鬱鬱此中正無限，借誰丈六鐵琵琶。

路出遼東意欲迷，幾番魂夢過遼西。一庭明月滿園樹，陣陣昏鴉來去啼。

題史書莽所藏畫册

宫人入道圖

歷盡閻浮夢醒纔，憑君元鑰叩關開。鉛華洗卻風流在，蝴蝶聞香又趁來。

茅屋讀書圖

長安市上群相馬，長安道上亂爭春。萬山影裏三間屋，中有科頭把卷人。

鍾山瀑布圖

兩條懸瀑挂晴嵐，積水澄空萬象涵。一自降幡流絶唱，斷腸春色在江南。

◎李明府昌舒

昌舒字坦齋，號伯度，遷安人。嘉慶戊寅舉人，官甘肅合水、環縣知縣。著有《挂雲山房詩草》《西行草》《西行續草》。

《止園詩話》：李坦齋明府，春卿孝廉長子也，出嗣於伯父敬敷公。蚤歲讀書，即以文章與名輩相馳騁，風流儒雅，時譽歸之。嘉慶辛酉，拔萃於學，至戊寅始舉鄉試，時年四十餘矣。道光丙戌大挑一等，以知縣分發甘肅，瘠省也；而君需次權篆合水，尤瘠之瘠者也。地磽俗陋，君一不鄙夷之，誠意感孚，如家人父子。租賦比不登，捐俸代民完欠。積串票至數千百，念存之後必有執以取償者，而畸零小户處多僻遠，又不能家至而手付也；既去任，乃火之。丁嗣父憂歸，服闋，以本生母春秋高，遂請終養。晨夕承歡，怡怡愉愉。暇則從事筆墨，格韻益高。居數年，養親事畢，補甘肅環縣。環之瘠猶合水也，而君若不知其瘠也者，惟汲汲焉務盡其職。間或發爲詩歌。每於民依民隱，三致意焉。嘗大旱，禱雨不應，免冠徒跣，稽首城隍祠，爲文以禱；且責神共爲守土，當救民。已而取鎖與神並繫。越日不雨，君大慼曰：『令與城隍罪深矣！』命取械，當共神荷校以禱。民環泣叩頭止之。是夜大雨霑足，歲則大熟。君之始至環，米斛三千，至是斛五百。君慮穀賤傷農，乃買穀填倉。明年夏霪雨，水大至。君跋涉泥塗，突冒風雨，爲塞決漏，修堤堰，民倚以安立。以五成報災，上官屢駁之，君堅執不移。而爲郡守所改報，君往力爭之，不得。素積勞瘁，意復抑鬱，遂感疾以没。方是時，議清隱田，官吏承風旨，以多報升科爲功。君不肯，止報五頃，曰：『無矣。』而合水已報五百頃。使者督君令再報，繼之以怒，君不應。民有惑於繼妻，而迫其前子孀婦改適者。成訟。君召民訓飭勸導，手書一聯諭之曰：『莫聽花底鶯聲巧，應惜簾前燕影孤。』民大感愧，媳節以完。環人少文，有張生、李生稍可造，召之署中，飲食教誨之。其切於成人材、振文教，蓋猶春卿公遺規也。君書畫久爲世所珍。作詩最服膺於袁簡齋《答沈歸愚論詩》二書，故所造亦近乎此。

讀書偶感

腐儒慣坐論，動詡具眼隻。是非在千秋，雌黄任几席。一部廿二史，吹毛無完璧。兼之門户判，深文恣刻覈。豈知設身處，尤悔更叢積。朱陸在當時，未聞相乖剌。何哉王文成，群敢異端斥。天不盡管窺，海未許蠡測。矮人觀戲場，好醜竟何得。所以嗜學人，虛懷泯忌刻。讀書萬卷破，交遊名流即。那知眼界寬，寸心愈歉仄。雲龍肯隨郊，頭地讓出軾。何哉大樹撼，不量蚍蜉力。

入冬頸患癬甚劇畏風居内室月餘作此遣悶

我昔有私願，欲乞玉皇監。黄楊厄閏多，敢幸免灾難。寧甘病十日，莫要瘍一旦。咄哉造化兒，區區不余便。我身非洪爐，風火恣鼓煽。延頸作奇癢，如沙糝領緣。可憐不毛地，牛皮裁片片。非寒粟起多，無蝨手捫徧。爬搔雙爪疲，麻姑何處倩。認是皮膚疾，勿藥當有閒。那知久漸潰，養癰成大患。敝裘重不勝，狼藉膿血蘸。剥膚灾痛鉅，難作强項漢。勢急尋扁和，良方總不驗。狂寇未成禽，妖氛更四竄。旁侵兩顴腫，仰攻雙目眩。壯士背盡裂，上客額全爛。膏試狼巴拈，藥勤獺髓换。塗抹無隙地，五色丹青絢。攬鏡時一窺，形穢自生厭。無聊學處子，閉門絶客見。毛孔空穴張，避風如避箭。孽作當有由，静觀且息念。從來外禦侮，必先内應斷。流言不即誅，斨斧徒激變。是用内證求，温凉劑早辦。伐毛先洗髓，將軍利决戰。服大黄數裹，小差。徐徐滌舊污，還我本來面。

靈寶溝

峻嶺界秦豫，純土石不見。何年五丁開，通衢往來便。兩岸夾深谷，壁立仞且萬。一溝往復回，羊腸九折變。我來乘曉行，上坡輪踠健。月影忽透入，仰望天一線。人馬喘甫定，陡下傍絶澗。長河横其前，側視爲掩面。臨崖二分趾，險極股欲戰。兢兢髮膚愛，冰淵敢或慢。如何蹈危者，儌幸膽力炫。

題張仲岳種藥圖

世人愛牡丹，買脂寫妍媚。芍藥號花相，色香居其次。胡爲情獨鍾，耽此婪尾植。披圖春滿眼，艷不競富貴。花以藥爲名，栽培靈根異。董仙杏成林，商山芝滿地。先生曲江裔，金帶記花瑞。良醫同良相，功德豈有二。聊託生春手，長存活人意。

初抵環縣作

已仕而患貧，鄙哉原可耻。所遭盡瘠土，賠累竟何底。我昔宰樂蟠，臣心淡如水。甘肅相傳苦缺，有

『合水真喝水』之語。今爲環江令，水乃缺甘美。連歲苦旱荒，米價明珠抵。十室九懸磬，逃亡兼餓死。存者形同囚，鶉衣弗蔽體。近縣尤可憐，城郭無完址。巷空車馬塵，路斷冠蓋里。破屋與頹垣，蕭條人煙幾。我來宰斯土，救荒政難已。減價議平糶，倉儲空如洗。那能無米炊，束手事中止。民窮吏更苦，目慘顙有泚。黽勉待有秋，積貯再圖始。

每公暇，飯後緩步東角門外，拾瓦礫運填土坑。往返數四，飲食消化，血脈流動。日久所填漸平。此亦陶侃運甓遺意，賦此自嘲

人生血肉軀，勞逸忌偏勝。五官各有司，宴安亦致病。古賢分陰惜，習勞筋骨勁。胡爲學坐禪，寂滅僧入定。是翁豈自苦，利名無所競。區區手足力，事仿陶士行。爲語彼侏儒，飽死非正命。

自箴

最難有司官，理煩更治劇。精神少不給，叢脞百事誤。蠹役與奸胥，窺伺目常注。舞文神可瞞，假威虎慣怒。詐財富苞苴，索賄恣禁錮。閭閻荼毒深，長吏蔽不悟。讌飲賞花開，簫管聽曲度。摴蒲兼手談，長日坐銷去。詩畫豈不雅，志紛無用處。所患閒情耽，公案置弗顧。宵小得乘隙，欺罔用多故。事敗咎有歸，白簡那輕恕。寄語爲治者，鳴琴未易慕。

漫興

環邑處山僻，犖确途畏行。千巖亂壅擠，萬壑紛縱横。如何宇宙寬，不容沃野耕。或云子毋怪，取譬人之形。人身小天地，燥溼無殊情。血氣所灌輸，肌膚自能榮。一息有不到，變態失其恒。結核與瘻瘤，患由積聚成。又或病曲背，支離疏可矜。五官少全具，吻鴂更目盲。大塊亦有然，流謙而變盈。秀氣失磅礴，高下皆谷陵。是豈地所願，瘡瘍偶見徵。我欲覓神醫，一療坎坷平。偏搜開山術，青囊無此經。

紀事

嘉慶十年六七月，紛紛閭巷騰物議。爲有奸宄肆奇衺，下令收捕趣長吏。列名萬有四千衆，餘者尚難屈指計。重則棄市輕謫戍，鼠竄那容遠引避。婦孺伎倆劇可憐，縛上檻車空灑淚。我聞白蓮教，猖獗明天啟。山東徐鴻儒，聚衆圖不軌。首逆當時雖伏誅，遺種於今孽未已。造作言語煽妖氛，僭擬名號干國紀。無稽更爲經讖傳，義意荒唐語粗鄙。矯誣鬼神飾福禍，射利斂財富包匭。入教者給以靈符寶卷，謂可免劫。又每人責納錢一千六百，謂之骨頭錢。一傳之十十傳百，功德遂謂恒河抵。闡會廣開大道場，法鼓齋鐘聲振耳。俚俗趨如附火蛾，男女雜坐錯舄履。所奉非釋亦非老，名附道流實甚詭。異端歧之而又歧，祇覺原道本論前人意計未到此。吁嗟民無知，荼苦甘如飴。往者秦蜀剿賊日，曾經案治非種滋。左道亂政有厲禁，孰許舍此康莊馳。蔽深竟類尾橋守，洪波可蹈心難移。心難移，介於石，用乖其方良可惜。何不移此道力堅，上追周孔遵六籍。由來邪正辨，感人深淺異。正言入淺邪入深，振古如茲成定例。

荒年歎

我不能爲杜陵廣厦千萬間，大庇寒士皆歡顏。又不能爲紫陽社倉六百斛，偏哺飢民盡鼓腹。眼觀采蔌爲羹，淅糠作粥；餅餌土蒸桑葉乾，糗糧水煮榆皮熟。八口併日供一餐，又愁來朝缾罄無餘蓄。

東家告急西家罄，十室九空貸誰應。遂使蒙袂徧道塗，具食黔敖亦云病。嗟予空抱杞人憂，惟學豚蹄祝有秋。那知秋來物價更騰貴，斗米珠償一斛費。

題馬退叔十破便面

萬事喜成常忌敗，何物丹青工作怪。秦廷休將完璧珍，周禮且抱冬官愛。不寫十全寫十破，生面無鹽工刻畫。筆墨游戲入非非，拉朽摧枯恣狡獪。書蝕半字扇半角，尺素瑶函半内外。更有舊文並舊帖，詞章割裂紙反背。色色精妙肖絲毫，拉雜文房齊入繪。云是退叔才子筆，馬遠源流開異派。圖成便面寄友人，意匠經營别有在。由來缺陷天待補，鍊石媧皇傳往代。籀史文幸石鼓存，洛神賦惜玉板壞。但能嗜古廣搜羅，斷碣殘碑皆不棄。何況成毁無定論，與爲瓦全寧玉碎。我爲題詩當解嘲，賞奇從今開眼界。

哀絃曲爲張烈婦詠並序

烈婦南皮世家，適張，爲春碞先生子婦，琴瑟甚篤。夫病瘵死，未幾，婦亦自經。壁上繪其夫小像，非粉非墨，宛然齊眉。有女甫襁褓。春碞爲立傳，徵詩，載《哀絃集》。

凄風吹折女貞樹，血淚嘑殘向泉路。青春懶作未亡人，地下相逢鬼新故。幽明小别未經年，同穴不嗟來何暮。結褵幾載案相莊，乳燕雙雙空畫梁。腸斷趙家一塊肉，留將弱息伴姑嫜。傷心月夜孤幃悄，薄命朱顔不待老。身後誰摹並蒂花，他生自種合歡草。

烏梢嶺苦寒

狂飈撲面吹肌裂，關山四月猶飛雪。誰唱伊涼塞上歌，十指凍僵難按節。西北地高草木稀，半嶺上與浮雲齊。行人飄宕罡風裏，衣冠欲化游絲飛。我無陽春隨帍舄，敝裘不温粟起脊。欲將挾纊慰從人，自憐鼻涕長一尺。

龍尾洲

孤城夜半刁斗遽，苦戰五年無懈志。救兵乘鋭破浪來，喜躍將軍自天至。殘山剩水襄陽守，舟艫横江絶援久。重圍冒死競先登，義勇矮張名不朽。收軍始訝殞同仇，創鉅浮屍猶怒吼。入城小住思東還，蠟書乞援募水手。得報尅期急點兵，亡卒帳下去烏有。自知機泄勞無功，且復救急冒險走。郢援風水阻不前，百萬元兵到在先。衆寡不敵勞逸判，捐軀報國臣宜然。舁屍城下守陴哭，雙廟並祀人稱賢。吁嗟乎！天地生才文並武，相以經邦將禦侮。南渡將相非無人，終未偏安王業補。權奸接踵執朝政，誤國偷安和議主。稱臣割地忘復讐，閫帥立功伏鑕斧。大事已去胡虜猖，江南乾坤無淨土。百五十年殘宋局，一朝拱手歸蒙古。君不見龍尾洲前猛士死，平章穩坐半閒裏。

讀念堂詩草題贈

千金誰市骨，真賞定無譌。前輩宗風遠，君登賢書，出張船山先生門下，許接詩傳。斯人秋氣多。百篇恣跌宕，一第竟蹉跎。頭角諸郎異，差堪慰老坡。

久謝雕蟲技，今看老斲輪。浮花空色界，真氣滿乾坤。海國文明地，天涯落拓人。相憐有同病，薄宦不醫貧。

曉渡黃河

呼舟孟津北，十月落潮時。風順揚帆易，沙迴到岸遲。半生開眼界，此去壯心期。天上源非遠，終伸利濟思。

甘州道中

斥鹵不毛地，民生奈若何。五行惟土旺，四氣少春和。其地朝寒暮涼午熱，一日兼夏秋冬三候。雪壓連山遠，沙飛大漠多。那堪通絶域，不斷使車過。

合水即事

東環子午谷，北拱鳳凰城慶陽府。土削疑錐立，原高訝嶺横。千家山洞隘，民多穴居。二里賦徭輕。其先保甲原十八里，今合東華西華併爲二里，共應徵地丁銀一千九百兩，米二百三十餘石。只合廉泉飲，臣心似水清。城南山下有聖公泉，味甚甘冽。城郭葫蘆肖，形家義謂何。城北垣連山頂迤邐而下，中細，下漸廣，形類葫蘆，當初剏造，不解所謂。地偏官閥少，鄉僻客民多。樵擔朝墳市，菸畦暮灌河。農忙衙早散，門外雀堪羅。

靈武臺

突兀瞻高嶺，當年輦路長。江山經再造，狐鼠漫跳梁。國璽曾來蜀，天心未厭唐。白頭宮女没，誰與話興亡。

不信中興地，荒涼土一邱。淡煙沈瓦礫，落日下羊牛。河北妖氛熄，司徒將略優。傳聞詞每異，遺跡問靈州。考前史，靈武即靈州，肅宗即位疑在是。此臺崎嶇逼窄，難容駐蹕，縣志所云當是傳聞之訛。

輓潘立堂二首

五十年華夢幻間，病軀長夜竟漫漫。交原至契關情重，遇到奇窮作達難。殉葬篋餘千管秃，謀生室少一窩安。可知鬱鬱埋香冢，同穴移來土未乾。夫人先年病没，寄葬待遷。

質樸衣冠古逸民，卅年談讌最交親。形忘世故仍循禮，譽滿膠庠未致身。不信文章能奪命，劇憐憂患果傷人。如何到處青山好，獨少牛眠葬景純。君諳青烏術，相地多年，迄無當意。

早發正定

夢回離思繞征鞍，風物依然故國看。木葉著霜秋色麗，雲陰籠日曙光寒。界連燕趙家非遠，人説張劉蹟已殘。西望陽關渺無極，篋中頻檢路程單。

河南道中二首

一渡黄流險易分，深崖高嶺石嶙峋。霸圖漫憶中原鹿，窟宅猶存上古民。地多高原，土甚堅固，人皆穿窑以居。五十年華初閲歷，一千里路慣風塵。驅車不待雞聲曉，尚恐先鞭早有人。

巉巉硤石古崤陵，山路崎嶇鬼膽驚。窄徑恰逢車轂擊，長鞭敢任馬蹄輕。目迷南北常多障，心逐高低不放平。如此畏途人絡繹，利名牽絆苦營營。

過六盤山二首

崇岡西峙接遥天，横絶三秦隔隴川。過客雲嵐生足底，停驂日月落車前。珠穿九曲人如蟻，篆裊千盤路似煙。爲問山靈閲今古，蠶叢開闢自何年。

十萬巖巒互送迎，驚看高處倚天行。馬隨峰轉迷來路，鞭指雲横斷去程。絶域幾人能弔古，千尋徒步欲登瀛。此身已許馳驅效，肯學窮途哭阮生。

需次省垣漫興

著鞭無奈路漫漫，未熟黄粱夢已闌。人羨樓臺臨水好，我愁傀儡下場難。鈍根罔識時宜合，薄福惟應義命安。寂寞琴書身萬里，枉勞知己慶彈冠。

庚子元旦試筆

老去年華駒隙奔，風波宦海幾驚魂。未灰官燭晨猶爛，半舊宫袍夜不温。判牒暫寬旬日比，起居遥拜九重恩。三生杜牧空諸慮，佳境何貪蔗倒吞。

書懷

蒞官行政孰爲先，清慎勤銘座右編。無力充公惟節用，有情造福仗豐年。簿書莫昧心中地，冠蓋常臨頭上天。休道荒城山萬疊，從來卿月照無偏。

城郭傾頹廟不完，積年百廢舉修難。獄繁那得明惟允，俗敝應籌猛濟寬。囹圄未空心轉惕，閭閻多儆夢無安。方春二麥需膏雨，撫字何功愧素餐。

自題蘆雁圖二絶示從弟柏亭禹臣啟臣

一雁翔未集，群雁舉首招。由來同飲啄，不忍暫相抛。

沙磧平如掌，荻花白似霜。弋人恐見慕，飛宿莫分行。

鄉土雜詠

鄉村四月始求桑，丫髻如雲粲一行。謬把無鹽當瘤女，攀條爭唱嫁宣王。瘤女采桑遇閔王、無鹽拊膝諫宣王事，皆見《列女傳》。鄙諺援彼入此，殊堪一噱。

家家報賽畢農功，漸覺羅衣不耐風。何處月明寒不寐，彈綿聲裏一燈紅。

消夏雜詠

野塘昨夜亂鳴蛙，雨過書窗睡味加。侵曉偶先頑僕起，空階和露揀桐花。

雙松窗下午陰過，揮汗開函意若何。故紙縱横庭砌滿，購書嫌少曬嫌多。

赴甘肅需次辭二親作

忠孝平生矢願真，愧無尺寸報君親。一官百里侯封小，也是蒼生託命身。

星餐水宿慎周防，執玉兢兢戒毁傷。只爲王陽親健在，敢矜叱馭過羊腸。

惱我桑榆暮景遲，板輿未許遂烏私。起居惟有魚鴻便，不隔雲山路萬歧。

衰老何堪百草嘗，回春近代少盧倉。谷神調養揮諸冗，便是延年卻疾方。

過華陰遊西嶽廟

俎豆金天碧殿開，蔚然周柏雜秦槐。此行博古逢人詡，親見千年舊物來。

題孫繼元所畫如願圖

照水芙蓉韻太嬌，披圖彷彿遇藍橋。阮生多少窮途恨，那得卿來慰寂寥。
萬事浮雲過眼空，有情奚必願皆通。若教海蜃填都滿，便是神僊也技窮。

甫蒞任即出相驗山路險惡性命爲憂感賦

才解征鞍坐訟庭，紛紛案牘理難清。但求世上無冤獄，何用商量救死生。近世刑名以『救生不救死』等語傳爲口訣，故云。
魂驚絕地強躋攀，巖壑高深措足艱。飛鳥不通人語斷，幾時生出鬼門關。

張李二生受業署内漫賦

人煙蕭索嘆荒城，擊鼓排衙故事行。好是月明更點外，半窗燈火讀書聲。

永平詩存卷十二

樂亭史夢蘭香厓編輯
昌黎崔樹寶子玉參校

◎高明府繼珩

繼珩字寄泉，遷安人，寄籍寶坻。嘉慶戊寅舉人，由大名教諭軍功保薦知縣，借補廣東博茂場鹽大使。著有《培根堂詩鈔》。陶樑序略：余承乏大名，聘君天雄書院主講並襄校《畿輔詩傳》，始得讀君所著。才力閎暢，波瀾富有；性靈風骨，兼擅所長。至其駢體之工，幾於上追徐庾，下掩章陳。◎《寄心盦詩話》：余聞寄泉明府名幾二十年矣，覔其詩不可得。近始晤於京師，索讀所作，真摯爲多。◎《柳堂師友詩録》：高寄泉少能文，教授鄉里，講舍恒滿弟子，多掇巍科。夙知兵，每飲柳堂，酒酣，論當世務，有徐文長岸幘談兵之概。座多奇士，屋滿古香，畫蘭得塵外致。詩氣韻沈雄，不愧幽燕老將。而天骨開張，波瀾壯闊，故是大家步驟。◎《聽松廬詩話》：寄泉茹古涵今，才優學博，著有《培根齋詩集》《養源堂文集》《海天琴趣詞》。窮二十餘年之力，著《畿輔詩傳》。爲欒城教諭時，著《欒城縣志》。餘數種未暇備録。爲大名教諭，奉檄防堵。咸豐四年三月，賊至冠縣，寄泉率兵勇禦之，擒獲數十名。兵民皆奮勇争出，格殺無算。大名城獲保全，寄泉與有力焉。◎《松軒隨筆》：寄泉至粤，一見如故。其人誠樸之儒，非徒才華之士也。

《止園詩話》：高寄泉大使繼珩，約齋刺史子也。生十四歲而孤。刺史宦況清苦，殁後家無一椽。母爲寶坻王氏，遂依外家以居。少讀書聰敏，攻苦尤勤。詩古文辭見輒通其窾竅。年甫踰冠，舉於鄉。自是寄食硯田、奔馳南北者幾三十年。一時文譽甚重。晚歲由大名教諭軍功保舉知縣，賞戴藍翎，抵選廣東博茂場鹽課大使。莅任五年，告病歸，買宅於遷，得遂歸田之樂。方其在博茂也，鹽場故沿海，治居電白之水東，又爲海估聚會所，號稱繁富。時巨盜陳金剛率衆數萬寇高州，陷信宜，且利水東，欲取之。[一] 繼珩練團勇，修軍械，晝夜設籌防禦，水東恃以無恐。同治二年二月，繼珩以積勞致疾，上書乞免，行有日矣。賊偵知官欲去，人有懈心，發游騎數百乘宵潛至。衆大亂，莫知所爲，悉趨海舟遁。繼珩至岸，登大舟，集市人告之曰：『無水東則無高州也，無高州則無雷瓊也。海道爲賊所扼，粤東大患將不可救。今有能擊賊者，賞銀千兩。』市人皆奮，曰：『願增二千兩。』海舟人故能戰，火器悉具。令甫下，衆譟而前。賊方炊熟，不敢食，皆走。凡失水東一日而復。始，賊焚大使署，火不然，則斫【三】壞之。繼珩葺之而後去。瀕行，士民攀泣，獻扁聯者甚衆。余記其一聯云：煮海著賢聲，小試鹽梅手段；籌邊昭偉略，早儲兵甲胸中。蓋非溢美也。詩以發抒性情爲主，而格調自然合拍；不沿宋派，亦不詡詡唐音。尤工於結束，每篇末俱饒有餘致，絶不作一頽唐衰颯語，足徵老福。佳句五言如『功名吐腸鼠，身世寄居蟲』『丹黄千古業，風雨十年心』『三杯和膽露，一字已腸枯』『飲水名心淡，看山俠氣平』『俠氣湧如酒，名心澹似秋』『光陰消逆旅，寄託賦登樓』『路如螺轉轂，人似蟹爬沙』『地僻僧無伴，梁穿佛見天』『桃花千尺水，楊柳萬條絲』『蟬聲咽暮雨，鈴語答秋風』『幽草可憐碧，晚花隨意紅』『炎消窗外雨，潤浥嶺頭雲』『早禾秋露重，密樹曉烟深』『晚霞明夕照，秋雪淡蕎花』『孤燈耿殘夢，踈雨滴高樓』；七言如《雞聲》云『與爾談元多妙諦，送人出險有餘音』，《機聲》云『惜陰莫挽拋梭影，入耳難忘斷杼情』，《落花》云『紅雨紛紛應化淚，緑陰漠漠寂無言。命薄難逃三月劫，情癡怕聽五更風。何處酒杯名不落，一年春信到將離。住久黄鸝渾惜别，化來紫玉已如烟。人每相憐天反妬，樹猶如此我何堪』，《草夢》云『隔年花信縈懷久，一寸冬心入抱孤』，《談棋》云『成敗偏從終局易，輸贏決到事前難』，《説劍》云『笑談袛練千秋膽，恩怨休縈五岳胸』，《蘆花用阮亭秋柳韻》云『酣戰西風迷舊夢，慣餐清露飽涼痕。修成絮影兼花影，占斷烟村復水村。芳洲月好人來晚，小蕩霜寒鴈到稀。賸有鄉心和席捲，憐他膏首學蓬飛』，《楊花用阮亭秋柳韻》云『蕉葉籠烟真入畫，梨雲和夢淡無痕。新緑裝成園柳變，深紅落盡海棠稀。祇留潔白千人見，一任升沉滿路飛。三月韶光同逝水，一生心性太纏綿。好從絮果參禪日，盼到萍蹤結實年』，《蝶衣》云『美人舞態憑雙袖，仙子輕軀稱五銖』，《留菊》云『勤護冷香堅晚節，不爭早豔見清才』，《寄崔曉林明府山西》云『詩成尚帶幽燕氣，書到如親唐魏風』，《贈姚朗山》云『無敵才真如白也，承家風不愧元之』，《感懷》云『廿年幻夢芙蓉鏡，半月清齋苜蓿盤』，《和達經圃六十自壽韻》云『寒梅得氣先春豔，諫果回甘後味甜』，《題蘭少香詩卷》云『難忘結習惟文字，各有因緣問佛仙』，《和女德華韻》云『瑣蛣寄居身負累，文禽對語意相關。當歸有約勞投轄，遠志難酬悔出山』，《赴粤留别》云『荔子香蠔耽嶺嶠，梅花仙蝶問羅浮』，《寄王直存》云『長路崎嶇增閱歷，空山雲水証行藏』。言中有物，俱非率爾操觚。子銘鼎，咸豐乙卯舉人，選滿城訓導，改用知縣。女順貞，字德華，亦能詩，著有《翠微軒詩鈔》。

校按：

【一】《永平府志》卷六十四列傳文學『高繼珩』條載：『時巨盜陳金剛寇高州，陷信宜，且利水東之富，欲取之。」

【二】「斫」原爲「所」。據《永平府志》卷六十四列傳文學「高繼珩」條改。

古意

長夜耿不寐，披衣理素琴。古人不可見，想見甘苦心。一彈思賢操，再彈梁父吟。不逢鍾子期，無絃甘守瘖。

荆山有遺璞，日月韜光華。不入卞和手，棄之如泥沙。一朝逢匠石，追琢圭無瑕。精神見山川，炯炯生雲霞。世人知不知，于璞何損加。無爲泣荆麓，懷抱長咨嗟。

長垣縣查灾作

歲在乙卯秋，捧檄勘黄水。櫛沐敢辭勞，言至匡城里。距此六里遥，村在水中沚。大樹没及頂，家家屋廬圮。秸草結小菴，風雨蔽婦子。米麥掘泥中，氣不可嚮邇。老稚相扶將，暫忍須臾死。更聞白叟言，此地乃其涘。東南一帶村，困苦尤倍蓰。舟從屋脊行，比户家盡毁。不見大隄頭，流亡聚如蟻。蒼天降鞠凶，昏墊何時已。無術拯饑溺，對之空淚沘。願人存好心，庶幾天意悔。更望回瀾手，早樹中流砥。指日合龍門，滔天胥順軌。貸麥種成苗，少少蘇枯骴。又恐水再來，盡付洪濤裏。稽首拜神龍，金龍四大王屢至境内。淚下不可止。

哭文魯齋明府 顥

文君英烈士，陽穀飛雙舄。履任纔三日，爲國捐其軀。憶及欒臺瓜，大椿曾代吾。共焚告祖香，聲氣交相孚。君泛孝廉船，趨庭習操觚。手持羔雁贄，問字來吾廬。爾時閲君文，血性紙上鋪。決爲不世才，昂藏真丈夫。果然捷春官，捧檄之東都。初爲東蒙主，神君流令譽。量移宰商河，再權陽信符。羽檄調從軍，挽粟而飛芻。方冀息勞薪，霖雨蒼生蘇。一朝罹大難，碧血飛模糊。常山齒穿齦，温序口銜鬚。眷屬悲伶丁，寡鵠兼童烏。難弟來收骨，扶櫬歸明湖。愧我遠相隔，綿力難爲扶。練勇近一載，獲醜殲厥渠。代雪九泉憤，心剖腸更屠。敬奉一瓣香，臨風奠吾徒。上慰雙白髮，下弔六尺孤。

同人分詠竹林七賢得大阮

典午世運微，秉軸多機心。危言不知遜，難保七尺身。卓哉阮步兵，慮患何其深。有口但飲酒，絶不臧否人。求婚以醉免，耻附椒房親。當壚濡首眠，亮節動高隣。當時無英雄，神州嗟陸沈。窮途惟自哭，佯狂聊葆真。所以稽吕流，委命如輕塵。惟公不玉碎，偃仰終泉林。韜晦寄醉鄉，豈戀醇醪醇。抗懷在孫登，一嘯鸞鳳瘖。

馬若軒昂以周刀筆周削拓本見貽賦謝

蒙恬造毛穎，其制古則無。筆筆而削削，遺範良匪誣。馬君磊落人，好古追唐虞。貽我手拓本，兩紙存規模。其筆刃外向，端曲如勾瞿。下作丁字文，千象文明乎。其削儼佩刀，穿鐶如鹿盧。庚庚雜午午，柄理精鐫摹。我聞古倉史，結繩闡機樞。雨粟鬼夜哭，祕泄苞與符。後世易書契，版簡重嘉謨。文用刀筆鐫，深刻無模糊。削以剗其譌，勿使混焉烏。所以書從聿，契鍥文無殊。炎漢蕭相國，入關收籍圖。起家刀筆吏，此物資匡扶。後世趨簡易，乃縛尖頭奴。古制寖以亡，古道誰問塗。走也夙譾陋，賦質如康瓠。學雕童子蟲，未棄介子觚。即次拜君賜，百朋雙明珠。裝池謹什襲，忍令寒具污。結交視吉金，千秋無改渝。

送宗滌樓稷辰侍御之東河

自交陳石生，知有宗滌樓。鴻名擅八區，老氣横九州。心藏三十載，不見云胡瘳。今年孔北海，約我慈仁游。喜遇少文翁，矯矯推龍頭。聞已拜恩命，指日馳星郵。乘船耻下水，砥柱懸中流。定有宣房策，上紓宵旰憂。李侯乃人傑，謂夢韶河帥。帷幄資運籌。和衷拯昏墊，慷慨歌同仇。方今賊氛熾，赤眉森戈矛。黄河據天險，設防尤宜周。多備射潮弩，先焚濟河舟。決勝關大計，其樂逾封侯。蒼天佑善人，玉燕懷中投。芝蘭生庭階，介福來相酬。富貴紛如雲，儻來皆浮漚。抱此耿耿心，百折逾清遒。渡河呼殺賊，君家儲遠謀。會並岳忠武，英風垂千秋。

題自寫蘭扇贈陳蘭甫澧

我鄉王盤麓，昔曾宦粵中。爲刊三家詩，聲氣交相通。渠陽與番禺，文緣古所鍾。鹺尹愧小吏，兩年羈水東。羊城今歸來，得交蘭甫翁。存誠聳金石，抱道彌謙沖。餘事爲文章，實大而聲宏。揮絃彈古音，律吕協八風。以視古獨漉，競爽稱兩雄。醉我雙桐閣，逸氣飛青虹。感此真氣誼，爲寫蘭一叢。紉佩贈君子，此緣殊萍蓬。交印兩同心，素心貫始終。紫詮與元孝，靈爽昭青空。拈花定微笑，鑒此區區衷。

題鄭小谷山長詩集奉贈

名士比鯽多，首推鷓鴣鄭。説經儼經神，稱詩乃詩聖。鴉鳴與鶴唳，兩集日諷詠。行神氣淩虛，橫空語盤硬。譬如鋼百鍊，選鋒必選勁。又如王三鉄，百戰氣逾橫。能與霹靂鬬，不辭心血迸。要其筆所到，蟠曲地無剩。心逐龍鬚友，路裊羊腸逕。發洩天地祕，淘洗冰雪淨。欽此桂海雄，濯我珠江瑩。昨呈得印圖，真贋爲指證。得公一首詩，寶若六鼻鏡。年來飽塵味，常飫范丹甑。啖此麒麟脯，沆瀣氣殊勝。聆音辨徵角，敢云和笙磬。黃鍾發噌吰，倘許牛鐸應。下里秦短歌，語誠非用佞。何時攜我袖，共踏翠微磴。有同游西樵之約。

下酒謡

赤帝子，爲亭長，居泗水。送徒到驪山，縱徒歸故里：公等皆去吾逝矣。老龍當道卧，大蛇安得過？袖中青蛇時一揮，首尾立分腥血飛。既斷蛇，旋逐鹿，一夜西風鬼母哭。公既有劍能剸犀，何不家中殺野雞！

大丈夫，當如此！彼可取而代：西楚霸王語類是。成則帝，敗則死。生歌臺上風，死咽烏江水：此中具有天命耳。若以成敗論，埋没英雄矣。

鴻門宴，項莊劍光飛匹練，沛公之命危一線。樊噲真壯士，目眥盡裂髮上指。死且不敢辭，何論彘肩與酒巵！示玉玦，碎玉斗，沐猴而冠負此叟，厠中有人間道走。

而欲烹而翁，分我一杯羹，置之死地然後生。咄哉性天地，乃以兵法行。爲天下者不顧家，殺之無益徒損名。片言緩頰怒氣平，太公乃不儷韓彭。若使當年無項伯，几上肉作鼎中液。

銅馬帝，英雄真蓋世。今日復見漢官儀，一時老吏咸垂涕。火爲主，乃天數，鳳翼龍鱗任攀附。賊赤眉，朕赤心，群雄角逐咸就擒。見小敵怯大敵勇，乃知帝王自有真。帝王自有真，甯混龍與蛇？君不見遼東豕、井底蛙！

貧賤之交不可忘，糟糠之妻不下堂。嗟哉事不諧，回首語湖陽。富易交，貴易妻，伊古以來信有之。田舍翁，多收十斛麥，左抱緑瘦右紅肥。何況貴居九重上，那不黄裏歌緑衣？君不見娶妻當娶陰麗華，郭後幽廢長咨嗟！

清白吏，關西夫子台輔器。天知地知爾我知，金來暮夜嫌應避。嫌應避，讒何巧，夕陽亭西徒熱惱。生前賀者有三鱣，死後弔者惟一鳥。

武陵蠻，兵如火，有尸應教馬革裹。銅柱功名毒霧埋，飛鳶跕跕水中墮。矍鑠哉！是翁據鞍示猶可，聚米爲山陣雲鎖。一朝困壺頭，哆侈箕舌簸。薏苡明珠何必剖，當時莫塞梁松口。梁松亦有敗死時，畫虎不成反類狗。

隆準手殲白帝子，昭烈乃在白帝殂。英雄氣盡，手託六尺孤：嗣子可輔則輔之，觀時察變無失機；不然君自取，休令鼎足亡根基。劉使君，真英雄，末命直流胸臆中。卅年契魚水，何至疑蛇弓。此間樂，不思蜀。早知阿斗才碌碌，甘以錦城資卧龍，勝曁降旛悲失鹿。

擬李長吉將進酒

酒星孤照劉伶墳，酒泉難起平原君。空張醒眼看白日，倏忽變滅春空雲。蓮花歌，柘枝舞；招酒徒，詣賢主。蠻腰束素猩脣紅，醉煞春魂香一縷。吁嗟乎！人生不飲徒自苦，桃花如淚飄紅雨。荷鍤相隨已千古，莫待深杯漬黄土。

孤鸞翼雛歌爲馬母洪太孺人作

罡風逼天威鳳死，顧影孤鸞孤莫比。遥從丹穴抱鵷雛，儼若青禽將鶵子。孤鸞本是離群姿，竹食梧棲振羽儀。求凰昔遇烏衣彦，射雀曾牽繡幕絲。假令朝陽叶藹吉，同歸燕寢調瑶瑟。偕老宜歌弋鴈章，好逑摯本關睢匹。朝雉頻歌未結褵，倏同病鶴骨難支。翼雖可比令誰比，名錫長離竟永離。孤鸞聞之凄欲絶，彩紋陡變雪衣潔。骨如寒鐵心如冰，花枝灑遍啼鵑血。淹蹇誰憐鷁退風，文鴛折翅感途窮。數奇合作單栖鳥，志決常依半死桐。老鳳思雛莫悲嘯，代養有人供鶴料。誓將反哺畜烏慈，忍令祝噎慚鳩孝。鳳釵典盡作羹湯，凫鼎烟消五夜長。秋雨雁奴醒遠漵，春風燕子伴空梁。老鳳雙雙昇鶴馭，蝶裘兜土埋仙翥。不惜經營手口瘏，歸葬丹山最深處。單門揞拄少遺孤，何處投懷引燕雛。叔娣明珠貽寡鵠，哀宗元草屬童烏。一髮千鈞肩莫謝，丸熊畫荻消長夜。蛾術勤於烏數飛，鵬程盼到鯤能化。苦心不負有青天，到底宗枝一綫延。漸逵勢闢三霄路，夢鷟文成萬選錢。雛鳳聲清毛羽變，扶摇九萬搏如電。立持鵲印侍鴛班，已賦鹿鳴膺鶚薦。吁嗟乎！鳳有子，鳳不死，鳳毛令譽翩翩起。月曉霜天好護持，知否孤鸞心碎矣！飲蘗如飴蔗境香，報甘節苦若爲償。千秋鶴算盈仙島，五色鸞書焕女牀。

岳忠武王硯歌爲宋文湖賦

大鵬奮翮忠心赤，金牌歸命血痕碧。赤心碧血何處尋，祇賸當年一片石。石亘長虹氣不銷，何論青花與白蕉。想見羽檄日旁午，一硯如山難動摇。不能痛飲黄龍府，悠悠此恨天難補。何年又歸中山王，英雄愛惜頻摩撫。硯旁有明中山王跋。中山百戰樹奇勳，三百開基事業新。能將已缺天全補，要與湯陰作替人。吁嗟乎！金陀坊裏家書寄，斷腸字字凝紅淚。大功坊字膺褒封，揮毫賜第殊雍容。岳王何其悲，徐王何其喜！悲喜情懷一研知，滄桑歷劫如彈指。我聞東方未明擊權奄趙忠毅公研，橋亭卜卦韜文餤謝文節公研。更有文山玉帶生，合之四美俱無玷。留守棋，曩見棋子二匳，黑白瑩潔如玉，匳刻『澤藏』，二分書。鄺王甕，見船山詩註。昔賢手澤均堪重。奇物奇人信有緣，于今此硯歸于宋。清時偃武掃欃槍，持賦梅花筆墨馨。會看椽燭修全史，古色斕斑照汗青。

宋謝文節公橋亭卜卦硯歌爲劉子重賦

橋亭卜研蒼潤堅，銘詞題識篆額鐫。材修九寸廣五寸，其厚九分形模全。謝公攜之建陽市，賣卜索米不受錢。四海茫茫石一片，鸜鵒淚眼同涓涓。初筮肥遯繼苦節，易理易數通先天。曾寫卻聘書一紙，恍從橋上聞啼鵑。紅羊劫重不可返，眼看旭日沈虞淵。北來燕市甘槁餓，亮節直接西山賢。當時此硯落閩海，出土乃在永樂年。不知何時亦北上，海潮菴作支床甎。月東上舍見之笑，抱歸淨洗蛟螭涎。程文海銘何足重，重公忠節扶坤乾。儉堂中丞愛不釋，季子之劍同留連。千金一諾死不易，堂中銅鼓俱流傳。子重學博洵好古，拓本索我詩一篇。云是得之查氏子，椿庭寶重羅華筵。玉帶生硯歸御府，竹垞詩好萬口宣。愧我孱筆難繼美，感君摯意揮雲箋。願君喬梓勉報國，老鳳雛鳳桐岡聯。颺拜都俞溯皋禹，文章黼黻追許燕。潤色太平數敷奏，隃麋萬笏供磨研。謝公魂歸色亦喜，頓化滄桑舊感爲雲烟。

天津城内費家巷傳爲明季費宫人故里

君不見秦家白梃兵，桃花馬上曾請纓。殺賊直如殺雞狗，石砫屹立夫人城。又不見沈氏雲英傳，奪父虎穴身百戰。遊擊銜加娘子軍，大書志入蕭山縣。衰時義烈光閭里，憤結蛾眉不避死。宫中突出女荆軻，壯氣英風堪鼎峙。甲申三月天柱蹉，二百嬪御沈碧波。宫人掉頭獨不顧，匕首雪亮懸胸窩。豐干何事苦饒舌，貴主芳名假不得。竟將厮養配才人，痛哭蒼天甘縱賊。宫人背裂心忡忡，權將老革當元兇。泰山鴻毛等死耳，封狼血映蛸蠐紅。吁嗟乎！衣冠巾幗當時有，巾幗如斯真不朽。緑珠井與明妃村，豔事徒然挂人口。我來故里訪遺跡，堂前燕子無人識。當日門楣何處尋，故老難逢空歎息。空歎息，留桑梓，海潮夜挾陰風起。漆身吞炭將毋同，一著殘棋報天子。竭來憑弔不勝情，古巷斜陽感廢興。莫道費家秋色冷，西風衰草十三陵。

松蘿篇爲楊烈女賦

峨峨百尺松，施之以女蘿。蘿萎松亦枯，四時不改柯。歲寒抱貞心，之死矢靡他。一解。貞烈女，楊氏姑；涉縣人，父三珠。女事繼母婉以愉。母愛之，鳳將雛，簡對乃得武陟吴。二解。吴家郎，潤如玉；卧東床，稱坦腹。結縭方有期，郎疾乃日篤。扁盧束手命難續，蒼蒼者天何太酷。三解。女聞之，色欲死；誓以身，殉夫子。寬言婉諭不入耳，寂無一語鉛淚瀉如水。四解。家人知其志，晝夜嚴爲防。女乃眠食如尋常，言笑宴宴神暗傷。五解。防既疎，志不變；蹈間隙，人弗見。甘爲自經雉，耻作孤生雁。萬鈞身，三尺練。六解。蘿萎不腐，松枯不僵。一死重泰山，足爭日月光。女父女母毋自苦，貞烈之風傳萬古。願鎸其名嵩高山，留與人間扶植綱常作砥柱。七解。

題朱眉君焦山酣睡圖並送歸里

希夷先生得真詮，科頭一覺八百年。勞我以醒逸我睡，道其所道元又元。眉君跨鶴乘逸興，緑楊城郭艤畫船。酣嬉淋漓不可遏，花天酒地紛流連。動極思靜掉頭去，松寥傑閣在眼前。瘞鶴之銘懶摹搨，瓜牛之廬行與還。夢中忽晤焦孝然，華陽真逸來翩翩。三十種眠一大覺，六如偈妙同參禪。吁嗟此睡已千古，欲與造化爭微權。金陵失守鉄甕破，此山境入長髮編。何人夜抱古鼎泣，欲尋舊夢難再圓。君今歸卧峨嵋巔，飽嚙古雪詩脾湔。華胥勝境通晤語，定聞廣樂張鈞天。我思買棹惠州去，羅浮展謁玉局仙。身鋪梅花二尺厚，魂與野人相周旋。倘容騎蝶遠相訪，何殊聽雨繩牀聯。回首舊游下榻處，江濤捲雪馳風烟。人生百年一夢耳，早醒遲醒各有緣。劃然長嘯送君去，醒耶夢耶我亦忘其所以然。

送查子穆大守日華之河間任

風緊鶴頻唳，羽摧鴻自哀。烽煙嗟役困，撫䘏待公來。何日銷兵氣，真逢撥亂才。懸知憂國意，蒿目上瀛臺。

括盡司農餉，安能實漏巵。空鑪停鼓鑄，何術起瘡痍。善後籌邊筆，爭先打劫棋。軍儲資上策，猿鶴正調饑。

入玉石莊山口望少林寺

曲磴漸逼仄，盤旋尋翠微。落紅粘客屐，新綠上人衣。佳境妙于轉，群山大合圍。僧雛頻指點，塔影掛斜暉。

偶成

代馬斜陽卧，吴鈎破壁懸。閒心忘漢魏，俠氣冷幽燕。白水有真味，紅塵多幻緣。散材全碌碌，參悟静中天。

贈崔次龍秀才士元即書其雪廬詩草後

荆璞難藏氣，干將莫掩鋒。我殊憐病鶴，誰解好真龍。味以清彌永，交從淡後濃。良才期用世，休漫養天慵。

卅載耽吟癖，年來髩欲華。塵心清苜蓿，俗耳厭箏琶。差喜聯同調，從今見作家。細論期異日，把臂引流霞。

懷何菘蹊判官慶熙

自别何無忌，光陰又蟹秋。開尊停鬲縣，對月憶監州。西陸隨蓬轉，南風益杞憂。元龍豪氣減，何日共登樓。

贈劉堉樾村

零落古渠陽，南豐賊勢張。相看俱異地，何處是家鄉。但得團圓樂，權消歲月長。南天摧半壁，極目盡滄桑。

約我山中住，幽居儼軸薖。臨風策筇竹，鎮日訪煙蘿。誼重黄金賤，愁深白髮多。感君真摯意，同唱百年歌。

枕上作

伏枕聞雞語，瀟瀟尚滿林。亂山圍客夢，夜雨溼愁心。放溜溪聲壯，開窗嵐氣深。三農殷望澤，喜沛傅巖霖。

贈姜荔山鍾喆明府

沽【一】上梅花社，東華賸幾人。見君真失喜，于我倍相親。別緒紛難說，交情老更真。回頭念梅樹君李采仙，能不共傷神。

文物當年勝，頻傳雅集觴。分攜各南北，問舊半存亡。不覺悲欣雜，相看鬢髮蒼。休論時事改，此亦小滄桑。

校按：【一】『沽』原誤爲『沾』，據《培根堂詩抄》改。高繼珩曾參與梅成棟（一七七六—一八四四）在天津水西莊興舉的沽上梅花詩社。

渡黄河

冒雨渡黄河，風帆瞬息過。投鞭餘壯志，擊檝且高歌。天險中原在，洪流濁浪多。何人作砥柱，努力挽頽波。

登岳陽樓

飽讀希文記，閒披杜老吟。乾坤容放眼，憂樂總關心。向往無空闊，高寒閱古今。塵襟期共滌，快意此登臨。

九瀧十八灘

怪石虎牙撐，舟依曲折行。波濤雙峽束，性命一篙爭。雪浪迎磯怒，風帆放溜輕。涉川仗忠信，險阻亦和平。

抵廣州

吹簫行萬里，竟到五羊城。節喜三冬暖，囊如一葉輕。禪山初賃廡，瘴海未銷兵。且汲清泉水，高吟濯我纓。

蠻花不解語，蜑雨只聞腥。塵髩愁中白，家山夢裏青。終朝抱孤悶，何術瀹虚靈。擬訪華胥境，傾樽倒醁醽。

送邊袖石歸任邱

有親可養莫言貧，且理歸裝整釣綸。除却書箱無長物，即論詩卷已傳人。風希文禮才華豔，日對元方意氣馴。料得笋輿花下奉，陔蘭潔饍一家春。

雙丸梭擲去堂堂，禁得蹉跎鬢染霜。經世才高期有用，驚人句好不須狂。家傳好啟邊韶笥，鬼語休探李賀囊。持贈故人心一片，勝將別淚灑離觴。

送梟香師觀察荆州並辭同行之約

喜聞丹詔下明光，豸繡新銜出玉堂。詎止文章扶八代，竚看膏雨被三湘。天憐荆楚留耆宿，帝錫絲綸重晚香。贏得階前五株柏，婆娑猶認舊甘棠。

尺書招我赴荆門，知己難違況感恩。眼底鶴樓思更上，胸中雲夢欲平吞。生懸蓬矢誰無志，未別萱堂已斷魂。病婦飛蓬兒歷齒，褰帷誰與侍晨昏。

若非老母倚門閭，誓逐鈴轅載後車。情重願爲清獻鶴，緣慳難食武昌魚。赤心置腹勞推轂，白髮垂肩忍絶裾。莫報師恩呼負負，空將別淚灑瓊琚。

驪駒唱罷淚絲絲，棖觸前塵不自持。到底能償搜玉志，此生難忘吐茵時。旌旄指顧開三輔，堂陛分明重一夔。待到八騶重莅日，再攜書劍拜蘭墀。

送廖豸峰炳奎謫粤東

江湖落拓一年年，何地鴻泥不夙緣。商婦秋絃悲白傅，村婆春夢醒坡仙。原謫江右，改定廣東。鏡心入抱磨逾透，鉄骨經霜鍊更堅。地接枌榆歸路近，願君早蓄買山錢。

贈沈子珊瑶粤即題其香玉集詩草

新詩吟罷杜司勳，腸裊千花齒頰芬。沆瀣氣涵名士筆，樓臺香化美人雲。風懷似我能憐我，豔福輸君轉妬君。一任悠悠呼渴睡，忍將緑綺並蘭焚。

吐盡春蠶一縷絲，天涯芳草正離離。此心不死皆成債，歷劫難灰祇賸癡。羅襪聯娟宜自惜，微波要眇許通詞。幽懷萬種紛難訴，説與燈花知不知。

丁巳四月歸里掃墓感賦

墓門拜罷眼將枯，寸草難酬一世劬。菽水慚非三鼎奉，淚痕滴到九泉無。貧無可獻呼兄嫂，壯不如人愧丈夫。守拙但期緜世澤，依依臨去更踟蹰。

德華賦詩送行酬以四律

帆影飄摇落五羊，壯游夙願喜初償。山程絡繹休辭遠，世味酸鹹要飽嘗。官小幸無民社任，地偏差免賊氛荒。蒼蒼雅意憐幽草，爲染餘霞絢夕陽。

策蹇重看萬疊山，又隨征鴈度雄關。也知晚景難爲别，暫慰調飢一解顔。賸有壯心憐老驥，好安比翼學祥鸞。買山忍負三年約，營就菟裘待我還。

持門井臼劇艱辛，懷抱新添小玉麟。好自將雛慎眠食，休因望遠損精神。縱籌家計宜殫力，善慰親心要保身。知汝柔腸輪共轉，平安錦字託文鱗。

萍泛如登大願船，逍遥且作地行仙。九千里外聊充隱，六十年來只信天。北海水通南海水，出山泉是在山泉。宦成早辦歸田計，還爾團圞骨肉緣。

偶成

持帚拂塵案，一時懷抱清。明知掃不盡，且得暫光明。

堂花

人巧奪天工，堂花照眼紅。寒梅抱本性，無語待春風。

寄馬鶴船都門

迢迢三沽水，渺渺長安道。望遠寄相思，客愁亂秋草。

欒城學廨作

老槐重蔭羃簷楹，疎雨初過放晚晴。把卷當風秋寂寂，一天黄雪撲簾旌。
慈烏侵曉噪啞啞，倚樹營巢便是家。我有安輿迎未得，朝朝反哺愧雛鴉。

寄王鐵琴灤州

海陽喬梓亦清寒，共守清齋苜蓿盤。簾捲西風人不見，黄花瘦影當君看。

題蘭贈張子陶大令鎔

自憐小草等飛蓬，援溺無權露眼紅。情願將身化香稻，爲君中澤哺哀鴻。

汴梁

峨峨艮嶽付東流，賸有浮圖鎮汴州。行盡六街誰共語，自沽濁酒醉樊樓。

題蘭送朱眉君歸蜀

杜鵑枝上杜鵑啼，疊罷陽關意轉淒。聊寫芳馨寄離緒，隨君直到劍門西。

題畫蘭便面贈史香厓

空谷傳來淡遠神，靜含秋露氣含春。素心四照同心印，恍見當年史道隣。
晴窗潑墨寫蘭胎，好向閒階稱意栽。重譜白華詩六首，助君潔膳詠南陔。
首從一郡訪詩人，先哲英靈盡現身。採得芳蘭盈百畝，窮搜香草待披榛。
老儻歸田愧散材，豁然塵目爲君開。何時同把蘭因證，把臂山莊倒玉醅。

◎李明府銘恩

銘恩字覃園，樂亭人。嘉慶己卯舉人，官江西大庾縣知縣。

《止園詩話》：李覃園少負儁才，放達不羈。好揮霍，千金立盡。嘉慶己卯登賢書，由功臣館謄録授江西大庾知縣。莅任六年，以獲盜敘功，加知州銜。旋引見入都。因事爲言官所劾，奪職，謫戍伊犁。過韓侯嶺有詩云：『南粤存孤寄一身，蕭何保義漢寬仁。王陵不識陞官訣，未奏風聞匿叛臣。』其意蓋有所激憤云。

浮山縣署留別杜紫垣詹明府

相逢舊雨況嘉賓，時守愚先生在座。無那樽前感慨頻。東去逝波成斷夢，西來別酒送勞人。千秋肝膽空思趙，萬里關山漸入秦。此會莫教容易散，重來知歷幾回春。

匆匆那忍驟征鞍，奈是離難住亦難。霪雨不饒花馥郁，壞雲偏妒月團圞。林中春老鶯聲澀，塞上風高鴈羽寒。遠路閒關何日到，勞君西向憶長安。

得失升沈總偶然，行行無事兩悁悁。人間自是多遷客，天上何曾少謫仙。鶴俸分餘情鄭重，驪歌唱闋話纏綿。歸來試檢囊中草，吟到中華天外天。

西安城中卻寄杜紫垣

記向東風折柳枝，傷生潘岳鬢成絲。雲泥夢冷飛花笑，縞紵情深宿草知。投轄陳遵三日酒，入關定遠五年期。灞橋東望腸真斷，倍憶清樽慰別時。

永平詩存卷十三

樂亭史夢蘭香厓編輯
遷安高銘鼎小泉參校

◎魏太守亨逵

亨逵字矩園，一字伯鴻，昌黎人。嘉慶己卯舉人，官江寧府知府。

《止園詩話》：魏矩園太守，耐軒制軍【一】子也。咸豐癸丑守江寧，城破死之。馬瑟臣云：『李文熾自江浦請急歸，遇江寧被擄逃出者三人，祁方伯、陳觀察家丁也，言矩園已殉城而縊矣。先時傳吞金而歿。』其悼矩園有詩云：『白下風煙合陣雲，南鴻消息斷妖氛。九重恩大人應報，六袠年虛劫已聞。鶴唳時方驚莽伏，雉經事竟悼芝焚。家聲臣節原兼盡，獨爲親情一哭君。』伯鴻詩不多見，惟從《洪崖合草》中録得數首，皆其少作也。《秋詠》七律八首，用杜工部《秋興》韻，佳句如《思秋》云『黄花紅葉前宵夢，衰草斜陽萬里心』，《對秋》云『山色如妝迎面候，月光似水照人時。暗窺菊影憐他瘦，静坐楓林怕到遲』，《賞秋》云『着雨殘花猶作意，經霜老樹亦開顔』，《送秋》云『作餞可餐黄菊蕋，行裝仍贈緑楊枝』，俱饒意趣。

校按：【一】據《清史列傳》及《永平府志》，魏亨逵之父魏元煜，字升之，號愛軒。

秋影

一架藤蘿一局碁，徘徊庭外不須悲。風吹小院花摇處，月透疎窗竹亂時。彷彿池邊人獨立，依稀江上鴈來遲。欲尋蹤跡愁無計，對此閒雲發遠思。

秋情

欲解新愁借酒功，誰家吹笛玉樓中。捲簾靜對如珪月，隔户驚聞弄竹風。樹若有心含露碧，蓮猶作意帶霞紅。胸襟洗向流溪畔，白水漁竿訪釣翁。

題張南泉畫牛

小橋流水最關情，上有烏犉緩緩行。猶憶柳陰聞叱犢，一犂春雨漲初平。

◎魏孝廉亨培

亨培字竺鄉，昌黎人。道光辛巳舉人。馬瑟臣《楊魏戴傳》云：魏君竺鄉者，余戚屬也。相見時，君生十有五年矣。余稔聞君奇才間出，超逸非衆伍。五歲解四聲，讀詩至《蜉蝣》，取筆書曰：『習習蜉蝣，胡可不游。朝生暮死，萬古同愁。』十三從官之洪崖，路所見，輒有詩成帙。既見君，風骨棱棱秀削，面黧黑，而目光射人十步外。妙論粲花，聽者忘倦；意度恢闊，機趣俊爽。余所見亦奇士也。向後音問時達，蹤跡固疏。戊寅夏初，余偕竺鄉之兄伯鴻赴都秋試，遂與竺鄉同寓止。時時對月口聯數詩，或雜説古事，笑劇間作，意懽然也。試罷，余東歸。己卯秋，復相見於京寓。是歲，伯鴻捷，竺鄉又落，毷氉侘傺[二]，益不自勝。乃不復爲拘檢，縱酒酣歌，時卧地不肯起。余聞而疑之。魏君之齒未也，再戰不勝，何遽至此？然亦竊憐其意矣。辛巳秋，又遇之都，出《寓興》八首相視，蓋其己卯報罷後所成也。其辭云云，純密精麗，寄託深警，誠得玉溪之髓。而又怪其悲咽淒切，得勿小過？質之魏君，君默默良久，曰：『第論詩耳，何必問其他！』既試而歸，聞魏君以十九名捷。間數日，而君之凶問傳矣。君本無疾，報捷之日，指揮諸務如平常，夜寢遂卒，年止二十五。

校按：【二】「佗傺」原爲「佗際」。

《止園詩話》：唐人進士榜必以夜書，書必以淡墨。或曰：名第者，陰注陽受；以淡墨書者，若鬼神之迹也。世傳大羅天放榜於蕊珠宫，故稱蕊榜。放榜後必有一人下世，謂之報羅使。昌黎魏竺鄉孝廉於道光元年領鄉薦，時方踰冠，人咸期其遠到；乃聞捷後即賦玉樓，其即所謂報羅之使與？竺鄉爲麗泉尚書冢嗣，才華卓犖，童時操筆即迥不猶人。没後遺蹟散失，僅從《洪崖合草》及馬瑟臣《此中語》中録得數首，亦可少見梗概。如《幾輔詩傳》所載一律，乃其《寄興》八首之一，不足見其所長；且將「身世」字改作「衡泌」，尤非竺鄉面目口吻矣。咏秋佳句，如《秋氣》云「嘘成冷雨蟬先覺，吸到涼風扇已違」，《秋意》云「楊柳烟消汾水渡，琵琶聲訴鴈門關」，《秋情》云「遠客怕看侵户月，故人驚問隔窗風。醉題寒水菱花紫，怨寫空山柿葉紅」，《問秋》云「似我天心真澹泊，爲誰花事竟睽違」，《悲秋》云「萬里關河遲旅鴈，一杯風月付閒鷗」，《送秋》云「數鴈遠隨明月去，一樽虚共白雲移」，俱非凡響。

寓興

萬丈燕山拄半空，玉龍飛下玉泉通。天街雲淨虚還碧，人海塵浮輭不紅。怕有羈禽驚夜月，漫隨落葉怨秋風。熱腸轉怯新寒甚，拚醉松醪一百筩。

傳聞寶氣總銷沉，幾見長材不出林。薛燭望中非有劍，伯牙彈後已無琴。文名虚負髫齡債，詩膽終輸壯士心。爲問空群燕市駿，可能瘦骨值千金。

何來遽集此青蠅，誤作屏間畫一層。皓月入雲難匿影，寒風吹雨又成冰。梨園曲豔停簫管，蘭座談清上蠟燈。未了世緣無著礙，任教斥鷃笑摶【二】鵬。

賓刺趨風競掃廬，駿蹄鮮轂擁華裾。剪紅小巧吟唐句，浮白模糊讀漢書。夢境終醒莊化蝶，愚人笑智校烹魚。金錢若有通神意，應是飛飛點太虚。

黄河萬里大東流，百尺金堤鎮豫州。竹落幾經沉巨石，荻苗今已泛清秋。人間泉布風雲聚，天上魚龍日夜浮。砥柱孟津神禹蹟，工官宣力協宸猷。

佛有心燈照兩間，仙憑身杖引塵寰。雲峰東矗排金篋，雪嶺西横敞玉關。北極星高三輔拱，南天日遠萬邦環。春臺長此登安樂，漫擬蓬萊絶頂攀。

蕭然身世且棲遲，才不才間得所宜。古道事如蛇畫足，丈夫名是豹留皮。但令悔過同周處，定許逢人説項斯。肝胆向誰誇脱穎，解囊惟有兩錢錐。

一枕遊仙又六更，尋思睡味轉分明。枯如櫟炭心無覺，癯到梅花夢亦清。繞指柔鋼經百鍊，點頭石悮〔二〕三生。天涯風月今參破，收入吟毫子細評。

校按：

〔一〕『搏』當爲『摶』之誤。

〔二〕『悮』疑爲『悟』之誤。

秋聲

陡覺西南響叩林，無人深院夜森森。龍吟寒水飛濤捲，虎嘯空山古洞陰。三徑冷風侵小箔，一窗疏雨滴秋心。挑燈欲譜歐陽賦，爭那鄰家自擣砧。

秋味

半天商意五更頭，一味新涼一味秋。芳菊夕餐思楚賦，香蒓舊詠動吴愁。嗅餘清露吟招鶴，飽却寒霜夢唤鷗。不道傳杯嘗緑醞，題詩人在岢嵐州。

對秋

隔窗風韻誤敲碁，自寫秋容自寫悲。欵步行來雲起處，科頭坐到月明時。無邊冷落和人瘦，一盼清空有鴈馳。閒向藕花池畔立，寒流倒影耐尋思。

過北橋寺看牡丹

病來常負踏青盟，偶步禪房倍有情。恠底一簾香撲鼻，予家阿紫舊知名。

迎春回首不多時，一度春來一度思。看到牡丹春事了，明朝打疊送春詩。

◎程學博儒珍

儒珍字有之，號珠船，臨渝人。道光辛巳舉人，官吉林寧古塔學正。著有《吉林志稿》。

《止園詩話》：珠船先生爲郭廉夫業師，廉夫嘗跋其詩云：『珠船師和王湘舟詠菊韻，所期許者甚高。而湘舟建功吉水，死節青原，真不負師友之意。然「晚節」「孤芳」，遂成詩讖，殆亦有前定歟？』詩不甚佳，因其語有關係將來修志乘者，可藉徵文獻，故録其詩並録廉夫跋語如此。

詠菊和王湘舟表弟韻

主人從不漫交遊，花隱何妨結侶儔。落落襟懷清與契，蕭蕭風味淡相投。全憑晚節非因傲，自著孤芳特爲秋。試向箇中參意趣，鉛華洗盡邁時流。

哭郭接翁世叔兼唁廉夫弟四首

驚聞一紙訃松花，不禁潸潸淚似麻。回首山公相聚處，教人惆悵阮咸家。

一從疏受賸孤蹤，多少南車指阿儂。報到老人星又隕，二千里外哭林宗。

未將一斝奉堂前，夕雨晨風倍黯然。聽得繐帷猶未撤，聊揮短句入哀絃。

庭前玉樹正敷榮，底事椿萱竟早零。寄語青雲須努力，數行官誥慰幽冥。

◎王明府煦

煦字湑厓，昌黎人。道光壬午進士，官河南【一】知縣。著有《愛日堂集》。

校按：【一】此處原有剗刪。據《永平府志》載，王煦曾任河南延津、孟縣知縣。

《止園詩話》：王湑厓先生博學工詩，昌黎名宿也。乾隆甲寅領鄉薦，至道光壬午始成進士，困場屋者三十餘年。釋褐初，以縣令需次於豫，所至歷有循聲。去官之日，有鄉民送賮及米麪羊酒追奔數十里者。嘗作詩以紀其事，殆非夸語也。詩五律最勝，佳句如「雲消峰影瘦，風吼葉聲乾」「沙虛淹馬足，野曠斷人烟」「淖深時陷馬，裝濕急投村」「落花三徑雨，吹笛半樓風」「空翠千山合，寒松一雨青」「涼飈欺客弱，夜氣壓山平」「秋花臨水淡，樵徑入雲深」「亂山橫暮靄，遼海上寒潮」「夜涼蟲語澀，花靜露珠圓」「山寒青似黛，地鹻白於霜」「幽鳥時相喚，閒雲淡不收」「宿鳥爭投樹，秋螢欲亂星」「沾衣花露溼，經雨石苔腥」「民皆佳子弟，官是舊書生」，皆嗣響唐人。

四言雜詩

江瑶適口，不以療飢。采繒飾體，難作常衣。浮文悦目，無當精微。粟米之旨，布帛之詞。終身枕葄，道德之歸。

柳生膏壤，望秋先零。栢生犖确，冬猶青青。處濃易敗，安淡愈榮。置身困境，天實玉成。

太倉粟多，百鳥趨之。檴樹蔭深，鸞鳩是依。檴樹有鸇，太倉設機。彼昏不知，與禍相期。翻笑黄鳥，近戀一枝。飛不離地，飲啄苦飢。物有巧拙，性實不移。彼自逞巧，我與拙宜。

疏渠決壅，流方得逞。食馬抛肝，毒免其騁。療病披根，身始無眚。治國去蠹，民乃安靖。苟或不然，求通愈梗。我思其道，厥有要領。燭蠹在明，去蠹在猛。

書識大意，不求甚解。苟得其理，詞章脱擺。孔明淵明，致何瀟灑。用之則行，舍之斯罷。易地皆然，吾人之楷。

六經之作，聖人寫心。理則不易，事貴宜今。襲其糟粕，爲禍實深。漢莽宋荆，覆轍相尋。

山館夜坐

秋山夕日下，暝色蒼然暮。移榻院中坐，翛翛得静趣。畦花聞暗香，葉白泫珠露。瀹茗拾松枝，泉甘盞中注。呼童抱琴來，張絃曲自度。一絃清一心，忽與無心晤。夜深寒上衣，風濤響高樹。仰視天有光，月向山尖吐。

鳳凰山避兵堡

鳳巘崛起碣石右，巀嶭特立鍾神秀。兩峰夾峙兩翼張，作勢昂翥如伸咮。上有石城據險固，四門豁敞春雲曙。袤延百畝容千人，傳是昔年避兵處。破釜斑駁出沙中，遺錢猶見古青銅。苔痕時映千人血，天陰墳起石上紅。此地古與鮮卑連，烏桓前燕與後燕。數百年來爭割據，居人未始得熟眠。五代金元尚安靖，勝朝烟火毀萬井。思陵末造不堪談，平壤用兵倭爲梗。征役繁費民不支，土寇蠭起良由茲。白蓮趁勢紛聚衆，荼害生齒樂不疲。猖獗來往時無常，郊野男婦竄蒼黃。綳兒負女山上去，高踞謂可避强梁。雲黑塵迷喊聲起，山鳴谷應賊馬駛。奪貲屠命血風腥，千人萬人霎時死。幸我今生際泰平，攜酒登臨醉繞城。滿山喁于遍樵牧，今人歡歌昔人哭。

遊水巘寺

碣石敞高屏，中峰插碧冥。煙籠城樹黑，天壓海門青。巘鳳迎秋翥，潭龍過雨腥。他年此卜築，閒醉劚茯苓。

重九前四日

清秋涼雨過，蕭瑟滿關圻。黄葉落無數，白雲凝不飛。籬荒花放晚，天闊鴈來稀。孤客重陽近，寒深怯袷衣。

重遊水巘寺

北郭寒山聳，重來到小亭。巘虚風落木，秋冷鴈呼汀。世事隍中鹿，游蹤水上萍。盍簪思舊會，延佇晚天暝。

贈王二松亭元濤

關東有一士，抗志讀詩書。胸蓄古今事，家無儋石儲。苔岑同臭味，身世各乘除。底用傷遲暮，千秋共勉諸。

關外道中

秋深官路闊，秋色滿邊庭。海吸南天白，雲連北塞青。風疏催落葉，鴈冷聚長汀。茅店宵來雨，瀟瀟孤客聽。

和唐小潛重陽後一日登首山朝陽寺韻

前年曾到此，今歲又登臺。景已隨時换，人看逼老來。秋山青入座，霜樹錦成堆。昨日茱萸酒，何嫌覆一杯。

天門開

山骨棱棱聳，淩虚敞一門。險疑雷斧劈，高逼日車翻。鐵索盤空細，春雲罨塔昏。曾聞登眺者，祇有戚將軍。

登盤山自來峰

萬笏插周遭，一峰冠巨鼇。手扳欹石險，脚踏亂雲高。渤海浮天闊，長城鎖地牢。薊遼幾千里，懷古首頻搔。

潁橋道中

南去襄城路，淒清秋盡時。寒雲隨鴈遠，羸馬渡河遲。荒草許由墓，西風考叔祠【一】。幾彎青竹影，蕭瑟動人思。

校按：【一】『祠』原爲『詞』，據道光丁酉刊《愛日堂類稿》改。

衛輝城南孔子擊磬處

衛郡南關外，巋然峙一臺。群傳擊磬處，誰嘆有心來。水縠因風縐，山屏抱郭開。登臨瞻聖藻，吟望重徘徊。

過黄氏山居

此中真勝地，靠嶺結茅寬。雲自窗前過，山多枕上看。花香時滿樹，潭静不生瀾。藏酒來斟客，春晴聊共歡。

步唐小潛偶感韻即以留别

自愧冬烘甚，今方悟昨非。兩年留紫塞，幾次款朱扉。問字燈常翦，開尊蝌正肥。知君應我憶，别夢逐鴻飛。

五峰

紆迴行幾曲，靈境欻然開。積鐵崖如削，浮嵐翠作堆。松根不著土，壑底自生雷。南望天疑盡，滄溟水一杯。

書懷

半卷新詩手自編，客中來往壓行肩。人誰知己憑呼駃，我自情多常拜鵑。舊畫一方粘破壁，昏燈半焰照孤眠。嗟予措大窮如此，魂夢猶思著祖鞭。

盧龍懷古

平州重鎮控燕幽，拔地峰巒郭外周。一帶春雲凝遠塞，千家煙樹覆層樓。采薇公子常辭國，射虎將軍竟不侯。弔古閒行經晚渡，溹灤嗚咽抱城流。

四十三歲初度寓寧遠作

鐵硯生涯四十過，飢軀依舊墨來磨。逃名漸喜朋交少，閱世翻嫌感慨多。七尺病軀餘骯髒，百年心事半蹉跎。倦游何日真歸去，叱犢春耕好放歌。

分咏古人得錢虞山

浪子聲名自昔留，君亡國滅總風流。柳孃佛性同禪誦，圓老詩情足唱酬。僑足東林紿後世，署銜降表列前頭。紫雲史稿非真録，幸付天公一炬休。

每懷草堂讀書圖

結廬人境少喧譁，一帶疏籬繞岸斜。高捲湘簾晴放燕，閒鋤隙地暖培花。胸饒書味張三篋，醉發吟情温八叉。著作憑人商位置，止抒己意不成家。

井兒峪

探奇入廢寺，有目不得騁。一嶺四面圍，觀天真在井。

野寺見花

記得窗前手種花，今來野寺見春葩。家中定有花相憶，正是開時不在家。

徐古韻謂余貌似僧口占解嘲

前身説我比邱僧，大會龍華可有名。想是夙根難斷絶，沿門托鉢又今生。

秋夜

燈照愁深簾影斜，家鄉咫尺是天涯。滿窗風雨涼秋夜，吹折枝枝紅蓼花。

舞劍臺

莽蕩天風萬里來，衛公遺跡賸荒臺。我來亦欲聞鷄舞，辜負年華去不回。

予卸事後鄉民送贐甚夥力卻之皆泣不去因口占三詩示之

愧作三年父與師，官民幸得兩相知。閭閻説我勞心處，宛似居家教子時。

一錢也是里民脂，作贐群來只力辭。不敢再同劉寵選，窮簷尚愧有寒飢。

舊政諄申新令知，各安爾業莫驚疑。農桑孝弟遵予囑，好作良民荅聖時。

◎楊學博培第

培第初名大成，字展卿，號漁莊，樂亭人，漢軍旗籍。道光壬午舉人，官盧龍、肥鄉等縣訓導。

風從西南來

風從西南來，吹我袷衣透。月出東北隅，照我菊影瘦。披衣采菊花，落英香滿袖。

登廣州鎮海樓二首

訪勝復尋幽，登臨豁遠眸。抱城三面水，鎮海五層樓。俯視如鱗瓦，遥看聚葉舟。了然呈指掌，分野正牽牛。

葛仙棲隱處，指點認羅浮。五嶺連雲起，雙江混海流。氣能吞百越，眼直極三洲。佗日重顔額，天南第一樓。

溪上

草滿平蕪柳滿隄，何來新燕啄新泥。門前一帶桃花水，流盡春光是此溪。

晚眺

兩岸垂楊噪晚蜩，風停渚静不生潮。兒童折柳圈蛛網，戲撲蜻蜓過小橋。

七夕戲作

人間佳會幾蹉跎，天上神仙會若何。最惜當年張博望，未曾此夕到天河。

◎李孝廉善滋

善滋字良圃，樂亭人，南垣〔一〕太守子。道光壬午舉人，咸豐元年舉孝廉方正。

校按：【一】『南垣』應爲『南浦』。參見卷五『李太守掖垣』條目及其下校按。

游香山碧雲寺

香山西南碧雲寺，遥望山麓循途至。入門見寺不見山，隨處所履皆平地。取次深入到僧房，方丈清靜生微涼。榾柮煮茗聊供客，請先引導禮空王。招提蘭若幾院落，欲記方向多約略。最一梵宇鬱嵯峨，丈身百佛供一閣。歷徧禪堂散漫遊，數經緑水噴石湫。溯湃入地無外溢，異派同歸地底流。重門乍開深穆穆，中央跨橋高如屋。石欄四繞水不波，盈尺金鱗如趨鶩。乘輿止止復行行，奇花異草不知名。紅塵不到罕人跡，蒼松偃蹇翠柏横。造一精舍聊息足，門前盈盈水一曲。水面石板可人行，如聽琴筑聲連續。忽歷一區别有天，懸崖峭石氣蒼然。一道百尺飛來泉，風亭水榭瀑布前。不見山處旋見山，小憇坐對象萬千。峰迴路轉浮屠院，高敞層層諸佛殿。不需盤道歷階升，登至絶頂平臺見。臺上又五石浮屠，中塔頂上一松孤。穿石迸出松數尺，造物鍾靈何其殊。西鄰君王登高處，往來時見濯濯鹿。東望帝城縹緲間，車馬如豆繞彎環。到此見山不見寺，紅日白雲饒空翠。始知入寺即入山，樓臺烟雨遥情寄。

謁夷齊廟

孤竹遺墟古，斯人宛在茲。一方存廟祀，百世仰師資。渺矣西山跡，遐哉北海思。清風臺畔立，惆悵采薇詞。

每憶黃農句，高蹤弗可忘。青山環故國，翠柏表祠堂。即此懷清聖，何須問首陽。舊説首陽有三。到今稱未已，憑弔溯洄長。

作家書

魚箋裁就寫偏難，搦筆心先强自寬。深恐慈親勞憶念，盛言遊子極平安。九秋莫作單寒語，千里如同咫尺看。無限情懷書不盡，幾回遲滯在毫端。

識悟

靜驗何非得失林，渾然中處自沉吟。英雄每有欺人語，賢聖絶無怙我心。水月鏡花終幻境，松風蕉雨待知音。踐形盡性含真宰，休向空虛寂滅尋。

自遣

流水光陰去不回，形衰尚未礙擎杯。眼昏權當看朝霧，耳病奚煩掩迅雷。婚嫁已償兒女債，賢愚無誤子孫財。賜書宛在家藏久，弓冶箕裘盼後來。

遣興

身世須權孰重輕，勞勞最易誤虚名。光陰有限防馳騖，心血無多念養生。安得盡能如我願，但期隨在近人情。花開花落隨流水，一任升沉總不驚。

樹陰納凉

但聽時鳥鳴，不慮驕陽照。席地坐忘形，起立一長嘯。

邊外除夕

風鬢雪虐不成眠，撥火挑燈寂寞天。詰旦有人來賀歲，纔知又是一新年。

商婦怨

爲惑多金誤妾身，鶯花無賴負芳春。早知薄命今如此，老大情甘不嫁人。

聽説鬼

怪狀奇形涉杳冥，如看燐火眼前青。人而説鬼乖常理，姑當癡人説夢聽。

事以談奇聽者多，有人説鬼喜東坡。恁他故小兼新大，游戲文章論勿苛。

◎傅明府德謙

德謙字柄一，號問樵，臨渝人。道光壬午舉人，官陜西府谷縣知縣。著有《四碧山房詩稿》。

遊萬佛岊

峨眉山裂硼雲變，訇然一聲千佛現。華嚴樓閣呈須臾，諸天羃羃飛花片。今登萬佛岊，石洞疑雕嵌。青蓮自涌現，妙相紛莊嚴。或欹山之麓，瓔珞交芬馥。或立山之厓，足底生明霞。靈宫偏栽菩提果，四圍湧出恒河沙。天公縱有千年眼，安能如許神工顯。女媧摶作黄土人，佛場安盡登青選。仰看一一佛珠瑩，但見百千億佛如遮迎。此際身遊極樂國，泠泠天樂和風鳴。須彌納入一芥子，三千界現曇華裏。一身可化百萬形，何疑靈鷲飛峰起。此時妙想入非非，渾忘身在紅塵圍。數聲啼鳥天將暮，門外嘶馬催人歸。歸途回首蒼巘裡，杳杳疏鐘凝落暉。

送百户郭君赴臺差

郭君名承恩，盧龍人，山海關城守營把總。道光三十年五月，番舶到海口，上岸窺探山海虚實，居心叵測。合城文武官員俱張皇無措，獨郭君親赴海口。未至海，而番舶數人已至小灣莊，意在入城恐嚇，被郭君攔阻而回，甚至交手較力。其人見郭君勇猛，毫無畏懼之心，反加敬畏，當日開船遠颺。此後遂不復來，實因郭君之力。營中有此良弁，不留城守，驟然以换防爲名令其遠戍，實深慨嘆。故遠送於野，並作小詩以識不平云。

昨朝消海患，今忽戍遐方。賞識風塵外，悲歌朔漠鄉。衣縫慈母線，郭君尚有老母在關。戈戟僕夫裝。隨帶兵丁兩名。目送英豪去，晨風陣陣涼。

唐漢嚴邊戍，而今重换防。塞垣崇武備，洋寇甚胡羌。績著偏遭貶，名高竟受傷。由來才犯忌，慨嘆記詩囊。

永平詩存卷十四

樂亭史夢蘭香厓編輯
遷安高銘鼎小泉參校

◎馬學博恂

恂字瑟臣，號半士，遷安人。道光壬午、壬辰兩中副車，官柏鄉縣教諭。著有《此中語集》。

《止園詩話》：馬瑟臣學博，葵園明府長子也。天才卓犖，博極群書，蚤歲爲詩古文詞即欲與古人爭席。所著《此中語》，自嘉慶戊辰起至同治甲子止，共五十六年，年各一卷。或詩，或詞，或古文，或四六，或燈謎楹聯，或仙乩禪偈，有觸即作，有作即存。詞源如倒峽懸河，滔滔不竭；莊諧間列，駢散雜陳，不屑屑於古人著書體例。要其寳氣精光，自有不可沒滅者。平生潦倒名場，未得一遇；晚年得苜蓿一席，非其志也。其自序云：『吟成矢口，躁人或誚於辭多；寫未拈鬚，文士應箴夫韻啞。望文壇而未上，敢曰升堂嚌胾？叩詩鉢而偶成，何暇磨光刮垢！或者早燕初鶯，自來原非力搆；要於揀金剖玉，求精那許才麤。性之所近，不可强也；意有所適，彌復欣然。闞觀是戒，何須人面如吾；少作具存，亦曰我心自爾。謝三都之假序，本不爭名；進雜體以同編，聊以適意。空中樓閣，時若蝶簇花團；筆底烟嵐，居然山長水遠。謝無逸慣描蝴蝶，張平子遥思桂林。紫雲無譜，秋風客鬢【二】怕先蒼；碧月空圓，春夢婆心將共白。看萬木之爭春，病梨應賦；惜一枝之莫借，烏鳥難題。胸多塊壘，澆須十斛醽醁；眼豁虛空，掃盡千年塵土。入世之緣未解，一半情根一半名根；養生之主無多，幾分書味幾分禪味。不上選佛塲，誰問他妄語戒、綺語戒、兩舌戒；但説現身法，自由我平等觀、自在觀、如是觀。底蘊畢呈，非關懺悔；性情難假，有待發舒。譽則憂，笑則喜，以猶人説存也；歌有思，哭有懷，其皆弗平者乎！我用我法，幸未傍户依門；人刺人非，且勿求瘢出羽。年紀二辰，一星終矣；篇須幾乙，不日成之。攄千言於兔穎，我心惟祇與天和；汗萬卷於牛腰，此語不足爲人道。』按，此序作於庚辰，時年未滿三十，而其骯髒不平、抑鬱無聊之概已如此，亦可以知其志矣。

詩多佳句。五言如《途中遇雨》云『虹垂雲射日，樹暗雨籠烟』，《暮晴野望》云『亂雲天際立，落日水邊明』，《晚歸》云『嶺雲霑袖溼，野鳥近人飛』，《雨後》云『小院風生浪，斜陽色上簾』，《通明宫遇雨》云『高憑千尺閣，怒走四山雷』，《感秋》云『飢魚時唼影，寒鳥欲依人』，《秋雨》云『冷雨沉黄葉，回風折緑蕉』，《秋夜》云『天凍星芒縮，山虚霜氣高』，《秋意》云『風高雲護日，院小樹争天』，《秋霜》云『冷鶴上眠砌，嬌花寒向隅』，《夜坐》云『寒犬應孤柝，秋燈聽夜蛩』，《雨後歸自北村》云『夕雲催落日，殘雨宿前山』，《偶成》云『忙從閒極起，懶以病餘增』，《微雨》云『石花生潤礎，畦翠刺新泥』，《自問》云『謀生仍計拙，奪命仗文難』，《偶步》云『淡雲舒迥野，寒鳥戀低枝』，《春望》云『無賴愁千里，相看山半房』，《龍樹庵遇雨》云『新涼醒酒意，虚聽誤風聲。軒敞低天入，烟飛遠樹浮』，《即目》云『高禾黄匝野，密樹緑成山』，《排悶》云『白日黄鷄唱，紅塵野馬盤』，《隨意》云『細花明草路，低鳥度林烟』，《夜聞大風》云『冰霜連夜黑，星斗撼天青』，《出關》云『山形紛抱地，海氣冷連天』，《感友》云『地隔愁今雨，天空耿曙星。無言前路黑，相對故山青』，《乍雨暮晴》云『海近龍催雨，天高鴈趁風。夕陽争暮色，殘滴捲長空』，《晚齋》云『殘雲争受月，疎牖緩來風』，《連日大風》云『吹星銀屑亂，掃雨翠痕乾』，《獨坐》云『暮雲縈遠樹，春雨夢芳林』，《秋野》云『溪光隨岸瘦，山影帶雲肥』，《月夜登高》云『芒角垂星闊，林巒倒影長』，《往松汀》云『地迥雲垂幔，沙平草展茵』，《秋雨》云『戰風疎樹響，隱月曉窗明』，《晚景》云『蟾光澄夜氣，蛩語醒秋心』，《大風》云『日寒人影薄，風急鳥身低』，《久憶》云『一心燈影照，兩地月華明』，《作家書》云『心遥方數驛，書到定騎年』，《春夜》云『入雲孤月白，拂地淡烟青』，《夜聞濤聲》云『河漢淡無影，蛟龍寒有聲』，《聽夜潮》云『野平疑化水，沙壅不成堤』，《曉行》云『襯月天澄碧，霏霞地澹紅』，《白羊峪》云『山光藏語鳥，人影動潛魚』，《舟行遇雨》云『岸高舟傍險，風壓雨飛低』，《夜景》云『遠樹烟藏鳥，空堂月待人。城圍天碧小，窗映燭紅真』，《大風》云『千林低拜處，萬竅怒號時』。七言如《無題》云『紅入海棠酣暮雨，緑垂楊柳管芳年。波眼微斜眉黛斂，雲鬟半墜枕棱偏』，《秋晴》云『一曲雲容明屋角，三分簾影到庭心』，《偶成》云『别調任翻鹽昔昔，甘言不學蜜翁翁』，《秋望》云『雲蹙風痕重疊影，日分山影淺深嵐』，《落葉》云『拔地根株空外立，回春元氣静中胎』，《春郊》云『曠野無花蜂偶到，暮天將雨鳥遲飛』，《菽水》云『親衰思子情應切，路遠空書寄尚難』，《意行》云『謀食自宜營馬磨，禦寒人正葺牛宫』，《人日登高》云『獨鳥没雲動高影，微風襲樹摇疏陰』，《秋雨》云『無多霜草霑餘翠，何處林楓墜老紅』，《書感》云『瘦竹一枝愁老鳳，飛花三月聽啼鵑』，《得退叔書感憶成詩》云『顧我世間惟一弟，憐君老境撫孤孫』，《詠禰正平》云『薦勞北海復何爲，才似曹瞞始堪罵』，《詠史》云『有生富貴原非福，冠世功名不利身』，《悶》云『不是游絲偏殢雨，多應籠鳥倍思秋。張家縹緲歌三影，鄒子荒唐大九州』，《秋陰》云『雲憐皓月陰常久，人怯秋風起倍遲』，《遊仙詩》云『沙苑西飛真是鶴，蓬萊東望但生烟』，《長嶺峰書齋》云『魚尾斷霞紅照水，龍鱗錯隰碧開田』，《七夕》云『玉露金風縈别恨，神仙兒女共情根』。命意遣詞俱徵寄託之深、醖釀之厚。集中紀事感時諸作，可稱詩史。惜集隘不能盡登。

校按：【一】『鬚』疑爲『鬢』之誤。

放言

洙泗闡道統，中天日星明。宋儒竟其緒，皇皇朱與程。如何繼起者，哆口恣紛爭。聚徒競門户，品流參濁清。彼木本實撥，何賴枝葉榮。邈哉古君子，不言而躬行。

防水水必潰，制情情必流。王道本人情，苛刻何足謀。摘發豈不易，致遠將貽憂。寄言操切者，一決斯難收。

治己欲其密，責人欲其寬。事機會艱鉅，智力誰能殫？大節一以立，小隙難盡完。彼哉苛瑣子，屑屑多擊摶。姤忌有深意，迂拘無大觀。反躬試自思，亦嘗臨事端。爾時何瑟縮，而今竟欺謾。一眚不掩德，諒爲秦穆歎。

野望

出門眺平楚，平楚何蒼蒼。朝日上寒雲，燿燿千林黄。落葉下飛鳥，紛然迷前岡。岡巒互起伏，深淺含烟光。上有曉行人，望望但微茫。沙驚宿鴈起，天際鳴回翔。安得借羽翰，從此遊八荒。

偶書

翔鵬何翩翩，雙翼垂雲浮。言從天池來，欲向東海游。路隘失所適，阨塞生喧湫。仰視燕與雀，飛鳴自啁啾。而我獨何爲，坐遭羅網求。

申屠既抱石，一往遂不歸。豈不傷中行，悲憤未言非。出門何所見，霧起塵沙飛。微衷諒耿耿，無由叫雲扉。罟擭坐自困，翻貽舉世譏。莊生獨放誕，於世豈忘機。

曉行

曉色斂明月，皓彩忽歸藏。天白地轉黑，一氣含朝光。團團白玉盤，遠挂天西方。征人理晨策，拂車濃有霜。秋風入襟袖，肅肅生新涼。茅店待小歇，村醪或可嘗。不嗟風露寒，所嗟道路長。

哀雀

噪雪雀聚林，啁啾互告語。今茲寒不減，相爲惜儔侶。毛羽幸已豐，凍萼啄如黍。驚之不肯起，强聒相爾汝。側身健鶻來，瞥忽矜嘴距。群逃一見獲，血飲毛已茹。謂當少閒靜，翔者色斯舉。指顧空枝頭，喧然復來處。

語有不合者心不能適然也何其褊歟題此自箴

是非有定理，不爲一人變。哆口譏雪黑，雪白終自見。況乎彼此間，未必我無眩。古人戒苟同，人心各如面。即遇背馳人，彼自安鄙諺。衆生萬不齊，安能諭之徧。鬱勃意未平，徒令心自戰。磨鏡無一塵，反己事精鍊。

偶成

元氣運萬有，人以氣感天。善惡氣固殊，天應無不然。捫心清夜思，有因乃生緣。亦或有畸零，禍福相後先。禍未施之惡，福未施之賢。惟天本無心，隨氣爲變遷。氣運久乃定，一事非其全。人事迫求應，天道原俄延。外至勿復問，守己終百年。

題大雲寺

天風響鈴鐸，殿角聲琅琅。飄然吹我來，豁目收八荒。川原變明晦，村郭同蒼茫。舉手弄白雲，雲化松林香。西日不肯下，抱光停我傍。何煩問倒影，去住心皆忘。

書意

夜鷄膊膈啼，失時何意早。白月冷如霜，滿地不可掃。出門復入門，徬徨不得曉。鼾鼾衾枕間，暫安以爲寶。

夜深天氣清，北斗明東方。回旋斡元化，磊落浮精光。瑶光散萬形，毛角紛騰驤。衆星錯如碁，一一明其旁。九重垂大圜，一樞司中央。我欲祈美酒，勸龍分餘觴。冬春與古今，一醉陶然忘。

雀鼠態纖瑣，固非狼虎姿。遭握動嚙指，啄花紛上枝。嘖嘖競口嘴，趦趄工潛窺。迎貓而臂鷂，微生誠易危。靜坐顧一笑，勞勞爾奚爲。

蛛螯自謂巧，牽絲豆棚上。人行誤觸之，面目猝遭障。掃清聊一快，夜織忙無狀。再三激人怒，搜蔓窮所向。紛紛織網巧，巧極生得喪。

古意

往者良悠悠，身世亦草草。忽遇新少年，目笑謂吾老。吾殊不自知，壯氣干雲表。飛騰既云虚，頹唐那得少。鬱鬱千年松，枝茂頂已槁。寄語謝少年，流光自可寶。

碌碌數前蹤，歷歷目前事。屈指溯其年，乃動以十計。舊事述向人，往往驚爲異。人驚吾亦厭，欲言還棄置。因思彭老儔，塊然何所寄。茫茫任虛空，返己有真意。

知己豈易言，交遊自可親。默數平生友，匪無振奇人。萍水固易散，近亦芝蘭真。奄忽復幾年，弱草飛輕塵。卻計存者誰，一如星在晨。晨星不同躔，迢迢天之垠。少年重意氣，老嬾交無新。惆悵結中懷，此意將誰論。

王晞思之熟，不願爲顯官。留連共魚鳥，所得皆欣歡。入世果熟思，無可生憂歎。秉氣物物異，因氣爲事端。萬有各一我，同之良甚難。擁爐不言熱，握冰不言寒。炎涼在冰火，於人誠何干。

惜籠鶴

翩翩一老鶴，置之樊籠中。翦翅墜雪影，寄廡隔天風。主人視籠鶴，謂與鵞鴨同。鶴亦不自珍，飢鳴求腹充。稻粱計升斗，不復問飛翀。豈不念飛翀，欲飛途已窮。失計慕乘軒，羅網嬰微躬。隣家鳳池鵞，緩步遊西東。顧盻嘲籠鶴，意氣殊自雄。憐鶴欲放之，羽毛已不豐。不如啄粟雀，飛噪戲寒叢。

感事

游魚樂清沼，茂林鳥無爭。恬熙忘化日，目恃安其生。長風忽震蕩，百族紛然驚。白浪捲沙石，中有跋浪鯨。披折摧衆樹，飢鷹氣縱橫。狂竄如奔狐，淍轍軀命輕。翎翅不自振，群失巢亦傾。仰天恣怨尤，危迫猶恒情。如何聞風者，昏昏無微明。駭機自鼓煽，掉尾如狂酲。百啄無好音，雜然方妄鳴。但見霾翳盛，謂當無時晴。震懾鯨與鷹，呑噬謂必成。不知殘物者，肆惡終貫盈。飄風不崇朝，澄景輝太清。顧憐魚鳥愚，微生徒營營。好生固天德，願爲歌太平。

三代兵農合，將帥即公卿。役均事不擾，習慣人不驚。兹事體固大，非可倉猝成。韓公剌義勇，前賢笑虛聲。呼取市井人，聚集隨旗旌。千奴共一膽，羸怯無由精。繁費更百端，何計善權衡。無事自生擾，飾言期可行。鼓鼙虛肄習，浮囂氣易盈。心驕每多亢，黨聚易誨爭。使其私鬬勇，何以抑頑情。況其部伍長，勢難持其平。善者羊將狼，惡者魚逢鯨。古之弓箭社，發意由編氓。因勢利導之，安輯消亂萌。若爲强驅迫，百弊從兹生。不見昔團練，戰功亦可銘。事定議散遣，挾勢復縱横。于公定太亂，訓練專團營。貴精不貴多，是爲善治兵。勿緣守望助，遽侈衆志城。古今異情勢，念此心怦怦。

挾勢張角距，假借公義間。津津希蠶食，宵小嗟胡顔。此輩豈使詐，反唇誚人慳。立事須人心，情涣事必艱。彈丸何足恤，悵悵思區寰。

小草生閒階，亦待雨露滋。旱暵及霖潦，無由測天施。仰見百圍樹，巍巍干霄姿。下根徹淵泉，上葉連雲逵。謂當參造化，欲一敬問之。樹大心轉空，木木無所知。運數有自然，顧叱小草癡。小草原無材，良材用乃奇。浩蕩萬里風，摧折先高枝。雨露深滋培，大樹若不思。纖纖階下植，掩抑何憂時。

祭竈

爆竹響連門，黏餳爇芻馬。竈神入天門，拜送徧天下。路出陘突黑，雲送旌旗赭。云神有職司，頗似社公社。上界陳善惡，纖微不寬假。詳思家門居，口衆言不寡。繁過酒肉簿，字須蠅頭寫。神無乃太勞，瑣屑務撏撦。況聞有三彭，訴人無苟且。何以竈亦司，一權分握把。古禮著先炊，老婦奠杯畀。虔祀祈受祉，辭自有祝嘏。遂熒罪福懷，畏竈不可惹。其實飲食資，人所託命者。報祀禮則宜，漫學王孫賈。至於怪奇説，原難登大雅。富因白粥償，貌似美女冶。姻親帝外孫，夫妻愛不捨。何如論司火，餘事口勿哆。祭取伏臘意，歲終亦可也。古典久廢墜，誰復修炎夏。五祀惟竈存，禮失謀諸野。

紀楊忠武侯

侯之勳績，國史、家乘備之。以擬古人，誠無所愧。景仰偉人，不能以已。因掇所知者滙爲十四首，姑以宣己意耳，實未足盡侯也。侯謚忠武，世襲昭武侯；生於乾隆庚辰，卒於道光丁酉，壽七十八歲。

風雪二萬里，西從將軍王。山摧三羽箭，賊墜半段槍。拔起行伍中，意氣非尋常。功名尚不計，百戰身堂堂。從福郡王征廓爾喀，是侯出征之始。侯以武舉入行伍，出征時年二十五。

苗幕壓地黑，師老城不開。横衝三十騎，將軍天上來。百旗耀荼火，千兵引風雷。出入周盤龍，制敵猶凡才。侯以三十騎入苗營，解松桃廳圍，軍中驚爲神兵。

蟻賊隨地出，蔓草嗟難圖。鏖戰十年功，迅掃忽已無。憂居衆鵠退，出擊窮猿呼。獨控黑大蟲，一騎雄千夫。川楚孽匪，侯力勦除。嘗丁艱坐草百日，而衆軍遂久無功。侯出，一戰大破賊。侯所乘黑騾駿異。

劇賊百戰餘，聚鋭環公旁。決命一爭首，地識期彭亡。紅旗急三颭，萬妖碎飛蝱。血雨灑荒谷，廛銷日月光。教匪冷天柱等百戰之餘，驍悍異常，設伏於楊道士溝，誘侯戰。秦音呼「士」若「死」，謂「楊到死」也。侯大戰，賊皆糜爛。川楚自是奏平靖矣。

淮陰驅市人，死地使求生。侯昔受孱卒，未戰心先驚。李牧市牛酒，廉頗堅壁營。固知勇可習，驅策成精兵。魁帥忮公，授以敝軍。侯教之，皆成勁卒。

脱巾起所統，大將朝京華。馳歸入客軍，左右無爪牙。嶽嶽方柴關，賊勝不敢譁。踞坐叱歸伍，恩威素所加。方柴關諭降孝義廳叛兵。

滑城鑄鐵堅，急攻傷吾軍。鎖城持其敝，差免玉石焚。垣摧列騎守，婦孺奔如雲。仁心寓取殘，豈止矜高勳。定滑縣。

高車俄蠢動，蹴踏驚金甌。紅羅刺大旗，羌人畏縮頭。四城捷拾芥，百萬葉掃秋。歸來奏天子，萬里提貔貅。定回疆。

設格募壯士，不問所從來。投槍見將軍，一語心顏開。可使蹈湯火，同心無疑猜。將門固有將，接踵登雲臺。解松桃圍時，識拔果勇侯楊芳於卒伍中。麾下將材甚著，提鎮四十餘人。馬濟勝、段永福、齊慎、陳金綬、向榮、胡超、石生玉皆其尤著者，餘不悉記。

萬騎倏一麾，聚散如風馳。制勝貴速戰，龍韜自出奇。妙用通六花，千秋重遺規。奚止郝廷玉，流涕思校旗。侯制馬隊速戰陣，今天下皆習之。

大略洪經綸，虛懷裕謙冲。外不訐人過，内不言己功。緩帶理文事，儒雅如羊公。上馬嗔人扶，顧盼生英風。侯度量洪遠。

殊錫大司馬，節制兼三秦。非酬百戰庸，實洞精白忱。風雲靖壁壘，草木生熙春。知人帝則哲，大臣非武官。總制陝甘，地方安輯。宣宗成皇帝署昭武侯陝督考語：身經百戰，中外宣勤；簡任封疆，亦能勝任。

方嚴肅家政，卓卓漢膠東。公乎百戰豪，而高萬石風。子不辭色假，訓維桑梓恭。入門必下車，歡迎里社翁。侯治家、處鄉里，整肅和睦。

封圻慶兩世，天語昭奎章。侯七十壽時，上錫以聯云：三朝疆場宣勤久，兩世封圻集慶多。兹備典哀榮，稠疊光旂常。重臣視窀穸，信圭嗣馨香。次子河南巡撫海梁先生名國楨襲侯。千秋幾忠武，盛德唐汾陽。

書意

亂絲互糾結，其縷宛轉通。求之以躁心，紛然不可窮。抽刀斬斷之，毅毅稱英雄。英雄侈雄斷，治絲未云工。猛氣挾龍虎，强力張羆熊。君子應萬事，守己惟敬恭。慎察其端倪，條理原在中。一端既應手，萬絲纏結空。無爲誚迂緩，從容已收功。莫學鮮卑兒，武斷徒匆匆。有才刀在握，無才妄填胸。絲斷棄難用，鹵莽成愚蒙。逞己快目前，邈矣君子風。

關侯玉印

漢玉印一，協天大帝佩章也，藏聖因寺西祠中。余往請視之，祝人曰：『今歲印尚未開。』爇香拂磬，拜於帝之真容前。啟函，玉方近二寸，質甚堅瑩，色青，半角黑，若新拭於水。井環兩面刻具帝名爵，旁鐫純皇帝御記印考。云：帝督荆襄九郡時，蜀人獻玉，昭烈使琢以賜。後爲吴將徐盛所得，盛覆舟鄱陽，失之。明得於漁人，獻之朝。會帝顯照膽臺靈蹟於西湖上，因立廟，而以印歸之。或疑以附會。仿擬無所不有，然授受詳覈，其隱見之跡非可僞餙。且玉石潤，雖時製巧工，萬萬不及其樸。則信以傳信，理不誣矣。

猲子盗來龍虎器，辭漢銅人夜垂淚。鄱陽水底避凡奴，明聖湖邊鎮勝地。我聞帝君古印名，未見已動凌雲意。登堂何暇拜真容，入門先將問香吏。香吏磬折言語恭，謂我遭逢數真異。紫綬未拆囊上封，紫泥尚護函中秘。豈必奇人不易逢，多恐神衷待我至。焚香再拜虔啟函，不覺目眩心先悸。玉柱纔辨鐵筆文，白虹已衝寒日出。持節當年九郡章，作佩猶鐫兩邊字。神光黝黝雲半黑，寶氣英英玉含翠。舊傳帝蹟照膽臺，旁灑宸翰聖因寺。帝君遺寶世所傳，蒲州銅章抑其次。歌風未聞歸故鄉，墮弓奚自留州治。豈如此玉古色淳，授受淵源較然記。況聞故迹笠翁書，劍去珠還詫奇事。《李漁集》有云：玉印以廟圮忽失所在。迨中丞賈公漢復重新廟，工甫竣，而印得於賈公門外。帝君神武靈在天，號令風雷衆生遂。常留佩印壓乾坤，白日驚雷起魑魅。試看湖上青山輝，勢奪金牛寶光熾。

執牛耳

凡有血氣，皆有爭心。事事而欲尸之，集矢必矣。矧舉鼎則臏絶，代斲則手傷。宋襄之執，衛侯之捘，呼而不應者，猶幸也。箴之曰：君子不欲多上人。

牛有耳，執之者爲盟主。宋楚欺，衛晉侮，滔滔古今首誰俯！服膺老子言，無爲天下先。有虛憍者，起而著鞭。鞭之長，不及馬腹；手之誤，乃及牛角。其耳溼溼，其角戢戢，夫何憚於汝！飲水被觝觸，尚不恤孔雀。觸之傷矣，若亡羊矣；多執多傷，胡可長矣！善刀而藏之，事將自定；不蘄勝人，乃反覆勝。吾進此説，而人方掉磬。奈何哉！牛耳無竅，本不順聽。

河崖古屋行

人生壓地自局縮，閲世睽睽且瞠目。前塵後塵塵相因，横據中間爲歸宿。豈知刹那非定蹤，摧岸河出古人屋。古屋何年沈地裏，波蕩沙埋此遺址。何年今人來定居，屋上架屋屋新起。今屋正壓古屋頭，古屋横立回奔流。長灤漱崖捲地盡，勢漂今屋危如舟。暗結古磚堅積鐵，今屋始免昏墊憂。今人自饗古人利，古人豈爲今人謀。今人古人無一面，今屋古屋一相見。水落河干更下窺，旁羅竈突儼深院。升沉變遷何必論，世事如斯過飛電。眼前且作眼前心，不名古屋名今堰。昔者秦人穿地洄三泉，叩之空空如下天。似有人居下復下，時聞鷄犬聲飄然。頗疑古屋亦如此，安知地底無人烟。麻姑海叟不可問，遥憶黔蜀絶壁千尺横懸船。

夷齊廟屈蟠松歌

偃蹇松身傍地走，卧雨拏雲歲年久。孤標自欲干青霄，逢著夷齊一低首。夷齊特立超群倫，聖之清者惟天真。地坼天回存本性，不朽豈數青松身。春風一夜穿林杪，老樹柔花爭嫋嫋。吹噓乍荷東皇恩，萬緑千紅喜回繞。此松此際如不知，支離自老虬龍姿。叩馬夷齊忍槁餓，大義不爲周仁移。或謂高賢甘澗壑，抑鬱如松屈林薄。豈知夷齊非隱淪，懦立頑廉倫紀託。德祠廟貌瞻夷齊，摩挲古幹蟠階低。涼陰下覆薇蕨老，驚濤横捲歌聲淒。蒼雲匝地圍山月，蜿蜒曲折出龍骨。眠柯化石回清秋，坐來疑踏冰雪窟。清風謖謖懷古賢，宸題炳燿輝山川。老松蟠屈倚階陛，待學夷齊千萬年。

李建堂移家

灤水蕩潏，圮夾岸之半，村居者不可以安也。辛卯孟夏，建堂決徙於村之北。屋宇草創，林木蔭樾。開窗四望，環以雲山。浩浩平沙中，平疇數區，固所耕而食者。遠水而近田，稱樂土矣。同人咸以詩賀。建堂來徵詩，且迫手書。余雅不知書者，而亦復滿紙。賀客來作壁上觀，當大軒渠耳。

昔觀宋楊通老移家圖，蹀躞一牛從一驢。四婆窈窕顔猶姝，山花滿鬢擁嬰孺。負荷者誰二村奴，書生生具長物無，但見纍纍卷軸牛腰粗。通老貌古山澤癯，行且去矣何所需，新詩千首酒百壺。李君才氣當與楊君殊，復此屑屑一旦謀新居。蝸牛三楹小闢除，綢繆牖户勤拮据。君指長灤一笑呼：吾守故地吾其魚。移居不似移山愚，因依薄田帶經鋤。蠶官賽罷摇裙裾，顧視通老今何如。吁嗟乎！李君昂藏七尺軀，雄才踔厲横絶排千夫。卯秋戰勝文采舒，指日驤首飛天衢。南宮三上淹公車，時哉未至猶泥塗。人中之龍氣淩虛，百川可回雲可噓。斬蛟周處真良模，今竟徙家避水胡爲乎！乃知深淵龍潛抱明珠，善藏其用神所儲。得時淩競尺木扶，雷雨滂沛流八區。英雄隱見非一途，豈學楊君猖狂詩酒矜頭顱。君來索詩如索逋，强不能書使之書。腕中黠鬼相揶揄，蠶鱔詰曲鵶糢糊。自笑伯生手畫三十六家符，且可張君素壁嚇走蛟鼉安室廬。

芙蓉引 並序

秋水泥清，春風花豔。蝴蝶則栩栩猶生，杜宇乃聲聲自苦。成墜溷之因緣，激書彤之梗概。桃笙誰詠，夫也努力作藁砧；蓮花不妖，女子盟心堅金石。然而追隨獨豹，便織鶯籠；嘲哳嘉賓，爭窺燕室。嗟柳枝之無力，風易相欺；憐蕙性之自馨，月原無滓。燈昏雲懶，便恐濁流之投；蚌泣珠哀，惟有泉台之避。深種情根，樹猶連理；乍離苦海，魂斷芙蓉。夫婦飲鴉片而死。鴉片即亞芙蓉也。悼彩雲之散，幾人哭怨粉愁香；吊匪石之貞，一樣傷錦鱗翠羽。霜凋並蒂，一生早笑藥張三；藥咽窮途，雙拋漫唱長橋月。鴛鴦定集，横琴省別鵠之音；松栢原貞，擲筆掃燕蘭之譜。此事傳者忘其部名人名，即乙未新事也。

女兒十五知自憐，等閑不立春風前。小家門楣作不起，蔦蘿低蔓相纏綿。女兒嬌癡願易足，夫婿弱齒如花妍。朝見夫婿出門去，錦衣車馬隨翩翩。燈花落盡待不至，清尊綺席鳴瑶絃。迦陵高唱紫雲曲，繡頭老作文登顛。女兒三更淚如雨，纖手難挽蒼蒼天。豈知鸚鵡呼客至，公然欲折雙枝蓮。金臺酒暖客不飲，笑喚女兒前當筵。呢呢夫婿作私語，纏頭錦映珍珠鈿。女兒卻走身自閉，家人誶語驚門邊。貴客不歡坐欲起，老媪變色衣頻牽。送客歸來目如虎：種成錢樹偏無錢！女兒夜半語夫婿，深深孽海何由填。琴瑟既調一人室，琵琶又向誰家船。女兒小家無所解，頗聞名節難輕捐。壻弱無力悔不得，相看雪涕思瓦全。宛轉相憐人不顧，驚風怒浪生回旋。回旋便作淪胥勢，吠厖感帨危機先。羅網千重飛不去，芳魂誓去隨飛烟。名花自愛見真品，幽貞豈待人稱賢。定州花甆難劃玉，千秋皓質留精堅。女兒絮語淚花紫，夫婿同心願同死。兩人哭聲如在耳，家人狺狺怒未止。

書感

婚宦因緣殊未了，五嶽遲遊向平老。幾人壯志起風雲，轉眼頭童項復槁。百年石火已匆匆，又向忙中失吾寶。功名兒女債重重，冷眼仙人一笑倒。人間清福勝殊榮，但願山林小溫飽。勞生碌碌走紅塵，問天翻被天公惱。撐拄乾坤非爾能，自營身世何嫌擾。果然寂寂盡無爲，不必生人止生草。

天開眼

古天官家言未嘗及此，而小説家時有之，則皆吉徵也。予及退叔夜歸，見紅光奪目，心異之。至街中，値武瑞占言東北方忽閃紅如初日形，兩端狹，中闊，長可三四尺。揣其形，真天開眼也。適所行街狹束，故僅見光耳。因爲長歌以誌。時道光壬辰二月十七日亥刻也。

人日視天，天不視人。天不視人，而視自民。玉川妄猜日月作雙眼，竟以何星何宿爲舌脣？天有頭乎解西顧？徒鬬人智非天真。我聞玉女投壺天大笑，流光吐火飛八垠。六根豈得無定在，何以東西南北到處掣電光紛綸？蛟尾叩天解祈雨，天心應物如桴鼓。何以靈均呵壁百問百不言，豈真鶉首醉秦倦傾吐？天鑑不遠天用神，仰視蒼蒼覆寰宇。聖爲天口，人爲天心。聖皇御世，萬類熙皡。今邁古降觀，其德回神光，日月合德正。乾五豁然開天闔，九重詄蕩遥可望。天人手把赤玉節，霓旌霞旆翩以翔。或疑慶雲見，輪囷延嘉祥。或疑填星如瓜壽星李，連暎含譽輝雲章。是時明月懸中央，金蟾吐影周八荒。連躔列曜讓光彩，秋毫洞徹析微茫。天光下臨，倏出月光上。朱陽耀色，紅雲散影，彌綸布護舒精芒。輝輝赫赫亦如日，天回電轉明下方。仰首東北，天目煌煌。舜重瞳子，四目明昌。今天亦以目形示，明見萬里，仁育萬物，拜手欽吾皇。陋彼天目峙南限，虛名蟠地餘巉嵯。成都海眼空浮珠，豈有光華照雲棧。古者祀天，黄目之上尊，炯炯金丸狀雙眸。得無仰窺圓象鑄此形，氣之清明法天非杜撰？下士士戴盆而望，握管而窺；上瑞臻茲，拂拭素簡。青龍在壬辰，月律夾鍾，甲午夜丙，維天開眼。

落星石

高邑趙忠毅公生時，有星隕於其宅，故公名字皆寓其意。吴芸孫大令爲余請於趙氏而見之。石渾圓，而凹凸處頗似人摶捖而成。質極堅重，色赭而隱黑，黄脉交纏。上有墨書題字甚多，然漫漶，僅能辨其一二。

星精在天不可落，綱紀陰陽斡天籥。大賢瑞世如景星，箕尾神歸猶照灼。一星落竟一賢生，陽九應知數乖錯。明社奄奄神熹間，太乙鈎陳氣蕭索。高邑挺生名世賢，炳炳丹心燭臺閣。乾坤正氣鬱不舒，一出先被宵人螫。人方妒賢摧羽毛，天不容賢老巘壑。徵書再下恩待酬，手掌天官籌百穫。進賢纔慶連茹升，時事已嗟禾絹諾。爲虺爲蜴陰孽盈，委鬼茄花煽威虐。盈朝衆正復奈何，止供彪虎恣搏攫。東方未明硯自磨，太白輝輝吐廉鍔。拜疏擊閹事不成，鴈塞風霜走芒屩。埋頭僅免數黄芝，荷戟終傷老戍幕。一木堪支大厦危，生不逢時困剸削。生賢厄賢同一天，欲問蒼蒼意何著。天眷潛從勝國移，天心猶念淪胥惡。狂瀾日下挽不回，砥柱高標仍岝崿。鍾靈賢哲振綱常，百鍊金精終不鑠。蹈危任向風波行，礪世且爲頑鈍藥。人心不死天意昭，勁節純忠百世作。賢生雖藴星神明，星賈已徵賢運薄。至今星石尚傳家，渾圓不受儵忽鑿。頗疑初墜質未堅，遺痕搏挖留周廓。依稀如斗抱元珠，宛轉縈絲認金絡。靈異疑藏忠孝章，安重不逐驅山鐸。惜哉古墨半蒼茫，誰其題者難虚度。得無賢者慨生平，揮灑銀鈎自寄託。觀石再拜重懷賢，明忠毅公趙儕鶴。

斛律箭

偶憶《北史》斛律金論明月、豐樂射獵事，因思人之臨事皆可以射觀：獲多獲少，偶然之數；而慎發輕發，則用才者當自審也。

咸陽王，馬盤騆駿弓挽强。南可汗，汗血生駒大羽箭。獵火殷山馳逐間，霹靂聲驚鏃飛電。狼僵虎仆麋鹿窮，連車載獲歸論功。可汗獲多王獲少，敕勒高歌白鬢老。老翁望塵知敵情，更爲兩兒射獵評。少者賞，多者鞭，兩兒心服人不然。中必得要害，舉事能百全。隨處便下手，貪多虞躓顛。建豎豐功準諸此，多少何足論目前。馬上拓地七百里，咸陽王出周心死。蠕蠕遠懾可汗威，稽首闕前拜不起。兩兒烈烈皆英雄，識有軒輊才則同。認名莫笑指屋角，能制雄才惟老翁。

前賢後賢行

鍾繇食炙不知口，竟定關中敗賊走。古來亦有陳不占，赴義鼓鳴神失守。嗟夫鍾陳良亦賢，後之賢者誰復然。轆盧三尺腰空佩，白璧千金手欲捐。不捐軀命但捐土，距心何止三失伍。陣圖虚繪勢如問，短劄頻書心獨苦。苦心粉飾復誰知，淚滴秋濤落葉時。蒼然已變昌黎髮，瘦削全非姑射肌。姑射仙人原獨立，何事多愁復多忌。每瞋鵬翮健摩霄，不許金鵄威動地。金鵄飛去鼉鼉驕，攻碕鼓浪吸人膏。如何更作鱷魚祭，紛紛羊豕投洪濤。群妖得飽恣狂舞，何嘗馴伏莫予侮。自將拔劍斫地歌，那得然犀照牛渚。海風一夜倒軍牙，刀鎗吐火旌生花。刻舟悔失臨淵計，榷幣空添爭界譁。爭界督郵應化石，片石孤懸海天碧。鼫鼯五技一時窮，虎皮羊質空遭射。射石飲羽亦快心，朱符夜動威弧臨。一日縱敵數世患，羅網嚴施早獮禽。

癸丑九月二十八日，天津謝大令子澄，字雲舫〔二〕率鄉勇擊南賊於黄家墳，大敗之，天津遂安。賊竄據楊柳青。十月初五，勝將軍至，授謝大令官軍二千，同擊賊。復敗之，圍諸靜海，收復楊柳青鎮

霜風迅掃渤海清，琅琅草木摇天聲。天聲振厲天威暢，狼星匿影威弧明。保障畿東尊縣令，陷堅摧鋭提民兵。已聞殘寇困靜海，指日郊甸皆安平。憶昨九月哉生魄，武安間道賊縱横。蹂躪臨洺徑北竄，三百餘里無堅城。勝將軍出土門口，金戈鐵馬馳兼程。藁城驅獸已入穽，惜哉定見無韓弘。旁走忽驚兕出柙，晉州驟覆深州傾。深州防陸未防水，突出詭道群妖行。是時將軍向無棣，景滄扼要方連營。賊智鬼蜮乍返走，鴟張勢逞津門驚。津門富盛舟車輳，北辰拱衛依神京。鹽官禹莢重欽使，總戎觀察羅旗旌。築室道謀事匪易，萬人待命心怦怦。縣令謝公官七品，奮起簡練呼編氓。民之戴公如父母，輸貲輸力廷爲盈。拔才先釋越石父，使人不讓淮陰精。翦除間諜弭内患，更擒僞使窮賊情。先擒奸細三十餘名，女賊一人。賊僞爲差官，詐取火藥。總鎮欲與之，謝公訊詰奸狀，窮其情，立斬之。奸細謀縱火，亦擒之。黄家墳頭妖伏匿，鵩鴞夜半軍牙鳴。賊至天津，炊食黄家墳。有乞人見之，走報謝公擊賊。謝公獨出土團集，身先士卒鋒敢攖。一戰再戰賊摧折，慮周未肯歸閈閎。一軍駐野壺漿餽，大餅爭擀肥牛烹。戰勝。謝公慮回軍賊必擾闤廟，遂駐營於野。民爭以餅粥烹牛送供軍食。指揮行陣壯貔虎，有嘉折首功先成。驍賊飛鬪有髑首，百戰不懼火礮

鎗。公遣獵舟發連銃，一擊墜地鳧鷖輕。賊渠號禿子三王，踴躍，礮不能傷。謝公募獵鳧舟人，以排槍擊斃。禿自言經一百七十戰。大頭羊自粵西起，奔突直進如狂酲。公麾健軍擒之到，繫頸不異牽犧牲。賊渠大頭羊爲劉繼德冒火礮生擒，並奪其大司馬大旗。縣令戰勝將軍至，合軍急擊消欃槍。四張天網靖餘孽，蔓草豈復留枝莖。勝將軍至，謝公從之，擊賊於楊柳青。賊竄入靜海城，遂圍之。謝公言乘勝急擊，賊可悉殄，而勝將軍不從。休軍數日，賊遂得於靜海作冰成[二]泥壘，猝不易攻。賊自江皖走豫晉，狂勢黑海翻鯢鯨。高牙大纛幾偃仆，縣令嶽立功崢嶸。使得如公十餘輩，早奠皇路歌由庚。上功幕府奏天子，九重申命須殊榮。冠飄孔翠階第四，聞謝公賞戴花翎，加四品銜。勳爵徧及酬民誠。賞鄉勇四百六十人頂戴有差。遠謀恢洪見崇讓，謝公辭賞，請俟蕆事。賞劉繼德六品頂戴，亦辭，謂已邀免罪恩。豐功肇建聞從征。太常紀績銘鐘鼎，自任固應師阿衡。灤平隣壤亦歡頌，荷公陳力遏亂萌。淮雲慈聞浙水被，黃河潤真九里并。我昔攝鐸向古趙，獲從公遊聯詩盟。大雅扶輪士宗仰，長材小試民歌賡。已頌循良明鏡朗，今聞功烈青天擎。風流丞相仰安石，蒼生倚重垂高名。後先輝映定齊躅，豈如介甫徒墩爭。車騎才徵使履屐，八千淝水摧敵勍。今之戰多亦卓越，烏衣舊望瞻豪英。謝公蜀賢字雲舫，大功竟出一儒生。

校按：

【一】謝子澄，四川新都人，曾任盧龍知縣、灤州知州、邯鄲知縣、無極知縣、天津知縣。關於他的字，《清史稿》《灤州志》及史夢蘭《爾爾書屋詩草》作「雲航」，《新都縣志》《邯鄲縣志》《無極縣志》《天津縣志》作「雲舫」。

【二】「成」疑爲「城」之誤。

十一月二十七，謝公雲舫擊賊於靜海。已戰勝，副都統佟鑑急進，折賊浮橋。賊從西門突出馬隊，佟都統被圍。謝公聞報，馳往援之。方決圍

出，而副都統達洪阿遽以後軍退。謝公軍孤力戰，身被七創，墜馬。民兵負之潰圍出。賊追急，謝公語民兵：我必無生理，汝輩前殺賊，可置我勿顧。民兵負走不釋，公奮身墜河，遂殁。既殮，柩將入城，賊出劫之，爲民兵擊殺千餘。事上聞，奉旨贈布政使銜，世襲騎都尉職。天津及故里皆立專祠。柩既厝，哭奠者日以千百計。民兵痛哭，欲散去。欽差天津鹽院文謙，謝公知己也，撫循民兵，告以謝公雖殁，上有老母，下有公子，當爲公復仇。民兵悉感奮，皆白巾白帶從鹽院，奉公子於軍中。十二月初七日，不俟官軍，冒死突入靜海城，殺賊萬餘。零賊竄歸獨流鎮。遂克復靜海縣，成謝公志也。謝公爲不死矣六品銜民兵領隊回人劉繼德，謝公殁遂去，已而招回衆數百至，自言此命當爲恩主捐之；竭力死戰，克復靜海

糾桓奮躍摧冰城，賊於靜海城外壅泥加木爲重城，以布絮漬水護之，凝結爲冰，甚固，大礮不能損。獨流亦然。飛火震作霹靂聲。一片刀光壓人影，妖賊血雨飛縱橫。雪仇敵愾氣無敵，壁上觀者神皆驚。唾手功成靜海靜，云是謝公舊領之民兵。噫嘻乎！賊勢鴟張異蜂蠆，謝公力定渤海界。驅市人戰等淮陰，先二子鳴超邪蒯。幕中坐答勝將軍，民兵可勝不可敗。非獨勇戰彰將才，更於持重徵碩畫。受軍旅寄方馳驅，失貴臣意生蔕芥。一朝馬革裹屍還，龍性難馴鸞翮殺。勝將軍令謝公以民兵攻靜海，公不可，忤將軍意，遂生齟齬，以致謝公陣没。鹺使同志率遺孤，萬人誓死蒐兵械。戰勝渾如公未亡，十萬貔貅望旗拜。望拜還思昨戰場，冷雲寒水氣蒼茫。飛騰競發三投矢，叱咤猶揮半段槍。前鋒鋭進同都統，斷橋猛氣亦鷹揚。止意決圍爭白馬，何期入谷困黄麞。是時謝公督別隊，土團奮擊勢莫當。前軍忽聽鼓聲死，別隊空生寶劍光。同

澤同袍深義氣，揮軍赴救殄豺狼。陳安陷陣前真勇，王侁收軍退獨忙。軍無後繼成孤注，將入重圍裹七創。負走雖教勞壯士，躍水偏驚作國殤。不見鄧羌爲司隸，竟悲韋粲殁青塘。急驛羽書驚上達，行人墜淚徧東方。九重軫惜垂殊眷，保衛前功在畿甸。都尉恩重死事孤，方伯爵加濟時彦。津門蜀道兩專祠，英風褒鄂開生面。功過分明聖鑑周，退軍者亦加嚴譴。豈止駕馭必英雄，更已感激動愚賤。遺兵痛哭淚盈河，同憶謝公勤訓練。報國酬恩未了心，願代公償甘血戰。嗟哉謝公一文臣，起家乙榜歲壬辰。玉樹身容看秀發，紫芝眉宇顯精神。此日威棱妖可斬，從前惠愛雉能馴。到處戴公如父母，及時樹績冠魁倫。健兒帳下同生死，公殁如存衆志真。縞素軍容明雪練，風雷士氣振天津。遂教縶馬埋輪地，竟見澆螢捧海新。獨流片土棲殘賊，定知尅日靖烟塵。試繙汗簡論前哲，殞逝誰能壯志伸。文武兼資驚世眼，古今獨絕屬公身。短景何爲四十六，應爲國家惜此人。惜公重爲蒼生痛，子皮在鄭原稱棟。定變雖開祝阿城，殲渠未到幫源洞。往事徒傷周孝侯，長材未展齊管仲。傷心堂上泠慈烏，泣血庭中剩雛鳳。從知忠孝兩難全，敢説功名虚一鬨。天家錫已備哀榮，造化機誰問摶控。爲公頌更爲公悲，山陽隣笛聽三弄。論文把酒憶邯鄲，那知公今已醒黄粱夢。公在邯鄲攝篆，欲蒐集黄粱夢祠中詩刻之，屬予爲序。

馬解歌 此乃俗名。然古所謂戲馬者似非此類。解字讀謝音，是更代之意，固與此戲可通

此戲向多單人，此爲雙解。秋間來邑，聞人言而賦之。

佳人繡帶錦行纏，嘶風驕馬立當前。萬目睽睽注金埒，昂頭引頸無喧闐。健夫叫呼開馬路，往來奔走如雷顛。却顧雙姝意閒靜，簪花掠鬢方俄延。眼底忽驚彩雲起，銅鉦催響敲連連。一女騎馬散元雹，一女逐馬飛紫烟。逐者忽上騎忽下，花枝天嬝春風旋。如鬭嬌嬈逞身手，便捷神速難言傳。上者

踏鞍鞍上立，亭亭不動看紅蓮。合十便作善財拜，曲一更學春鋤拳。下者身輕不點地，欲墜不墜鞍旁懸。懸身引手作變轉，握鞍倒作隱峰禪。細骨靜植百琲值，纖鈎虛躡三春研。倒者俯仰金斗轉，立者攲斜玉體眠。人馬相習兩相忘，雲奔電逝不須鞭。旁觀神摇不及瞬，望塵幾欲抛金錢。豈知妙伎愈巧變，身柔疑是兜羅綿。紅尖鈎鐙回腰下，翻身忽從馬腹穿。足轉右鐙手左鐙，騰身上馬仙乎仙。忽復搏行齊馬足，並驅未識誰爭先。一雙芙蓉無錦幔，競誇豔質方並肩。馬如箭激勢莫遏，人偏易位身倏遷。纖梭意而誇巧捷，穿花鳳子空翩翾。銅鉦停敲馬已住，廣場萬衆情茫然。二女從容揄長袖，回眸無語增嬋娟。衆情顛倒殊未已，或言喚取臨華筵。反腰定銜玉簪起，入掌那用仙裙牽。或更高談肆評泊，誨淫眩巧滋邪緣。何如寒女解織素，何如村婦能饁田。觀場矮人固爾爾，風花飛絮自有天。逢場作戲聊寓目，佳人勞矣須誰憐。

弔黃觀察

名醇熙，由進士官湖南知縣，以上官不合引疾。駱制軍秉章造門力請，乃起。曾制軍國藩請偕往江南，以母命不許而止。在湖南屢捷，賊甚畏之。以衆寡不敵戰歿，賊支解焚屍。駱制軍收屍殮之，柩所過，百姓皆涕泣。奏請卹謚立祠，宣付史館

千雀萬鳩，與鵠爲仇。蒼鷹獨擊，旁鳴鵂鶹。鵂鶹夜嘯迷林藪，白虹曳天墜天狗。沙場戰血化碧多，義骨忠肝不能朽。骨不朽，烈氣揚。昭明禋，禮國殤。戰長沙，太守黃。黃公出鄱陽，始七品官耳。不善事上官，棄官如敝屣。腰不爲郵督折，身可爲知己死。當其奉母隱湖湘，青袍布履齊民裝。閉户讀書謝賓客，甲兵十萬胸中藏。大府屢招不肯起，造門面請勤籌商。曾駱傾心感老母，命之報國馳危疆。氣奮風雲施豹略，戰如風雨真龍驤。鬬智亦鬬力，挽弓能挽强。一軍騰勇，萬賊倉皇。惜未高牙大纛專號令，欃槍淨掃日月光。是時劫紅羊，天運逢陽九。豈無冠世才，努力摧群醜。勢或扼其

吭，患或掣其肘。向將軍榮，楊侯門下舊宣勤。西粵全城罹讒口，保障蘇浙重策勳。兵不滿萬言不用，心血枯瘁隨浮雲。張殿臣國梁拔萑苻中，代總軍務繼向公。感恩矢報戰盡力，五百精騎如雷風。進援蘇常餉不應，熱血自濺郊原紅。是皆擁旄稱大將，有踞其上難爲功。而況起卑官，事權不在手。毅毅江忠源與羅澤南，血戰苦未久。羅敢深入墜賊謀，江無救援失城守。津門賊勢方猖狂，謝公子澄一擊悉退走。偶忤大帥當前鋒，潛撤後軍委虎口。諸公信英傑，敗事知某某。黃公智勇兼，江羅謝堪友。知人駱制軍，委寄良無負。所當者破賊恨深，數奇將星墜如斗。墜大星，壯於趾。陷七覆，不可止。衆寡既不敵，退軍良所恥。獨身殿軍，令卒前駛。手刃圍賊，衣如血洗。軍械吏士無失亡，身中長矛仆地矣。舁見渠魁，公怒髮指。截股斷肱，罵聲益起。捐軀公豈憚焚如，敗中之功固如此。敗書乍聞駱公哀，深惜國家大將材。卹謚請祠兼入史，詳述勳猷達聖裁。朝奏夕報可，恩自九天來。感激動三軍，涕淚及草萊。而有不動者，謂之何哉！噫嘻乎！黃公壯烈，非常之人。騈脅多力，胸蟠經綸。豈惟科名之不愧，實爲忠孝之邁倫。執干戈以衛社稷，歿必爲明神。化青魈以殄逋寇，易白馬而靖邊塵。維公之死綏，諒由寡助致。小敵之堅大敵擒，飛能冲天無羽翼。小商河殞楊再興，甯武關亡周遇吉。使公值向、謝，諸公得共事；氣誼苔同岑，運籌身使臂。秋天鵰鶚狐兔空，戲海群龍蛟蜃避。抑公殉國時，駱公移蜀地。公雖不死勢益孤，來者何當得如意。偷倉雀鼠躡足爭，嫉前豺狼怒目視。望黃金臺輒開心，聞白鐵余盡奪氣。公不與之同，功高定招忌。曾公曾請公參軍，欲往惜爲母命制。曾公仗鉞開幕府，弟兄宣力振天武。頗嗤王肅侈小捷，不學侯濛事招撫。黃公得與共功名，驂靷相從奠南土。殲渠犂穴妖氛消，功勒旂常錫圭組。何止百戰輸孤忠，獨有英風傳萬古。

永平詩存卷十五

樂亭史夢蘭香厓編輯
撫甯王立柱砥山參校

◎馬學博恂

秋郊

白雲飛不去，迴野澹秋光。燕影乘風遠，蕎花媚路香。村邊明古木，人外冷斜陽。牧笛前山下，誰歌叩角商。

偶成

支頤對天影，日落碧漫漫。紅葉有秋意，清風生暮寒。瘖蟬牢抱樹，歸燕偶依欄。欲寄白雲語，蕭蕭衣袂單。

偶感

平生無道氣，所得即艱難。天與心無足，人爭境不安。猴從鏊上坐，蜂總紙中鑽。自是愚無解，誰爲借鏡看。

夜發

青天開一鏡，宛在鏡中行。立樹團虚影，高星揭小明。蛩疏咽霜氣，人寂出車聲。回首問秋月，相依送幾程。

小兒女時憶祖母拳拳於口中懷悵觸竟不知何以答之

一望白雲飛，林鴉暮自歸。獨教成遠客，不易近親闈。色笑縈虚想，山川悵夕暉。時聞嬰稚語，展轉此心違。

懷友

樹老秋風怒，蕭然亂葉飛。故人千里别，鴻鴈一行歸。明月遠相照，暮山寒作圍。閑軒方寂歷，猶記叩柴扉。

寄懷王湑厓

日暮雲何處，迢遥係遠思。故人皆拙宦，古道誤當時。獨盼階前柏，常横雪裏枝。干霄高節在，憔瘁莫相疑。

至家

至喜高堂健，催燈夜話遲。馳驅知路熟，岑寂念兒嬉。晚景憐秋草，寒光上故枝。匆匆依膝下，已觸别離思。

年年車馬客，小住不成歸。文戰三秋懶，貧家萬計非。稻粱思鴈少，烟樹羡鳥飛。欲向農夫問，耕田願不違。

聞各省多水災兩湖江南河南而海氛又失定海

水官疑失位，浩渺雜江河。況説朝宗路，猶横下瀨戈。風塵昏海氣，黎庶厄洪波。飢溺天心切，元工轉太和。

聞程副戎談楊果勇侯程名三光，邯鄲人，以武探花任貴州松桃副將。侯家居時相過從

舞劍雷霆激，退老猶日肄武。猶傳七騎功。侯爲都司時，以七騎擊賊七千，敗之。出身班定遠，文試不售始從軍。駢脅晉文公。駢脅多力。老淚悲東粤，人言及粤事，輒大慟憤，幾欲自剄。閒情落左風。有左風懷之癖。通侯金甲冷，三仆夢何窮。侯自言，將生時太夫人夢一金甲人入室立，旁一黑人擊其背，仆於地，起又仆之者三，遂不見。侯生居官凡三蹶：甯陜鎮削職一；提督四川，爲鄂制軍劾奏降總兵二；三則粤之事不專制，無功而退老也。

宿正定北郭

寂寞東垣郭，秋風日落時。院空窗得月，店僻壁無詩。側想三唐鎮，雄屯十萬師。一城禾黍茂，懷古意誰知。

鎮江平偶賦

京口通南北，妖巢結搆成。多財輕土地，議禮罷戎兵。此賊原無賴，於人亦太平。祇應羊陸在，保境息交爭。和議堅如石，夷情或不移。畫鴻無補處，飼虎有饑時。不見藩籬隔，難忘水陸馳。六符遼宋議，開釁至今疑。罵賊兼誅寇，炎方有義民。草茅依日月，戈甲隱風塵。衆怒應非願，前仇豈易馴。趙佗秦舊尉，遺跡未全湮。若爲工設餌，賊氣正驕豪。受地分兵力，歸貲運將韜。濮陽城伏火，行儉餉藏刀。定有英雄在，書勳史册高。

書事

凝雲鬱不開，星列問三台。匹練飛何急，長繩繫不回。朱衣曾起霧，白簡忽鳴雷。象緯同時見，璣衡未易猜。金鼎從前重，丹書此日深。那知迷禍水，不覺餌兼金。天上歐刀下，人間暗箭侵。柳州譏永鼠，襲故定驚心。

憶退叔

空齋鎮岑寂，回首憶聯床。白髪風烟迴，青雲道路長。士窮真性在，人懶世緣忙。鹽米紛相迫，摩挲趙壹囊。

夜望

倚檻數寒星，飛仙或此經。澄心忘物象，放眼盡郊坰。月地涵虚白，雲天湛遠青。清光凝萬瓦，枕簟幾人醒。

偶成

小果誰參大乘禪，著衣喫飯亦隨緣。癡心也自慵磨鏡，慧業何由便上天。一懶儘消閒日月，萬端只付變雲烟。蒲團佛火渾閒事，打疊希夷幾歲眠。

應憐獻璞日棲遲，蝸角名牽百種思。展帖幾回臨乞米，著衣猶是憶添絲。敢同燕去堂前壘，可許烏分上苑枝。養拙安仁工作賦，閒居已是宦成時。

詠史癸丑作

節樓高築接浮雲，倏閃神光拜竈君。金印垂腰虚半壁，沙隄滯足緩三軍。風波易涉應相忘，天澤頻加若未聞。妙計檀公三十六，眼前何意太紛紛。

藟絲保障亦何人，閱世偏看面目新。河上爭舟如失水，城邊飛騎促生塵。雲衣善變將從衆，露布遄書只頌神。若若纍纍垂印綬，留心願復念斯民。

飭僕防門管鑰持，何妨五色辨鬚絲。歸來權重勳名易，算到情疏薦剡遲。閉壁敢云追李牧，曳柴真見走欒枝。就中別出焚巢計，畏溺沉河共擅奇。

雨露雷霆總渥恩，重光況復燭乾坤。如何箝馬忘長策，時有騎豬學遠屯。楊可便將追卜式，狄山竟已遇公孫。昇平報答知多少，虎拜龍墀位已尊。

贈程秋潭同年 鑅

磨盾揮毫使者車，軍前倚重問儲胥。雙鳧破網飛滇海，萬馬環營聽檄書。握手言歡乎上相，傾心畫策縛窮渠。主恩已答臣無事，長揖拋官返故廬。

回首雲烟大渡河，毛錐脱潁壓金戈。人歸上國芙蕖老，地近南荒薏苡多。此日策勳餘翰墨，知君閱世足風波。相逢落落無他語，子野清歌共柰何。

程秋潭同年招集斗母閣和秋潭韻時將歸蜀

西風萬里作新秋，倚嘯重欄景物收。客到氣酣河朔飲，君歸家近仲宣樓。洞庭蛟起三更笛，嚴瀨羊殘五月裘。去住無心雲自在，勾留且復似壺頭。

靜夜

息盡風霾夜氣清，閒庭百匝又深更。青天在眼原無路，白髮催人若有情。雪冷山川飛凍雀，波空升斗浴長鯨。回頭欲喚塵勞醒，明月匆匆幾缺盈。

偶成

低迷無柰此心情，祇有青山作眼明。撲十斛塵誰解此，吸三斗醋太憎生。藝成而下思焚硯，餒在其中愧耦耕。三十八年彈指頃，散樗身世幸昇平。

低烟漠漠日光寒，欲寫新詩出手難。壯士盡歌天馬曲，王師方西討。書生常愧沐猴冠。星垂西極連雲動，風入南窗捲雪殘。想像虎頭能萬里，毛錐一擲斬樓蘭。

擬月泉吟社春日田園雜興

喚犢歸來日未斜，時逢耕笠插山花。聽餘枝上提壺鳥，打起畦東種麥鴉。饁婦偶燒饞守筍，野人誰識故侯瓜。春風扶杖占晴雨，新緑連塍送到家。

書意用李建勳薔薇原韻

激昂寵鶴亦軒墀，江浦芙蓉待放時。殷傅何勞書咄咄，齊人自解貌施施。鵬飛背上横千里，烏噪身惟借一枝。莫信青雲能適意，捋鬚安石對桓伊。

七夕得退叔書論鄉關之思深得予心因書其意

幾將冠劍話丁年，走慣紅塵思屢遷。閲歷已多方信拙，飛騰無分故宜旋。田家婦子真情性，壯士風雲妄縛纏。或問丹梯三萬里，可能鵲路借來填？

吊太子太師蒲城相國 相國治河歸即病，請假，復蒙召見，越二日薨

翼贊綸扉望保衡，宣勞中外燭群情。峰高蓮嶽空依傍，水納星源化濁清。巨手不容籌海晏，名心盡忘奏河平。天光慘淡騎箕尾，和議東南昨報成。

得家書

一紙真堪抵萬金，老親健飯慰遥心。扶持堂上身難到，想像高年感不禁。强把空書談侍養，轉憐薄宦誤光陰。倚閭定切他鄉念，預數瓜期俸已深。

詠史 癸卯作

宵小機謀自有因，能將激變中名臣。元戎屢勝翻成罪，外寇横行似可親。奉詔空傳河套議，酬庸忽責守邊人。獨開馬市堅和約，救火何堪尚抱薪。

三鎮何堪割地盟，宋家遺事尚堪評。門庭延冦危機大，谿壑求財變計生。邦彦由來呼浪子，郭京惟見走神兵。山河一寸兼金值，輕棄憑誰遏亂萌。

聞林制軍復用 乙巳

雪山纔報下金鷄，人望長安笑向西。天日回光開蜃霧，冰霜積凍冷鴻泥。似儲孟子三年艾，可契長源兩顆梨。國手行棋無舊著，好從新局豁塵迷。

宦海

幾人想像到蓬萊，大舸扁舟各取材。百寶龍宮深縹緲，一生鯨窟足驚猜。黑風捲地帆難住，雪浪迷天路不回。如此升沉真付命，旁觀猶羡舶崔崔。

浩淼憑誰問路途，齊烟九點望中孤。占星察日勞心極，把舵安檣定法無。欲共蛟鼉分島嶼，空思鳧鴈集江湖。龍關直叩原非易，如意何時見寶珠。

俱從人海作浮漚，金闕銀臺惹放舟。萬怪蒼黃連蜃氣，重洋黑白劃鴻溝。眼看碧漢高難到，心念清溪淺可游。凡骨幾多仙骨少，乘風破浪總堪愁。

巨浸浮天夙未經，徘徊沙上望滄溟。不知鼇背横雲黑，轉想麟洲照水青。搖麈高吟慚謝傅，拾蠔生計學盧亭。虛舟泛泛應何向，欲仿神山入畫屏。

自笑

自笑中懷忽不平，無端觸境著塵情。眼前得失原空相，身外周旋且意行。人自泛交何足問，事皆前定那能爭。紛紛血氣頻相役，始信心源未易清。

萬變圖成莫認真，談空説有亦塵塵。陰符止覺機憑目，道德何爲患屬身。仙鶴畏寒同凍雀，村驢蒙楦冒祥麟。靜中一笑還多事，見我何須更見人。

書事

中外一家今若此，衣冠萬國事何如。軍儲雲散歸滄海，祆教風行起屋廬。出柙只將忘虎兕，涉川還道格豚魚。獅裝破浪螺舟貢，重譯來王可似初？

閲邸鈔壬戌七月二十日

將軍跋扈記當時，鼻息衝雲自不知。百寶盈裝搜組練，萬花弄色閃旌旗。安身敢挾豺狼勢，援手還營鬼蜮私。盤水釐纓垂尺帛，去邪聖政本無疑。

已歸請室尚猖狂，時日遷延緩奏當。十萬通神心自壯，三千引律口偏强。止期倏忽雷霆過，豈識昭宣日月光。功罪分明天下服。天威天討武維揚。

夜卧聞鴈

飛鴻底事往來忙，夜送秋聲到枕旁。蘆影横天關杳杳，蓬根轉地磧茫茫。清音自叫三更月，寒信遥傳萬里霜。静聽徘徊生遠想，回峰九面問衡陽。

偶思古人當年未必不同今日而已影跡俱杳爲之悵然

百年閲歷幾緣因，渺不相關悵古人。笑貌聲音俱杳杳，文章功業亦陳陳。偶傳名姓憑褒貶，已隔形骸溷假真。後視今猶今視昔，浮雲世事且安身。

哀趙觀察

觀察諱景賢，浙江湖州府人，故刑部侍郎炳言之子。舉孝廉，授教職不就。爲中書，未及供職，值髮賊窺浙，散家財，募精鋭，保障鄉里。賊陷五縣，率所部悉克復之，更解廣德州圍。諸大帥深相倚仗，授令專制湖州。屢摧賊鋒，賊甚畏之。積功受職，旨授福建觀察。時賊勢猖獗，甯波、嘉興、紹興、蘇、常皆淪陷，四面皆賊，旁無應援，觀察孤軍處其中。然賊深畏觀察兵威，乃合大隊，列長圍以困之。觀察選精兵一千五百出衝其圍，且將因糧於賊，而衆寡不敵，圍不能破。賊糧皆遠移，亦無所得。杭城久爲賊圍，觀察自將精兵五百往援。行至中途，聞洞庭東山賊乘隙犯湖州，遂急馳歸。是時，觀察新命既至，有旨以福建軍務緊急，命其即赴新任。觀察念湖州十一萬人皆此一軍是賴，已去軍必散、城不守矣。且賊圍正急，不肯避難就易，遂仍勵衆堅守。觀察有驍將二人，見勢急萌異志，立斬之。先是，觀察以糧儲爲亟，置舟師於大淞口立營，通運道。同治元年正月，大風雪，河海皆凍，舟不能動。賊踏冰來攻，營遂破，而湖城糧運絶矣。糧盡城陷，觀察挺身見賊帥李某曰：『湖城十萬衆，事皆由我一人。我久置一棺於局中，所以不自死者，欲汝速殺我，勿害百姓耳。』言畢即引刀劈面，血流滿襟。賊奪其刀，曰：『餘事且勿論，然而必不殺汝。』已而以威刑逼迫令降。觀察怒罵。李賊復以好語誘惑，自詭爲觀察知己。觀察亦不屈。乃命徐賊押解往蘇州。觀察計虛死無益，乃不死。至蘇，賊厚待之。觀察以其間陳説忠義，感動者甚衆。會李賊往常鎮，以譚賊守蘇。李賊遺觀察書，言公既久羈不屈，將縱使歸朝，且言速爲裁決。公答書稱李爲左右，侃侃不撓，末言：『今日之事，歸我者之爲知己，不如殺我者之尤爲知己也；國法失城者斬，與其死於法，何如死於忠！』而李賊終不殺之。同治二年五月，賊兵敗於太倉州，歸，有戴賊告譚賊以趙某久羈蘇城，多結黨羽，官兵一至，密謀獻城。譚賊乃招觀察飲，語之曰：『聞汝謀獻蘇州，然否？』觀察曰：『蘇州本朝廷地，何名爲獻？』譚賊怒曰：『今是汝死日也！』觀察笑曰：『當死久矣，何論今日！』遂謾罵。譚賊以洋槍擊觀察，洞胸死。初，觀察眷屬寄湖南。觀察長子年甫十一，聞湖州陷，即知其父必死，慟哭竟日，不食，飲藥自殺。忠孝出於一門。李中丞鴻章以觀察殉難詳悉奏聞，並陳其致族叔一書、答李賊一書、自賦絶命五律四首，皆沉厚英毅，而無一語矯激近名。是其天性忠純，才猶超卓，非常之士也。李中丞既入奏，得旨贈卹，並以事蹟宣付史館。其後，李中丞之弟鶴章將兵取蘇州，譚賊方登城防禦，其將古姓者出其不意，拔刀斬之，即以蘇城反正，古姓授游擊。未嘗非觀察一年中勸諭感動之效也。

公子翩翩獨請纓，毁家紓難勵精兵。外援路絶憑孤壘，轉戰功成復五城。不借新恩輕棄地，頓遭詭計遠連營。無端冰雪糧儲竭，空負宣威上將名。觀察兵威震時，賊甚畏避。使非凍阻水營，糧不至絶，亦未必覆没。

一年羈困闔閭城，國事深籌豈殉名。矢口捐生留赤犢，挺身見賊爲蒼生。兒童深信忠能死，豪傑空悲計不成。迅轉天戈隨反正，押衙應是舊同盟。

海上辛丑作

神仙久住海東頭，肅肅靈風引蜃舟。早遣青禽排石室，自調丹藥點金甌。功成水火天開鏡，氣壓蛟龍月引鈎。聞道蓮花峰下去，烟波萬里幾人愁。

赤羽飛騰下祖洲，舳艫聲遠動諸侯。移軍故壘飛鵞鸛，作鎮高牙聽鵬鷗。江遠欲忘千里塹，天空忽見百重樓。屠蘇酒美歸來熟，楊柳依依漫賦愁。

帆檣百尺未分明，上將横刀説斬鯨。豈是白衣摇客櫓，居然赤羽動軍城。江豚舞後原無浪，海鵠飛來驟有聲。邀路馬銜誰敢至，神仙草木望皆兵。

芍藥初尊玉帶紅，星旛全撤捍春風。木蘭刻楫渾成誤，銀葉調簧自覺工。蝶版鶯捎誰作使，蜂臺燕啄别開宫。空教婪尾名花相，未贊東皇化育功。

孤嶠巑岏翠倚空，黿鼉新窟水雲中。清河已走神魚泣，横海虚傳畫鷁攻。夜撼星光翻碎白，春浮花氣落深紅。江看珠滿山看玉，驚起何時到蜜翁。

赤舌燒城海水空，趙羅痁作尚車中。漫天竟幻張超霧，捲地時愁滿奮風。妄學米脂捐四寨，難辭銀鎖到三公。千秋魏絳紆籌策，讐賊諸君或未同。

黄樞開府上將軍，六月戎車傍海濆。蝱豈搏【一】牛難破蟣，舟非拾月久屯雲。猛蛟突獸逃何易，取子傾巢慘早聞。天上威弧空遠指，幾人束手策高勳。

乘風破浪五年期，滄海雲高大將旗。歃血登壇新府壯，角巾歸第故侯思。功成飛火窮妖鳥，計定沉舟散水犀。鐵鎖森嚴非易過，饑蛟今已噬纖兒。

誰對滄波吊國殤，孝侯受制竟淪亡。鷹搏苦未空千雀，虎倒還聞護五羊。白日當心殲猾賊，黑風吹血灑危疆。死綏不負將軍志，更惜前功墜太常。

遠注天潢洗甲兵，風霆萬里震威聲。軍中老將應如范，海上游魂已棄城。負羽定先登畫鷁，垂鈎未許失長鯨。何須龍伯談鼇釣，釜底魚潛本易烹。

越王臺迴陣雲排，又見乘潮肆怒蛙。髯認將軍楊殿帥，鞾藏伏突李臨淮。烟沉飛舸妖爭首，風折危檣地積骸。三覆定謀兼確鬬，牙旗高拂淨陰霾。

虬拳紅髮蜃青烟，人詫孫盧匿海天。慣學貪狼仍瘈狗，止銜腐鼠亦饑鳶。島夷別畏周婆禮，蠻女新書武塈年。瓜剖豆分論境土，那能百戰恃銅船。

校按：【一】『搏』原爲『摶』，誤。《史記・項羽本紀》：『宋義曰：「不然。夫搏牛之蝱不可以破蟣蝨。」』

觀粤記

蠻夷大長漢家臣，横擁樓船蹴海濱。賨輅柴車傳語舊，黄金白璧結緣新。直窺東閣原無恙，痛哭西臺尚有人。網漏吞舟應不問，草茅可識重臣仁。

大臣持節陣雲開，海上兵還止有臺。碧血埋忠悲父子，綺筵坐敵認鹽梅。柙中縱虎咆風去，城外牽羊踏月來。樽俎折衝休妄信，池魚楚木總堪哀。

坐守孤城待火攻，妖氛直上海雲紅。開關延敵能忘險，閉壘休兵禁即戎。太守有辭堪議禮，將軍不戰亦收功。窮檐翹望人垂涙，一帶新旗白暎空。

鋤耰奮擊掣長鯨，十萬雲屯見義兵。礟勢殷雷仍斬將，甲光耀日已填坑。忠心未契和戎策，游説能移敵愾情。蝎蹶叩閽談縱冦，高冠繡黼答昇平。

聖朝原不惜金錢，但議懷柔可盡捐。況復將軍能仗信，不教士卒妄爭先。虎餐既足貪當止，鴻集難安計未全。省得呼奴嚴鎖鑰，花縈旌旆鎮南天。

題畫

老樹抱秋心，長風鳴不止。吹淨一天雲，蒼鷹雙角起。

偶成

機中復有機，一動難相保。人心吾不知，簾前問魚鳥。

白梅

作花凝潔白，冰雪更誰如。紙帳人相對，清寒夢醒初。

夜

月黑漏三更，徘徊立庭石。夜氣湛虚明，飛星劃天碧。

題牧牛圖

叩角病未能，挂書亦覺老。箕踞柳陰中，日看群牛飽。

望月

艤舟月乍來，回舟月忽去。月去覓月光，青蒼見煙樹。

趙王城

頹牆半有無，荒野平如掌。人説趙王城，試作繁華想。

片雲

縷縷縈空青，片雲度天影。想見飛仙來，罡風拂衣冷。

秋泛

一泓秋水鏡光開，獨掉扁舟傍釣臺。欲上前山虞路遠，青螺倒影逐人來。

也是燈

上元燈夕，麗不勝紀。吾邑爲少嗇，然張棚結綺，瞿瞿焉亦恐後於他邑。頃比户觀之。中一家獨以秫藍縛三角，糊以白紙，大書曰『也是燈』。見者爽然。悟知萬萬出奇耀彩，無加於燈毫末，斯可謂善爲燈者矣。其殆達人之流乎！

九光百寶競光輝，鶴燄龍文照耀飛。畢竟繁華成底事，夜闌人散事全非。
遊人雜沓競相誇，也是燈邊笑語譁。一片紙光明玉版，不繁華處卻繁華。

遣興

關山千古傷心月，京洛三春得意風。望遠一時惆悵處，夕陽流水送英雄。

野水

風前荇藻亂開花，水蹙鱗鱗淺綠遮。不下絲綸收卻網，坐看銀鯽上晴沙。

過蘇州寶帶橋

遠引沙堤護柳條，彎環五十六蜂腰。依稀記得詩人語，最是相思寶帶橋。

偶作

一縷游絲繫曉風，畫橋曲曲馬蹄通。柳枝青處重回首，隔岸濃花向我紅。
不教苔屐溼香泥，茅徑重重緑草齊。何事輕陰更惆悵，落花春雨鵓鳩啼。

村樂圖

課晴問雨兆豐年，團坐山村向夜天。物態人情知可譜，一聲齊入太平絃。
招攜男女自分行，只此應知禮讓鄉。聽到解頤頻唱好，何嫌無據蔡中郎。
碧蟾轉影挂烟梢，鐵板銅絃一樣調。自是田家真樂趣，那知別館鬪笙簫。
意態欣欣筆下俱，畫家於此著工夫。可封自是唐虞世，真作康衢擊壤圖。

住山雜詠

幾年只是學糊塗，鼠囓殘經字欲無。莫訝老僧閑太甚，攜鋤山下種葫蘆。
明月由來最有情，破垣穿照伴三更。笑他飢鼠翻筋斗，墜下空梁暗自驚。
踏遍千峰下薜蘿，歸來閉户望嵯峨。不知是昨經行處，止訝烟嵐紫翠多。
結箇團瓢小住場，最高峰頂俯蒼茫。天風捲盡白雲影，萬點青山明夕陽。

山中雪後作

曉來開户失峰巒，密雪同雲眼被謾。飢鳥入檐飛不去，啁啾相對訴新寒。

竹笠年來破不修，滿天風雪强遮頭。攜瓶欲汲山泉凍，自嚼冰花潤渴喉。
六花飛徧自清新，閑作空山踏雪人。天地無聲同一白，眼前銷盡幾紅塵。
古寺雲昏晝〔二〕不開，林巒皓皓靜氛埃。自敲清磬驚寒鳥，可有人從雪裏來。

校按：【一】『晝』應爲『晝』之誤。

小遊仙

翩翩鸚鵡鳳花臺，玉女傳言去復回。知道有人窺絳闕，蛟龍深鎖莫輕開。
赤松黃石也推遷，蓬島靈書定幾編。一自青蛇吟袖裏，更無人問古神仙。
懸石投崖命羽輕，到無身處道方成。馬肝會遺文成飽，何事難傳解化名。
叱劍飛符縛鬼神，莫逢霹靂觸高真。塵情學道須除淨，止許仙人自作瞋。
潦倒衣冠歲月多，最無心處忌風波。偶拋拍板乘雲去，唱徹人間踏踏歌。
八公攜手五雲端，坐擁黃金被綺紈。仙路升沈還不定，頗聞都廁謫劉安。

即境口占

好是人間夏日長，午風掠水度銀塘。蟬聲不斷樹垂碧，笑指遥天雲去忙。

暮行城隅

蒼茫暮色來無際，雜樹籠烟一抹青。指點樓臺橫半角，斜光微逗隔林星。

望遠山

數峰青峭不知名，碧玉簪抽似削成。天影四垂山半面，一行鴈字劃分明。

即境

涼生遠樹午眠時，倦眼纔醒忘所思。枕上静看窗外影，一方新緑入玻璃。

趙州橋戲占

日日橋頭南北人，仙蹤不見見紅塵。回頭卻向仙人笑，不爲紅塵不問津。

回車巷在趙州南門外

千秋人識回車巷，藺子公忠炯不磨。聞語負荆先自悔，我今更復重廉頗。

偶成

何事題橋意氣雄，田園安處樂無窮。相如誤作捐貲進，博得歸時四壁空。

浮世浮名總妄求，人生何必説封侯。試看四海空囊日，展轉難師馬少游。

鍾馗移居圖

小妹乘驢鬼荷囊，終南進士覓居忙。驅魔無力謀身巧，何處壺中日月長。

寒樹

紅翠嬌春憶幾時，斜陽小立仰空枝。燕鶯早逐繁華去，寒景惟應宿鵲知。

東昏潘妃玉兒殉節不減梁媛而人不稱之偶賦

步踏金蓮寵眷殊，宮中布令進荆株。終然不逐田安去，潘玉真堪比緑珠。
天子無愁暱小憐，半途翬狄尚情牽。如何宛轉周王府，膝上空聞泣斷絃。馮小憐之於高緯，愧玉兒多矣。

永平詩存卷十六

樂亭史夢蘭香厓編輯
撫甯王立柱砥山參訂

◎吴文學占鼇

占鼇字滄厓，撫甯人。諸生。著有《滄厓詩草》。

弔黄將軍墓

榆柳森森古渡東，一抔黄土蓋英雄。衝鋒曾作孤城障，陷陣猶傳百戰功。龍草到今憑牧馬，家山何處付歸鴻。可憐歲歲清明節，杯酒無人奠晚風。案：將軍不知何許人。相傳明崇禎末與流賊戰，勝，有保城之功。解甲得病死，土人哀之，瘞於縣治西關外。至今塚猶巋然。將軍字惟正，有石坊可考。

寄讀水峪寺

雨晴風冷翠斑斑，乞得閒身圖畫閒。採藥僧歸紅葉路，釣魚人立碧溪灣。香臺已許淵明共，方丈寧無謝客攀。我亦慣遊狂學士，夕陽且莫閉禪關。

◎倪明經炆

炆字簡莽，樂亭人。歲貢生。舉鄉飲大賓。

《止園詩話》：倪簡莽先生稟其考損齋先生之學，穿穴六經，於《周易》尤邃。津門梅樹君學博序其詩曰：『不拘拘於聲律格調；而潛躬味道，篤志研經；胸有所得，走筆書之，皆爲名論。』人皆謂其知言。

王耀東先生雞豚居

雞豚可養老，古聖重其義。名居以雞豚，自謂無遠志。先生飽德人，曠懷實高寄。心有天地春，人世無求忮。一編孔孟書，宵旦日尋肄。時有素心人，開懷坐衡泌。梨棗召童孫，來來花下戲。甕頭新釀開，盤飧亦能備。我嘗造其廬，春風令人醉。菘韭間雞豚，殷勤命飲食。始知崇德人，只是心無貳。奈何養生主，沾沾談解牸。

砭愚二首

昔有一醜婦，覽鏡輒自怨。勝飾以誇人，自稱美而豔。有人訾議之，勃然色斯變。莫怨人難欺，妍媸先自現。

一念纔動時，善惡皆自見。慧劍誠在手，百邪可立斷。省力又省心，天人無交戰。濂溪得力處，真傳此一線。

示及門

負笈遠從師，見師輒思避。少年輕薄風，未足與之議。

初到棲霞寺

林泉僻且幽，絶無人煙住。松聲萬壑鳴，是我棲霞處。

勺泉

東海有巨碑，題云一勺多。此水真一勺，能添東海波。

◎潘文學文本

文本字立堂，號石湖，遷安人。諸生。著有《石湖詩草》。其自序云：願耕於西山，暇則以硯田自娛，故號石農。將置別墅於西山石湖之側，故亦號石湖子。或稱竹伯者，竹在本上，猶云笨伯也。世人皆巧我獨拙，期不失其素耳。又欲自號鈍散漢。鈍則以鋒利讓人；散則不受束縛；漢者，欲終不失爲丈夫也。

《止園詩話》：潘立堂茂才，先世昌黎人。父名宿，學者所稱蓮塘先生者也。立堂幼穎悟，讀書强記不忘。先是，其鄉談聲韻者絶少。君束髮爲詩，出語即驚其座人。嘉慶丙寅，南皮張春巖先生司鐸遷邑，先生以詩名海內，目中少所許可。抵任後，君以詩請業，先生獨奇賞之，報書云：『晚歲寒氊，不意得一詩友。』以家藏古墨代縞紵焉。今所輯《石湖詩存》，半寄春巖作也。卒年五十。其《題張春巖師詩後》有云：『仰公不世才，慨公不得志。少爲貴公子，壯爲風簷吏。无[二]妄挂彈章，徒灑窮途淚。游蹤徧大千，都亭呵醉尉。頻頻鸞斯飛，鸞鳳終垂翅。天地既生材，何苦使鑿枘。我本鈍根人，頗識蒼蒼意。助之以江山，玉之以顛躓。詩窮而後工，於茲隆簡畀。

不見浣花翁，青蓮同結契。詩能泣鬼神，均未掇一第。富貴竟何常，江漢滔滔逝。』未免以他人酒杯澆自己磊塊。《重九日遊水窪寺題壁》云：『絶塞登高騷客少，故人回首亂峰多。』二語尤多感慨。

校按：【一】『无』原作『旡』。

春日偶賦

望望令支城，漭漭黄台渡。行行見臺殿，曲曲荒山路。春風灑然來，愜我尋幽處。柳綰煙絲柔，草茁萌芽怒。古墓棠梨花，開傍菩提樹。西亭帶長灤，猶龍遞盤互。雲林沙嶼低，斷續茅檐布。南望薇蕨香，蒼蒼隔煙霧。春色滿天地，俯仰何不足。闐闐人聲喧，誰與同小住。獨坐懷古人，狂哉鼓瑟趣。春壇落杏花，春風被煦嫗。志在黄虞春，風浴位乎素。童冠相追隨，不等煙霞痼。舞雩原培塿，茲山可驥附。上下三千年，高風有餘慕。

月夜同張蘭台步東南山下

日落萬山暝，四面人聲靜。天西一片月，斜光被東嶺。攜我濟勝侶，健步同幽梗。細路遞盤紆，石溪動光炯。尋常林壑佳，入夜更奇境。怪石虎豹蹲，攫人勢雄猛。古木蟠蛟龍，拏雲出首領。清談石厂側，立久毛髮冷。仰首星河摇，峭壁截天影。蕭蕭山風來，無言抱虚警。自有此天地，此山合與併。先我遊者誰，後我屐誰整。長嘯歸去來，歸轉愁路永。擬逐白玉盤，飛上挂雲頂。挂雲，峰名。

過老君觀感賦

老子顔蒼然，侍衛森天宫。祠祀遍區宇，玄元膺唐封。異端隆百世，大地何夢夢。我不重異教，亦不鳴鼓攻。渠本大豪傑，智慧超群蒙。周末獨倔起，思繼媧皇功。一官隱柱下，典禮深研窮。所嗟志不偶，白髮來關中。血氣尚用事，憤懣填心胸。生不甘碌碌，高談闢蠶叢。吁嗟五千言，定非其初衷。儻早文武遭，大寶歸陶鎔。祥金不躍冶，夭散將毋同。時乎竟不遇，斯道隨污隆。畢竟賢者過，力不能中庸。宣尼乾九二，此老初九龍。儻盡騎牛去，誰挽狂瀾東。

射虎石懷古

壯不能封萬户侯，七十餘戰空戈矛。老不能對刀筆吏，百姓聞之盡垂涕。英風浩氣安在哉，北平片石猶崔嵬。石崔嵬，儼白額，摩挲當年射虎迹。當年射虎真通神，胡爲再射空逡巡？當年射虎乃餘事，胡不生逢漢高帝？高帝逐鹿走中原，從龍起者如雲屯。虎狼之秦早授首，區區虎石安足論！猗嗟將軍休扼腕，烹狗藏弓亦堪歎。當時武皇非寡恩，年老數奇知公深。侯封不博等閒事，咄咄陵也傷公心。

余生日已後期矣，吴維綱六丈招客看菊花，欲爲補祝。辭不獲已，作詩奉謝，並簡座上諸公

蒼雯之穿餅可補，衮職有闕勞山甫。補祝之例獨未聞，先生情多勿莽鹵。人子親在不稱老，三十作壽禮非古。又況昨日之日長繩不可繫，魯陽揮戈空許許。先生一笑菊花前：壺公縮地我縮天。一束定佐籛鏗壽，坐使羲輪倒叱扶桑鞭。紛呶正倒懸河水，花外屐聲客來矣。峩冠博帶胡爲哉，使我長跪欲不起。張星手把黄金斗，張榮九先生。歷歷長庚齊進酒。李六丈叔姪三人。横漢飛過孝廉船，酒旗旆旆軒轅右。侍星昭先生善飲。劈麟那用招麻姑，帝女花菊花名深勸紅友。煌煌五座九聯珠，自笑南極之星猶未叟。

同座六人。一杯一杯復一杯，太白句。酒酣燒燭傾樽罍。花光燈影酒人面，四座暎射秋煙霏。噫嘻此會良非偶，一杯我爲菊花壽。主人恩深力培植，花神暗裏能知否。傲骨莫攀大夫松，獨立霜中同不朽。傲骨莫傲桃李花，秋風春露各自取。達則晚香陪魏公，窮則栗里同五柳。

聞蘭台兄旋里雪後過訪

暖帽籠頭山聳肩，鞭驢蹴踏銀海翻。呵凍哈鬚上冰雪，寒芒倒射眸子酸。美人歸來卧高閣，圍爐煮茗談長安。屋梁落月幾晨夕，應思潘閬來華顛。功名得失尋常耳，有酒共酹淩波仙。前此過訪，見案頭有水仙數盆。

送灤西師南歸

曉風慘淡啼烏起，北風獵獵吹馬耳。僕夫弟子燦成行，分袂先生今去矣。先生世澤衍司農，授受康成信道東。降説庚寅誇正則，魁開丁卯壓群雄。宗風雙柳誰提唱，六年社友稱師丈。先入社者六年。我亦石交子弟行，先生，家父同社友也。藉邵一窩隨絳帳。絳帳追隨化雨濃，皋比講易夜燈紅。石頭頑點生公法，座上春迴明道風。樗材自喜逢宗匠，磨蠍翻嗟遇命宮。宋五科名頻坦率，主司頭腦豈冬烘。歸去王孫芳草遍，余丁卯歸，有『縱道貂裘憐季子，也應芳草怨王孫』之句。西山雲影增依戀。後乃借榻白塔寺。旋復逐隊向長安，羸馬西東成浩歎。依人王粲復歸來，小有滄桑局忽變。去年天半隕文星，華屋山邱有淚零。謂文翁李三叔。待記有書徵李賀，驪歌無計挽秦青。撫今追昔淚沾臆，亡者云亡去者亟。黃卷青燈點旅魂，碧梧翠竹空相憶。那更緣慳歎不淑，柳生左肘支離叔。時方抱痾在家。臨歧空望遠山雲，離筵班馬難追逐。自慚桃李值公門，不及吟筇陪苜蓿。遮道攀轅寄短箋，一紙長歌愁萬斛。別後勞勞惹夢魂，屋梁月落宵鐘促。

觀秧歌偶賦

紅燈爆竹急村鼓，老嫗婆娑瞿曇舞。黄金四目走塵沙，嘔啞周折聲許許。戲近俳優禮近儺，猶有存焉風太古。傳坐酒散填巷來，少者長揖拜傴僂。去冬見面愁積逋，今來喜與春和俱。去冬典衣嘆何補，今來衣冠還楚楚。衣冠楚楚村歌作，村氓博得新春樂。新春樂，休徘徊，印封轉眼官衙開，怕有催租人夜來。

陽山射虎行孟忠毅喬芳軼事

孟氏家兒力如虎，鄉塾輒將塾師侮。盜父廄馬奔長安，貴戚小侯相爾汝。擊劍蹴踘鳴雕弓，諸公碌碌何足數。歸來發篋讀陰符，間復射獵南山隅。霹靂弓鳴白額死，腥風殷血相模糊。笑向山靈仰天誓，侯封不博非丈夫。鼉鼓逢逢真龍起，仗策軍門謁天子。明崇禎庚午，謁太宗於軍門。朱明荆棘埋銅駝，留侯誓欲報韓死。逐寇褒斜，闖逆奔陝，公追擊之。盜賊如麻。梟鳥破獍，膏血軍牙。謂興安、河西、平陽諸寇。一十七萬收降虜，充國屯田議漢家。恩遇一旦通侯貴，帳下貔貅競趨侍。任珍、馬寧、張勇、陳德諸公並出麾下。回憶城南射獵時，男兒不負平生志。公去經今百八年，北平猶是舊山川。嵩嶽降神當聖世，自慚頭腦滯儒冠。

山中即事

山客高眠自昏曉，山禽啼樹聲未了。開門笑看寂無人，滿地落英紅不掃。呼童活火煎龍茶，清滌肺腑讀南華。手倦抛書倚盤石，黄鸝飛上棠梨花。

張春喦夫子桐陰點筆舊照

花石錯落桐陰撼，萬軸琳琅擁瑶席。抽書侍茗兩青童，獨坐凝思對空碧。此境此人兩超越，逸氣凌虚清浣月。昔年作賦聲摩空，翩翩公子瀛海東。拄腹撑腸五千卷，萬里破浪思長風。君看擱筆結冥想，五嶽隱隱生心胸。時不利兮堪歎息，風波窮海徒陳迹。騏驥伏櫪鳳在笯，墨瀋筆花空狼藉。蛇神牛鬼恣詠嘲，嘗著《談異》諸書。詞壇鼓舌飛霹靂。韓云詩窮而後工，工必待窮我心惻。邇來故物猶青氈，鯨呿鼇擲遼海邊。落筆山川盡生色，著《令支遊覽集》。鑿破萬古窮荒天。我今見公公老矣，不種梧桐種桃李。卅年舊夢一剎那，千秋定有真知己。

雅集園牡丹甚繁連日無風戲題

今春封姨太獪狡，萬花齊被東風嬲。馬嵬之坡玉鈎斜，伯度爲落花置冢。私啼明月香魂小。殿春剩有花中王，又遣屏翳肆惡擾。司花天女心膽驚，緑章跪奏通明曉。二十四番報花遲，一十八姨妬花好。剛道花來送花去，坐使春風成草草。相呼又扇鼠姑風，自瘳不炙倉庚鳥。是豈上帝養花心，威挾兒家逼窈窕。願褫臣職授封家，微臣從此不開花。奏罷俯首淚沾臆，群真列侍咸咨嗟。上帝含笑顧僔婷，此兒癡絶真有情。勑使封姨受節制，莫漫花王隊裹行。

灞陵尉同李伯度作

灞陵夜，醉尉嗔，醉尉勿嗔來將軍。將軍豈必分新故，執法醉尉猶蛙怒。此尉若從細柳營，當門敢禁官家步。咄咄長材用非地，將軍同灑窮途淚。一旦燕雲載尉來，灞陵不醉將軍醉。

題南皮烈婦張伯玉傳後

股雖刲，今已矣。君不生，妾當死。死違父母與孤兒，心事小姑當知之。風蕭蕭，淒夜漏。燈昏昏，碧如豆。畫憑神助血淚揮，非筆非墨非煙煤。噫嘻呼！壁有坼，迹有滅。此心直貫金石堅，常向青天共明月。繪其夫望月圖於壁，遂自經。

曉過黃台河

疎懶原成性，晨興走馬牛。笨車疲老僕，殘夢續春愁。古木下寒月，虛沙起宿鷗。一聲孤棹響，漁火點汀洲。

晚步西山即事

睡起足游興，山花著屐香。徑隨盤石轉，坐與白雲忘。萬壑落空碧，群鴉飛夕陽。書聲何處起，燈火出蒼茫。

丁卯東歸村舍留別諸同學

車馬蕭蕭別故人，河梁惆悵黯離魂。十年燈火餘鴻爪，萬轉肝腸付酒樽。縱遺貂裘憐季子，也愁芳草怨王孫。諸公衮衮應臺閣，何日同騫躍禹門。

昔我來時慘綠年，龍門攀附儼登仙。諸生欲結蕭朱綬，五夜先揮祖逖鞭。謂伯度、崑圃二兄。狃託文章爲性命，貫從詩酒作周旋。梧桐夜雨松梢月，回首前塵意惘然。

數載苔岑意氣真，吾曹豈合老風塵。文章慚類羊公鶴，眉黛羞摹西子顰。一粒粟中開隻眼，三生石上悟前因。縱然博得青雲路，鄧禹胡盧早笑人。

別後寧嗤三腳鐺，蒙鄭老師垂注，仍屬往來問字云。雞鳴風雨太增生。百年事業看長劍，半架圖書對短檠。談笑也應思曼倩，編摩難共侍康成。西山去去頻回首，怕到黄昏淡月横。

重陽前二日同人遊白塔寺兼壽維綱李六丈

倦遊暫返長安道，重叩巖扉入薜蘿。三日青樽塵夢遠，一山紅葉白雲多。東軒鶴奏南飛曲，末座人傳下里歌。莫爲浮名減清興，重陽風雨等閒過。時秋闈揭曉期近，客有向隅不樂者。

聞郁向離先生欲出關慨而賦此

壯士愁聞出塞歌，況君才老尚蹉跎。賓延蓮幕懷王儉，玉抱荆山感卞和。大漠文章從古賤，中途豺虎至今多。不堪遊子他鄉淚，目斷雙親鬢已皤。

讀張后山悼亡詩賦贈

遺挂空餘金縷裳，蕙蓮形影歎芝焚。青樽明月蕭郎淚，黄葉秋風謝女墳。悼亡詩有『謝女不歸明月夜，自澆杯酒付詩歌』之句。諫議有情呼妙子，巫娥無夢返朝雲。那堪賦罷新婚别，又讀安仁哀逝文。

擬採寒花薦細君，漁洋句。后山亦以九日悼亡。可憐君亦箇中人。準情難作莊生達，瘁貌休傷奉倩神。上界瓊英寧久謫，好花風雨不禁春。縱饒萬斛鮫人淚，且制哀思慰老親。

獨坐

日沈萬壑暝，雨過衣裳冷。片月破雲來，虛窗過松影。

夜登風滿樓

霜清疎林鐘，夢覺東樓月。開軒望長河，秋煙共明滅。

蕭齋雜興

一窗樹影一簾煙，雨過香泉手自煎。忽地賣花車子到，買花翻損買書錢。
東陵舊業半飄零，笑抱黃臺蔓不青。我欲乘槎犯牛斗，就中摘取敗瓜星。

鄉土雜詠

辛未仲夏，讀張蘭台、王壯武《鄉土雜詠》，風致便娟可愛，戲仿其體。

十道灰疆地一弓，香花兒女拜春風。誰家娘子郎新贅，忽漫擡來石相公。
溪頭三五鬪纖纖，話到燈山笑語兼。女伴相邀走百病，怕教心病上眉尖。
小填倉後大填倉，灰引倉龍破曉忙。昨夜無燈鼠子會，也應爲我祝餘糧。
三里河頭蠏鰤賒，販鮮南市競紛拏。西來別有山家味，瓦缶爭收蛤次蛙。名見郡乘。
山城初見柳毵毵，蛺蜨纔來待浴蠶。擬改花朝在三月，土風不是大江南。
杏子花開三月三，簪花十五骨珊珊。阿娘誤解蟠桃會，箇箇盤頭學牡丹。

年年依樣畫葫蘆，艾葉桃花無處無。數世農桑忘戰伐，人家不問避兵符。
征衫汗透踏莎行，人坐沙隄尚露棚。不是市頭開利市，棗花香裏賣瓜聲。
不慣餐霞懶學仙，雲邊曾採飯花還。飯花紫色，山家採以爲糜。閒收木耳黄金菜，賺取山家本分錢。
林林土銼短蓬齊，栗子花繩引火低。未備鉤梯勞夜守，白羊峪口卜家梨。

李伯度庚午報罷誓不下闈近復怦怦欲動矣詩以調之

明珠空賣屋牽蘿，誓浣溪紗老苧羅。忽道東隣夫壻貴，偷窺鏡影畫雙蛾。
姹紫嫣紅莫怨遲，新花不比舊花枝。舊花博得東風笑，曾是新花待蕾時。

戲簡李伯度

才調翩翩舊謝王，五陵年少共徜徉。剛剛聽得雲頭曲，可有當年冒辟疆。白二員外攜小伶雙和共醉長春樓。
消息傳來徧塞鄉，何妨作戲一逢場。陶然亭上攜詩草，怕惹閒雲魅楚王。登陶然亭抄紅女史詩以歸。
雲車風馬綺羅香，出卻巫雲枉擅場。客子光陰愁絶處，一簾花雨夢瀟湘。攜友訪大觀園故址。
一笑浮雲客夢孤，騎驢懶遇鄭昌圖。時新郎君放榜。解貂換取程卿酒，破帽殘衫覓狗屠。

晚歸口占

明月疲驢踏淺沙，寒煙流水兩三家。晚香送客知何處，開遍山坳蕎麥花。

冷口温泉

寒衣無望寄征輪，淚灑殘瘢凍血痕。終古荒沙埋戰骨，泉臺猶喜作春温。
塞月胡霜冷莫論，泉開湯沐萬家温。恩波聖世無中外，近日春光度玉門。

病中作

自悔尋春願已違，倚欄惆悵惜芳菲。東風空曳垂楊線，難繫狂花逐絮飛。
桃花桃葉阿誰攀，婢學夫人也自安。擬種梅花三百本，一林香雪老孤山。

◎李文學蔭滋

蔭滋字召棠，樂亭人。諸生。

《止園詩話》：李召棠茂才，南浦太守子。年十八以郡試第一入縣學第一名。初試應京兆即膺薦，未售歸家，未幾卒。南浦哭子詩有『皇天奪我讀書兒』之句。時年甫踰冠。

勉卷山弟

苦盡甘來本至情，不能受苦不能成。雖云後輩皆朋友，須識先生即父兄。益爾性天惟學問，出人頭地是功名。光陰難再當知勉，莫負他年萬里程。

◎甯明經元灝

元灝字綺瀾，樂亭人。廪貢生。

《止園詩話》：甯綺瀾先生性直諒，與人一言不合輒義形於色。然遇善讀書人，雖鄉里後進必禮下之。晚年得噎疾，數日不食。人問之，猶談笑自若，曰：『吾年過七十而遘是疾，愈，幸也；不愈，命也。何介意爲？』蓋其達觀又如此。

六月念四日重遊史親家東園

此日蓮初度，重遊庾信園。到門無俗客，面水有層軒。絃管歌聲沸，籍咸雅意敦。相邀拚一醉，歸路月黄昏。

中秋前示次男

爾年方十歲，已過九中秋。既欲稱儒者，真能識字不？功夫宜上達，造就仰層樓。莫負先生望，潛心切戒浮。

◎高　倓

倓字鏡堂，昌黎人。

和靜心上人酬馬星園原韻

水抱山環古洞邊，如燈佛法照神椽。偶因放鶴停金卷，遂遣飛雲送綵箋。寶刹清光參皓月，石床風景指長天。即時心定澄千慮，我亦依然老睡禪。

◎魏上舍亨進

亨進字覲山，昌黎人。監生，二品廕生。

病起

連朝未到讀書堂，病起爭禁雨氣涼。多謝東風爲料理，亂吹花蕊作蜂糧。

山中新笋

淩雲氣概本天成，喜得泥塗辱漸清。一自涷雷平地起，居然頭角露崢嶸。

◎魏上舍亨基

亨基字兆丕，昌黎人。監生。

和靜心上人酬馬星園原韻

未得尋遊古刹邊，蕭齋咫尺梵宫椽。心香常繞蓮花座，牙慧羞賡貝葉箋。皓月千潭人在鏡，白雲一塢佛通天。遥聞黄菊祇林盛，分我餘馨當誦禪。

◎魏大使亨璽

亨璽字爾玉，昌黎人。監生，候選鹽大使。

和靜心上人酬馬星園原韻

靈源乞向洞雲邊，占得僧房八九椽。書有多多未曾讀，詩真草草不成箋。欲尋鯤化思觀海，待斅鵬飛恐礙天。從此童心應洗淨，好將逃學警逃禪。

永平詩存卷十七

樂亭史夢蘭香厓編輯
灤州李茂春蔭普參校

◎畢先生梅

先生諱梅，字雪莊，灤州人。恩貢生。著有《論語説》《夢餘詩草》。

《止園詩話》：畢雪莊先生晚號睡隱，性聰敏，工詩歌，涉獵群書，所學甚博。信釋氏轉生説，人傳其未飲迷漿，然實不記前生矣。豪於酒，醉後輒幕天席地，作劉伯倫荷鍤想。坐是，晚年得手足偏枯病。嘗爲自祭文，其略云：『嗚呼雪莊，而今已矣！白雲青山，乃以酒死。一墜輪迴，刹那彈指。悵望千秋，幾人知己。生平懺悔，惟情爲累。從今了卻，拖泥帶水。贊云：可以詩人，可以酒徒；可以僻士，可以狂夫。而非造物之所喜者，不爲方領矩步、尋行數墨之儒。』觀此，則曠達之懷，牢騷之態，俱可想見。所作詩多隨手散去，故所録止此。余猶記其《詠水煙筒》云『無人劇處能浮白，多客粉拈似濫竽』，《食煙筒》云『穿破紙窗鈎月影，點成曲拍傍蘃尖』，《鼻煙壺》云『但可微吟學洛下，莫將多嚏笑莊姜』，《酒篩》云『妙悟尚知燈是火，相煎不比豆燃萁』。語雖近諧，然俱有味外味。若其《詠鴉片煙》云『將軍紫塞宵過飲，太守黃綢曉放衙』，則所感深矣。

雜題

青棠蠲忿，萱草忘憂。一物之微，性情與侔。
菱花背日，葵藿向陽。士各有志，不伍衆芳。

虞美人花

項王重瞳裔，姬亦奇女子。一曲唤奈何，幻作花紅紫。也如二妃竹，千載傷湘水。

玉簪石竹二花

勸郎惜金釧，莫栽玉簪花。花發無葵心，其根損齒牙。儂家種石竹，花豔似儂裳。竹節既耐久，心石總依郎。

蚊言

舊歲居偏涼，壁蝨大如錢。今歲旅舍中，暑夜蚊蔽天。斗室容膝耳，蜂擁來爭羶。園中難露坐，列榻不成眠。剥膚瘡痏生，隔日莫能痊。爲覓鼈甲方，雜以荷麥煙。鼈甲燒煙能避蚊，又燒蓮鬚亦能避蚊，並出《本草》。火攻出下策，其勢尤狂顛。余夜卧帳中，擬築方城堅。黠者或三五，竊發肘腋邊。無已爲莊論，語蚊爾勿前：我病僅皮骨，筋露無多焉。作文常引被，爲爾身曲拳。奪我軒與庭，而我處其偏。滅燈罷夜讀，不敢陳蒲編。爲虐曾幾時，一旦涼風鞭。豹腳無所棲，生花嘴欲穿。秋晚蚊嘴生花，則不能噬人。爾我同逆旅，何弗爲少憐。饑矣另擇肉，舍旃復舍旃。蚊乃前致詞：非云苦相煎。雜居在平野，主客理宜研。秫黍皆我屋，秧枝悉我椽。公等來寄居，即我膏腴田。譬之賈近市，漫惡聲喧闐。又如陷陣者，何避戈與鋋。昔者齊桓公，翠幬爲一懸。血性況如公，兼之腹便便。豈其越俎謀，無故常垂涎。蚊子而蚊孫，難效鱷魚遷。語竟不能答，騷擾復公然。爾名本文旁，應結文字緣。

葫蘆蔓歌

種豆得豆瓜得瓜，葫蘆引蔓升籬笆。粗枝大葉陰遍遮，尖頭爭奈多歧叉。始知吾生亦有涯，斬除繁蕪宜專家。無成念自博學差，割愛未能空自嗟。君不見寡欲生子終爲爺，金釵十二徒豪華。園中茄田畔，麻麻子成囷。茄實滿車，何獨葫蔓仍紛拏？今年葫蘆無樣畫，七月纔開三兩花。

贈李生李重聽

龍山山下有李生，學通星命探其精。猶恨奇書多未見，禪寺覓我閒談評。長平數萬坑趙卒，南陽客多封侯骨。刑傷建禄何由推，此事從來成荒忽。我生丁未筮先庚，甲辰定不以雌名。釋迦相見呵呵笑，一日之長應呼兄。余四月七日生。可惜年宫遇磨蠍，楊公忌日馬成蹶。文章九命值數奇，枉自書空成咄咄。邇來行年五十一，前程那用説如漆。縱然不富復不貴，野鶴閒雲足放逸。語君乘除有至理，翼則兩足角去齒。文昌侍者號天聾，何須額癢出三耳。

與常職卿

月前玉簪花正開，共君夜話酒滿杯。今日玉簪花已謝，山丹結子君適來。人生聚散何有哉，新秋轉眼冷欲催。河上芙蓉映緑醅，露濕荒徑凝蒼苔。那能日日長追陪，相逢爲倒黄金罍。

題畫六首

湟裹覆蕉成夢想，失足嘗陷射生網。世事得失半如斯，一爲披圖增悵惘。雙鹿呦呦子鹿嬉，偶餐

石髓嗅金芝。花開洞口無人到，爾自仙身爾不知。鹿

曷騎蟾蜍入月腹，長生有訣靈藥熟。玉砌婆娑老桂陰，一生祇傍嫦娥宿。禿盡毿毫笑故吾，兔園舊册半模糊。筌蹄何日渾忘卻，堪歎年年坐守株。兔

青莎碧柳和殘照，細肋柔毛神欲肖。好教點綴午橋莊，不是相公誇食料。跪乳雙雙近水隈，人生若箇記提孩。語君一事休疑訝，別有西番種骨來。乳羊

祇少青簑共箬笠，牧兒短笛吟風急。兩兩相將各自歸，杏花暮雨前村濕。從今日習相牛經，扣角無須到野坰。不有齊侯能好士，滄浪白石曲誰聽。牛

天閑上苑無拘束，顧影長嘶聲噴玉。憑君控勒向龍沙，一試風雲萬里足。黄金臺畔屢停車，躑躅燕郊夕照斜。當代何人識神駿，執圖只好相蝦蟆。馬

誰作於菟氣閃爍，奔泉怒渴風生壑。我欲煩君爲寫真，也須兩眼貼金箔。虎頭石畔吊斜曛，指點殘碑説舊聞。不少封侯食肉相，教人空憶李將軍。虎

詠史十八首

變徵歌一曲，蕭蕭易水悲。圖攜燕督亢，頭借樊於期。即彼漸離筑，何殊博浪椎。胡輕幽薊士，乃尊陽翟兒。荊軻

頭馳三十里，尚足見漢皇。五百客擾擾，無能脱劍鋩。海波聲汩没，薤露曲悲涼。不及虬髯叟，扶餘南面王。田横

爲人嘗略賣，只宜作賃傭。奏事越頭下，鼎鑊猶雍容。辱身酒家保，快意愈侯封。何由得此奴，仗劍相與從。欒布

季布以諾著，季心以氣殊。殺人作亡命，結客勝鉗奴。大兒病袁絲，小兒莽灌夫。絲乃被刺死，灌乃暴横誅。季心

爲説關中客，朱家善解紛。何知魯諸士，但識季將軍。智脱髠鉗死，名教當世聞。曹邱誇辯士，肝膽孰如君。朱家

舉事失劇孟，應知笑楚吴。匹夫一敵國，千秋幾博徒。緩急固時有，然諾孰足須。安陵多富者，齷齪守錢奴。劇孟

短小而精悍，其人亦絶人。報仇常脱死，結客不知貧。解使將軍説，無虞丞相嗔。如何記睚眦，割舌怒平津。郭解

博浪椎秦日，惜哉中副車。讀之亦稱快，大白請浮余。已斥祖龍魄，非同劒術疎。不用圯橋上，更授一編書。張良

磊落陳驚坐，何嫌百適聞。日多投轄客，句喜滑稽文。不諱反支日，時過左阿君。匹縑爲友賻，機杼愧云云。陳遵

以污遂淫失，家人寡婦儔。五陵聚豪俠，一吏快恩仇。詎有奸雄目，空遺魚肉羞。當輸新莽輩，竊國已王侯。原涉

枉作秦庭哭，知交憾此生。孤軍誓慷慨，片紙氣縱横。烈士能同死，庸才作主盟。孔璋工草檄，詎識故君情。臧子淵

報仇作俠客，而以折節聞。名士偕諸葛，英雄推使君。功名惜未共，方寸歎如焚。歷劫終仙骨，飄然鸞鶴群。徐庶

一棄東城長，來歸孫仲謀。高談帝王略，爲説乞降羞。乃知國士輩，半多豪俠儔。指囷曾不惜，

莫悔借荆州。魯肅

戎衍清談客，頗模守位臣。將軍惟矢死，朝亡本無人。易去蛟虎害，難誅狐鼠倫。諸王及氐羯，晉室遂沈淪。周處

三萬六千日，日傾三百杯。星芒亦俠氣，供奉本仙才。白足揮毫處，紅巾拭吐來。至今采石下，江月爲徘徊。李白

堯肩與椀酒，案頭金帛陳。本非齷齪子，遇茲伉爽賓。宰相器如是，秀才膽絕倫。巍科一榜者，碌碌笑因人。張齊賢

乖與世迕錯，崖亦情峆岈。術名劍俠傳，學近申韓家。殺奴如劈棗，治軍類拔茶。數年畜一婢，相與伴趺跏。張詠

中興南渡後，山川賸錢塘。常誓君親辱，都忘髩髮蒼。諸公談性命，何日事疆場。可惜書頻上，無人記靖康。陳亮

酬別史香厓即用送別原韻

五載一彈指，光陰復幾多。前途須自策，壯歲莫空過。逝者如羈客，公然笑阿婆。書生有事業，不出苦吟哦。

四海孰知己，生平幾壯遊。浮槎聊寄託，老棧莫淹留。身世阮青眼，煙霞孔掉頭。惟應傍碣石，投老築糟邱。

感舊

不客平山已十秋，於今故紙尚埋頭。少年衣馬慙同學，舊日旗亭慨勝遊。有句能如李供奉，無書更上韓荆州。中宵孰共咬雙蔗，醉看青天月半鈎。

瑶琴

彈得瑶琴已斷絲，年來無處著相思。鏡中雲影儂成恨，簾外桃花爾亦癡。繡幙須防鸚鵡舌，紅墻莫唱鷓鴣詞。不堪往事從頭憶，背立金櫻樹下時。

與王宗齋話金陵舊遊四首

共君曾話福王謡，一載興亡抵六朝。燕子磯頭沈斷戟，桃花扇底咽殘簫。當時賸有新明月，此日應無舊板橋。誰道長江限南北，漕艘穩下廣陵潮。

煙花南部擅歡遊，别樣詩懷另酒籌。珠箔紅燈堪醉客，青溪桃葉好迴舟。關心暮雨吴孃曲，薄倖春風杜牧愁。廿四橋邊尋舊夢，幾分明月在揚州。

烏衣巷口舊豪華，石上三生記未差。可有才人賦枯樹，難逢頓老話琵琶。鶯初鴈晚多傷别，楚尾吴頭苦憶家。莫去莫愁湖上泊，客愁煙水更無涯。

竹西歌吹記曾不，到處旗亭倦勝遊。桃葉新詞誰共賦，杏花舊雨定生愁。北來名士傾江左，南渡青山記石頭。何日同君買雀舫，錦袍换酒秣陵秋。

螺山道中作

年來壯志就銷磨，潦倒尊前一放歌。酒力每逢秋後健，詩情半是客中多。西風古渡無人語，老木荒祠有鴈過。三十功名付騷首，當年婚嫁愿如何。

別山道中遇端陽

佳節重逢半異鄉，又從旅店過端陽。憶曾都下初三日，醉卧城南尺五莊。潦倒偏多知己客，縱横空負少年場。青山見我應相笑，尚踏槐花一路忙。

題研山橋畫幅

依稀尺幅是誰摩，北去平城記昔過。欸乃一枝漁放棹，丁東數里客驅騾。雞聲野店催清曉，塔影危峰倚夕波。彈指石橋橋畔路，至今三十六年多。

史香厓以詩壽余即韻酬之

屈指韶華逝水流，蹉跎空憶少年遊。匡牀未了三生債，杯酒堪消百斛愁。世事幻如春夢斷，功名薄似宿雲收。學書學劍俱無用，況覓神仙到十洲。

再用香厓韻作放言一首自爲解嘲而已

擬濯扶桑萬里流，何妨知北號閒遊。世人大抵身爲患，天上惟容我寄愁。遮莫光陰旅客過，終須傴僂戲場收。幾番打破蒲團謎，笑煞區區四部洲。

將之山左留別史香厓

半爲浮名各路歧，人生離合渺難知。都門相遇同呼酒，灤水歸來又寄詩。浪跡自嗟萍作梗，夙緣誰識藕牽絲。從今遠別行千里，那得西窗剪燭時。

華不注詠古

海國洋洋此大風，何來跛眇辱蕭同。縱教三匝師皆北，難使全齊畝盡東。車𥗽尚餘春草碧，山下有迴車𥗽，草蔓生如旋螺，傳者謂三國之師迴旋所致。案【一】山遥指夕陽紅。案山在城西，即案之戰處。至今一掬華泉水，祠宇無人爲表忠。

校按：【一】『案』應作『鞌』。

曲水茶坊山左會城

苔紋粘屐石横斜，幾尺平橋屋數家。乳鴨分黄浮茗椀，垂楊茁緑近窗紗。閒棚最好客聽雨，小巷尚無人賣花。何用更尋濠上樂，野田踏遍路歧叉。是日至城外看會波閘水。

趵突泉用趙文敏韻

我來歷下一事無，也如鍾離酒滿壺。鍾離題長安店壁詩云：『坐卧常攜酒一壺。』趵突泉有鍾離像，故云。城南初看地肺湧，長日不慮詩腸枯。何須策杖向王屋，或云濼泉發於王屋。壁上詩有及之者。時擬扁舟尋鵲湖。七十二泉著仙蹟，翩翩黄鶴飛雲孤。

公輸子祠

高傍齊河有墓田，爲橋爲塔半訛傳。曾教名士勞重繭，何用窮工侈一鳶。有老斲輪在堂上，漫來持斧向門前。文星也自懸繩尺，臃腫慙余五十年。祠在文星閣側。

甘雨隨車頌佟翰秋明府

滿路瓊瑶入畫叉，静海遇雪，連日霧淞，行途如畫。更教澍雨逐星車。計程長白一千里，額手逢陵十萬家。岱嶽層雲迎驛旆，清河新漲繞官衙。范公祠下歌聲遍，四野春晴開百花。范祠煙雨爲長邑八景之一。『百花春滿路。二麥雨隨車』，文正公帥青過淄日留别鄉人詩也。

曾子固祠

棠惜無香骨恨鯆，先生何必説能詩。不將新法附安石，大有文名似退之。城外青山環作障，祠前湖水界如棋。泊舟每喜層臺上，獨對春風茗椀持。

陳仲子墓

螬餘三咽可憐生，十二篇書手自成。環堵竟煩伯夷築，一盂分享杏壇羹。歲時享祀，例撤文廟太羹一盂，佐以李栗。簷前夜雪爐誰辟，砌畔秋風蚓有聲。圃樹四圍荒墓在，豐碑寂寞向山城。

贈别劉玉如

爲憶園齋花滿枝，杏花已放惜歸遲。每將七巧排鄉字，最是三春惱客思。籠水橋邊波淼淼，看雲樓下雨絲絲。他年相遇都門道，再話長山剪燭時。

題畫四首

平林雜花發，溪水小橋横。隱隱青山曲，如聞絃誦聲。初春清溪圖

煙柳濃如綫，樓高半露紅。此中可消夏，不必更梧桐。盛夏深柳圖

爽氣暮山好，踈林茅屋多。應知洞庭水，瑟瑟起微波。杪秋踈林圖

紫貂裘入座，緑蟻酒盈巵。誰聽坡公令，能吟白戰詩。嚴冬暮雪圖

偏涼汀即事

一雨浮來面面青，週遭山色本如屏。灘頭有客揚帆過，看我孤樽坐小亭。

寫竹爲石琢莽即以留别

一别何由見雪莊，寄將尺幅墨蒼筤。樽前相憶須頻看，書欵枝間字幾行。

◎王先生一翰

先生諱一翰，字宗齋，灤州人。監生，著有《歸囊草》。

《止園詩話》：王宗齋舅氏天姿穎異，讀書有奇悟。獨不喜治經生業，既亦不試有司。素患口吃，及酒酣耳熱，議論風生，則無能挫其鋒者。少時隨從父宦遊江南，作《徽遊日記》一書，記所歷山川人物、風土事蹟，隨敘隨議，足與范石湖《吴船録》、鄺湛若《赤雅》等書並傳。詩不多作，所存《歸囊草》一册，乃從日記中摘録而出，皆其少作也。句如「一縷晚煙垂岸緑，半天斜日射波紅」「日得嘉魚因困酒，時來俗客未妨詩」「日氣初蒸深緑水，湖容遠映淺藍天」「三五夜中逢地主，二千里外遇鄉人」「徘徊江上人千里，遲滯天涯月四圓」「一天星斗霜華重，滿地江湖月色涼」「嫩緑漸勻芳草徑，新紅初上海棠梢」「寂寂落花鶯不囀，閑閑庭院蝶來遊」「人來南國沾花雨，馬繫長堤趁柳風」「明月二分堪供客，珠簾十里半彈箏」，風味與樊川爲近。

古詩二首

相思心一片，春江花月家。隔年不相見，翹首天一涯。折取園中樹，同心梔子花。欲以遠寄將，恐爲歧路差。脉脉作春愁，心緒亂如麻。

嬝嬝三春燕，誤觸桃花片。燕子觸花飛，桃花浮水面。惆悵隔年期，陽春再相見。

行將赴淮，就道之前一夕，畢雪莊時館於外，郵筒寄詩，則別句也。深荷其意，因裁數句答之

有客出門急治裝，蕭條九月天氣涼。欲將尺素裁別句，不期錦粲接瑶章。手把新詩玩良久，篇中恍見古良友。轉訝此舉何得知，想亦神通或是否。幾年浪蹟寄扁舟，歸來却好正新秋。準擬聚首成佳

會，無那車輪不我留。班馬蕭蕭那容住，秋風疎柳長亭路。君當應詔赴金門，我自奔波營俗務。

觀雪莊送余山水一幀有感詩以跋之

畢君送我有所思，行行珠玉發新詩。更添一幅摩詰畫，山山水水多離奇。疊嶂煙江水墨天，但畫山水不畫船。三千三百西江水，知儂何處泛清漣。繪水繪聲筆欲立，青嶂白雲排空峙。風恬浪靜明秀多，一任歸舟自天際。收入奚囊攜遠行，吴山楚水倍分明。同行客子一相見，爭道汪倫送我情。

著綿衣偶成

朔風連日天嚴寒，舟中客子怯衣單。啟箱欲被舊綾襖，絲絲紈素若爲寬。記是前年暮秋作，著衣束帶合衣卧。覺來有夢夢還家，獨坐凝思寒無那。

射虎石

漢代將軍北平守，野戍風塵靜刁斗。彎弓擒得射雕兒，寇不窺邊皆北走。一朝圍獵向陽山，大驅猛獸殲群醜。射石没鏃事尤神，虎石至今猶俯首。古碣摩挲傳已久，將軍不侯數不偶。漢家片土竟何有，將軍此石傳不朽。

滕文公祠

齊楚今何在，滕君尚有祠。殘碑傳自古，遺像見當時。爲國心何切，尊賢禮獨知。千秋言性善，不愧帝王師。祠額云『王者師』。

紫霞洲阻風

風急舟難泊，天空月不來。浪翻雙槳雪，櫓曳一江雷。漁火明還滅，帆檣往復回。鄉關何日到，分歲潑新醅。

秦郵即事

猶是揚州路，扁舟泛泛行。一篙芰荇水，兩岸管絃聲。春色盂城暮，湖光甓社清。有懷秦學士，千載見詩情。

寄張藴山

同人雖不少，可憶獨張君。幾日逢淮雨，連朝望楚雲。霞光明柳岸，湖氣溼鷗群。儻得暫相過，開樽好論文。

謁李太白祠

牛渚磯邊月，鯨波客路船。謫仙已千古，流水自年年。詩酒添新債，山川證舊緣。一卮恭薦後，吟眺晚江天。

十一月雪後泊紫霞洲

紫霞洲畔水瀜瀜，一葉扁舟任短篷。詩在灞橋風雪外，人來摩詰畫圖中。疎林落日江天白，别浦漁燈蓼岸紅。芳洌沽來村釀酒，啣杯相對意何窮。

泊樅陽和楊旭亭馬星園韻

晚泊江干小艇斜，詩成也許學塗鴉。鯨波返溜風多沮，鴈陣呼雲樹亂遮。且共良朋浮竹葉，好將鄉信卜燈花。前途不遠秦淮路，羡煞諸君早至家。

舟中獨坐

風靜晚天秋水平，漕艘摇曳趁新晴。茶闌燈炧夜將半，離恨鄉愁詩未成。柳簇灣頭初轉月，船行水面暫移星。此時之子空相憶，深味唐人寄遠情。

四月三日入瓜洲口

戀戀金陵不可留，舟人解纜入瓜洲。春江風雨裁新句，吴越山川長舊愁。此日離魂隨畫舫，當時情話綴紅樓。無言最是關心處，人到隋堤意未休。

因有和之者用疊前韻

扁舟人去意還留，夢繞春江蘆荻洲。柳色鶯聲南國恨，桃花燕子故園愁。煙波有客閒停棹，野市無人獨倚樓。金粉六朝隨浪捲，滔滔江水未曾休。

龍江夜泊

孫楚樓前月欲斜，孤燈危坐小行槎。煙花有夢人千里，風雨無情天一涯。旅況不堪傷往事，流光偏使惜年華。龍江夜靜濤聲寂，惟聽空林躁暮鴉。

廣陵道中

竹西歌吹揚州路，清景春餘四月天。有客詩敲殘照裏，誰家簾捲畫樓前。蕪城弱柳迎官渡，瓜步寒潮送客船。每憶瓊花一株樹，無雙亭畔問因緣。

三月十三日舟次清江有感

春風打槳過江城，雨細淮陰第一程。三月十三何所憶，去年此日是清明。

蕪湖感舊

山川風物望中收，一載光陰今再遊。記得豔陽桃李節，斜風細雨入南樓。

◎李文學昌裔

昌裔字啟臣，遷安人。諸生。著有《無聞集》。

《止園詩話》：李啟臣明經生而倜儻不群，爲文有奇氣。師友咸以遠大期之，啟臣亦有不可一世之概。三試秋闈，已中式，因一字之謫被黜，遂絶意進取，人多惜之。家藏書甚富，暇則徧讀之，或寄情吟詠，每有議論，必具隻眼。先是，遭父喪，以哀毀致疾，因習岐黃之學。然不輕爲人醫，醫必詳審再三。尤精於痘疹，凡所治，無面麻者。晚精堪輿，自號抱一山人，著《地理徵實》一書，自述所得，語精切易曉。所作詩古文詞，多不存稿，兹所存皆晚年作。自題曰《無聞集》，蓋自謙也。

讀史

盧奕抗節死，遣子歸京師。使知後來佞，何如同死之。乃知父子恩，此意難逆施。寧甘被不智，不肯蒙不慈。父自大節昭，子自惡名垂。讀史至此處，掩卷深長思。

韓維論功名，因事而始見。不可先有心，其言寓諷諫。當時王介甫，久欲新法變。幸值仁宗朝，邪説難鼓煽。一旦遇神廟，恩禮承殊眷。遂使新法行，卒基靖康亂。大臣謀人國，防微宜杜患。但謂激所成，猶爲見得半。

作詩

作詩勤就正，好學宜如此。其有未協處，改削仍在己。分明兩枝筆，難作一家言。古人聯句詩，所以少佳篇。即如陶詩甘，不同杜詩苦。若以陶改杜，或以資笑侮。人各有性情，詩各有境地。不見推與敲，真師止一字。

雙忠祠

六矢被面雷萬春，一指反命南霽雲。睢陽城中真有人，誰其尸者遠與巡。男兒有死死忠烈，此義難爲僕婢説。以身作饍甘如飴，小人女子兩相絶，君不見遠之奴、巡之妾！

方正學

正學一生誰知己，知己乃是一釋子。城下之日必不降，殺之讀書種絶矣。北固當年眼倦看，目中久已無中原。似此闍黎太無賴，手奪神器歸燕藩。吁嗟乎！儒者動云羞五霸，籌策乃甘方外下。士流不及一緇流，無怪緇流敢自大。

秦始皇

天若祚秦始皇死，扶蘇應早作天子。尊禮孔子親儒生，傳祚豈僅二世止。乃知漸離筑、荆軻刀，張良之椎皆罔勞。貞元運會在劉季，沙邱數定天難逃。惡秦偏不墜秦命，故意縱之恣荒驕。時來莫羨陽翟賈，運去休嗤内豎高。

樊將軍

將軍刎頭頭不斷，眼光倒射荆軻面。英魂相逐入咸陽，不報仇時誓不散。督亢圖窮匕首見，生劫强王本非算。殺身難抵將軍頭，至今魂哭咸陽殿。

咸豐三年，粤匪擾津門，人情洶懼。大府令各鄉自爲團練，以相守望。余家自高曾以降，無失德於鄉；以故附近十一鄉不約而同，推余家弟姪輩爲團總，願聽約束。余以老憊不與事，賦詩二章，藉勉弟姪云

朝廷養士百餘年，忝列膠庠已數傳。敢謂草茅能報國，須知燕翼合光前。鄉隣推仰家聲重，里社遵依祖澤延。讀聖賢書學何事，著鞭休讓祖生先。相感由來止一誠，莫將門第蔑鄉情。果能下士同甘苦，便可臨危託死生。有制三軍能奪帥，無私衆志自成城。平時計畫須先定，早靖鯨鯢著義聲。

偶成

古寺鐘聲闇夕曛，我來天恰未黄昏。繞堤流水悠然去，隔水一峰青對門。

從兄伯度宰環縣執信覓鳳仙花子寄贈

農服田疇吏不譁，萬山深處是官衙。琴堂鎮日閒無事，負手庭階看種花。

◎王文學承吉

承吉字佑堂，灤州人。諸生。

《止園詩話》：佑堂爲耀東先生冢嗣，事親至孝。耀東先生好施予，或至家無儋石儲；無不黽勉從之，未嘗有難色。

山行

松韻雜泉清，人踪入渺冥。莫云高已極，高處尚崚嶒。

◎王布衣權

權字惇平，臨渝人。

《止園詩話》：王惇平喜吟詠，善絲竹，書法亦極秀整。少以寄籍年例未符，不得應試，乃力培子弟讀書。季弟樸中道光己亥副車，子元熙亦以是年舉京兆。

可琴亭在首山

非必鳴琴自可琴，高山流水有餘音。數聲漁笛吹涼月，一曲樵歌度遠岑。雲樹蒼茫聞鶴唳，天風浩渺起龍吟。誰爲海上移情者，領取成連出世心。

題具慶圖

椿萱幸安燕，群季無參商。兒輩岐以嶷，我亦云平康。人生有定分，夷惠孰短長。娱親不在豐，春韭勝羔羊。榮親不在顯，樂善增軒昂。高堂有甘旨，自奉有豆觴。客庭有絃管，家塾有縹緗。以此保世德，具慶春暉芳。畫師擅藻繪，詞友抒琳瑯。揭向庭幃前，樂壽資無疆。奚必鳴珂里，將相夸故鄉。

永平詩存卷十八

樂亭史夢蘭香厓編輯
灤州李茂春蔭普參校

◎王户部册

册字典如，號梅君，臨渝人。貢生，官户部員外郎。著有《浣花集》。

《止園詩話》：王梅君農部工詩善書。余嘗見其所作屏障，字體娟秀，脱胎趙董而别饒意趣，在近人中酷似夢樓。詩筆清麗妍緜，亦無些子塵壒氣。聞其官部曹時，公退之暇，與諸名士結文酒會，鬮題分韻，出語輒驚其座人。一時風流文雅著稱都門焉。故有崔烈之富，人不得以貲郎薄之。今讀其詩，尚可髣髴其人。

夜感

風影畫簾紋，芸香静夜焚。寒燈落秋雨，幽夢入孤雲。枕上三更寂，心頭萬緒紛。光陰何處遣，多半付微醺。

久病

隔窗聽葉落，風緊下昏黄。菊影窺燈壁，蛩聲澹月光。病深詩亦瘦，腕顫筆翻蒼。試想衰年客，吾儂合斷腸。

次張紉蘭春日雨後元韻

蜘蛛屋角織新絲，小草茸茸護碧池。人静緑窗詩夢穩，香添紅袖畫簾垂。三杯酒味郎官賤，一點春情燕子知。柳絮晴煙飛漠漠，任他桃李弄芳姿。

丙戌中元日造龍槐寺祭鮑覺生宫詹

也隨流俗到空門，獻佛供僧且莫論。三炷香殘名士夢，一杯酒慰故人魂。詩傳精妙懷仙骨，壁有龍蛇尚墨痕。寺壁多先生墨蹟。更上蒹葭簃上望，遠煙高樹已黄昏。寺有蒹葭簃，係先生刱建。簃中有先生手書一額，云『遠煙高樹』。

道上口占

午夜過榆關，邊風黯旅顔。驅車不知路，月落隔城山。

題畫

春水泛桃花，關情不忍去。柳下立多時，落滿一身絮。

冬日即事

風寒雪凍正陰陰，煮茗焚香養素心。書罷金經千數字，不知雪落幾多深。

暮春郊外

無名野鳥唱春暉，夜雨初乾嫩緑肥。一路春風吹不住，楊花繞向馬頭飛。

無題

槐陰螮影正蘧蘧，嚦鳥驚回午夢餘。猶記韻花亭畔路，相思約在柳橋西。

謁家楷堂比部墓墓在東直門外石磯橋之北，又名小紅橋

清明新柳弄春條，酒向君墳試一澆。料得東風飛絮處，詩魂吟過小紅橋。

◎王明經一士

一士字諸人，號和村，臨渝人。恩貢生。著有《存我堂詩稿》。

《止園詩話》：王和村明經學問淹博，屢試高等，鄉闈七薦不售。爲制藝，法律謹嚴，尤長於議論。所選《拆襯編》，後學奉爲楷模。

行次陽山嶺口號嶺爲臨渝北界

陡絶陽山路，渾如度九嶷。衆流分内外，一嶺界華彝。峭拔南登險，陂陀北去遲。從今天塹號，

不必在江湄。

一片石一名九江口，即九門關

危乎九江口，劍閣險相班。雙扇逆攔水，兩邊高上山。亂峰通一線，疊嶂接三關。禁旅長歌入，誰云飛過難。吴三桂乞師復讐時，王師從一片石入關，破逆闖於河西。

鄧林釣臺懷古

復讐一戰散家兵，獨把綸竿結鷺盟。封爵兩朝歸閫帥，釣臺千載屬先生。風凄雨冷孤臣淚，酒美魚肥孝子情。我到河邊尋古蹟，抽毫欲補史官評。

◎郭文學長治

長治字伯安，號平軒，臨渝人。諸生。

《止園詩話》：郭伯安茂才績學工詩；書法蘭亭，得其神似。尤長於鑒古，遇名人書畫，一見輒别其真贋。

題畫

一水清見底，萬山滴寒翠。秋光澹欲無，著色自明媚。蘭若隱巖隙，一徑入雲深。客有耽禪悦，來尋支道林。

長松一千尺，照人鬚眉青。松下話何事，相商劚茯苓。
泛舟清溪清，清極不可唾。倒影寫寒空，真如天上坐。

題楊問竹所藏八駿圖

孔鼎湯盤器有無，縱窮繪事也模糊。驊騮騄耳誰曾見，道是周王八駿圖。

癸酉秋，余與家苑香同赴京兆試。榜發，被放。余先歸，途中識懷

無賴秋花滿地開，無邊秋色趁秋來。不知客裏悲愁客，近與何人共酒杯。

◎温別駕序斌

序斌字石坡，盧龍人。諸生，州同銜。著有《六疋心聲詩集》。梅學博成棟序略云：道光丁酉，余以司鐸來永平，埋頭苜蓿，寡所知遇。而私心窃窃，每思物色賢豪。叩之郡人，士莫不以温公石坡對。及接見，一恂恂善下、樸訥君子也。居久之，意氣頗投。間出緒論，則於儒理禪宗、天人上下之故，無不洞悉精微，剖析真僞。乃始服其有本之學。其《春陰即事》句云：「一瓢安陋巷，五斗謝華簪。適意應多趣，居山不必深。」此四言足以盡先生之生平，亦可謂工於寫照者矣。

《止園詩話》：温石坡先生，尹亭侍御之季子也。侍御公歿後，家窘甚。先生力學自勖，期紹家風。應京兆試者十三科，卒以不售，橐筆遊四方，足迹半天下。老歸故鄉，客囊如洗，年近古稀猶不離硯田餬口。居恒不嗟貧，不傷老，不論人是非，不雌黄人學問；日手一編，寒暑不輟。性喜飲，對影銜杯，陶然自得，殆所謂遯世無悶者歟？詩不矜格調，而機趣盎然，自然合拍。高魚侯方偉題其卷云：「論超由卓識，語妙見高才。不費經營處，都從閲歷來。」頗能道其髣髴。

老驥

老驥復老驥，壯齒曾誰識。不解以德稱，但職鹽車事。鹽車何尷尷，太行路絶險。所惜非苦辛，祇恨知己晚。知否亦在人，我自有其真。無爲執過客，忽漫一求伸。

無題

朝從城南遊，團扇獨自捲。歸來忽振衣，特恐緇塵染。非我太潔清，萬事須檢點。物情好瑕疵，我兼昧呵諂。人世重功名，功名如電閃。江湖舟楫輕，偏有風波險。何如拜首陽，屏居在草广。飄然心迹清，無事驚筦簟。

和雲門夜坐韻

月皎景倍清，雲散天彌迥。有時竹石間，三五螢光炯。萬物有變遷，至理虚心詗。良辰難久留，好夢最易醒。迴首炙手人，究竟居何等。欲消今古愁，且盡一杯茗。清風習習來，不覺衣浣洗。

題王楷堂比部澹香齋詩卷後

世有脂韋行，遂多粉飾作。否則尚新奇，餖飣詫博奥。究之性情中，一字何曾著。比部琅琊王，襟期殊落落。雄辯四筵驚，引滿千杯酌。市上醉胡琴，天邊看野鶴。卓然人中豪，那許浮名縛。惟我與結交，常借他山錯。文字飲日親，面目交何薄。更持巨編投，爭勝醫俗藥。初讀令人怒，拔劍淬霜鍔。再讀令人悲，淒風摧寒坼。繼復一囅然，曼倩當年謔。浣露卒讀之，仁人言藹若。雅稱澹香名，飧勝菊英嚼。因知肺腑流，初未爲酷虐。詩真窮益工，道契貧而樂。今已羡鴻飛，不似求伸蠖。退食白雲亭，静坐青藜閣。端宜和聲鳴，好叶文王籥。

劉孝子歌有序

孝子永利名順時，白蟒山背耿莊人也。廬墓三年，毫無惰行。里人公以孝舉，有司久閣不行。感此賦詩以紀之。

孤竹國，墨胎氏，受爵唐虞歷殷紀。天生夷齊振頽風，父命天倫成一是。首陽高躅詎難攀，興由人不盡頑。白蟒山陰劉孝子，敦仁篤義於其間。日出早出耕，日入不得息。持家有苦心，養親無餘力。四十痛父歸黄泉，骨已如柴爲母全。五十老母又見背，肝膈摧崩心幾碎。抔土成墳力莫當，誅茅作室墓之旁。食無鹽酪卧無席，三年血淚凝冰霜。有司久閣慳表異，徒令道路增悲傷。嗟嗟！劉孝子，孰與比！人皆父母生，何遽忘毛裏。無端忽動短喪思，無端竟借奪情仕。口不絶肥甘，身不離朱紫。三年之愛等尋常，何怪徵歌與選妓。東夷有少連，降志辱身矣。中倫中慮聖獨稱，孰意於今得見此。

谷口

縱横千百步，層疊萬重山。谷口水流急，峰頭雲去閒。勞人行未止，飛鳥倦知還。側耳蟬聲苦，一枝抱且艱。

清明日感懷

榆柳新分火，風塵欲老顏。夢中先隴遠，詩外客身閒。著雨花光顫，迎風燕語蠻。清泉淘已潔，可惜在人間。

宿建陽

驛館近城郭，清風敞竹窗。雲山看疊疊，水石聽淙淙。樹隱秦時宅，灘多越客艭。考亭居不遠，星斗耀文幢。

寒夜

好夢真難續，嚴寒客自知。狂風吹屋緊，冷月到窗遲。龍以潛能隱，鷄非晦所欺。良宵誰晤語，且只養愚癡。

獨鑄

禹稷當平世，夷齊餓海濱。不因遭際異，失卻本來真。世大誰知我，天生我亦人。且從仙佛外，獨鑄百年身。

苦熱

眼底秋將至，薰天暑且驕。雨淫禾耳卷，日烈石頭焦。借勢蠅喧晝，乘涼鼠鬭宵。庸庸隨觸熱，慰我是清飈。

喜王梅君至即次途中韻

病多資藥裹，愁積敵塵紛。策馬偏逢雨，思家但望雲。三旬艱險出，兩頰笑啼分。保得平安至，憂心盡解焚。

悲煙鬼

此身忘卻是親遺，病渴偏將鴆酒醫。呼吸空存甘作鬼，衣裳徒令變于夷。精神縱振開燈後，產業潛消卧枕時。直到骨枯金亦盡，哀哀乞死悔應遲。

道光己酉立秋前二日大水，距乾隆庚戌立秋後二日大水剛及六十年，想亦劫數使然耶？府署刑書張君得源，雇覓舡隻救活多人，且備餅餌粥糜以濟飢渴，誠盛舉也。余因作此以誌之

酉戌躔更六十年，灾生秋後易秋前。城中水漲逾尋丈，郭外房頹幾百千。滅頂稻粱難望稔，痛心黎庶仗誰全。仁賢幸有張司法，拯救多方不惜錢。

小病口占

平時常恨此身多，百歲光陰一刹那。直到病來難捨卻，況逢客裏更如何。方書細檢河魚病，角枕旋驚塞鴈過。戒酒除葷非易事，夜深好去問維摩。

過嚴陵釣臺

世路難於五百灘，雲翻雨覆幾能安。他時偷得閒身在，好與先生把釣竿。

題爛柯圖

一局棋殘變古今，歸途已失舊山林。神仙自有安排處，底用旁觀枉費心。

◎李文學雍

雍字春亭，灤州人。諸生。

《止園詩話》：李春亭博通經史，尤精研宋元理學之書。制義宗成弘，屢試不售。晚託迹岐黄，遠近稱國手焉。詩五言清微淡遠，在諸體中最爲擅場。《送別董勳廷》云：「瀟洒官塘柳，絲絲挂落暉。」讀起十字，已令人黯然魂銷。其他佳句，如《道過雙橋寺》云「日午鳥聲静，山深塔影圓」，《夜行》云「犬吠知村近，驢疲覺路長」，《曉發》云「霜重平蕪白，星孤大漠黄」，《責書》云「廿年燈火供，幾日稻粱資」，《除夕》云「問年忽已老，訪舊漸無多」，《漫興》云「子能脱俗愚何害，婦解安貧拙亦賢」，《邵菴》云「滿架詩書資尚友，一庭花木卜佳鄰」，《除夕》云「貪眠最喜逢迎少，恕老何妨禮數寬」，《村居》云「一派泉聲長在耳，四圍山色總當樓」，皆藴籍有味。若其《咏蠹魚》有云「原來白腹無文字，也向書中過一生」，則未免劉四罵人矣。

獨坐

佳客固云佳，無客亦可喜。佳客獲我心，無客全吾己。好言不關情，當亦客所鄙。風雪掩柴扉，殘書獨料理。

雨餘

雨餘雲氣濃，遂使前山隔。好風吹之開，遥見一峰碧。亂泉雜溪流，鱗鱗動白石。偶緣溪上行，溼煙厚如積。寂然無一人，傍晚群動息。新月挂晴嵐，微光逗林隙。興盡扶藜歸，仍踏來時迹。

送別

曉色何黯淡，涼風吹我衣。悽惻不可道，相視但依依。彼此心既同，豈憂相見希。無那此時情，欲別復難違。

別弟

去去不復顧，出門何所之。丈夫志弧矢，安能事棲遲。感兹兒女情，未免傷別離。願言復珍重，家貧賴汝持。

秋日感遇

長風自西來，吹我籬邊菊。泠然發遠音，蕭蕭滿林麓。剥落會有時，萬物歸其宿。榮枯本自然，亢極理必復。感兹秋意深，懔懔慎幽獨。松柏歷堅貞，霜雪焉能蹙。心君常泰如，外擾自清肅。所以古哲人，耻與物情逐。勞苦庸玉成，君子以爲福。身世等浮雲，胡事從碌碌。愿言矢厥誠，危坐展書讀。

送別

未別計歸期，無計堪留住。相對各鬱陶，含酸不能吐。亂山莽迴合，是汝前行路。鴻飛何匆匆，矯首空瞻顧。安得假斧斤，伐盡途邊樹。

漫題

賦性不適時，安能逐時行。苟非同心人，相對目欲盲。縱使强周旋，面貌殊不情。不情胡可爲，因此得狂名。其實一無知，狂從何處生。

題畫

幾年欲向深山住，無緣得識桃源路。瞥見丹青顧虎頭，頓覺還我煙霞趣。齋中咄咄見蓬壺，收拾名山歸尺素。陰崖絶壁隱蛟螭，遠岫微茫含薄霧。雲門石磴雪花飄，疋練斜飛横瀑布。瀠洄谿澗水無聲，煙雨茫茫不可渡。山迴水轉劃然分，三兩茆庵林際露。箇中應有避秦人，若爲從之或可遇。吁嗟乎！世無真鑒如襄陽，誰令竇晉生英光。況復不著時與代，依稀僅見石田章。世人貴耳苦賤目，烏知此卷爲擅場。我生嗜古有獨癖，不藉欵識分倪黄。明窗摩挱幾回讀，眼福已侈過所望。還君寶此希世珍，玉牒金題什襲藏。安得卧遊圖畫裏，指點白雲作醉鄉。

辛酉有事樂亭主人話東海之奇不獲往遊因擬是作

歲在辛酉月之冬，賤子有事渤海東。主人夜話浮海樂，耳聽不覺心蟲蟲。曉起束裝行就道，手提鐵笛騎白龍。但見茫茫波浪闊，勢與乾坤相渾融。忽露一峰插漢表，左攖右拏神鬼工。上無所繫下無著，追逐水氣如飄篷。疑是蓬壺不可近，倏然化作馮夷宫。蒼鼉起舞鼉横飛，九州直欲歸鴻濛。對此頓覺心目豁，一洗從前胸次之惛懜。迴看西北來時路，盡在虛無縹緲中。鐵笛數聲天地裂，颯颯萬里來長風。

洰陽道上

林際葉初下，蕭蕭秋意深。西風吹老鬢，匹馬渡寒津。落落丈夫志，依依兒女心。舉頭看日色，不定是晴陰。

登藏經閣

登眺獨憑欄，秋從何處看。鳥隨黄葉下，鐘帶晚煙殘。落日淡平野，西風生薄寒。江山曠如許，百感正無端。

秋日病中

陰雨一何急，淒淒未肯休。那堪衰病日，當此苦寒秋。破屋溼痕重，踈櫺風力遒。全家餘數口，生計竟無籌。

白丁香

緑醉紅酣鬬豔陽，何來皓質潔如霜。一枝誰種玲瓏玉，半榻濃薰細碎香。簌簌煙籠新月淡，離離影弄晚風涼。鉛華洗淨標真色，獨向三春作冷粧。

答人問訊

腐儒原不識功名，野馬輕塵寄此生。有興何妨爲酒困，無聊偶亦以詩鳴。緼袍被體當春熱，故紙糊窗向日明。莫道村愚多寂寞，掃除客氣久忘情。

踈慵自喜料無妨，生計從玆事事荒。長晝頻眠如緑柳，閏年加退似黄楊。新茶到口甘遭厄，美酒當筵樂欲狂。入室從無交謫語，由來貧慣久相忘。

題畫

樹色動江光，明滅亂秋影。孤煙出山根，夕陽在高嶺。

山前山後花發，社北社南水生。門巷日長寂寂，午窗時有雞鳴。

早春

好懶偏宜與睡親，酒堪賒取未全貧。世間甲子何須問，但看花開即是春。

曉夢初迴眼尚迷，閒施屐齒印春泥。夜來聽足催耕雨，添得垂楊緑滿堤。

代閨中乞阿仲作旅鴈圖

半幅宣城遠寄將，囑勞阿仲寫瀟湘。圖成挂向粧臺畔，似見當年舊鴈行。

晚春

柳絮霏霏白雪香，亂隨花片下池塘。朝來一雨和泥濺，燕嘴銜來上畫梁。
白板橋西柳颺風，緑陰深處酒旗紅。行人指點前途近，一塔孤圓落照中。

送春

留春不住任春歸，繞砌沾籬花片飛。無可奈何惟對酒，一樽手自奠芳菲。
春來事事總銷魂，花去枝頭酒去樽。好客不來眠未穩，無端風雨又黄昏。

夏日閒居

種得琳琅幾萬叢，茆亭小築緑陰中。朅來一雨消殘暑，時有微涼不待風。

◎郭明經上林

上林字靜鑑，號苑香。臨渝人。歲貢生。

《止園詩話》：苑香少隨其父官湖北，數歷巖疆，屢幫辦城守事宜，於軍書旁午中未嘗廢學。博覽群書，兼通吏治。奇於場屋，乃橐筆遊幕遼東治刑名者二十年，稱明允，且平反者甚夥。晚年家居授徒，一鄉科舉之士多出其門。長子舉於鄉，次子成進士。其詩如《九日角山同平軒作》云『黄花人意遠，紅葉酒顔同』，又《角山》云『萬壑風濤空處合，千家煙火望中低。日射沙光明海岸，山蒸嵐氣暗邊城』，俱有句法。

七夕偶成

瓜果列中庭，乞巧潔筵几。細語祝喁喁，再拜而後起。丈夫效巾幗，得者沾沾喜。我意殊不然，蓋亦有説矣。人生天地間，所貴在素履。大智尚有失，小巧安足恃。從古姦佞徒，大抵爲巧使。一念肆機械，身敗名復毀。每誦子厚文，軒渠不能已。守拙吾所安，願師柱下史。

望洞山呈平軒先生

萬壑千巖裏，居人八九家。溪光銜日淨，山勢倚雲斜。白板秋風敞，黄茆老樹遮。何年諧卜築，相與採蘋花。

遊石門陶然亭

石磴連雲上，空亭夕照荒。窗開山四面，簷轉木千章。近水墟煙白，迎霜塞草黄。何人弄長篴，髣髴奏伊涼。

下五泉庵，日將夕矣。迴望山景，如在畫中，惜匆匆未盡其勝。漫成一律，呈家平軒

屏翠疊玲瓏，樓臺杳靄中。薄雲樵子徑，斜日梵王宮。吾輩能高詠，斯遊惜太匆。吟鞭歸去晚，一笑指城東。

讀平軒先生近作感書其後

乍寒天氣閉門初，一誦新詩一悵如。八口艱難同慨歎，百年身世各躊躇。擔簦久乏干時策，倒篋空存乞米書。卻羨古人能作達，醉鄉天地是蘧廬。

留别陳春渠司馬兼懷介弟夢漁孝廉

數盡寒更第幾籌，驪歌欲唱倍添愁。素心早證三生石，青眼容登百尺樓。到處逢人承説項，不才無補愧依劉。黯然擬賦銷魂别，彩筆江淹亦懶抽。

白駒過隙感流光，往事思來記得詳。鴈序歡同兄弟翕，麈談深覺主賓忘。十年遼海心如水，七載邊關鬢有霜。我作嫁衣君壓線，一般都是爲人忙。

幾度思歸未忍歸，主人情重尚依依。其如老去精神減，敢使平生願力違。臨别轉無言可贈，相看止有淚頻揮。曾爲王謝堂前燕，不傍尋常門户飛。

季方蚤歲共周旋，憶領鄉書又幾年。耐久交原屬我輩，知非境已讓前賢。金昆玉友齊千古，翔鳳冥鴻各一天。惆悵故園歸卧後，江南塞北夢長牽。

◎高明經作楓

作楓字紫崖，昌黎人。歲貢生。著有《鶴鄉吟草》。

《止園詩話》：高明經作楓性情瀟散，學問淹通，名噪膠庠者數十年。晚歲橐筆東遊，主講遼陽書院。偶有感觸，一發於詩。《鶴鄉吟草》蓋即主講時所作也。鍊句最工。《夜坐》云『露珠團草腳，雲絮裹峰尖』，《聞笛有所思》云『塞月詩魂冷，邊風老樹狂』，《春暮偕友水亭對酌》云『曉風楊柳聽鶯客，春水桃花放鴨船』，《遼城度歲》云『絶塞强斟辭歲酒，孤燈怕照憶鄉人』，《春暮遼陽懷古》云『寒逼四圍山有雪，春回三月樹無花。管公臺圮煙蕪冷，丁令城荒夕照斜』，《送友》云『花有情癡愁客散，柳知别苦怕人攀。驚心風雨三春冷，放眼乾坤幾个閒』，《龍泉寺》云『亂峰泉瀉如龍鬭，窄徑雲横與鳥爭』。雅有錢郎風味。

月夜懷友人

明月如畫師，鑒貌兼寫影。愛翫獨衺裒，露下衣裳冷。故人去天末，中懷常耿耿。不能抱衾眠，相尋託夢境。

將遊醫巫閭山先簡壽九杏園

夢想遊閭山，心馳事多梗。子先閭山來，定到閭山頂。問途於已經，度石迷前徑。俟我捲帳時，一一示奇勝。腰腳未龍鍾，膽力尚勇猛。欲效鶴凌空，不安蛙在井。決眥送鴻飛，盪胸俯雲影。晴雨洒奔泉，百步濺衣領。下視寰中人，擾攘等蟣蠓。緬昔東丹王，逃名遂幽屏。中更有賀欽，後先相接踵。得我成三人，厥數符足鼎。名山遇名流，靈跡傳彌永。飛札報知音，先期儲饊餅。曾共踏煙巒，天風助高詠。

花塚曲

曲何爲而作？爲營妓而作也。海城有木溝營，營中故多青樓，其老病以死者半棄諸荒野。近有江南大賈姚春泉施義地以厝之，復浼居士徐少壽題碣曰『花塚』。余友劉松雲、王雪庵皆有序與詩以紀其事，余踵其詩，故不復贅以序云。

誰生厲階爲禍始？女閭三百起管子。北里爭誇窈窕娘，東山豔説林泉妓。遂令後代盛煙花，殺盡紅顏靡有已。臨溟有營號木溝，溝水多情宛轉流。桃花浪膩臙脂漲，楊柳波含眉翠鈎。生成玉女三千黛，恍到金陵十六樓。朝朝暮暮弄弦索，但知歌舞不知愁。新聲譜出樊素口，琵琶指授呼韓婦。泥人秋水眼横波，含情却扇一迴首。春融㻪瑁燕雙棲，香煖芙蓉鴛並偶。日高三丈尚貪眠，鬟鬟慵梳倩阿母。自謂歡娛無盡頭，豈知繁華夢難久。名花慣被風雨妬，碎緑摧紅委朝露。飄流溝底沈泥沙，抛擲溝邊飼狐兔。殉身六幅月華裙，模糊血污失紈素。一盂麥飯無人澆，紙錢誰挂棠梨樹。三吴豪客姚春泉，多財善賈富腰纏。十萬青蚨買義塚，前身應是護花仙。煞費憐香惜玉心，收拾花葉歸花根。夕陽一片梨花影，半是亭亭倩女魂。更有鍾情徐季海，書法歐陽多風采。手題花碣重太息，陰風颯颯人斯在。恍兮惚兮環珮聲，似抱沈冤訴不平。沾溉恩波安鬼籙，消除孽海懺來生。來生誓作田家婦，莫任人攀折章臺柳。

秋風出關圖爲王雪蓀半刺作

渝關門前秋草黄，渝關門外秋風涼。山抱長城翠鬱鬱，天浮海水青茫茫。四扇鐵門春不度，出關便異中華路。曠野縱横虎豹蹤，霜林禿倒箐榛樹。遼東自古稱極邊，瓜代戍守年復年。底事王郎鉛槧士，動與荷戈負弩之輩相周旋？瘦馬嘶風鞭在手，飛沙捲地石亂走。一琴一劍一詩囊，奚奴擔荷青驄後。邊城八月笳怒號，倏爾慘淡天容驕。壞雲輪囷匿白日，雪花如席黏青袍。膚革粟起馬蹏滑，仰面險阻醫閭高。嘻！王郎抱英多磊落之奇才，此行胡爲乎來哉！堂上慈親髮須白，崦嵫晚景桑榆摧。願得一囊方朔米，折腰俯首何所猜。陟屺悲，捧檄喜。古今人子心，率皆爲貧而仕矣。春風吹來劉夢得，秋風又送王安國。消除塊壘吐雄詞，踰麋洒遍山南北。十年賤子走東都，年少才高似此無。握懷瑜瑾莫能遇，倒持手版隨人趨。嗟乎！天生有才終有用，幾見鐵網遺珊瑚。竚俟飛騰揩老眼，慷慨爲寫秋風圖。

登三十三天

絶頂無人到，重山別有天。風高山骨裂，日矮樹頭懸。海色連齊魯，閒雲鎖薊燕。振衣一長嘯，驚破夕陽煙。

遊東山朝陽寺

鞭絲揮不斷，嵐氣總回環。燕尾溪流岔，蛇盤路轉彎。秋聲黄葉寺，人影夕陽山。翻羨浮屠子，巖扉鎮日關。

西閣晚起

襆被層霄上，清寒欲曙天。松聲千磵雨，人語一樓煙。盤薦霜林果，茶烹石髓泉。暫遊還欲別，猨鶴也留連。

由香岩寺過嶺遍遊諸寺

素有煙霞癖，探奇那厭頻。樹深不見日，路斷忽逢人。渴掬穿林水，饑餐墜地榛。上方花雨落，世界隔紅塵。

裹糧遊五刹，千山有五名寺。不畏路迢遥。叢樹横攔足，濃雲深没腰。采芝逢晚叟，拾橡伴山樵。問答兩無意，相將過石橋。

書劉松雲來札後卻寄

一昨郵筒遞，情辭尺素傳。補官無定日，奉母有高年。倏鏇鷹身屈，鹽車馬步顛。爲君籌進止，局外亦茫然。

辛丑閏三月自遼赴瀋途中作

轆轆車玉碾細沙，山容水態逗春華。桃花日煖繅絲館，柳絮風香釀酒家。雙闕雲霞千疊護，二陵松柏萬年遮。兩京風采都看遍，從此休嗤井底蛙。

留都對雨

鳩聲不斷畫橋西，野馬縱横化作泥。疾雨亂敲簷瓦碎，溼雲平壓樹梢低。鄉關迢遞愁難到，城闕參差望易迷。何日歸耕田百畝，披簑戴笠手扶犁。

夜宿龍泉寺

夕陽山影落衣襟，悵悵招提何處尋。忽聽鐘聲知寺近，乍聞人語隔煙深。一天霜冷猨嗁月，萬壑風生虎嘯林。好是遠公清絶處，半龕佛火淨塵心。

田園

擺脱樊籠自在身，田園瀟灑有餘春。名場馳逐逾三紀，歲月蹉跎過六旬。好把桑榆娱晚景，早將茵溷證前因。不朝不市無拘束，大署頭銜草莽臣。

松架初成

長風竟日引南薰，簌簌松花落簟紋。一枕濤聲新睡覺，緑陰散作滿窗雲。

送春詞

韶華難綰柳絲長，打疊新詞餞夕陽。萬點落紅千點雪，春風更比路人忙。
零星紅雨打窗紗，蝶意凝凝尚戀花。堪笑東風如蕩子，纔歸三月又離家。

贈别諸友

十載遼東度歲華，客中送客去天涯。不知離别愁多少，卷起湘簾問落花。
小聚君家市月多，鏖詩縱酒復高歌。那堪風笛聲吹散，落日蕭蕭馬渡河。

宿山寺雜詠

精藍高詠白雲邊，下界人登上界仙。身在浮嵐空翠裏，眼看明月耳聽泉。
寺古山深草木熏，心清贏得妙香聞。曉來洞啟窗三面，放出亭中隔宿雲。

自書院移家

寄人廡下本非家，又作移巢樹上鴉。月檻雲廊都不戀，最難離别手栽花。

夏少嵩因余案頭盆菊十月猶開贈詩寄意余感其意亦成三絶

獨抱秋香到小春，風霜不改舊丰神。歲寒結得同心友，嶺上梅花是可人。

蕭疏風致澹人如，欲避囂塵傍草廬。三尺絳帷遮護穩，漫來花賊玉腰奴。

徑外狂飈撼又翻，座中秋士淡無言。自從位置崔儦室，不是名流莫到門。

過柳河溝

轉徙無常是此河，今朝沙澈昨旋渦。那知别様春流水，也似人情變化多。

題東皐蘆蟹圖

誰將郭索寫鵞溪，淺水爲家覆草泥。記得灤江秋盡夜，蘆花清影一燈低。

海上村居閒步

西風黄葉我離家，盼得春來玩物華。李白桃紅全不見，沿村開遍馬蘭花。

◎王别駕保庸

保庸字寶符，號湘舟，臨渝人。增貢生，官江西吉安府通判。

《止園詩話》：湘舟佐郡吉安，粵匪犯郡，太守某亡於陣；湘舟行太守事，克保危城，以功薦升同知，賞戴藍翎。逾年，賊大至，攻圍六十餘日。糧盡援絶，力竭城破，湘舟隨臬司周公以下同官四十人同遇害。事聞，贈同知，廕卹如制，入祀吉安及本邑昭忠祠。郭廉夫跋其《詠菊》詩後云：『湘舟死難吉州，大節凜然；而「風雨摧折」一語，已成詩讖。』信哉。

詠菊二首

一枕秋聲竟夕吹，朝來叢菊綻東籬。栽從桃李芬芳日，開到園林寂寞時。花晚不因人力早，神清豈爲夜寒疲。任他風雨頻催折，自是生成傲世姿。

寳樹瓊花憶舊遊，此花開處幾同儔。丰神不爲炎涼易，臭味何須世俗投。明月一簾疑是畫，香風四壁不知秋。虧君歷試榮枯境，得與喬松説一流。

◎張學博光𪫺

光𪫺號海珊，臨渝人。嘉慶癸酉鄉試謄録，實録館議敘，官東鹿縣訓導。

近辰三姪旋父任以詩送之

荒齋祖餞酒盈巵，小阮依依解賦詩。脈望書中能變化，鞠通絃内見心期。近辰善琴。他時穩啖紅綾餅，此日先歌白雪詞。寄語東山多契闊，餘年珍重莫憂思。

◎趙明經書林

書林字西山，樂亭人。歲貢生。

秋鴈

寥廓天無翳，晴空數去鴻。瀟湘千里月，邊塞九秋風。稻啄江雲紫，絃揮落日紅。明年歸莫緩，春信鴈門通。

永平詩存卷十九

樂亭史夢蘭香厓編輯
受業趙建邦維藩參校

◎馬學博宗沂

宗沂字春隄，盧龍人。道光乙酉舉人，官邢臺縣訓導。著有《悟雪堂詩草》。

《止園詩話》：馬春隄學博性情和雅，與人交，恂恂善下，未嘗少露圭角。家居授徒，大小試得雋者接踵於門。制義以先正爲宗，詩亦無塵壒氣。

偶成

一卧南窗下，經冬復歷春。友朋貧後減，兒女老來親。世亂猶容隱，山深欲結鄰。半生陶寫處，小艇坐垂綸。

京邸冬夜感懷

書擁殘燈獨自挑，雄飛無復夢扶摇。那堪久客貂裘敝，況有衰親雪鬢凋。十載未工揚子賦，頻年羞過相如橋。何當快飲三蕉葉，多少羈愁藉酒澆。

再訪王氏山莊

策蹇寒山雪未銷，柴門遠近夕陽描。隔年風景依稀似，又訪梅花過野橋。

◎臧明府維城

維城字友山，樂亭人。道光戊子舉人，官山東新城知縣。

《止園詩話》：臧友山家素貧，遊庠後即館穀他鄉，後以大挑一等筮仕山左。未數年，以清查案罷官籍没。余嘗於其歸寄詩云：『蕭然琴鶴伴歸途，爲問清貧似舊無。一事如君堪妬甚，數年飽看大明湖。』蓋悲之也。詩筆清健，不染塵囂。

古風二首

樹木惟一本，枝條乃各殊。一枝尚條達，餘枝心已枯。縱使生機茂，其勢已云孤。誰復肆斧斤，根幹將全無。吁嗟種樹者，培植應何如。

獨鳥不巢林，獨獸不成群。邂逅時相遇，能不與爲親。物類尚有然，矧茲同氣人。感懷常棣篇，涕墜空傷神。

中秋節後一日接香厓書

邊月荒凉霜漠漠，旅懷飄蕩同秋蘀。蕭齋無賴正思君，忽報尺書天上落。未啟緘封神已馳，此中情緒人難知。山海一壁隔千里，如見拈毫濡墨時。把君之書縈離緒，讀君之詩如共語。落花衰草自飄零，冷露淒風復彊禦。憶昔匹馬出嚴關，駒隙光陰去等閒。心似孤雲無着處，情如倦鳥已知還。芸窗奮志苦不早，斷梗飄萍任顛倒。烏飛兔走日駸駸，鹿夢羊亡空草草。經年塵鞅總勞勞，旅邸頻驚歲月慆。斑管揮殘遊子淚，白雲望遠秋旻高。興言及此空惆悵，爭奈天遥與地曠。作繭春蠶恐笑人，戀芻駑馬慚無狀。一箋遥遞正深秋，兩地關情勉唱酬。屐齒踏殘邊塞路，筆花簇起客心愁。愧我年年仍賤藝，車薪杯水終何濟。登山西望總傷神，迴首東隅愁失計。故園秋色更如何，過眼年華等逝波。一卷河梁重展讀，燈前仍擬唱驪歌。

過天津吊謝雲航

狡兔爰爰雉罹羅，吊賢良兮驚逝波，望津門兮發哀歌。憶昔粤匪肆搶攘，專閫將軍策獨長。大兵南下惟防堵，如川潰壅已多傷。鳥烏聲樂賊勢張，破竹而下誰扼吭。朝奏昇平夕失陷，皖湖翻覆似簸揚。大江南北任跳梁，金陵竊據蟻蜂王。嗚呼！將兵者誰稺且狂，養癰成患乃竟波及於吾鄉。驀地江河忽飛渡，勢如雲屯與水注。兵卒棄伍將棄關，賊營兔窟期負固。聞道謝公秉孤忠，數年聲績震畿東。卷地賊氛誰捍禦，中流砥柱惟此公。地本咽喉天咫尺，忍教醜虜逞蛇豕。屠兒市賈盡貔貅，雲集一呼真臂指。誓期旦夕靖烽煙，著鞭肯讓祖生先。義勇讙呼動天地，惟公督率往無前。將真如龍士如虎，礮聲雷轟賊失伍。何期頑庶竟鳴金，嗟哉此時英雄難用武！衆情阻兮臣心寒，賊鋒熾兮臣心丹。拚將一死障狂瀾，身被重創赴急湍。吁嗟乎！功成忽隳兮恨漫漫，握節死戰兮氣桓桓。水嗚咽兮風悲酸，吊公忠魂毅魄之不没兮長留於津灘。

途次

何日征車駐，終朝馬首瞻。鬢冰拈欲斷，髮垢沐仍添。伴擬逢人結，途常暴客嚴。旅懷堪慰處，前路漾青帘。

寄懷陰雨村

數載同塵鞅，今年我獨行。夜寒偏聽鴈，春晚不聞鶯。入世功名薄，偷閒歲月輕。與君相繫處，不盡爲離情。

寄懷史香厓

布帆幸無恙，君知定解顔。習勞憐我慣，得句倩誰删。景物仍雲樹，離懷阻海山。西風回首處，已並客心還。

相依如手足，相别竟西東。幾次書傳鯉，經年跡轉蓬。不揮遊子淚，時挹故人風。倘賜加餐勸，郵傳付便鴻。

冬月查夜口占

平生苦行役，底事又宵征。敢詡勤民意，仍同作客情。輪蹄週四境，鷄犬静三更。未許辭塵鞅，空叨父母名。

秋日感懷

予心常瑟瑟，不獨爲秋清。豈以微官累，翻令夙志更。龍蛇徵道妙，鼠雀幻輿情。愧我同鳩拙，絃歌化未行。

寄諸同好

瀋城東畔駐征車，寄跡闕山等賦狙。風急雨斜寒食近，鳥啼花發客愁初。夢回失鹿情知悮，牢補亡羊事恐虛。寄語故人披覽處，相逢先當賦歸與。

和史香厓相贈原韻

事緣親歷始知難，宦海原宜等海觀。深負昔年嘗膽苦，徒勞今日望梅酸。鬚眉鏡裏仍真面，傀儡場中儘好官。流水高山曾聽取，敢將雅調任空彈。

晚過歸隄寨

經過村落又山谿，瑟瑟秋光到晚隄。若問行人臨眺處，小橋流水夕陽西。

◎馬學博恬

恬字退叔，遷安人。道光戊子舉人，官奉天甯遠州學正。

烈婦行

秋風淒楚秋霜清，秋葉蕭條秋月明。兀坐仰天長歎息，濡墨將爲烈婦行。李氏仲姬陳郎婦，無違夫子孝姑舅。陳郎善病藥親嘗，時且節情供井臼。于歸四載天柱崩，誓郎同死歸荒塍。銜哀依禮視含殮，擇賢猶子宗祧承。妾未生兒郎有子，郎棺既窆郎事已。舅姑有託兒有依，妾生無累妾可死。牽紼哭送靈輀歸，傷心默計偷息非。宵漏沉沉聞鬼哭，寒燈凝碧室無輝。死無遺憾命皆正，項帛自書從夫命。記時壁識三更天，夜臺無復分鸞鏡。嫁時衣飾豫緘題，某物遺某分置齊。死果何事特詳密，家人驚覺長號啼。伯兄手製烈婦傳，今我題詩發三歎。吾家從子婦殉夫，時僅隔年事同縣。從子妻張富室媛，廿年荆布甘無言。癸春從子倏疾歿，婦痛夫亡難獨存。稚子零丁幼女瞽，婦念孤生事無補。迨夫將葬夜投繯，絲絛舊結同心縷。余時下第賦歸來，驀然聞此中情哀。馳車猶及撫棺痛，人間莫築招魂臺。偶因賦詩相觸感，連類長言忘悲慘。陳家烈婦從子妻，兩兩嫠精光莫揜。一番點筆一神傷，中懷暗觸言復長。烈婦昭昭自千古，詎須卮語闡幽光。採風待補輶軒史，竚有綸音旌下里。子規血盡白楊枯，年年寒食烏銜紙。

清風臺懷古

清風之臺高無級，臺下清風吹習習。夷齊往矣清風存，頑夫能廉懦夫立。頑廉懦立景遺風，呼鷹戲馬空隆隆。臺與清風共無極，生時徒弔夷齊窮。西山蕨，有時闕，清風終古無時歇。至今臺畔灤流清，點波猶映當時月。北海流，如浮漚，清風歷劫無窮休。人世滄桑幾遷變，斯臺矗矗足千秋。孔氏稱賢孟稱聖，夷齊雖餓終非病。當時叩馬言琅琅，忍見君臣義失正。商不能子周難臣，超然高舉爲逸民。國猶可讓餓何事，泰伯虞仲皆其倫。漫斥首陽議真贋，孤竹原菭令支縣。墨胎故壤夷齊生，採薇何事泥商甸。層臺鬱律山巍峩，登臺弔古頻摩挱。清風徐來山月小，樵蘇猶唱採薇歌。

貞婦行 有序

婦姓嚴，吴縣人。父清泰，官兵部司務。隨父來京，適同邑張鈺，生一子。夫賈於琉璃廠萬元號，婦居沙土園。傭爨媪梁姓潛與舖厨張八通。張旋以他事出舖，因梁故，猶時假故來。道光辛丑，婦年二十八，子十二。閏三月，夫赴三河索逋。廿日，漏三下，張八乘醉至，梁爲叩卧室門。婦啟户，見張八持刀，問何來，曰：『就宿耳。』梁亦從旁撮合。婦僞諾，出錢一千令市酒脯。市之歸，紿就媪室，招媪飲。媪醉去，張八抽刀曰：『曩少違，計殺汝子，復剚汝胸。』婦佯嗔曰：『匪求婚媾，直爲寇耳！』奪而擲之席下，酌巨觥勸張八，連罄之；又酌，不能盡，求卧。婦假故出，聞鼾聲作，入掣席下刀刺其心，斃，復連穿其脇。滅燭，詭呼媪然燭。媪猶譃浪，乘其掀簾刺之，立倒。扃室之内外户，出，思赴戚家。扶門小立，轉念未便。闔户入内，易衣盥面手，檢什物，悉鍵而封誌。垂涕待旦，呼子告舖中，以飛車迎夫歸。夫駭泣。貞婦曰：『所以待君，爲室無爲守耳。殺人事絶不相累。』

夫益悲。婦又曰：『刃兩人，烏能不抵？倘不相忘，置媵妾以撫是子，虛吾位，九原即相感也。』鳴官自首。秋曹以殺兩人非女子所能，且不喊不走，脇下更二傷，疑有帮兇；殺梁媪迹近滅口。婦謂時已午夜，一發聲必母子俱亡，縱自脱，柰子何；吾恨不能磔之，故既殺之，復刺之；禍由梁作，留之必見；污門之血跡，吾手染也。反復駁詰，以剖心自矢。刑部擬徒，準收贖。時太保蒲城相國總理刑部，獄成上之，謂是不得依尋常拒姦律。釋歸，予扁旌其門焉。

倉卒變生中無主，遑遽遲疑兩莫補。機關轉播呼吸間，剛或傷身柔被侮。繞指鋼原百鍊堅，嚴姬禦變計萬全。父官司馬門下掾，夫子張郎隱懋遷。掌上明珠擎尚小，司炊婦誤傭淫媪。兇僕私結竈下歡，豺狼生性狎梟鳥。偶爾張郎賦索逋，導奸淫媪啟狂奴。熊熊匕首乍相逼，倘完白璧摧明珠。内計不爲無益死，完節殺仇保弱子。殺機既伏笑中刀，粉面回嗔倏僞喜。囑市醇醪助色媒，執柯人復約相陪。巢有鸜雛慮學語，媪室假爾舊陽臺。媪祇善淫不善酒，飲少輒醉潛辭走。防渠乘興發諸狂，翠袖殷勤酌大斗。兇僕伶丁醉莫當，賺取兇刃紿爲藏。謂道便旋即相就，出室結束紅羅裳。鼾聲達户玉山倒，入掣霜鋒急電掃。纖腕雙持剚賊胸，洞心穿脇斃淫獠。刺彼盾即假彼矛，禍由媪作難獨留。滅燭僑呼待然燭，媪猶謔浪輕呀咻。迨啟筠簾陡相刺，俾伊同死成伊志。曳尸扃户秉燭歸，嬌啼達旦望夫至。細檢衣裝手誌封，此時此際能從容。寇至咸自計終始，悉有成竹蓄心胸。夫歸駭泣窘無策，殺人者死儂甘責。室無爲守待君歸，慮有胥徒竊搜索。善撫是子待其成，既完吾節死猶生。倘置小星虛吾位，感君不棄疇昔情。詰旦鳴官婦出首，梟獍駢誅盡儂手。鼎鐺刀鋸儂弗辭，侃侃對簿細分剖。秋曹聽訟或相疑，反復推勘矢不移。此心可剖難誣伏，博採輿論無異辭。律依拒姦初定讞，世有皐陶嗟未善。嘉其貞烈旌門閭，薄罰當矜悉宥免。彼時禍起誠匆匆，能使兇邪入彀中。智珠百轉不窮用，巾幗如此鬚眉空。或云事濟亦天幸，生死須臾危當境。紿以温語寇不疑，自古能軍貴暇整。常則守經變時權，吾於貞婦知其賢。等閒樂道長神智，每聞此事頻流連。

木鳩杖

木非金難千年存，博古圖不設木門。閻翁懋典，潞安貢生，字帖軒嗜古靡不癖，老得鳩杖驕龍孫。長僅逾三尺，末巨粗及指；夭矯虯螭形，莫辨木文理。杖端形肖蹲鳲鳩，喙翅非假人工鏤。木赤類棗緻絶密，潤若松檜心凝油。凸凹隨勢鋟銘贊，宋元明迄熙朝彦。繁簡文各體製殊，書具真行隸與篆。閻公柱杖樂莫禁，道始不負癖古心。矜嗜不欲他人有，問價漫論千黄金。思肖古人銘數字，都門巧匠莫爲役。古雅渾素樸以堅，盡屏尋常金玉餙。自言他日誓爲殉，丁寧治命囑家人。洊歲倏返道山騎，竟攜此杖超紅塵。杖化龍游千載後，龍背斜騎皤然叟。塵寰誰識丁令威，碧空長嘯捫珠斗。

感事

韜鈐未裕漫登壇，令不能齊制敵難。民盡避兵如避寇，陣應傷卒獨傷官。逃軍有幸頭仍戴，失地無辭膽始寒。灞上軍同兒戲事，問誰手劒斬樓蘭。

羽書未共捷書飛，坐擁貔貅過孰歸。遇寇不征安靖寇，無威可畏詎揚威。將求遠敵軍心懈，議到和戎國體微。借得樊於期首在，誅原有罪敢言非。

我軍久怯彼虚聲，坐視憑陵莫敢攖。虎將養威騰物議，蠹民餌利伏奸萌。寇來如入無人境，師老都非有用兵。不識周官誅失律，議功果較議親輕。

權宜和事漫相尤，懷遠今知利用柔。勢有可爲吾自懦，計無不遂彼何求。載書定約憑牛耳，□□□□□□□。□□□錢多莫惜，盜糧猶許代爲酬。

赴寧遠學正任留別同人

埋首蓬窗五十年，入官猶未脱寒氊。自嗟捧檄輸毛義，敢説題銜擬鄭虔。芹水新司循路鐸，棘闈須擲打門甎。閑曹差幸堪藏拙，慚愧家聲縣譜傳。

行年恰際服官時，總爲飢驅賦別離。辜負深期慚我友，栖皇末秩忝人師。秋風古塞前途路，落月空梁後日思。馬首欲東頻鄭重，相看强半鬢如絲。

姜女廟

綱常千古賴人扶，姜女何勞問有無。耿耿中情天莫補，綿綿此恨海能枯。長城昔枉矜防冦，片石今猶説望夫。秋至寒碪悲遠客，夜潮寒浸月稜孤。

家信云割畝已盡慨而有作

薪嗟如桂米如珠，坐食焉能免積逋。切己飢寒難脱略，易人耘耔勝荒蕪。方無避縠餐何恃，話到歸耕語愧誣。好是重陽風雨際，題詩不畏吏催租。

題自畫牡丹

富貴根原自有真，漫將庸福豔癡人。畫工衹解皮毛相，浪費胭脂鬭色新。

寄懷鄭播田

當境歡娛每不知，多從事後切追思。寒宵冷署挑燈坐，深憶君家夜話時。
余今半百已華顛，君自英英鋭莫前。逆計倦遊歸去日，多應似我此時年。

漫興

從無苜蓿可肥人，且托官塲作隱淪。經濟文章愧先德，家聲紹處只餘貧。
米珠薪桂費支撑，縱不吟詩已瘦生。公事本無閑未得，累人書畫債難清。
晨興日每八甎移，身以安閑轉若疲。無事難嗔童僕懶，除將朔望起俱遲。
職領清閑易自全，熱中人妄憒無權。試看鞅掌風塵者，未必真登大願船。

讀史

秦皇時勢異齊桓，生刼何能保境安。枉覓徐夫人匕首，荆卿畢竟負燕丹。
人彘兇殘功狗誅，姁娥險毒古今無。天公别作非常報，二百年猶受賊污。
分明已事鑑韓彭，猥説神仙學可成。辟穀莫疑無實效，能逃俎醢即長生。
化家爲國孰開疆，端合唐公作上皇。天子何如天下養，徒教骨肉自殘傷。

◎鄭孝廉芃

芃字棫林，遷安人。道光辛卯舉人。

長城歌

吁嗟乎！始皇築長城，長城不築秦不傾。秦據雄關一百二，金湯鞏固環咸京。强弓勁弩守要害，黄沙捲地刀鎗鳴。開關延敵敵不入，逡巡畏避虎狼兵。當時非有長城險，囊括九有歸秦嬴。始皇蒙業臨九有，志欲垂統萬年久。胡爲增築此長城，傳僅二世不能守？人謂始皇英明君，以我觀之若木偶。長城如帶跨高山，天梯石磴無援攀。東南入海四十里，西南直走嘉峪關。北面綿亘邈無際，糜帑何計千萬鍰。當時築城令一下，黎民驚顧摧心顔。壯者行哭父老泣，築城一去難生還。吁嗟乎！秦法苛虐久不悛，民命又爲長城捐。秦不築城祚或在，築城秦亡踵不旋。至今人指姜女廟，真贋無論想當然。

◎李先生清淑

先生諱清淑，字小泉，樂亭人。道光辛卯舉人，歷官容城、房山訓導。著有《味無味齋詩草》。

《止園詩話》：李小泉先生，卷山侍御季子也。幼承家學，詩詞書法俱有高曾矩矱。年甫踰冠，捷於鄉。風流儒雅，有玉樹臨風之概。晚終苜蓿一席，非其志也。佳句如『夕陽明淺水，黃葉下重樓』『遠山青有態，春水綠無情』『短岸鷗隨船共泊，晚山雲與日爭歸』『山留窄竅雲爭宿，樹賸空腔草寄生』『一榻青氊愁壓重，半弓素月影飛寬』『月扡涼影依簾額，風釀微寒到被池』『寒窗待雪朝醅酒，小閣圍爐夜賭棊』『判花情緒仍三月，飛絮光陰又一年』『事當難境糊塗過，人近中年感慨多』『禮法自非緣我設，衣裳亦祇爲人忙』『不堪午夜無歸夢，悔煞丁年有俠名』『添歲卻憐來日少，檢囊徒喜近詩多』，在唐宋中風韻於白陸爲近。

邀韓鞠如學博郭外觀荷歸途口占二首

亭午暑侵人，索居如抱疴。見說上坡溪，藕花開萬朵。久欲一相賞，因循竟未果。今日天氣晴，不愁泥没踝。裙屐自翩翩，襟懷豈瑣瑣。無須乘油壁，那用泛蘭舸。安步以當車，君或以爲可。曰盍往觀乎，同心諒不左。

出郭覺清曠，溪光看澹沱。雨餘花正繁，風定香逾妥。紅妝珠露濃，翠葢綠雲裹。含苞小芙蕖，迎風更婀娜。香遠乃益清，誰家高閣坐。采蓮人不見，蓮歌聽猗儺。夕陽已在山，餘興尚頗頗。攜手詠而歸，唱汝應和我。

過涿州

緬昔季漢時，蜀主興於此。英雄屬使君，碌碌安足比。三顧草廬中，南陽卧龍起。兩川雖偏安，繼漢傳統系。慨想古之人，霸圖長已矣。百里近長安，日冷黃埃起。行人指樓桑，荒村毋乃是。下馬趨道旁，殘碑讀遺記。茫茫二千年，人代一何駛。東流去不回，唯有桑乾水。驅車復言邁，大道平如砥。一塔夕陽明，金臺在尺咫。

春暮遊靈山至崇福寺

欲雨不雨春將歸，下山上山雲滿衣。招人巖竹數叢濕，撲面野桃千片飛。隨意禪林適遊興，深院有香花入定。山僧自睡客自來，雲外時聞一聲磬。

曉發安平

鷄聲喔喔馬蕭蕭，夢斷不斷車揺揺。五更殘月照行李，大地如雪不辨低與高。遠村樹黑疑山立，霜重曉鴉飛復集。東極紅雲一霎明，扶桑日影圓如笠。我行何事輪蹄忙，驅飢無術徒皇皇。輸與對門田舍郎，茶甘飯輭日高睡足方徜徉。

桃花行

東皇着意鬥紅紫，灼灼夭桃映穠李。多少遊踪踏翠來，招邀疑入仙源裏。出門乍覺春蓬蓬，宿雨含香海日融。一片晴霞迷北郭，半灣流水淡東風。花時正襯人年少，陽春烟景借吟嘯。今我不樂更胡爲，癡情肯被桃花笑。君不見今年花似去年濃，今年人不如花紅。世事盛衰各有定，花前且盡酒千鍾。

題史香厓孝廉松陰讀史圖

徂徠之山千尺松，之而夭矯如游龍。童童偃葢蔭數畝，樛枝謖謖生天風。霜柯鐵幹超塵俗，合伴幽人在空谷。阿儂愛松尤愛書，把卷時來松下讀。爲有倪迂下筆親，特爲佳士一寫真。却將勁節雙松樹，暎出遺塵獨立人。唯君前身是明月，松間濯魄矜風骨。唯君玉貌宜三公，松間靈夢應先通。詩才清澈如秋水，書格精嚴比青李。會當奏賦直明光，官燭如椽照修史。吾弗慮君弗貴，亦弗慮君弗傳。相君之相清而妍，仙才仙骨風珊珊。便欲置身圖畫間，與君玉晨碧落招攜嘯傲淩青煙。

五禽言

歲甲寅，余司訓容邑。荒城斗大，岑寂如山居。每聞野鳥成群，鉤輈樹上，不知作何語。因賦《禽言》以寓意，亦紀實也。

行不得也哥哥，行不得也哥哥！出無車兮彈鋏歌。肩輿幸有苦瓜簍，江浙人謂單圍竹轎爲苦瓜簍子。吱吱啞啞艪聲多。輿臺不慣行跛跎，絶少頭踏無人呵，婦孺皆識老師過。此間不拘何等人皆呼學官爲老師。君不見長安熱車風一窩，京師貴家車出，御令極快，謂之跑熱車，又名一窩風。朱輪寶馬伊誰何。

脱卻布袴，脱卻布袴！昨天賣賦杖頭空，典取青銅三百數。半向酒家償債負，半向街頭買豆腐。薪如桂，米如珠，今朝且暫煮糊塗。脱卻布袴，莫脱衣裳，留與朔望去行香。

怏怏揷禾，怏怏揷禾！從來學田無半畝，後園且去澆茄窠。茅屋三間，坐由我、卧由我；門斗一箇，左是他、右是他。非吏非僧是作麼，且喜重陽得句多，無田不怕來催科。茄窠，見《西堂雜俎》；作麼，出梵典。

提壺盧，提壺盧！酒家到處有，只愁無錢沽。但得有錢即沽酒，萬事不如杯在手。人生須富貴，何時三春欲暮空迴首。噫嘻吁！學中往來無白丁，那有白衣來送酒。

不如歸去，不如歸去！苜蓿一盤千里路。陶家松菊已就荒，張翰蓴鱸亦耽悮。常苦被飢驅，驅飢苦無術，株守微官度朝暮。何當畧辦買山錢，歸去深山深處住。無是無非無榮辱，一任飛烏馳顧兔。

房山道中

又送春歸去，山風夏亦寒。道紆嫌日短，人瘦覺車寬。禾黍緑無縫，居廬矬過鞍。山靈如愛我，獻出晚峰看。

春分後二日有事北城歸途漫興

出郭覺清曠，肩輿過北城。暮雲銜日盡，春樹接天平。通德徵君里，村爲孫夏峰先生故里。醅風聖代氓。灌園者誰子，軋軋桔槔聲。

荏苒春過半，天寒未着花。草痕剛礙馬，柳色欲藏鴉。新漲三篙軟，遥山一抹斜。鐘聲何處寺，歸路襯平沙。

初冬偶成

又看餘暎下城闉，雉堞參差畫角頻。葉盡霜痕都入木，原空風力欲飛人。仲宣懷抱惟耽醉，阮籍清狂不諱貧。率爾遊踪便千里，輪蹄自笑有前因。

歲暮述懷深州作

閃閃斜陽淡暮煙，蓬蓬歸思逼殘年。才華自古難兼福，筆墨多情易結緣。留客頓忘沽酒債，購書頻盡典衣錢。梅花笑待巡簷索，迴首鄉園一惘然。

更無白雪句清高，才盡文通首重搔。誰散玉龍除熱惱，自憐彩鳳竟寒號。貧常托鉢非圖佛，病暫辭杯且讀騷。絶憶年時東閣會，紅燈射覆正分曹。

春暮遣懷

倚欄無語夕陽西，短夢迷離記不齊。畫閣紅深雙燕乳，垂楊緑遍一鶯啼。微官有味嘗鷄肋，芳草多情送馬蹄。見説津門徵調急，故鄉東望海雲低。

鎮日誅茅懶出遊，宛邱學舍小于舟。坡句。墻低不礙山當眼，簷矮何妨屋打頭。柳絮飛時初放鴿，桃花漲暖正眠鷗。緑肥紅瘦渾閒事，且署新銜是醉侯。

春事闌珊感不勝，壯心潦倒那堪憑。生花空夢丁年筆，起草頻挑午夜燈。腰折何嘗五斗米，頭銜真箇一條冰。十年沽酒休辭醉，明鏡朝來白髮增。

一抹遥山畫不如，一溪新漲碧于湖。空林雨霽呼鳩婦，深院風醺坼鼠姑。謝傅中年多感慨，吕端小事要糊塗。洗心久已耽禪悦，數頁楞嚴證有無。

聞道

聞道東南征戍勞，登壇大帥霍嫖姚。才非倚馬偏投筆，事到亡羊始補牢。莫大之功隨手寫，是何如事不心焦。怪他城破官仍在，猶借兵單作解嘲。

報來戰勝總模糊，未必功成骨已枯。賊勢蔓延歸劫數，軍心瓦解護妻孥。相逢盡是遼東豕，此輩原來白項烏。除却□□無善策，檄文依樣畫壺盧。

郭外秋望

閑來石城外，野曠山意晚。清風吹我心，飄與白雲遠。

遊大明湖

小艇瓜皮任去來，鵲華橋畔足徘徊。明湖真似西湖水，紅藕青蒲鏡裏栽。
已涼天氣乍淒清，烟水茫茫月自明。隔着蘆花看不見，采菱歌起一聲聲。
山壓高城城枕湖，湖堤垂柳一千株。倩誰呼起王摩詰，寫取樓臺倒影圖。
水榭河亭列幾家，客來買座喚烹茶。此間鷗鷺都清絶，不去銜魚只看花。

城南

買山而隱亦云佳，不乞人錢只乞花。前月山僧曾許我，盆蘭有信茁春芽。
山光送入一樓青，花氣薰人透曲欞。回首故園松菊盡，池南又構黍香亭。

重過桃樹院有感

春風滑笏日暄妍，小院重過意惘然。依舊桃花紅一樹，看花人去已三年。

◎楊户部寶樹

寶樹字芝庭，遷安人。道光壬辰【二】進士，官户部主事。

校按：【一】據《永平府志》『選舉表』，楊寶樹爲道光癸巳科進士。

題畫

尺幅煙雲列畫屏，風帆杳靄隔沙汀。斜陽半落松亭外，寫入遥峰數點青。
閒雲野鶴兩悠悠，蘿壁松門一徑幽。遠樹層層山半角，扁舟獨泛五湖秋。
亞字蘆灘瓜字洲，達人隨處有丹邱。箇中識破煙霞趣，都把閒情付釣舟。
買山擬作卧遊圖，我本煙波舊釣徒。暫向此中尋小住，松風半榻是新吾。

永平詩存卷二十

樂亭史夢蘭香厓編輯
受業趙建邦維藩參校

◎楊學博在汶

在汶字魯田，樂亭人。道光甲午舉人，官邢臺教諭。著有《鋤經草堂詩草》。

《止園詩話》：楊魯田性機警，讀書能悟。弱冠補邑庠，初應京兆試即獲雋。少年清俊，頗有風流自賞之概。然體素羸弱，有痼疾，時發時愈。後以大挑二等選授邢臺縣教諭，未滿任即遭母喪。哀毀之餘，舊疾復發，遂卒於邢，年四十八。魯田幼時，夢前身爲廣平女子，有《感舊夢》詩以紀其事。詩筆宛秀明麗，亦大類子房之貌。常職卿題其詩後云：「若將好句比好女，嬝嬝婷婷十二三。」余和其《感舊夢》詩有云：「儀容不爲輪迴改，恠得留侯似婦人。」皆非戲言也。集中所録皆其傑作，其餘佳句尚多。五言如《南臺晚眺》云「城低房露瓦，橋斷路通舟」，《赴郡道中》云「飽帆張水驛，飢馬困沙途」，《登望軍臺》云「天低諸嶂暝，日落半城陰」，《田家》云「秫籬園古樹，泥壁隱疎花」，《暮登郡城》云「四圍山氣重，萬點夜燈多。新月斜穿樹，繁星倒入河」，《崆巄山寺》云「曉煙浮水白，晚日背山紅」，《遊史氏東園》云「村路六七里，素心三兩人」，《得月亭》云「雨蝕苔花紫，霜乾木葉紅」，《入盤山》云「萬峰環寺峭，一徑入雲深」，《出關》云「飢驅千百里，飽看十三山」，《山家》云「地暖田收早，林深客到稀」，《青溝驛》云「山複秋陰合，江空朔吹生」，《客中立冬》云「節隨邊地改，人遇故鄉親」，《冬夜》云「地僻門關早，山高月上遲」，《曉行失路》云「白迷千嶂霧，黑閃一林星」。七言如《送人》云「千里雲山迷客夢，一鞍風雪壓鄉愁。柳色河橋殘照下，鶯聲山驛曉風時」，《病中》云「浮生好藉三分病，靜卧先偷幾日閒」，《漫興》云「窗留燕路關常晚，徑礙花枝避欲斜」，《法源寺》云「石壇旛影依僧定，香案爐煙抱佛圓。礙鳥花繁頻拂地，化龍松老欲摩天」，《九蓮菴感舊》云「十年幻迹全如夢，三月韶光欲別人。窗外風搖群木亂，門前煙畫一峰真」，《村居遣興》云

『迴風勒砌團花片，急雨澆堤刷柳絲』，《夜歸》云『樹吼荒塋攙鬼語，燈明遠墅識人聲』，《遊蔡軍門墳》云『古松俯嶺蟠虬臂，亂石當輪滯馬蹄』，《過白雲山》云『路彎石磴行車險，井遠人家乞水難』，《夜歸》云『明月穿林人有影，疏星落沼水無聲』，《巖山旅邸》云『墖鈴風定宵無語，沙岸秋崩水有聲』，《三月晦日別肅亭》云『畫閣珠簾朝聽雨，紅燈緑酒夜論詩』，《送陰企予先生應京兆試》云『半世文章憎命達，百年志氣有天哀』，《途中遇雪》云『無端出塞同還客，到處留詩當紀程』。讀其詩俱可想見其人。

由挂月峰回宿天成寺

高處盪天風，飄飄振衣領。窮奥不知疲，斜陽半霄耿。歸路復穿雲，越澗更陟嶺。樵語暮煙中，鳴泉石罅哽。山木猿抱吟，虎跡迷榛梗。同遊氣倍豪，足前無退屏。山僧盼客回，獨立門前等。延入供清齋，烹茶汲古井。鐘磬發清音，紺園澄夜景。窗外月窺人，飛上青松頂。小院寂無譁，滿階花竹影。塵心一洗空，露坐蒼苔冷。

題史香厓姻丈松陰讀史小照

鼓松大百圍，濤聲灑空際。蕭蕭風雨寒，雲影落衣袂。先生靜者懷，一編坐蒼翠。靈府自淵涵，上下千古事。長抱濟世才，不作出山計。軒冕豈不榮，林泉見真意。皮裏有春秋，胸中無芥蒂。蕉竹緑陰交，樹外茶煙細。箕踞復科頭，身世真如寄。彼美望非遥，此中俗可避。何必武陵源，更鼓漁舟枻。

游昌黎西五峰作

秋色蒼然來，出門度林樾。危徑矗天梯，捫蘿腰屢折。憑高一振衣，奇境森然列。遠海靜無波，遥山小於垤。日月互蔽虧，煙雲時出没。孤嶺覆釜鐘，雙峰闢棖闑。邱壑胸中藏，何須更饒舌。爰謁文公祠，前朝認碑碣。人生天地間，立身重品節。模楷仰前賢，遺像欽英烈。石洞在其南，峰迴探雲窟。危磴霜葉推[一]，曲澗流泉咽。涉險力已疲，惶悚臨杌隉。鷺伏學蛇行，手摳石縫裂。二分足外垂，露溼蒼苔滑。坐我卷石中，天風盪漻泬。人隨飛鳥還，浮蹤感鴻雪。好景付奚囊，清歌薄暮發。仄徑人影稀，斜陽半明滅。飛觴得月亭，東山吐明月。

校按：【一】『推』疑爲『堆』之誤。

游子吟

吾生卅餘年，者番初遠路。慈親送出門，叮嚀多顧慮。身不偕兒行，心直隨兒去。

日暮書懷

山風撲面來，灑然徐復歇。美人隔天遥，蒼茫感離別。初夕晴無雲，冷畫蛾眉月。

敖漢大雪

凍雀飢鴉喧樹杪，北風摧林葉如掃。雪花掌大灑遥空，大地茫茫白未了。模糊峰影失高低，翠鬟俄頃排瓊島。老農爭喜麥苗肥，豐兆明年土膏飽。天涯有客感羈留，偶然蹤跡踏鴻爪。故園松菊正傲霜，翹首西望關河杳。穹廬毳幕體欲僵，紙帳梅花違素抱。前村報到折溪橋，誰訪山陰戴安道。起收玉屑自煎茶，榾柮煨爐碧煙裊。此時況味少人知，消盡塵埃神静悄。梨花滿院墮無聲，晚來霽色明林表。披襟獨立積雪中，一色清光月皎皎。

送臧友山東游用香厓姻丈韻

對燭慘無語，離愁各滿襟。併將游子淚，滴入故人心。暮雨關城路，秋風塞鴈音。佗鄉易惆悵，早返舊園林。

榛子鎮郊遊

四圍山不斷，人立畫屏中。芳樹籠堤緑，斜陽壓嶺紅。碑尋前代墓，草長梵王宮。多少蒼茫意，低佪對晚風。

陽山晚眺

鄉關一望遥，孤嶺上岧嶤。遠樹青圍薊，長河白入遼。斜陽收急雨，野燒助飛飆。忽聽笳聲起，城頭月色饒。

過偏涼汀

離宮護煙樹，路入半天微。灤水玻瓈合，横山紫翠圍。磴盤蘿蔓長，門掩杏花飛。拂蘚尋題句，無言對夕暉。

由邑城晚歸有感二首

纖月林梢隱，秋深薄暮時。寺鐘沈遠渡，村犬吠疏籬。樹黑疑人立，途昏仗馬知。志堅神自勵，辛苦亦何辭。

生事真難問，安仁鬢欲斑。心田平似水，世路險於山。霜徹寒中骨，風皴醉裏顔。征鞍裁句穩，俗慮已全刪。

經王尚書好問墓

古墓鬱岧嶤，秋深木葉凋。土花迷曲徑，碑蘚蝕前朝。宅幾更新主，林空唱暮樵。可憐三百載，遺澤付寒潮。

游石臼坨朝陽菴二首

幾載探奇興，今償夙願來。曠沙明積雪，晴日走奔雷。估客帆檣集，漁人網罟開。仙源真世外，何必覓蓬萊。

隨潮乘一葉，萬頃接茫然。海外疑無地，寰中別有天。僧樓融霧溼，經榻抱雲眠。臥聽鐘聲動，空林起暮煙。

謁清聖祠

風煙孤竹國，秋杪此登臨。薇蕨賢人隱，松杉古殿陰。階前容納履，臺上可披襟。祠有清風臺。千載應如昨，頑廉懦立心。

舟泊雪峰寺下

前路暝煙稠，蒲帆傍岸收。鐘聲山寺晚，漁火大江秋。夜久霜侵幔，天寒月入舟。曉來紅日上，盪槳起沙鷗。

游史氏東園二首

華堂東復東，步屧往來通。亭小能容月，簾疎不礙風。嫩紅搴樹果，肥緑擘畦菘。隨意調絲竹，悠然愜素衷。

潦倒誰憐我，幽棲獨愛君。疏泉平引瀑，堆石細生雲。巢燕喜人熟，林鴉盤日曛。柴門明月上，歸路帶餘醺。

溪南廢寺

寂寞前朝寺，高臺没野蒿。階荒妖鼠拜，樹禿恠禽號。有佛蒙塵土，無僧薦沚毛。蒼茫餘落日，獨立首重搔。

和香厓姻丈郡城泛舟晚歸原韻

酒載孝廉船，歸舟晚唱連。明流下殘日，大漠上孤煙。門掩重城暮，天垂四野圓。鄉心南望處，落木正無邊。

晚次黄土廟

西風盤野鳥，落日下寒流。樹聚群鴉暝，天沈一鴈秋。孤舟人競渡，野店客爭投。賴有杯中物，宵來破旅愁。

中後所

孤城遼海迴，修路兩京通。土俗趨商賈，居人雜漢蒙。劫餘殘壘在，愁外舊山叢。滿眼興亡事，低徊落照中。

高橋早發

殘月纖未落，繁星曙欲稀。棲鴉驚樹起，遥犬吠雲微。岸步沙沈屐，林行露點衣。迷途何處問，人語出煙扉。

錦州府

幾戰收形勝，銷兵二百年。巖城秋水外，高墖夕陽邊。虹背雙橋路，魚鱗萬瓦煙。人聲喧夜市，燈火似星連。

由孟家屯至沈家台道中

峻坂接天長，秋深走朔方。日翻鴉背冷，風入馬蹄忙。鐵蹈山敲火，銀鞍劍拂霜。晚煙盼村店，前路酒旗揚。

邊外

塞外寒生早，迢迢滯客程。山蟠龍脉伏，石露虎牙撑。病草延秋緑，癯花殿晚榮。蒼茫餘落日，笳鼓起悲聲。

宿尖草溝

迢迢鴈影沈，旅館氣蕭森。絶域三冬節，鄉關千里心。一蟲吟燭影，萬馬聚鈴音。酒醒聽殘漏，飄零感不禁。

貝子府

帶礪山河誓，熊羆虎豹威。清霜凝畫戟，朔雪糁貂衣。舊壤高麗國，新疆敖漢旂。勿教虚費饟，蓄勇衛皇畿。

入關

築壘經秦漢，提封限薊遼。僕夫爭路急，吏卒挾關驕。畫角風催度，防旗雪捲凋。棄繻思往事，生入喜今朝。

柬陰孔昭先生

一卧西橋相見稀，小園日日掩荆扉。學農未便妨書課，觀物時常識佛機。簾捲午風花力輭，畦經新雨藥苗肥。晚來不惜塵雙屐，掃榻殷勤話夕暉。

九月望後過訪香厓先生，遂與諸同人遇。留之信宿，别後賦此以謝

曠野雲開眼界空，涼天閒話酒杯同。南州下榻慙徐穉，北海憐才有孔融。滿院輕塵消宿雨，隔牆老樹攪秋風。坐談盡日神逾旺，倚笛豪歌蠟炬紅。

過黄家樓作有序

黄爲村之豪富，附近田園舊多屬焉，今則實無此姓矣。村西有墓巋然。村中皆余家佃户，極爲疲頑，亦積慣然歟？

飄零樓址已無存，蔓草荒煙鎖墓門。數頃山田遲納粟，幾家茅屋强成村。休嗟積弱生疲玩，豈有豪華到子孫。夕照蒼茫催馬去，路傍衰柳暗銷魂。

送陰浴德先生赴犖昌幕二首

稜稜風色雨初收，黄葉聲中話旅愁。鄉思東迴榆塞鴈，征鞍西指玉關秋。縱教世路逢青眼，莫誤功名到白頭。可似樊川杜書記，夜煩街報在揚州。

人生離合那堪憑，蓬跡萍蹤别緒增。積夢江湖孤客枕，連牀風雨十年燈。流光我覺一彈指，此道

君還三折肱。最是西川門外路，山邱華屋感難勝。子翼師近捐館平山學署。

鬖齡聚首有前因，半爲謀生各問津。時余亦將出山海關。傲骨本難宜世態，雄心頓使委征塵。錦城絃管銷【一】魂地，秦嶺煙霞作客身。多少英賢參幕府，漫嗟海燕慣依人。

校按：【一】『銷』原爲『鎖』。

憶都中舊游柬常職卿

與君三載京華夢，逐鹿文場事可憐。風雪天街除日酒，鶯花蕭寺暮春天。已拚局外聽金榜，每擬閒中訪玉泉。萬種情懷消不盡，何時更踏薊門煙。

感懷贈職卿

已經挫膽與摧肝，一擊收椎力莫殫。進步何如退步穩，上場始信下場難。崎嶇世路危峰石，反覆人情大海瀾。寄語西園老居士，漫因彈雀擲金丸。

秋日隨同人遊東場

載酒東園約肯違，幾間茅屋敞荆扉。攲橋卧水通沽徑，複樹環溪隱釣磯。近浦漁鰕不論價，依人雞犬亦忘機。杜陵老輩風流在，擬向江頭日醉歸。

智化寺感賦

城根梵宇紀朱明，幾度斜陽歲月更。護法僧猶談故相，相傳本朝大内灾，欲取寺中木石。和相珅以少曾讀書其中進言，得以不毀。祝鳌碑已剷污名。寺爲故明權閹王振建，今碑碣俱削其名字。從知淫祀遭神吐，太息刑餘秉國成。一洗腥聞昭淨土，西山相望碧雲横。西山碧雲寺後有魏閹衣冠墓，本朝掘平之。

粤西土匪煽亂朝命相國某防剿紀事

龍飛御極會歸同，奚事炎方擾聖衷。命逆三旬難羽格，師行六月奏膚功。南郊有事天街雨，是日上祀天壇，朝雨。上相宣威大纛風。無犯秋毫軍令肅，特傳詔語出深宫。灾黎本屬聖人孩，豈比蠻夷猾夏來。剜肉醫瘡迷救藥，養癰成患恨庸材。巡撫某以彌縫釀禍，遣戍新疆。尚方欲請朱雲劍，燕市誰登郭隗臺。元老專征申撻伐，五花天廐賜龍媒。

及門因誤旂箭不獲與試余因自慨兼慰從游

故紙堆原不療貧，況遭鎩羽困風塵。一千里併來回路，四十年仍坎壈身。事到遲疑終有悔，人經閲歷不生嗔。塞翁得失原難定，下種花留隔歲春。

答香厓先生枉教原韻

感君不棄結心知，容我無能是聖時。四十年華駒隙影，尋常勝負竹間棋。槐花滿地門關雨，野水通橋月漾陂。幸有才人導先路，任居王後也哦詩。

秋蝶

一生活計託芳林，情事闌珊竟到今。身外忽驚殘葉影，夢餘猶殢戀香心。南園緑草風霜换，老圃黄花受惜深。燕侣鶯儔早抛卻，繁華不願更追尋。

山海關

屹立金湯據要衝，煙消赤日上城墉。南迴滄海鯨波息，北跨雄山雉堞重。復國將軍成畫虎，謂吴三桂也。入關豪傑説從龍。即今界不分中外，故壘蕭蕭靜戰烽。

首山題壁

鴻泥偶此滯須臾，絶頂登攀近海隅。南望惟看雲氣合，北隨祇有月輪孤。黄沙白草龍堆路，疊嶂層巒鴈塞圖。爲問鄉園諸舊雨，天寒可念故人無。

塞上聞笛

風色生稜起夕涼，無邊落木響寒霜。幾家村店黄泥壁，一片秋心白葦塘。恠石山高蹲虎豹，平原草淺卧牛羊。無情知是誰家笛，不管離人聽斷腸。

建昌道中

天末揚鞭共鳥飛，關河飄泊寸心違。一年作客蹤無定，千里長征馬不肥。瀚海風沙孤影怯，金溝煙樹萬人圍。塞垣秋色無邊落，珍重深閨早寄衣。

郊外即景

陰崖殘雪未全消，風勁弓鳴看射雕。雲氣漫空摩墖頂，人家鑿穴住山腰。荒圻豐草蕃邊牧，落日空林響暮樵。南望鄉關何處是，驚沙撲面冷蕭蕭。

白墖子

馬蹄踏遍亂山雲，墖影危峰倚渚濆。寒日移陰田雪積，暖泉通溜岸冰分。千年故蹟威荒服，幾度滄桑閱夕曛。春鳥秋蟲增感慨，眼中多少故侯墳。隣近多貝公王墓。

澄海樓用秋間山海關韻

晴日風雷怒浪衝，樓開澄海壓高墉。瀛洲有路通三島，蜃氣終朝擁百重。鑾舶千帆朝玉帛，宸章四壁走蛇龍。上有列聖御題。年來鬼國干戈戢，小醜休勞紫塞烽。

碧霞宮

淩晨出東郭，朝煙積城曲。古刹寂無人，滿院苔花緑。

消夏雜詠

北窗高卧不知炎，手倦抛書入黑甜。門掩蒼苔無客到，槐花如雨撲湘簾。

一曲漁歌靜夕陽，藕花開徧水雲鄉。小舟盪入花深處，消受風中自在香。

輓李柯亭先生先生爲荆人舅氏，灤州人

烈超荀采母誠堪，岳母殉節，奉旨建坊旌表，題曰『烈超荀采』。坦腹東牀我負慙。此日山邱歸謝傳，閨中痛損女羊曇。

晴溪

前溪雨霽樹蒸霞，紅藕風中墜粉斜。手把一竿魚未上，釣絲牽起水邊花。

溪上偶成

淺渚浮萍一道開，天光雲影浄無埃。岸邊坐破青苔迹，知有人曾垂釣來。

入錦縣界有感

當時貪吏括民間，抗疏何人謫戍還。臺諫清風傳萬口，吾鄉舊史老卷山。

寒夜寄内

別來屈指浹旬齊，野店寒燈獨客棲。料得蘭閨今夜夢，也應隨我過遼西。

塞外竹枝詞

火珠彩奪日光明，廟貌巍峩倍有榮。男婦焚香齊下拜，果然佛子記前生。邊外蒙古廟必有火珠，漢祠則無。火珠者，廟上金頂也。

五方衣幟習軍威，試馬平原走似飛。一騎爭先超後隊，紅綾博得賜茶歸。塞外藩府試馬以首騎爲貴，賜紅綾，裹茶百方。

天然雪貌與花膚，春色撩人意態殊。短袖長衫雙足健，步摇不用倩人扶。

炒米分餐粒似珠，銀筒爭吸淡巴菰。曉寒起撥通紅火，碧椀盛來白酪酥。

重經首山

首山此日更相逢，鬟髻周圍列幾重。愛誦謫仙歸里句，後峰誤認作前峰。七字李卷山先生歸里句也。

七月廿九日戲書

畫叉法自大蘇傳，貧仕謀生亦可憐。月俸匀排三十日，卻因小盡有餘錢。

登清風樓和鳳樓先生

九省控咽喉，淩空起此樓。清風三面送，薄宦一身留。國士揚餘烈，雄關據上游。酒澆茲趙土，人話古邢侯。爽氣西山挹，煙光北渚收。楚兵談鉅鹿，衛壤指襄牛。簾捲涼生雨，窗開暑帶秋。高臺峙孤竹，觸忤故鄉愁。永平夷齊廟側有清風臺。

◎杜明府詹

詹字紫垣，灤州人。道光乙未進士，官山西浮山知縣。

渡揚子江

浩渺大江流，淩空一葉舟。雪晴雲半斂，風靜浪全收。渤海望無極，金山勝可遊。片帆斜照裏，穩渡荷神庥。

◎王先生一晉

先生諱一晉，字鶴山，灤州人。道光乙未副榜。著有《鶴山詩草》。

《止園詩話》：王鶴山舅氏天姿敏捷，讀書數行並下，過目不忘。居恒從余假閱藏書，日盡數十卷，往來更换，使者疲於奔命。間或叩其大義，隨聲響答。爲文操筆立就，不煩意匠。嘗對客口占四六序文一篇，倩余代書，幾令筆無停刻。以余所見，時輩中罕有其匹。且或規之曰：『君文思太速，若抑之使遲，當益有進。』先生顰蹙曰：『詩文快吾意而已。如古人研京鍊都，動經十載，吾實不耐此煩。君不觀閉門索句陳無己，對客揮毫秦少游乎！無己之不能爲少游，猶少游之不肯爲無己，何相强爲？』規者亦無以難之。道光乙未鄉試，頭場文已中式，因後場一字之譌，抑置副車。後以家運乖蹇，抑鬱無聊，竟得狂疾，年未五十而終。公性狷介，一介不妄取與。然迂闊，遠於事情。見客不解寒暄，偶與俗接，輒以冷語刺人，以故所至人多姗侮之。惟與余最善。殁後詩多散失。余猶記其斷句數聯。《古廟》云『烏散花鋪地，僧歸月滿天』，《北河蘆絮》云『漫天作霜雪，此地即江湖』，《無題》云『何須落葉哀蟬曲，直是桃花薄命人。别況淒涼惟有夢，殘粧淺淡不成春』，又云『世間癡想無如我，天下多情只見君。别意纏緜連夜雨，夢魂縹緲渡江雲』，《庚子落第留别金陵葉實生》云『白河暮雨前村路，黄葉秋風夕照時』，又云『封侯燕頷空存相，傾國蛾眉只自憐』，又云『春草池邊懷謝客，桃花扇底憶香君』，《杭州懷古》云『十萬錦衣王氣應，三千鐵弩海波消。山圍石鏡無遺影，水湧錢塘有怒潮』，《揚州懷古》云『螢苑清游惟夜月，龍舟粉黛賸餘霞。三千殿脚紅粧掩，廿四橋頭緑樹遮』，又云『平章夜月珍珠室，書記春風薄倖樓』。俱非率爾操觚。他如《詠水煙筒》云『漫嫌漏滴壺中少，只覺飛灰管内多』，亦可謂工於賦物、善於使事矣。

木丈人歌爲史香厓賦

嵌空玲瓏鬚眉古，不似老農與老圃。海上仙人變化來，未了塵根生下土。巧匠何時雕刻成，一枝靈壽掌中擎。下有千年梅花鹿，銜芝與叟同長生。恍如天上農丈人，星精落地幻成真。又如神仙赤松子，曳杖逍遥長不死。雲飛眼底幾滄桑，依然不老貌堂堂。人間富貴黄粱夢，不如仙人木石腸。偶然書齋共清玩，四圍典籍臨南面。未有神仙不讀書，書中滋味胸中灌。天禄藜飛太乙庭，福禄壽星對文星。何年杖策謁天子，南山獻頌春滿廷。

七月初八日雨戲作織女别牽牛歌

盈盈一水銀河碧，牽牛織女遥相隔。金風玉露鵲橋横，天上雙星逢此夕。憶昔深閨負聘錢，罰居營室兩堪憐。一年一度一相見，秋以爲期泣涕漣。天上誰言無怨曠，河邊佇立空瞻望。盼得佳期月如鈎，歡娱未畢金雞唱。小别從來一歲遥，明年此夕是良宵。臨行幾點相思淚，紛紛作雨傾天瓢。君不見七月初七連夜雨，詰朝淋漓還過午。知與黄姑相别時，滂沱無奈生離苦。方今猛士守四方，征夫遠戍留他鄉。相思不少閨中婦，别恨與之誰短長。

陶然亭

山林在城市，風物極清幽。郭外山常靜，池中水不流。蘆花涼月照，竹樹晚煙浮。彷彿江南景，珠簾漫下鈎。

史香厓東園題壁

瀟灑東園裏，薰風暗送涼。松成羅漢果，蓮現美人粧。避雨蟬移樹，銜泥燕掠塘。晚來新月白，吹笛倚書牀。

詠美人手

柔荑曾詠碩人篇，玉筍纖纖整翠鈿。蝴蝶戀香兜扇撲，鴛鴦停繡托腮眠。淺斟柳殿春風酒，怨撫蘆江秋月絃。嬌把花蕉頻照影，海棠揉碎擲郎前。

憶舊游八首

淮安

射陽湖畔碧潺潺，曾駕扁舟數往還。城裏水連城外水，海傍山接海中山。倚樓人去詩名在，垂釣功成霸業删。惟有清淮河上月，千秋依舊照汀灣。

揚州

緑楊城郭泛清流，廿四橋邊泊客舟。畫舫三篙新碧水，珠簾十里小紅樓。情懷明月繁華境，夢想春風汗漫遊。安得腰纏常萬貫，時時騎鶴到揚州。

瓜州

廣陵南望水天遥，千里糧艘蕩畫橈。瓜步繞山形縹緲，金山隔水影扶摇。雲横北固餘殘壘，月湧東江起怒潮。猶想錦春園内景，西風吹竹暮蕭蕭。

天門山

對面青山兩岸排，中流一望渺無涯。江波浩蕩東趨海，山勢崚嶒北接淮。帆影時隨芳草遠，屐痕恰與落花偕。舊游陳迹都如夢，雨後煙嵐記更佳。

采石磯

危峰秀峙大江東，屏衛南朝氣象雄。學士錦袍攜美酒，將軍鐵甲建奇功。開平壘廢蕭蕭雨，太白樓高面面風。堪恨殘唐樊處士，扁舟偷渡駕長虹。

燕子磯

青螺如畫簇城邊，曾泊東風二月船。千樹桃花濃著雨，一灣春水淡浮煙。渡江空有南朝恨，顧曲從無北里緣。舊巷烏衣賸芳草，飛來不改石如拳。

蕪湖

呢喃檣燕語雙雙，三月蕪湖泛客艭。畫槳曉浮桃葉渡，翠樓春啟杏花窗。船跳細雨雲横岸，帆飽輕風月滿江。南國歸來成幻境，夢中猶聽水淙淙。

宣州

十年萍迹滯江城，曾向當年畫裏行。明鏡庵傍流水抱，敬亭山外夕陽横。寒煙秋色驚人句，落日浮雲旅客情。高倚北樓閒眺望，謫仙人憶李長庚。

贈張雪樵

野圃疏籬處士家，逍遥世外樂煙霞。青蓮詩捷存千首，黄卷書多富五車。流水孤村楊柳絮，春風小院海棠花。年年芳草橋邊過，把臂論文笑語譁。

留别史香厓

囊稿相煩仔細删，荆州許借異書還。詩吟黄菊霜三徑，酒醉紅蓮水一灣。陳迹空懷南國夢，頻年同看北平山。東園花樹應思我，楊柳依依幾度攀。

東歸道中作

西風槭槭怯衣單，夜雨蕭蕭釀曉寒。老圃花開秋色淡，疏林葉落客心酸。百年歲月消磨易，千古人才遇合難。惟有蒓鱸歸興好，芙蓉兩岸一漁竿。

和汪春潭先生玉田題壁原韻二首

南國歸來學種田，詩人有夢入春眠。淮陰對酒高歌夜，此景依稀二十年。
禾黍離離滿野田，秋風秋雨對愁眠。詩翁鴻爪留何處，君已高年我壯年。

題畫

逍遥偕隱碧山中，掃卻塵凡境不同。林屋晚涼相對坐，應無閒話到三公。
何人盪槳泛湖流，酒椀茶鐺話勝遊。絶似孤山橋畔路，梅花千樹一扁舟。
瀑布飛流瀉玉泉，水晶簾下落雲煙。巖居如在江湖裏，一夜濤聲入畫船。
秋雨湘江十幅帆，斜陽樹外遠峰銜。林中有客方懷友，落葉蕭蕭滿翠巖。

送史書莾學博之保定

性格蕭閒稱冷官，從來畫筆壓荊關。此行豈獨栽桃李，寫盡京西四面山。

◎童孝廉柱

柱字立天，號松厓，盧龍人。道光丁酉舉人。

《止園詩話》：童立天孝廉少工制義，縣郡院三試皆冠其曹。初試京兆即得雋，以磨勘停科，後屢上公車不第。家貧，以舌耕爲業。性喜飲，飲酣輒笑，故又自號笑仙。詩多率易不入格。其《出北口》有句云『亂山趨北塞，飛葉戰西風』，頗不失雅音。

重陽前自館歸里道中作

雲影遠蒼蒼，前村已夕陽。翻嫌人意促，不覺馬蹏忙。棧路山城月，楓林野寺霜。故園秋色好，遥憶菊花黄。

◎李孝廉培元

培元字潤田，號硯畊，臨榆人。道光癸卯舉人，揀選知縣。

《止園詩話》：李硯畊孝廉，臨榆知名士。乙未鄉試，闈中得卷擬魁，因經藝失檢，中副車；癸卯始獲雋。其《闈後還里口占柬郭廉夫》有句云：『長吉尋詩遲策馬，林宗結契喜同舟。』是科果與廉夫同舉於鄉，此語竟成吉兆。

玉田道中

參差茅屋自成村，猶有先疇樸俗存。收盡黄雲田尚緑，連畦新麥長秋根。

永平詩存卷二十一

樂亭史夢蘭香厓編輯
受業張　山景君參校

◎常孝廉守方

守方字職卿，號半禪，樂亭人。道光甲辰舉人。著有《半禪初草》《臨溟遊草》《臨溟續遊草》《昌圖遊草》。

《止園詩話》：職卿性聰敏，善讀書。弱冠補邑庠，科歲試輒高等。計偕七次，至甲辰始魁其經，時年已三十六矣。三上公車，兩薦不售。癸丑入都應禮闈，且謁選。適粵匪大擾江南，旬日内連破三會城，畿輔震動，慨然曰：『世事如此，何營營於名利爲？』遂不終場，同余遊田盤山而歸。性好飲，諳音律，尤工横吹，每遇佳山水或花前月下與友朋讌集，輒手横紫竹一枝，飄飄有世外之想。詩筆清超絶俗，與余相處最久，唱和亦最多。聞遼東山水名勝，因槖筆出山海關，薄遊三載，吟詠益富。歸後於村東闢園數畝，爲菟裘之所，顔曰『培園』。蒔花藝果，躬親抱甕。其閒暇則茗椀熏鑪，與生徒坐談文藝，絶不問世間升沉事。壬戌子月十三日，余買山於昌黎城北，方擬邀之偕往相度，明日而職卿病。病時遣人囑余延醫，及醫至，而職卿氣絶矣。是歲重陽，和余遊山詩有云『孟嘉那復到龍山，阮孚蠟屐終置閒。惟讓香厓老詩友，高吟紅葉白雲間』，人以爲讖云。易簀之時，手檢詩文數册，呼家人付余删訂，外無他語。家人環泣，則曰：『人生如戲劇耳，悲歡苦樂，終有散場，何泣爲？』遂含笑而逝。詩佳句甚夥。五言如《閣黎洞》云『地有千尋峻，途無一尺寬。不防投足誤，應悔轉身難』，《泛舟佛洞山》云『水鳥銜煙白，巖花落酒紅』，《安山早發》云『疏樹見棲鳥，遠村聞吠尨』，《九月至郡城》云『歲歉酒彌薄，地寒裘欲重』，《遊蟠龍寺》云『引泉僧種菜，倚壁樹縣鐘』，《嶺東小村》云『風定炊煙直，雨餘溪水渾』。七言如《偶成》云『掃葉暫供煎藥火，抽衣權作買書錢』，又云『有女但嗔儲果少，無兒翻悔積書多』，《遊盤山》云『林外閒雲拖縞帶，澗邊流水度瑶笙』，《登挂月峰》云『寒外林巒皆下視，塔端日月只平臨』，《郡城晚眺》云『寒日半堤秋水瘦，遠山一角落霞明』，《溪上閒眺寄張啟明》云『小橋漲溢連宵雨，高樹凉生隔岸風。種藥已收急性子，網魚還付信天翁』，《春草》云『殘雪漸消青匝地，遠雲低合碧黏天。西堂夢醒聯吟日，南浦魂消送別年』，《春燕》云『恰當入社傳春信，未必分司著宦清』，《與趙維藩夜話》云『文章老去成鷄肋，身世輕時只鼠肝』，《寓海城》云『故人投刺門前少，旅館裁詩枕上多』，《甯家山》云『陰崖雪盡河流駛，古寺雲開樹色明』，《書近況》云『徹曉貪眠知睡味，通宵獨坐爲詩魔』，《雨後登繡嶺山遥望》云『獸過淺泥微見跡，鳥藏密樹但聞聲。雲中山色都蒼潤，煙外河流半滅明』，《茅兒寺初夏》云『仙犬吠人穿樹去，流鶯喚客出花來。近泉石罅銜青草，久雨松身漬緑苔』，《山齋與子亭話別》云『山雨亂敲黄葉下，崖松高礙白雲飛』，《由無量觀至龍泉寺》云『邃谷路常隨澗轉，陰崖樹不放雲開』，《登營城子山作》云『點點牛羊下夕照，蕭蕭草木帶邊聲』，《將歸自述》云『射虎挽弓慚兩石，懷人儲淚過三升』，《秋夕露坐》云『行遠偶隨雲出岫，思歸空羡鳥投林。桑麻徧野暮煙溼，星斗滿天孤月沈』，《閑門》云『庭花開落占春夏，梁燕去來知曉昏。寒暖迥殊鶯塞外，窮愁相伴到天涯』，《雪晴》云『喜動鳥聲驚樹杪，凍銷簷溜下階坳』，《書悶》云『酒難破悶空浮白，草未萌芽强踏青』。皆新警可誦。

海雲寺對月有懷史香厓東園

一輪何處來，清光鑑毛髮。時開西閣扉，卻望東園月。樹影帶煙移，鐘聲隨漏歇。破曉竹林旁，薔薇應盡發。

代人寄外

窗前明月光，來窺思婦牀。思婦思何極，良人滯遠方。臨行誓早歸，悠悠將十霜。惜昔處帷闥，昵若鴛與鴦。今日成暌隔，邈若參與商。生離心已痗，家計還周章。劬勞撫兒女，竭蹶奉姑嫜。婚嫁代君謀，湯藥代君嘗。忍涕對四壁，塵鏡昏無芒。近聞客游地，巧笑多紅妝。惟君能曠達，歡娱夜未央。衰顔何所忌，但願念糟糠。

邀楊得溪史亨九諸先生小飲

大婦作羹湯，小婦煮稻粱。嬌女捧盤走，恃勞先索嘗。盤中何所有，雙蟹紫芽薑。樽中何所有，木瓜良醖香。對之不能飲，思君心徬徨。君自有車馬，駕言來舉觴。及時不行樂，請看鬢上霜。

飲酒

但期明日來，那知今日去。百年旦暮間，屈指何匆遽。逝波無重回，落花無再開。浮雲風外盡，且覆手中杯。

采榛

斧柯不可假，誰念高山荒。彳亍榛莽間，饋貧擬作糧。采采未盈掬，憂來置路旁。行吟簡兮句，彼美在西方。

寄劉耀奎時耀奎館於吉林放牛溝

我在撒馬店，君住放牛溝。芒芒二千里，東望增離愁。離愁一日如三月，況經暌違秋復秋。陸有車，水有舟，何時歸來尋舊游。同學少年皆白頭，分馳勿成風馬牛。

由天成寺至萬松寺

田盤山高天可拄，石骨嵌青皆鬼斧。五臺三盤何崔巍，至今開鑿思神禹。中有七十二梵宇，曉至天成尋僧語。飯後更思遊上盤，風吹衣袖軒軒舉。異境天開勝天姥，萬狀千態難悉數。或峭壁如連檣，或攢峰如勁弩。蜿蜒屈曲如游龍，詭譎雄奇如踞虎。天外飛泉泉更清，石罅迸松松逾古。復有煙雲互吞吐，揮手蔚藍纔尺五。崩崖欲墮綰枯藤，見者毛髮森然竪。此時天晴日卓午，小坐蒼苔汗渾雨。忽聽鐘聲出萬松，回視同人皆起舞。大呼更陟層雲巔，登山餘勇猶堪賈。

依韻答崔廉泉阻戒酒歌

事當後悔悔已遲，私心猶作將來期。青雲勵志書千卷，白墮迷人酒一卮。嗟余椎魯乏英姿，短髮蓬蓬素頸垂。少不努力老何爲，因此疏狂不自持。有友倶卓犖，觀書眼若箕。問我何所爲，斜坐吹參差。年齒相亞盡含飴，諸孫繞膝分蜜脾，此樂應過春臺熙。惟我所值多嶇崎，空懷白傅弄龜兒。兒女功名一例推，衰顔怕向鏡中窺。同人勸我酒，我醉不敢辭。但恐下愚終難移，倒呼白日使東馳，酣歌狂舞不自知。旁人指説醉時態，慚汗淫淫半信疑。況復酒人多諱病，祇覺終日昏如霧雨紛瀰瀰。我聞主善爲良師，不必遠溯巢燧與軒羲。懷古明德惟神禹，遠斥儀狄親伯夷。焚酒籍兮裂酒旗，左監右史各有宜，莫誇一斗百篇詩。任從病渴憐司馬，不困終當師仲尼。吁嗟乎！灌夫罵座非小疵，靈均獨醒多怨詞。但願説詩能解頤，無酒不妨自撚髭。沈酗未免增笑嗤，名教樂地非拘縻。縱令有酒饋東籬，談笑常如未飲時。

繡嶺山驟雨後作

開窗見樹不見山，山在叢樹蒙茸間。舉首望山兼望樹，樹接四山青斷處。山深樹密晝冥冥，黑雲驟起挾雷霆。雨勢傾盆水怒潑，倒流階砌成迴汀。飛瀑聲中坐太息，倏忽天光閃西北。玉虎奔逃金蛇藏，驅除端借封姨力。天晴著屐更攜筇，擬盡最高山幾重。鷓鴣爲言行不得，路旁猶有虎狼蹤。

虎眼杖歌

咸豐乙卯春，於繡嶺山偶斫一杖，爲登山之具。山僮見之，訝曰：『此老虎眼也，不可多得。』因命之名，且誌以歌。

洪荒誰射白額虎，未死目精淪入土。琥珀深埋挺怒枝，餘威夜嘯長林雨。探奇我始來臨溟，東南踏徧春山青。篛笠芒鞵無長物，惟於一杖逢精靈。精靈久在陰崖伏，枝葉爲毛欲逐逐。項强從不避吴剛，巨斧一揮山鬼哭。亂峰矗矗風淒淒，靈根倒豎蒼冥低。摶得於菟纔入手，笑煞太乙空然藜。拂拭摩挲剔苔蘚，爪牙削盡隨皮捲。有眼那須金箔糊，紫電流光時一盻。我勸汝杖不必嗔，莫傷小就向人齩齧。大用由來難勝任，榱崩棟折終爲薪。更勸汝杖一杯酒，吾倚汝如左右手。扶他八十入朝人，逍遥究讓林泉叟。水之北兮山之陽，花前月下共相羊，得汝翻誇腳力强。行將婆娑跳舞，攜汝同老白雲之仙鄉。

秋蟲

小時折柳自編籠，未秋先已覓吟蟲。書齋夜静聽未足，明朝搜買出青銅。自從移向東山住，四壁如泣還如訴。繩河西轉月窺窗，聲聲太息偏相助。聒耳驚心無已時，昔年所喜今成悲。風清露冷通宵坐，此意語蟲蟲不知。

大仙堂書事

畫棟丹楹金碧光，近依官署開祠堂。堂上抛錢堂下拜，福原能錫禍能禳。家家早起理紅妝，更約鄰娃同進香。爭妍作態盛修飾，游冶例難分賤良。使君内子來偏疾，翠羽明璫香四溢。衆緣迴避成擠堆，簇簇長簪如筍密。來者慇勤去卻顧，隻雞斗酒先期具。每當朔望休遲悞，不然恐觸仙家怒。

硯銘

秉德以潤，抱質以堅，循規以圓，與我周旋二十有五年。人曰石田，舍旃舍旃！予不謂然。明窗烏几，老屋青山。不崩不騫，惟石交之全。惜無大筆如椽，對爾汗顏。

跛鴨詞

呼鴨鴨，鴨出欄，糟糠努力爭加餐。呼鴨鴨，鴨獨後，前者皆肥後者瘦。主人問鴨何爾爲，鴨言蹩躠艱奔馳。筮易可憐傷左股，展轉遂爲狸鼠欺。又恐貽笑登階時，因隨季女長啼飢。詎意長飢飢不死，憔悴未堪供刀匕。常將捷足讓高材，保軀敢謂由知止。主人見語增永歎，指似蘆花秋水灘。魚蝦漸長足飽啗，鷗浮鷺浴輕鵬摶。池沼不嫌偪，河海豈覺寬。我本江湖忘機者，偏爲爾歌行路難。

壬戌九月，史香厓約登碣石，余以事不果往。香厓歸，以遊山詩見寄，走筆酬之

我生好遠遊，襆被輒千里。遇客談名山，未往心先駛。碣石在鄰境，視如尺有咫。五十餘年未一

登，腰腳之力非無憑。同人相約作重九，振臂呼山山早膺。計日脂車將就道，豈虞人事有顛倒。未採茱萸常棣摧，方憂荆樹菊花槁。孟嘉那復到龍山，阮孚蠟屐終置閒。惟讓香厓老詩友，高吟紅葉白雲間。卻思得月亭邊路，石覆清泉煙覆樹。我本靈山會上人，奚獨無緣共攀附。從知壺嶠與瀛洲，群仙來往皆前修。且將示我新詩稿，素壁粘懸當卧遊。

遊偏涼汀和史香厓韻

横山若列屏，小憇坐雲亭。河淺低浮碧，峰高倒暈青。林泉堪適性，魚鳥並忘形。古磴何年闢，還須問巨靈。

遊佛洞山和楊魯田韻

共喜離塵網，逢山便一登。洞深防虎伏，徑仄效猱升。酌酒呼樵客，烹茶待老僧。故人京洛去，空憶讀書燈。同年張肅亭嘗讀書於此。

題香厓松陰讀史圖二首

卓越才仍斂，淵涵氣倍怡。坡仙不嗜酒，陶令愛吟詩。芸館羅圖史，萱堂篤孝慈。有官偏不就，此意少人知。

鬱鬱古松陰，朱欄繞碧潯。静攜金簡坐，高據石牀吟。歲月壺天永，嫏環福地深。烹茶應待我，三徑許追尋。

甯遠道中

彌望皆沙磧，經春氣轉寒。民貧山地薄，樹遠海天寬。孤客牽愁易，荒陬得句難。功名非所念，此路異長安。

山居秋晚

晚晴門不揜，秋意鎮蕭閒。遠水平浮野，斜陽倒上山。巖花經雨落，林葉帶霜斑。除卻於陵子，何人共往還。

遼陽訪魏子亨

迂道渡遼水，停車輒叩門。積思常有夢，乍見轉無言。代寄故人簡，同招貞女魂。同訪貞女劉四姐之墓。詩成還識喜，緑竹已生孫。時子亨弄孫。

游千山作

尋山千里外，攜手約群賢。澗陡疑無地，峰迴別有天。陰崖藏虎豹，遠樹誤雲煙。一笑逢僧話，回頭隔俗緣。

連夜夢史香厓

連夜晤顏色，都如未別時。抽籤繙祕笈，出卷證新詩。笑語半能記，去來渾莫知。披衣出庭户，蔽月恨雲癡。

雨

閒愁隨雨集，急點挾風行。水注陂池溢，雲填澗谷平。歸飛愁燕語，積怒祕蛙聲。空憶前溪路，尋鷗續舊盟。

出邊

匹馬日駸駸，孤懷行且吟。卻憐邊地月，空照故人心。野曠人煙少，天荒冰雪深。偶逢行路客，問訊識鄉音。

由南嶺入城度歲

晴日風迴雪，出門冰在鬚。已來沙漠地，惟保歲寒軀。感舊詩常有，思家夢轉無。預籌除夕酒，也自酌屠蘇。

昌圖

大漠無城郭，臨溪結市廛。雪飛三月後，官設卅年前。天影低荒磧，人聲出暝烟。勞勞齊敬仲，日課女閭錢。

秋夜

秋色暮淒淒，荒齋孤客棲。夜涼蟲語悄，人靜鴈聲低。殘夢和愁續，新詩翦燭題。歸期頻默數，倚枕聽晨鷄。

酬史香厓見寄原韻

館舍新移古寺來，閒階洒埽淨無埃。盆魚添水花隨浣，梁燕銜泥窗早開。怯病漸知疎酒盞，問禪翻喜近經臺。相思不見情無那，細讀新詩日百回。

辛亥閏八月，購得《全唐詩》，價甚廉。適有代予憂貧者，書以示意

志未曾窮窮未奇，清貧於我適相宜。謀生意懶非關拙，好古情深豈便癡。文債難償原似酒，睡魔纔遣又歸詩。春衣典盡書仍買，此意旁人那得知。

閱邸報有感

驚傳飛檄召羆熊，六月王師過粤東。徼外跳梁連内郡，殿前推轂重元戎。惡氛未破黄巾賊，零雨偏歸赤舄公。或是聖朝資坐論，惟期諸將奏膚功。

籌邊久築受降城，何事潢池復弄兵。食肉豈知謀未遠，養癰尤恐患將成。欃槍横射文星暗，粤西鄉試改期。戈甲紛馳地軸傾。遥憶晉公兼將相，淮西定可息蛙爭。

攔蠻山勢自嵯峨，誰遣獞猺牧馬過。幸遇豐年籌餉易，屢承温詔沐恩多。千營賊燄成豺虎，半夜

軍聲亂鸛鵝。纔卜功成偏小挫，洗兵何日挽天河。將星先隕虜情驕，林少保應召赴粤西，未至，卒於潮州。拭目清明望會朝。投筆早知班定遠，冠軍爭問霍嫖姚。向軍門以戰功蒙賜霍欽巴圖魯名號。芻蕘供久膏應竭，溝壑填多骨未消。荒徼至今銅柱在，莫將勳業讓前朝。

壬子三月廿四日歸自都門途次千家營旅舍獨酌遥寄留京諸友

甑盡緇塵西復東，歸途莫恠太匆匆。文章難據惟時下，壘塊須澆況客中。醉擁孤衾茅店雨，春生兩袖麥畦風。卻思密友頻回首，攬勝金臺定孰同。

海雲寺夜坐追和張雲卿景君昆仲見寄原韻

古寺清幽傍小村，良宵好景向誰論。鳥驚樹杪客吹笛，犬卧花陰僧閉門。漸有風來隨羽扇，更無人共舉金尊。夜深不敢頻移座，恐礙階前睡蝶魂。

隴麥纔黄過我廬，相思未了報秋初。月移花影侵階暗，露咽蟬聲入夜疏。分外無求惟任運，静中有得不關書。近來一事堪持告，日闢荒畦種野蔬。

將赴春闈留别諸友

春來重檢舊行囊，慚愧流年四十强。憎命文章頻下第，牽絲傀儡又登場。大羅天豈容狂客，小有坊堪作醉鄉。西安門外小有餘坊最稱幽雅。屈指歸期應不爽，好開詩社對蓮塘。

曉入盤山谷口

我來恰值杏花時，濃翠殷紅互蔽虧。捫石徐登新鑿路，刓苔細讀舊鎸詩。樹黏雲影連天暗，鐘帶泉聲出寺遲。欲叩禪關參妙諦，山僧相見漫相疑。

和香厓見贈原韻

廿年逐隊走燕京，文陣爭雄愧老兵。漸覺心情如水淡，敢嗤富貴似雲輕。書多未見仍須讀，田不全荒尚可耕。塞耳懶聞身外事，逃禪幾欲問無生。

和崔廉泉讀芝龕集之作

西南賊騎日縱横，惟避秦家白梃兵。邊地一軍驅巨寇，孤孀萬里請長纓。應嗤虎帳無男子，尤喜鴒原有弟兄。遺烈至今存廟貌，椒漿誰問四川營。都中四川營有秦良玉祠。

班姬續史仍無武，冼氏從征尚少文。未若沈家奇女子，曾爲明季故將軍。身探虎穴擐金甲，口授麟經曳布裙。一片貞珉誰誌墓，西河大筆勢淩雲。

秋晚寄香厓

涼颸昨夜透書帷，知是繁華欲謝時。翳葉方誇螳臂健，戀花已覺蝶情癡。布衣草屨身無縛，月夕風晨鬢有絲。遥憶東籬陶靖節，撫松種菊自吟詩。

九月八日登陽山作

雨後秋山翠滿城，扶筇出郭趁新晴。偶逢古寺尋碑讀，爲聽鳴泉繞澗行。痛飲渾忘添酒病，狂歌翻喜結詩盟。明朝知是重陽日，尚擬登高一寫情。

送試赴郡

年來疏懶怯離鄉，百里程途已覺長。近塞山形爭起伏，穿雲日色雜蒼黄。征衣黯淡塵三斗，野店瞢騰酒一觴。堪笑跳身名利外，輪蹄猶復伴人忙。

將遊遼東留別諸親友

叵耐青氈困腐儒，仰天一笑指前途。薄儲甑石家無累，滿載琴書興不孤。羸馬敝車初作客，問花尋柳暫由吾。行蹤擬借荆關筆，爲寫閒雲出岫圖。

短髮飄蕭歲月徂，此行原不爲飢驅。四方有志思投筆，一事無成笑守株。誰向溪山圖笠屐，暫將書劍寄江湖。欲知異日相思處，塞外青帘酒半壺。

生日作

枉向蟾宫折桂枝，年來鬢髮漸成絲。煙霞意遠冥鴻逸，山海途長匹馬遲。序齒每慚居老輩，問心猶似在兒時。那堪旅館逢生日，一影孤燈自詠詩。

書近況寄東園主人二首

久把名場作戲場，得徜徉處且徜徉。養閒幸有書堪讀，避俗全無事可忙。已分才疏惟守拙，更因路遠不思鄉。尚餘舊癖君知否，昨夜東園夢海棠。

邇來調養更如何，卻病都緣氣體和。詩不求工聊復爾，酒猶知戒況其佗。每嗤蛇足人多畫，從信鷄頭菱可磨。俗謂困折死者謂「菱角磨作雞頭」。陸游詩云「菱角磨成芡實圓」。睡起客窗無箇事，梵香兀坐一頭陀。

花朝

離家轉眼到花朝，不見花開倍寂寥。旅夢數隨鄉信寄，篆煙時共客魂銷。室安藥鼎兼茶鼎，案列詩瓢與酒瓢。漸覺癡肥還自喜，幸無金帶日圍腰。

清明後一日作

清明過了未還家，且事嬉游翫物華。春港水乾橋斷板，冬青子落樹萌芽。日酣地主千鍾酒，時擾山僧一盞茶。遥憶故園諸舊雨，也應有夢到天涯。

再別史香厓

廿年交誼友兼師，千里分襟歎路歧。客裏空餘肝膽在，歸來翻覺夢魂疑。紅塵插腳誰曾慣，白日催人總若馳。把晤幾時旋復別，輪蹄那得不遲遲。

三月初八日夜坐憶禮闈諸友

繩牀斜倚二更初，興味蕭疏歎客居。花樣不同休織錦，旅懷無著但鈔書。餘煙繞榻爐香燼，新月拖鈎斗室虚。未識霓裳同詠者，此時得意復何如。

客中

老將身世寄江湖，疲茶全憑酒力扶。久客始知貧意味，消閒祇坐睡工夫。境因坎壈增詩稿，情到蕭條憶酒徒。静夜愁多偏少寐，仰天怕見月輪孤。

龍泉寺

淩霄遥見海螺峰，步入煙蘿又幾重。花傍松門飛細細，泉隨竹瓦走淙淙。龍牙菜名含雨收新菜，獅口嘘風送晚鐘。獅口鐘聲，寺景之一。滿地干戈何日息，僧寮且復坐高舂。

五佛頂

探奇從不怯攀登，更到諸天最上層。徑似穿珠隨蟻轉，梯還緣木效猱升。蒼蒼下視雲爲地，凛凛高寒夏亦冰。舉目鄉關煙樹渺，恨無羽翼遽飛騰。

圓通觀

偶尋仙觀值圓通，深在群峰嵂崒中。樹杪遠天開一線，菜畦隙地闢三弓。嶺雲翻墨龍行雨，澗草餘腥虎嘯風。卻喜新晴花更好，胭脂開徧暎山紅。暎山紅，花名。

重遊茅兒寺

偶緣避暑過招提，陳迹重尋半欲迷。窗下積塵猶故榻，壁間題句已新泥。青山有約花仍發，緑樹無情鳥自啼。賴有詩朋閒話久，歸來不覺日沈西。

送張尚志由海上還鄉

炎炎夏午送將歸，堪嘆年年心事違。旅館客孤挨日過，海帆風飽逐雲飛。寡交豈謂人情薄，積毀翻疑吾道非。欲寫平安還擱筆，但憑君語寄荊扉。

將去臨溟題壁

異鄉風景足爲懽，那信人歌行路難。避地無端遭鬼彈，昇天何處覓仙丹。馬思長坂班聲促，鴈帶輕霜片影寒。遊徧名山吾事了，世情且待再來看。

由臨溟之昌圖作

旋經南海又東江，游屐尋常蠟幾雙。文字無靈通雅俗，雲山有恨隔鄉邦。寒衝驛路霜侵鬢，夢醒郵亭月滿窗。嘆息乾坤多戰伐，未知何日息紛哤。

曉過鞍山驛堡

兩載馳驅未解鞍，而今北去又看山。驛餘老馬秋仍瘦，城似荒村夜不關。衰草帶霜連地凍，明星催月向人彎。含愁欲問同行客，此路曾經幾往還。

送孫佩鸞先生旋里醉後獨歸作

年來不復夢還鄉，只爲思鄉久斷腸。地可埋憂惟酒國，天難補恨祇詩囊。洞簫有譜知音少，寰海無家大漠荒。除奉金仙更何事，蕭齋寂寞過僧房。

題齋壁

室小纔能受一牀，晝延日影夜燈光。殘書讀罷亂横架，寶劍磨餘高挂牆。有酒聊堪供嘯詠，無人可與説行藏。客來錯比陶潛宅，想到羈栖仍斷腸。

偶書

前人已去後人來，古昔英雄安在哉。矯俗儘教翻著襪，逞能終惜倒繃孩。笑看狡兔營三窟，醉問長星勸一杯。莫怪機權吾不解，幼年從未賣癡獃。

春寒

嚴寒何事逞餘威，時序無差景物非。夏令將頒風轉猛，冬裘欲換雪還飛。一千里外過寒食，百五日中關破扉。遥憶故園頻夢見，一犁烟雨杏花肥。

枕上

夜長殊與懶相宜，無奈勞勞枕上思。舊句忘時還復憶，故交夢後更成悲。月移樹影侵窗紙，簾護爐香入被池。聽徧村雞翻欲睡，年來何事不遲遲。

旅夜

世上無如作客難，强持杯酒不成歡。雲山對我吊形影，萍水向誰託肺肝。雨戀輕寒春寂寂，燈摇殘燄夜漫漫。愁來欲睡翻驚覺，手倦抛書又拾看。

新晴

騎月欣逢宿雨晴，尋芳避溼繞堤行。歸雲低補亂山缺，漏日下窺孤嶼明。水滿池塘來鴨戲，煙籠村落出雞聲。芃芃麥已青分隴，預卜豐年兆太平。

三月十八日遥寄東園主人

春寒三月尚綿衣，旭照當窗髮未晞。地僻人分沙磧住，風高鳥傍枳籬飛。著書自愧才情薄，選勝誰憐心事違。遥憶故園當此日，碧桃紅杏正芳菲。

秋夜

雨餘天氣涼，夜深人語歇。薄醉不成眠，踏碎庭前月。

紅葉

去歲看紅葉，今年葉又紅。旅懷無處訴，對影立西風。

清明

晨起便呼酒，既醺杯復傾。無人知此意，一醉了清明。

曉行即景

澮澮溪雲罩碧流，依依村樹隔紅樓。車聲轣轆日初出，一路鳥嘑山更幽。

松山道中作『春風透骨』四字，適聞諸行道者之言，因是成之

茅店雞聲夜已闌，塵沙漠漠路漫漫。道旁恰聽行人説，真個春風透骨寒。

秋夜

空山孤館夜淒清，一穗殘燈暗短檠。鄉思撩人眠不得，卧聽疏雨到天明。

九月初七日聞魏子亨將歸

潦倒同爲客裏身，相逢原自有前因。無端聚首無端别，造物何嘗不弄人。
勸君努力且加餐，出世應知入世難。閱盡人情成一笑，不妨海外看波瀾。

廟兒臺

廟兒臺接聚仙臺，流水縈迴樹密栽。點綴青山真入畫，酒旗挑出杏花來。

十憶寄魏子亨

文人自古每相輕，况是悠悠客路情。憶得臨溟初識面，葛衫蕉扇懶通名。
甫聆謦欬輒心儀，記室風流杜牧之。憶得風塵偏識我，錦箋賦贈十章詩。
從兹一見便開顔，交到忘形意轉閒。憶得櫻桃紅似玉，品茶聯句在佗山書院名。
煙霞成癖厭塵喧，笻屐追隨過舊園魏子循别墅。憶得酒酣相枕藉，幕天席地話黄昏。
頻將險韻共推敲，久把芳心托漆膠。憶得梅村佳句在，郵筒選寄入詩鈔。著有《九梅村詩集》。
長空鴈唳頓驚秋，揖别云將倦客遊。憶得山齋風雨夜，孤燈垂穗照離愁。
蕭蕭寒日下漁磯，颯颯涼風吹客衣。憶得南山最高處，手攜酒榼送將歸。
朝來班馬有餘聲，雲樹愁看北去程。憶得臨行留後約，細書紅杏記村名。所居名紅杏村。
千年華表識仙鄉，客夢偏驚鶴夢長。憶得壚頭同買醉，爲君迂道過遼陽。

海城竹枝詞

信手山花採滿籃，山前山後路偏諳。兒家不是誇游冶，爲放春秋兩季蠶。

山隈到處有人家，茅草蓋房旁種瓜。牆下櫻桃猶未熟，滿餅爭插佛爺花。山芍藥謂佛爺花。

鳥雀聲中秋穫忙，家家場圃積紅糧。京錢三百買盈斗，多恐豐年是熟荒。穀賤病農是謂熟荒。

廟會年年百戲陳，蛾眉蟬鬢鬭妝新。無端貪看高緪伎，忘卻燒香送替身。以木偶供佛前，謂之替身。

共有三生香火緣，醬瓜麻線作珠穿。迎神合唱貧兒樂，妙應虧他十不全。廟廊下皆有塑像，官骸不全，云是『十不全』。祀者以麻繩穿醬瓜挂其身。

問渠何事典裙裳，送報紛來紙半張。開賞當錢開賀贖，卻教質庫日添忙。無論報捐考職，一面之識俱送報單，因紙貴俱用半張，賞錢與送報之人瓜分。送報後又復開賀貼，報之家即須裘馬往賀，以增榮耀。當商由此頗能得利。

新嫁孃歸春欲闌，不須阿母勸加餐。翠蛾蹙損心情懶，山杏偏宜一味酸。三月中旬已有摘取山杏者，呼爲酸杏，沿街賣之。

多煩陪客竟誰陪，笑代新郎娶婦回。卻恨胡麻空一飯，不教劉阮住天台。俗不親迎，必倩人代迓；或四或六，有多至八人者，名爲陪客。至女家，一飯而歸。

海怪牛精未是邪，臨河每苦没田麻。小神太太紛祈禱，依俗還尊王大爺。海謂海城，牛謂牛莊，人情狡詐；時目爲牛精海怪。八里河旁有小神祠，木主書供奉小神太太神位。又西店子一帶呼鼈爲王大爺，不敢食。

小院清幽花密栽，門垂碧柳不輕開。依稀聽得鄰家說，鵓鴿今番又放來。倡女從良，騙得財物即復遁歸，謂之放鵓鴿。

自檢衣笥

寒暖相依成故交，蒙戎敗絮未輕拋。自誇疏懶非猶昔，行腳如僧慣打包。

◎張明府堂

堂字肅亭，灤州人。道光甲辰舉人，官陝西知縣。

《止園詩話》：張肅亭性伉爽，好藏書。論詩以格調爲主，五七言近體饒有唐音。咸豐癸丑以大挑一等需次陝西，未補缺卒。詩集未有完書，所存數首，乃曩日手録，屬余評點者也。佳句如『歸雲帶疎雨，老樹發秋聲』『野草有生意，林鶯無住聲』『怪石頻驚馬，迷途數問人』『夕陽紅上樹，閒草緑侵階』『夜凉蟲近枕，燈暗鼠窺人』『舉杯愁緒減，開卷古人來』『星河寒夜永，松菊故園蕪』『野淀忽添水，小桃初著花』『荒村喧凍雀，落日見歸樵』『夕陽一抹帶寒色，茅屋幾間開晚晴』『多病一身還作客，經年四海未休兵』『荒城漏點寒無準，永夜燈花燦有情』『十月霜威封野重，九邊山勢劃天開』『靈運遊山原有癖，相如善病未妨吟』『絶塞風高横去雁，荒林葉脱聚寒鴉』，皆可誦。外如『四壁疏燈三徑雨，一樽濁酒兩人心』，則客中與余夜話詩也，惜不記其全首。

山居雨後遲友不至

雨餘天氣佳，落日在高樹。微風颯然至，滴滴花間露。緣階碧蘚滋，隔院流螢度。涼月何娟娟，照見山下路。素心人不來，瞻言發遐慕。

夜過延福禪房

疏鐘催月上，琳宇晚來投。門靜客初到，夜涼天欲秋。鷩鼯翻佛座，野鳥宿僧樓。瓦廢垣頹外，蒼茫無限愁。

秋日送友人

匹馬送君歸，前途正落暉。人隨秋色遠，鳥帶晚烟飛。繞郭亂山暮，滿林霜葉稀。徘徊望歧路，惜别淚頻揮。

晚行

夕陽看已下，野色入黄昏。山寺鐘初罷，深林鳥不喧。星多明似月，樹遠黑疑村。前路看燈火，長嘶馬欲奔。

獨立

孤村微雨歇，獨立晚凉天。斜日仍烘樹，遥山欲化煙。身閒緣客少，地僻得秋先。時向柴門外，臨風一聽蟬。

秋望

霜重凝寒野，風高吹白雲。萬山紛落木，一屋對斜曛。天地此秋色，江湖空鴈群。登臨無限意，蕭瑟向誰云。

初冬野望

茅屋幾人家，蕭蕭落日斜。廢畦時集雀，禿樹不藏鴉。山冷淡如睡，菊殘微有花。漸看成閉塞，回首惜年華。

玉田道中

二月無終道，行人未解裘。雲烘山態活，雨濯柳絲柔。花鳥含春意，馳驅足客愁。田家耕作早，叱犢遍平疇。

暮春山居

山徑草萋萋，山雲傍檻低。花光迎午笑，鳥意惜春啼。留客對棋局，呼童澆藥畦。幽懷已儘愜，拚得醉如泥。

不寐

孤城寒柝急，不寐奈愁何。月白疑窗曙，秋深聽雁過。雲山鄉路阻，戎馬戰場多。身世俱堪惜，蕭蕭髮欲皤。

孤館

孤館夜逾寂，月明如水流。群蟲吟到曉，一雨釀成秋。河漢檐前影，江湖夢裏遊。鄉心正悽絶，横笛起高樓。

中秋夜對月憶家

佳節逢今夕，鄉情獨浩然。一年秋又半，兩地月同圓。孤館愁風露，高樓沸管絃。小兒知憶我，應亦未成眠。

過蘆溝橋

匹馬渡蘆溝，金臺説壯遊。東來正風雪，北控此咽喉。老大毛生檄，蒙戎季子裘。相逢燕趙客，慷慨看吴鈎。

雨中渡渭河

清渭悠悠去，行人照鬢斑。雲低時貼水，雨急忽吞山。舟楫吾材拙，風波世路艱。白鷗殊浩蕩，出没浪花間。

晚次鄜州

依舊鄜州月，當頭照别離。那堪孤枕夜，又是早秋時。咽露蟲吟砌，驚風鳥墮枝。淒涼何處笛，故故向人吹。

秋日書感

故國别來久，頻年苦滯留。關河數聲鴈，風雨一城秋。薄宦憐雞肋，雄才羡虎頭。啼鴉兼落葉，併作異鄉愁。

龍門山謁禹廟

兩崖懸峭壁，一線走狂瀾。夏後留神蹟，韓原此大觀。魚龍爭變化，疏鑿亦艱難。瞻謁懷明德，千秋託奠安。

登慈恩寺塔

勝蹟慈恩寺，城南五里遥。登臨還我輩，碑碣半前朝。人語層霄近，風聲絶頂驕。鄉山渺何處，東望一魂銷。

庚戌春闈下第，出都與楊魯田、馬心齋阻雨别山旅店，留題壁間。癸丑重過，見蛛網塵封中，猶依稀可辨。因感成一律，寄魯田、心齋

小橋流水鎖孤村，野店重過認爪痕。苦恨飄零仍作客，幾經離聚欲銷魂。破窗風入燈難定，斷壁塵埋字半存。惆悵佳人渺天末，涼宵誰與共開樽。

輓謝雲航明府

妖風誰使逼神京，慷慨登壇寶劍鳴。七尺軀甘捐卞壺，九重面未識真卿。錦袍染血朝臨陣，鐵騎嘶風夜斫營。一片忠魂銷不得，怒濤猶作戰場聲。公屍得於水中。

客邸中秋正苦岑寂適楊魯田有京師之行便道過訪因留與月下共飲

意外相逢亦快哉，晚涼庭院緑樽開。一年月是今宵好，百里人從故國來。疏樹翻風輕颺鬢，閒階零露暗霑苔。良朋佳節須成醉，試問浮生得幾回。

秋日遊望海寺

瑟瑟西風送晚涼，登臨人自愛秋光。寒苔細路輕黏屐，野菊閒寮淡著霜。天地百年真逆旅，溪山幾日又重陽。憑欄羨殺南飛鴈，萬里寥空自在翔。

落葉

園亭慘淡樹欞槮，對此茫茫感不禁。秋老尚須相點綴，風飄亦自任升沈。關河愁聽霜天角，刀尺寒催月夜砧。轉眼逢時看蔭暍，爲君十畝布濃陰。

秋日獨遊暖浦

澄潭潦盡碧瀠洄，閑著芒鞵得得來。出郭恰逢新霽後，經秋況是嫩涼纔。沙鷗未慣偏相識，水藻無名亦自開。莫道茲遊太寂寞，眼前多少好山陪。

宿沙河驛

撲面風沙白晝昏，浪游蹤跡向誰論。亂山銜日驛樓晚，野店留人春酒渾。倚枕漸諳新客況，拂牆閒覓舊題痕。最憐側側宵寒重，不管天涯有斷魂。

寄懷馬心齋

江干芳草緑萋萋，卻憶他鄉手共攜。二月鶯花燕市酒，五更風雨薊門雞。交情屈指推車笠，往事回頭賸雪泥。惆悵相思不相見，月輪幾向屋梁低。

秋日郊行得絶句二首

流水斷橋外，涼風吹我衣。白鷗驚客至，飛過釣魚磯。

前山淡欲無，暝色驀然至。草蟲寒不聞，大野荒煙積。

小立

小立閒階夜漸深，酸蛩絮絮泣牆陰。故園未寄寒衣到，愁聽西風隔巷砧。

閉門

閉門真箇抵深山，剥啄無人盡日閑。一盞醅醪一枝筆，自攜詩稿對花删。

花朝高莘農過玉田見訪僅一握手遽爾别去悵然賦此

一騎驕嘶入暮雲，天涯芳草悵離群。輕陰細雨花生日，纔得逢君便送君。

和高莘農過燕丹送荆軻處

世運并吞局已成，莫將劍術笑荆卿。晚來易水悲風起，猶作當年變徵聲。

◎郭孝廉天培

天培字毓芝，昌黎人。道光丙午舉人。著有《環翠齋詩草》。

《止園詩話》：郭毓芝孝廉，少讀書，有雋才。十四遊泮，十九登賢書，未及壯即賦玉樓。蚤歲作詩，每多憤懣激楚之音，蓋夭徵已先見矣。其《嘲村學究》有云：『屈指嘗新又及期，不須惆悵嘆斯飢。農家籌算由來妙，半犒工人半請師。』『閉户舌耕二十年，生涯只藉硯爲田。最憐歲暮多辛苦，逐日沿門自乞錢。』讀之發人笑嘆。其《偶成》云：『名必奇人方解好，情非才子不能多。學因俗累靈心減，人爲家貧壯志銷。』其骯髒不平之氣亦可概見。

涿州呈王葭塘夫子名應奎，浙江人

重到程門日，先生鬢已皤。官因微罪去，福是暮年多。古樹鳴春鳥，新池蕩夕波。此間風景好，不羡邵公窩。

亦知難久聚，無奈即當行。往事何堪憶，新愁轉更生。殘杯摇燭影，落月促鐘聲。明日東歸去，千重翠嶺横。

秋夜

寂寞幽齋裏，宵來氣倍清。疏窗邀月影，落葉送秋聲。夜靜詩頻改，衾涼夢屢驚。寒蛩惱人甚，更向枕邊鳴。

偶成

三間茅屋近河干，伏案終年墨未乾。佳句偶從閒處得，異書時向夢中看。縱無客至常需酒，每到花開遍倚欄。但有文章千卷在，此生原不算貧寒。

夜宿蘆溝橋

長橋遥映數峰青，竟夕輪蹄總不停。一帶沙光迷淡月，滿途燈火亂殘星。山村雞唱天將曙，茅店風寒夢屢醒。流水征車齊競響，那堪獨倚枕邊聽。

西施

越興端賴衆賢扶，豈果西施能沼吴。爲問乃孫亡國日，楚邦曾送美人無。紅顔未必能爲厲，青史何須論過嚴。試問歷朝明聖主，可曾幾個選無鹽。

◎魏郎中亨埰

亨埰初名亨載，字厚田，昌黎人。道光丙午舉人，一品廕生，欽賜郎中。

和靜心上人酬馬星園原韻

曾隨杖履步橋邊，領得閒雲繞碧椽。般若有船通彼岸，貝多裁葉當吟箋。松風謖謖琴横座，水月如如鏡在天。重向山門尋舊約，拈花我亦解參禪。

◎高明府銘鼎

銘鼎字蘿洲，號小泉，遷安人，寄籍寶坻。咸豐乙卯科舉人，大挑二等選滿城訓導，改知縣，加同知銜。

《止園詩話》：小泉爲寄泉先生長君，學有淵源。幼習舉業，不甚爲詩。間有酬贈，亦不自存録，是以篇數無多，要皆真摯纏綿、抒寫性情之作。殁後其妹德華手輯寄示。亟登一首，以見一斑。

弔文魯齋大令

我聞漢廷温校尉，銜鬚致命死不畏。又聞唐代顏魯公，罵賊不屈標英風。千古忠臣殉國難，生氣懍懍貫霄漢。丈夫重死如泰山，呼吸之間貴立斷。欒臺初識文魯齋，心交默定忘形骸。品行卓犖性情摯，龂龂朗抱超同儕。愛慕父母若孺穉，無形無聲體親意。行葦弗踐荆常花，友于不分仲叔季。好施那惜典質空，成人之美謀人忠。爲余細述平生志，抱負不愧名臣風。乙巳南宫登甲第，承家不僅在文藝。凌空仙舄飛雙鳧，羡君從此展經濟。捧檄山左霏甘霖，膏車載米之蒙陰。教養衆庶愛如子，肩輿迎養娱親心。陽信爭漕喜君至，剔除積弊爲興利。一載奉命移商河，撫恤災黎力憔悴。當時妖氛侵津門，捐貲募勇鄉兵屯。盤詰嚴密奸宄絶，四境安堵歌仁恩。文治優爲武功善，家傳韜畧夙精鍊。假使登壇握虎符，鴻功早卜立一戰。權篆陽穀纔三朝，賊衆突至聲喧囂。城垣傾圮外援絶，保障無術心枯焦。殺氣陰陰天地暗，人聲鬼哭共悲憾。遥憶椿萱雙耄年，欲哭不哭淚珠陷。從容懷印整衣冠，不持寸鐵登雕鞍。誓將盡節報天子，城亡與亡傾忠肝。大開四門放民走，兵力難支休死守。未能先事預籌防，問心愧爲爾父母。解衣付僕淚湧泉，持此歸報高堂前。從今膝下成永訣，自恨忠孝難兩全。豈知盡忠即盡孝，戰陣無勇空貽誚。忠臣多出孝子門，移孝作忠即克肖。賊來欲將城市屠，怒髮直上呼狂奴。瞋目叱咤眥欲裂，須臾碧血飛模糊。嗟乎自古皆有死，棄城潛逃萬人耻。忠臣雖死猶如生，英名歷久載青史。萬民縞素收公尸，哭聲震天天爲悲。聖主褒忠下丹詔，湛恩賜卹修專祠。一自欒臺與君别，魚書交勉勵品節。忽聞賊陷陽穀城，拍案驚起心膽裂。知君致命終不渝，果然爲國亡其軀。信至哭諸寢門外，掩淚一聲長嘻吁。忠魂縹緲上仙島，晚境傷心悲二老。更憐寡鵠空哀鳴，芝蘭失怙色枯槁。貞臣之後多克昌，至理可信於彼蒼。馨香萬代永弗絶，世人何不爲忠良。與君交固似金石，抽毫染淚述遺迹。吟成閣筆神惘然，萬籟無聲月華白。

◎計文學樹棠

樹棠字愛農，號嘯滄，臨榆人。諸生。著有《尋梅居士遺草》。

冬日

風雪釀新寒，人隨鶴倚欄。披裘猶説冷，念彼緼袍單。

客至

空庭雨過鳥飛還，煮茗熏爐數閉關。客到午窗無別事，共磨新墨畫秋山。

◎王學博宗謨

宗謨字顯文，一字敬齋，樂亭人。道光己酉舉人，官蔚州學正。

《止園詩話》：王敬齋學博性情肫篤，與人交，外似木訥而胸中涇渭自爾分明。平生讀書，最純於五經。四子書浸灌尤深，故所作制藝，理法兼到，人多傳誦。蔚文風素陋，科第寥寥。甲子秋試，獲雋者三人，皆其及門。後以目疾告歸，仍業舌耕。詩不多作，然亦往往有佳語。五言如『齋空渾忘暑，城小不聞更』『山高千萬仞，郵小兩三家』，七言如『未免俗塵聊爾爾，偶逢暇豫亦吾吾』『四壁巉𡼏收黛翠，一輪明月破昏黄』等句，皆非躁心人所能領取。

課小孫讀孟偶拈八首以示勸懲

世人役役逐風塵，謀利營私日損神。偶有萌生滋夜氣，旋因茅塞失天真。牿亡幾等牛山水，戕賊斯爲狼疾人。正路不由安宅曠，浮生寄此塊然身。

世人貪富日奔馳，百計圖維樂不疲。既已鷄鳴而起矣，更求龍斷以登之。皇皇緣木求魚想，擾擾援弓射鵠思。爲問本心曾失否，萬鍾亦有儻來時。

世人圖貴日營營，欲貴偏教趙孟輕。枉尺直尋求王霸，脅肩諂笑媚公卿。但知爵是朝廷重，何恠利爲上下征。儀衍不羞爲妾婦，豕交獸畜也光榮。

世人好異尚奇新，滅絶三綱與五倫。離母避兄廉亦僞，出妻屏子孝非真。歸楊不顧君臣義，學墨安知骨肉親。世道衰微邪説作，遂令夷教徧鄉鄰。

士人内省要澄觀，欲念削除理念還。養性性天常坦蕩，存心心境自寬閒。人禽衹判幾希界，舜蹠惟分善利間。擴我四端充萬善，富如晉楚意何關。

士人爲學力須殫，夙夜勤求莫苟安。掘井及泉方是竟，盈科放海也無難。七年病畜三年艾，一日暴防十日寒。循序漸幾無少息，從容升入孔家壇。

士人設教貴寬柔，亦視其人可教不。滕子在門心有挾，曹交假館氣先浮。弈秋雖使二人聽，齊傅難當衆楚咻。往者不追來不拒，頑徒濫厠恐遺羞。

士人讀孟要精專，細玩七篇法戒全。子莫執中猶執一，淳于知禮不知權。功如霸顯皆非正，聖若清和亦有偏。則效尼山無過舉，不爲已甚是真詮。

◎王太守汝訥

汝訥字子默，灤州人。道光己酉解元，咸豐庚申進士，官山東青州府知府。

《止園詩話》：王子默守青，值歲旱，自爲文禱龍神祠，詞旨懇摯。不數日，甘霖大注，秋遂大熟。後因祭告龍神入廟，爲刺客所傷，越一日而歿。刺客蓋綠參戎某積怨所致，子默實誤傷也。事聞，刺客凌遲，參戎褫職。贈子默太僕卿，廕一子，立祠。子默初授東昌，未到官，適青守閆均堂因事撤任，遂委之攝篆。及子默被害，而均堂復任矣。禍福之不可測也如此。閆亦吾鄉盧龍人。子默不甚作詩，其壽家慈詩有云「苦鍊精神擔福澤」，又云「婦到難爲孝始全」，二語極真切。

羯鼓歌

花外鼕鼕鼓聲起，判斷春光問天子。天子自號爲天公，能參造化回春風。繁音急節相迴旋，樓臺掩映花如霰。宿雲漠漠慵不飛，流鶯亂入長生殿。誰言天子不當陽，自製一曲名春光。高樓舊夢拋華萼，一枕穠香醉海棠。咄咄天公技止此，南内歸來鼓聲死。漁陽鼙鼓胡爲來，天公至此良可哀。

永平詩存卷二十二

樂亭史夢蘭香厓編輯
受業張　山景君參校

◎蘭文學士元

士元字臚三，臨渝人。諸生。著有《梨雲館詩草》。

《止園詩話》：蘭少香[一]性蘊藉，善讀書，尤喜吟哦。體弱不勝衣，貌癯而神甚清。每科歲試，學使輒擊賞其詩賦，置之高等。年未四十，以羸疾卒。詩筆清麗妍緐，不染俗囂。所著《梨雲館詩草》曾屬余點定。没後無子，詩稿散佚；所録數首，乃從郭廉夫比部搜討而得者也，已非其全璧矣。其佳句如「樹影偎墻瘦，罏香出院清」「花影半階月，笛聲何處樓」「秋水濯明月，荷花生夜香」「蟲語暮山静，馬蹄秋水深」「涼風吹野草，清露洗秋花」「入世每防隨俗轉，尋詩常愛傍山居」「霞因風力裁文錦，雲截虹腰作斷橋」「學淺每防人問道，時艱方信己無才」「名士遊情宜作客，書生本色不嫌癡」「異地雲山天末友，寒窗風雨病中身」，吐囑風雅，可以想見其人。集中有詠史七律數首，其《詠李陵》云「祖業中衰懷射虎，故人無伴目看羊」，《諸葛武侯》云「炎漢雄文終兩表，老臣本意豈三分」，《狄梁公》云「子房總爲韓讐出，周勃終扶漢祚傾。一老先完親骨肉，五王方立大功名」，《王安石》云「才高偏爲周官誤，辨博翻令祖制更。一紙流民鴻雁影，半橋春水杜鵑聲。朝廷黨錮從茲起，衣缽先傳吕惠卿」，不激不隨，持論俱極平允。

校按：【一】《永平府志》：「蘭士元字臚三，以父如蘭字古香，故又號少香焉。」

題吴梅村詩集

少陵一卷詩，藝苑千年史。大雅既云亡，詩魔接踵起。博者鶩飣餖，拙者障以理。逞奇競雕鎪，擷豔嬌羅綺。衮榮鉞誅言，棄之如敝屣。自非大詞宗，誰能復爲此。太倉一詩人，馳聲始駒齒。西銘焕文章，北闕拾青紫。抗疏攖逆鱗，挂冠安素履。著書嬌雪樓，坐釣婁江水。沿及甲申年，兵燹悲張李。真人起長白，燕京振綱紀。子山哀江南，文海訪賢里。和聲鳴盛朝，宸章有專美。爲慰耄耋親，暫綬須臾死。此情寓諸詩，風雲落繭紙。壯士别燕丹，悲聲變清徵。靈均望美人，風騷託沅芷。或如赤壁簫，餘音繞芳沚。或如麥秀歌，哀腸訴箕子。故宫禾黍多，此咎非無始。區區諷刺心，半在吟哦裏。質之太瘦生，異曲實同軌。一千有餘年，再見春秋旨。

和郭澂之種竹篇

老鶴餐神芝，威鳳擇桐木。高流性亦然，玩物見芳躅。往者蘇長公，愛竹勝食肉。亦有張文君，綽綽竹中屋。萬物公諸人，達者好偏酷。澂之騷雅才，學殖得閒局。斡補造化工，生意回黍谷。以君瀟灑姿，羡彼篔簹族。迸筍將成竿，簇簇抽碧玉。秋聲起半庭，溽暑失三伏。示我種竹篇，盥手百回讀。對竹君心慚，誦詩我心服。解識竹之清，斯人即不俗。努力報平安，灌溉資發育。待余訪佳士，左右看修竹。

臺頭營紫極宫晚眺

荒城四面低，讓出清虚府。築臺有百梯，拓地只數武。捷足試先登，翩然疑化羽。水淺沙磧平，山缺松林補。眼底萬千家，比鱗紛可數。晚爨起炊煙，白雲互吞吐。鈴聲語佛樓，神風動廊廡。翻思上一層，餘勇猶能賈。金鎖澀難開，松扉隔琳宇。老僧期不來，日落洋河浦。

對月

明月如高人，分光到蓬户。把酒我自邀，權爲月之主。人與月同清，月比人已古。千秋事浮沉，問月月無語。

角山

十年中紀遊之作，得數十首，然語多而不得其要。故盡刪前作，約爲五古一篇，以待質詩壇諸君子。

連山薊門來，絡繹盡東向。當關聳雙峰，鬬角不肯讓。峩峩數千仞，終古作保障。嵐翠九天落，雄城近相傍。遼東左接壤，沃野千里曠。西瞻碣石山，百里勢遥抗。長城俯龍首，蜿蜒到海上。海與山爭高，天水相摩盪。村墟水墨圖，城郭鳳凰狀。茫茫二百秋，皇圖自雄壯。朔漠群峰低，起伏似風浪。渝水入斷山，委折日奔放。侵天樵徑微，填壑怪雲颺。石門四十里，隱約入嵐瘴。陰晴有萬變，天地周四望。自非登山椒，難盡烟霞量。伊余性不羈，山寺慕高尚。朝立飛雲巖，暑天尚挾纊。天雞啼一聲，海日浴寒漲。清夜四山寂，危坐釣月舫。漁燈認遥浦，鬼火出古壙。寒鴟答鈴語，山魈和樵唱。僧樓疏鐘鳴，靜理悟三藏。吾鄉富山水，玆山無與況。何必五嶽遊，高懷始跌宕。飲興豈厭豪，詩格不嫌創。勝遊百年期，青山自無恙。

角山仙閣落成登眺有作

懸崖創雲宫，飛宇勢超拔。廊迴抱三面，雲氣入囊括。拓地古苔薙，傍檻新竹活。入門得幽趣，吟眸斂未豁。開窗納萬象，始見天地闊。意匠巧莫階，佳搆恒蹊脱。曉踏山雲歸，斯愛苦難割。

雜詩

鷦鷯巢茂林，藐然借一枝。仰睇黄鵠飛，翱翔薄天池。豈不羡遐舉，奮翮思就之。心恐羽翼短，隕風難自持。且學山梁雉，飲啄安其時。

心如一片雲，苦戀林巒好。惜無買山錢，翹居軼塵表。蓬廬覓佳趣，園儕子山小。折柬時乞花，當門不鋤草。鳥啄櫻桃落，蜂喧蜜香抱。翦燈修笛譜，對月脱詩稿。雖非渟峙區，聊復恣探討。市塵自紛紜，我心自幽渺。

和張書橋游山晚歸詩

殘雲變晚霞，落日照秋樹。山鳥不住啼，聲聲勸人去。出山暝色催，徑僻滯歸步。新月出未高，隱約辨古渡。村笛和狂歌，夜火點荒戍。時披禾黍風，亂踏苔蘚露。同游四五人，尚愧林泉趣。回首望青山，不見下山路。

酬孫鐵珊寄懷之作

西風咽邊笳，天高雁南度。感茲寥落時，離抱悽欲訴。客從京華來，故人託尺素。開緘誦新詩，俯首思故步。鴻飛判東西，三載始一遇。挑燈榻半寒，巡杯酒無數。銘君惠我情，愛君驚人句。邇來市月餘，樂事已成故。功名鏡中花，空獻上林賦。君親及我親，桑榆景已駐。君有文翰勞，我抱沈疴痼。鎩羽不須傷，履冰且滋懼。謹身奉高堂，相與慰遲暮。持此區區心，臨楮疑把晤。後會知何年，相思悵雲樹。

擬古

愛花休折花，愛鳥莫籠鳥。籠鳥鳥易愁，折花花易槁。真機鬱不舒，本性焉能葆。花開鳥自飛，聲色天然好。

反舌學百鳥，妙慧由天成。巧極反爲拙，有時不成聲。著鼎曾齕指，炙輠休言智。君聽朱絃音，中含不盡意。

春蠶及蟢子，脫口皆成絲。一當支蔓删，一作玄黃資。巧力固云敵，棄取何嘗私。奇技貴有用，物理猶如斯。

東隣有貞女，芳心託蘭素。嫁得薄倖兒，中歲已見妒。斬斷連理枝，化爲相思樹。故人棄如遺，新人羨無度。豈知桃李顔，猶如草頭露。秋風華髮斑，新人復如故。

卓文君寄遠詞

琴操君所長，離合按音節。但願絃和鳴，不願絃中絶。琴絶沈清音，情絶負初心。蔦蘿必引蔓，鴛鴦非孤禽。聞君賦長門，屬辭太悽切。如何棄平生，但管人離别。

雜興

螳螂怒當車，奮臂不求助。蚍蜉撼大樹，自量何嘗豫。及其力難勝，進退失所據。翻羡蝶翩翩，銜花自來去。

我有一寶劍，白刃如霜雪。持贈莽英雄，當機奮一決。先爲切玉鋒，後作沈沙鐵。非無百鍊剛，干將終易折。

庖丁事解牛，執藝十九年。拙極變爲巧，奏刀亦砉然。其技入於神，其功積於素。奈何拙工人，徒爲游刃誤。

海有萬頃潮，不逾尺寸度。細流則反之，一決千里怒。大巧等於拙，儉必安其素。惜哉小有才，舉動失故步。

夢游洞庭

生不逢白鶴山頭鐵笛仙，又不偕漁父夜泛巴陵船。恍惚之中忽有象，好山好水成奇緣。自顧我身藐於粟，憑高一眺象萬千。西則岳州之城勢起伏，萬户雜沓紛人烟。南則沅湘諸水之所會，烟波浩瀚摩雲天。中有一山作砥柱，知是湘君翠聳蒼厓巔。旁有二川爲輔佐，更疑雲澤夢澤相鉤連。巴蛇食象掉其尾，赤龍熛怒飛神淵。心期吕翁袖青蛇，招我醉酒樓中眠。又思南湘二妃倚斑竹，琅然對我調朱絃。當時幻想若神遇，胸襟浩落疑飛騫。荒鷄一唱睡魔遁，五更淡月留窗前。嗚呼！杜工部，孟浩然，洞庭各有瑶華篇。讀詩往往見真境，遂使汗漫之情由夢傳。小儒蹤跡近株守，江湖著屐知何年。何當楚客千里至，細將幻境求真詮。

博浪椎

祖龍混一六國亡，八荒憤氣淩蒼蒼。易水壯士無功死，接踵起者張子房。博浪擊車雖誤中，英風浩氣誰伯仲。山鬼未告他年凶，一椎先破神仙夢。

星精謡

茂陵劉郎覓玄宰，引領青鸞望西海。豈知金門有真仙，歲星下天十八載。真仙不道求仙事，一生譎諫寓游戲。愧殺風雨病相如，遺稿還留封禪書。

牧羝曲

北風栗烈笳聲苦，茫茫大海非故土。故人旃裘宴北庭，忘卻子卿羝未乳。羝未乳，雁已來。朱顔去，白首回。漢家已繪麒麟閣，秋風空弔李陵臺。

恐驚寐

銀漏聲清隔花墜，燕寢凝香媚子侍。日薄蘭宫夢如醉，斷袖而起恐驚寐。莫怪新都分閏位，卧榻先容人鼾睡。

曹大家

扶風家世多翹材，父子先後居蘭臺。父有遺書女猶續，天爲史家變一局。史局一變奇功成，茫茫今古難同聲。君不見中郎絶筆無手澤，文姬只作胡笳拍。

趙娥怨

緹縈昔陳情，木蘭復從征。父生爲父弭其釁，何況乃父斃賊刃。蛾眉怨氣成風霜，封狼飲刃森刀光。生咏蓼莪自隕涕，死作秋花猶斷腸。嗚呼！齊甥技美忘父死，九哥不恤北狩耻，巾幗英雄勝男子。

孫郎曲

孫郎十七齡，奕奕千里駒。内有粉黛英雄讀兵書，外有顧曲書生握兵符。神亭叱咤風雲驅，大江東去開雄圖。惜乎白龍受制於豫且，壯氣只許吞句吴。

奈何降

陰平關前警風鶴，譙侯老臣膽已落。迤邐降播出成都，安樂之公無遠圖。嗚呼！帶四川，控三峽，一夫當關萬夫怯。炎火熄滅不終朝，惟有賢王哭先業，惜乎賢王不得爲太甲。

墮樓詞

珍珠换綺羅，是妾承恩始。君爲妾捐生，妾爲君效死。落花憔悴香雲萎，千古艱難惟有此。君不見翾風亦侍石季倫，只解紗廚管文史。

女從征

下我白玉樓，引我青絲鞚。天涯兒女情，月夜關山夢。誰謂生女重，不與生男同。么鳳果不在軍中，有父亦作折臂翁。

女主昌

漢有平勃安劉氏，神器幸未歸吕雉。李唐去漢六百秋，蛾眉入宫效其尤。女主昌，帝局變；撾馬時，兆已驗。文皇枉殺李君羡。

唐老奴

夾寨一戰敵披靡，生子當如李亞子。惜未滅梁先代唐，三矢遺命負先王。沙陀將佐半耆宿，誰解逆鱗陳諫牘。麥秀黍離悲故宫，小臣翻作失聲哭。有唐歷年三百餘，宦寺慘禍如噬膚，結局竟有此老奴。

長樂老

長樂老，逢五季。享奇齡，保尊位。歷仕五朝，皆有傳記。先生自序，無乃多事！

我陳東

汪黄再濟共驩凶，圮族波及隴西公。公如大厦支一木，出握虎符入秉軸。一朝凶人肆荼毒，太學昧死陳諫牘。小朝廷上虛無人，書生猶作賈生哭，噫嘻三字悲壯不忍讀！

偕王砥山游角山即景兼以贈別

才人足跡所未經，好山寂寞無高名。欲邀詩仙壯山色，青蓮坡老不復生。王君砥山篤於古，煙霞緣重塵緣輕。家山豈無靈異境，朝暮習見翻平平。東來選勝結游侶，別開生面增豪情。秋風颯颯萬里來，踈襟高爽爭先登。海雲變霞薄欲盡，嵐氣填壑低如蒸。尋寺彳亍古道曲，看碑剥剔寒苔青。漫游不足夜繼日，滿亭涼月欺燈明。幽蛩吟秋傍亂草，饑鴟警夜鳴荒城。遠火貼地互明滅，誤疑迸落秋天星。是時詩懷若禪定，忘言淡淡心相盟。天然圖畫贈佳士，賴君名句酬山靈。茲山僻在東海畔，難與五嶽名相爭。一朝作君錦囊料，嵩恒岱華齊崢嶸。山有奇緣荷雕鎪，我歌下里偕韶韺。明朝別山復別我，一聲愁聽荒鷄鳴。

送郭左卿游幕山左

我不能控神駿、佩干將，與君竝轡游東荒。聞君指日向山左，壯氣不覺爲軒昂。齊梁此去千餘里，大河南北阻且長。馳驅燕趙及齊梁，濟南先爲稅駕鄉。濟南名勝首岱嶽，齊魯二境涵青蒼。大風泱泱起東海，知君到此神飛揚。手攀日觀月觀秦觀越觀之高峰，時與老鶴同翱翔。七十二家封禪文，摩挲古碣感滄桑。娛爾大明之湖水，酌爾趵突之神漿。歷下千年古戰場，憑弔四顧天茫茫。吾鄉博雅君首舉，鄴侯萬架森經堂。指顧山川得實境，想應歷歷知其詳。心花怒發不可遏，博采萬象歸詩囊。伊余有吟癖，君亦躭詞章。往往挑燈煮茗助談柄，興酣忘卻鼍更鏘。驪歌一聲忽到耳，欲別未別神徬徨。春風送客催行裝，柳絲爲我牽離腸。願將客路新詩本，付與南來征雁行。

角山看雲

游人笑向山中指，雲自空山空處起。大壑神風捲地來，白龍飛出深潭裏。初看一縷相鉤連，蜿蜒欲上蒼厓巔。錯疑幽谷隱村落，晨炊煅竈生孤烟。陡然翁蔚侵林麓，萬朵芙蓉披素縠。排空疑擁衆仙行，作勢不容飛鳥逐。須臾漸掩扶桑暾，欲雨不雨愁黄昏。罩海儼若吞雲夢，馭氣直欲包乾坤。有時勢盡忽中斷，兩扉崖門捲羅幔。錦繡山川入畫圖，下方依舊晴曦爛。須臾又引奇峰來，滿座浮陰掃不開。從前過眼繁華夢，似真似幻生疑猜。交烟凝霧迷樓閣，隻手拏雲招白鶴。溼氣難憑羽扇揮，腥風欲襲羅衣薄。此時遠望雲濛濛，雲繞身邊色轉空。只道眼前雲百變，不知身已在雲中。

鐵珊寄詩見懷依韻酬之

使星下照潼關西，棧雲不落清猿啼。玉井一條冰懍懍，蒲輪千里草萋萋。文衡更付迴瀾手，伊人文學兼詩酒。爲看一日長安花，重歌三疊陽關柳。秋雨秋風賦壯游，江山得助鳳爲樓。玉環香冢緘幽恨，白谷殘碑寫暮愁。曠懷如許還傷别，之子多情我心折。多感魚書和淚題，憐余病骨侵風雪。寒氊愧我十年青，今日黄粱夢始醒。商婦琵琶悲老大，秋風瑟瑟不堪聽。況值軍符千里至，清笳吹落征人淚。榆關飛檄夜倉皇，遼海兵車來次第。揚州建業更堪憐，烽火東南半壁天。六代青山歸浩劫，二分明月悵空傳。乾坤戰伐增悽楚，大役愁聞擊鼙鼓。慚愧書生事筆耕，了無一策安疆土。春色年年海國新，守株計拙尚儒巾。願同君作西征賦，灞岸題詩贈故人。

王湘舟先生挽詞

猰貐長驅薄江右，鶴唳風聲雜刁斗。吉州楚粵之咽喉，不貴戰功貴能守。蓮花廳外劒花飛，公以別駕參兵機。森然一柄鐵如意，指揮已定揚軍威。更有頑苗奮螳斧，月黑霜沈震軍鼓。烽火夜照青原山，郡守攖鋒死報主。倉卒捧檄坐黄堂，嬰城百變迴忠腸。三千練甲群魄懾，麏奔狼顧離巖疆。思明不遂翻天志，復有子奇張僞幟。告急軍書次第飛，張鎬援兵猶未至。廉訪使者暫登壇，是時周廉訪馳入圍城。羅雀掘鼠兵民餐。將令守城公扼要，撼山猶易撼心難。雷出地中天星落，不關戰枰失先著。糧盡援絶力不支，公與同官皆化鶴。九重天上慰忠魂，四十一人皆霑恩。主將睢陽公則許，無慙賚典及子孫。小儒侈口談青史，昂藏自負奇男子。臨變倉皇轉愛身，千古艱難惟一死。紫陽大義公淹通，酒酣議論嘗生風。一朝致命償素志，大節巍巍山嶽同。戰場憑弔江頭月，傷心最是鵑啼血。祠廟空留墮淚碑，何處青山葬忠骨。白鷺洲邊客淚傾，忍聽賢郎痛哭聲。招魂一賦歸來些，悽愴槐庭孝子情。

客中即事

萬葉下邊關，離情指顧間。河歸七里海，雲抱五峰山。白草迷征騎，秋風瘦旅顔。詩懷隨境觸，翻覺客心閒。

九日登盧龍南臺寺和郭廉夫韻

恰喜無風雨，登高寄興豪。城包群樹暗，河避斷山牢。雁字秋千里，漁船水半篙。唱酬詩有料，何必定題糕。

春日即景

陽春不擇地，稱意到貧家。嫩草淺含雨，小桃新試花。吟詩偕鳥語，撼樹散蜂衙。莫道嵇生懶，朝朝戀物華。

旅夜

靜絶吟秋館，燈殘落碎花。荒城二更柝，冷月一聲笳。料得親思子，因令客憶家。鄉心渺何極，百里即天涯。

薊州

九邊豪俠處，第一是漁陽。亂岫摩天碧，驚沙捲地黄。干戈雄兩漢，鼙鼓弔中唐。欲訪前朝事，樵歌入渺茫。

偕諸同人結詩社於郭廉夫小齋賦賞雨一律

邊雲高不落，釀出雨絲絲。病柏轉生意，晚花無俗姿。茶香供醒酒，鳥語伴吟詩。爲有騷壇契，歸心何厭遲。

山村

鄉風留太古，到此息機心。一曲水光淡，四圍山翠深。野人開薜户，招我話松陰。坐久溪聲靜，泠泠調素琴。

寄鐵珊

冷雨黄花節，征人返故鄉。代君修舊好，使我觸離腸。雁叫邊山月，鴉盤野樹霜。傷秋兼惜別，無意宴重陽。

送楊子方赴大名廣文任

宧遊誠適意，其奈別離何。曉日人初去，春塘水自波。文聲馳魏郡，鞭影落漳河。珍重鄉書達，南來征雁多。

曉望

出郭曉寒峭，滿溪殘雪痕。蕭疏數行樹，掩映幾家村。邊草盤荒徑，驚鴉起墓門。擬將螺子黛，慘淡寫平原。

客路

曉色驪城外，輪聲古渡間。岸崩枯柳卧，水淺客舟閒。野草侵荒寺，邊雲壓亂山。車中離思觸，殘夢到鄉關。

游道觀水亭

陡絶巖頭戴一亭，小松凝翠鎖窗櫺。抱城水色涵空碧，隔縣山光入座青。詩興欲邀沙鳥語，閒心不負野花馨。此生未解金丹訣，偶聽黄冠誦道經。

疎鐘敲落夕陽紅，夜氣清高坐梵宫。蕩碎月光魚戲水，蘸開波影鳥啼風。酒懷詩味三更淡，利鎖名韁一笑空。安得黄衫吹鐵笛，鸞聲飛入斷雲中。

晚過撫甯北口望臺頭營

萬松高鎖白雲窠，行盡烟蘿異境多。山合四圍包古堞，巖分兩界納洋河。斷霞落日春鴻渺，淡月寒沙匹馬過。舊是南塘飛檄處，只今唯有野樵歌。

書懷

此生原爲讀書來，墨便磨人志不回。與酒無緣非學佛，將詩破寂敢言才。清癯骨格千竿竹，冷淡心情一樹梅。莫笑嵇生多懶癖，蓬門還爲故人開。

夏興

午陰凝碧北窗空，人在羲皇淡泊中。野鳥戲啣侵徑草，餅花香墮入簾風。消閒白日如年永，久别青山有夢通。塵事已疎惟養拙，四時烟月一詩筒。

酬寶坻高寄泉先生題拙草

翹企文星照異鄉，時任大名廣文。早知巨手抉天章。硯磨青鐵修詩壘，先生《鑄鐵硯齋試帖》昔曾捧讀。筆掃黄雲弔戰場。先生有弔殉難諸君子五律。律細遥知工部老，才高還恕阮生狂。披箋恍入春風座，感謝南來征雁行。

文字因緣老輩同，敢將詩思答詩翁。四時花月千秋興，三徑蒿萊一畝宫。野鶴懷仙鳴夜雪，新鶯學語澀春風。瑶華讀罷翻私幸，名附先生大集中。

送魏鏡余之任湖南月夜與同人餞於角山賦二律贈之

蟾光高挹桂花天，分照離心太皎然。涼夜一杯金谷酒，西風千里洞庭船。明知繕後須良吏，無奈臨歧餞謫仙。莫惜今宵拌酩酊，來年秋月異鄉圓。

銅章墨綬出神京，湖水湖山一路迎。六載干戈憐赤子，萬家老幼託書生。才高自是神明宰，任重毋忘父母名。百里何曾淹驥足，花開滿縣樹先聲。

爲焦梅村茂才題蝴蝶畫屏

紅情緑意不離花，箇裏因緣問畫家。便向蒙莊參本義，一場春夢亦繁華。

點綴春光舞態圓，桃花時節杏花天。身輕自有香雲擁，不到羅浮已是仙。

讀桃花源記

種豆南山一隱淪，早從宦海悟迷津。桃源自是先生里，翻説桃源別有春。
真仙虛託避秦來，世外烟霞異境開。徐福樓船航海去，不知此地即蓬萊。
尋花泛到武陵槎，一點凡塵污落霞。從此秦人翻自悔，不應臨水種桃花。
武陵無計覓元門，纔信先生是寓言。今日春臺熙皥處，人間何處不桃源。

史香厓先生用余贈常職卿先生四絶句韻題拙草疊韻酬之

疎襟緩帶散仙裝，風月高懷入錦囊。緘就吟箋寄榆海，年來知我是詩狂。
略示風騷大指歸，師資一字即傳衣。癡龍偶入僧繇畫，纔點神睛便欲飛。
一枝筠管伴清閒，奇福奇才不可班。觴詠無緣陪末座，關西惆悵萬重山。
盟心文字淡彌親，名附同聲爲舊因。慚愧大羅仙樂譜，新編録及濫竽人。

揚雄

太玄一草論滔滔，重謁新都著錦袍。畢竟投江異投閣，雲亭多事反離騷。

馬援

躍馬横戈老戰場，摩天銅柱鎮南疆。雲臺枉説椒房戚，不記丹青繪霍光。

題桃花扇傳奇

法曲新翻菊部頭，南朝天子例風流。後庭玉樹花纔落，廢殿荒宮又送秋。
合歡小扇罥輕紗，恨血斑斑點絳霞。愧煞息媯歸楚後，夫人曾亦號桃花。
淚灑西風泣杜鵑，將星夜落大江邊。梅花嶺與桃花扇，兒女英雄兩卓然。

題鐵珊横雲山館詩草

詩思青州又雍州，江山萬里一囊收。知君擕得驚人句，醉後狂歌岱華秋。
四海烽烟孤宦身，秋笳曉角語酸辛。眼前多少蒼茫感，莫怪江郎是恨人。

高念東集中有陞官圖四絶戲效其體

榮辱升沈幾刹那，終南捷徑此中多。呼盧決勝空驚喜，一紙功名值幾何。
判白虛名太皎然，一經撒手便天淵。曹彬戲語今方悟，官好無非多得錢。

◎高户部文煜

文煜字子謦，昌黎人。咸豐己未進士，官户部主事。

自悼即贈子玉

別後情懷淚滿襟，異鄉難遣歲華新。客愁似浪平仍起，歸夢如烟幻不真。處世無才成大錯，論交有我亦前因。良言藥石須頻寄，好勉今生了此人。

聞内子病

數年飄泊滯長安，回首鄉關鼻盡酸。嘆我無才拙生計，累卿多病減晨餐。登科翻悔言旋滯，覓藥還愁對症難。寄語春閨好調攝，杏花看罷理歸鞍。

觀風箏

三尺風箏百尺絲，忽然飄舉忽低垂。空庭鎮日閒無事，叉手看他起落時。

除夕

滿天星斗漏聲殘，打點重衾入夢難。見説明朝須早起，醒來依舊日三竿。

拜年

客裏還多俗事牽，勞勞車馬費周旋。逢人説喜誠何喜，虚度光陰又一年。

◎鄭比部東

東字立甫，遷安人。同治乙丑進士，官刑部主事。

《止園詩話》：鄭立甫比部，竹軒明府子也。蚤歲才名噪甚，踰冠成進士，未及二年，以羸疾卒。詩句如『鳥隨遥棹没，山逐去帆移』『引泉通竹筧，燒葉帶松花』『野花供石鼎，古蘚繡神衣』『泉流隨石曲，山影逐雲移』『秋深仍卧病，家近更依人』『天到山中仄，人從鳥上行』『瀑喧驚雨至，塔勢與雲爭』『星鋩沈水白，峰影逼天青』，皆足嗣響唐人。

偕同遊寺西散步夜歸

翫溪遂窮源，不覺天宇夕。人影忽散亂，舉首見明月。赴壑鳴幽泉，歸林迅輕翮。緩步緣蘿磴，小憩拂苔石。微明蕩疎烟，化作水痕碧。虛籟韻還歇，晴嵐重疑積。清寒不可留，草露溼雙屐。循麓遂已遥，歸途徑歧雜。積蘚滑艱步，清漣淺容涉。涼陰摇風枝，細響墮霜葉。隔竹一燈明，依微認層塔。疎鐘空外定，人語遥峰荅。隱隱聞經聲，悠然素心愜。

由華嚴至下清宫

夢覺聞疎鐘，開門山翠濃。殘燈昏遠塔，斜月挂前峰。溪冷流人影，霜明懾虎蹤。樵歌起何處，徑轉忽相逢。
旭影動岩翠，前峰望忽真。老松横碍馬，遠石立如人。澗水喧幽碓，山花夾去津。臨流小延佇，垂策數游鱗。

山遠看時變，逕迂行自徐。幽禽遥唤客，嵐翠冷侵裾。橋借松根架，泉銜石腹虚。白雲最深處，應有赤松居。

回首群峰束，剛從峰頂來。雲高知地近，山斷忽天開。泉影晴飛雨，潮聲夕殷雷。平生立壑意，步屧且遲迴。

更向西峰去，行行杳靄間。松根多在石，瀑影不依山。鳥語深林静，樵聲空谷閒。同游意各適，興盡不知還。

薄暮琳宫揜，寥寥萬籟沈。微雲破涼月，高樹落疏陰。幽坐見空色，清言無古今。安期如或遇，便擬杖藜尋。

山夜

寥寥萬籟寂，夜色湛虚清。削壁峭無影，流泉寒有聲。鐘殘僧入定，山静鳥知更。兀坐欲何待，衣襟涼露生。

華岩寺待月

坐深忘所待，月已到高林。萬壑忽如曉，亂松寒自深。魚跳明遠影，鶴夢警秋心。寂寂長天静，臨風彈玉琴。

寄題白雲洞

老僧習禪寂，岩下閉玄關。流水日在耳，白雲相與閒。淺紅霜後樹，新翠雨中山。儻遂幽棲願，煙霞共往還。

還宿華嚴庵

禪關向晚閉，嵐翠宿重重。月影一庭竹，濤聲萬壑松。霜鐘驚睡鶴，蓮鉢豢真龍。豫話他年約，誅茅住對峰。

游嶗山道中口號

出郭動吟策，修途夙未經。水涵人影碧，山插馬頭青。雲氣侵衣冷，泉聲隔樹聽。平生慕幽討，今日入青冥。

送范聲聞歸里

樽酒未能別，鶯啼正暮春。那堪游子恨，更送故鄉人。草色隨行勒，衫痕上輭塵。家山有薇蕨，慎勿厭長貧。

暮春病起書懷

輕風剪剪雨絲絲，幾日牆東見柳枝。小卧忽過挑菜節，懷人多在落花時。望中雲樹飛鴻杳，困後心情倦蝶知。欲把荷筒破岑寂，田田新葉恰盈池。

白梅

姑射仙人淺淡妝，瑶姿端合歷冰霜。半庭月皎寂無影，一徑雪晴微有香。顧我含情臨玉碱，爲誰小立向銀塘。劇憐縞袂天寒候，無語亭亭翠竹傍。

再題華嚴閣

踏盡危梯俯大荒，烟濤東望極蒼茫。空中樓榭淩初日，海上魚龍拜法王。雲起層陰連泰岱，雨餘秀色落扶桑。乘風欲訪安期去，仙棗如瓜帶雪嘗。

月夜口號

掃石坐苔逕，流螢弄夕暉。不知明月上，花影滿人衣。

深院

寂處自撿關，深院無人迹。小雨松逕寒，莓苔長新碧。

月夜

獨坐俯松寮，庭空萬籟靜。涼月破雲來，忽墮雙梧影。

洞中詞

洞庭木落渺寒波，斜日扁舟一葉過。露髩風鬟何處所，九嶷山遠白雲多。

燕

落花風裏話呢喃，啣得芹泥又久淹。十二重樓垂柳外，有人待爾下珠簾。

贈唐衢士

一笑黄粱夢乍醒，深山深處結茅亭。菩珠誦罷渾無事，自劚春雲種茯苓。

永平詩存卷二十三

樂亭史夢蘭香厓編輯
受業陳守元孚乾參校

◎張明經九鼎

九鼎字象之，號雪樵，樂亭人。歲貢生。著有《得未曾有齋詩鈔》。陰子翼先生序云：雪樵性倜儻，重氣誼。總角時爲詩，即時得驚人句。兩相隔十餘里，詩筒郵寄，余往往作壁上觀，退舍以避之。而雪樵日益肆力於古人，而又往往於世多所不可，故其慷慨抑塞、孤峭岸異、磊落跌宕之氣，時於沈鬱之中發爲孤響，而一寓之於詩。猶憶癸未冬，雪樵坐余愛吾廬中，左手持巨卮，右把卷，與余縱譚少陵《石壕吏》《無家别》，快意揮霍，酒氣拂拂然從十指中出。當其時，襟袖淋漓，燈炧欲燼，仰視明星如斗，摇摇欲墜，曾亦幾何時日？而余以一官落拓，短衣匹馬，歲馳走遼瀋。雪樵又困諸生，潦倒名場，益兀兀不得志於時。嗚呼，其亦可感也已！◎梅樹君學博序云：捧讀未數首，如陳痾頓愈。向喜青石窪之勝，所謂夷曠中逢奇峭之致，幽邃中遇豔逸之觀者，一一於詩境遇之，不禁掩卷太息。

《止園詩話》：張雪樵家多藏書，博聞强識，精力一歸於詩。所著《得未曾有齋詩鈔》，各體皆工。付梓之初，有摘其《義倉行》《捕盗行》諸作，謂其訕謗時政，訟於長官者。雪樵因作《責詩》詩，自爲解嘲云：「來，汝詩！吾本不汝瑕疵，奈與我周旋，種種誤我使人疑？丈夫鬚眉原自貴，苦吟能剩幾莖髭！尋聲摘韻苦無用，破盡工夫爾豈知？華屋高官誰不愛，窮愁偏與爾相羈！盛名招忌古同慨，驚人泣鬼亦奚爲？誰知更可速人訟，鼠牙雀角爭相隨！東坡之獄結未久，吾其次矣能勿危？幸當聖世容狂瞽，不然斷送老頭皮！主人待汝情豈薄？錦囊驢背從不虧。從今誓與風騷絶，往不可諫來可追！詩聞此言難自默：以此責臣臣有辭。人生窮達皆有命，紅杏尚書却是誰？雞林曾重千金價，主司有愛一聯時。不任受德豈受怨，奈何以此來相訾？君不見《畦桑歎》《養蠶詞》，民謠公論各如斯。美刺貞淫古不廢，不聞有人相詆譏。無乃制行實有缺，罪我詩歌豈所宜？主人聞言啞然笑：是誠在我非關伊。請與子釋前嫌、修舊好，花朝月夕仍相周旋不相離。」觀此亦可以想其風韻矣。其他佳句如『溪隨村勢曲，山到寺門開』『春程芳草遠，山店杏花多』『納涼臨水久，貪話舉杯遲』『客孤投店早，馬老筭程難』『病覺鄉情重，貧諳客路難』『馬病宵芻減，人歸夜話長』『路生人問店，縣古土爲城』『典慣衣多繳，賒來酒不醨』『離家身轉健，近塞雨先涼』『隣雞啼上屋，山犬吠當門』『秋憐邊地早，雨怯客窗聽』『寒山青客眼，秋色瘦詩魂』『碑缺文難讀，僧貧佛不尊』『湖光翻壁動，塔影卧階涼』『貧知柴米貴，老望子孫賢』『謝客暫容今日懶，課兒重讀少年書』『芳草緑烟千里客，杏花微雨一年春』『月影上窗涼似雪，燈光臨曉大如螢』『邊霜似雪欲封地，落月如燈遥隔村』『半湖芳草緑延客，一路好山青到門』『山嶺高低常見雪，人家三兩不成村』『殘秋日冷裘難典，絶塞官稀吏亦尊』，皆是方家吐屬。

雜興

皎皎岸上沙，灪灪池中泥。豈其本性然，所處良不齊。惡穢日以歸，塵垢日以滋。浸淫既已久，本來遂不持。寄語自好者，下流安可居。

西方有好女，幽居在水潯。蕩子慕綽約，聘以千黃金。珊瑚爲君珥，玳瑁爲君簪。朝歡兼暮娱，寵愛非不深。相憐徒以貌，邂逅豈知音。一朝顔色變，焉能保素心。

舟車非無功，覆溺亦由此。飲食非不甘，疾病因之起。由來萬物情，利害常相倚。昔日富貴人，今日煩憂死。奈何名利徒，逐逐猶不已。達哉巢與由，棄之如敝屣。

彩雉化爲蛤，蒼鷹化爲鳩。故我竟何在，成此不肖流。維彼腐草形，猶爲螢火遊。善惡在所變，胡可墜前修。

十月井水温，五月井水涼。凡事出意外，誰從得其詳。員以忠獲罪，嚭以佞見良。盜跖竟壽終，顔子乃夭亡。停杯一問天，無語徒蒼蒼。歸來且閉門，慎勿誤行藏。

雨來衆鳩樂，雨晴衆鵲喜。蒼蒼何容心，止循陰陽理。豈意天壤間，好惡紛然起。拂意即爲非，適意遂爲是。嗟哉碌碌流，毁譽安足恃。

琥珀能拾芥，磁石能引鍼。清灰能湅帛，翡翠能屑金。凡物各有長，視乎用者心。亂投而不效，棄置悲徒深。

灤河夜發

鼓柮下灤河，歸夢水雲裏。秋波浄如練，平鋪吹不起。疎鐘天未曉，已行三十里。舉頭月在山，低頭月在水。

察草行

人影雜沓聲喁喁，巡役察草來村隅。言語狂猖氣莽麤，道逢牛馬縶而驅。聲言芻牧竈場内，捉去送官辜莫貸。村民忍氣不敢爭，東投西走求人情。商言汝罪當敲扑，重違某意容汝贖。歸來倒篋辦官錢，每匹須盈四十千。錢入贖回馬已變，腰脊棱棱骨皆見。里中傳説俱慞惶，不敢放馬離村旁。

捕盜行

捕役豢盜與盜伍，縣官諱盜爲盜主。捕役豢盜豈有佗，日分盜贓所得多。縣官諱盜無他意，辦盜先與己不利。處分還憂降調嚴，移重挪輕爲盜地。君不見西家被劫曾報官，報竊方准報盜難。經年未見獲一賊，書吏需索卻無端。又不見東家擒盜送官訊，贓證確然盜不認。須臾案定是誣良，盜卻無辜民受困。民受困，何足矜；縣無盜，好官聲。月報常稱境内清，卓異應書循吏名。

關門吏

關門吏，當門坐，瞀目無言怒色作。云司譏察備非常，西往東來難遽過。征人駐足車停驂，盤詰多端侮那堪。日暮途遥行未定，曉事行人脱囊贈。嗚呼！自古關防爲詰奸，國家設守非等閒。柰何此曹病行旅，有錢即過無錢難。君不見暴客紛紛早出關！

里正來

里正來，聲如雷，老穉遥見輒驚猜。百姓見縣隸，如同長官至。婦孺多方具酒食，誰知難稱里正意，杯盤揮之皆墜地。入門先捉馬與騾，出門還索鷄與鵞。馬騾爲備載兵用，鷄鵞亦向大營送。稍敢誰何即稟官，抗差堪悲受刑重。百姓受杖方養瘡，來打秋風又下鄉。

題梅小樹寶璐梅花香裏寄吟魂圖

昔年鄧尉探梅花，芬香清烈口難誇。今日盧龍遇梅子，風度端凝才莫比。果是西山老樹枝，幾世功修能到此。吾師司鐸來吾鄉，謂尊甫吟齋先生。楨幹栽培化雨長。豈但公門盛桃李，杏壇從此屬梅莊。與君金蘭得相結，殷勤過訪情高潔。把酒吟詩月滿軒，天花散落飄香雪。酒酣出示吟梅圖，水邊籬落三兩株。下有癯仙箕踞坐，幽情逸態舉世無。圖窮爲説平生志，惟於梅花愛獨至。月冷風清雪滿籬，吟魂常向此中寄。我觀君圖情已移，又觀君作倍離奇。暗香疎影黄昏月，詩魂花魂誰得知。風雅如君富文藻，百花頭上開應早。何遜吟情東閣多，方回名字江南少。人兮梅兮總不群，孤標高格竟何分。從今我亦與梅約，説著梅花定説君。

知非子

晉徵士，隱柴桑；唐徵士，隱虞鄉。一邱一壑，一詠一觴。遥遥千載，異世同芳。養高釣名，所疑亦左。潔身遠亂，胡爲不可？軒冕泥塗，焉能浼我？累辭徵拜，矢志不移。陽爲衰野，墜笏失儀。惟期韜晦，何知惠夷？不事王侯，豈肯臣賊？絶食而死，死尤難得。庶幾志行，堪爲世則。廿四詩品，爲君之文。品詩如此，何以品君？落落欲往，矯矯不群。緱山之鶴，華頂之雲。

王鐵槍

人死留名豹留皮，男兒心事原如斯。鬬鷄小兒何能爲，鐵槍勇決誰不知。動見掣肘功難期，兵敗身死乃其宜，朝梁暮唐焉用之？嗚呼！五季五十三年强，死節僅僅有鐵槍，惜哉所事乃爲梁！

兒皇帝

兒皇帝，父皇帝；上尊號，輸歲幣。賂以金帛亦足矣，割以土地恐非計。曾幾時，盟好替，責讓未絶干戈繼。空嗟天險失燕雲，南來兵馬無由制。不厭翁欲釁終生，卑辭厚禮誠何濟。兒皇帝，得毋喜，皇帝以來寧有此？吁嗟，稱姪又有宋天子！

趙書記

翊戴初，普與議。販人國，庸非貳。金櫃書，普署記。遂君非，究何意？察奸變，誠普事。媚新君，固寵位。計錙銖，豈普義？營邸店，規小利。所謂大臣寧有諸？當年曾讀魯論書。

耳園雨後

檐溜猶聞滴，殘陽霽色開。嬉童疏巷水，饑鳥啄牆苔。徑憶前溪没，花求隙地栽。鳴蛙聲不斷，池畔一徘徊。

書魏蘭溪卷後

偶檢遺編在，驚看淚欲流。才高難問命，詩好爲兼愁。白髮思前約，青山憶舊游。春來花又發，得句若爲酬？

豐潤道中

名利驅人苦，炎天上帝畿。午風枯壟麥，暑雨濕征衣。日黑愁山險，途長憶馬飢。人家何處有，林際認依稀。

偶興

晚來酣飲慣，飯後尚微醺。身覺閒行適，僮因始到勤。開窗延霽月，滅燭避秋蚊。不寐成孤坐，長吟至夜分。

無事起恒晚，三竿日向晨。兒嬌常廢學，身老轉憂貧。舊業添詩卷，新知半酒人。山林容嘯傲，幸作太平民。

早發

野店呼燈起，宵征倍寂寥。風霜臨曉苦，道路入邊遥。人影山中月，輪聲郭外橋。不禁行役恨，征馬亦蕭蕭。

憶友

草色連山緑，桃花照水新。思君無限意，去國幾經春。雲樹迷三峽，煙波暗五津。音書猶自滯，歸計向誰論。

即事

身賤無人識，村荒少客過。雨中啼鳥斷，花外夕陽多。心暇詩重改，兒頑墨倒磨。不須問時事，閉户且高歌。

客中與里人登高

離緒偏多感，登高悔見春。鶯花寒食節，風雨别家人。世事浮雲幻，鄉情異地親。那堪芳草色，常向客中新。

獨遊

尋幽欣獨往，一路踏殘春。小憩鳥留客，長呼山應人。讀碑貪過寺，出谷忽逢村。楊柳依依處，誰家靜掩門。

村店

犬吠孤村近，緣溪路一條。低田惟種麥，淺水不通橋。林缺遠山出，日高晨霧消。酒旗籬竹外，迎客似相邀。

桑乾道中

細雨連朝送薄寒，蕭條征橐赴桑乾。二年春向途中過，一路山從馬上看。垂柳橋邊村店小，落花風裏客衣單。光陰屈指須歸去，真悔淒涼劍鋏彈。

客中除夕

長夜沈沈燭影圓，爐灰撥盡抱愁眠。蕭條作客偏經歲，老大逢人怕問年。身世已同花落溷，光陰真似箭離弦。雙親此際應相憶，爆竹聲中一慨然。

雜感

莽莽風沙捲戍臺，祁連山迥戰雲開。黄河滚滚人煙少，青海年年鬼哭哀。部落漫驚回紇盛，折衝惟望令公來。蒼生不少凶荒苦，早晚軍中征調裁。

詔書切責戍窮邊，匹馬蕭條出玉關。盡室可憐羈雪窖，狂名肯使愧朝班。雲迷奄蔡千重樹，路繞車師萬仞山。解網即今多厚澤，預知唐介得生還。

耳園偶興

新築臨溪屋數間，隔牆流水日潺潺。窗隣啼鳥客心靜，門掩落花春晝閒。事近營求皆可省，詩多酬應半宜删。松陰滿地東風暖，自捲疎簾待燕還。

送友人之官遼左

秋深捧檄出長安，相送離亭樹影寒。舊業祇應添好句，生涯誰信仗微官．路從白雁城邊去，山自黄龍塞外看。聞説江魚今正美，凉宵遥憶酒杯寬。

登昌黎五峰望海

石徑嶙峋接碧霄，騰身直上興偏豪。路經絶壁方知險，人到凌雲不覺高。八月霜寒催木葉，九天風怒起驚濤。神山飄緲無由見，千古空傳戴巨鼇。

偶成

鬖鬖短髮不禁搔，少壯纔過已二毛。癡想原多閒更甚，塵心難靜夢猶勞。半爐香篆簾初下，滿院梅花月正高。濁酒盈樽堪一醉，卧聽窗外沸松濤。

與豐梅仙紳泰夜話

雲淨天空月色凉，挑燈聽盡鴈千行。吟耽佳句詩難就，寒戀餘杯話易長。浪把琴書銷歲月，苦教時命誤文章。年來京洛知交少，痛哭應憐阮籍狂。

南村

清晨入南村，松露滴衣碎。花下叩柴關，隔籬隣犬吠。

夜歸

半街殘月明，一徑霜花冷。山妻應未眠，疏籬透燈影。

聖果寺

曉來微雨晴，招提欣獨往。鐘斷未開門，一徑松風響。

折楊柳

折得垂楊柳，臨歧贈遠人。殷勤離別意，莫忘是青春。

重陽日擬出關遇雨不果

無限離家意，燈前懶束裝。多情是秋雨，留客過重陽。

夜泛

殘月半篷明，蒼茫夜幾許。何處客舟行，時隔煙波語。

過還鄉河

誰把還鄉號此河，蒼茫極目瀉寒波。不堪垂老辭家日，秋雨秋風向此過。

村店

柳簇平橋小徑斜，酒旗輕颺見人家。深林一線炊煙起，滿地殘陽啼暮鴉。

示兒

苦鍊應教字字安，何分島瘦與郊寒。爲詩大與爲人似，第一須知本色難。

冬曉

夢回一枕夜初明，雲黑風驕雪欲成。寒色滿窗慵不起，擁衾閒聽煮茶聲。

山村

策蹇空山日已昏，小橋流水又何村。四圍松影數家住，黄犢隨人自到門。

朝鮮貢使張德基和余《雜興》韻一首，由沙河驛寄到，且稱余詩有『激越多諷，可以復古』之語，感成一絶

由佗身世誚青衿，費盡工夫愛苦吟。一事此生差不負，竟傳詩卷到雞林。

◎陳明經晉三

晉三字一齋，樂亭人。歲貢生。

放歌

上高明，下博厚；不知始自何年有，徧作人間大父母。人類胥稟血氣生，血氣偏陂心不平。吉凶利害競趨避，往往轉向彼蒼爭。彼蒼洪恩溥億萬，從古到今乾行健。灾祥容有不齊時，那得人人各遂願。農夫要土潤，蠶婦要天和。下溼祝雨少，高燥祝雨多。不陰不晴非正氣，偪得天公没奈何。嚴寒透人骨，酷暑炙人肉。愁人苦夜長，志士惜日促。寒暑冬夏自相推，不管人間笑與哭。況人有如風散花，或落茵蓆或泥沙。殀壽窮通汎然值，誰問受者差不差。凡爲父母知愛子，愛子之權非由己。大父大母歸大造，能司成敗與生死。禍淫福善本無私，人事得失偏多歧。耽耽逐逐迷塵網，無非都爲利名羈。究之願不可遂，命不可違；得亦勿喜，失亦勿悲。但願人爲素位之君子，而爲其所當爲。

出關早行

奔波不畏沍寒增，四載重過大小淩。客枕淒涼孤店月，征車絡繹滿山燈。霧籠馬鬣真成雪，霜拂人鬚半綴冰。豈爲遠遊灰素志？長風破浪尚思乘。

◎甯文學元常

元常字季眉，樂亭人。諸生。

賞花吟效張若虚還山吟體兼步其韻

賞花吟，百花開放春已深，請君賞花寬君心。人生到處貴適意，客中仍以花爲事，杏社梨園時一至。門内桃花落如雨，落花不掃香滿地。沽酒囊中自有錢，賞花飲酒可忘年。胸次悠然無一物，醉後狂歌我欲眠。我眠君去莫介意，明日再與君周旋。【一】

校按：【一】此詩韻同於高適《賦得還山吟送沈四山人》，詩題有誤。

婁妃墓有序

世傳婁妃後事英宗，與唐巢剌王妃等。咸豐三年，掘壑得其墓，碑碣存焉。蓋亂離時投江死者，數百年沈冤一洗。

逆藩謀不軌，苦諫出紅妝。婦道雖宜順，君恩未可忘。孤忠昭日月，大義凛冰霜。全節從容死，墳頭土尚香。

◎崔處士際昌

際昌字伯克，號廉泉，樂亭人，漢軍旗籍。著有《霽月軒詩草》。

《止園詩話》：崔廉泉性情恬淡，好吟詠。嘗有句云『浮沉世事全如夢，恬退心情半在詩』，亦可以見其人矣。

白桃花

瓊葩皎潔迥無塵，仙骨珊珊品最真。自許梅花同入夢，何須柳絮共爭春。鉛華盡洗超凡卉，色相全空證淨因。靜對無言生妙悟，遥知明月是前身。

秋夜聞蛩有感

常因退想得從容，感物吟詩意轉濃。壯志蹉跎緣命薄，清時淹滯愧才庸。頻經好事成虚幻，莫向前途問吉凶。詠罷晴窗秋夜靜，一燈閒對聽寒蛩。

讀常職卿遊塞外諸山詩卻寄

寫將好景一緘分，塞外名山盡屬君。連日天陰晴又雨，不知身在幾重雲。

◎袁布衣嘉敖

嘉敖字甘泉，樂亭人。

《止園詩話》：袁甘泉少貧，廢學業繪事，性怪誕。中年親歿，恒垢衣敝屣往來於遼瀋間，自號鐵脚行者。晚又自號妻子酒肉和尚，以未祝髮而善諷經也。卒乃以頑道人自名。道人工書善畫，晚年畫多以指或以木筆爲之，而蒼勁尤絶。作詩不講聲律，出語頗有奇氣。鐵嶺魏子亨爲作《頑道人傳》，述其梗概甚詳。

登醫巫閭山大爐花絶頂

天開大爐花，拔地山根固。嶙峋發光恠，谽谺巨靈護。我來時九月，風勁秋霜怒。棱棱萬卉凋，丹染爐花樹。樹深不見人，草深不見路。日落虎豹哮，月冷鶴鸞度。乘興登山巔，萬里只一顧。舉手捫星斗，動足踏雲霧。兩間青濛濛，八荒自吞吐。村落與城郭，歷歷大千布。呼吸通帝座，語合向天訴。浩浩天風響，吹人生恐怖。空中聞天雞，下視指野鶩。群峭互逞奇，恠石齊奔赴。或散如星羅，或聚如月注。或馳如雷車，或騁如雲輅。或卧如枯禪，或坐如老嫗。或仇如相背，或親如相遇。或蹲如鵾鵬，或行如鵷鷺。或猛如獅象，或眇如狐兔。或者如旗鼓，刀槍出武庫。或者如鬼魅，陰霾氣沈痼。一山開鼻祖，諸峰盡爭附。脈絡斷復連，羅列兒孫數。大哉此爐花，造化工鼓鑄。肇封自有虞，庇民人仰籲。雄特真豪傑，火色新不故。琳宫多羽客，分占煙霞住。茲遊大願遂，登高擬作賦。獨愧問青天，尚少驚人句。

費宫人故里歌

天津市上紅塵起，步出西門行復止。忽見石碑峨峨矗道傍，上鐫費宫人故里。費宫人，生天津；奇女子，無比倫。上超古兮下超今，我道天地正氣、山川精神萃於宫人之一身。聞説宫人年十五，欲學煉石將天補。計殺闖賊報明主，怒刺巨兇一隻虎，巾幗英雄智且武。貂蟬、西子有易難，緑珠、紅拂無足數。我哀宫人歌一曲，對碑淚下紛如雨。吁嗟乎！劫數茫茫由前定，人力如何將天勝。博浪之椎同一歎，宫人大才真小用。君不見津沽之水波無痕，獨有荒碑故里存。杜鵑泣血猿夜哭，愁煙慘霧鎖重閽。寸土有幸埋香骨，悲風苦雨泣忠魂。天上一輪萬古月，至今耿耿照津門。

代人寫照題後

寫真不求似，似真而非真。無論似不似，且作畫中人。

貧家詩

冷竈無炊煙，秋窗有破紙。向日老牆根，終年凍不死。

贈香厓先生硯

一片天然石，琢成天然硯。將來持贈君，翰墨香不斷。

途次葉家墳哭常五孝廉職卿

旅宿葉家墳，四垂凍雲黑。乍聞君訃音，燈光變緑色。今生無見期，幽明隔兩處。大呼閻羅王，何遽奪君去？世上人皆生，不信君獨死。極目望西南，颯颯悲風起。

登閭山口號

驅車至山足，下車入山口。山靈見我來，相迎如故友。

題古佛龕

天造古佛龕，一佛二佛坐。默默兩無言，大千早覷破。

登千山三十三天口號

天外别有天，浩浩天風響。莫言天之高，我超天以上。

登八步緊

一步一層高，步步精進猛。是道須直行，終當淩絶頂。

◎王文學士琛

士琛字崑臣，灤州人，諸生。

《止園詩話》：王崑臣少有大志，勇於敢爲。因舉土匪，羈留省垣，以病卒。其兄寶臣哭之以詩，有云『脊令急難家千里，城堞荒寒月一輪』，又云『爲人常戚戚，爲我常惕惕。好善本至誠，惡惡如讐敵』，又云『汝胡不少延，一朝喪九泉。汝生在我後，汝死在我先。心長苦命短，汝志有誰憐』。觀此亦可想見其爲人。

述懷

書中有理，心上有天。察之由之，他何知焉。
譬彼草木，栽培灌溉。歲月既悠，鬱然深蔚。

赴試永平渡灤水作

名利趨人甚，風塵感不禁。爲誰添悵望，河影淡人心。

◎魏錫祜

錫祜字□□，昌黎人。

《止園詩話》：魏錫祜，矩園太守子，有才不壽。馬瑟臣有《慰矩園喪子詩》云：『佳哉公子故翩翩，繞膝從知愛惜偏。竟向人間留短夢，衹應天上絶塵緣。扶摇路墜三千里，讖兆詩成十九年。去果來因須洞澈，吴蠶莫問繭中纏。』註云：『錫祜《自題窗月》詩云，竟成預讖。』

題窗月

長途促促苦稽延，十七年來夢已旋。秋月春花都閲盡，依然故我又經年。

◎高巡檢承基

承基原名銘盤，字叔新，號小滄。遷安人，寄籍寶坻。實録館議敘，候選巡檢。著有《小蒼筤館詩鈔》。

《止園詩話》：高小滄，寄泉先生仲子也。髫歲能詩，不負家學。從宦粤東，以疾卒。集中《讀史》之作，最爲擅場，其餘亦皆戛玉鏗金，不同凡響。佳句如『櫓腰隨石轉，篷背得風遲』『天寒雲化水，雨重樹皴苔』『芳草自榮悴，白雲時往還』『蠻花迎客笑，沙鳥趁潮飛』『飢寒銷壯志，風雨觸離情』『蟲聲咽微雨，鴉點亂平林』『責遯容大隱，彈鋏起新愁』，《金陵懷古》云『六朝花柳埋幽徑，千古江山感霸才』，《葉落》云『烟影冷埋芳草碧，晚風高捲夕陽紅』，《呈道卿師》云『如此愛才真巨眼，最難名士肯虚心』。此類甚多。

擬古

妾年甫及笄，佐君奉盤匜。君家本寒素，難遂烏鳥私。君去謀菽水，臨别前致詞。堂上白髮親，攜手難分離。口雖無一言，中心暗傷悲。勸君早歸來，勝頌望雲詩。班生昔投筆，終軍嘗請纓。古人不復作，之子獨遠行。室家雖云樂，懷安實敗名。願君惜年華，努力圖前程。虚名不可啖，俠氣不可爭。疎狂禍之媒，流謙福可膺。一轍蹈前非，百悔難爲情。請進一樽酒，要君矢此盟。

塞下曲

玉門關外飛白烏，將軍怒挽金僕姑。腰懸玉玦换斗酒，醉後射殺千年狐。夜深髑髏向人語，風吹血腥縈青蕪。昔時從戎荷戈戟，北走沙漠南單于。一生十戰九不死，熱血亂迸紅珊瑚。虜騎聞之竄荆棘，鐵衣凍裂白草枯。急流未肯爲勇退，讒而譖者言多誣。至今頭白歸未得，老死異域孤魂孤。男兒自具好身手，風塵埋没胡爲乎？古來青史有幾輩，功成善保千金軀。

題鄧樵香祥麟老圃晚香圖

雙屐踏寒碧，羊腸一徑斜。孤芳貞晚節，舊夢醒繁華。風雨重陽節，林泉處士家。何時歸老圃，攜我灌秋花。

感賦

俠氣劍三尺，豪懷酒一瓢。閒心忘歲月，塵夢避喧囂。撥草尋花種，鋤雲養藥苗。自慚情性拙，不羡霍嫖姚。

夜宿李家莊

風颭一燈碧，空窗故紙鳴。孤衾瀉涼月，萬籟碎秋聲。病久吟魂瘦，心閒旅夢清。遥知城市裏，宵柝正三更。

自佛山赴水東舟行

粵海濤聲壯，燕雲客感深。江山餘戰骨，梅柳觸鄉心。地僻愁多瘴，年荒患屢祲。前途勉相戒，珍重度寒林。

哭梅樹君司訓

西風吹送衍波箋，密字真珠絶可憐。不道故交成永别，翻疑鄉信是譌傳。君如解脱歸瓊島，我欲狂呼問碧天。想是塵凡難插腳，騎鯨重倣李青蓮。陶侃曾開選佛場，苦吟趺坐晚香堂。采風信有千秋筆，推轂應輸一瓣香。樹君因司鐸永平，薦家大人以代選詩。地下詞人齊首肯，天涯知己共神傷。此才豈分儒官老，苜蓿盤中幾斷腸。

感懷呈道卿師

頻年躍馬走關河，滿目滄桑感逝波。握手異鄉今雨少，回頭同學古人多。韶華未老猶如此，去日難留奈若何。差喜樗材逢大匠，吾生豈必久蹉跎。

居庸關

雲斂奇峰霽色開，夕陽紅上李陵臺。靈旗隱現琳宫起，廢壘荒寒畫角哀。嵐氣儘隨圖畫展，邊聲時挾雨風來。勒銘愧乏如椽筆，誰更磨崖試此才。

讀史

手挽狂瀾欲洗兵，果堅衆志自成城。樓船竟據扶桑島，玉壘誰屯細柳營。賊見妖氛熒白帝，天開殺運毒蒼生。遥知狐兔縱横處，忍聽啾啾野哭聲。

内帑虛糜勢益張，補牢無術任亡羊。是誰釀劫開邊釁，爲恃攔沙撒海防。餉道久如蟲負版，奸民翻導鼠跳梁。南風不競歌聲變，弔古心悲岳鄂王。

流毒中原事太奇，全憑呼吸結相思。槍攜半段光初閃，體效横陳弱不支。膏火煎成魂似鮓，髑髏吹斷命如絲。籠中豈乏參苓品，聖世氛祲願早醫。

何曾捧日肯心傾，節制偷安計死生。纔縱餘艎成浩劫，又賫金帛罷紛爭。運籌共計和戎利，退賊方期割地盟。歎息澳關諸將吏，爲貪奇貨任縱横。

驚聞道濟是誰收，萬里長城一旦休。身帶戰瘢凝碧血，面留銅具閃金眸。守邊士卒空張膽，報國將軍竟斷頭。羡煞蘄王能勇退，騎驢湖畔恣情遊。

堂阜新承破格恩，簪纓原是舊王孫。不聞瘴海標銅柱，又帶春風出玉門。夷甫宦情何日少，令公單騎漫同論。通侯若解同仇意，應捨微軀報至尊。

連年鬼蜮擾天涯，屢聽鯨波沸鼎譁。幾輩中流思擊楫，有人臨水歎浮家。淪亡難拯民如蟻，招募應殊廩給蛙。舟濟何時償大願，費財糜餉願空奢。

曾聞制使握陰符，禦敵空傳八陣圖。清議幾曾寬禁網，流言猶欲謗明珠。一腔血灑添悲憤，三字冤成問有無。惟盼詔書來絶塞，重提雪刃斬倭奴。

江南江北陣雲屯，帆影連天戰氣昏。助餉何人思卜式，平戎無計誘孫恩。更聞風鶴連青海，賸有啼烏繞白門。莫恠淛東形勝地，重關勇閉肆鯨吞。
怒雷訇磕吼晴空，蜂擁蝦夷縱火攻。巨礟連環飛子母，長桅高下角雌雄。野燐匝地餘痕碧，血雨漫天照眼紅。願擣烏巢焚一炬，更無人與借東風。
諫草焚來祕不傳，憂時絶似杜樊川。曾誇鐵面人爭避，忍聽珠崖議早捐。烏署彈章欽翽鳳，豸冠明論豈寒蟬。就中更慕陳同甫，爭頌籌邊策一篇。
如虹壯氣亘河山，珠濺鮫人血淚殷。死尚渡河呼殺賊，生悲蹈海未平蠻。忠魂不用潛蛟護，鄉夢猶期化鶴還。泉下若逢伍相國，同騎白馬列仙班。
肉食何能竭遠謀，懸軍先自事要求。苞苴但納黄金篋，餽贈曾誇碧玉甌。一曲笙歌排鞠部，半江燈火誤瓜洲。廟堂鎮日憂勤甚，捍禦誰爲策一籌？
民能效命士披肝，敵愾何愁戰勝難。賊勢豈容成兩立，人心何至議偏安。水犀怒射魂俱斷，燧象雄奔膽共寒。願仗天威資撻伐，掃除群醜靖狂瀾。

秋夜

四壁蟲語歇，螢光出復没。古徑無人行，下階掃明月。

小車

小車軋軋路迢迢，遠隔滹南水一條。斜挂布帆歸路晚，柳如風浪月如潮。

採桑曲

誰家香夢擁黄綢，曉起還留月一鉤。十萬生靈齊待哺，最關心是五更頭。
五陵年少逞豪華，錦贈纏頭問狹邪。知否蠶娘心已碎，頻傾血淚點繅車？

代人作

一種纏綿萬種愁，癡情綺語印心頭。願將身化西江水，祇逐禪山日夜流。

永平詩存卷二十四

樂亭史夢蘭香厓編輯
受業陳守元孚乾參校

◎蔡夫人琬

琬字季玉，盧龍人。綏遠將軍毓榮女，高文良公其倬繼室，誥封一品夫人。著有《蘊真軒小草》。

沈歸愚《别裁集》云：夫人無書不讀，諳於政治；文良奏疏移檄等項每與商酌定稿，閨中良友也。詩集無可覓，於選本中録取四章，皆擲地有聲者。◎袁簡齋《隨園詩話》：高文良公夫人名琬，字季玉，蔡將軍毓榮之女，尚書珽之妹也。其母國色，相傳爲吴宫舊人。夫人生而明豔，嫻雅能詩。公巡撫蘇州，與總督某不合，屢爲所傾，而公卓然孤立。《詠白燕》第五句云『有色何曾相假借』，沈思未對。適夫人至，代握筆曰：『不群仍恐太分明。』蓋規之也。詩集不傳。記其《詠九華峰》云云，此爲其父平吴逆後獲咎歸空門而作也。◎張裕犖序云：夫人事姑以孝，相夫以恭，訓子以嚴，御衆以和。至於身處崇高，動循禮法，友愛存恤之意，不以順逆易其心，有古丈夫之風焉。

《止園詩話》：南昌劉健《庭聞録》載八面觀音與圓圓並擅殊寵，故宗伯李明睿之妓也。宗伯老，爲給事高安所得，以奉三桂。辛酉城破，圓圓先死，八面歸綏遠將軍蔡毓榮。其曹尚有四面觀音，亦美姿容，亞於八面，歸征南將軍穆占。《隨園詩話》稱蔡夫人之母爲吴宫舊人，或即八面觀音與？

冬夜

耿耿蘭缸暗，沈沈夜氣清。夢回殘漏永，月在半窗明。鄉思兼愁思，砧聲復鴈聲。故園歸路杳，何日慰離情？

辰龍關

一徑登危獨悵然，重關寂寂鎖寒烟。遺民老剩頭間雪，戰地秋閒郭外田。聞道萬人隨匹馬，曾經六月墮飛鳶。殘碑灑盡諸軍淚，苔蝕塵封四十年。

關鎖嶺

山從絶域勢遥分，天限西南自昔聞。烽靜戍樓狐上屋，風喧古木鶴驚群。横盤石磴危通馬，深鎖雄關冷護雲。叱馭昇平猶覺險，揮戈誰憶舊將軍。

江西坡

西嶺千重簇劍鋩，曾麾萬騎蕎羊腸。鬼鐙明滅團青血，野塚荒涼嘯白楊。夢斷層霄渾漠漠，事隨流水去茫茫。只今賸有殘兵卒，指點空山説戰場。

九峰寺

蘿壁松關古徑深，題名猶記舊鋪金。苔生塵鼎無香火，經蝕僧廚有蠹蟫。赤手屠鯨千載事，白頭歸佛一生心。征南部曲今誰是，賸有枯禪守故林。

沈歸愚曰：綏遠將軍平吴逆後，隨獲譴咎，歸空門以終。四章皆懷滇南征戰地，悲歌慷慨，其原出於少陵《諸將》《詠懷古蹟》等篇。

夜坐

寂寂庭軒鴈影遥，難憑清夢慰無聊。鬢隨青鏡絲絲改，魂逐殘燈旋旋消。滿徑落花嘑杜宇，一鈎斜月冷芭蕉。已憐春老人多病，更向長亭折柳條。

寄庶母朱孺人

芸幌凝香老嗜書，嶧桐高致更誰如。玉姜有曲藏幽谷，衛女多情憶舊廬。柳絮吟成新韻後，梅花笑指夜禪初。天涯萍梗應思我，一别灤陽往事疏。

疇昔閒身任往還，鴻泥蹤蹟隔鄉關。喬松想尚如前秀，孤石知應笑我頑。庭樹巢憐新燕影，雲鄉夢記舊魚灣。春來花滿南臺畔，扶杖今誰共看山。

秋原踏月

露冷煙消碧落空，遠山如黛月如弓。蛩吟緩緩隄邊路，蟬韻微微樹杪風。幾點雪花天際白，一痕螢火草間紅。中郎不起吾誰與，莫問良材爨下桐。

登海天閣

雲遮碧落遠濛濛，海静波澄望欲空。幾簇亭臺煙樹裏，一痕山色有無中。可勝細草漫天緑，賸見孤蓮照水紅。鄭重危樓休競倚，朱欄西角有涼風。

夜坐

料峭西風拂綺窗，半篝星火夜初涼。雲屏掩月三分影，玉鏡窺人一縷霜。紅豆抛殘幽夢斷，金錢擲盡遠書妨。殷雷吟徹遥相憶，可惜天涯作故鄉。

白燕

斬新毛羽趁青陽，分得天孫匹練光。桃渡飛驚三月雪，梨稍棲訝一枝霜。封侯畧類班司馬，化鳳應隨沈侍郎。不是仙家留不得，珍珠爲箔玉爲梁。

遥從瓊海换新姿，來趁梨花欲放時。春自不【一】寒還舞雪，身如可化亦凝脂。珠簾影密飛難見，琪樹陰濃語始知。仙館計歸應訝晚，翩翩雙上玉釵遲。

校按：【一】『不』字原缺，據《熙朝雅頌集》補。

牡丹

九蘂真珠百葉鮮，半含清露半籠煙。十分春占清明後，一種妍爭芍藥先。舞袖乍飄翻錦繡，彩雲不散擁神仙。生花未夢江淹筆，敢擬輕裁五色箋？

江上聞鴈

秋滿汀洲夜氣清，涼颸颯颯遠鴻驚。來當寒磧霜初白，過盡空江雨乍晴。萬里客懷方輾轉，一聲雲際最分明。更長鐙炧虚窗静，鬢雪知添又幾莖。

重過燕子磯

又繫蘭橈駐水濱，小亭重上獨逡巡。恰看白下還斜照，賸對青山似故人。幾杵疏鐘江寺晚，半林寒豔菊花新。憑欄更誦登臨句，望裏山川尚有神。

江雨晚晴

晚煙漠漠散餘暉，紅葉紛紛下翠微。幾點斷雲將雨去，一行蘆鴈貼江飛。霜明半落新愁鬢，風勁先侵遠客衣。翻羡田家無箇事，小舟閒泊釣魚磯。

秋日山居

山竹溪雲好共居，此中風味是樵漁。三間茅屋斜臨水，五畝荒畦雜種蔬。恰喜新涼蘇病骨，漫將殘暑戀秋蕖。廿年一夢今何處，露坐空庭月滿除。

松間閒坐

投老煙霞懶更癡，新棋舊譜總難知。養身正覺閒心好，避俗還於小病宜。細路晚風歸緩緩，沙隄明月上遲遲。塵懷滌盡渾無事，獨倚孤松但詠詩。

葵花

落寞西風黯淡姿，倩誰譜入上林枝。最憐一點丹誠在，不爲斜陽影便移。

感懷

星槎曾逐汎銀河，首按珠宮第一歌。夢破不須重話舊，當時鷺鶴已無多。
八面旌旗七寶車，曾揮彩袖鬬朝霞。秋風原上無人識，獨倚柴門數暮鴉。

◎王宜人竇氏

氏字蘭軒，灤州武舉人王廷勷繼室，舉人山東知縣庚之母，進士東昌知府汝訥之祖母也。著有《蘭軒未訂草》。王燿東先生昌序云：蘭軒者，姓竇氏，余宗姪武孝廉陛臣内助也。陛臣雖業騎射，而恂恂謹飭，綽有儒風。計二十年來，與余相得無間。顧蘭軒於余爲姪婦，從未相見，素聞賢明，亦不知其能詩。嘉慶己巳，余以無孫故，欲爲子承吉置側室。陛臣篤念宗誼，謀諸内，慷慨贈一侍女。既于歸，解其裝，得《送嫁詩》三絶句，始知其能詩且工也。壬申冬，余小女來歸寧，袖出蘭軒詩二卷，言陛臣嫂請父安並求序。蓋小女於蘭軒，固同里姻家也。余閱之，瞻博得未曾有，摘其粹者，字追句琢，間寓空谷幽蘭、孤芳自賞之意。

《止園詩話》：造物忌才，而於女子尤甚。女子之有才者，率多貧夭，或早寡，或遇人不淑；求其才福相兼者，概難其人。灤州王太宜人竇氏，字蘭軒，閒静工詩。所適武舉陛臣公，雖業騎射，而恂恂儒雅，白首相莊；其子若孫科第蟬聯，又得親見其盛，殆所謂才福兼者非耶？宜人姊蓮溪，弟桂園，皆能詩，刻有《詩庭合集》行於世。宜人佳句，如《晚景》云「芙蓉凝冷豔，楊柳淡秋光」，《冬夜》云「啼鴉驚夢斷，冷月入窗斜」，《雨後》云「山含雲氣白，花映日光紅」，《夾竹桃》云「榦留高士品，花映美人容」，《夜坐》云

『月冷千家杵，窗明一院霜』，《寄書與二弟》云『夢斷蟬初咽，春歸鴈漸稀』，《陰烈婦挽詩》云『吹簫天上伴，詠絮世間名』，《日暮》云『疎簾迎淡月，小院帶斜暉』，《暮春雨後》云『宿雲全隱岫，初月半迎人』，《秋閨怨》云『驛路馳驅征士淚，紅樓刀尺美人心』，又云『瀟瀟風雨飛黃葉，杳杳山河隔碧雲』，《曉起》云『四壁秋蟲驚短夢，一痕落月下疎欞』，《洞庭晚秋》云『一鴈翅拖湘楚月，小蟲聲近枕函秋』，《送春》云『一林綠暗三更雨，滿徑紅殘半樹風』，《春日》云『細雨翠添三月草，微風紅落一庭花』，《白鸚鵡》云『柳暗晶簾綃帳暖，花明珠樹玉樓春。綠衣那許誇公子，縞袂還應憶美人』，《清明邀蓮溪遠望》云『柳梢微潤開青眼，杏蕊含苞點絳脣』，《題桂園書齋》云『簾幕遥遮君子竹，莓苔亂落女兒花』，《清明道中》云『東風楊柳塵隨馬，細雨桃花色映人』，《和紫埜》云『寒山寥落橫蒼靄，衰草淒迷鎖淡煙』，《看蓮》云『花凝朝露潘妃步，葉挹清風楚客裳』，《柳》云『斜挂東風枝嫋嫋，低垂曉露影娟娟』。皆烹鍊有法，不作小窗中喁喁口角。

秋閨

宛轉深閨裏，秋來恨更多。燈花餘斷夢，夜雨響殘荷。坐久聞哀鴈，情深損翠蛾。他鄉經歲客，消息近如何？

夜雨

陰雲方靄靄，夜雨乍濛濛。淅瀝連殘漏，淒清帶晚風。階前寒絡緯，牖外冷梧桐。獨坐聞鷄唱，孤燈豆許紅。

即景感懷

丹霜染偏碧楓林，秋色無端已十分。殘柳斂煙風颯颯，遠山沈翠雨紛紛。有懷空對東籬菊，斷夢長依南浦雲。欲覓新題思未就，遥天嘹唳度鴻群。

晚秋

柳枝黯淡最堪憐，無限哀鴻度遠天。滿徑黄光金欲絶，一林紅葉火初燃。坐看弓勢初三月，撥盡雲和廿五絃。愛惜良宵猶未卧，砧聲偏向玉樓傳。

春柳

沿河倚岸雪初消，一簇青葱護板橋。少女學粧調淺黛，美人薄醉舞纖腰。最宜葉隱黄鸝囀，不用香招粉蝶飄。擬折一枝留贈别，春風幾度送歸橈。

哭小女長泰

平原草色緑芊芊，腸斷春風二月天。朝露未乾花濺淚，蘭芽難護玉成煙。嗟余一夢偏多驗，憐汝三齡遽殞年。幾度自哀還自慰，願兒猶結再來緣。

里有無賴娶知書女子箠楚不堪而赴水者感賦

忍將弱質赴清流，文字緣休業未休。開卷自知憐薄命，拈毫也解賦窮愁。摧殘玉化風前蝶，飄泊花如水上鷗。自昔佳人多落寞，至今青塚怨還留。

小息皇姑菴瞻某大師遺像相傳師爲前明宫人

一片斜陽照廢墀，蒼涼滿目不勝悲。古碑藤繞龍蛇字，斷幅塵封水月姿。寥落翠華前跡杳，蕭條金磬後人癡。殘階桃李花爭麗，想見蛾眉披剃時。

題舊閣

嬌桃穉杏尚依然，門掩東風向夕天。誰見雲中歸鶴駕，漫於海上覓成連。素琴音寂三更月，百合香消半榻煙。莫向麻姑問滄海，眼前人世已桑田。

秋夜

悵望銀河淺，遥聞玉漏殘。回欄風露冷，佇立不勝寒。

春曉

好鳥啼春曉，湘簾捲落花。那堪驚蝶夢，鸜鵒喚新茶。

秋意

病已詩懷減，愁深酒意濃。西風一夜起，颯颯落階桐。

獨坐

雙飛紫燕鬬翩躚，芳草淒迷色正鮮。深鎖重門人不到，柳花數點落簾前。

送蓮溪姊

人生蹤跡等飄蓬，此日分襟亂寸衷。目極歸帆何處是，淡煙縹緲有無中。

病中問夫子春意若何因以桃花見示感而有作

含風浥露一枝寒，獨抱幽姿背小欄。片片殘紅留不得，惱人春色病中看。

哭妹馨芝

故國燕來春漠漠，窮泉人去路漫漫。模糊一樹桃花影，疑是香魂暮倚欄。

送春詞

糝徑楊花已作緜，海棠零落漏芳妍。韶華自是難留住，卻把春歸恨杜鵑。

重九憶諸弟

嗚鴈淒淒下遠天，登樓一望盡寒煙。黄花高士今何處，風雨蕭蕭似去年。

弔于烈女

女灤州人，字同邑張氏。壻赴武闈，故於京。貞女聞訃，吞金卒

麗質娟娟殞夜臺，歌成黄鵠志堪哀。貞魂合向瑶池去，種作蓮花並蒂開。

再送蓮溪

幾回搔首望晴空，握手傷離兩意同。驛路不堪重極目，故園迢遞亂山中。

畫眉鳥

雕籠巧語自生新，日傍珠簾索笑頻。底是多情憐粉澤，前身應是畫眉人。

爰將桃葉遺侍凝之漫賦俚言以寄憶念

曉色侵晨映户新，雕籠鸚鵡解呼人。靜思因果前生事，真是飛花墮錦茵。

渺渺離懷未有涯，送將雙槳赴仙槎。簽書捧硯饒清致，羔酒燈前愧黨家。

題智朴上人盤山志

別是人間有洞天，前賢遺跡自今傳。惜師未解無言旨，世上猶留文字禪。

◎陰烈婦李氏

氏小字印孃，灤州人，樂亭陰鳴岐室。陰子翼先生《女士奇行傳》云：吾宗烈婦李氏，灤州茨榆坨人，爲樸齋兄第三子鳴岐之妻。曾祖承志。祖德輿，仕至阿迷州守，多惠政。父濂，隱居不仕，性廉介，不可干以私。母董夫人。德輿守滇南時，生於官署，名之曰印孃。少穎異，六歲時，母口授《毛詩》，輒能默誦。稍長，命輟讀，習女紅，而窗前燈下，恒琅琅有誦聲。香帙芸編，時粘殘絨碎錦也。後從其舅氏授涑水《通鑑》，間叩以大義，輒了了。年二十一適陰鳴岐，伉儷甚篤；二年餘，生一女。夫婦研磨筆墨而深自歛秘，曰：『婦惟無非無儀耳，何所事此？』又年餘，岐忽遘時疫，病浹旬，遂殁。婦哀毁盡禮，翼晚乘間盡焚其所手書籍及平日自爲詩草，而人弗覺也。時方爲死者送路，聚芻靈紙錢於門外火之。火既熾，見一火珠騰空飈起，旋復有一火珠隨之，飄飄入雲際。觀者咸聳異焉。噫！吾聞精氣爲物，孚尹旁達；當是時，婦已有必死之心，其毅然内斷於中者，自未易淺窺，而精誠勃發，其光氣固已引星辰而上耶？既哭送歸，婦侍姑稍坐，舉止如常。命之寢，始歸房，向其女兀坐久，提撫而哺之。哺已，謂僕婦曰：『且寢之對屋牀上，我稍静片刻。』僕婦抱女去。既聞箱篋索索有聲，推門入，見婦方整理衣包，堆置滿牀。勸之且歇，則答曰：『汝視此零亂，明日族中人來，殊不雅觀。我即寢，汝且去休。』蓋此時已三鼓矣。僕婦亦倦極，退出。逾時，將欲解衣卧，忽見對屋門隙燭光外射，光亮異常。趨視之，門閉不得入；穴窗一窺，則婦直立牀上，噤不能聲。諦視之，有帛懸於樑，遂大號。家人俱驚起，抉門而入，氣已絶矣。上下咸集，見婦儼粧如生，口鼻如息，鬐髮無一絲亂，蓋更粧束而後引决也。目微矚北壁，壁上著《絶命詞》一章，道其必死之心，及所以宜死可死之故。邑中士大夫覽其詞者，皆稱其義烈焉。先是前二日，岐死，遣人之婦家訃喪，董夫人泣曰：『不五日，訃音當再至。』至是婦死，星夜又使往訃。董夫人聞欒亭有人來，遽號哭曰：『兒果死矣！』

《止園詩話》：陰烈婦李氏，聞其性情柔曼，不甚異人，而臨大節乃能從容剛決如此。至今鄉中婦女論其《絶命詞》中『老死冰霜，孰與詳之』句，往往多流涕者。此其動人爲何如哉！其他詩句皆自焚。子翼先生嘗言於其季處見一紙裹，草古近體詩數篇，情詞哀怨，引之彌長。其《無題》云『階下寒花憐瘦影，窗前孤月纈新愁』，《九日》云『翠竹有情香淡淡，黄花無語葉蓁蓁』。餘弗能憶矣。

夢中絶句

夜色明如許，輕舟泛水前。采蓮應滿載，不使月空懸。

◎鄭　淑

淑字荇洲，自號琴亭女史，灤州旗籍，翰林官河南知府李希彬室。著有《琴亭女史殘稿》。

《止園詩話》：琴亭女史姓鄭氏，名淑，字荇洲，豐潤人。父武精詩畫，每握管，恒依左右。親授經史詩詞，故所作古近體詩，皆有家法。年十七，歸灤州李希彬爲室，卒年二十。

長信宫擬古

院落深沈秋月明，月明如水秋陰清。長信宫中人獨坐，手擎團扇難爲情。秋草生庭正寥寂，忽聽風飄仙樂聲。坐聽仙樂淚如霰，風月幾經時物變。焉能有翼若晨風，淩風飛到昭陽殿？昭陽殿裏舞腰斜，歌臺焕爛歡樂加。三千錦帳摇金步，十二長裙落翠華。長信宫中月初静，亂蛩吟伴牽牛花。出花寂寂漏聲愁，幾點流螢度玉樓。窗飄翡翠空横檻，簾捲珍珠不滿鈎。長信宫中春不到，昭陽院裏那知秋。自從隻影憐相弔，衹緣如玉人一笑。紅顔寂寞淚痕新，終宵惟有殘燈照。殘燈耿耿夜初長，下階也學舞霓裳。莫訝衣寬舞不起，本是當年承寵粧。一陣涼風吹滿院，幾回斷絶我中腸。但願化爲明月影，流光還許到昭陽。

杏花歌

花朝已過清明時，梅花落後春尚遲。春風拂拂去何處，吹上牆頭紅杏枝。此時可憐紅杏花，臙脂一抹照人家。人家女兒曉粧起，乍見花開感且喜。腰如束素臂纏金，掩立花前顔色美。花開花謝自年年，春去春來總可憐。今日看花花亂著，明日看花花亂落。幾回俯仰若爲情，獨折花枝歸繡閣。

途中

驅車斜路外，萬象沉寥間。犬吠荒村裏，船横古渡灣。白雲黄葉寺，秋色夕陽山。不識家鄉近，依然問小鬟。

春日病起

綠天如水一庭陰，病去依然不廢吟。曉雨梨花醒燕夢，東風楊柳醉鶯心。盈虛有數愁何極，天地無情恨已深。簾下徘徊閑立久，題詩畫壁漫抽簪。

漫興

讀罷南華真寂寞，小鬟烹茗綠窗西。吹斜珠箔春風細，烘煖高樓夕照低。幾樹海棠新白燕，千絲楊柳小黃鸝。漫磨古墨香盈几，贏得新詩信手題。

與妹介亭弟仙洲分韻得寒蟲寒蝶二題

颯颯涼風草徑清，寒階吹起亂蛩聲。乍來户外音猶咽，未到牀頭夢已驚。倚遍銀屏鐙一點，和殘蓮漏月三更。微蟲慣作悲秋客，不管愁人永夜情。

尋春最晚最伶俜，花底三生拚不醒。草怨王孫秋默默，月邀青女夜亭亭。雪添粉本雙鈎白，香識梅花獨眼青。回首仙鄉長歲月，羅浮山下暮雲停。

送外入都

車馬朝陽裏，官橋柳色新。黃鶯如有意，代我送行人。

昭君

空説琵琶語，應知北嫁難。即今青冢月，一樣漢宫寒。

春宵即事

燈挑小閣繡初停，簾捲紗窗月滿庭。誰寫折枝新畫稿，瓶花移影上圍屏。

春日閒詠

緑陰深處翦芭蕉，閑把唐詩手自鈔。豫識明朝好天氣，蛾眉月挂杏花稍。

◎宋氏

氏字宜堂，樂亭廩生張山室。

《止園詩話》：余門人張山，字亦仙，詩人雪樵子也，著有《退學齋詩草》。其配宋氏亦能詩，幼時隨父宦山右，過韓侯嶺得句云『前有漂母後吕后，生死皆在婦人手』，頗有句法。同治元年春，忽作小詩云云，亦仙訝其不祥，已而果然，時年四十有一。

偶成

啼鳥聲聲急，東風陣陣催。落花春已盡，好待隔年開。

◎高順貞

順貞字德華，遷安人，直隸試用知縣江西劉垂蔭室。著有《疊翠軒詩集》。星源女史王炳輝題其集云：前身應自廣寒來，閨閣爭傳詠絮才。料得劉晨夫婿好，也應問字侍粧臺。

《止園詩話》：德華夫人，詩人高寄泉先生女也。幼聰慧，五六歲時從其父兄問字，讀《毛詩》《女誡》及《唐宋詩醋》，畧皆上口。繼取其家所藏諸名家詩集，徧加繙閱。偶學拈韻，不待點訂，居然穩愜，殆夙慧歟？集中佳句甚多，五言如「風竹敲寒月，霜花勒晚香」「夢隨啼鳥散，愁逐落花飛」「析聲繁似雨，離緒湧如潮」「君雖慣行役，妾豈願封侯」；七言如《寄懷清湘》云「數載盟心投氣味，一從分手換年華。畫到芙蓉憐共命，夢爲蝴蝶亦相尋」，《呈家大人》云「驚心海内猶傳檄，謀食天涯苦抱關。兩地有親垂白髮，故鄉何處買青山」。皆有家法。

卷中袁布衣及德華，皆係見存之人。因吾鄉布衣、閨媛詩甚少，恐失此不刊，積久淹没，故先破例收之。

贈外

歸君近十年，琴瑟諧佳耦。清夜戒鷄鳴，勗君慚益友。時難愁禄養，抱關薄升斗。今子將出山，心知語難剖。敬爲書管見，君其擇可否。四海尚燔焫，勞民事奔走。既苦差役煩，生業焉能厚。或搆雀鼠端，終歲罹枷鈕。盡傾比户資，飽侵胥吏口。所賴長官賢，身各安農畝。婦子同欣欣，歡樂逮鷄狗。拯民如拯溺，臨淵急援手。教之誠務本，孝弟其爲首。慎哉作牧難，民生關國久。願子裕民財，勿爲兒孫守。

驅車過大田，永晝日當午。憫彼田中人，耘作何辛苦。春耕方播種，鋤苗需夏雨。秋風禾黍登，輸納入官府。不辭力穡勤，免受催租侮。何故華堂中，日夜事歌舞。閒坐雜娼優，歡宴娱朋伍。酒盡付纏頭，青蚨那能數。使君戒奢華，萬民快瞻覩。君或理一邦，揮金休如土。白頭親已衰，黄口兒待怙。薄俸能幾多，贍家猶不補。民間汗血資，忍更相剥取？青樓一夕歌，中人産一户。願子識財難，毋爲顔色蠱。

送蘿洲兄之保陽

臘盡無多日，何堪又遠行。兵戈正滿地，風雪況長征。滹水縈懷迴，燕雲繞夢清。歸期須及早，應念倚閭情。

秋夜偶成

攲枕難成寐，疏燈映畫屏。夜風吹虎嘯，涼月伴人醒。詩境愁中仄，家山夢裏青。望雲情不極，鴈語入蒼冥。

代柬寄蘿洲兄

老父逾花甲，勞勞走四方。官貧家負債，愁重鬢添霜。養志慚鷄拙，承歡勗鴈行。書香綿世澤，努力愛時光。

留别疊翠山

十年相對久，送我若爲情。雨過看嵐色，春來聽鳥聲。眉痕分鏡翠，宦味比泉清。此後書窗下，相思空月明。

寒夜與蘿洲兄圍棋

翦燭敲棋夜未闌，吟肩頻聳耐宵寒。橘成尚作林中隱，柯爛徒勞局外觀。千古輸贏爭一著，百年日月走雙丸。何時南望煙塵淨，風雪連天正渺漫。

菊影

捲簾相對悄無言，何事離披上粉垣。松徑移來秋有跡，槿籬隔斷月無痕。神傳潄玉詞人筆，夢幻柴桑處士魂。問答應同花解語，忘形伴爾度朝昏。

恭送家大人之任粵東

文章早歲冠騷壇，乍喜頭銜換冷官。老境誰期逾嶺嶠，詩名天遣繼蘇韓。半生歸隱輸彭澤，千古從征愧木蘭。此去花田春正好，長途珍重勉加餐。

休從宦海感升沉，食禄何方有夙因。改轍漫嗟遷左秩，出山無計息勞薪。愁看華髮難爲別，名到珠江那濟貧。一語臨歧須記取，風波穩處早抽身。

繡蘭爲外子佩

蘭生空谷中，托根期不朽。君子紉佩之，清芬長共守。

讀桃花扇傳奇

鶯花窟裏帝王家，樂境渾忘日易斜。一曲深宮歌燕子，隋堤楊柳正飛花。
清議紛紛起禍胎，閹兒得志氣如雷。秦淮夜半燈船歇，餘黨重收復社來。
烽火綿延偏九州，倉皇避亂一身遊。重來不見佳人面，寂寞東風鎖畫樓。
漁樵舊夢醒揚州，説到興亡淚欲流。休向秣陵回首望，銅駝荆棘故宫秋。
南朝多少興亡事，都借雲亭妙筆收。一種傳奇千種恨，桃花零落水東流。

對菊懷清湘

東籬把酒强爲歡，簾捲誰憐瘦影寒。收拾落英交驛使，當梅花寄與君餐。

渡滹沱

驅車北向渡滹沱，流水年華感逝波。惆悵臨風一懷古，青青宿麥滿長坡。
憶同大母共南轅，往事依稀欲化烟。十四年來重過此，春風回首淚潸然。

題美人抱琴圖圖爲李仰山乃兄遺墨

不惜傾囊費俸錢，披圖手澤認龍眠。傷心欲唤真真問，夢斷池塘已數年。
絶世丰神畫裏看，移情恍見步珊珊。料應塵世知音少，抱得瑶琴未肯彈。

讀沈芷香夫人感懷詩夫人爲沈西雍先生女公子

一編風雪出新裁，萬斛詞源筆下來。贏得千秋傳絶調，甘將庸福换清才。
大厦全憑一木支，高風想像歲寒姿。炎涼世事滄桑感，洗盡人間粉黛詩。

正月接家書知大人安抵欒城喜而作此

年來出險幾如夷，别後頻牽萬里思。今日還鄉仍是客，開函喜極淚翻垂。
經時二豎久纏身，十載離家苦憶親。佗日承歡雙膝下，轉愁難慰白頭人。

◎李　氏

氏，遷安舉人李綸室。

《止園詩話》：遷安李春卿孝廉之夫人李氏，本邑人也。工詩，善繪事。其元孫女蕙卿適吾邑姜生文德，藏有詩稿一册。余索觀之，見其《哭妹詩》云「妹死夫前終是福，算來猶勝未亡人」，語極沉痛。他如「西風催鴈信，涼雨溼蟲聲」「霜冷黄花地，風高紅葉天」「簾疏好受玲瓏月，庭敞愁當去住風」，皆有句法。

秋夜聞鴈有懷季女

有女分離久，秋深霜落初。簾垂香篆冷，窗暗夜燈虚。亦有群飛鴈，難傳兩地書。最憐三徑外，看菊跡蕭疎。

秋夕偶成

銀漢西斜暑氣收，珠簾不捲控金鉤。蛩聲四壁人初靜，月轉桐陰上畫樓。

白碧桃

洗淨鉛華愛淡妝，玉顔三五映蟾光。飛瓊本在瑶臺住，肯去人間賺阮郎？

春雨

明媚春光二月時，苔痕新緑柳垂絲。昨宵幾陣催花雨，紅到牆頭杏一枝。

除夕

柏酒難澆暮景愁，勞生碌碌老無休。拚將弱骨支家計，又是一年將盡頭。

牡丹

唐宫曾記受恩榮，羞與群芳抗手行。富貴千年名不改，人間閥閲定推卿。

◎鄭氏

氏，豐潤人，候選同知儼女，候選訓導孫岱室。

《止園詩話》：余屬欲爲《永遵詩存》之刻，因與遵屬相距稍遠，採訪無人，故止成《永平詩存》一書。己巳仲冬，余自保陽入都，得晤溲陽孫鐵珊學博，出其太孺人詩數首，屬余甄録。因亟登之，用附卷末，以爲它年續刻《永遵詩存》之券。鐵珊名孝先，己酉拔貢生，亦工詩，著有《横雲山館詩鈔》。

嬾雲草堂題壁

雨後芭蕉翠，風前藥草香。溼花黏蝶粉，煗樹炙鶯簧。窗寂屏山靜，堂虚硯几涼。閒雲真箇嬾，不似世情忙。

此間堪避俗，寂寞似山家。峰疊玲瓏石，亭栽紅白花。槿籬三尺短，苔徑一條斜。最好攜涼簟，藤陰坐啜茶。

秋夕

豆花棚下候蟲吟，移得藤床就緑陰。殘日漏雲收雨腳，好風吹月到天心。涼生庭竹驚秋早，香遞池蓮覺露深。靜夜哦詩不成寐，銀河清淺漏沉沉。

寄外

深秋微雨夜窗寒，客裏風霜襆被單。爲語飛鴻傳好信，聊將一紙報平安。
久客關心露又霜，書齋竟日爲人忙。畫眉窗下閒題句，坐對菱花細較量。

即景

疏簾半捲晚風微，紅豆花梢淡夕暉。一掬秋心無著處，閒看蠓蠛作團飛。

跋

《永平詩存》，樂亭史香厓孝廉所輯也。咸豐初載，長與之會于郡城，暢談風雅。每歎鄉人遺稿散逸不存，因訂采詩之約。孝廉肩之，長亦竭蒐羅以翼之。積十餘稔，其所采甚博，又參以其門人所輯録，而卷帙遂成。乙丑春日，以稿寄長參訂，並屬繕清。綜七屬遺詩，自國初至今共存一百五十餘人，釐爲二十四卷。觀其體例，悉具精心，蓋孝廉肆力于是編已閲星霜一紀矣。是年夏，復會于郡，相與面商壹是，擬付梓工。孝廉遂出資爲棗梨價，喆嗣安溪農部專司讎校事宜。今歲告竣，將求當代大人先生爲之序，謂長知其顛末，而屬爲述之，因書其略如此。

同治十年辛未夏六月朔，臨渝郭長清敬跋于都門寓齋。

永平詩存續編卷一

樂亭史夢蘭香厓編輯
男　履升、晉校字

◎趙孝廉翽

翽字翔韶，號横南，灤州人。嘉慶辛酉舉人。

勸學歌

能勤莫如天，終古常左旋。善守莫如地，百世安不遷。日月與五星，學天隨後先。岡陵與山阜，學地各凝然。善守與能勤，兩大各持權。學山之邱垤，終未極山巔。學海至於海，勤哉惟百川。矧矣人不勤，於學奚以全？勿云所獲少，一而百十千。勿云所曠少，日忽月而年。勿云未老大，雙丸如離弦。與其傷於後，詎若勤於前。君不見孔子編三絶，周公讀百篇。士希賢，賢希聖，聖希天，從古無不勤學之聖賢。

◎王明府庚

庚字申之，灤州人。道光乙酉舉人，甲辰科大挑一等，歷署山東壽張、費縣知縣。有《永遵文鈔》行世。

《止園詩話》：申之明府，余姻家也。仁厚傳家，持躬儉樸。令山左數載，以詿誤鐫級，非其咎也。至今子孫蕃衍，科第蟬聯，人皆以爲厚德之報。詩不多作，偶爾涉筆，輒饒機趣，蓋得母氏竇太夫人之教爲多。

病中見六十壽幛

相如抱病動經年，春草秋花總棄捐。漫道銜杯慶初度，醉顔恐亦不如前。

人皆爲我祝三多，我亦依違無奈何。爭耐故人半彫謝，支離贕有病維摩。

◎周儀部連仲

連仲原名漢章，字倬軒，樂亭人。道光己亥、庚子聯捷進士，官禮部主事。著有《寶稼堂詩鈔》。

《止園詩話》：倬軒性穎悟，攻苦尤勤。釋褐後，供職春曹十三年，以丁外艱歸，遂不復出。家居三十餘年，足不履城市，布衣草笠，雖士大夫亦罕識其面。田園偶暇，輒閉户吟哦，以娱暮年。年七十七卒。所著文藝甚夥，惟詩草二卷遺命付梓。嘗云：『興之所至，自鳴天籟，工拙不計也。』手題所作曰《寶稼堂詩鈔》，其意可知矣。

書齋即事戲用陸務觀夜汲井水煎茶韻

昨日天苦熱，炎蒸白日永。今日換春衣，著棉身尚冷。畏風不出門，呼僕煎新茗。小桃發牆頭，殷紅覆廢井。繞樹打流鶯，彈過鳥不省。忽然觸樹枝，簌簌落紅影。

夜坐示小兒

破帽不離頭，閑書常在手。客少到門前，足懶出巷口。冬暖花猶存，裘敝革未朽。燈下愛圍爐，月餘已戒酒。穉子慣早眠，怪余夜坐久。偶然檢古詩，恍如對良友。爲汝説兩人，汝識其名否？柳州柳柳州，餘杭白太守。

即景

攜書來樹下，小坐意亦爽。天陰樹無影，草深蟲作響。風從檐際生，飄動蛛絲網。悠然枕簟清，頓作羲皇想。

小園雜興

送到青山影，牆頭日又西。蟲聲如雨急，草勢與花齊。選石安棋局，分泉灌藥畦。本無名利志，隨分得幽栖。

一雨生涼意，新晴試捲簾。斷虹明屋角，積水没花尖。麥飯儘堪飽，羅衣隨便添。書窗燈未上，小立望銀蟾。

登客邸北樓

登樓開倦眼，客思動狂奴。迤邐長城繞，參差萬瓦鋪。天空雲點綴，山遠樹模糊。那忍東回首，鄉心共雁孤。

秋夜途中

孤雁一聲叫泬寥，驚回殘夢起中宵。月斜人影長于樹，風定蟲聲沸似潮。疲馬戀途歔露草，老農趁夜刈霜蕎。莫嗟今歲收成減，會有天恩擬薄徭。

偶成

三三五五過飛鴉，風約浮雲一縷斜。樹杪先無高處葉，籬根猶卧後開花。年來漸覺人情好，病起旋驚飯量加。何事傷懷惆悵甚，須教努力愛秋華。

九日

數載攜家來作客，重陽何處去登臺。況逢多病宜閒卧，正好安眠養不才。莎草細從牆罅出，豆花高附樹頭開。忽聞落葉生鄉思，萬里風天過雁哀。

四月四日病愈感懷

年來卧病都成例，儘日偷閑嬾問醫。消渴半因貪酒過，著涼每在看花時。微官自是前生福，便死何須後世思。一事無成春又去，緑陰滿地雨絲絲。

自詠癸亥作

不落愁邊即醉邊，科頭赤足望蒼天。飽諳世故休官早，余四十告假歸田。預卜佳城得地偏。有女今冬纔出閣，老妻去歲已長眠。人生富貴須臾事，底用强撐逆水船。

別劉善長先生

執手意何深，臨歧常悒悒。憐君惆悵情，獨向斜陽立。

古意

君莫沿隄過，隄東是妾家。試從隄畔望，一帶馬蘭花。

絶句三首

攜僕坐小園，看僕鋤荒草。切勿損花根，惡惡反連好。

先生作盆池，形狀如廢臼。莫栽金絲蓮，其下不生藕。

草已半尺高，花纔三寸短。莫怨苦不齊，終是人功嬾。

夜赴圓明園途次口占

欲曙未曙天五更，車馳石道馬蹏輕。兩行燈火明如晝，一路蟲聲送出城。

冬夜夢覺枕上口占

畏冷差宜卧枕低，夢回夜半轉淒淒。地鑪無火窗俱黑，風雪滿城雞亂嘑。

冬夜無眠閒起步月

曙燈明滅夢迷離，起步閒階踏凍泥。贏得滿身修竹影，三星在户月平西。

掃舍

囑咐家僮飯後時，權將花帚掃蛛絲。游塵剛欲穿簾出，無奈迴風又倒吹。

題朱子武夷山水圖

松花不掃户常關，想見先生盡日閒。一曲清溪紅樹裏，樵夫遠下夕陽山。

偶閲前歲所作風箏詩復成一絶

起舞軒軒不自知，全憑一綫掌中持。看來巧借東風力，會有因風吹斷時。

客至

追涼一枕夢蘧蘧，那計門停過客車。稚子搴簾看醒未，彎身拾起墮床書。

題史香厓所譔游公碑二絶

一車一蓋一輿臺，畫出行春太守來。後世捫搎誰索讀，剜苔應羡史遷才。

濡水湯湯去不回，采薇歌後幾詩才。憐他蔽芾棠陰下，破帽疲驢太守來。

◎王明經樸

樸字守愚，臨榆人。道光己亥科副榜。著有《知白齋詩草》。

《止園詩話》：守愚性孝友。母病幾不救，具疏文昌宫，願减己算以益母壽。病尋愈，及後果符其數。仲兄以罣誤羈刑部，檄其姪甚急。守愚慨然請自行，就獄伸理，卒白兄冤。集中《斷鴈詩》即請行時作也。晚年掌教渝關書院，啟迪有方，成材甚衆。好遊覽，嘗與同志登山臨海，觴詠抒懷，飄然有出塵之想。其詩佳句如《秋夜》云『漏沈知夜盡，月上覺燈昏』，《漁簑》云『仙舫衹應偕鶴氅，嚴灘翻笑有羊裘』，《牧笛》云『半村凉吹鴉群亂，一曲春風牛背馱』，《秋鴈》云『遠陣何人催鴈磧，秋聲昨夜度龍沙。歸計尚餘燕塞夢，閒身且付水雲鄉。天空滿擬隨雕鶚，謀拙何曾爲稻粱。江上青峰留斷夢，霜中烏柏黯斜陽。陣影翩翩仍逐隊，字形草草竟書空。寒潭秋影來時路，遠水蘆花别後思。彭蠡晚煙風斷處，蒼梧清怨月明時』。志和音雅，俱得絃外餘音。

勵志

德輕如鴻毛，攘臂莫能舉。皐重如邱山，壓身不知悔。既悔仍復留，欲奮終猶怠。抵掌論古今，非不慷以慨。所患在苟安，故步難卒改。悠悠人之生，曾不滿百載。安有許多時，容爾且姑待。薙草及未延，滅火及未熾。牢把江心舵，超離塵俗海。志堅慧力增，氣勇精心倍。卓哉蘧大夫，寡過遺風在。

斷雁

落日照清溪，溪邊斷雁嘶。自云生北鄉，六翼群飛齊。中途遭喪敗，行斷形亦淒。其一隕秋風，生死相分暌。其次憩寒沙，險途當安栖。安栖猶可説，胡竟需于泥？世事難測料，禍福無端倪。一朝罥羅網，遥隔西山西。山遥豈不歸，歸路榛滿蹊。輾轉不能救，仰屋心悽迷。奮翮欲相從，恨無青雲梯。一痛北風酸，不覺鳴聲嘶。

寄示館中諸子

我今爲此行，似屬戚自貽。耿耿心精堅，鬼神實鑒之。臨難無苟免，壯往夫何疑。餽贐勞諸生，祖道紛贈遺。患難相救助，於義良不訾。而我撫此身，何以答先施。爲此累衷腸，輾轉不自怡。況乃寸陰惜，正逢宵漏遲。男兒志顯達，戮力當及時。講席忽塵封，得勿相與嬉。此情重牽纚，未免心交馳。但願二三子，自愛還自持。功名有定分，學問無止期。匣劍淬秋水，寶光騰陸離。心鏡勤磨治，萬境然明犀。有志事竟成，古人不我欺。待我賦歸與，共賞奇文奇。

橋陵

昔聞軒轅氏，訪道遊崆峒。既得長生訣，慮定動亦崇。大風夢吹垢，六相參神功。鑄鼎先夏姒，湖水騰沖瀜。天遺龍髯下，白晝昇虚空。衣冠如委蜕，深瘞當幽宫。荆岐降遠脈，佳城蟠鬱蔥。漆水出其下，龍門踞其東。我來橋陵畔，瞻拜思皇風。縉雲邈何處，落照垂晴虹。剔蘚讀殘碣，丹篆消磨礱。惟有廟前柏，萬古青濛濛。

題馬育亭愚谷橫額代跋

昔聞柳柳州，愚溪以愚名。斯室名愚谷，將無與柳並？育亭曰否否，今昔不同情。柳惟遭貶謫，磈磊胸橫撐。所以八愚詩，抒寫排金聲。予今安素履，豈疑不平鳴？顧維渾沌鑿，百慮銷真精。奈何騁雕飾，外肆誇中閎。朝看紺髮鬒，暮歎輕霜盈。彊知攖大患，古語真瓊瑛。心羡愚公谷，聊以書前楹。我初見齋額，不覺心怦怦。及聞君之言，肝膽爲君傾。相期完太素，春陌觀深耕。俯仰契元化，息心遊太清。乘興到東海，投竿釣長鯨。日暮且歸來，共説吾無生。

張聘君

劇孟一布衣，吴楚不得見。漢皇駕南征，知其失時彦。魯肅居江東，素與周郎善。指囷以相資，吴遂勇於戰。多助有成功，頃刻天機轉。卓哉張聘君，臨危能救援。粤匪初北來，慓疾如奔電。津勇八千餘，空有壺中箭。軍貲日漸虚，市米難糴賤。此時合邑人，危同巢幕燕。君知事孔棘，趨謁賢侯面。煮海四萬金，先以資訓練。緉載上琴堂，犒賞須臾徧。一時人奮興，巨族輸租佃。重賞伏奇兵，雁户先充選。建議成兩壕，終夕畢營繕。衆志抵長城，幺麿真夢眩。翼日凱歌還，遠近人呼忭。家難藉以紓，燕土賴以奠。境已獲安全，身亦膺帝眷。賢侯能得人，君亦無惜戀。藉非三輔豪，何以濟時變？藉非千金諾，何以保清晏？所以太史公，奮筆書千卷。貨殖與游俠，皆爲立之傳。

偶成

浮雲若開匳，圓月初懸鏡。匡牀卧月明，明月照我夢。我夢非遠遊，只在東海頭。舉步釣六鼇，一笑淩滄洲。

贈王壽園

摩詰嗜幽靜，移居輞子川。今復入城郭，卜築屋數椽。城郭多紛囂，問君胡爲然。得無厭雲壑，也趁新鶯遷？先生笑不答，一曲鳴琴絃。琴中語非他，心遠地自偏。曲罷松風清，泠泠若流泉。庭前鶴雙舞，羽衣翔褊襹。

題孫鐵珊孝先集後兼簡藺一泉

國風綺麗而不淫，小雅怨誹而不亂。昔人取以喻離騷，靈均性品於斯判。騷體再變爲五聲，漢魏遞降迄有明。上下幾於二千載，體例百出交瑽琤。一言足以括其意，虞廷垂訓詩言志。惟有性情乃有詩，終古作者弗能異。滹陽詩人號鐵珊，逸思欲上青雲端。綵筆化作竹如意，指揮萬象排巑岏。悲歌忽變漁陽操，北風寒冽吹牙纛。腕底祇覺陣雲飛，句中如聽軍聲譟。別有新愁續舊愁，一絲緜邈含清柔。洞簫吹徹西江月，寒磠促起霜天秋。鐵珊自是淩雲客，非以吟哦詡詩伯。抑惟陶寫性情真，與古騷人同一脈。此間更有藺相如，手披大集長欷歔。移向窗前倩我讀，讀罷但覺風生裾。一篇下里寄將去，碔砆非欲希璠璵。

津門邑侯

癸丑歲，邑侯卻賊於津門，遠近聞風忭頌。余思歌下里以紀其事，會郭憚琴孝廉、藺一泉茂才各出所作長篇，並以史孝廉香厓原唱相示，遂爲七古以和之。邑侯姓謝，諱子澄。

粵西傲擾封狼奔，衡湘九郡悲聲呑。大江南北失防守，妖旗迤邐窺津門。津門謝侯本儒吏，約束群材如指臂。椎牛歃血誓同仇，敢爲朝廷激忠義。義軍初戰芥園西，在稍直口。小舟雁户藏河隄。雁户常以連珠小銃取水禽，今令伏於河之南岸以伺賊。連珠銃發無虛發，賊軍錯愕心魂迷。小卻未卻不肯卻，徹夜雷聲相激薄。殘星未滅晨光熹，林中瞥見蚩尤旗。霹靂一聲崩對岸，賊渠墮地鴞音亂。伏兵突出刀光明，鹽政練長蘆鄉勇數百，先伏於稍直口之北岸。此際殺傷殆將半。義軍不欲賭窮追，權息民勞抒急難。賊艘載寶委中流，分賞戰士當乾餱。大軍尾賊來飄忽，賊去津門已三日。破敗黃巾心膽寒，再戰三戰形彫殘。退據獨流無鬬志，畿輔甫覺人心安。三載軍興糜國餉，於今始一挫兇頑。無邊浩澤來天地，綸詔煌煌獎馮異。超遷五馬卸花封，暫統民兵附官騎。誰識身提常勝軍，先時已觸監軍忌。元戎六幕展霓旌，會期剿賊雷鼓鳴。疊山志在殲群醜，但勵前茅不防後。眼見豺狼潰且奔，須臾反噬如鯨吼。方識諸軍馬首東，不及鳴金先退守。官兵本爲鄉勇後繼，將勝之時，後軍遽退，邑侯遂受重傷。北風慘咽陣雲摧，嚙血河津凍忽開。臣心本似冰心結，誓死清流不復回。樓船明日巡河口，冰載侯尸去船右。十三傷麗胸腹間，始信偏師非怯走。大帥謂邑侯怯戰逃逸，冰陷溺水，會勘七傷在前，衆議始定。滿城縞素哭睢陽，帝恩疊沛褒忠良。保障全燕功已赫，雖騎箕尾有餘光。君不見崇祠新啟天章煥，一代英名汗簡香。

浩歌

思仙臺上秋無埃，思仙臺下秋花開。花開花謝催人老，仙翁一去何時回。臺前秋月還如舊，獨立吟詩詩不就。夜深一夢小遊仙，蓬萊宮闕憑虛搆。滄海兮冥冥，碧雲兮滿庭。鸞蹁鳳翽自空下，琅璈玉瑟音瓏玲。爇鑪香兮煙紫，然乙杖兮藜青。食我以羊珠，飲我以仙醽。忽天風兮震盪，驚心脾兮乍醒。捫玉欄兮不見，惟竹榻兮燈熒熒。悟人生之大夢兮，復何羨乎翠被與銀屏。王喬不是塵中客，往往山居接笙鶴。會須高築思仙臺，手招白鵠飛去還飛來。

觀李子攀試藝以詩代評用識勸勉之意

文章全與性靈通，毫端生趣含青蔥。況乃丱角弄柔翰，焉能備責求全功。摛藻耀其外，意匠閟其中。經訓棄糟粕，律呂諧商宮。豈必造樓誇五鳳，豈必吐烝成雙虹？豈必驚霆走精鋭，豈必列宿羅心胸？靈根夙結氣英爽，筆花欲發詞腴豐。今觀佳製設遥想，建安七子鴻文鴻。果能不懈及於古，後起的是文壇雄。乘槎天上問牛斗，捧扶日月依宸楓。難兄勔勃蔚文望，三株聯秀娱而翁。君家自有鄴侯架，何疑雲錦誇青童。我非獻諛作斯語，憐才大抵人心同。更欲一言贈年少，谷懷善受名和沖。自昔嘉陵好山水，畫師捧詔摹青紅。或以浹旬或立就，遲速異曲稱同工。畢竟道子擅佳妙，下筆迅捷馳春風。高才縱不倚馬待，何事五日一石十日一水塗西東。

路入華陰惟見三峰高出雲表有作

華陰山下路，彌望但雲煙。一碧漭無地，三峰高在天。嵌空排佛髻，駭矚認巒巔。即此窺全豹，心遊縹緲間。

次日雲高山露黛色恰在秋雨中

不期山萬仞，破曉露全形。巖掌拏雲碧，蓮華醮雨青。雍梁雙保障，天地一圍屏。最是中峰上，清吟接帝廷。

題白鷹在鞲圖

但守青雲志，何妨受絆羈。梳翎春雪豔，斂距夕陽遲。顧影憐無玷，淩風會有時。秋高天萬里，飛上鳳凰池。

中秋憶蓮洲兄

雁行零落已無多，途隔雲天喚奈何。適接家信，知蓮洲兄已赴姚召棠表兄之約，遠居遼左，計與韓城相距四千餘里。昨夜秋聲愁裏聽，頻年佳節客中過。獨看水鏡懸清照，結想霓裳詠大羅。聞説黄龍風露冷，今宵何處擁笙歌。兄性喜音律，故云。

夢魂久不到西堂，人在天涯各一方。月閃明蟾輝草樹，風吹離雁感參商。尋思往事頻搔首，莫數年華枉斷腸。寄語加餐須努力，阿連鬢髮也經霜。

和馬瑟臣恂見贈原韻

卅年重覩舊儀型，鴻雪茫茫水上萍。潘鬢多因愁緒白，阮眸還爲故人青。隄防秋色千絲柳，珍重晨光數點星。恰喜相逢好風月，可能飲我菊花醽？

同附雲龍壯思騰，於今澹若六朝僧。歲寒有願盟三友，福淺無心覬百朋。身外浮名隨夢幻，鬢邊華髮逐年增。與君痛飲鍾山酒，休説金門獻賦曾。

和問樵師留宿首山之作兼以獻祝

先生解組賦歸來，爲訪名山倦眼開。百疊晴巒真罨畫，一溪明月小樓臺。暫離塵境尋仙境，擬宿雲隈到水隈。惟問三秦宦遊客，秋風鱸膾幾人回。

蔚藍海色蔚藍天，樂壽亭中契靜緣。僧擘苓根留座上，鶴捎松子落尊前。隨時儘可娯清賞，此境真堪駐大年。聞説秋山秋夜炯，老人星見一珠圓。

題美人對鏡簪秋圖

雲髻妝成鬭楚娃，卻嫌珠翠太紛華。曉來摘取黄花瘦，一捻秋容上鬢丫。

金粟前身梅後身，鬢邊花影鏡中人。三生妙諦無言處，一片空明悟静因。

尋友人不遇

籬邊蟲語菊花中，可是柴桑處士風？一曲移情人不見，成連遥隔海雲東。

即事

一夜洪鑪點化工，須知座上有春風。歸來一覺清涼夢，不在茫茫蕉鹿中。

盧生祠題壁

貂珥盈門四十秋，天衢一路騁驊騮。直須風捲棃雲亂，纔悟身從夢裏遊。日麗蓬壺特地長，至今高枕卧斜陽。往來多少青雲客，衹學先生入睡鄉。是真是夢醒猶猜，冷語輕敲倦眼開。笑我癡迷空説夢，何曾得到夢中來。

◎郭比部長清

長清字廉夫，一字懌琴，臨渝人。咸豐丙辰進士，官刑部郎中。著有《種樹軒詩文集》。

《止園詩話》：廉夫性嚴毅，身材短小，而精神焕發。蚤歲讀書甚勤，博覽書史，嘗期爲有用之學。通籍後，以末疾假歸，築室於先塋之側，授徒講學，自號種樹山人。踰十餘年，始銷假入都，補授提牢廳主事。上《恤囚十事》，堂官奏爲定章。每遇一案，罔弗細心研究，親自清理，絶不假書吏手。光緒六年五月升郎中，未數日卒，時年六十八。廉夫舌耕前後三十年，每遇試入郡，恒與余過從，樂數晨夕，亦時有唱和。《永平詩存》之刻，凡山海之詩，多其采訪。没後，其長君弼廷孝廉以詩集問序於余。其佳句五言如《早起》云『移花翻砌蘚，學草晝窗塵』，《澄海樓》云『五更紅見日，一氣碧連天。島樹微如薺，雲帆遠入煙』，《挂月峰》云『群山來塞北，大野俯畿東』。七言如《早發渝關驛》云『殘星漸隱天光白，旭日將升海氣紅』，《山莊即事》云『惜花每恨風多事，待雨翻嫌月又來。稀看邸報忘爭戰，重檢殘書補闕亡』，《留别種樹軒》云『嬌鳥窺人如欲語，好花戀我豈無心』，《首夏雜詠》云『摇風弱柳穿雙燕，帖水新荷坐小蛙』。皆有晚唐風味。

題藺臚三棃雲詩草

君家門前水，過我門外流。君家牆邊樹，緑映我牆頭。同里已十載，不見每三秋。鴻鴈各有棲，稻粱各有謀。動靜雖異趣，風雅實同儔。君近富詩卷，我亦耽吟謳。示我錦囊什，字字滌冰甌。詠懷百代上，中有千古愁。蘇卿善惜別，謝客工紀遊。我口所欲詠，君已事唱酬。我手所欲寫，君已恣雕鎪。有時疑我詩，如何君集收。翻然時一笑，性情古今侔。人心只若此，欲語如探喉。工拙且勿論，是非莫深求。境移自成悟，瑕玷宜交脩。

看雲

海上生白雲，流動滿川陸。勢散時糾紛，氣聚偶攢簇。連岡没山脊，罥水飽谿腹。俯視但氤氲，茫茫混林麓。到我青山前，一縷分入谷。觸石態溶漪，迎風意伸縮。來本非可招，去亦非可逐。來去不關心，變態看已熟。此境關化機，陰陽相往復。放懷天地間，古今在心目。

漫成

碧山遠環映，煙林深更幽。層軒倚花嶼，門外清溪流。小橋接平壤，水淺不容舟。乘興過橋去，往看耘西疇。良苗得膏雨，秀色皆油油。顧此陶然樂，歸來傾酒甌。

感懷

蛙鳴愛行潦，蟬鳴愛夕陽。聒耳競繁響，律不中宮商。竭情鬧煩暑，豈復知秋霜。美人抱琴坐，韜以緑錦囊。欲彈不能和，低徊結衷腸。彼亦應候鳴，安能禁所長。

白塔嶺古松 地在臨渝城西四十里

白塔嶺頭雙古松，兩榦交糾蟠二龍。一龍蜿蜒起廟外，破穿牆壁藏行蹤。入廟翻身奮牙爪，不知有樹先有墉。廟内一龍更夭矯，似喜龍友來相從。回首掉尾左右接，翠影交舞雲氣濃。龍兮不辨一與二，但見蒼髯翠鬣垂茸茸。廟前三里即滄海，陸地岡嶺波濤重。我聞奇蹟久心寫，到此筆墨難形容。此鄉民人三百户，二百九十皆吾宗。古松植自古父老，我因桑梓生敬恭。訪問風俗尚龐古，未興文教皆商農。吾家槖駞有遺法，養才亦如種樹傭。我願宗人好培佳子弟，豈讓一物靈秀鍾。

郡學石刻古松圖 明山石道范公志完隸書題贊

杏壇古檜今如何，閱歷秦漢猶婆娑。鄒嶧神柏端木楷，槎枒並峙青銅柯。由來古物足愛惜，雨露滋養神鬼訶。風霜兵燹幾千劫，精神萬古不消磨。孤竹郡城夫子廟，舊有古松高峩峩。傳神妙筆刻貞石，枝榦糾結如盤蘿。左撐右折氣磅礴，盈尺寫出千尋多。范公隸草妙題贊，鐵爲啄勒銀爲波。我思此翁好奇勝，名山佳水工吟哦。層巒疊翠四大字，萬仞石壁書擘窠。四字隸書，在臨渝懸陽洞山後石壁上，字方廣尋丈。東觀滄海瞰紫塞，壯氣直欲吞長河。公《告石河文》有『欲塞河源』之語。品題貞榦意珍重，淩霜勁操矢靡他。垂訓泮宮勵高節，渺視一切蒲與荷。我來瞻仰欲摹搨，藉此正氣袪妖魔。吁嗟范公有遺愛，古松圖即甘棠歌。

木蘭秋獮圖

有客示我木蘭圖，索我題句演聯珠。猗歟秋獮國鉅典，欲吟咋舌慙小儒。灤陽山水鬱佳氣，漢唐塞北元上都。皇朝神武靖朔漠，青海既定準噶誅。四十九旗共稽首，陰山瀚海來嵩呼。熱河離宫三百里，行營龍幄黄金鋪。草深木茂足馳獵，長楊上林真甌臾。列聖鑾輿駐清蹕，玉帛萬國咸蹌趨。岳樂圍場富飛走，年年講武備不虞。侍中帽沿孔雀羽，上將寶玦青珊瑚。賜衣半臂黄錦段，戰褁斜繫紅氈毹。威捷神機自然火，梅鋮箭帿金僕姑。五花叱撥錦鞍韂，長圍欲到天山隅。香山藍甸爭獻技，手接飛羽搏於菟。十五善射控金勒，箭入左膘達右髃。射能不止三十六，文學侍從珥筆俱。口占四庫備顧問，詎數世南爲書厨。宸章賡和紀盛典，岐陽甫草垂宏模。先皇大孝御天下，慕思羽獵悲鼎湖。朔巡不舉三十載，空留繪畫丹青敷。草莽小臣敬瞻仰，詠歌盛美懷訏謨。於鑠哉！祖宗聖武懾中外，當年高挂扶桑弧。

天津謝明府輓歌

勇哉謝公，力捍津門。匪獨津門，畿甸霑恩。嗚呼！天生謝公作屏翰，胡爲乎頓爲仗節授命之忠魂？魂兮縹緲歸帝鄉，天地變色風沙黄。甘棠遺愛在孤竹，衆聞軍報僉悲傷。憶昔盧龍作宰時，但爲保障不繭絲。丁字沽頭須撫字，奪我召父往使治。無端警報棄臨洺，妖旗横埽趙連城。潛入滄瀛陷静海，志圖燕薊兼平營。天津水陸襟吭地，謝公先事多籌備。組甲三百被練千，脱囚釁沐皆知義。義勇真成鵞鸛軍，出城親戰黄家墳。義旗一埽士氣奮，叱咤頃刻摧妖氛。聞公帥師酣戰日，雁户雷車鬼神泣。猛士超踴氣無前，利刃生風當之殪。手中倒提血骷髏，云是逆賊將軍頭。擒賊擒王賊膽破，從此欃槍暗欲收。敗殘賊退獨流鎮，謝公惟綰天津印。命吏守土限封隅，況復兵單敢輕進！郊原十里望塵埃，焦盼大帥提兵來。鹺府文謙飛章奏公捷，詔書褒美稱公材。越級超遷二千石，冠飄雀翎長一尺。八千子弟任自隨，十萬貔貅俾參策。誰知勇爵初分榮，天意不欲榮公生。廟堂懋賞激肝膽，誓以死報輸丹誠。層冰在河陣雲黑，入帷請戰期朝食。有令諸軍勿輕舉，惟公寢興誓滅賊。陰風慘淡畫角悲，報到敵人乘隙窺。公聞軍令奮臂起，五百壯士相追隨。首先拔幟渡河去，卻舍征駒踏長步。短兵相接戰血腥，殺人如草不知數。忽聞後隊紛鳴金，頓亂前隊征人心。礮臺守旗羽林卒，一時潰散無處尋。都統佟鑑頭顱入賊手，賊之别隊塞河口。公已深入後無援，誓死陣前不返走。面傷數處不知痛，血染征袍雪花凍。親兵只餘三兩人，慟哭五百同心衆。賊衆大呼生致公，丈夫不辱賊營中。河冰窖處躍身入，蛟龍噴血波流紅。波流紅，賊不知，軍中明日求公屍。忠骸挺然在河曲，翎冠甲裳沍流澌。十三傷在胸腹上，知非卻走與賊抗。三軍羅拜舁公還，萬衆觀之皆感愴。津門道上招魂歸，三十里路紙錢飛。舊時部曲皆縞素，居者罷市淚交揮。哀動輿情衆所見，軍報已上通明殿。賞延後嗣卹典隆，嘉予文臣尚敢戰。大河以北論戰功，守衛孰與天津同？天津無虞畿輔定，公雖已死勳則隆。願公精魂常不泯，在地河嶽上列星。或爲萬里之長城，使彼敵鋒不得乘。

秋日同史香厓常職卿兩孝廉遊郡南開元寺

幽絕南臺寺，登臨破寂寥。山城棊在目，野水帶環腰。砌俯蒼松古，窗含紫塞遥。同遊興不淺，閒坐話漁樵。

一徑通山麓，林巒遠俗塵。蟲鳴常避客，僧懶不親人。古殿摩銅佛，荒墳弔石麟。更尋詩碣去，屢問緑楊濱。覓井井亭詩碑。

九日登永豐山最高處用史香厓泛舟晚歸韻

極目白雲邊，山低碧落圓。遥郊微見樹，遠水淡於煙。樓閣參差出，關河曲折連。欲尋孤竹里，擬唤夕陽船。

釣臺觀海有懷向軍門臺在山海關海口天后宫側，軍門防海時所構

臺上俯澄波，蒼茫萬象羅。當年閑虎豹，曾此釣鯨鼉。風鐸花邊度，雲帆鏡裏過。天南舒望眼，羽檄近如何？時軍門督師金陵。

甲寅五月見鴈南飛

仰見天邊鴈，胡爲五月來？春秋原有信，寒煖費疑猜。關塞禽先返，江鄉戍未回。想應衡浦去，急掃陣雲開。

村舍聽鼓詞

村樹斜陽裹，清陰掩緑坡。苦茶邀客坐，野史撥絃歌。度曲鄉音雜，傳奇逸諺多。談忠兼説孝，何必訂真訛。

題佘儀部潛滄集二十二韻

夙慕潛滄集，今方快一披。精言通奥竅，妙語沁心脾。盥露迴環讀，聞風仰企思。興朝開運日，故國復讐時。捲地來銅馬，當關聚鐵驪。韜鈐參幕府，筐篚迓王師。毛遂終成歃，蚩尤自偃旗。雲臺方表烈，風木適含悲。組綬榮何羡，栝棬痛轉滋。載吟莪蓼蓼，況值黍離離。泣血傷廬墓，嘔心更下帷。摛文來鎖院，對策拜彤墀。籍著南宫第，名題太學碑。花看紅日近，官授白雲司。考績遷蘭省，

懷歸念菊籬。分曹曾列宿，退老自遺黎。適野閒觀稼，登山愛詠詩。傳經心獨苦，扶世力能持。數卷殘書在，千秋底藴窺。耳孫承燕翼，手澤見鴻儀。頓首包胥哭，陳情李密辭。開編頻三復，休怪送書遲。

月夜登清風臺

灤河一曲抱崇祠，良夜登臺慰所思。商代青山孤竹國，楚騷藍本采薇詩。誰人敢議清風價，此境惟應皓月知。踏破松陰歸徑晚，終宵夢繞水雲湄。

讀史識感

謝傅東山已倦遊，九重飛檄下庚郵。平蠻再起王新建，多病其如李鄴侯。嶺外風煙悲馬革，關中圭組陋羊頭。挑燈閒看虞衡志，桂海青峰草木愁。
昔曾横海駕樓船，又幸乘風掃瘴煙。綸閣已聞清丑座，節旄恨不是丁年。渡河留守空銜憤，籌海元戎尚有編。放鶴亭中遺藁在，莫教淪落五谿邊。

雨中望盤山

一天秋雨薊門東，萬疊青山杳靄中。宿潤濃添巖樹碧，斷雲微露寺樓紅。聽經石畔龍翻霧，舞劍臺邊虎嘯風。如此林巒增壯思，欲偕王宋補詩筒。

癸丑赴挑戲作

也向同鄉乞印章，聊隨儕輩整衣裳。全憑貌取慙余陋，不用文衡恕我荒。花縣無才何敢望，冷官有願恐難償。十年自恨飛鳴拙，捉入春風傀儡場。

登孤竹城樓

檻外波光静不流，夕陽城郭萬家秋。青莎斷岸人呼渡，黄葉西風客倚樓。遼右山河千古壯，燕南烽火幾時休。戎機無與書生事，惟願群公借箸籌。

聞關門海口設防賦寄同鄉王守愚諸君子

澄海樓前浪拍天，風清日麗幾經年。忽徵馳馬嚴軍令，欲掣鯨鯢埽瘴煙。十里桑麻千甲帳，一城組練萬丁錢。舊遊莫念燕山客，久廢南塘紀效編。

九月望同馬葛邨駕部道院步月

閬苑深深皓月明，畫樓鐘鼓寂無聲。一輪桂影山河静，滿地松陰荇藻横。薄宦生涯添客恨，長空秋色動鄉情。吟詩共到忘言處，不問天街報幾更。

蚤起赴園口占

旅館蕭然客夢清，一琴一鶴一身輕。五更疎雨人初起，萬里秋風鴈有聲。馬蹟車塵添俗態，笠簷蓑袂憶平生。偷閒買醉長安市，不許奚奴識姓名。

庚申九日

去年萸佩宴山堂，今日登高意轉傷。人説六飛巡蜀道，誰提一旅救咸陽。秋風敗葉心敲碎，老圃閒花淚濺涼。薄酒頻斟不成醉，何堪北望塞雲黄。

舞劍臺懷古

長疑劍氣繞青山，人去臺荒草色閒。老樹秋風松鼠墮，蒼苔涼雨石駞斑。寺外有駱駝石。請看少保題詩處，戚南塘詩云：故李將軍舞劍臺。空憶將軍奏凱還。李衛公《舞劍歌》云：嗟嗟三軍奏凱歸。千古英雄同逝水，陣圖誰與共增删。

送沈仲復同年觀察之京口

繡衣豸服耀征途，人别燕山客向吴。千里秋風登北固，一船明月入南都。戎機早制孫恩舶，畫筆應工鄭俠圖。江海襟喉衝要地，金陵屏翰仗訏謨。仲復善畫，時江南大水成灾，故有「鄭俠」句。

送嚴湘生同年出守漢陽

一麾遠别鳳凰樓，五馬前臨鸚鵡洲。曾在白雲深處坐，秋審處在白雲亭後。今於赤壁賦中遊。風清江漢勞綏輯，勢扼荆襄費運籌。他日更隨黄鶴返，都人再迓大諸侯。

山中喜鳳五林榷使見訪兼憶都中僚友

天邊星使到柴門，脱粟留賓倒酒樽。籬落儘堪容繫馬，菘葵謬説類蒸豚。山居況味勞相問，海市情形許共論。談通商近事，兼詢余在津時辦理情形。歸去長安逢舊雨，寄言種樹已成村。

天津太守張翰泉同年謫戍黑龍江賦詩送之

龔黃遺愛在津門，東出渝關亦聖恩。鴨水風寒晴亦雪，烏街日短晝常昏。可憐璞玉銜悲泣，願採明珠貢大婚。黑龍江有珠户，採取東珠。此去要追方恪敏，名馳遼左達天閽。

張翰泉同年以路經山海關詩見寄次韻代札

吾鄉山勢蔚崔嵬，收入詩筒亦幸哉。海上寒雲隨客去，都中舊雨望君迴。居停不索行人值，父老爭看太守來。風雪漫天願珍重，聖朝寬大總憐才。

送徐肖坡侍御出守益州

送客人賡蜀道難，吟秋回憶菊籬寬。同在史琴孫宅中賞菊賦詩，侍御有『我愛看花懶種花』句。彩毫競許珊瑚架，白簡無慙獬豸冠。三月鶯花向巫峽，十年鴻雪別長安。此行真見峨嵋秀，如有新詩寄我看。

津門差次書事二首，戊午

火輪番舶入丁沽，營掩牙旗幕有烏。忠信亦知猶可戰，至津查訪，民尚可用。傷殘不忍及無辜。輪船迫近民居。九天垂象銷兵氣，始火星赤而芒，後漸斂。萬里歸颿作後圖。當日實權宜之計。終是聖朝含覆廣，疆臣莫謂海能枯。

追隨星使到津門，權作和戎列俎樽。郭伋籌邊心未已，陳遵罵座舌猶存。陳潤生員外鍾芳曾叱通事李泰國。仙機梅尉終虚願，梅小巖司勳啟照精占候，並講求《海國圖志》。壯志張騫不許論。張樂山將軍廷岳亦摩厲以需。聖主憂勤臣子辱，何時滄海氣能吞。

塞上春六首

我是長城盡處人，年年花柳賞芳晨。古來但見邊關苦，誰見如今塞上春。

義院城頭花似錦，鄧林臺畔柳如煙。春來半是桃源路，不見防秋二百年。

村村桃柳笑春風，片石關門紫翠籠。父老花間談舊事，王師從此入關中。謹按《開國方略》：攝政王入關，與闖賊戰於石河西，敗之。

層級田塍紊石高，山農隨處闢蓬蒿。一犁春雨鞭黄犢，耕出前朝舊寶刀。

塞畔春流脈脈斜，湔裙女伴緑陰遮。當年飲馬長城窟，水照青蛾浣茜紗。

渝關楊柳緑鬖鬖，翠掩深閨乳燕憨。少婦頓思征戰苦，斷腸春色在江南。癸丑甲寅之歲，邊兵皆調征南省。

花朝連日風雪

滿天風雪攪花朝，何事涪翁歎寂寥。轉眼春光無限好，呼僮且護牡丹苗。

憶蘭二首；有序

袁杏村中翰觀劇梨園，演《畫蘭》一齣，與孫鐵珊學博、鮑子年舍人賦詩題卷，索余續貂。因丁酉公請吴甄甫師亦演此劇，歡洽如目前，而師已殉節楚軍矣。今昔之感，難釋於中，乃卻中翰之請，而爲《憶蘭》二絶以識感。

清歌妙舞記丁年，菊部風流宛目前。一幅墨蘭催送酒，至今韻事已如煙。

檀板金樽促畫蘭，一堂讌集綺筵歡。楚江碧血迷芳草，今日新詩不忍看。

范家店闖賊斬吴襄處。謹按《開國方略》：吴三桂乞王師入山海關，敗賊於石河西；李自成斬吴襄於范家店，遂西遁

包胥頓首乞師還，野店衰翁頸血殷。怒爲紅顔終論刻，不應晚節變滇關。

題史香厓所著疊雅

疊字聯珠舌本圓，卿雲縵縵唱中天。雅人更演雙文譜，爲補經餘小學編。

一聲三疊白茫茫，曾説遊春賦短章。欲壓香山誇博雅，珠穿乙乙字千行。

四疊成聲疊復層，矜矜一韻合兢兢。還將祕笈蒐羅遍，不讓葩經筆擅能。

期期艾艾本天生，蹇吃難教脱口清。此卷若逢周與鄧，釋文一字亦雙聲。

感事八首

九譯來朝記越裳，海邦從古識尊王。包含恰有如天量，欲掣鯨鯢在自强。
璿璣推測溯陶唐，西法何如古法良。太史專官須世守，周天度數細衡量。
周公巧製指南車，海舶精奇漫自誇。龍霧鯨濤隨向往，金鍼創制本中華。
流馬飛車運似風，百般機械鬭神功。中原也有公輸巧，未見承平仗攷工。
水陸行師地利殊，棄長用短豈良謨。南塘籌海遺編在，請看防倭斥堠圖。
馳驅異域重行人，要有蘇卿仗節臣。吕相絶秦書可讀，一辭不屈藐强鄰。
衆志成城孰敢侵，食毛踐土受恩深。荷戈均有同仇願，莫失箕風畢雨心。
尼山曾灑悲天淚，欲用斯文變九夷。若使殊方聞木鐸，定教寰海静征鼙。

◎王明府鳳森

鳳森字子林，灤州人。戊午、己未聯捷進士，歷官河南孟縣、西華、郾城知縣，加五品銜。

《止園詩話》：子林明府步趨宋儒，所至以實心任事，在郾囹圄空虚。後以辦災勞瘁，卒於官。民自四鄉來弔者累月不絶，喪歸之日，有送至三百里外者。詩不多見，《喜雪》一律，乃在郾時所作。其愛民之實，亦略見一斑云。子楠、樟俱能詩。楠績學，早殁，詩多散佚，人傳其斷句有云『影静松臨水，聲寒鐸語風』『凉雲印水虚涵白，夕照依山半露紅』，體物静細，不愧風人吐屬。

光緒元年正月二日得雪喜以誌之

一冬無雪暖如春，除歲欣逢上帝恩。元日纔過飛霰集，層雲密灑瑞霙勻。樓臺似畫都描粉，林木開花盡作銀。定卜豐年歌屢屢，滿篝奢願爲斯民。

◎張孝廉鳳翔

鳳翔字正亭，樂亭人。咸豐己未舉人。著有《禮園詩鈔》。

《止園詩話》：正亭與景君爲昆弟行，晚年始領鄉薦。家居授徒，澹於仕進。偶有吟詠，每多閒適之趣。五言如「船移連岸轉，水急帶沙流」「水枯深岸峭，木落遠山平」「亂鴉爭獨樹，飢鳥啄秋場」「遥荒苔著色，池曲水生窩」「疎鐘鳴遠寺，一雁下孤城」「奔泉翻石動，山鳥帶雲飛」「果熟無風墮，畦荒帶雨鋤」「雨多宜種竹，秋到尚分花」「流泉逢石曲，脩竹抱樓深」「樹深難辨影，水淺不生波」「落日下高埠，寒煙生野村」「疎鐘煙外寺，紅葉樹間樓」「西風霜葉老，鄉思暮雲深」「秋入窗前竹，涼生鬢上絲」「鳥語喧層嶂，松聲聚一樓」「離懷千里雁，歸夢五更雞」；七言如「但能温飽都爲福，豈必窮愁始著書」「風侵茅屋霜華重，露滴空階月色寒」「知己常嫌良會少，累人豈在俗緣多」「一行雁過月留影，四壁蟲鳴天欲霜」「緑浮樹杪炊煙活，紅入波心落照低」。在唐人中大與許丁卯爲近。

偶興

牆下有柔桑，村邊多弱柳。及春乃發生，葱鬱頗可取。秋風西北來，摇落幾如朽。松柏獨挺然，晚節真能守。然非歲寒時，那知彫在後。

牡丹稱花王，絢爛人爭賞。東風過即殘，富貴難久享。野花郊外開，開時雜榛莽。寂寞自成春，絶少人矜獎。彫謝獨遲遲，天心若愛養。消長理如斯，當退一步想。

題常職卿先生半禪書屋

古寺倚荒村，周遭半林木。野鳥啼啾啾，松風響謖謖。一逕通山門，曲折多緑竹。超然塵世間，襟懷何淵穆。自笑與僧宜，半禪名此屋。滿架插牙籤，便便不負腹。養魚美且肥，種花尤清馥。記得飲階前，新釀松花熟。酒酣弄玉笛，清音往而復。先生移我情，萬慮空幽獨。從此識禪機，功名真碌碌。

過千坡嶺

石徑一線通，日影蔽雲樹。險巇少人行，足底河聲怒。下視心駭然，目眩不敢顧。登頓腳力窮，半晌不一步。東北峰最高，絶頂懸瀑布。天晴風雨聲，濛濛在雲霧。下嶺日已昏，野寺鐘聲度。回首晚煙中，山影青無數。

早行

茅店鐙如豆，征人正束裝。村雞鳴落月，匹馬踏秋霜。待鑰關門黑，呼船渡口涼。前程頻屈指，明日近家鄉。

冬夜獨坐

無事成孤坐，寒宵近二更。謀生慚計拙，知足覺情平。師友尋千古，琴書伴一生。此中真樂在，何必騖浮名。

幽居

溪水當門皺緑波，沿隄一帶柳婆娑。燕因春暖來偏早，花爲風狂落更多。得句任人爲月旦，無才敢自歎蹉跎。年來頗似嵇康嬾，午睡沈沈信有魔。

曉發

數里炊煙趁曉生，秋風匹馬出山城。半輪殘月淡無影，一樹棲鴉寒有聲。茅屋依山初日上，小橋臨水野航横。荷花落盡蘆花白，客裏光陰轉瞬更。

橋邊

小步畫橋邊，閒領閒中景。風皺水生紋，摇碎夕陽影。

過友人山莊

獨行好趁夕陽斜，來訪溪南處士家。已過小橋門不見，一重脩竹一重花。

北平城外

閒來獨自出城行，聽罷泉聲又鳥聲。偏是野煙團一角，好山遮斷不分明。

永平詩存續編卷二

樂亭史夢蘭香厓編輯
男　履升、晉校字

◎崔孝廉樹寶

樹寶字子玉，昌黎人。咸豐己未科舉人，大挑一等，以知縣分發四川，未及莅任而卒。著有《北桃源詩集》。

《止園詩話》：子玉卓犖有至性。八歲失怙，一哭頓絶，日凡數次。母性嚴厲。初娶妻，不得於母，出之。繼娶張氏，母愛之；每出外返，必揖其妻，爲奉母謝。及母卒，送葬匍匐八十里，觀者皆墮淚。平生以朋友爲性命，到處聞有才德知名士，必與締交。遼東馬西岡者，慷慨好義。適同人道其梗概，即日襆被往訪。咸豐間，客遼教讀，遇老農談及君恩，輒下拜。世咸目爲狂生，而意不屑較也。詩古文辭俱有奇氣，書法亦不蹈常蹊。

偶成

數月不相見，兒女形模糊。數載不相見，親顏定何如。嗟彼兒若女，肢骸親之餘。兒年日以來，親年日以徂。兒身日以肥，親身日以癯。却怪老人身，甘爲兒女枯。庭前植山果，結實纍纍珠。今年采盈筐，明年采滿廚。木之神不二，敷種千百株。還顧舊庭柯，萎根没煙蕪。爲問小兒女，憶我親顏無？

還史香厓先生書適聞先生新自都門購書數車來賦此誌喜

好書如故人，臨別深戀戀。故人到君家，獨無離別恨。千載會耆英，晨夕覯真面。昨聞五都游，書城恣游衍。準提千手眼，佛場大爲選。九京慰群靈，紙貴黄金賤。載鬼車爲盈，載仙舟爲便。譬如獲緇重，凱旋異方戰。又如擴邊疆，奇寶貢畿甸。先生坐擁之，塵事了無見。善讀許多藏，肥人乃珍膳。嗟予有所思，芳鄰幸鄉縣。湯沐王佐多，君子鄒魯徧。追從威鳳游，百獸其忻忭。興起聞風者，豈止鄴架豔。未敢登公門，我慚五千卷。

答友

野有不舞鶴，長身戴丹頂。飄然城市游，一唳紫塵冷。飛鸞見之笑，招入千雲影。氄氈鶴夢醒，遥天獨延頸。

遲游子代太守遊碣石

大行拱神京，一氣亙千里。蜿蜒大海頭，截然碣石起。魏武唐太宗，芳蹤繡石齒。一千五百年，山雲黯無采。觥觥我太守，臨風馳一紙。道謁韓公祠，聳身蒼翠裏。我思昌黎公，爲政持大體。譬彼邱垤間，未遑親杖履。又思昌黎文，六經植根柢。譬彼路歧叉，審辨桃源水。腰腳總輕健，籍湜亦臂指。能開衡山雲，寧隕華山涕。太守會此意，鸞翔天半矣。南顧九河道，水經正殊軌。酈注碣石有誤。東顧榆關雄，鯨波護靈址。梯航靖萬國，何處更互市？聞黑龍江近事，偶及之。願持酒一瓢，還問羊叔子。詩成迴天風，掀空海瀾紫。

閒詠

空階踏雪聲，如吟郊島詩。吟鞵靜群籟，一佛旁聽之。尋詩詩忽來，一月迎前扉。阜樹亂星閃，雪花爲陸離。雪與月色融，蘸作江煙霏。散步不知遠，似覓江之湄。四山一鄰家，老翁長苦飢。飢腸那耐冷，尺雪填茅茨。遥知瑟縮卧，破牖冷月窺。反復憶其狀，三星頭上移。敗我好吟興，老翁知不知？

咸豐六年三月二十五日，閱《小學》，爲稱子讀本。其中『論婚章』側附一紙籤曰：『此缺一篇，汝長當敬補之。』問之，乃元年小昆兄示稱子也。感而賦此，復示稱子

佳友如佳配，誓欲同生死。老天夭其一，其一哺其子。哺之不食嗚聲悲，從來詩書勝餅餌。汝父容顔汝記無，尚有遺汝數卷書。咸豐元年，授以小學，汝方九歲餘。一卷小學缺一篇，尚未即補黏一籤，曰汝稍長當補全。諄囑一敬字，如見泣涕漣。嗚呼哀哉！何出此言，宜不永年！于今已五霜，忽然見之爲斷腸。揮淚呼稱子：汝果亦已長，汝父亦已亡，遺命些些俱莫忘。捧書百拜，沐浴燂湯。敬補一紙，汝與汝父薦馨香。補書補就猶有語，未曾開口，淚復如雨。不獨此書賴汝補，汝父後身原是汝。汝父愛書如愛命，曰魚得水鳥得羽。願汝内有心肝、外有鬚眉，此生樣樣如汝父，有人要目睹。

辛酉臘朔夜飲馬西岡劉僊樵即以留别

一壺濁酒催人行，空堂月黑寒星明。三人兀坐如枯僧，欲語無語長吁聲，旁有泣者獨淚零。茫茫

身世安足憑，墾田文淵雪髮生，荷鍤酒國題劉伶。矧其不才斗筲爭，坐彫宗之玉樹榮。腳插十丈紅塵阬，少年豪氣銷長征。谷中進退兼棘荊，無米何負歸何耕。君等忽然雙垂青，尚盼雕鶚摶雲翎。我道龜蓍輸人靈，但看見在萬念平。壁間古劒蒼龍橫，秋風深夜時欲鳴，豈知至寶藏鋒稜。濁酒更酌七八升，明日撒手遼陽城。邀將畫家王右丞，謂王梅村。忝作河梁三笑亭。

題主人在室集

一口吸盡西江水，一腳踢翻鸚鵡洲。提筆四顧天地窄，乃向玉皇案側張歌喉。天上青蓮古無死，千載吟壇逢對壘。底是奇氣破空來，天縱異才憂患始。不然窮途措大不值一文錢，天胡降爾峩眉巔？峩眉山色横秋煙，當君生日翔青鸞。青鸞刷翅駕君走，擴君詩眸歷九有。浩劫壯膽看紅羊，浮雲驚心變蒼狗。熱淚填胸味酸辣，骨月回頭賸一髮。五更枕上換滄桑，把杯喝醒長安月。長安城外哭西風，長安城裏霜鳴鐘。鳳皇仙鶴亂歌舞，九衢盡化蓬萊峰。君於庚申旋都，遂與夢江、訏卿諸詩人結社。天荒地老回春心，問君何時彈宓琴，萬古僊奏鏗遺音。過眼悲懽等馳電，一編留得鬚眉見。我欲從之歌莫哀，座上王郎正拔劍。

正月二十四雪戲作

黑雲食月老蟾死，天風翦碎銀河水。青帝頒春騎白龍，一夜春聲打窗紙。我時夢到天帝旁，飲以玉液三千觴，洗滌滓汁清肺腸。鸞輝鶴皎參翱翔，風環水佩雲衣裳，散花天女羅成行。下視九州不知幾萬里，但見琉璃世界白茫茫。天鵠空中鳴，聲摇客心動。欲醒不醒心朦朧，春寒壓人魂夢重。耳畔吹天風，天語猶隆隆。道是今春花較遲，槁汝情性無佳詩。特遣滕六與妝點，化爲千樹萬樹瓊瑶枝。

汝試刻劃陳其辭，仰天大笑揮淋漓。詩成再拜向天問：臣詩何如白雪無瑕疵？

夢見次龍宗丈，備述天游老人近狀。既覺，感賦長篇，寄懷次龍先生，兼呈天游老人

吾家黃鶴樓，次翁嘗禁用『踢翻鶴樓』語，向寶常曰：『須愛惜吾家黃鶴樓也。』登天游霧一千秋。千秋隻鶴化而雨，天南天北相啾啾。一朝帝簡徐司馬，道爲詩人會香火。天風齊挾馬當帆，日華宫開萬間廈。停橈張眼哭黃虞，萬命餘生皆鮒魚。古哲元精鬼神護，秦灰冷處搜奇書。五公山莽獻陵荆，故老徒傳樂壽名。仲宣樓頭正揮涕，忽聞天半鸞凰聲。鰥生千載歸心少，在吴延陵漢有道。知己何須問姓名，無遮會裏無昏曉。烱烱太白輝簾櫳，葩經味淡犧經濃。甲子十月十八夜，高會於李生書齋，暢談申旦。説《詩》《易》兩經，神理獨超，大家相向而笑，不知東方既白也。餘事嘲哳下酒物，漢唐晉宋相雌雄。群雄論詩皆祭餕，先生論詩乃原性。黃土摶時肝膈同，恍惚三生都轉瞬。爛柯山斧武陵舟，朝過暮别天容愁。滹沱津沽東海路，往還但見閒雲遊。問君良約何年酬。君不見李杜交情重，詩魂萬里風雲送。更語劉伶老酒星，好策吟笻尋鶴夢。

上池下池篇

同治癸酉九月十七夜，夢宛平許容生明府《題山溪捕魚畫卷》七古一篇，覺後僅記首三語，不知所指。及讀《吴越春秋·越王傳》，載有上池下池、蓄魚富國之説，中有所觸，爲足成之。時許需次汴中，余亦將捧檄入蜀也。

上池有魚，下池有魚，有魚有魚移家居。移家家入環洲路，魚弟魚兄遨共住。艨艟舴艋作雲連，無遮之會仙乎仙。瓦盆世世足佳釀，長來兒孫猿鶴狀。童叟舉網金鯽多，天炎市遠愁誰餉。記得江氛

羽檄馳，火炎赤壁翻蛟螭。妙取艨槎更戰艦，雲鬟霧鬟空水嬉。用胡文忠公事。中朝齊上河清頌，纔祝豐年魚入夢。瞥見淒迷舊釣磯，回頭痛定還生痛。臨淵不覺置綸繩，相煦相濡且舍鱦。會當養成鱗卅六，九天雲雨神龍騰。

題千山龍泉引人入勝處

忽得山門入，行行步且停。泉喧知屋近，僧語隔雲聽。天漏孤輪月，峰圍萬幅屏。松梢雲亂點，心曲此瓏玲。

望雪感懷

忽忽意不樂，此心知爲何。詩憐衰世少，事驗咎徵多。好友亂星散，遥山空雪皤。老親書昨到，未忍道干戈。

有感

五載風塵後，空山抱膝吟。老親憐子瘦，幻夢説兵侵。勵節持衰世，多憂淡慾心。歷書閒記筆，今歲幾晴陰。

贈别曾茶甫

剛腸種菜叟，先我淚盈盈。尚道有還日，無勞期再生。余情正無著，此語難爲情。門外馬嘶急，寒風吹滿城。

月夜偕西岡沁香遊千山

天地一輪月，古今萬種情。群山淡空影，孤客靜吟聲。夙有遊仙夢，而忘榮世名。如何羊叔子，峴首涕縱横。

西去一千里，故鄉無此山。近畿多世故，逸客亦情關。憶舊一回首，幾人開笑顔。寥天發長歎，唯見片雲還。

明朝安可知，當前休失之。風雲靜遥夜，天地證襟期。孤月萬山雪，一杯千載詩。纖塵何處著，想見葛天時。

見菁衫京兆新刻青草堂詩集有聞崔子玉入蜀之作依韻答之

久卧白雲裏，故人知不知？無端成老大，莫復説襟期。勳業劍南夢，陸有句云：「絶塞勒回勛業夢。」春天渭北詩。長安自孤旅，風雨對清卮。

感事

艱難誰爲闢荆榛，誰指銅駝納誨頻？忠孝儘非章句事，安危長念老成人。難言多欲爲堯舜，無力回天望鬼神。漆室何須悲老女，金鵄六合正清新。

得孟俞庭書

天生南阮不知貧，雪月風花供一身。朝不謀朝遑問夕，我難醫我尚憐人。深嘗世味思高隱，儘得知交識性真。千頃涼雲採芝去，春山笑對白頭親。

答馬西岡

書到尊前淚滿襟，氣同磁石引纖鍼。新交滿眼忘形少，舊話回頭隔夢深。塞雪十年遊子迹，夕陽一片老人心。范逵莫更頻番約，珍重萲堂寸寸陰。

中秋龍泉寺待月

一山蹲踞萬山包，中有松風宕碧霄。門不見天真月窟，屋猶流水是雲坳。星河光抱群峰轉，鐃鼓聲隨衆壑遥。一座亭臺須一坐，千金原不賣今宵。

壑暝林昏靜不埃，看山知有素娥來。手攀象石將雲撥，眼洗龍泉待月開。坐卧一襟飽風露，高低四面敞亭臺。萬方如此秋光滿，白也低頭樂轉哀。

閒詠

何須銷夏覓清灣，未作神仙未可閒。差喜小人還有母，不爲仁者愧居山。眼前事恰天排定，身後名疑命所關。尚有封侯癡夢在，萬方多難恨才孱。

百歲里新居

碣峰青在酒杯前，吟榻安排近緑天。書史重温如隔世，家庭歡聚薄昇僊。園林漸密禽來訪，鄰里都貧賊見憐。人道此鄉偕隱好，又無兵燹又豐年。

旅夜偶成

月光燈影蘸窗紗，兀坐無聊數歲華。境好每符經過夢，情癡嬾看折來花。名心合讓沖天鳥，生計應師伏地蛇。禽語語儂歸不得，人前何必賦思家。

別親正月十日

驚魂到手此征鞭，猶自佯歡拜膝前。無可奈何還作客，是胡爲者又增年。韶光衮衮堆陳夢，人事紛紛逼曉天。官柳不憐遊子別，萬條春意拂車邊。

秋園晚眺

天涯有客爲秋傷，一日無端淚數行。松樹成材摧大壽，葵花無力向斜陽。事惟著手心才熱，俗到難醫恨轉長。自數年華三十六，回頭愁憶少年場。

劉仙樵席上口占

玉缸斟酒溜泉聲，醉語如雲突自生。世有幾人甘大隱，鳳棲何處不來鳴。丹砂肯駐凡愚壽，青史容留儌倖名。窮賤飈塵勿牢守，風雷夜夜響延平。

錦州道中

山勢如潮湧海邊，海風寒過萬峰巔。單衫乍著輕於羽，老馬疲行穩似船。醉酒也難忘世事，逢人生恐問親年。何時卜築雲深處，男拾松薪女汲泉。

秋夜坐月

月光如水流，流入衆壑底。驚問何時來，松關猶未啟。
盤空一鳥鳴，月明鳥不見。疑是仙鶴來，白雲隨幾片。
閣陰松徑黑，深入萬松亭。看月莫嫌松，松密月玲瓏。
東閣望西閣，小院一池寒。牆短樹如籬，便當鄰家看。

有感留都感事賦落梅

槑花冰雪姿，潦倒繁華路。招得春風來，還被春風誤。

雨窗

潺雨晴復陰，瓜秧蔓庭隙。閒倚雨窗看，一日長一尺。

題畫畫爲出壺盧聒聒

打破悶壺盧，置身亦何闊。處世怕多言，人前休聒聒。

觀耕

自憐骨相似樵漁，一具儒巾適誤予。惹得負犂人笑問，古來后稷讀何書。

埜馬環村似水流，筍䡔輕踏午風柔。柳黄草碧空撩眼，春在溪雲麥隴頭。

題人小照

借得林宗一角巾，一年千里抗黄塵。輪蹏倦後歸何處，愧爾風流畫裏人。
山隔蓬壺又幾重，邀將雲壑向仙蹤。快當抽出紅塵脚，隨著張良訪赤松。

題畫

半寒半暖半陰晴，二月江南春水生。垂柳數行樓影外，往來不斷櫂歌聲。
十里煙波深復深，老漁家尚隔遥岑。一聲欸乃人何處，船在前溪柳樹陰。

哭高寄泉先生

千載吾鄉生面開，少微光遠耀三能。風騷海内同聲哭，爭得安眠向夜臺？
半世丹鉛爲梓鄉，寒燈影裏鬢添霜。鼉梁爲引昇仙路，莫更修文地下忙。先生手拯一巨黿，刻『高寄』字，放之海。
野鳥山花積淚痕，吟聲謖謖慘人魂。挑燈忍聽先生説，萬里歸心此墓門。讀先生歸里埽墓諸作，悽惻已極。
古今情話滿胸儲，半面三生永訣初。太息郵筒泉路隔，一行淚濺一行書。
霜鐘破夢曉天寒，藥水稱量分亦難。却笑斯文癡骨月，寄書猶復勸加餐。
空約仙山杖履陪，鶯花無福會王裴。月明雲淨天風細，好待吹笙跨鶴來。

懷杜沁香

山中客館等僧寮，雨似蟲聲助寂寥。一日抵他千日過，那堪淅瀝又深宵。

津沽阻風寄徐司馬

何須寶筏引人行，到處持心要兩平。順水未妨風少逆，下船安穩上船輕。

津門晚眺

市聲如沸夕陽中，海色樓臺簇遠空。叉手却從閒處望，江橋十月紙鳶風。

千華山夜行

高唱新詩警鶴群，新詩唱罷酒初醺。渴來細嚼松梢雪，吐氣霏霏作冷雲。

乙卯寄遼東諸友

風前玉樹各珊珊，七十萱親訪戴難。好倩梅村仙筆畫，各圖小像寄儂看。

留別杜沁香

携手躊躕到日斜，河梁轉步即天涯。怪君不及東風好，一路吹噓送到家。

睡起見牽牛花謝書此

花枝清映曉星寒，生怕炎陽照影殘。一種秋園好顏色，幾多人在夢中看。

觀祈雨

野哭聲隨鐃鼓喧，驚心時復一潸然。年年祝盡維魚夢，忘却家無半隴田。
莫待災生涕淚淫，空將泥首向桑林。須知大霈甘霖處，原出斯人一片心。

旅夜憶家

滿堂歡笑擁燈青，憶否天涯客淚零？四野蛙聲滿山雨，夜深只有一人聽。

重客通州過毛氏海棠院

嫩寒輕醮晚香天，幽院無人靜管絃。絶好晚唐詩意境，海棠花下月如煙。

冶春詞

東風又暖曲江涯，佳節頻經枉憶家。十二街頭塵似夢，年年春色誤鶯花。
城南韋杜集仙群，駿馬塵中日易曛。酒氣花香三十里，煖風吹送作春雲。
新鶯舊燕作清明，楊柳樓臺自雨晴。好作舜琴堯琯聽，春禽不變古來聲。
小堨滄桑一霎經，梁園誰見蕩漁舲。朱竹垞有《梁家園泛舟》詩，池今涸。長安市畔塵稀處，合築遺山野史亭。

正果茫茫苦費猜，呂公仙宇對河開。春風秋月清漪影，送盡文人入夢來。

帝澤汪滂未有涯，湯泉一脈浴溫沙。康熙五年，上命鑿新湯泉，疏渠建堂，祓濯其間。至今山下閒桃柳，猶著康雍舊歲華。

避暑何須臥翠霞，春風常在帝王家。玉泉山水揉藍處，不種芙蓉種稻花。玉泉山有金避暑行宮芙蓉殿，今已圮。

高樓南北接遥空，樵徑披雲望眼中。撲面無端寒霧起，年來不見鄭公風。

十載重來畫裏行，停橈四顧曉雲橫。莫教八里橋邊去，腸斷蘆笳一路聲。潞河一帶春來多蘆笳作戲。

吟窗約伴好尋芳，起視庭柯宿霧涼。明日是晴還是雨，大家小坐待朝陽。

踏青簇簇趁沙凫，溪色空明望欲無。定有浣紗人照影，祇愁詩眼易模糊。

晴色西山乍有無，天橋東去有清渠。斬蛟驅鱷知無術，手掬春苗學種魚。

高歌爛醉熱中腸，鏡裏征塵拂面黃。苦憶十年山寺午，粟留聲帶綠雲涼。

麥隴遥爭花柳妍，深青淺碧淡拖煙。横縱鄰界參差影，罫畫分明宋稭田。

漁屋甜羹春滿溪，香風蘆笋逗鯸鮧。自憐廚底幽人祿，也累園翁病夏畦。

瀛洲雨灑夢雲中，春到枝頭祝歲豐。幾處山家龍忌節，簪花兒女拜東風。古語上巳無風則棃實繁。

閒福誰能老釣游，稷饑禹溺養巢由。有人力挽狂瀾淨，纔得流觴自在流。

野飲沈酣定十分，去年今日誤湔帬。去年今日，諸友約游陶然亭，不果。春寒獨酌不成醉，手把陶詩看絳雲。

◎李學博昌時

昌時字雨薌，遷安人。同治丁卯舉人，官冀州訓導，以守城功加五品銜，賞戴藍翎。著有《木樨香齋詩草》。

《止園詩話》：雨薌爲遷安望族，與從兄昌舒、昌裔皆以能詩名。九歲時，其父指盆松令詠，有句云『若植蓬萊頂，淩雲節更高』。父笑曰：『二語概汝一生志，足嘉矣，奈福薄何！然得爲松，吾復何求？』後以廩貢秉鐸於冀。同治丁卯領鄉薦，時已四十餘矣。光緒庚辰春闈，攜其詩四卷並信一函，訪余次子履升於京邸，屬余爲點定。適余方入都，事出望外，相見甚歡。面託諄諄，言閱後即留存左右，不必寄還。時其年少余十餘歲，別後不一二年即歸道山，若先知余爲後死之人者然，異哉！茲選録若干首入《續集》中。其他佳句，如《清風臺懷古》云『黄農千古調，忠孝兩人心』，《望盤山》云『嶺凹松補缺，雲破寺嵌空。恠石千峰碧，危樓半面紅』，《訓兒》云『入室群誇新婦好，刑家我尚慮兒癡。讀破五車應耻後，事觀兩面莫爭先』，《之任留别家人》云『旅懷賴有癡兒伴，家政全憑健婦肩』，《除夕》云『熙春有象知豐稔，餞歲無言祝太平。怕聽官場談捷徑，從知真樂是家庭』，《病起自箴》云『招集殘軍先養鋭，栽培老樹總宜春。祇許閒吟宗李白，不妨爲我學楊朱』，俱饒有理趣。

書所聞

大海跋長鯨，空梁走群鼠。難圖懲蔓滋，爰整熊羆旅。搏兔視搏象，迅期獻公所。豪吏督鄉民，渠魁擒一鼓。朝典務寬大，閫謀異剿撫。抵隙三窟營，狡兔脱刀斧。本是階下囚，衣錦歸故土。躍馬入城市，餘威狐假虎。義俠心膽寒，循良萃怨府。父老側目觀，嘵嘵退後語。生兒莫讀書，讀書亦何補！終南有捷徑，盍向緑林取？

出門

昔我出門去，天馬空中行。今我出門時，搖搖心懸旌。肯作兒女態，能無兒女情。壯夫久行役，漫說別離輕。我來青青草，我去荒煙橫。我來歎汪洋，我去寒潭清。在家苦日短，遑知時序更。山妻向我言，請勿妾身縈。女牀星雖闇，災退光終明。叱馭效王尊，投筆思班生。男兒志千里，詎可輕功名。兒女牽我衣，絮絮問歸程。維時寒風烈，陰多天少晴。況復夏秋間，疫釀連年兵。曉行霜露重，須飲酒一觥。强笑喚兒女，阿父慣長征。風餐與水宿，守身如守城。作婦三十年，孩兒甯倒綳。婦思姑食性，兒思遺母羹。承爾菽水歡，阿父願已盈。語畢顧兒女，兒女淚欲傾。茫茫百端集，蕭蕭兩馬鳴。拂衣出我門，親鄰各捧罌。交交樹間鳥，高作別離聲。嗟彼鵾鵬志，食與雞鶩爭。不作海外遊，奉身入榛荆。回頭望北海，一心常怦怦。

讀三國志

讀書貴論世，讀史尤難誣。千秋懍名分，一字嚴衮誅。西蜀紹漢統，偏安囿一隅。典午代當塗，美名竊唐虞。作者實晉臣，豈真昏瞽徒。帝魏而絀蜀，名教將安扶？帝蜀而賊魏，毋乃妨晉乎？所以分三國，不直名魏書。孫曹以帝尊，炎劉以主呼。天下有共主，大義尤昭如。後儒喜彈擊，適被古人愚。觥觥河間公，卓識推通儒。

哭高寄泉鹺尹 繼珩

吾鄉有詩伯，觥觥高寄泉。知我恨獨晚，倏復隔人天。科名溯先德，兩世譜金蘭。拳拳管鮑誼，渾如金石堅。自君徙泉水，魚雁漸杳然。憶我年弱冠，君正困寒氈。遺詩采畿輔，大集編養源。殲渠集鄉兵，保障古澶淵。迨我司冀鐸，君旋喬木遷。六十矍鑠翁，遠泛南海船。文長喜談兵，動與兵爲緣。博茂官五載，練勇勤籌邊。議戰先議守，雷瓊賴以安。一笑忽投幘，兆姓爭攀轅。萬里賦歸來，卜居返故園。鄰比鄭錫民，晨夕相往還。案頭見我詩，閱罷髯斯掀。呼我爲小友，柬我裁長箋。五十年前事，追述何纏緜。情更託吟咏，長城惠五言。幾爲洪喬誤，書到已隔年。一緘猶未啟，君竟歸道山。讀詩兼讀訃，我心添悲酸。君名在人耳，君業在人寰。論君一卷詩，信乎傳人傳。嗟君歸何速，歎我緣何慳。情無一面親，詩無一句聯。招魂渺何處，北望雲漫漫。夢照屋梁月，可許晤君顏？

贈張默谷大令

默谷名駒賢，趙州人。弱冠成進士，朝考違式，需次銓曹。應信都書院聘來冀，異地同聲，交餘二載。行赴官矣，聊成五字句，以志不忘。

名場困英雄，科第少年好。國典考覈詳，物情閱歷早。可以福蒼生，可以光吾道。偉哉默谷子，真性拳拳葆。情比石潭深，清如玉樹皎。趨庭懍家訓，名山富探討。幼學期壯行，奚翅翔文藻。孩兒笑倒繃，仙人下瑶島。百里屈鳳雛，河陽花信杳。主講來信都，結契紅塵表。相期在松竹，相戒在温飽。竢見在山泉，行爲出山草。辱收攻玉資，芻蕘獻敢少。廉吏不可爲，饋稀上官惱。貪吏不可爲，脂竭民多殍。猾奴伺其旁，曹掾逞其狡。撫字鮮有終，催科易滋擾。堂上偶一言，田間形已槁。讀書學聖賢，襟期何浩渺。一旦民社膺，痌瘝原在抱。巨案罄我囊，要差供不了。苦無遺子金，親朋更來攪。青蚨眼底飛，玉幣無心挑。暮夜有誰知？不貪有誰寶？甯爲拙宦拙，毋爲巧宦巧。甯同籬鷃群，毋作孤鴻矯。風定水不波，月明雲淨掃。胸勿成見存，事勿輕心掉。獲上位乃安，任人目須瞭。大廈便難成，何妨圖隘湫。縱教赤子頑，慈母能勿保？但得利在民，莫惜義枉小。不避形人嫌，不畏同舟嬲。勤慎報主恩，桑麻詢父老。政聲追召杜，古風復軒皞。他日廣栽棠，佳音聽上考。

留鬚

人生從古青年好，髭芽未放不知老。留此鬑鬑表丈夫，春風頻上吹青草。明朝攬鏡重相見，失卻廬山本來面。撚吟雖好助詩情，可憐年少時光換。聞説鬚堅可挂弓，鬚長又號長髯公。縱教三尺壯儀容，鬚眉未必真英雄。登堂士子笑且語，先生道貌尊眉宇。不必雙顋磔蝟毛，居然滿口堆鴉羽。回首韶華難再哉，臨流對影千徘徊。他年歸見小兒女，合問髯翁何處來。

題劉節婦柏舟延嗣圖並序

節婦氏張，適平定州劉孝廉華棨次子。棨劉固望族，婦于歸，家已落，紡織以養祖姑。閱一星終，夫殁，遺子一女二。女甫嫁，祖姑殁。未幾，子女相繼殤，異爨兄嫂暨媳亦疫死。婦抱從孫樾泣謂姪壽祺曰：『劉氏兩門，惟此藐孤，忍弗偷生撫育耶？』二女各遺孤一，亦無撫養者，並攜之來。壽祺覓食他鄉；婦自食其力，撫三孤，歷十餘年，均授之室，且生子焉。鄉鄰爲請旌，壽祺繪圖以志德。

婦母弟暎櫺以選拔任深州司馬，爲之撰序徵詩。

燈光閃閃影煢煢，懷抱桐枝淚欲零。敢盼聲華光閥閱，但期香火續高曾。記得紅閨初詠扇，謝家飛盡堂前燕。已歎鱃無尺鯉供，那堪腸更孤鸞斷。無何蔆影冷重幃，漠漠天心待問誰。郝法無緣媲鍾禮，芝焚未久復蘭摧。半生茹蘗悲煢獨，又見中庭飛怪鵩。伯氏閤門癘鬼纏，僅存小阮攜文玉。飢驅猶子事長征，涼月寒窗學負螟。遠爲雲楣延一脈，奚辭霜鬢皤千莖。果然秀質賢繩武，宅相丰裁亦楚楚。玉樹雙雙締蔦蘿，瓊枝漸漸撐門户。四代親看鄒鳳青，卅年誰識冤禽苦。採風章奏玉皇宫，彤管榮題綽楔崇。更倩丹青留淑範，瓜緜累葉仰清風。

金翰林張公抗節歌並序

翰林諱本，字敏之，冀之武邑人。生而聰慧，有奇氣。善屬文，喜吟咏，尤工篆隸。金貞祐元年，以詞賦入翰林。使北見留，居長春宫。金亡，遂以黄冠老。史軼其事，傳有《晚眺》詩。明初鄉人祠祀之，尊爲儒仙，綴故里十二景。後裔蕃衍，列膠庠者代有。事載《冀州志》，近復采入邑乘。裔人徵詩，爲賦長歌。

世間何者長不朽？崢嶸大節齊山斗。軼事相傳張翰林，五百餘年在民口。翰林祖籍觀津人，工詩善隸長于文。幼而岐嶷有奇志，元龍意氣淩青雲。英雄從古難遭際，生申不幸當金季。少年詩賦掇巍科，職在玉皇香案吏。挺身奉詔持旌節，踏破榆關三尺雪。上都應識使臣賢，壯志生將李陵屈。先生就義何從容，刀環望斷長春宫。聞道南朝王氣黯，佯狂甘以黄冠終。史官未記臣心苦，鬼護神呵留片羽。一首書懷晚眺吟，北望燕山思故主。明興重節博采遺，珂鄉宏建張公祠。尊以儒仙繪以景，如雲子姓瓜緜支。君不見白髮青氈蘇屬國，廿年風雪關山客。又不見詞章科甲文丞相，笑騎箕尾歸天上。

先生灝氣相爲伍，隻手猶能將天補。輶軒采得姓名香，皎皎英光照千古。

貞女歌爲傅五姑作並序

貞女氏傅，五姑其小字也。雲南昆明籍。父士珍以名孝廉宰冠縣，有聲。五姑爲其第三女，隨侍讀書，知大義；幼許字同官潘安國子俊。潘亦隸滇，旋擢九江守。咸豐甲寅，粵匪竄山左及冠。傅募勇守城，城陷被執；罵賊，賊刳其心，妻女輩皆遇害。疆臣爲請旌。五姑時年十二，賊三斫之，絶復生，潛攜三齡弟培基暨妹逃依戚誼吴大令。兵阻不得婚，俊權置妾，生子樹勳，旋病殁。五姑踐父一字之諾，誓死守貞，課弟讀，爲之授室。弟甲戌成進士，官刑曹。歲己卯，樹勳抵都尋母，五姑收爲子。言官聞於朝，得旨旌表。同人爲徵詩，歌以紀其事。

聖朝重節恩無薄，玉骨冰心勵閨閣。貞女群誇傅五姑，嚴命終身守一諾。乃翁清泉手植棠，相攸幼許潘河陽。未賦桃夭先賦别，江雲遠隔天一方。劫火南來奔電掣，殉城慘斷常山舌。闔門罵賊碧血飛，咏絮才高膽尤烈。身被三創死復穌，攜持弟妹逃依吴。烽煙界破江天夢，疑信相傳音有無。壻也行權娶絡秀，麒麟入世身無壽。飛來凶問海欲填，回首難抛脊鴒幼。書聲抱聽東家鄰，更延師友共夕晨。果然人到蓬萊頂，及第花分蓉鏡春。尋母遺孤策駟馬，相逢願學負螟者。丸熊尚待未亡人，他日齊眉從地下。輶車採得姓名馨，彤管雙題孝與貞。從古善人原有後，鳴岡雛鳳定清聲。

野店

人聲喧野店，小住昔年曾。面撲塵三斗，寒消酒一升。斜陽明屋瓦，衰柳卧池冰。貪看壁間句，頻頻剔短燈。

曉行

霜天涼月裏，裘破戀餘温。殘夢車中續，寒煙林外昏。聞雞懷祖逖，叱馭笑王尊。隔水犬聲起，遥知前有村。

正月初三見月

閒階舉目歲驚添，又見銀鉤挂樹尖。落日關山憐策馬，晚風樓閣笑開簾。弓藏天府弦遲上，眉掃仙娥影尚纖。欣喜一年詩酒伴，清光端自此宵瞻。

哭陣亡諸生并序

同治建元夏，教匪張善繼餘孽五十三騎行劫河北。洎秋杪，蜂屯蟻聚，氣燄漸張，司土者不敢輕以上聞。迨秦鳳山觀察戰歿，其勢遂不可遏矣。仲冬十有八日，竄入冀境，衆已數千，索馬索金，大肆劫掠。冀民夙稱勇敢，雖鄉團久撤，猶能隨處截殺。惟以不教之衆當亡命之徒，斃賊無多，義尸蔽野，良足悲也。自此賊氛數至，擾及城關，殺掠焚燒，蹂躪幾徧。難民扶老攜幼，託命於城，顛沛流離，真有不堪舉目者。嗟乎！誰生厲階，釀此大劫？痛定思痛，能無餘憤耶？帶團諸生陣亡者，則文生劉椿壽、王嘉德、薛培植，武生王嘉熊、雷世春，文童王嘉棟，武童張步衢、寇恒有，孝廉劉清祺。之數人者，敵王所愾，誓不同生，奮身而前，力竭就死，可謂節義兼盡者矣。爰備文書，代請旌卹；濡筆之際，哭之以詩。

烽火無端起半空，書生仗劍競從戎。變生倉卒人驅市，血灑中原鬼亦雄。攫食窮貍驕白日，倚門華髮咽秋風。聖賢書讀能無負，似此捐軀信善終。

聽説跳梁已半年，軍民底事等閒看？燎原勢藉然灰起，積水隄崩講塞難。欲築長圍愁地闊，出奇分堵苦兵單。同仇賴有横經士，雖死能教賊膽寒。

青衿卻卻換戎衣，匹馬横衝陣幾圍。投筆志逾班氏壯，抽戈誓作魯陽揮。弓絃響斷沈衰草，旗影飄零萎落暉。傳語學中諸士子，斯人斯節古今稀。

凶耗傳來淚雨傾，門牆不幸殄群英。琴書六載如投漆，冠劍連朝竟斷纓。命畢沙場原不朽，光爭日月合邀旌。君恩酬答無通塞，青史長留身後名。

家山小住

種柳淵明始念差，幽閒終竟讓山家。風過樹頂喧秋雨，牆露峰尖襯暮霞。窗竹碧篩千个影，海棠紅孕一身花。日高更喜春眠穩，官鼓無煩聽早衙。

牙籤堆滿子雲樓，半日看書半日遊。三徑綠侵晨榻潤，雙松青擁午窗幽。客來棋局移花影，月上珠簾挂玉鉤。戀戀林泉欲終老，偶思輪鐵使人愁。

醉後

閒庭如水可張羅，飯後攤書醉後歌。冷眼看將塵海小，名心消自宦場多。勞身陶侃空移甓，待旦劉琨獨枕戈。最愛龍淵三尺影，一燈紅處自摩挲。

寄懷鄭錫民

記得幽齋訪故人，幾回掃榻爲留賓。萬言李白清狂甚，四篋茅容意氣真。又向梁間懷落月，可曾天外憶吟身。浮生聚散如萍水，欲覓東風問夙因。

五十自壽

目睹烏飛萬八千，青燈黄卷笑依然。半生寡過師蘧瑗，三絶題銜愧鄭虔。瓠大爲樽材豈棄，松高在澗骨終堅。春風偶觸遊山興，活潑天機尚少年。記得行歌朱買臣，錦衣白髮故鄉春。庭前幻夢三魚杳，階下生機一蝺新。輿地蓋天饒樂境，清風明月寄吟身。他年鏡設芙蓉兆，鄧禹何妨更笑人。

苦鼠戲成一絶

仰首作鴟聲，嚇鼠鼠不退。大笑無氣官，諺謂學官爲無氣官。尚難威爾輩。

偶成

媧皇雖補天，職分所當爲。奈何無懷氏，偏有紀功碑。

秋海棠

抱得秋心比石堅，盈盈弱質劇堪憐。牆陰一種幽閒態，耻向東風鬬占先。
幽情鬱結慣悲秋，蟋蟀欄邊韻欲流。且喜清霜差解事，不曾輕上美人頭。

喜從孫蓮溪至自昌平

入門長笑竟忘疲，肥瘠塵容想舊時。聊道平安無數語，案頭先索一年詩。
一面能教旅思寬，家人歡聚異鄉難。寒鑪火燼重沽酒，翻喜吾身是冷官。

夜過趙北口

夾隄夜火各維艘，驛路驅車我正勞。跨水雄關界南北，征鴻留迹已三遭。
水田香國晚風輕，萬頃荷花一望平。分得西湖好明月，燕南橋上照吟情。
朱欄迆邐接青樓，十二長虹卧碧流。添箇玉簫聲瀏亮，佳名應唤小揚州。
岸隈隱隱挂魚罾，垂柳鋪煙緑水凝。明滅波心紅一點，老漁得酒正然燈。

到家

滿耳鄉音心頓開，平安一路遠人回。兒童未問誰家客，自笑翻如作客來。
風光一載别離輕，故里滄桑已漸更。差幸田園松菊好，轉因五斗累淵明。

室人鄭少知文理，歸予二十年未見其學詩。近忽以詩見寄，勉之以此

數行細字縮秋蛇，念我眠餐意有加。似聽梅花春月語，恰纔知爾是詩家。
豈嫌冷署薄羹芹，家計薪柴累布裙。尺幅花牋攄肺腑，不曾輕怨寄回文。
書帶堂前草色新，毛詩一譜久傳薪。泥中婢子經猶解，克紹家風況主人。
廿載深藏未試鋒，閨門枉相女英雄。他年軍律持娘子，多恐柴郎拜下風。

除夕登城

妖風吹滿六街愁，爆竹無聲社鼓收。督帶鄉團民一隊，衝寒騎馬到城頭。
連村火起燭天明，疑信傳來草木兵。低語丁夫勤守望，萬家骨肉託危城。
霜寒雉堞戟戈排，五色旌旗耀敵臺。遠燭熒熒車轆轆，郊南知有難民來。
千燈影裏照傳籤，夜靜惟聞刁斗嚴。知否家山舊猿鶴，杜陵此際站城尖？

悲遣

幽蘭倏被晚風摧，恨我偏遲一月回。彈指存亡哀薤露，壯年心事爲君灰。
望斷刀環萬里雲，可憐竹訊竟無聞。家書到遲半日。爲貪斗粟成長恨，惆悵牀帷呼負君。
冀野無端警夜烽，軍書幸未啟緘封。儻知客子從戎事，地下多添恨一重。
瘦骨厭厭病隔年，竟教遺恨抱重泉。芳魂約略心難死，可結來生未了緣。

假歸葬妻

千里陳蕃一日還，眠牛剛好卜青巒。慈幃廿載音容別，替我先承地下歡。
莫言先死非君福，留我親書墓誌銘。此日營齋復營葬，再來冢草已青青。

◎王明府佩行

佩行字玉莊，樂亭人。同治甲子科舉人，官貴州銅仁縣知縣。著有《賚有軒詩草》。

《止園詩話》：玉莊幼聰穎，髫齡入泮，二十六領鄉薦，以大挑一等分發貴州。到黔委辦松坎釐局，未幾，授篆銅仁縣。縣僻處苗疆，文風媕陋。議立書院，修城池，投稟上官，未允。時年將及五旬，案牘勞形，漸即憔悴，乃乞身歸養，紳商士庶灑淚相送。到家五月卒。所輯有《國朝書畫録》《十八家詩鈔》《銜華佩實集》等書。

紀事

二月十二夜，偷兒入我館。群然睡懵懂，有夢蝶方嬾。我館自外觀，閈閎高亦罕。及至入室中，盜反謫我短。青氈猶舊物，清塵拂未斷。敝裘二十年，皮存毛不暖。兒童有衣裳，補綴還濯澣。罌無隔宿糧，狼籍剩盆盌。歎我來萬里，投置尚閒散。籃有花豬肉，食此無乃僭。只可少啜鹽，舉筋中懷坦。遂並攜之去，貽我戒盈滿。亟亟謂廚人，盜竊未足痯。無肉雖云瘦，鄙哉吾知免。

泊宛溪口

登岸呼兒伴，尋幽破寂寥。瀑泉流澗底，鐙火上巖腰。引水輪舂碓，連村石疊橋。逢人通欵曲，鴂舌首頻摇。

臘月二十三日舟中作

只爲尋微禄，扁舟直到今。鄉風應祀竈，楚地但臨深。盡室南征日，思親北望心。幾時分鶴俸，堂上兕觥斟？

乞養將歸留别同年吴君惠迪

首夏辭官已到秋，郡城小住尚淹留。故鄉待埽陶潛徑，異地愁登王粲樓。夜雨瀟瀟添别思，銅江滾滾向誰流。歸情都被蒓羹惹，拋卻同舟買去舟。

怪底銀絲雙鬢侵，兩家兒女變鄉音。結成小友如蘭臭，增我離情落月尋。西秀山前花滿縣，東歸裝束鶴投林。相要車笠重逢日，再把壺觴取次斟。

九月七日買舟北下喜離銅城而作

來是三秋去又秋，一聲柔櫓盪中流。滿江風雨重陽近，苦宦箱籠一艦收。彼岸誕登纔駐足，好官難作憶從頭。寄聲江上紳商士，如箭歸心不可留。

偶題

貪看山色坐船頭，怪怪奇奇入望收。行到轉灣山盡處，一隻塔影盪中流。

臘月十五夜同内弟洪江望月

霧散雲收月在天，四圍山色落江干。共君今夜不須睡，再看團圓待隔年。

永平詩存續編卷三

樂亭史夢蘭香厓編輯
男　履升、晉校字

◎張明經山

山字亦仙，一字景君，樂亭人。歲貢生。著有《退學齋詩文集》。

《止園詩話》：景君爲雪樵冢嗣，幼承家學，工吟詠。而性靈發越，不名一家；領異標新，往往突過前人。獨不喜舉業家言，初以「樂此」名齋，蓋謂所樂在此不在彼也。駢散諸文，於古作者俱具體而微，著有《文話》數卷。吾黨不乏韻士，而景君稱最，自景君没而吾道孤矣，惜哉！其詩警句甚多，五言如「蹇驢臨水怯，落日共心忙」「鈴語風中塔，人聲秋後場」「水傍孤村小，天圍四野圓」「轍深餘夏潦，路改入秋田」「鑿山通細路，疊石護高田」「雲陰山色重，石峭水聲高」「輕寒三月雨，濃翠半城山」「路生逢客問，衣冷下車行」「野煙臨曉重，河水過霜清」「蟲語侵孤枕，風聲帶亂沙」「一徑踏黄葉，四圍生白雲」「山泥留鹿跡，秋草散羊群」；七言如「性疎懶學方三拜，吟苦深慙温八叉」「嗜游靈運成山賊，愛潔元章是水淫」「天外樓臺多幻想，目前時勢總關心」「落花如雨紅黏屐，新柳如煙緑過城」「他鄉住久翻難別，客路裝輕較易行」。如此之類，置之唐宋名家集中，幾無以辨。

有犬五章並序

山右某轉徙至余邑，隨行者一妻一犬。妻忽爲匪人誘去，某逐村尋問，犬猶依依相隨。張子感之，作此詩也。

有犬隨主，有妻隨夫。一妻一犬，共此長途。嬋娟此豸，性如流水。著舊嫁衣，事新夫子。夫來求矣，言之羞矣。水難收矣，不如休矣。誰伴長途？惟有犬在。吁嗟犬兮，中心不改。魚思故淵，鳥依舊林。吁嗟犬兮，哀哉斯人！

寄史君牧 一經

維正月初吉，謁我香匡師。入門坐未定，舉公告我知。槃槃大才子，世居溧水湄。渥洼駒神駿，未得貢丹墀。豬肝聊寄食，潦倒東西馳。今幸來吾邑，得識元紫芝。兼復述公貌，繼乃出公詩。使我一披讀，拍案叫絶奇。如花著老樹，摇曳無醜枝。如蘭生空谷，披拂多幽姿。一卷足過日，字字細研思。至情感人心，忽喜忽涕洟。自顧嫫母醜，笑顰同東施。竊慕曹子建，文好人彈譏。因獻生平作，百拜親封題。敝帚敢云享，思藉車指迷。匆匆録未竟，切切轉自疑。匠門鑄劍器，瓦礫應棄遺。藥籠貯參苓，溲勃詎等夷。定知惠休作，誚爲委巷詞。不則作虚譽，謝瞻贊愷之。鯫生乃何幸，偏蒙青眼垂。取長務去短，示我以矩規。雅俗爭一字，鍛鍊施千錘。如嘗和緩藥，頓覺起癃疲。贈言意勤懇，更以千古期。感極心翻倒，泣下如綆縻。聞公年垂暮，蕭蕭兩鬢絲。我少四方志，終年守茅茨。遠隔數千里，遇合安有時。幸此偏隅地，天使神君司。謂祁季聞邑侯。公爲入幕賓，意外得追隨。荆州願一識，不恨相逢遲。但恐公去速，一旦成別離。脈脈抱此情，中心如調飢。竊欲借寇公，不使雙鳧飛。常留典兹土，百姓蒙安綏。庶公得久住，永獲親光儀。此言非惝怳，此意兼公私。矯首事長望，公當鑒我癡。

偶感

急風從北來，吹折堤邊樹。下有小草生，荏苒終如故。祇以大小殊，安危遂異路。物理已如斯，置身安可誤。

種花滿庭前，繽紛間紅紫。年年及時開，香多蝶蜂喜。今年花事衰，經春未吐蕊。豈以一日惡，遂忘疇昔美。灌溉待來年，莫使根枯死。

荆棘傍堦生，礙路殊可惱。出入刺人衣，時復傷手爪。移植園四圍，用作籓籬繞。過者不敢窺，園蔬賴以保。處置苟得宜，何必伐使槁。

昨宵雨初霽，種園前溪頭。鄰人攜酒至，相邀爲小留。柳陰共斟酌，團坐話田疇。夕陽紅滿林，言歸行且謳。道逢遠行客，爲話風波愁。

影戲和焦笠泉

傀儡迹久陳，土風競新穎。人生已如戲，作戲更因影。紛紜腳色殊，像人誰作俑。妝從半面窺，意可全神領。具體嗤相皮，人物皆以驢革爲之。牽絲走不脛。朝映白日光，暮照華燈耿。帷幄資運籌，機關鬭捷警。如作廣寒遊，仙隊霓裳整。又如海市中，奇觀樓閣迥。繪色兼繪聲，俚謠雜巴郢。悲歌燕趙多，靡曼鄭衛等。嬉笑與怒罵，淫哇間淒哽。亦能寓勸懲，善惡昭鑒炯。報賽盛春秋，醵金糜市井。觀者如堵牆，無眠喜夜永。割席男女分，攜手兒童並。悠揚絲竹音，點綴枌榆景。身世感如斯，當前皆幻境。雲煙過眼空，熱鬧回頭冷。可惜矮人多，觀場茫不省。

題香厓先生松陰讀史圖

先生作詩如作史，才學識能兼史美。先生讀史如讀詩，興觀群怨通詩旨。圖書插架羅古今，手未開函心早喜。擾擾塵事俱不知，一編日坐松陰裏。偶然感觸發長吟，詩即是史無二理。先生有《全史宮詞》及詠史詩百餘首。先生之才乃如此，先生之高亦至矣，求之當世人有幾。披圖真氣何浩然，濤聲恍惚摇寒煙。

健令行弔謝雲舫子澄明府

欃槍倒射丁沽水，水捲浮尸戰士死。死而不死乃有人，碧血斑斕照青史。健哉謝公孰與儔，少年意氣輕公侯。論文雨夕詩人血，擊劍晴窗壯士頭。雷封久困風塵吏，一官移牧天津地。緩帶猶存羊祜風，請纓常抱終軍志。烽火連天驚賊來，孤城守禦何危哉。誓師徧酌白徒酒，大呼殺賊營門開。弓矢居前矛戟後，數十健兒相左右。短後之衣刀在手，十步以內人無首。紛紛爭避白馬威，自相踐踏棄甲走。是時麟閣已書勳，方期刻日滅妖氛。豈料黄巾合未殄，將星偏易落前軍。城南再戰援兵絶，力盡仰天噴熱血。手拔靴刀故鬼號，魂埋水國秋濤咽。蕭蕭戰馬嘶悲風，縞素三軍一日中。沈光身死齊垂淚，張順屍浮尚執弓。公投河後，有冰如床，載屍浮出。吁嗟乎！耿耿丹心死亦安，英氣上拂星芒寒。我作歌詩聊紀實，何人史筆垂琅玕？

六謡並序

民間疾苦，政治攸關，因即一時之聞見，著爲歌謡。言者無罪，聞者足戒。輶軒之使庶有取焉。

耕夫謡

朝耕青山下，暮耕河水湄。幼子習牽牛，老翁能扶犁。長子布種前，中子負糞隨。老翁嘆息語諸子，吾家生涯僅有此。田薄租重耗更多，一年所入能餘幾。不見西家去歲田歉收，無力輸租賣卻牛！

織婦謡

一燈在壁兩人分，女紡母織聲相聞。紡車輕快如風轉，要與機杼爭辛勤。母謂女曰今歲好，綿花收足布價小。連年出入無完衣，織成一匹先作襖。夫聞摇手曰大難，縣符火急催差錢，織成一匹先完官。先完官，機難了，兩手擲梭如飛鳥。心忙轉嫌冬夜短，機聲軋軋到清曉。

聽訟謡

官符一紙朱墨鮮，姓名某某隸來傳。民畏縣隸如狼虎，入門酒肉出門錢。到城勒索更難免，傾囊不足繼質典。畢竟難盈吏役心，可憐已破中人産。公門蕩蕩開，官坐堂皇兩造來。壺盧提，問數語，即俟再訊揮使去。再訊無日春復秋，吏役勒索又從頭。

徵銀謡

徵銀折錢無定數，功令森嚴悍不顧。大吏作威小吏驕，握算無言含薄怒。紛紛花户來官衙，肩背擁擠無敢譁。姓名某某簿中檢，耗羡多多額外加。就中復視强與弱，收分先後示厚薄。後者久待欲求先，萬語終難得一諾。寒天易暮腰腳酸，小民愁苦書吏樂。書吏樂，年復年，樂莫樂兮多得錢。君不見小民囊空無宿處，書吏醉擁妖姬眠。

辦差謡

辦差忙，四鄉走，大權乃在地方手。騎驢到處争逢迎，胸仰聲高面帶酒。牛幾頭，田幾雙，差價相準爲低昂。正費以外加數倍，明知中飽敢較量？敢較量，稟一紙；曰抗差，罪坐此。噫吁哉！破産贖歸飢欲死。飢欲死，眼前瘡，心頭無肉醫無方。盼得秋收禾上場，四鄉走，抽豐忙。

派鹽謡

鹽歸官，官作商，官派民鹽親下鄉。沿村逐户都登册，吏腕欲脱抄胥忙。官派鹽，按家口，老少不遺兼女婦。每口尋常派百斤，一年兩派分先後。作醬、醃菜兩時。縣官去，巡役來，直闖人家聲似雷。即指官鹽作私販，鐵索加頸誰敢開。誰敢開，牽送縣，當堂鞫訊獲重譴。鞭朴聲中血肉飛，贖罪拚將家産變。好官畢竟多得錢，循吏貨殖應同傳。

老巫行

病人牀頭几案陳，老巫得得來跳神。口頭常語念成呪，爐内香煙噴作雲。手奉清醪三俠拜，喁喁私祝人不聞。忽然絶叫目直視，呵神叱鬼向空指。摇頭拗項口翕張，似歌似哭雜悲喜。謂汝生命止於此，幸得吾來可不死。方劑不用人間藥，案上靈丹一椀水。病家夜備水一椀置香案上，謂之討藥，早起以飲病者。家人竊竊誇巫賢，回香多備謝巫錢。送巫出門病如故，又有車馬迎巫去。

船户行

平沙兩岸風色黄，驚濤駭浪何汪洋，欲渡恨難一葦杭。隔岸呼船人寸長，船户頭禿兩目張，先索客錢船價昂。多少不容客較量，直以心閒欺客忙。涼風颯颯吹衣裳，野煙著樹遮斜陽，無可奈何傾客囊。客囊已如洗，客程尚百里。吁嗟盜賊無時無，行路難從船户始。

繩伎行

一繩横亘百尺長，兩邊竪柱繩中央。端委收束適相當，如弓上弦仰面張。誰歟奏伎男女雙？喧傳遠近來觀塲。杖囊女肖紅拂妓，短衣男效廣川王。作氣催打鼕鼕鼓，分頭騰上誰扶將。絶迹真成人著翅，爭枝飛鳥相頡頏。始則徐行足縮縮，繼乃縱步音跫跫。兩腳到處如衡穩，五雀六燕無低昂。可知心與繩相忘，步履端正成康莊。中途相值誰讓路，立錐無地空兩旁。徑過捷行俱不可，始相爭較繼商量。男子翻身倒懸下，女子健步直前忙。繩上繩下一移轉，對面頃使回頭望。一人喝采衆人和，四圍排立如堵墻。睽睽萬目爭注視，局到將終勢更强。一則學作八風舞，摇曳繩隨意態狂。一則故作折腰步，顫動繩飄蓮瓣香。猛然跌落翻上坐，正如神龍掉尾空中翔。我作旁觀忽感慨，材力如此非尋常。干戈滿地方用武，何不仗劍事戎行？好向疆塲展身手，强如遊戲來村鄉。曲藝雖精名不揚，立功姓字千秋芳。君不見飛將軍有漢李廣，肉飛仙有隋沈光。

游公來並序

二千石無民社之寄，居是職者多不事事。游子代太守爲下爲民，周行境内，署中曾無一月留。善惡疾苦之在民者，罔或不悉。不識者不知其爲官，亦不能以來去測。鄉里間見有踈髯紫面語音少異者，輒驚詫曰：『其游公耶？』則雜然相告：『游公來！游公來！』婦女童稚亦習爲此語。夫紀述德政，儒者事也。乃摘『游公來』三字，詩以彰之，兼以風後之居官者。

黄堂開，游公來，一僮一僕一酒杯。敝車羸馬，胡爲乎來哉？一解。察吏胥，城狐悸矣。逐博徒，盧雉棄矣。懲訟師，鼠牙碎矣。擊豪强，虎翼墜矣。其餘小過，改即舍旃。人戴二天，維公之猛之寬。二解。女勤織，男力耕。表隱德，褒幽貞。學校建，訟獄平。一年之内，風化已成。非風化易成，維公之勤之明。三解。游公來，適從何來？愛者望若歲，畏者色如灰。人人意中各有一游公，相與指點相驚猜。公一而已，何以能如此？吁，亦神矣！四解。民以神頌公，公曰否否。吾亦非官，汝之父母。爲汝除荆棘，爲汝奠室家。爲汝謀長久，爲汝戒奢華。汝爲良民，勿爲游民，則余汝嘉。父母於子，不當若是耶？五解。游公來，民謡三字事實該。名臣循吏備青史，樂道其來人有幾？公外試屈指，遥遥今古兩人纔：叔度來，賈父來。六解。

董孝女郭孝婦並序

女氏董，邑黑厓子社人。十二歲，父殁無子，事母不嫁。五十一歲，母殁，置母柩牖下，獨守十八年，始得集貲以葬。時盧龍豈德時之女字同縣郭自立，寄養夫家，年甫十一。夫長婦十歲，未合巹，即外出不返。婦守志事姑，至三十八歲，姑殁，鍵户紡織；又二十五年於今矣。太守游公既仝爲請於大府，得旌其門。余以二女生相近，行相類，因仿史家合傳之例，連屬其事實，演爲韻語，以風世焉。

董孝女，郭孝婦，卓卓生非偶。婦惟知有姑，女惟知有母，兩事藉藉在人口。嗚呼，千古能幾有！一解。女，樂亭人。家貧父死，母氏難爲情。而差可自喜，女也如子。母欲嫁女女心傷，女謂他人母：母將誰望？非慕不字貞，願終依母傍。朝汲泉水，暮作羹湯；長日力田，深夜縫裳，子職婦職一身當。母曰吾苦汝、吾苦汝，翻悔從前不重生女郎。二解。婦，盧龍人。十齡寄夫家，呼夫以爲兄。夫出無歸日，身苦未分明。堂上孀姑，勸使他圖。拜倒姑前聲淚俱：姑視婦何如？青青者天，皎皎者日，而爲此言也有是夫！薄命姑與吾，吾有十指，不辭爲姑枯。姑哉，天乎！姑感痛，哽咽久之，久之一語無。夜深共寢，各悲形影孤。吁嗟呼！三解。母既歿，女何恃？己伴母棺刀伴己，十八年，終如始。姑既歿，夫無音，身不化石石化心。三間屋，似海深。年年寒食，女上母塚，婦埽姑墳。麥飯設，紙錢焚；哭聲宛轉呼，母姑聞不聞？四解。同治十有二年間，女年七十，婦年六十三。荼蓼久食味轉甘，豈願傳播爲美談？太守銀帛之賜，共辭勿受，受之心內慚。況爲請旌，其何以堪？再拜謝守，閉門思死去母姑淚潸潸。五解。莊士動談經，尺寸苦拘守，每遇奇行輒否否。人患不及情，過情復奚咎？董孝女，郭孝婦，能爲其難心無負。嗚呼，一時竟兩有！六解。

煙鬼歌

君不見荼有神、酒有仙，煙胡爲乎以鬼傳？請言其故席爲前。人生托命在五穀，荼酒已非用所先。奈何終日食煙火，浪費人間有用錢。醒睡無端易昏曉，晝伏夜動陰陽愆。遂使生人同鬼物，茫茫海底苦無邊。俗以受煙之瓶爲斗，竹管承斗處爲海底，喻以斗取物填海底，終無滿時。其垂戒深矣。小窗夜靜燈如豆，一鬼橫陳群鬼就。脱畧無分上下牀，消閒那問短長漏。盧杞人憎面目藍，沈郎自惜腰肢瘦。煙氣空濛似霧雲，重簾委地香微透。食等饔飧有定時，一身轉側左右宜。死灰能燃更熬煮，呼吸真成續命絲。荼有神，酒有仙，煙今乃竟以鬼傳，以鬼視鬼品分焉。何來餓鬼工奔走，多方寄食顔偏厚。傍人羞説向東坡，到處相驚於伯有。韓氏文章送不行，南齊狎客名同醜。吁嗟呼！荼有神，酒有仙，煙何不幸以鬼傳！新鬼故鬼相牽連，有簿難點殊紛然。安得返魂香一束，一日氤氳偏大千！

沙流河夜發

晨雞喔喔天欲明，强支殘睡出門行。斜月半規人有影，平沙數里輪無聲。東華魚鑰五更啟，早朝車馬如流水。田家雙掩白板扉，布被宵温睡方美。

贈侯少田 焕堯

獨秀峰竪巨靈指，南天一柱與天倚。靈秀欝積鍾奇人，翩翩今得侯公子。一官多暇策馬來，入門長揖成知己。雙眸睥睨無古今，淩晨高談午未已。渴虹一吸酒海乾，倒瀉銀河入杯底。酒香書香滿腹蒸，脱口紛騰幻俶詭。君不見壯悔堂，文光上燭萬丈長；又不見夷門老，俠氣平吞六國小。家風如此亦足豪，三寸毛錐抵寶刀。偏師斫陣營壁裂，白手搏戰風雲摇。長篇短詠紛錯落，筆鋒卓立秋山高。文字因緣若前定，灘江溟海萍蹤交。那知聚散浮雲幻，一鞭又指東華遥。君改名登丙子賢書，時公車赴都。東華大道平如砥，逢君别君日能幾？裘敝應添季子憂，酒酣更爲王郎起。春雨將開及第花，旅餐暫索長安米。臨行示我河流順軌圖一紙，吁嗟離情都付南流水！君判灤州，掘古河六十里通海，繪圖紀之。

早發

古店雞鳴早，呼燈照束囊。歸心臨夜急，客路入秋荒。殘月淡將落，曉天寒欲霜。遥知百里外，佇望有高堂。

哭梅吟齋先生

不料公真死，驚聞心尚疑。天今如此酷，吾後復誰師。設榻留徐穉，逢人説項斯。生平知己感，圖報嘆無時。

上香厓夫子

百里成僑寄，門牆迹久疎。離思隨日積，落葉又秋初。時世方多故，先生自著書。侯芭頭漸白，相望獨躊躇。

山家

霜葉蕭蕭路，山家獨自尋。孤村流水外，一徑晚煙深。寒犬吠生客，歸鴉識故林。此來正無事，倚石發長吟。

過年

自笑成何事，匆匆又過年。典衣償宿債，選句作春聯。時序真如水，文章不值錢。幸無烽火警，一醉尚陶然。

送王子林鳳森之官大梁

酌酒與君別，樽前感慨多。一官憐白髮，六月渡黃河。家在貧無礙，才優志若何。妖氛猶未息，南去問兵戈。

輓張肅亭明府

未遂生平志，斯人那可亡？一官如幻夢，八口尚他鄉。太白詩無敵，寬饒醉更狂。嗚呼今已矣，輾轉爲君傷。

聞天津近事

見說津門水，滔滔戰血紅。赤眉偏逆命，黔首盡從戎。馬踏殘秋雪，旗翻曠野風。蟲沙悲滿目，諸將漫論功。

殺氣臨城暗，軍情入夜忙。丹書焚斐豹，健令此馮魴。鼓角催征騎，欃槍避劍鋩。小臣能報國，聽罷淚沾裳。謂謝雲舫明府。

輓蘇我山先生

午夜文星暗，東坡死竟真。應爲斯道惜，況是受恩人。好客終成癖，居官更致貧。麻衣悲叔黨，握手話酸辛。

哭常職卿

頻哭騷壇友，何堪又哭公。詩人能有幾，此道竟終窮。嗜酒重泉少，無兒萬事空。幸留遺草在，真氣亘長虹。

妻弟宋輔堂廣蔭**成進士後得心疾，服毒而亡。余聞訃往弔，痛惜交集，哭之以詩**

君志高千古，君年未四旬。君才將有用，君死竟何因。命也天難問，悲哉夢不真。君先卒數日，梦爲冥官。言之酸我鼻，已矣勿重陳。

史君牧生時，香厓先生許出貲爲刊其詩。今攻木工竣，君牧之殁已十稔矣，感賦二章

此老才無敵，生平性率真。窮途猶直道，末路作詩人。薑桂心終熱，芝蘭氣最淳。遺編誰付託，覆瓿易沈淪。

卓矣吾夫子，多金剞劂成。必傳兼少作，雖死見交情。昔我聯吟社，蒙公重友生。於今感交集，展讀淚頻傾。

逢藺臚三士元

彼此知名久，神交繫夢思。何期孤竹國，相遇杏花時。迂拙難諧俗，窮愁合有詩。文章同砥礪，良會未嫌遲。

輓向軍門榮

一夜西風急，飄摇大樹枝。將星偏易落，時事已難知。滚滚長江逝，蕭蕭戰馬悲。更誰資卧鎮，南望淚交頤。

閒行

獨坐易生懶，閒行聊破眠。溪沙乾有路，村樹晚多煙。欲過平橋去，一看南畝田。鄰翁相伴好，清話夕陽前。

夜坐

坐久群囂寂，閒傾酒一升。詩情深夜雨，人影小窗燈。出處知誰是，功名愧未能。年來甘淡泊，渾似在家僧。

發郡城

亂山圍不住，匹馬出平州。舊壘如峰立，長河帶石流。抗懷飛將事，回首少年遊。無限滄桑感，蕭蕭兩鬢秋。

七月十八日天愚太守招同史香厓先生郝晉三錫章韓筱坡來賀兩廣文暨志局同人遊清風臺

故國荒孤竹，城門寂寞開。前賢留勝蹟，我輩上高臺。山水清雙眼，黄農付一杯。秋風薇蕨老，欲去復徘徊。

猶記初來日，匆匆卅五年。回頭迷指爪，有夢擾雲煙。地喜重遊好，躬逢太守賢。清風餘兩袖，安穩送歸船。

有答

楊雄賦就漫吹噓，自笑功名念已疎。只合退飛同宋鷁，敢將末技詡黔驢。習勤空運陶公甓，上署原無黄石書。拂拭吴鉤頻嘆息，誤他相伴守蓬廬。

重過友人山居

數聲雞犬出松篁，溪轉峰迴見草堂。楊柳池塘春水緑，杏花籬落午風香。閒居有味貧非病，久别相逢話易長。嘆息吟朋半零落，十年人世已滄桑。

題友人感事詩後

字字悲涼寄慨深，不知是哭是長吟。迴腸迸入窮秋氣，觸手彈成變徵音。國事豈容瘋漢議，蒼天應鑒杞人心。無眠中夜挑燈讀，百感茫茫淚滿襟。

哭王鐵栞鈞壽別駕

交君尚恨識君遲，豈料翻成永訣悲。身後文章曾託我，眼前兒女欲依誰。膏肓已入因耽酒，藥石無靈愧學醫。曾以補藥饋君。天意亦傷才子逝，瀟瀟秋雨蓋棺時。

故鄉咫尺不歸休，栞劍飄零負首邱。生有綈袍憐范叔，死餘布被蓋黔婁。招魂我愧將芻束，助葬誰能付麥舟。縱有青山可埋骨，九原應念舊松楸。

贈許叔平奉恩明府

脱卻青衫出薜蘿，功名四十未蹉跎。遠遊拓落登樓賦，壯志飛揚斫地謌。結習能除名士少，才人常屈小官多。請纓報國生平願，劉秩堪當曳落河。叔平以軍功保舉知縣。匹馬輕鞭萬里行，江山奇氣入詩情。一時酬唱誰同調，六代淫哇總廢聲。作客尋春唐杜牧，解衣罵座漢禰衡。論交未惜相逢晚，好乞君家月旦評。時以詩稿就正。

感舊

昔日名場足舊知，詩城酒國共酣嬉。偶然小别如三歲，後此常思彼一時。豈意無端風雨散，至今何限死生悲。迢迢二十年來感，愁檢囊中贈答辭。

崆巃山

石徑斷復通，山鳥飛忽去。幽絶無人聲，風葉如相語。
直上最高峰，天風塞滿口。舉步石牽衣，招人雲在手。

訪梅小樹寶璐不遇

我特訪君來，君已訪人去。惆悵立空階，迴風團柳絮。

早發別山

歸路踏霜花，坡陀高復下。寒重人無言，輪聲散空野。

詩成

詩成春晝閒，欲訪幽人去。何處片雲來，瀟瀟忽作雨。

無事

無事自閒行，看花時小立。風來忽撼花，露潑一身溼。

古意

郎言看花去，儂言移花來。移栽儂家院，歲歲儂家開。

夜行

取火照前途，路入深林迴。僮僕逐騾行，一燈摇衆影。

觀盧生睡像

神仙富貴兩難期，一枕黄粱夢太奇。底事至今留睡像？多因人愛未醒時。

詠史

黑夜行宜醉尉嗔，那知坐此竟亡身。怨仇報復何須甚，嘆息淮陰袴下人。
一朝作相事紛更，苦把周官執意行。學士文章真絶調，可憐遭際誤先生。

重檢藺臚三詩稿悵然賦此

一卷重開隕淚痕，難從紙上返吟魂。遺編零落中郎杳，更有何人是虎賁。

張秋崖朝桂學博移居石氏舊園，白牡丹始開，招同人小集。余未得與，後三日往觀，即事口占

金谷當年憶俊游，滄桑已作酒家樓。人生輸與名花好，富貴居然到白頭。
姚黄魏紫漫爭奇，素面朝天虢國姨。料得多情張子野，新居祇爲看花移。
芳筵未得侍諸公，獨賞遲來三日中。卻喜看花遲更好，數枝齊放舞東風。

七夕和祁季聞

難償聘債亦堪憐，坐使相逢動隔年。天上錢刀果何用，清貧竟致累神仙。
屈指今宵感慨多，廿年半在客中過。灤河輸與銀河好，竟阻歸程湧巨波。時灤水漲溢。

春暮

茗椀香爐伴寂寥，閒窗鎮日雨瀟瀟。一年春去無人惜，花片隨泥上燕巢。

閉門

春日烘窗睡起遲，閉門況味少人知。閒愁撩我翻成趣，催就言情數首詩。

詩稿編成四卷戲題於後

疎狂處世妄男子，刻苦耽吟太瘦生。朋輩竊多憐惜語，竟將科第换詩名。
千篇容易一言難，心口商量苦未安。好把新詩比新婦，粧成方許外人看。
祖父淵源家學深，少陵萄鶴繼高吟。羞稱詩是吾家事，不值雞林一餅金。
幾自編排幾自思，麻沙梨棗亦詅癡。千秋萬世誰傳此，敢説終無覆醬時？

◎陰文學振潛

振潛字孔炤，樂亭人。諸生。著有《廬山真面詩草》。

《止園詩話》：陰孔炤茂材爲樂邑望族，子翼先生從弟也。性好風雅，以郡試第一入邑庠。鄉試不售，遂以貧游幕終身，年七十餘卒於家。

同崐如上人遊二閘

一水正東流，飄然泛小舟。閘平排巨艇，岸闊敞危樓。天地容瀟灑，河山任去留。參寥伴坡老，赤壁效前游。

灤州道上

太息浮生事，依人數已奇。勉行如病起，癡願只心知。車馬郎當路，風塵冷暖時。惟餘排遣法，反覆塞翁詞。

德州感懷

自嘆何如此，蒼然白髮侵。依人知計拙，遭亂覺愁深。滋味嚼如蠟，光陰擲似金。不堪回首處，奚必苦追尋。

對菊

寂寂蕭齋晝掩關，新栽盆菊列窗間。花當秋日翻增艷，人到貧時卻得閒。鬢影盡從愁裏換，真機常向靜中還。晴光曝背闌干下，傲態相看亦解顏。

赴山左留別諸友兼送雨村姪之奉天

千里奔波詎偶然，何當烽火警連天。名心未捧毛生檄，壯志空懷祖逖鞭。前路茫茫無定所，勞人草草已多年。同爲羈旅東西别，半世從頭再結緣。

秋夜聽雨不寐

中秋未過似重陽，風雨瀟瀟一味涼。枕冷欲人先去簟，砧鳴催我即添裳。愁心耿耿難言訴，旅夢悠悠覺夜長。明日烹茶應早起，露華濃送桂花香。

憶故鄉親友

孤懷常抱伯牙琴，無那窮途少解音。方寸有言無可語，寒宵苦寂獨長吟。雞鳴莫覓三更夢，花笑應知一片心。屈指故人多白髮，晨星落落隔遥岑。

望雲

誰言菽水亦承歡，此欲承歡意惘然。屈指浮家今幾載，夢魂顛倒白雲間。

得弟甘肅書

家書一紙報平安，五月愁腸此暫寬。自笑正當貧澈骨，眼前真抵萬金看。

◎鍾文學梁

梁字少白，撫甯人。諸生。

《止園詩話》：梁先世在滕國世襲指揮之職，至梁極貧。喜吟詠。居撫甯東郭外，風雨一椽，蕭然坐守。取人生如寄之意，自號曰『寄庵』。其詩五言如『花間推盞睡，月下倚簫歌』『一樓晴撲翠，幾樹晚摇紅』『波圓魚没水，花動鳥移枝』『窗虚延月色，壑静飽松聲』『閒行宜月下，小坐愛花陰』，七言如『廿年總集愁千疊，一夕能談話幾多』『石徑尋幽如讀畫，霜林得趣當看花』，皆有幽致。

村居

潦倒躭詩酒，村居日閉關。此心無芥蒂，何地不雲山。惟懶能藏拙，因貧轉得閒。長歌彈鋏句，多事笑馮諼。

柬二三同志

天氣微含暖，時光小閣陰。花開春院静，人立曲廊深。好景推三月，韶華抵萬金。過從詩酒侶，肯否夜招尋？

秋夜飲東村

幽期今不負，端賴主人賢。共領歡中趣，渾忘醉後顛。水移荒岸露，月澹野橋煙。秋爽身輕健，飄飄竟欲仙。

偶成

雨過夜深淺，無眠心緒煩。推窗驚鳥夢，燃燭覓花魂。樹暗煙無影，天空月有痕。草堂涼意足，且喜酒盈罇。

散步

困人屬春晝，散步夕陽天。花發似圖畫，鳥鳴勝管絃。機心捐物我，悟境觸魚鳶。儘有濠梁樂，長歌泌水篇。

漁村晚興

漁村鱗次結茅廬，緑水環村畫不如。渡口人歸潮落後，柳梢月上雨晴初。婦前偶索藏瓶酒，客至旋烹出網魚。醉卧黄昏無箇事，夢魂直欲到華胥。

題畫

緑水周三面，青山界四圍。雨中黄葉路，扶傘一僧歸。

閒夜

夜涼人未眠，閒窗燈欲滅。無意去尋詩，徐步階前月。

無聊

別館淒涼夜，孤燈伴苦吟。有心憐月色，不語步花陰。

田家

我愛田家好，人情各率真。有時攜酒過，彼此互爲賓。

玩月有感戲書吴打棗竿歌後

做天固不易，做月亦實難。難得天下人，同向喜中看。

晚步

月上林梢晚飯餘，村南曳杖步紆徐。隔溪燈影穿籬出，知有高人夜讀書。

删詩誌感

滿城風雨未終篇，楓葉吴江一句傳。身外物多皆足累，集中詩少或增憐。

即目

黯黯春愁壓滿枝，東風無力强支持。衆芳摇落還同我，不似從前富貴時。
人世誰還似我癡，替花歡喜替花悲。花如解語還應笑，問爾青春能幾時。

楊村晚歸

漠漠寒煙匝地生，近村不辨況遥城。良朋慮我迷歸路，指向青山缺處行。

◎王上舍樟

樟字豫生，太學生，灤州人。著有《壽泉吟稿》。

《止園詩話》：王豫生，子林明府仲子也。性聰穎，少有詩才，抱負不凡。因體弱，絶志進取，不事帖括學。年未滿三十，以咯血卒。卷中有《紀夢》詩，事雖近幻，然亦可見其來也有自矣。

感懷四首

身不處道義，榮辱爲歡悲。蘇子貧賤時，妻嫂不爲炊。家不識禮義，其咎將誰歸。自以爵位勝，人以爵位期。得失如轉圜，何能永德輝。

嘻嘻與嗃嗃，易象戒家人。言行反自治，孚敬良有因。糟糠不下堂，松柏矢終身。㚈哉晉大夫，窮居亦若賓。

霸道假仁義，異術談空玄。縱横亂倫紀，辯給渝媸妍。當路設陷阱，舉足皆蹶顛。欺人豈爲快，自賊殊堪憐。超脱污濁中，浴彼清泠淵。俯仰自策勵，匪祇希及賢。

達人貴自立，去就不因人。於義苟有在，斧鑕非所論。不有陳蔡厄，誰問洙泗津。持此益感奮，舉目觀浮雲。

讀書有感

琤琤蟋蟀鳴，西風散餘暑。坐我讀書堂，怡然親上古。去彼走作心，復兹精熟語。深警未冠時，擁書日旁午。流觀兩目痛，撫膺餒無主。譬彼饕餮兒，垂涎抱食譜。又如登岱宗，精神妄飛舞。我足尚山椒，我心已小魯。仰愧古聖賢，修業甚專苦。韋編續復絶，齒落脣且腐。何爲徒泛濫，浮躁濟莽鹵。一朝過萬卷，篇第安能數。佳味美在回，力學志貴篤。處下而闚高，宜哉道莫與！

冬夜寓懷

嚴風噤群動，月上寒窗明。卧久振衣坐，獨起懷遠情。所懷在天末，路亂山縱横。於時未當出，待旦心營營。

羲軒久不作，澆薄成世風。漢唐且淩替，至道將誰崇。卓哉晦木人，接跡濂溪翁。頑雲雖漸開，夜氣還冥濛。

松窗歷日久，紙大破似繭。有時一動摇，雙眸藉一展。注見兩小星，熒熒光欲泫。孤陽冥昧時，微明亦當勉。

枯桑有餘葉，焦卷桑條邊。北風一披拂，去樹聲泠然。幽人惜零落，掇視明燭前。非忘昔蔭濃，終輸松柏妍。

懷友

縈縈窗下菊，皓皓雲端月。傾身擷其花，影亂紛衣襪。我友伊水陽，抱道香山窟。我歸梓里來，十年不得謁。握菊欲致之，芬芳恐休歇。搔首佇空庭，清光相對發。

偶感

虞舜未帝時，父惑後妻子。井廩使浚塗，瀕危不敢死。爲恐陷親惡，來茲穢青史。不幸瞽瞍名，而猶傳不止。舜以大孝稱，舜實不得已。

有弟

有弟歲甫冠，後我兩春秋。岐嶷具性質，皪皪明雙眸。少小解友愛，稟賦無比儔。追隨數十年，談笑同夷猶。我甘而弟糲，弟絮而我裘。飢寒殷恤問，拊背聲和柔。時值一閒出，遍舍頻呼求。感之扃蓬户，著論絶交游。晨興灌園圃，桔槹鳴啾啾。暮歸理絲竹，音節清且瀏。攜登慈母堂，用解親顔憂。親顔既易適，並率勤田疇。於茲復數年，勗勉嚴輕浮。而我何多感，涕泣緣纓流。愧無許武才，使弟名譽修。兼慚孔奮義，俾助甘善賙。徒爾憫勞勩，鬱結心銘鏤。

春郊遣興

爲農豈吾願，量分固其宜。時清英俊進，安用樗散爲？東皋荷鍤立，和風吹我衣。農夫既興作，鳥雀亦翻飛。而我獨踟躕，忽若有所思。借問何所思，一笑看雲歸。

灤河溢

光緒丙戌秋已老，禾黍穰穰垂欲倒。一朝灤水四面來，萬頃披靡成敗草。禾已盡兮濤不收，千村漾漾若浮漚。君不見，此横流。一解。自案而牆升屋樹，男女攀援同蟻附。牆傾屋圮樹根顛，出没洪波頭髮露。此時人急不暇悲，但有蛙聲雷鼓怒。君不見，此黎庶。二解。經旬浪縮人無屋，朝昏暴雨傾天注。老幼團團泥水中，仰天長號雨入腹。雨入腹兮尚充飢，但愁水長化爲魚。君不見，此群黎。三解。傳聞太守拯民溺，輕舟來往如飛鷁。沿城十里五里人，盡入官衙與廄櫪。朝朝散食且散錢，歡聲載道呼青天，願皆買屋來城邊。四解。五人一盌粥，十人一盞羹。三旬九食者，人共説家豐。飢民見煙囱滿竈，米未入釜先鬬爭。釜傾竈壞相持哭，同里不聞風雨聲。五解。胥吏察災云得實，合境漂亡人廿七。飢民見吏妄呼號，觸怒不書爾撫卹。撫卹無兮魚尚多，魚總無兮可吞蛭。君不聞，當自律。六解。

甲申六月四日三弟舉子誌喜四首

起起荊妻喚，鐙明影上簾。衣冠堂外立，璋瓦袖中占。夜色銀河淡，嗁聲繡户添。依依天漸曙，不惜露華霑。

慈母來含笑，中庭喚我前。六旬孫始得，五夜夢真圓。潔席供茶果，拈香告祖先。更須濡細筆，端楷記時年。卯時生。

敬聽慈闈諭，逌然興欲騫。數年殘雁序，此日慰鴒原。弟肯爲宗義，即日以此子爲先兄嗣。吾其愧馬援。

親鄰排闥入，吉語不勝喧。共道兒顔好，蒙茸髮似冠。星暉睛脈脈，玉暖面團團。彩勝佳名錫，魁梧錦褓寛。詩成留秘稿，雅事擬同韓。

曉發

旅行秋已暮，早發況東歸。風氣蒸衣溼，星光著地微。野狐擲草望，山鳥散林飛。欸乃歌聲起，征帆下石磯。

野煙圍樹白，游子獨依依。落葉翻樵徑，寒花隱釣磯。偶經庾衮宅，深愧老萊衣。敢計遄征苦，高堂待早歸。

題牡丹薺菜扇頭有贈

幽人欲就繁華易，富貴能兼淡泊難。今爲寫將圖畫裏，請君常向箇中看。

過亡友故居

記得村東第五家，書聲消歇噪寒鴉。依稀老母猶相識，掩淚無言爲煮茶。

失題

一箇扁舟一釣竿，萬荷花裏夢邯鄲。尊榮多羨垂綸樂，聞説漁翁更愛官。

即事

數間茅屋自成村，籬豆花開護板門。惟愛農夫攜手立，笑言新稻又生孫。

漁父吟

曲曲清溪淺淺流，蓼花紅處網輕投。旁觀任説生涯拙，此水原來不覆舟。

紀夢有序

己丑七月初四日，忽大嘔血。昏瞶中見一黄面紫髪翁相扶掖，似舊相識者，然實不知其爲誰。八月初三日，夜夢與語，怪誕支離，不足盡録。已而據案濡筆，寫兩詩索和。其一曰：『前身君是柘星精，一過扶桑便託生。記否沃焦石上坐，海天相對望長庚。』其二曰：『洞口瓊花暖欲然，藤蘿掠地樹參天。思君暫醒希夷夢，捉鶴來尋破紫煙。』余惡其誕妄，因書一詩曰：『孝弟仁慈本性天，安能從汝學神仙。前身荒渺無憑據，敢道三生有舊緣。』書竟相示，見其不懌者久之，撫余背長歎曰：『汨蔽深矣！』於是整巾騎鶴去，余亦蹷然而醒。自是血不復吐，而精力漸增。山魈野鬼來戲人耶？抑果別有因由不可測度耶？張君舒錦、田君樾清皆和夢中之韻，余各奉答一首。

答舒錦

窮由義命達由天，不羡金貂豈羨仙。恐是元精因病鑠，致令邪鬼覓因緣。

答樾清

不信人間別有天，桃花流水境成仙。偶因愛詠參軍句，惹得洪崖欲結緣。

哭王畹香四首

秋風颯颯動高枝，疫鬼呼號夜半時。我病君亡旬日内，遂令生死不相知。公於六月底没，余於七月初四日病，相隔數日耳。

貧儒夭死最堪傷，索父嬌嘑五歲郎。縱有遺編堆滿屋，算來何日繼書香？

怪雨狂風草亂階，尼山久已道難諧。玉樓果有修文詔，死遇知音命亦佳。

寢門一慟淚盈襟，空賦招魂作短吟。非祇惜公兼惜道，幾回遥望暮雲深。

驟雨

西風驟雨撼松窗，萬馬奔騰氣勢狂。顧我幽居閒閉户，博山爐裏自添香。

永平詩存續編卷四

樂亭史夢蘭香厓編輯
男　履升、晋校字

◎李農部茂春

茂春字蔭普，灤州人。户部候補郎中。著有《沁香吟館詩草》。

《止園詩話》：蔭普家故饒於貲。時鄉邑富豪子弟率皆習於驕奢，蔭普又少孤，無約束，頤指唯意、思投所好者日伺於側，使其少恣所爲，則珍奇玩好聲色狗馬之娱咄嗟可致。而乃一無所顧，惟日手一編，以吟詠爲樂，其識趣固過人遠甚。所作之詩，寫物抒情，選詞設色，雅近晚唐風味；而其一種綺靡穠纖、纏緜悱惻之致，尤令人之意也消。年甫踰强仕，以疾卒。郡守游公屬爲之甄録，序而梓之。兹又摘登數十首，以厠於諸鄉先達之後，蔭普亦可以傳矣。

短歌行

甕有斗酒，可以澆愁。匣有古劍，可以斬憂。桑田滄海，倏忽成邱。變遷陵谷，惟水長流。蠕蠕蜉蝣，不知夜遊。蠢蠢蟪蛄，不知春秋。錦衣珠履，誰捋王侯。知足常樂，載歌載謳。

得子

前曾有子，苗而不秀。方就學堂，竟殤以痘。今又生兒，望不敢厚。無妨爾愚，但願爾壽。

庭前丁香一株，先慈手植也。春花盛開，花下口占以誌悲

花生廿餘年，幹長枝正榮。先慈手親植，昔曾攜余行。指花笑示余，培養同孩嬰。不修花難發，不教兒無成。牢牢記吾言，兒須與花爭。樹大可成材，兒大可立名。小子儻無行，不如花亭亭。今日憶此言，在耳猶分明。哀哀呼父母，容渺音無聲。癡癡對花立，淚下不能停。邇來花又發，親亡歲屢更。愧我無所就，有負教育情。

中秋月下酌酒戲成

舉酒邀月來，細細窮根由。月自到天上，曾經幾中秋？天與古異否？月與今同不？吴剛或蒼髯？嫦娥或白頭？有無冰雪嘆？有無風雨愁？問之月不答，依依向西流。似聞嫦娥笑，笑語出瓊樓。子非愚癡者，醉語何啁啁？今古轉輪轂，萬世同悠悠。聖人不語怪，奚必窮追求。幻自人心生，苦惱無時休。聞之豁然悟，大白還一浮。

雪中有感呈一山先生潤之族祖

一夜北風來，寒逼窗疑敞。曉起裼裘看，雪花已如掌。颭颭隨風飄，片片鬬書幌。銀海眩生花，襟懷沁清爽。驢背瘦詩魂，灞橋景可想。踏雪欲尋梅，登山屐幾兩。遥望玉乾坤，四匝明且朗。村樹

起炊煙，原是太平像。邊庭尚鼓鼙，愁來神與往。默祝早肅清，頻頻手加額。慚無報國才，報國心空痒。今逢瑞雪天，詩友宜同賞。奚必杞人憂，中心多悒怏。

月夜有懷

皓月抱山村，雲淨天如畫。花蕊鬱清香，竹影横窗瘦。石榻欲眠琴，雅操誰同奏。知心水一涯，千里隔岩岫。何當折柬招，佳釀共勸侑。悄然卧帳中，孤枕聽殘漏。

立秋前偶感

夏去秋將至，悠悠更四時。相積成古今，古今數多奇。炎涼隨序轉，世態同時移。楊子悲歧路，墨子悲素絲。我羨帯索翁，鼓琴以歌之。人生自有樂，知足常情怡。高踞泰華巔，心與白雲期。

秋夜

清風颯颯來，月明篩竹影。白露亦已零，嗚咽蛩聲冷。却忘葛衣輕，獨坐耽清景。涼意沁心脾，頓使煩囂屏。人如在玉壺，世宛琉璃境。竹露滴清聲，松梢宿鶴警。萬物知炎涼，人應發深省。得意能幾時，清吟消夜永。

鏡中見白髮有感

少年面目今何有，居然竟作斑白叟。鏡裏驚看鬢上霜，傷心不似少年場。傷心未了旋心喜，一笑顔開明鏡裏。雙親當日也曾愁，怕不爾今到白頭。

月下偶成

薄冷重陽後，更深怯裌衣。籬疏花影瘦，霜重月光肥。病久寒先逼，眠餘夢已違。東方看欲白，蝙蝠傍簷飛。

壬戌夏秋間，大疫流行。有人傳余死者，親友聞之，莫不驚嘆。予思此災傳染非尋常比，誰敢自信不在數中？得此傳言，予豈非劫中過來人乎？作此解嘲

大疫流行候，無災幸此身。天心憐弱質，蜚語應斯辰。玉兔圓時月，時在中秋節前。紅羊劫後人。從今定無病，好度百年春。

和一山飯後原韻

停盃傳飯後，對景話簾前。香藴庭心桂，清飄水面蓮。燕歸檐際雨，蟬噪夕陽天。閉户閒無事，茶烹竹裏煙。

新年雜詠

耳卜

小卜一年事，全憑兩耳聰。平心無妄念，吉語自然通。鏡許懷明月，窗應遇順風。鄰家燈下話，説夢欲占熊。

太平鼓

春王新歲月，小鼓雜歌吟。曉日催花信，豐年聽捷音。三撾童子戲，兩字老民心。韻發淵淵處，和應配舜琴。

不倒翁

擬作中流柱，頭銜兩字强。是翁真矍鑠，此老不頽唐。處世心無垢，逢人首自昂。空空空六欲，應住白雲鄉。

陞官圖

宦途甘苦境，嬉戲到兒童。捷徑青錢裏，前程片紙中。交爭兼上下，陞降倏西東。大抵人間世，炎涼態與同。

太平寨

朔氣蒼然起，群山障馬前。嶺松迎旭早，河柳得春先。土俗臨邊地，民風近葛天。頓教生隱志，煙雨伴鷗眠。

客中春雪寒甚思親感賦

客裏逢春雪，依然冷逼人。風霜應念子，寒暖倍思親。侍養雖三婦，承歡祇一身。恨余虧定省，南望欲沾巾。

雪後送別一山

朗朗玉山行，歸途趁雪晴。本無多日別，爭奈此時情。友誼兼師誼，詩盟共酒盟。願君須早至，莫待子規聲。

得甥志喜

喜報端陽裏，瑯琊育石麟。知甥眉目秀，似我笑嚬真。一派同猶子，連枝本至親。姓雖分譜系，原不比他人。

永平道中

底事崎嶇路，寒宵策馬登？山凹盤老樹，橋仄咽流冰。風勁嚴威逼，裘單冷意增。羨他茅屋裏，偎火伴書燈。

題李衛公紅拂遇虬髯圖

鼎足稱三傑，奇逢義氣同。鬚眉原俠烈，巾幗亦英雄。化外成王業，閨中佐相公。呼兄多急智，千古仰香風。

秋晚雨中書懷

時會宛如流，人生倏白頭。雲煙寒暝色，風雨釀殘秋。萬事原無味，千杯略解愁。高吟老杜句，天地一沙鷗。

偶題

薰籠斜倚日初長，煙裊重焚卍字香。又是秋殘霜釀白，可憐人瘦菊添黃。星河寂寞三更朗，水月精神一味涼。萬種情懷人莫解，婆娑花影過東牆。

自述

問月庭前與月盟，卅年歲月竟何成？琴棋詩酒消千日，兒女妻孥悮半生。性懶雲山多有負，才疏名利兩無爭，未能免俗聊爲爾，一卷殘編對短檠。

秋夜

瀼瀼玉露下堦遲，漫轉銀河斗柄移。小院清風篩竹影，疎簾明月印花枝。奚奴撥火旁煎茗，古硯研硃自選詩。莫謂茅齋時寂寂，守株靜趣少人知。

歲暮雪夜無眠

隔窗風雪逼寒衾，意緒紛紛入夜侵。雞唱喚回孤榻夢，柝聲敲碎五更心。親朋困窘周難徧，兒女呻吟聽不禁。時兒女皆患夜嗽。自愧無才更無德，時因歲晚轉愁深。

夜聞内子誦拙詩戲贈

敲來鈴鐸已更深，忽聽清謳喜莫禁。愧我鬚眉無遠志，羡卿巾幗是知音。簾前竹影風初動，窗裏書聲月未沈。兩聘茂陵添篋室，多情不誦白頭吟。

蓮

出水亭亭立，紅衣悦目多。秋容雖漸老，愛爾子成窠。

送别後寄

留君無計送君行，暮樹棲煙一點明。此刻記程應可到，得毋寒重客衣輕？

西施

施村空唱浣溪紗，香徑蘼蕪近館娃。他日扁舟閑敘舊，君恩吴越許誰家。

春燕

春泥燕喜落花肥，啄補新巢對對歸。梁上呢喃相伴語，此間安穩莫他飛。

哭子

説道不悲悲轉加，北邙咫尺即天涯。荒坵莫使嬌癡態，衆鬼非兒母與爺。

夏日雜詠四首

花開花落竹籬邊，遊戲花間蝶亦仙。最是小蜂勤釀蜜，雙雙爭蓝墮階前。
箇儂妝罷語無譁，手折芙蕖綴鬢斜。花下潛來人未見，隔簾鸚鵡喚偷花。
急雨纔過暑氣開，小眠揮扇夢初回。漫呼弱妾烹新茗，小女攜書問字來。
天空日午静無雲，晝永風微熱欲焚。多睡恐教神不爽，老親床畔説新聞。

七夕戲成三首

紅絲繫就幾千年，望斷銀河意惘然。歲歲相逢情似舊，想無白髪到神仙。
人間天上數同奇，福命由天敢妄思。仙子亦無多子術，天孫誰爲送麟兒。
填橋烏鵲任回還，群烏何曾祇一班。河畔諒無鸚鵡事，未傳私語到人間。

◎李司馬潤霖

潤霖字蔭香，樂亭人。增貢生，候選同知，以團防保舉加四品銜。

《止園詩話》：蔭香家素封，喜交游，多豪舉，凡事勇於自任，無觀望縮朒態。尤好藏書，且習勞，每蚤起挑燈鈔撮，日有常課。與人談，議論如懸河，下筆亦灑灑千言，不爲聲律拘。其寫懷之什，往往得《擊壤集》旨趣。子宇，諸生，亦好吟咏，有《養雲洞歌》，頗見抱負不凡。

自題納涼小照

我納我涼，爾趨爾熱。熱自薰心，涼原徹骨。傍水雲居，接煙霞窟。萬籟無聲，天機發越。

史氏東園題壁

花木紛如織，周遭翠色迷。鶯嘌千樹暖，鴿放半天齊。佳果隨風墜，長松著雨低。良朋樽酒共，捫壁覓詩題。

絶妙消閒地，奇觀釀滿園。紫荆隨地發，紅藥倚欄翻。石罅花根結，窗櫺竹影繁。池魚任游泳，應識主人恩。

和香厓先生七旬自壽原韻

名途不羨祖生鞭，枕葄書叢七十年。自以文章爲性命，了無塵俗即神仙。孫曾繞膝家庭樂，弟子稱觴翰墨緣。非是先生修養到，人間五福更誰全。

內行群推孝近王，登堂祝嘏慶春長。著書自有千秋業，不仕奚虞三徑荒。階下芝蘭方競秀，門前桃李儼成行。他年百歲開筵日，可許梨園侑舉觴？

五歲前衣尚舞斑，古稀已届更童顏。清風共識心如水，壽相原知性樂山。節似長松千尺聳，伴惟野鶴一身閒。生平三樂符君子，樂育還期訂我頑。

烏兔東西任往還，老彭誰見歲盈千。自能不朽惟三立，何必觀空問四禪。善氣宜稱人世佛，大年同說地行仙。養生得主非關藥，豈慕槐山有偓佺。

嘆世

閱盡紅塵幾萬千，喚他不轉實堪憐。得抛手處須抛手，到息肩時便息肩。欲識可人惟對酒，更無別事只宜眠。古今多少名兼利，海水茫茫隔遠煙。

壬子臘燈下偶題

頭顱如此一諸生，自愧區區志未成。歲月已過不我與，從今仍慕老泉名。時余初補郡庠，正值老蘇發憤之年。

偶感二首

老佛空虛乖世教，申韓刻削薄民風。二千餘載紛紛甚，運會何時説大同。

虎鬭龍爭攬地天，原來只爲幾文錢。讓他有甚真虧我，自有蒼穹報不偏。

輓蔡少川明府

憶昔團防借箸籌，聊叅末議亦蜉蝣。頭銜愧我無功受，想像君顏欲汗流。
四境謳歌歲幾周，冦君欲借總難留。今朝奪我賢侯去，多事天宮起玉樓。

過永定河

河患年來不絶書，斯民何術免其魚。名更永定仍無定，愁溯虞廷命禹初。永定河即古無定河。

過安州

曉日長征豁壯懷，州名一字義原佳。憑車試問民安否，城郭依然雉堞排。

清音園山亭告成客集分全韻賦詩開燕以落之

獨樂原輸衆樂多，不須絃索與笙歌。吟箋分布騷壇將，共把毛錐當枕戈。
山亭水榭映斜暉，酒澮還欣魚筍肥。多少詩人吟太苦，今朝不醉忍先歸。

◎王文學金相

金相字叔玉，灤州人。廩生。

《止園詩話》：叔玉性謹飭，居恒以禮法自持。數應京兆不得志，攻苦益力，無間寒暑。州郡書院兩課，輒冠其曹，師友咸以遠到期之。光緒丁亥，以月課至郡，猝遘時疫卒。詩不多作，存此以見梗概。

敬題前任郡守游子代廉訪照像

千尋峻望矗嵩峰，瞻拜遺徽意萬重。政媲弘農傳渡虎，人逢元禮喜登龍。桂香萃聚文風振，棠蔭恒留化雨濃。廿載自慙駑鈍甚，也從末座荷陶鎔。

◎倪貳尹垣

垣字啟藩，樂亭人。廩貢生，候選縣丞。著有《軒軒草軒詩》。

《止園詩話》：啟藩，予婦從姪也。性好吟咏，尤工繪事。少從予學詩，下筆即迥不猶人，故所作多新奇之色。讀《永平詩存》，作絶句云：「開編如夢認迴環，多少清風識故顔。恠得近年思不見，原來都上北邙山。」「紅勒相遭幾度春，條條鬚髮白如銀。於今祈死仍無分，又作孫山以外人。」予刻《永平詩存》，例皆蓋棺論定之人；詩意感慨低徊，若以不得入選爲憾者。今選刻《續編》，余已年將耄耋，而啟藩亦踰大董，爰亟摘録廿餘首附刊卷尾。非云破例徇私，幾似豫凶非禮。啟藩見之，當亦軒渠大笑曰：「秀才幸不康了矣！」其他佳句，如《送客》云「雲牽踈樹合，鐘叩曉天開」，《夜坐思歸》云「一燈群籟息，遠柝半城沈」，《出吊晚歸》云「禮以家貧嗇，途因雨久迷」，《倪文貞》云「勝朝多節士，我族一完人」，《幽居》云「絮飛春有影，鳥散樹無聲」，《池畔新柳》云「細浪有情緑，春風無力嬌」，《碧雲寺》云「地疑人世隔，山到寺門開」，《讀定亂功臣館傳》云「江山還舊主，方略出新人」，《題乘舟訪友圖》云「帆飛兩岸樹，日轉一溪峰」，《思家》云「家貧難遠客，親在況高年」，《懷友》云「隔年新柳色，如見故人情」，《客至》云「開門初凝注，欲語轉依稀」，《常職卿應禮部試未終場而歸》云「名場得失塞翁馬，故里逍遥張翰鱸。豈是壯懷忘破浪，差同詩興敗催租」，《王處士留飲晚回》云「雲散夕陽孤浸水，人還殘靄自封山」，《晚發色樹溝望古北口》云「路低岸擁駝頭走，曉冷風從虎口生」，《敬述慈訓》云「身爲善事休云小，我有賢孫不患貧」，《天井關》云「壯志漸銷餘馬齒，世途愈轉入羊腸」，《回署》云「小婢側揮犀尾塵，老妻閒卜象牙牌」，《漫興》云「梅枝老處生冰蓝，詩草焚猶結火花」，《自遣》云「妻兼僕事差同婢，已負親心莫怨兒。蝸隱何妨留遯跡，螢飛終覺炫微明」，《賁花》云「肩頭高荷三竿日，口角徐生萬户春」，《立冬》云「日過重陽憐午瘦，詩成百首御冬肥」，《送長男眷之懷德》云「君子抱孫傷往日，小人有母遽忘年」。皆朗朗可誦。

群兒吟

匝月病漸愈，微覺詩興豪。欲補重陽句，拾取彭城糕。才安桂山几，齊集小兒曹。大者倒問字，小者奪吟毫。鴨行雜蛙躍，躋案共登高。攜抱頑不去，誘啖馬乳桃。分少爭咷叫，鼓噪孩兵驕。自顧非察父，養子心焉忉。一身爲野鶩，焉能生鳳毛。愁來假以怒，小遁大者逃。隻字不曾就，空餘首自搔。

自寫蕉窗消夏圖小照

自鏡自操管，自寫自頭陀。一我伏烏几，一我印圓波。一我出素絹，三我離猶多。誰云則不遠，執柯以伐柯。人生寄天地，無量沙恒河。靈臺狀一點，色相無關佗。宇宙大傳舍，爭墩意見訛。矧茲寄中寄，奚事苦分科？蕉影半窗覆，隍鹿攬睡魔。石磐康且壽，鶴算猗與那。四句圖中景。誰能居此境，與共千載過？須臾胎州襖，脱付春夢婆。試問手中鏡，前我照幾何。

曉發六溝晚抵平泉州

身在灤河頭，家在灤河尾。翹首望家鄉，遥遥七百里。經春客不歸，夢斷白雲沚。日日過家門，生憎灤之水。

舉頭見鄉月

舉頭見鄉月，鄉月來東方。想月東來時，曾過白雲鄉。慇懃送西上，親心與俱將。照兒身上衣，照兒身下裳。來夜再經過，多恐舉杯償。

舉頭見鄉月，隨月入家鄉。家鄉門靜掩，春風生高堂。堂外薔薇開，堂中石首香。烹飪詎不美，下箸何傍徨。傍徨復傍徨，惟見月在旁。

丁仙譜搜文文忠公遺稿備宣史館述公前語以告之。

事君須知君，忠告無定擬。猶如臨證醫，執古方謬矣。時貴面開陳，疏奏何所企。焉有陸宣公，但備入集美。文忠此言，蓋有所指。一時有欲疏諫者，數日琢磨其稿。公嘗笑曰：『文則行矣，事則不行矣，然日後文集中正不當少此一篇文字。』又曰：『聖學時淺，文不貴多，多不在文。』昔則聞讜言，今復聞有旨。筆墨外文章，何據宣國史。

同張啟明奉圖史香厓師松陰讀史小照敬贊

松具古人心，史載古人語。讀史傍蒼松，先生與古侶。我昔學公詩，古調獨彈孰得之？我今寫公照，照人古道摹難肖。傳家愧法雲林子，權作僧繇拂拭使。龍耶松耶柱下史，但覺風流溢滿紙。一瓣香，頗鄭重，狀得閬仙與誰供？古佛一龕頂禮共，張也孫晟我李洞。

展蕉窗消夏圖戲題

抗塵走俗，東圖高閣。相睽數載，牛馬任呼矣。假問答以自嘲。

先有我，後有卿，非同伯楷、仲楷生同庚。既有我，遂有卿，葫蘆依様形相形。卿即我，我即卿，草庵和尚王陽明。卿仍我，我非卿，往日之橘化爲橙。卿笑我，我笑卿，誰出豐獄入延平？如以今日論，卿年大有爲之英，我已不足齒之傖。欲呼卿出肝膽傾，詎因挾長不答更？語未歇聲，忽聞怒鳴。佛然曰：休示爾聾盲。襌鞱錦繡，璞閟瓊瑛。水不川足，茶不蕊呈。繪蘇狀島，黄孫竭誠。豈無面目？山重羽輕。玆爾瓦缶，破釜折鐺。普天雨露，誰蒿誰菁？洒庭掃室，養蕙成荊。滄浪取濁，人自藏纓。吾聞珠飛無翼，玉走不脛。傷哉劉子，名紙毛生。獨不見傅説象，王親營；范蠡貌，君手成。韋皋之照温公名，千秋萬世與有榮。而爾則點謝鯤之青睛，置鮑魚於同籯。夜不見月白，晝不睹日晶。破屋聽鼠嘯，不知歲幾經。吁嗟乎！曹侯畫馬紙貴瓊，潘女曝像蝶來迎。今既見子心京京，反不我愧滕薛爭。嘲垢嘶醜，鶩噪蛙獰。爾鏡仍在，鬼魅耻並。向者罔兩問影如戲嬰，天下事無獨有偶，豈惟蛇蚹蜩翼堪傷情。

津門健令行

弔謝雲航也。公諱子澄，四川成都府新都縣人。道光壬辰孝廉，甲辰大挑一等，任直隸青、静、邯、盧、灤、極等州縣。咸豐三年癸丑四月，知天津縣事。九月，粵匪犯津門，以戰死，年四十六。贈布政使銜，世襲騎都尉職，準請立祠。還安馬瑟臣學博賦詩詳紀其事。香厓師首倡《津門健令行》，一時和者十餘人，垣隨聲焉。

奔兕開匣突百粤，鴟鳴狸嘯難數髮。斗米作賊溯厥初，羽翼養成任出没。憶當小醜始蜂屯，孰爲國家釀禍根？藤峽桂林遥萬里，跳刀走戟入津門。津門要轄三畿輔，一卒渡河成疥癬。謝公家鄰八陣圖，華胄遥遥接謝艾。賊躪晉（晉州）深（深州）來驕横，津兵被調時無勁。慷慨誓師虞允文，振袂一呼民用命。

奇哉義氣感何同，播間猘口盡英雄。談笑謀成伏雁户，禿鶖毛脱墮秋風。賊渠鬅首爲王，中雁槍斃。一鼓擒賊主，獄囚劉繼德生擒僞大司馬大頭羊。再戰退賊伍。賊退楊柳青鎮，並據静海縣。每戰公必先，每先賊失武。公氣行如虹，賊頭落如雨。屢挫蝟鋒膽已喪，忽報將軍天上降。將軍智勇筆難形，六日賊築兩土城。我公用兵貴神速，國計民生爲急務。乘勝一揮本易除，不教窮寇藩籬固。恨殺蒼蒼亦嫉功，忍聽我公無歸路。我公無路入津門，賊人有路出津户。嗟乎！我公一身從此已，我公大名從此起。天子褒忠青史垂，惟有我公獨不死。

銕珊來詩索畫山水兼題咏以慰離思

聚散從心造，天亦不得靳。自心失其靈，神遂弗能運。先生委我作畫圖，更索新詩慰闊疏。一橋通處見幽廬，壁上瑶琴架上書。翠柏蒼松老碧梧，山無須買田無租。有桑八百柳萬株，修竹交加左右扶。傍溪環種稻，漉酒較秫好。繞逕遍生笋，客至堪佐飲。顧渚腴雲童子燒，吟成緑句寫芭蕉。君爲主，我作賓，舟者即我岸即君。我在家，君訪友，迎者即我來即叟。君不見虎頭嘗畫謝家鯤，明月清風許到門。心期但樂數晨昏，與君俱是畫中人，區區報章待細論。

鐵秦檜歌

忠武廟中傳故事，獸糞鑄奸墀下置。金人未去鐵人存，鐵人應是眼中刺。忠武恨在不爍金，鎔鐵如何能快心？見鐵人，思泥馬，有秦鐵，無汴瓦。胡爲乎千秋萬世留此大錯材？須防十二假牌再結胎。君不見祠兩畔，憲、慶、牛皋、文侯焕。錚錚有聲雲堪唤，嚴肅一堂鐵羅漢。又不聞忠烈將軍楊再興，鐵臂銅頭敵膽驚，二百鐵騎誇功能。小商橋下馬不勝，收屍鐵鏃拔二升，位置廊廡何弗曾？岳廟中多遺置楊忠烈像。如何俾是貪淫侶，污染階前乾淨土？吁嗟乎！何以慰？願借牛侯一鞭費，驅出昆吾之兔嘗其味。不識狡狡嫌臭未？若欲乞其餘，益之以王貴。王貴，檜黨，竟獲配食，亦未免倒置。

新設縣

八家鎮，買賣街，皆昌圖府地。新設兩縣曰奉奉化縣設于買賣街懷懷德縣設于八家鎮。買賣街，八家鎮，邊荒僻塞稽威信。兩縣向皆蒙藩游牧之地，乾嘉中內地商賈來此，始創立舖户，交易買賣。十數年來擾紅鬍，關外騎馬賊綽號紅鬍子，多嘯聚此間。搶殺商民殘無辜，日望設官來其蘇。初買賣街設照磨、八家鎮設府經歷各一員，今改撤兩廳，分置兩縣，以昌圖廳升府，轄屬之。官曰來爾商與賈，奚堪久罹馬賊苦。脩衙立獄築長堡，庶保爾商得安堵。刱假官吏防侵吞，董理還資爾本屯，衆曰唯唯願謹遵。客兵分防兩總戎，曰來爾商諭爾衷。行營棚仗度支窮，借爾肆坊當通融。官諭商家奉部章，籌欵須資斗稱行，議稅議征共条詳。費出行商協坐商，紓我大農權無傷。商人竭蹶日齊集，分晝合謀相供給。謀利常充損利人，握算持籌淚暗溼。所望鳌金補助多，外商耗重恐難過。駐扎兵弁人馬羅，日發官帑不符科。吁嗟乎！賊來頃刻玉石焚，官來抽筋剥骨鈍刀分。官斯土者體君民，身處時艱當解紛，願與受降城細論。

讀曾文正公館傳

回想艱貞日，今當灑淚看。中朝真相業，門第老儒冠。吴楚成功易，津沽任怨難。不教專寄託，何以布心肝。

朝仙庵

在韓西軒釣臺山陰。初，先生建月白樓以藏梵經，後移此庵。今珉猶是，經已無存。

地僻行蹤少，霜寒落葉深。每乘游寺興，輒起住山心。往蹟依然在，遺經何處尋。階前憑眺久，寂寞萬松岑。

平泉夜雨

卅載一詩狂，艱辛味備嘗。形容同下第，脚色別登塲。才愧徐高士，交思杜季良。窗前今夜雨，合夢到家鄉。

孤燈

飄蕩老頹頑，孤燈一破顔。長貧醫嗜好，久病享清閒。交乏寒暄累，生教熱惱刪。忘情誰太上，聖世有惸鰥。

籬下雜吟八首

地静園彌邃，心閒日倍長。遶階人伴影，下樹鳥尋糧。卧石紆幽徑，斜窗戀夕陽。一聲清磬晚，牆外吕公堂。

泛泛應何似，悠悠置此身。譬如鷗在水，閒與月爲鄰。柏葉今年酒，梅花去歲春。朱門常日揜，隔斷世間塵。

文章回造化，驅策織星忙。甘負天皇幣，來供吏部裳。庸才持韈線，癡想報雲章。脱口云憎命，揶揄鬼反將。

適意方能樂，吟哦各有真。事難操在我，詩竟舍從人。閣暗留餘夜，牆陰抗早春。吾才遲且拙，不願熱相因。

交寡客無擾，窗閒日嬾斜。隔林聞巷犬，空院落鄰花。春自增中減，年從損裏加。應時鳶正翦【一】，坐看入雲霞。

有好便爲累，耽吟亦受牽。豈無羞白髮，聊以慰青氊。僮睡研枯水，茶收爐斷烟。柝聲敲月落，猶自聳雙肩。

野禽鳴閣樹，春草上亭山。叔夜甘投嬾，安仁愧賦閒。城隍新故鬼，烽火漢秦關。食德年三百，儒巾一汗顔。

夕照媚窗紗，烘人眼欲花。健忘書折角，軟耗客磨牙。詩檢從頭草，盃斟信口茶。飯餘燈已上，且步月光華。

校按：【一】『翦』當爲『翥』之誤。

到館

雪霽山亭夕照斜，交柯古木集昏鴉。客生每避迎人犬，逕曲時防絆足花。澹澹月光遲樹杪，疎疎梅影隔窗紗。到來一事差堪慰，滿架牙籤鄴相家。

舟中話省齋

粤匪犯津沽，預籌避兵地，同李省齋表兄買舟游盧龍南山一帶。

螘聚蜂屯半壁天，津門消息正鳴弦。寄身浮世誰非客，與李同舟我亦仙。兩岸濛籠迷戰霧，孤篷曲折指層巔。思量且莫黄巾怨，衹恨鄉中少鄭元。

思親

連朝風雨爲誰稽，癡立閒窗遠望迷。此際寒温惟仰妹，往年侍養尚存妻。燕銜冷霧還巢語，雞識黄昏上架棲。明是不歸歸孰阻，裹將兩足薊門西。

半邊門晚行

古道息風塵，行人戀晚景。隔林清磬聲，落照澹鞭影。

閒居

榆槐蔭屋秫籬笆，小小蔬園淡淡花。只有春風不媚俗，應時開到野人家。

和寒食介休道上之作

爲誰寂寞過清明，懷古征人綿上行。野樹如烟花似火，滿山紅燒亂啼鶯。

立春日抵京飛一絶以報孫鍈珊

協風昨夜入金臺，萬户千門景運開。報到先生應一笑，帶將春色自東來。

◎趙貳尹建邦

建邦字維藩，樂亭人。廩貢生，以衡水守城功保舉縣丞。著有《浣薇露軒詩草》《衡漳游草》《汴宋游草》。

《止園詩話》：維藩髫齡學詩，出語即不猶人。壯歲奔馳南北，境愈困而詩愈多；游歷所經，每傳傑作。在汴時，與山右康少茗觀察相契，其公子君夏從學最久。今君夏刻其遺詩，將並試律亦搜括無遺。余特摘其古近體之作，續入此編，約祇十之二三。其它佳句，如《宿别山》云『樹圍燕市黑，山擁薊門青』，《旅館書懷》云『囊縱無錢猶結客，樽如有酒即生春』，《漫興》云『且澆磊塊憑杯酒，已悟前塵是鏡花。大木陰多宜庇路，旱苗無雨不成春』，《詠壁虱》云『染指十年猶有臭，吮癰連夜不辭辛』，《津門待渡》云『水蒸霧氣白成海，日浴波光紅接天。四岸樓臺明鏡裏，九夷舟楫彩橋邊』，《題潘曉春詩集》云『上書李白誰知己，泣路楊朱命不辰』，《衡橋晚眺》云『漁翁收網沽新釀，估客停船補破帆』，《哭侯西園》云『三千里外身爲客，二十日中魂到家』，《和人花朝韻》云『轉眼江南寒食節，斷腸滇北倦游身。雪泥蹤跡鴻留印，塵土形骸蜣轉丸。天涯落拓新交寡，夢裏逢迎故鬼多』，《太白樓》云『詩酒神僊遺像在，古今人物大江流』。皆不愧作家。

登琴臺謁二賢祠

驅車過單父，城南有崇祠。祠額署琴臺，輝映水之湄。登臺祠正肩，且讀臺畔碑。乃知兩賢宰，同時事宣尼。宓子昔宰此，年裁弱冠時。驅車避陽鱎，懔然示無私。虚己訪黎獻，父兄友事之。暇豫日鳴琴，不下堂而治。漁者宵且肅，旦晝孰忍欺。巫馬返師命，歎賞神爲移。魯不多君子，斯人焉取斯？繼宓即巫馬，善政期追隨。早出而晏入，戴星不辭疲。勞逸雖攸分，治化終無歧。單父民何幸，疊遇賢有司。後宰斯邑者，兩賢當誰師？賤子願贈言，執事其勿疑。難希宓子賤，易效巫馬期。

謁六忠祠

睢陽城多奇男子，碧血丹心照青史。雷將軍面集六矢，南將軍手斷一指。中丞擊賊必裂眥，中丞罵賊且碎齒。同心誓擬同生死，一息尚存賊勿喜。賈賁姚誾既已先捐軀，城困一月一粒無。雀鼠食盡人乃屠，張殺其妾許殺奴。以此餉士士痛呼，此城不殉皆非夫！卓哉中有陸氏姑，補旗繕甲供卒徒。南八箭空穿浮圖，賀蘭恨不當筵誅。吁嗟乎！城雖破，節乃全，六忠浩氣彌大千。豈惟妾奴同升天，吾知雀鼠皆登仙。君不見天寶去今千餘年，靈祠生氣猶懔然。

舂陵行

蔥蔥鬱鬱南陽路，行人指點舂陵樹。當年佳氣何佳哉，白水真人應運來。四七之際龍鬬野，將軍銅柱帝銅馬。諸天雷雨助軍威，昆陽一戰飛屋瓦。二十八將佐中興，豈惟伏波稱健者。從知帝王自有真，鄧禹何須冷笑人。君不見蕪蔞亭中進麥飯，得免飢寒已足願。又不見仕宦止羨執金吾，稱王稱帝非所圖。那知大度符高祖，天命攸歸人心與。中原誰敢並馳驅，石勒羯奴言太侮。羊裘男子古之狂，一自了漢名流芳。舂陵王氣雖銷歇，餘氣猶復鍾樓桑。

銅雀臺歌

鄧家錢穴山穿銅，銅人淚滴珍珠紅。伏波銅柱猶未折，可憐銅馬嘶秋風。咄咄曹阿瞞，崛起逞凶虐。銅臭久熏心，掘地得銅雀。銅雀銅雀胡爲來？當塗代漢實禍胎。奸雄自古同一轍，卓築郿隖操築臺。吁嗟乎！操臺成，漢火灺，回首歌風應泣下。三分既成鼎足形，九錫更將名器假。恣慾銅龍晝漏長，煽威銅虎軍符把。二喬未許鎖春風，千古何須珍片瓦。瓦不鳴，臺已傾；何若卧龍銅鼓聲錚錚，七禽七縱設疑兵。較之七十二疑塚，奚啻霄壤兩相形。賣履分香作遺屬，奸雄至死猶癡情。漳水東流自終古，誰憐漳岸一抔土？挑鐙我賦銅雀臺，鐙下如聞髑髏語。早晚君過洛陽橋，會見草没銅駝腰。往古樓臺盡傾圮，豈惟銅雀埋蓬蒿！

陽翟大賈行

嗟嗟世道胡不古，不重士農重商賈。良賈居奇何所祖？所祖匪他陽翟吕。大賈不過財雄聚，富有天下世罕覯。當時六國莫秦禦，匹夫乃欲巧襲取。暗使柏翳絶統緒，豈與尋常市儈伍。妻孥均可將人與，大賈用心亦良苦。難得彼婦同肺腑，廉耻喪盡心偏許。想其媚婦諄諄語，此去周秦腦已盬。事成兒爲天下主，上皇太后吾與汝。暫如壁馬置外府，終獲大利誰笑侮。是緣秦久干天怒，因而假手除之去。藉非天欲亡秦土，儻生一女將焉處？不然生男男不舉，奸雄之氣亦早沮。乃竟事事桴應鼓，仰天大笑掌應撫。失算不合薦嫪毐，又令淫嫗雛雙乳。祖龍殘忍心狼虎，豈殺假父容真父？吁嗟乎！賣兒貼婦博華膴，身死子手難分剖，讀史至此應起舞。同時有人踵其武，李園有妹春申蠱。亦欲效此以滅楚，秦楚斬嗣甚刀斧。流毒不已至操、莽，不復鬻婦乃鬻女。無怪賈者多自詡，不似士農迂且腐。

吁嗟乎！賣官鬻爵弊未杜，古今大賈難悉數。

憶昔

憶昔行年五十二，故人招我遊遼東。三月十八慶初度，夜雨催發海棠紅。《庚辰三月將之遼東阻雨》云：每到花時别故鄉，廿年辜負好春光。朝來一雨行期誤，留我生辰看海棠。行期雖誤意差喜，賞花猶與妻孥同。三載流光一彈指，弋者矰繳驚冥鴻。荻港蘆灘暫雌伏，怯看明月懸長空。此行適與前期合，亦於三月十八日啟行。昔舒今慘心忡忡。滿擬扁舟遯湖海，惱人陰雨偏溟濛。人生否泰自有數，天空地闊豈終窮。寸心苦爲家室累，昨宵歸夢隨春風。海棠帶雨豔猶昔，妻孥奉饌花陰中。一觴先爲慈母壽，旋復壽我玻瓈鍾。覺來拍枕呼負負，花應歎我身飄蓬。

丙戌十月汴都大雪成四十韻自十六日至二十六日

大梁城中十日雪，雪深五尺行人絶。千門萬户化瑶臺，瓊林珠樹森成列。風旋屋瓦飛銀沙，冰簇簾櫳堆玉屑。飢烏凍雀噤無聲，尖風穿牖膚欲裂。竦然萬粟生枯肌，雙肩高聳山形凸。多年布被冷如冰，一領敝裘寒似鐵。撥鑪添炭指屢僵，呼僮煖酒舌先結。天昏破竈炊煙凝，草草肴饌和冰噎。枯坐真成入定僧，無熖殘鐙垂欲滅。挑鐙聊賦苦寒行，伏枕痛念無家别。忽憶奉使蘇子卿，餐氊猶握脱旄節。又憶被謫韓退之，藍關幾至馬蹄折。丈夫傲骨耐嚴寒，况復血注心頭熱。我亦滿腔餘熱血，胡爲寒沁心骨徹？老病侵尋年復年，轉徙南帆又北轍。一蹶不振鬢已皤，鋭氣全消甘守拙。搔首問天天何言，陽伏陰愆當有説。去歲冬季乾象瞻，星變示警昭若揭。太白經天舉國驚，十二月二十一日。流星如綫憂心惙。十一月二十四日。庶民惟星示咎徵，金能生水機先泄。是歲洪水汨南天，兩粵罹殃繼閩浙。江淮波及民流離，伏汛又報黄河決。朝廷振廩恤災黎，慎簡廉能粥廠設。復詔大吏迅修河，堅築隄防補殘缺。今年春夏雨澤均，入秋頻驚鸛鳴垤。霪潦方深稼穡憂，滔天山水狂奔軼。山左山右歎汪洋，遼東遼西尤溰鞔。桑田滄海變須臾，饑民緣木求魚鼈。深宫軫念哀鴻嗷，拯溺不惜内帑竭。沖齡聖主未臨軒，何堪宵旰憂勤切。南北皆成澤國民，惟有中州片土潔。殘冬大雪竟彌旬，窮檐凍餒民何孽！我今寄食殘喘延，比鄰夜夜聲嗚咽。聞此益增骨肉悲，幽燕朔氣倍凛烈。兄弟妻孥信息疎，料難卒歲菽水啜。天心仁愛應鑒觀，萬民呼籲心香爇。兵戈甫定昏墊遭，忍使烝黎靡遺孑。繩牀蝟縮睫難交，檐端鴉噪晴曦瞥。喜極披裘急欵關，屐滑未防雪窖跌。連朝卧雪亦不辭，但祝來春麥苗茁。

堆羅漢歌

連珠礮響銅鉦敲，鼙鼙大鼓春雷高。旗幟五色紛飄飄，龍吟虎嘯聲啾嘈。中簇儺者裘披羔，鵝黄襖子剛齊腰。髪藏甲馬黄巾包，行纏及膝束錦絛。面傅粉墨麈尾摇，左旋右舞捷猿猱。傾城士女擁入縣，紅旗一麾衣盡變。行如流水轉如風，脱網驚魚穿花燕。篝鐙前導光輝煌，同躋公堂堆羅漢，一十八，人人鬭力山能拔。旁觀鵠立萬頭攢，雪消不顧階泥滑。初如虎踞一聳身，轉眼都爲人上人。須臾變作六花陳，三級連陞如牆進。倏變華表與檐齊，四層接引如登梯。如登梯，變愈奇，奇思幻想耍孩兒。髫綰雙丫【二】著綵服，其巔高踞如蹲猊。背負翩如飛鳥墜，不驚不笑亦不啼。問兒年，進兒父；兒三齡，甫離乳。欲成阿羅漢，何憚修行苦！試看界又現蓮花，蓮房蓮葉堆横斜。善財龍女侍佛座，蓮萼分擎兒兩箇。兒兩箇，居中央，九蓮鐙試團四旁。撲地遽變游龍狀，先作蛇蟠繼奔放。一兒跨龍腰，一兒扼龍項。一人身作龍尾摇，一人作首紅旗颺。兩人足作四爪伸，攫拏直訝層雲盪。篝鐙熠熄天欲暝，難窮七十二變相。蜿蜒蟉曲下公堂，出門頓變旗竿樣。亭亭直上十四層，四人盤作拱斗形。兩兒踏肩竿頭登，觀者舌咋目爲瞠。頽然倒地人山崩，兩兒墜地鴻毛輕。噫嘻乎！此邦元夕不張鐙，賴有此戲傳南陵，止有此戲傳南陵！

校按：【一】「了」當爲「丫」之誤。

聞張翰泉太守光藻劉彦三明府杰戍黑龍江

絶妙和戎策，頭顱抵百金。漫悲民命賤，應報國仇深。劫火迷樓燬，官星貫索臨。黑龍江上水，當鑒兩人心。

柬何馨山

搔首天難問，回頭事總非。同袍分手速，戀棧寸心違。待哺烏應瘦，離群馬不肥。秋風鱸鱠美，健羡季鷹歸。

答曹文昭孝廉兼留别故鄉諸友

故人書一紙，遊子淚千行。龍塞方旋里，鷄林復治裝。勞人真草草，前路總茫茫。老母牽裾泣，臨歧幾斷腸。

自笑謀生拙，多緣賦性癡。千金囊屢罄，獨木厦難支。客久愁妻病，年衰歎子遲。升沈難預定，何敢卜歸期。

垂老無家别，今都屬藐躬。鹽車悲病驥，矰繳避冥鴻。關塞三千里，星霜五十翁。遼東山水好，準待寄郵筒。

出山海關

壯心猶未已，匹馬大東來。寒柳無情碧，野花隨意開。關山鄉夢隔，風雨驛程催。空伴鶏林賈，慚無白傅才。

昌圖道中遇雨

日暮陰雲合，高岡策馬登。雷轟山欲撼，雨到樹先膺。昏黑遥村柝，疎紅野店鐙。腐儒終左計，出塞竟何能。

過黑山背

四圍排木柵，一行簇茆檐。野渡皓無際，亂山青到尖。牧樵中婦慣，耕織老農兼。斯即黄虞世，桃源境又添。

江行望敬亭山

敬亭山色活，飛入酒杯青。我欲邀明月，人難覓謫星。仙蹤留片石，浪跡等飄萍。醉後扁舟繫，投詩願乞靈。

幕夜

江月照連營，喧呼夜點兵。招軍新部伍，入幕老書生。報國心猶壯，還家夢屢驚。枕戈思往事，寶匣劍悲鳴。

新秋與商水諸友夜談

雨霽上簾鉤，莎廳夜色幽。蟲唫桐院月，人語竹籬秋。十日平原飲，孤雲汴水浮。濁河風浪險，未敢買歸舟。

人日同宋紹卿李小航遊吹臺謁大禹廟

聯袂同登師曠臺，春風禹殿曙雲開。草回嫩緑緣階上，柳綻新黄隔岸栽。魏國英雄隨逝水，梁園賓客没荒萊。憑高無限低徊意，聊讀殘詩拂壁苔。

九日扶病登高

溟洲東望思茫茫，雲白山青是故鄉。千里飢驅成獨客，一年飄泊又重陽。林當日落多蕭瑟，人到深秋易感傷。料得壽筵陳菊酒，高堂相對憶衡漳。家君誕辰在重陽。

感事

臨刑翻易古時妝，直把官場作戲場。當路和戎宗魏絳，小民好義累張蒼。無端一炬成焦土，忍復三年伐鬼方。十五罪魁含笑死，四夷從此定來王。

寄内

梗泛萍飄過五旬，無端宦海誤迷津。前因難證三生石，末路真成半死人。萬里家山遊子夢，孤鐙風雨苦吟身。可憐薄命紅顏婦，代養離兒白髮親。

周公瑾墓

吴江壁壘一番新，年少登壇此有人。枉顧特教聽曲誤，訂交酷似飲醪醕。君臣不忝喬家壻，朋友甘分魯肅囷。一自戰功成赤壁，東風宿草幾經春。

夜泊揚州

緑陰深處夜停橈，明月猶横廿四橋。生怕吹簫聲聒耳，妄談騎鶴貫纏腰。門遮白板花低亞，夢斷青樓酒獨澆。鐙火滿城絃管急，有誰同聽廣陵潮？

過露筋祠

繁華那復戀揚州，細雨斜風送客舟。漠漠湖雲連甓社，溟溟煙樹暗秦郵。頻年鴻雪蹤無定，徹夜蚊雷噪不休。清曉露筋祠畔過，白蘋香静野塘秋。

朱仙鎮謁岳忠武王祠

金牌竟墮十年功，痛飲黄龍願已空。莫恨東窗長舌婦，堪嗟南渡主人翁。千秋冤獄成三字，一死精忠鑒兩宫。怒髮衝冠詞譜就，迎神請奏滿江紅。

蟂磯昭靈夫人祠

隔江遥送數峰青，霧髩煙鬟望杳冥。終古靈祠依很石，當年烈魄殉猇亭。心盟白水君親鑒，神奉丹陽俎豆馨。蜀道魂歸環珮肅，微風吹送韻玲玲。

口占呈李明軒明府暨署中諸友即以誌謝

簾波瑟瑟夕生涼，庭漏沈沈夜漸長。白菡萏香風引入，碧梧桐影月扶將。溵川左右歌新政，遼水東西話故鄉。深謝主賓嘉惠意，在陳幸免絶行糧。

登京口多景樓

青山無數納虚窗，獨倚危欄俯大江。淮海南來樓第一，金焦北顧髻盤雙。孤懷渺渺愁何極，百感茫茫恨未降。太息聽箏人去久，風濤獨送韻琤瑽。東坡曾在此樓聽箏。

次東昌

落日寒雲鬱未開，河流如帶繞城來。石街五里飛黄葉，鐵墻千盤繡緑苔。野水曲環遼后墓，海風高盪魯連臺。停車聊博關前路，望古頻澆濁酒杯。

宿高唐州

颯颯西風敗壁穿，被池冰冷覆吟肩。遥知課女西窗下，瘦影偎鐙尚未眠。

題茌平店壁二首

歌場也欲眼垂青，絃索翻教隔壁聽。不是選花情太刻，箇中誰解唱旗亭。
簇簇花枝照眼新，琵琶一曲轉傷神。黄金買笑尋常事，記否牛衣對泣人。

莘縣道中

炊煙幾縷裊晴空，點點寒鴉噪晚風。遥指斷霞城一角，墻巔冷挂夕陽紅。

過商均墓

舅作虞賓甥夏賓，甘心德讓順君親。墓碑特表虞城道，我欲傾觴奠義均。

靜觀亭月夜納涼

卍字風窗面面支，紙屏竹榻卧遊宜。枕邊樹影兼花影，恰是山亭月上時。

病嗽感賦

每屆殘秋扶病軀，遥知白髮倚門閭。臨行記得親庭語，兒再歸時亦有鬚。

除日喜得宋豫堂書

風雪飄蕭萬慮沈，叩門驛使報佳音。故人一紙書遥寄，也抵家書值萬金。

除夕大雪

頻年旅況冷如冰，每到今宵感倍增。獨坐梁園風雪夜，孤鐙聽雨憶南陵。癸未寓南陵，除夕大雨。
漫天一白雪如煙，獨擁寒鑪聳瘦肩。莫怪詩多郊島氣，異鄉忍凍過新年。

宣城道中口號四首

江干軋軋水車鳴，萬頃秧苗翠毯平。農灌稻田漁撒網，秧歌聲間櫂歌聲。
竹裏人家晝掩扉，彎環十里竹籬圍。籃輿一乘穿幽徑，濃翠和煙欲染衣。
扁舟一葉載顱鷀，正是鳩江潮上時。捕得鰣魚三四尾，江南風味老饕知。
竹雞媒子挂竿梢，三角篘籠翠葉包。忽聽一聲泥滑滑，笠蓑人隱竹林坳。

春遊書所見

弱柳風扶出粉牆，絲絲金縷裊斜陽。南來遇爾垂青眼，相對悽然欲斷腸。

徑轉盤蛇上女牆，繞城簇簇菜花黄。小橋流水疏籬外，有箇漁人網夕陽。
太子宫西鶴觜園，前朝遺蹟至今存。低徊泉石無人問，且讀殘碑剔蘚痕。
赭圻門外草如煙，青弋江頭水拍天。好是杏花春雨霽，東風吹送夜行船。

◎金古香

古香字文芳，撫甯人，趙長年室。

《止園詩話》：古香女史，阜城教諭金賜禄女孫，廩生寳莊妹也。幼從母孫問字，隨口能辨音韻。長工詩，恒與兄唱和。適趙，生一女。光緒戊子，以疫卒，年二十六。其《春日歸甯》云『山水四圍新畫稿，煙花三月大文章』，其《哭嫂》云『鍼綫寂寞封塵篋，簾幕淒涼掛月鉤』，皆有句法。

山村晚眺

村落隱叢樹，雲霞蒸暮天。一聲牛背笛，吹月出山巔。

掃墓

謹將薄酒奠墳前，一縷蒼煙化紙錢。片片飛灰如蝶去，未知何處是黄泉。

春燕

呢喃燕子影雙飛，纔到芳春汝便歸。流水落花誰是主，細窺門巷是耶非？

倦繡

午窗寂靜日遲遲，正是停鍼倦繡時。料想春寒花尚勒，笑他癡蝶抱空枝。

送春

芳草萋萋緑滿堤，東風翦出柳條齊。最憐花落如紅雨，十二闌干鳥自嗁。

服藥有作

翦燭凝神枕半欹，藥擎嬾服幾回思。恐親爲病添憂色，默飲遲遲苦自知。